울림

울림

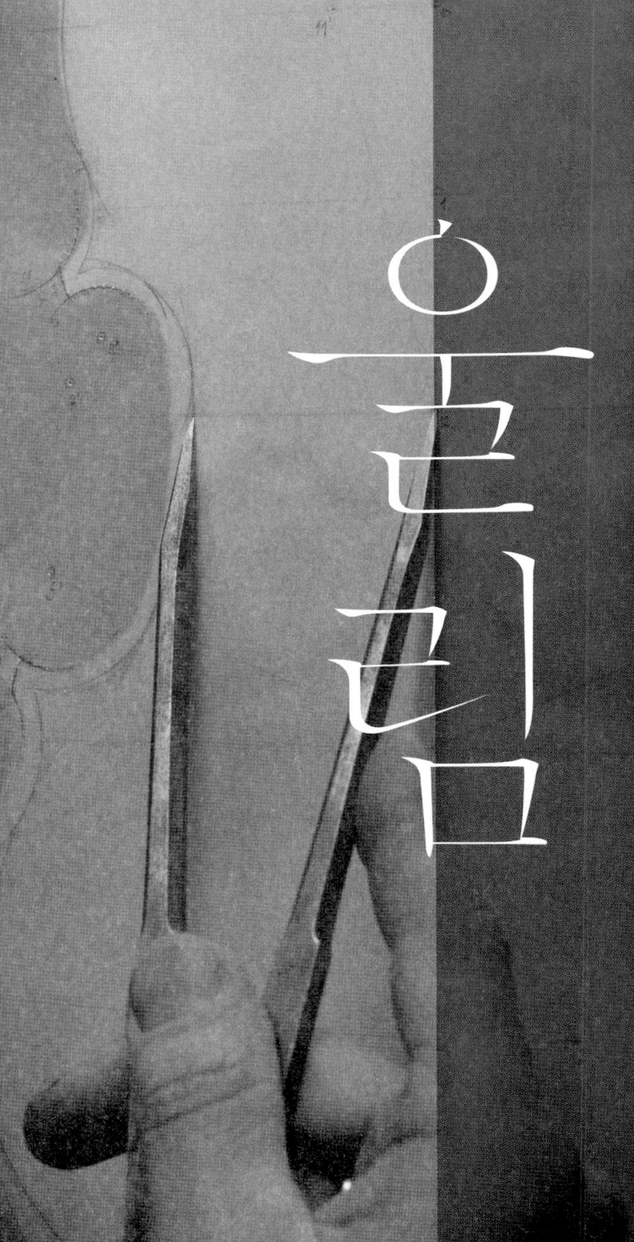

마틴 슐레스케 지음
유영미 옮김

니케북스

"숲의 모든 나무들이 노래하리니"

〈시편〉 96:12

요나스와 로렌츠에게

이 책에 대한 찬사

구상 시인은 마음의 눈을 가리고 있던 무명의 어둠이 벗겨지자 만유일체가 말씀임을 깨달았다고 말했다. 세상의 모든 것들은 그 뿌리이신 분을 가리키고 있다. 저자는 가장 현묘하고 울림이 좋은 바이올린을 만드는 과정에 빗대어 우리 영혼이 어떻게 형성되는지를 설명한다. 바이올린 장인이 뒤틀리고 굽은 나무에 내재된 훌륭한 소리를 듣고 그 가능성을 열어주는 것과 같이 하나님은 결코 강요하지 않으면서 존재들을 새롭게 빚어내신다. 자비와 긍휼이 그분의 도구이다. 완벽해야 한다는 강박관념을 버리고 그분의 손에 자신을 맡길 때 우리는 하늘의 선율을 노래하는 악기가 된다. 바울은 믿음의 사람들을 가리켜 '하나님의 작품'이라 했다. 마틴 슐레스케는 우리를 영원한 중심이신 하나님께로 인도하는 믿음직한 길잡이다.

-김기석 목사(청파교회)

마틴 슐레스케의 《울림》은 읽을 때마다 새로운 감동을 준다. 슐레스케의 책을 읽는 것은 영혼의 잔치와도 같다. 책을 펼칠 때마다 바이올린을 만들고 수리하는 장인이 어떻게 이렇게 훌륭한 영성가이자 인생의 스승이 될 수 있을까 놀라지 않을 수 없다. 지혜의 은사를 풍요롭게 받은 분이다! 바이올린과 첼로를 제작하고 수리하는 것, 소리와 음악, 이 모든 것이 슐레스케에게는 인생의 비유다. 그의 말처럼, 우리는 하느님이 연주할 수 있는 악기가 되어야 하며, 하느님 손에 들린 악기로 각자의 독특한 소리를 내어야 한다.

-진 토마스 신부(성 베네딕도회)

몇 년 전 맑고 푸른 가을에 수도원에서 피정을 하던 때, 나보다 한국에 더 오래 사신 독일 출신 수사님과 바흐와 모차르트의 영성에 대해 이야기를 나누었던 것은 여전히 아름다운 추억으로 남아 있다. 그날 《울림》이 아직 우리말로 출간되지 않은 것에 함께 아쉬워했던 것도 기억에 선한데, 이제 《가문비나무의 노래》로 위로를 받았던 독자들이 제대로 '울림' 가운데 머물 수 있게 되었다. 종교를 떠나 누구에게나 '들을 귀가 있는 마음'이 절실한 시대에, 이 책의 의미는 크다. 저자는 우리가 숭고한 음악과 진실한 우정을 통해 절대자의 무한한 사랑을 '들을 수' 있음을 나직하면서도 확신 있는 목소리로 증언한다. 음악을 사랑하는 이들에게, 한눈팔지 않는 장인의 길을 존경하는 이들에게, 일상에서 영성의 샘물을 찾는 이들에게 기쁜 마음으로 추천한다.

-최대환 신부(천주교 의정부 교구)

두 번의 여행에 그의 책과 함께했다. 오랜 작업대에서 빚어진 언어들! 정말 소중한 선물이었다.

-풀베르트 슈테펜스키Fulbert Steffensky, 독일의 신학자

슐레스케는 훌륭한 바이올린 마이스터일 뿐 아니라, 탁월한 이야기꾼이다.

-《쥐드도이체 차이퉁Süddeutsche Zeitung》

망치로 나무를 두드리면 어떤 소리가 날까? 아름다운 울림이 있는 바이올린을 만들기 위해서는 어떤 나무가 필요할까? 그리고 이 모든 게 하느님과 무슨 관련이 있을까? 독일 최고의 바이올린 제작자인 마틴 슐레스케는 이 책에서 가장 아름다운 바이올린 소리를 찾는 장인으로서의 고뇌와 깨어 있는 신앙 사이에서 길어 올린 생각의 타래를 섬세하게 풀어간다. 그의 글은 영적으로 민감하게 깨어 보고, 듣고, 행동할 때 삶의 의미가 어떻게 실현되는지를 보여준다. 그는 "소리는 영혼의 음성이며 음악은 소리에 부어진 기도라고 확신한다"고 말한다. 이 책을 통해 그 마음에 한층 다가갈 수 있을 것이다.

-《슈피겔Spiegel》

대대로 전해온 기술, 경험적 물리학, 깊은 신앙. 마틴 슐레스케처럼 작업하는 바이올린 마이스터는 정말 드물다. 그는 세계 최고의 바이올린 마이스터 중 하나다.

-《크리스몬Chrismon》

바이올린 마이스터 마틴 슐레스케는 현대 물리학을 활용해 바이올린의 음향을 이해하고자 한다.

-《디 차이트Die Zeit》

차례

일러두기

* 이 책에서 인용된 성서 내용은 대한성서공회의 개정개역본과 공동번역본, 가톨릭 성서를 참고하되 독일어 원문의 의미에 충실하게 옮겼다.
* 각주는 원주이며, 성서 등 인용문의 대괄호 속 설명은 저자가, 그 밖의 대괄호 속 설명은 옮긴이가 넣은 것이다.

여는 말

삶에 대한 비유 만들기

"우리는 더 이상 삶에 대한 비유를 만들어낼 능력이 없다. 내적 깨달음을 얻는 건 고사하고, 더 이상 우리 주변과 우리 안의 사건들을 해석할 능력이 없다. 그로써 우리는 하느님의 형상이기를 중단했다. 우리는 그릇되게 살고 있다. 우리는 사실 죽었다. (…) 오래전에 썩어버린 인식들을 갉아먹으며 살아갈 따름이다."

오스트리아의 화가 프리덴스라이히 훈데르트바서Friedensreich Hundertwasser(1928~2000)의 말이다. 뮌헨의 쿨트파브릭Kultfabrik[1] 전시회에서 본 그의 작품 중 하나에 이런 글이 적혀 있었다. 나는 감전된 듯이 그 그림 앞에 서서 이 문장들을 내 수첩에 휘갈겨 적었다. 그 뒤 여러 해 동안 이 문장은 내 인생의 라이트모티브Leitmotiv가 되었고, 이것이 밑거름이 되어 이 책이 탄생했다. 삶에 대한 비유 만들어내기, 훈데르트바서는 우리 주변과 우리 안의 사건들을 해석해야 한다고 말한다. 하지만 듣고 보는 것을 배우지 못한다면

1 화이트박스, 쿨트파브릭 뮌헨, 2004년 10월 24일~2005년 1월 23일까지 열린 전시.

어떻게 일들을 해석할 수 있을까?

악기를 만들다 보면 특별한 순간들이 찾아온다. 작업실에서 경험하는 거룩한 순간. 그런 순간에 나는 삶의 외적·내적 일들을 새롭게, 다르게 지각한다. 단순히 습득된 지식을 넘어서는 경험이다. 나는 모든 사람의 일상에도 이같이 계시의 순간들이 주어질 거라고 확신한다. 우리는 그런 순간들에 주의를 기울이는 걸 배우기만 하면 된다. 예수가 전해준 비유들은 종종 이런 말로 끝난다. "그러므로 주의해서 들어라" "귀 있는 자는 들으라." 이것이 바로 훈데르트바서도 이야기한 해석 능력이 아닐까!

우리는 "오래전에 썩어버린 인식들"로 연명할 수는 없다. 단순한 종교적 교리와 규정은 내면의 양식이 되지 못한다. 내게 믿음이란 사랑하면서 찾는 것이고, 찾으면서 사랑하는 것이다. 믿음은 단순히 소유할 수 있는 것이 아니다. 오히려 스스로를 쓰이도록 내어주어야 하는 것이다. 믿음은 차츰차츰 생성되는 작품이다. 예술작품과 아주 흡사하다. 그 안에 창조적인 힘이 활동하기 때문이다. 거룩한 현존이 활동하고, 우리는 그에 힘입어 살아간다.

바이올린 마이스터로서 이 책에서 바이올린 완성 과정을 이야기할 때, 그것은 외적으로는 내 공방을 안내하는 것이지만, 동시에 믿음의 세계로 들어가는 내적인 길이기도 하다. 나무의 섬유결과 사출수를 알아차리는 일, 음색을 찾는 노력, 칠의 깊이와 다양한 수지의 매력, 곡선 형태의 아름다움, 열정적인 음악가들과의 만남. 이 모든 것에서 삶에 대한 비유가 탄생할 것이다.

보나벤투라Bonaventura(1221~1274)도 이미 훈데르트바서와 비슷하게 보았다. 보나벤투라는 이렇게 말했다. "사람들은 책, 즉 세상을 읽는 능력을 잃어버렸다. 그래서 더 이상 읽을 수 없게 된 비유를 깨닫도록 다른 책을 줄 필요가 있었다. 이 다른 책이 바로 우리에게 세상에 기록된 비유를 보여주는 성서다."[2]

이 책에 소개된 비유는 어느 정도 논리적인 순서를 따르고 있지만, 꼭 순서대로 읽을 필요는 없다. 각 장을 독립적인 작은 책으로 보고, 가장 흥미로운 장부터 읽기 시작해도 무방하다.

마틴 슐레스케

2 수정 인용, Bonaventura, *Collationes in Hexaemeron* XIII, 12(1273).

1장

노래하는 나무

마음을 찾아서

"하느님을 찾는 자들은 그 마음이 생기를 얻을 것이다."

〈시편〉 69:32

옛사람들은 '노래하는 나무'를 찾는 방법을 알았다. 예부터 대대로 바이올린을 제작해온 가문 사람들이 전해준 바에 따르면 그들의 선조들은 산속 계곡에서 나무들을 뗏목으로 묶어 나르며, 물살 센 곳에서 나무 둥치들이 서로 부딪치는 소리에 귀를 기울였다고 한다. 몇몇 나무들은 계곡을 통과하며 청명하게 울리는 소리를 냈고, 바이올린 마이스터들은 그런 방법으로 많은 나무 중에서 좋은 바이올린이 될 만한 '노래하는 나무'를 식별했다.

오늘날 산속 숲의 척박한 땅에 우뚝 선 건장한 나무들은 몇백 년 전 아주 작은 씨앗에 불과했다. 그 뒤 힘들게 물을 찾아 뿌리를 내리며 한 해 한 해 흘러 아주 근사한 나무로 자란 것이다. 바이올린 마이스터에게 고지대에 빽빽하게 들어선 나무들은 가히 은총이다. 이런 곳에서 곧추선 가문비나무들은 아래쪽엔 가지가 없고 아주 위쪽으로 올라가서야 가지가 뻗어 있기 때문이다. 아래로부터 40~50미터까지는 가지 없이 쭉 뻗은 줄기를 자랑한다. 바이올린의 공명판으로 사용하기에 이보다 좋은 것은 없다. 이런 나무줄기는 바이올린을 제작할 수 있는 최상의 재료다.

고지대에서 200~300년이 넘는 세월에 걸쳐 천천히 자란 가문비나무는 저지대에서 몇 년 만에 급속하게 성장한 가문비나무와 비교할 수 없다. 저지대에서 빨리 큰 나무들은 세포벽이 그리 단단하지 않다. 저지의 온화한 기후에서 빨리 자란 나무는 나이테가 넓고, 가을 늦게까지 추재late wood(늦여름과 가을에 만들어지는 부분)가 형성된다. 이런 나무들은 세포벽이 두껍고 섬유가 짧다. 추재 비율이 높아서 좋은 음이 나지 않고, 밑부분까지 가지가 풍성하게 뻗어 있다. 이런 나무들로 바이올린을 만들면 매력적인 소리가 나지 않는다. 울림의 진수는 생겨나지 않는다.

하지만 산의 거목들은 다르다. 산속 가문비나무들은 천천히 성장하면서 아래쪽 가지들을 포기한다. 어두운 산중에서 위쪽 가지들은 빛을 향해 위로 위로 뻗어나가고, 아래쪽 가지들은 사멸한다. 그들의 침엽에 더 이상 빛이 주어지지 않기 때문이다. 그렇게 길게 뻗은 줄기에서 바이올린 제작에 안성맞춤인 가지 없는 목재가 형성된다. 수목한계선 바로 아래의 척박한 땅과 기후는 가문비나무의 생존에 고난이 되지만, 울림에는 축복이 된다. 메마른 땅이라는 '위기'를 통해 나무들이 아주 단단해지기 때문이다. 이런 목재에 울림의 소명이 주어진다.

풍해를 입은 비탈에서

산에서 노래하는 나무를 찾아 나서는 일은 언제나 잊지 못할 모험이다. 얼마나 많이 망치의 뭉툭한 쪽으로 나무 둥치를 두드리며 진동을 느끼고 울림을 들었던가. 모든 감각을 동원해 바이올린이 될 만한 나무를 찾을 때 바이올린 마이스터의 심장은 고동친다.

오래전 미텐발트 학교를 졸업하고 얼마 안 되었을 때, 바이올린을 만드는 친구 안드레아스와 함께 가르미슈 지역 알프스산의 슈투이벤 숲에 올라갔다. 어둡고, 흐리고, 추운 겨울날이었다. 여러 시간 힘들게 산을 오른 뒤 산길을 벗어나 무릎까지 오는 눈을 헤치며, 그때까지 소문만 듣던 곳을 찾아갔다. 바로 풍해를 당해 수목들이 바람에 쓰러져 있는 곳이었다. 수목한계선에 있는 비탈에 강한 폭풍이 들이친 터였다. 완전히 기진맥진한 채 그곳 비탈에 오르자 충격적인 광경이 펼쳐졌다. 수많은 거대한 가문비나무들, 지름이 70센티미터에 육박하고, 키가 30~40미터 되는 나무들이 뿌리가 뽑히거나 줄기가 부러진 채 비탈에서 지그재그로 엉켜 있었다. 하지만 그러고 나서 구름 이불이 약간 걷히면서 햇빛이 나무줄기에 쏟아지자, 우리 앞에 나무줄기의 희끄무레한 단면이 밝게 드러났다. 나이테는 정말 압도적이었다. 안드레아스와 나는 기뻐서 서로의 어깨를 막 두드려댔다. 균일한 생장, 섬세한 나이테! 정말 드물게 보았던 울림 좋은 목재가 눈앞에서 빛을 발했다. 우리는 모든 것을 주의 깊게 살펴본 뒤, 들뜬 마음으로 귀갓길에 올랐다. 어린 영양들처럼 정말로 미친 듯이 산을 뛰어 내려왔다. 그날 당장 산림청에 가서 허가를 받고 싶어서였다. 옷에 눈과 흙이 범벅된 채로 완전히 흥분해서 산림청에 도착했을 때, 담당 공무원은 우리가 한겨울에 거기까지 올라갔다는 걸 믿을 수 없어 했다. 우리는 눈이 녹을 때까지 기다릴 수 없었다. 다른 바이올린 제작자들도 풍해 사실을 당연히 알고 있을 테니, 그들보다 서둘러야 했다. 눈이 녹을 때까지 기다렸다가 비상한 울림의 재목을 놓칠까 봐 몸이 달았다.

종소리

우리는 바람에 쓰러진 나무에서 줄기를 잘라 이용해도 좋다는 허가를 받았다. 며칠 뒤 우리는 먹을거리를 준비해 배낭을 메고 다시 산을 올랐다. 이번에는 기계톱과 나무줄기를 들어 올릴 수 있는 긴 갈고리가 달린 벌목 도구를 가지고 갔다. 굵은 둥치들 앞에서 우리는 마치 미카도 막대기[보드게임용 대나무 막대기] 더미 앞의 두 마리 진딧물이 된 듯한 기분이었다. 우리에겐 케이블윈치도, 도르래도 없었고, 믿을 것이라고는 톱뿐이었다. 우리는 생초보들이었다. 그러나 이 모든 나무 중 최고의 재목을 얻겠다는 굳은 의지가 있었다. 톱질을 하면서 굉장히 조심해서 신중을 기해야 했다. 둥치 하나를 잘못 건드렸다가 거대한 나무줄기들이 굴러떨어져 우리를 덮칠 수도 있는 상황이었다. 우리의 작업방식은 정말 무모하고 위험했다. 나중에 돌이켜보니 그랬다.

이제 두 번째 단계로, 잘라낸 나무를 200미터 아래의 벌목도로로 가져가야 했다. 하지만 그에 필요한 도구가 없었다. 그래서 우리는 드러누운 채, 잘라낸 줄기를 발로 힘껏 밀어 비탈 아래로 굴렸다. 잘라낸 나무줄기들이 바위가 많은 산비탈을 굴러 내려가다가 우리가 보아둔 바위틈에 끼어 멈추게 하려는 것이 우리의 계산이었다. 하지만 첫 번째 둥치는 무게가 25킬로그램에 육박했음에도 너무 작은 것으로 드러났다. 이 둥치 때문에 우리는 소스라치게 놀랐다. 우리가 끼어 멈추리라 예상했던 바위 틈새를 지나쳐 퉁퉁 튕겨 나가 골짜기로 굴러떨어졌던 것이다(다행히 아무도 다치지 않았다). 우리는 줄기를 좀 더 크게 잘라내야 한다는 걸 알았다. 그래야 벌목도로에 닿기 전에 그 바위틈에 끼일 테니까. 그리고 그렇게 하니 정말로 되었다. 둥치들은 금세 두 바위 사이에 차곡차곡 쌓였고, 우리는 그곳으로부터 벌목도로까지 둥치들을 굴려갈 수 있었다.

잘라낸 나무줄기들이 비탈을 굴러 그 바위틈에 들어가는 소리는 매력적인 음향학적 경험이었다. 잘라낸 나무줄기들은 당연히 크게 뜀뛰기를 하면서 바위에 연신 충돌했는데, 그때마다 커다란 소리가 골짜기 전체에 울려 퍼졌다. 그런데 나무에 따라 정말 놀랄 정도로 소리 차이가 났다. 우리는 세 그루 가문비나무에서 줄기를 잘라내었는데, 한 나무당 각각 2미터 길이의 줄기 8~10개를 잘라내었다. 그런데 유독 한 나무에서 잘라낸 줄기들은 충돌할 때마다 종을 치는 듯한 맑은 소리를 내는 것이었다. 나머지 두 나무에서 자른 줄기들은 충돌할 때 그냥 나무로 바위를 치는 둔탁한 음만 내었다. 맑은 소리를 내는 나무가 바로 노래하는 나무였던 것이다! 윗세대의 바이올린 마이스터들이 예부터 나무들을 '노래하는 나무'와 '노래하지 않는 나무'로 구분했다고 들었는데, 그때서야 우리는 그 의미를 비로소 알 수 있었다. 나무줄기들을 벌목도로로 굴려올 때도 다시금 소리를 확인할 수 있었다. 노래하는 나무에서 나온 줄기들은 경쾌한 소리를 냈다! 자갈길에서 구르며 풍성하고 경쾌한 음을 발했다! 반면 노래하지 않는 나무들은 거의 소리를 내지 않았다.

족히 12시간 이런 작업을 하며, 우리는 몸이 축 늘어질 정도로 지쳤다. 하지만 동시에 무척 행복했다. 잘라낸 줄기들을 자리에 가져다 놓고, 우리 소유임을 알리는 표시를 했다. 두세 달 뒤 눈이 녹고 나면, 이 엄청난 보물을 골짜기로 싣고 내려가 뗏목으로 엮어 제재소의 저수조로 가져가면 될 터였다.

찾는 마음

멋진 소리를 내는 나무는 거저 찾아지지 않는다. 당시 노래하는 나무를 찾아 나섰던 일은 내게 더 넓은 의미에서 찾는 일의 비유로 다가왔다. 좋은 울림이 있는 바이올린을 위해 이 모든 수고가 요구된다면, 울림이 있는 삶을 사는 데 그보다 덜 요구될 수 있을까. 우리 인생은 순례의 길이다. 하느님이 우리에게 가슴을 주신 것은 그분을 찾게끔 하기 위함이 아닐까? 하느님을 찾는 것이 인생을 근본적으로 변화시키지 않을까? 〈시편〉은 "하느님을 찾는 자들은 그 마음이 생기를 얻을 것이다"(〈시편〉 69:32)라고 한다. 이 구절에서 '찾은' 자들이라고 하지 않고 '찾는' 자들이라고 말하는 것은 주목할 만하다! 찾고, 듣는 믿음이 내 삶에 미치는 영향은 바로 목재가 바이올린 소리에 미치는 영향과 같다.

삶은 수목의 성장이 빠르고 목재를 쉽게 찾을 수 있는 저지대의 길이 아니다. 인생은 실패와 역경과 어려움을 통과하는 길이다. 하느님을 찾는 모든 길에서 공통된 한 가지가 있다. 바로 열정이 없는 영혼은 신앙의 가장 위험한 적이라는 것이다. 믿는 것에 익숙해진다는 것은 미묘한 형태의 불신앙이라 할 수 있다. 이런 믿음은 힘이 없다. 깨어 있는 믿음은 하느님이나 세상에 익숙해질 수가 없다. 익숙해지면 마음은 희망을 잃고, 영은 물음을 잃어버린다.

사물을 그냥 받아들이고 더 이상 아무것에도 반응하지 않으면, 삶은 자극이 없고 지지부진해진다. 생물학 용어이기도 한 적응 adaption이란 자극에 무뎌지는 것을 의미한다. 세포의 반응률은 감소하고, 더 이상 반응하지 않기도 한다. 믿음도 그와 같다. 자신의 영적 환경에 응답하지 않는 것이다. 때로는 자극이 와도 무덤덤하게 그냥 졸고 있을 정도가 된다. 더는 반응이 실행되지 않는다. 적응의 마지막은 자극 없는 삶이다.

폭풍우가 지나간 가파른 기슭에서 좋은 소리를 가진 나무를 찾을 수 있지 않을까, 그것을 찾으러 가야 하지 않을까 하고 질문하면 많은 사람이 이렇게 충고한다. "그냥 따뜻한 난로 곁에 앉아 눈이 녹기를 기다려!" 늘 가만히 있으라고 말하는 사람들이 있다. 좋은 게 좋고, 편한 게 옳다는 생각이다. 이런 말들은 우리에게서 믿음을 앗아간다. 우리의 비전과 열정을 잠재운다.

어떤 동료들은 이렇게 말할 것이다. "아이고, 우리도 이미 좋은 목재를 찾아봤어. 저 위에 올라가봤자 별 소득 없더라. 그러니 기분 망치지 말고 그냥 여기 앉아 있어. 현실을 직시하고 타협하라고!" 이른바 성숙한 인간들은 자신의 '경험'에서 비롯한 충고를 해준다. 하지만 그런 충고 뒤에는 '체념'이 숨어 있는 경우가 많다. 그런 유의 '경험 많은' 사람들을 조심해야 한다! 그들의 충고는 모든 희망의 싹을 죽이고, 실망과 체념을 퍼뜨린다. 여기서 지혜가 우리에게 경고한다. 마음속에서 오랫동안 체념과 실망을 가꿔온 사람들의 충고를 조심하라고. 그들은 경험으로 정신을 옭아맨 자들이다. 그런 사람들의 충고만큼 희망을 망치는 것은 없다. 그런 사람들의 말을 믿으면 당신에게도 그런 일이 일어날 것이다!

찾는 자로 남는 것, 그것이 바로 인간 영혼이 따라야 할 소중한 계명이다. 슈투이벤 숲의 수목한계선까지 올라갔던 경험은 내게 그런 비유가 되었다. 질문은 우리를 찾는 자로 만들고, 비전은 희망하는 자로, 동경은 사랑하는 자로 만든다. 삶이 눈꺼풀을 깜박이는 것을 보고 그것에 반응하기 위해서는 사랑하고 찾는 마음으로 살아야 한다.

찾는 자의 영리함

놀라운 바이올린 소리를 들을 때면 내 머리는 커다란 귀 두 개로만 이루어진 것처럼 된다. 하느님을 찾는 것도 무엇보다 듣는 것이다. 나는 아는 자가 아니라 순례자가 되고자 한다. 인류는 함께 모여 '집단 지성'을 이룰 뿐 아니라, 세대마다 공동의 순례를 함께 하는 동행자들이기도 하다. 우리는 인생길에서 우리를 인도하고 안내하는 것을 서로 나누고, 서로 함께하도록 해야 한다.

순례자란 무엇일까? 순례자는 자신이 가는 길에서 자신의 근본과 소명과 한계를 의식하는 자이다. 우리는 무엇을 해야 하고 무엇을 해도 되는지 잘 모르면서도, 자꾸만 스스로 아는 자인 것처럼 여긴다. 반면 의미에 민감한 사람은 소명을 묻고, 자신의 한계에 주의한다.

우리가 믿는 바는 입으로 고백하는 것이 아니라, 마음으로 추구하는 것에서 드러난다. 그것은 우리가 설파하는 세계관에서가 아니라, 우리가 무엇을 하면서 시간을 보내는지, 우리가 어떤 일에 힘을 쏟는지에서 드러난다. "내게 당신이 뭘 하는지 보여주시오. 그러면 내가 당신이 무엇을 믿는지를 보여주겠소"라고 말할 수 있다. 의미를 찾는 데 아무런 희생이 따르지 않는다면, 제대로 가고 있는 것이 아니다. 우리 안에서 동경의 불꽃이 차갑게 식으면, 과거에 믿음이었던 것은 종교적 교리라는 차가운 재로 남게 될 것이다. 때로 하느님은 우리가 질문하는 자로 남게 하려고 우리에게서 모습을 감추신다. 묻는 자가 되는 것. 그것이 우리가 인간이게 한다. 그것은 우리가 약속 앞에서 예수께서 산상설교에서 말씀하신 대로 사는 것을 의미한다. "구하라 그러면 받을 것이요. 찾으라 그러면 찾을 것이요. 두드리라 그러면 열릴 것이다."(〈마태복음〉 7:7) 모든 예언자들은 이렇게 찾는 믿음의 영혼에 대해 이야기한다![1]

열정이 없었다면 우리는 당시 기름진 저지대에 서서 이렇게 말했을 것이다. "이 나무로 하자. 울림은 없겠지만, 도로 옆에 있잖아. 이런 나무의 유일한 가치는 힘들이지 않아도 된다는 거니까." 하느님을 찾고자 한다면 많은 수고를 짊어져야 한다. 사랑하며 찾는 것을 그저 종교적 고백으로 대치할 수는 없다. 찾는 사랑을 잃어버린다면 고백이 무슨 소용이 있겠는가?

당시 우리가 놀라운 울림의 재목을 발견할 거라고 확신하지 않

1 "너희는 주님을 만날 만한 때에 찾으라. 가까이 계실 때에 그를 부르라."(〈이사야〉 55:6) ; "하느님께서 말씀하시기를, 너희는 나를 찾으라. 그리하면 살리라."(〈아모스〉 5:4) ; "너희가 나를 찾으면 만날 것이다. 온 마음으로 나를 찾으면, 내가 너희를 만나주리라."(〈예레미야〉 29:13)

았다면, 그런 상황에서 길을 나설 힘을 내지 못했을 것이다. 그런 점에서 하느님을 찾는 것과 울리는 목재를 찾는 것에는 많은 공통점이 있다. 길가에서 우연히 귀중한 것을 발견하리라고 기대할 수는 없다.

경험적인 물리학에는 기본 원칙이 있다. 그리고 이 원칙은 많은 면에서 내면생활에도 적용된다. 그 원칙은 인식 대상이 인식 방법을 결정한다는 것이다. 공간의 온도를 측정하려 하는 사람은 어떤 측정 방법으로 이 문제를 해결할 수 있을지를 물어야 한다. 스톱워치를 가지고 온도를 측정할 수는 없다. 이제 온도가 아니라 하느님에 대한 질문이라면, 어떤 인식 방법이 적절할까? 온도를 측정하려면 온도계가 있어야 한다. 그러나 하느님을 알려면 무엇이 필요할까? 예레미야에게서 힌트를 얻을 수 있다. "너희가 나를 찾으면 만날 것이다. 온 마음으로 나를 찾으면, 내가 너희를 만나주리라."(〈예레미야〉 29:13) 간절히 찾는 자가 하느님을 발견하고, 만난다는 말이다. 찾고, 묻고, 궁구하고, 기도하는 것이 바로 반응이다. 그것이 바로 내적 인간의 길 떠남이다. 슈투이벤 숲에서 목재를 구하면서 그런 생각을 해보았다.

〈시편〉 69편은 "하느님을 찾는 자들은 그 마음이 생기를 얻을 것이다"라고 말한다. 의미심장하게도, 여기서도 이미 찾은 자가 아닌 찾는 자를 이야기한다. 거룩한 불안은 우리가 찾아 나서게 하고, 삶을 민감하게 돌아보게 한다. 거룩한 불안에 무심함은 없다. 비전을 알기 때문이다. 그러나 우리의 삶은 얼마나 자주 무심한 자로서의 미성숙한 안심과 내몰린 자로서의 미성숙한 불안 사이를 오가는가. 《장자莊子》(기원전 300년경)의 다음과 같은 비유처럼 말이다. "그대들은 가되 무엇이 그대들을 몰아가는지를 알지 못한다. 그대들은 쉬되 무엇이 그대들을 지탱해주고 있는지를 알지 못한다."[2]

나의 삶은 거룩한 추구가 되어야 한다. 그것은 노래하는 나무를 찾는 것과 비슷하다. 자신의 안일함을 극복해야 하기 때문이다. 확실한 건 안일하고 태만한 마음으로 사는 사람의 삶은 울림이 없다는 것이다. 오늘날에는 영성이 곧 마음의 평화를 누리는 것인 양 여겨진다. 하지만 반대다. 가치 있는 삶을 살려면, 길을 나서야 한다. 삶이란 찾고, 들으며 살아가는 순례의 길이다. 그렇게 나는 길을 나서고, 묻고, 보고, 궁구하고자 한다.

애쓰지 않고 충만함, 소명, 의미를 얻을 수 있기를 바라도 될까? 그렇지 않다. 노래하는 나무도 우연히 길가에서 마주칠 수는 없는 법이다. 하물며 소명은 우리를 불안하게 만들 수밖에 없다. 〈스바냐〉 선지자는 이렇게 이야기한다. "그때 내가 등불을 켜 들고 예루살렘을 샅샅이 뒤져, 무슨 일이 있어도 흔들리지 않고 태평한 자들을 소스라치게 놀라게 하겠다."(〈스바냐〉 1:12)

2 Zhuangzi, *Reden und Gleichnisse des Tschuang-Tse*, dt. Auswahl von Martin Buber, Zürich 1951, S. 151.

마음이 가난한 자들은 복이 있나니

우리의 삶은 정해진 길로만 진행되지 않는다. 선택의 정글을 통과하는 길에서 우리는 계속해서 무엇을 하고 무엇을 포기할지 결정해야 한다. 높은 산에서 자라는 가문비나무에서 우리는 특별한 지혜를 만난다. 물론 산속 가문비나무도 우듬지에는 푸른 잎이 달린 가지들이 있다. 가지들은 빛을 향해 뻗어나가고 그 덕분에 가문비나무가 산다. 빛을 통해서만 침엽이 만들어지고, 나무가 힘을 얻는다. 살아 있는 모든 것이 그렇듯이, 빛을 받지 못하는 것은 죽는다. 그리고 죽은 것은 유기체에 부담이 된다! 가문비나무는 자연적인 지혜로, 어둠 속에 놓인 마르고 시든 가지는 떨궈버린다. 그 안에 생명이 없기 때문이다. 하지만 그렇게 죽은 것이 떨어져 나간 자리에서 울림의 진수가 생겨난다! 그것은 언젠가 바이올린이 될, 나이테가 얇고 가지가 없으며 섬유가 길고 단단한 질 좋은 울림 목재다.

그리하여 울리는 삶은 지혜와 용기가 필요하다. 어떤 죽은 부분과 결별해야 할지 묻는 것이 중요하다. 정직한 마음은 스스로에게서 힘과 가치를 앗아가는 죽은 가지를 분간한다. 우리 삶에 당연한 것은 아무것도 없다. 우리는 삶의 모든 영역에서, 삶의 모든 가지와 모든 욕망에서 빛을 향해 뻗어나가는 것을 배워야 한다. 삶은 학습하는 것이다! "내게 와서 배워라"(〈마태복음〉 11:28)라는 예수의 말씀은 바로 그런 의미다. "그분은 세상의 빛이라서 그분

을 따르는 자는 어둠에 있지 않고 생명의 빛을 받게 되기 때문이다."(〈요한복음〉 8:12)

산속 가문비나무는 우리에게 죽은 것을 버리라고 가르쳐준다. 그것은 옳지 않은 것과의 결별을 뜻한다. 빛으로부터 스스로를 가리는 모든 행동과 결별하는 것이다. 솔직함, 진정성, 정의, 자비, 화해가 없는 것들과 결별하는 것이다. 울리는 삶은 죽은 것, 그릇된 것을 버리는 법을 안다. '죄를 짓지 않는다'는 것은 죄를 지을 수 있지만 그 선택권을 희생하고 그렇게 하지 않는다는 것이다.

하느님의 빛을 추구하는 사람은 삶의 모든 선택 앞에서 언뜻 보기에 더 제한적이고 더 가난해지는 쪽을 선택한다. 그러나 이것이 바로 예수가 산상설교에서 칭찬한 가난이다. "마음이 가난한 사람은 복이 있다. 하늘나라가 그들의 것이다."(〈마태복음〉 5:3) 이것은 귀한 목재를 만들어내는 가문비나무의 가난이다. 모든 것을 취하지 않고 해로운 것을 버리는 인간의 가난이다. 하지만 이를 통해 생명의 진수가 생겨난다. 삶은 은총을 통해 더 제한되고 느려질지도 모른다. 그러나 더 의식적이고, 농축되고, 열정적이고, 단단해질 것이다. 모든 권능과 모든 선물은 하느님 앞에서의 이런 가난으로부터 온다. 가지를 잘라버리는 고요와 자각의 시간으로부터 온다.

모든 삶은 자신의 샘을 파고 우물을 찾아야 한다. 부유한 사람은 샘을 발견하지 못할 위험이 있다. 목마르지 않기 때문이다. 그래서 찾지 않고, 그러다 보니 발견하지 못한다. 〈누가복음〉에 기록된 예수의 말씀 중에는 복에 대한 구절뿐 아니라 화에 대한 구절도 있다. "너희 부요한 자들은 화 있을지니! 너희는 이미 위로를 받았기 때문이다. 너희 지금 배부른 자들은 화 있을지니! 너희는 굶주리게 될 것이다!"(6:24~25) 이미 위로를 받았다는 말은 그들이 잘못된 장소에서 추구하고 찾았다는 말이다. 물질이 그들에게 포만감을 주었다. 화가 있을 것이라는 말은 심판의 외침이라기보다는, 고통의 외침이다. 누군가 맨발로 파편을 밟았을 때 아파서 지르는 비명 같은 것이다. 그렇게 예수의 말씀에는 부자들의 배부른 상태에 대한 절규와 고통이 담겨 있다. 그들은 배부르기에 마음을 다해 찾지 않는다. 그래서 목표를 그르치고 의미를 잃어버린다. 그들은 스스로 상처를 입고 그들에게 맡겨진 세상에 상처를 준다. 고대하고 듣고 찾는 것이 무엇인지 알지 못하기 때문이다. "너희 부요한 자들은 화 있을지니, 너희 배부른 자들은 화 있을지니!"

그러나 하느님 앞에서 가난한 사람은 은총의 선물을 받으려면 많은 것을 감내해야 한다는 걸 안다. 예수가 복되다고 칭한 가난한 자들은 하느님만이 채울 수 있는 결핍을 의식한다. 그들은 목마름으로 찾아 나설 것이며, 찾는 자가 되고, 풍성히 받는 자가 된다. 여기에 특별한 경험이 작용한다. 우리는 보통 '능동'과 '수동'을 구분한다. 그러나 신앙에는 제3의 길이 있다. 그것은 바로 '(선물로) 받는 것'이다. 은총의 법칙이라고도 불러도 좋을 이 길은 바로 '본질적인 것은 할 수 없고 선사 받을 수 있을 뿐'이라는 것이다. 그러나 우리는 스스로를 '받을 수 있게' 할 수 있다.

노래하는 나무를 찾아가는 길은 이에 대해 본질적인 것을 이야기해준다. 우리는 소명을 위해 가난해질 수 있어야 한다. 가난해진다는 것은 모든 것을 가지려 하지 않는 것이다! 즉 어떤 것들은 그냥 의식적으로 지나쳐버리는 것이다. 이런 가난에 울림이 될 수 없는 것을 버리는 힘이 있다. 하지만 이런 종류의 가난은 받을 수 있는 상태가 되는 것이기도 하다. 그럴 때 아직 보이지 않는 뭔가를 향해 나아갈 힘이 생겨난다. 예부터 전해오는 다음 이야기가 우리가 소망이라고 부르는 힘이 무엇인지 뚜렷이 보여준다.

건축 공사장에서 세 사람이 일을 하고 있었다. 모두가 삽을 들고 땅을 파는 중이었다. 첫 번째 일꾼은 의욕도 없고 피곤해 보였다. 지나가는 사람이 그에게 "지금 뭘 하고 있소?" 하고 묻자 그는 "보면 몰라요? 구덩이를 파고 있잖아요"라고 대답했다. 두 번째 일꾼은 첫 번째 일꾼보다는 기분이 나아 보였다. "지금 뭘 하고 있소?" 하고 묻자, 그는 "우린 커다란 벽의 기초를 놓고 있어요"라고 말했다. 세 번째 사람도 땅을 파는 중이었는데, 힘든 일로 몸이 지쳤으면서도 기쁨과 생동감으로 충만해 있었다. "지금 뭘 하고 있소?"라는 질문에 그는 대답했다. "우린 지금 멋진 성당을 짓고 있답니다."

노래하는 나무를 찾아 나서는 우리도 마찬가지다. 우리는 첫 번째 일꾼처럼 "보면 몰라요? 산에 오르고 있잖아요"라고 대답할 수 있을 것이다. 그러다가 점점 추워지고 길이 험해지고 옷이 더러워지면, 발걸음을 그냥 멈춰버리게 될 것이다. 혹은 두 번째 일꾼처럼 "우리는 목재를 찾고 있어요"라고 말할 수도 있을 것이다. 하지만 우리는 세 번째 일꾼처럼, '노래하는 나무'의 아름다움에 이끌려 눈앞에 그 모습을 그렸다. 앞으로 만들어질 바이올린의 깨끗하고 살아 있고 감미롭고 힘 있고 빛나는 음색을 상상했고, 이런 상상이 우리의 발걸음을 날아갈 듯 가볍게 했다. 우리의 바이올린은 오래전에 이미 우리 안에 살아 있었다. 울림을 위한 삶! 우리는 그것을 위해 좋은 목재를 필요로 했고, 수고를 잊었다. 우리가 삶 속에서 하는 모든 일이 그렇다. 우리가 가진 내적인 소망이 우리의 노력에 날개를 달아준다. 노래하는 나무를 발견한 순간, 때맞춰 구름이 걷히고 햇살이 기슭으로 환하게 떨어지던 숭고하고 신비한 순간은 잊을 수가 없다.

'소명의 나무'는 죽음을 통과한다. 바람에 부러지거나 꺾인다. 심연과 거센 물살을 본다. 뗏목으로 묶여 계곡으로 내려가서는, 물속에서 건져져 마이스터의 작업실로 간다. 그것은 우리가 세례를 통해 새로운 삶으로 들어가는 것과 같다. 나무는 이제 마이스터에게 맡겨진다. 마이스터의 손에서 소리가 나도록 빚어진다. 숲에서는 상상도 하지 못했던 소리가 울려 퍼진다. 〈시편〉은 "숲의 모든 나무들이 노래하리니"(96:12)라고 말한다. 하느님이 이렇게 빚으시는 능력이 바로 '성화聖化'이다. 우리가 이미 완전해진 것이 아니다. 그러나 우리는 거룩해지도록 부름받은 자로서 하느님의 능력 안에서 살아간다. 그 능력에 우리 자신을 의탁하고, 그 힘에 복종한다. 그것이 '거룩한 자'의 특성이다.

마이스터의 손에 우리를 맡길 때 우리 안의 창조적이고 선한 것은 보존되고, 미성숙하고 혼란스러운 것은 제거된다. 사랑 없는 마음, 희망 잃은 마음, 평안과 쉼을 잃은 마음, 하느님과 멀어진 마음이 제거된다. 바이올린 마이스터가 나무로 하여금 노래하게 하는 것처럼, 우리의 마이스터는 우리를 가지고 작업을 할 것이다. 우리의 마음에 필요한 가난은 우리가 취할 수 있는 많은 것 중 소명에 해가 되는 것을 버리는 것이다. 예수가 복되다고 칭찬한 마음의 가난에 이르지 못하는 자는 영혼이 상하고, 삶의 의미를 잃을 위험이 크다.

힘든 것이 모두 우리에게 좋지 않은 것은 아니고, 쉬운 것이 모두 축복은 아니다. 기름진 땅과 저지대의 온화한 기후에서 나무들은 빠르게 쑥쑥 자란다. 우리가 복으로 생각하는 물질적·정신적 풍요도 종종 그렇다. 무성해지고, 빠르게 자란다. 하지만 울림에는 부적합하다. 노래하는 나무들은 대개 힘든, 때로는 굉장히 불리한 조건에서 자란다. 좋은 소리를 내는 나무가 성장할 수 있는 지역은 알프스에서 몇 되지 않는다. 고도, 높이, 방위, 풍향, 기후, 토질이 악기에 울림을 선사한다. 일상의 역경과 고난을 견뎌야 하는 척박한 땅에서 울림이 있는 나무들이 자란다. 그곳에서 나무는 저항력을 키우며, 진동능력이 있는 세포들을 가지게 된다. 빨리 자란 나무는 저항력이 없다. 결코 자유롭게 공명하는 쓸모 있는 나무가 되지 못한다. 인간도 마찬가지다. 배부른 마음, 부유한 마음은 성령의 음성을 듣지 못한다. 하느님에 대한 동경을 알지 못하기 때문이다! 반면 〈이사야〉에는 이런 구절이 있다. "나의 영혼이 밤에 주님을 갈망합니다. 나의 마음이 아침에 주님을 찾습니다."(26:9)

척박한 땅과 불리한 기후를 경험한 노래하는 나무는 우리의 소명과 비슷하다. 이런 나무들에게는 새로운 두 번째 삶이 주어진다. 바로 노래하게 되는 것이다. 그 나무들은 마이스터의 손에서 깎이고 다듬어져 결국 바이올린으로서 울리게 될 것이다. 새로운 삶은 영원성을 지닌다. 그러나 그것은 현재의 고통과 시련 가운데서 이미 시작된다. 이런 과정을 거쳐야만 좋은 울림이 생겨날 수 있다. 시작은 줄기에서 경쾌한 소리가 나는 것이다. 이 소리는 찾는 마음을 상징한다. '노래하는 자'의 종소리 같은 울림이다.

바람에 휘둘리고, 심연을 보았어도
네 소명은 계속되리
물과 영으로, 새로 태어나
의의 나무, 너는 노래하는 이

2장

나무의 지혜

영적 능력의 시작

"나무를 보고, 비유를 배우라."

〈누가복음〉 21:29, 〈마가복음〉 13:28

바이올린 마이스터는 나무를 무덤덤하게 보지 못한다. 세월이 흐르면서 나무의 구조에 감정 이입을 하게 된다. 나이테의 진행을 보고 균질함과 광택, 밀도, 추재 비율을 판단할 때면, 나는 나무의 무늬와 명확한 사출수에 늘 매혹된다. 갓 자른 목재에서 나는 냄새를 맡으면 가슴이 벅차오른다. 이런 목재가 내 삶과 밀접한 관계에 있으니 그럴 수밖에 없다. 좋은 목재 덕분에 좋은 소리가 탄생하고, 바이올린 마이스터인 내가 가족들을 부양할 수 있으니 말이다. 나는 자연이 생산한 것, 그리고 바이올린을 제작하는 과정에서 자연이 내게 선사해주는 것에 의지해서 살아가고 있다. 그러므로 나무는 도외시한 채 바이올린 제작과정만 이야기하는 것은 옳지 않다.

인류의 모든 문화는 나무에 특별한 상징력을 부여해왔다. 그도 그럴 것이 나무는 인류의 생존과 떼려야 뗄 수 없는 존재였다. 인류의 시작부터 나무는 생존에 필수적인 재료였다. 목재는 우리가 거하는 집의 건축 자재로서 안전한 주거공간이 되어주었고, 땔감으로 우리 몸을 녹여주었다. 장작으로 불을 피움으로써 맹수들에게서 가족들을 보호했고, 먹거리를 익혔으며, 추위를 막을 수 있었다. 나무가 없었다면 인류는 생존할 수 없었을 것이다. 인간이 나무에게 깊은 감정적 유대를 느끼는 것은 그 때문인 듯하다.

그러나 나무는 생존에만 도움을 준 것이 아니다. 우리의 문화생활과 감정생활, 기쁨, 슬픔, 열정, 의식, 춤도 나무와 밀접하게 연결되어 있다. 인간은 목재의 특별한 공명 특성을 일찌감치 깨달았고, 목재는 가장 오래된 악기 재료로서 인류의 문화사에 일찌감치 자리 잡았다. 목재는 음악과 인간의 정신생활을 위한 도구가 되어주었다! 구약성서의 〈창세기〉 시작 부분에 나오는 족보를 보면 인류가 얼마나 일찌감치 예술과 소리에 대한 욕구를 의식했는지를 알 수 있다. 그곳에 "수금을 타고 피리를 부는 이들의 조상"(4:21)인 유발과 "구리나 쇠를 연마해 기구를 만드는 이들의 조상"(4:22)인 두발가인이 나온다. 최초의 인간으로부터 불과 '8세대' 안에 음악가와 수공업자의 조상들이 등장하는 것이다.

하지만 나무를 자세히 보아야 할 더 심오한 이유가 있다. 예수는 제자들에게 "나무를 보고, 비유를 배우라"(〈누가복음〉 21:29, 〈마태복음〉 24:32)라고 말씀하셨다. 나는 이런 조언에 의거하여 나무가 전해주는 지혜를 귀담아듣고자 한다. 헤르만 헤세Hermann Hesse는 이렇게 말했다. "나무들은 내게 언제나 사무치는 설교자다.

(…) 나무는 신성한 존재다. 나무와 이야기하고, 나무에 귀를 기울일 줄 아는 사람은 진리를 경험한다. 나무들은 교리나 비결을 설교하지 않는다. 삶의 가장 원초적 법칙을 설교한다."[1]

브리슬콘 소나무

나무 중에서 내게 각별한 나무가 있다. 소리를 내는 목재로 적합하기 때문이 아니라, 그 연륜과 성숙함, 성장 과정 때문이다. 바로 브리슬콘 소나무다. 브리슬콘 소나무는 지구상에서 최고령 생물이다. 현존하는 브리슬콘 소나무 중 열여덟 그루는 나이가 무려 4,000살이 넘는다. 그중 가장 고령에 속하는 것들은 이집트에서 피라미드가 지어지던 시대에 발아하여, 다윗 왕 치하에서 고대 이스라엘이 전성기를 맞았을 때 이미 1,500살이었다. 그런데 오늘날까지도 성장하고 있다.

놀랍게도 최고령 브리슬콘 소나무들은 상상할 수 없을 정도로 거친 환경에서 살아간다. 이들은 시에라 네바다 동쪽, 캘리포니아주 화이트마운틴 산맥의 해발 3,000미터가 넘는 고산지대에 서식한다. 매우 건조하며, 혹독한 기후가 지배하는 지역이다. 비는 거

1 Hermann Hesse, *Bäume*, Frankfurt am Main 1984, S. 9f(폴커 미헬스Volker Michels 엮음).

의 내리지 않고 매서운 추위와 강한 바람이 몰아친다. 브리슬콘 소나무는 이런 곳에서 몇 개의 침엽과 약간의 살아 있는 나무껍질로 생명을 이어간다. 최장수 브리슬콘 소나무들은 두께가 1년에 영 점 몇 밀리미터밖에 늘어나지 않고, 키가 18미터밖에 되지 않는다. 하지만 여전히 자라고 있으며, 예나 지금이나 씨앗을 낸다. 그 씨앗으로부터 싹이 돋아 다시금 장수 나무가 된다.

므두셀라라는 이름을 얻은 최장수 브리슬콘 소나무는 4,773세다. 미국 삼림청은 이 나무의 안전을 위해 정확한 위치를 비밀에 부쳤다. 므두셀라라는 이름은 〈창세기〉(5:21)와 〈누가복음〉(3:37)에 등장하는 동명의 족장 이름을 딴 것으로, 성서에 기록된 가장 장수한 인물이다.

이런 삶의 거장들에게서 내면의 삶에 대해 많은 것을 배울 수 있다. 5,000살 가까이 되었는데도 이들은 여전히 자란다! 이 나무들이 우리에게 해주는 말을 듣는 건 어렵지 않다. 더 이상 성장하지 않는 건 어쩔 수 없이 쇠락을 향해 나아가고, 곧 죽게 된다는 것이다. 둥치는 한동안 서 있을 수 있겠지만 매서운 바람에 휘둘리거나 균류에 감염되어 속이 약해지다가, 결국 자신의 무게를 못 이겨 쓰러져 버린다. 그 점에서 브리슬콘 소나무는 비유가 되어준다.

사람이 내적으로 살아 있는 한, 그는 역경과 위기, 연약함을 통과해 마지막까지 자랄 것이다. 바울은 〈고린도후서〉에서 이렇게 이야기한다. "우리는 낙심하지 않을 것입니다. 우리의 겉사람은 쇠락하나 속사람은 날마다 새로워질 것입니다."(〈고린도후서〉 4:16)

내적인 새로움을 알지 못하는 사람은, 파괴적인 생각이 엄습하고 상황의 바람이 몰아치면, 속부터 약해져서 무너진다. 우리는 딛고 있는 땅이나 삶의 환경을 스스로 선택하지 않았다. 하지만 우리가 경험하는 많은 고통은 내면의 인간, 즉 속사람의 성장통으로 작용한다. 바람과 메마름과 가난과 시련 앞에서도 삶을 꿋꿋이 견디기로 결정하고 내적 성장을 향해 나아가는 사람이라면 브리슬콘 소나무처럼 영예롭고 경탄할 만하지 않을까.

물을 향한 외침

나무의 시작은 어땠을까? 처음에는 씨앗이 있었다. 씨앗에는 싹이 며칠간 자랄 수 있을 만큼의 양분만 들어 있다. 제아무리 커다란 나무의 씨라 해도 최대 몇 주 버틸 수 있을 뿐이다. 성장하지 않으면 싹은 어쩔 수 없이 죽게 된다. 하지만 어떻게 성장할 수 있을까? 식물학이 알려주는바, 싹이 성장하려면 씨껍질을 통해 외부의 물을 받아들여야 한다. 이 역시 비유로 이해할 수 있다.

믿음을 갖게 된 사람은 나무의 씨앗과 같다. 그 안에 생명이 있다. 그리고 이 생명은 신체와 마찬가지로 물을 갈구한다. 이것이 영혼의 목마름이다. 〈시편〉은 이렇게 말한다. "사슴이 시냇물을 찾아 헤매듯이, 내 영혼이 주를 찾기에 갈급합니다."(42:1)

성장 없이는 생명이 없으며, 물 없이는 성장이 없다. 그러므로 영혼을 만족시켜주는 생수를 알고 있는가를 묻는 것이 중요하다. 생수는 성서에서 하느님을 아는 것을 상징한다. 이 물은 특별하다. 이 물을 아는 사람은, 동시에 하느님에 대한 목마름도 커진다. 하느님에 대한 갈급함을 알지 못하는 사람은 아직 믿음이 죽어 있는 것이다. 믿음이 살아 있는 곳에서는 하느님에 대한 내적 목마름이 생긴다. 이것은 도무지 충족되지 않는 갈급함이다.

살아 있지 않은 것만이 목마름을 알지 못한다. 죽은 믿음은 증명할 수도, 반박할 수도 없는 주장에 대한 무미건조한 시인일 따름이다. 그러나 복음서에서 말하는 믿음은 내적으로 하느님과 연합하는 것이다. 물을 받아들이지 못하면, 믿음은 살아 있지 못한다. 그런데 이 믿음의 물은 무엇일까? 〈요한복음〉에는 이렇게 되어 있다. "명절의 가장 중요한 날인 마지막 날에 예수께서 나와 큰 소리로 말씀하셨다. 목마른 사람은 내게로 와서 마셔라! 나를 믿는 사람은 기록된 바와 같이 그 속에서 생수가 강물처럼 흘러나오게 될 것이다." 이에 대해 요한은 이렇게 덧붙였다. "이것은 예수를 믿은 사람이 받게 될 성령을 가리켜서 한 말씀이다."(7:37~39)

아직 싹을 틔우지 않은 나무의 씨앗과 같이 여전히 스스로 안에 갇혀 있는 사람은 목마름을 알지 못한다. 그러나 성장하기 시작한 싹은 물을 갈구한다. 이것은 하느님과 연합한 가운데 자신의 내적 목마름을 달래기 시작하는 인간의 경험과 같다.

생명의 토대

싹은 맨 먼저 아래쪽으로 섬세한 뿌리를 내린다. 뿌리는 싹을 고정해준다. 가느다란 뿌리털은 생명을 유지하고 성장하는 데 필요한 물을 흠뻑 빨아들일 수 있다. 땅은 싹을 든든하게 지지해준다. 여기서도 예수가 "나무의 비유를 배우라"고 한 말씀의 뜻이 느껴진다. 나무는 생명을 유지하게 하는 물을 자신 속에서 찾지 않는다! 하지만 우리는 영혼의 목마름을 스스로 채울 수 있다고 착각하고 있지는 않은가. 싹은 자신을 지탱해주는 것을 자신에게서 찾지 않는다. 그를 지탱해주는 건 뿌리다. 뿌리는 예부터 자신 속에 갇힌 상태로는 살 수 없음을 보여주는 상징이었다. 뿌리는 자신만으로는 충분하지 않다는 지혜를 보여준다. 우리는 자랑스러운 줄기이자 넓게 뻗은 가지로서만, 무성한 나뭇잎으로서만 존재해서는 안 된다. 내면 깊은 곳에서 우리를 붙들어주는 세계를 찾기 위해 노력해야 한다.

싹에서 돋아난 뿌리가 자신보다는 땅속에서 더 많은 것을 찾듯이, 모든 생명은 자신 속에 있는 것만으로는 살 수 없다. '자신으로부터 나와야만' 살 수 있다. 믿음으로 말미암는 생명도 다르지 않다. 자신 안에서, 자신 속으로 깊숙이 들어가서 하느님을 만나야 한다고 말하는 사람들이 요즘 많다. 하지만 '자신으로부터 나와' 다른 사람들과 연결될 준비가 된 믿음만이 생명을 발견할 수 있다. 그것은 겸손해지기로 결정하는 것이다. 신학자 풀베르트 슈테펜스키Fulbert Steffensky는 이렇게 썼다.

"몇 살이나 먹어야 자신에게 몰두하는 것, 자아를 실현하는 것이 생명을 북돋울 만한 그 무엇도 가져다주지 않는다는 걸 깨달을 수 있을까? 오래된 덕을 배워야 한다. 바로 겸손이다. 겸손이란 우리가 각자 따로따로 있어서는 별 볼 일 없는 존재들임을 현실적으로 인정하는 것이다. (…) 진리를 찾는답시고 스스로를 온실 안에 고립시킬 필요가 없다. 진리가 무엇이고, 진리가 무엇을 요구하는지를 알기 위해, 우리는 형제자매와 스승과 부모 같은 사람들, 책과 이론과 이야기를 필요로 한다. 이들과 함께 진리를 이야기할 수 있다. (…) 어른이 된다는 것, 그리고 나이가 든다는 것은 스스로는 별로 가진 것 없음을, 우리 스스로에게서는 이렇다 하게 영혼의 양식이 될 만한 것을 별로 길어낼 수 없음을 자각하는 것이다. 자신에게서 길어낼 수 있는 소망은 아주 작다. 스스로 낼 수 있는 용기는 충분하지 않다. 우리 가슴이 꾸는 꿈은 진부하다. 얼마 가지 못한다. 우리는 구해서 받는 사람들이다. 스스로를 먹이거나 위로하거나 용기를 불어넣을 수 없다."[2]

자신은 그렇게 무기력한 싹이 아니라 훨씬 똑똑한 사람이며, 다른 사람들과 믿음의 공동체를 이루는 것 따위 필요하지 않다고

2 Fulbert Steffensky, *Feier des Lebens*, Stuttgart 2003, S. 31, 32, 37.

생각하는 믿음은 스스로에 대한 과대평가 가운데 생명의 능력을 갖지 못한다. 생명과 성장은 자신의 수고를 요구하는 그 땅, 그 토대를 긍정하는 사람에게만 약속된 것이다! 생명과 성장으로 나아가려면 오만하게 스스로를 꼭꼭 잠그는 그 폐쇄성을 포기해야 한다. 믿고, 의심하고, 희망을 품는 그 모든 일을 오직 자기 자신과만 하는 사람은 자신 속에 갇힌 씨앗과 같다. 마음 문을 꽁꽁 닫은 채 스스로를 가두는 이유는 두 가지다. 바로 자기애와 두려움이다.

씨앗이 땅에 떨어져 죽어 나무가 된다. 그 뿌리는 약속 안에서 안식하고, 나무는 뿌리에 힘입어 온 힘을 다해 오직 한 가지, 즉 자신 속에 내재된 법칙을 실현하고자 나아간다. 교만과 두려움은 그 일을 방해한다. 우리를 가둔다. 그렇게 자신 속에 갇힌 상태를 "뿌리가 없으므로 해가 뜨자마자 말라버렸다(〈마태복음〉 13:6)"라는 예수의 말씀에 빗댈 수 있다.

생명을 만들어내는 대비

이제 싹은 가는 뿌리들을 땅속에 내리고 자라기 시작한다. 다음으로 잎이 돋아난다. 여기서도 나무는 공동생활의 비유가 되어준다. 일반적으로 잘 모를 수도 있겠지만, 사실 뿌리는 나무에 양분을 공급할 뿐 아니라, 나무에게서 양분을 취하기도 한다. 뿌리는 나뭇잎으로부터 오는 영양을 필요로 한다. 그래서 모든 나무줄기에는 두 가지 길이 있다. 물관을 통해서는 뿌리로부터 수분이 올라가고, 바깥쪽 체관을 통해서는 양분이 뿌리 쪽으로 내려간다.[3]

이런 과정을 서로 다른 은사를 가진 사람들이 모인 공동체의 비유로 볼 수 있다. 뿌리가 물을 전달하지 않고 자신만을 위해 머금고 있으려 한다면 나뭇잎은 죽을 것이다. 반대로 나뭇잎이 햇빛으로부터 받은 것들을 전달하지 않고 자신만을 위해 간직하고자 한다면 뿌리는 죽을 것이다. 취하기만 하고 아무것도 내어주지 않는 삶은 내면적인 죽음에 이른다. 나뭇잎이 뿌리를 죽게 하거나 뿌리가 나뭇잎을 죽게 하면, 나무가 죽게 되기 때문이다.

뿌리의 은사와 나뭇잎의 은사만큼 대조적일 수가 있을까. 한쪽은 땅속 깊이 파고들고, 한쪽은 빛을 향해 뻗어간다. 그러나 둘 모두 자신의 은사에 충실하다. 재능뿐 아니라, 그와 연결된 과제에 충실하다. 깊은 곳에 있는 물을 찾아 나서는 뿌리, 빛에 열려 있는 나뭇잎!

뿌리와 잎은 각자 힘을 얻는 수단이 다르다. 하나는 물을, 하나는 빛을 받아들인다. 그처럼 개개인은 하느님의 현존을 서로 다르게 경험한다. 자신의 삶에 어떤 것이 요구되는지를 서로 다르게 지각하고, 서로 다른 모습으로 배려하고 섬긴다. 중요시하는 것이 서로 다르며, 힘들고 부담되는 것이 서로 다르다. 서로 다르지만,

3 나무의 성장과 해부학에 관한 생물학적인 사항에 대해서는 다음을 참조하라. Edlin, H. L., *Bäume*, Melsungen 1983.

‘서로에게 의지해’ ‘서로를 위해’ 살아간다는 사실이 그들을 묶어 준다. 뿌리와 잎은 자신의 본질에 충실하여 상대에게 자신의 것을 내어준다. 자신이 부여받은 생명을 나눈다. 그 누구도 자신이 모든 것이 되고자 하지 않는다. 주기만 하거나 받기만 하는 교만에 빠지지 않는다. 서로 다름을 관용하기만 하는 것이 아니라 의식적으로 서로를 위해 살아간다. 서로 다름은 획일성을 탈피하기 위한 미학적 사치가 아니고, 삶에 필수적인 것이다. 상대에 대한 존경은 상대가 나와 똑같아질 것을 기대하거나 요구하는 것이 아니라, 상대를 알아가기 시작하는 것으로 나타난다.

나무라는 유기체는 사랑이 서로 다른 모습으로 구현될 때 전체에 유익하다는 것을 깨닫게 한다. 다른 사람들을 모방하도록 강요당할 때 재능과 소명은 말라버리거나 시들어버릴 수 있다. 나뭇잎이 땅속으로 파고들려 하면 뿌리가 무슨 역할을 하는지를 이해하기는커녕 썩어버릴 것이다. 뿌리가 나뭇잎처럼 공중으로 뻗어나가고자 한다면, 나뭇잎을 이해하기는커녕 얼마 지나지 않아 말라버릴 것이다. 더불어 사는 공동체 역시 서로를 다 ‘이해’하지 못해도 서로에 대한 ‘신뢰’에 바탕을 둔다.

신뢰에는 아픈 실망이 뒤따를 수도 있기에 서로 함께한다는 것은 쉽지 않은 일이다. 예수는 이렇게 말씀하셨다. “누가 당신더러 억지로 오 리를 가자고 하거든 십 리를 같이 가주십시오.”(〈마태복음〉 5:41) 상대를 포기하지 않기 위해 실망을 통과해 에움길을 가야 하는 경우도 종종 있다. 자신이 타자를 위한 존재라는 것. 이것이 바로 선물로 받은 재능인 은사를 가지고 살아가는 사람의 내적 의식이다. 같은 신앙 안에서도 다른 사람들이 믿는 방식, 그들이 좋아하는 것이 이해되지 않을 수 있다. 뿌리와 잎은 서로를 이해하지 못하지만, 서로를 위해 존재한다. 이것이 그들의 신비다.

자아를 중시하는 경향이 강해지면서 (개인적 자유와 재능, 경험 축적을 중시하고, 구시대적인 관습과 성가신 전통에서 벗어나려 하면서) 소명이 마치 '자아실현'인 것처럼 생각하는 우를 범하는 경우가 많은 듯하다. 그러나 소명은 그렇게 자기중심적인 것이 아니다. 사실 이 세상을—불가해하고, 불의하고, 모순이 넘치는 이 세상을—바라보기만 해도, 이곳이 우리가 스스로를 개성적으로 그리고 개인적으로 '실현'하도록 얌전히 기다려주는 곳이 아니라는 사실에 가슴이 서늘해지지 않는가. 인간의 소명은 그가 살아가는 공동체, 그가 맺고 있는 인간관계들과 분리할 수 없다. 자신의 개인적인 의미에만 매몰되어 있는 사람은 그 의미를 열렬히 추구할수록 의미를 잃게 될 것이다. 개인적으로 완전해지는 것, 개인적으로 하느님과 만나는 것만 추구하는 사람은 그곳에 이르는 길이 어두워질 것이다. 오로지 자신만 생각하고 자신에게 몰두하는 사람은 나무에서 떨어져 나와 바람결에 우습게 흩날리면서 '내 소명은 뭐지?'라고 생각하는 나뭇잎과 비슷할 것이다. 믿음은 무엇보다 하느님과 이웃에게 '너'가 되어주라는 부름이다.

서로 더불어 삶을 살아가는 형제자매가 되었음을 의식해야 한다. 이런 의식 가운데 개성과 정체성은 우리 안에서 해체되는 것이 아니라, 오히려 '상대를 위해 실현된다'. 은사는 늘 개성적인 것이다. 그러나 여기서는 아무도 다른 사람을 희생시키면서 개성을 펼치지 않는다. 도리어 '타자를 위해' 펼친다. 사도 바울의 말처럼 "모두의 유익을 위해"(〈고린도전서〉 12:7) 재능을 펼친다. 우리는 의식적인 상호 존중 가운데 서로에게 맡겨진 존재들이다. '타자 안의 그리스도'에 대한 지향이 우리를 이끈다. 이런 지향 속에서 우리의 삶에 복이 약속된다.

개인 사이에서뿐 아니라 공동체 사이에서도 우리는 서로 다름 속에서 서로에게 뿌리와 잎이 되어주어야 한다. 그렇게 살아 있는 '우정'을 보여주어야 한다. 형제자매 안의 그리스도를 존중하는 만큼 그리스도를 알게 될 것이다.

예수는 이렇게 묻는다. "하느님 나라는 무엇과 같을까? 그것을 무엇과 비교할 수 있을까? 하느님 나라는 사람이 가져다가 자기 정원에 심은 겨자씨와 같다. 그 씨가 자라 나무가 되고 공중의 새들이 그 가지에 둥지를 틀었다."(〈누가복음〉 13:18~19)

뿌리와 잎은 빛이 왜 물기가 없느냐, 물이 왜 밝지 않느냐 하며 서로 따지고 가르치는 대신, 공동의 삶에 봉사하고 열매를 맺는다. 우리의 과열된 세계에서 그런 나무는 그늘을 선사하고, 새들이 깃들 장소가 될 것이다. 우리는 서로를 인정하고 존중하면서 살아가야 한다.[4] 신약성서는 문화적 경계나 민족을 초월한 공동체의 연대를 촉구한다.(〈고린도후서〉 8:14) 타자 속의 그리스도를 지향하는 것은 자신을 위해서가 아니라 나무로 대변되는 하느님 나라를 위한 것이다.

영혼의 광합성

나무의 잎은 하나하나가 모두 '공장'이다. 그 공장에서 보이지 않는 빛이 생명 에너지로 변화된다. 이것은 생물학에서 광합성이라고 부르는 과정이다. 광합성을 통해 눈에 보이지 않게 대기 중에 존재하던 탄소가 눈에 보이는 물질로 변화한다. 이렇게 태양에너지가 삶 속에 확산되고 '체화'된다. 하느님의 빛이 우리를 비출 때 우리 안에서도 영의 광합성이 일어난다. 하느님의 빛이 우리 안에서 구체적인 삶으로 변화되는 거룩한 과정이다.

빛과 영은 예부터 곧잘 서로 연결되어왔다.[5] 이런 면에서 나무

4 슈투트가르트에서 "함께—그렇지 않고는 어떻게Miteinander—wie sonst?"라는 주제로 개최된 유럽 세미나에 2004년과 2007년, 170개 이상의 신앙공동체에 속한 1만여 명이 모였다. 자기 나름의 방식으로 각 교회에서 활동하는 사람들이었다. 이 세미나는 상호존중 속에서 모두가 각각의 재능과 과제로 전체를 위해 봉사하고 있음을 의식하게 해주었다. 공동체 중에는 지역에 뿌리를 두고 활동하는 단체도 있었고, 세계적으로 활동하는 단체도 있었다. 다음을 참조하라. http://www.together4europe.org

5 위대한 찬송가인 '오소서 창조주 성령이여Veni Creator Spiritus'는 "마음의 불을 밝혀달라"는 말로 성령을 부른다. 그로써 이 찬가는 믿는 각 사람 안에서 역사하는 성령의 일을 묘사한다. 성령은 마음을 밝힌다.(〈히브리서〉 6:4, 〈고린도후서〉 4:6 참조) 동방정교회청의 텍스트에 따르면, 성령강림절에 온 세계는 빛의 세례를 받는다. 다음을

의 광합성은 또 하나의 비유가 되어준다. 하느님의 영은 내면의 선지자이자 교사와 같다. 성령은 억지로 우리에게 임하지 않는다. 무턱대고 우리 안에 들어오지 않는다. 성령은 우리 의사를 존중한다. 우리가 성령을 받아들일 의사가 있는지를 묻고, 우리 내면의 대답에 귀를 기울인다. 그는 우리와 함께 아파하고, 우리의 사랑을 구하며, 우리를 통해 사랑한다. 우리가 어둠 속에서 마음 문을 꼭꼭 걸어 잠그고 하느님의 말씀을 듣지 않으려 하거나, 하느님의 뜻을 행하기를 거부한다 해도 억지로 다그치지 않는다. 그러나 "오소서 성령이여, 하느님의 뜻을 행하도록 나를 도우소서"라는 마음의 외침보다 성령을 더 강력하게 초청하고 끌어당기는 것은 없을 것이다. 그런 기도를 하는 사람은 잎을 내고 빛을 향해 나아가는 나무처럼 생명을 펼치게 될 것이다.

새 봄

나무에 대한 마지막 비유를 이렇게 시작해봐도 좋을 것이다. "봄을 맞은 이 나무를 보라! 봄은 오랫동안 마음이 차갑게 굳어 있던 희망 없는 사람을 닮았다. 나뭇가지는 죽은 것처럼 마르고, 잎

참조하라. Raniero Cantalamessa, *Komm, Schöpfer Geist – Betrachtungen zum Hymnus Veni Creator Spiritus*, Freiburg 1999, S. 278.

들은 오래전에 시들고 떨어졌다. 하지만 이제 따뜻해진다. 무슨 일이 일어나는지 알지 못한 채…"

잎들과 함께 빛나는 힘을 펼치기 위해 나무에게 봄의 따뜻함이 필요한 것처럼, 믿음의 기후에도 우리 안에 새로운 힘이 펼쳐지는 계절이 찾아올 것이다. 추운 겨울 뒤 찾아오는 봄은 매번 기적처럼 생각된다. 앞으로 얼마나 많은 봄을 맞이할지 알 수 없지만, 그 어떤 봄도 그냥 흘려버려서는 안 될 것 같다. 봄이 오면 나는 매일같이 작업장 뒤편 숲에 가서, 밤나무 싹들을 본다. 얼마나 탐스럽고 생명력이 넘치는지! 새로이 출발하는 생명은 내게 묻는다. 너 하느님이 계시다는 증거를 원하니? 그럼 눈을 떠봐, 코와 귀를 열어보렴! 이것은 물론 논리적인 증명이 아니다. 그러나 생명이 내 영혼에 증거해준다. 이런 증거를 알아채지 못하고 경탄할 수 없는 영혼은 가련한 영혼이 아닐까. 그렇다면 무엇이 증거가 되어야 할까? 믿음이 성전이라면 경탄은 성전의 앞마당이라 할 수 있다. 경탄 없이 어떻게 믿음에 이를 수 있을까?

나는 어리석게 '두 번째 청춘'을 원하지는 않는다. 신체적 젊음은 이미 지나간 것. 하지만 내면생활에도 봄은 있다. 내면생활의 봄을 경험하고자 하는 사람은 결단을 내려야 할 것이다. 긴 빙하기와 같은 불신앙을 끝내고, 죽은 것 같은 가지를 믿음의 계절에 맡기자. 그 가지가 다시 생명을 잉태할 수 있기를 바라며.

빛나는 힘이 우리 안에 새로움을 불러일으킬 것이다. 지구의 자전축이 기울어져 계절을 선사하는 건, 봄이 우리의 절망에 희망을 불러일으키기 위함인지도 모른다. 봄은 바싹 마르고 죽은 듯 보이는 것으로부터 기적처럼 생명과 아름다움이 깨어날 수 있음을 보여주지 않는가. 우리도 그런 일에 동참할 수 있다. 그렇게 내게 봄꽃이 피는 건, 나의 내면에도 봄이 오게 해야겠다는 자극으로 다가온다.

90세가 넘어 돌아가신 일제라는 이름의 할머니는 내 아내와 친한 지인이었다. 노년에 몸이 많이 노쇠해지고 생의 마지막에는 통증이 심했는데도, 일제 할머니는 늘 생기와 희망과 힘을 간직했다.

만날 때마다 그녀의 눈은 젊은이처럼 반짝였고, 목소리에서도 젊음이 느껴졌다. (연령을 막론하고 매력적이고 빛이 나는 사람들이 있다. 젊을 때와는 다른 원천에서 나오는 아름다움이다.) 독립해서 공방을 연 뒤 몇 년간 우리 가족은 생계 곤란을 겪었는데, 아내가 어려움을 토로할 때마다 일제 할머니는 따뜻하고 진심 어린 위로와 격려를 해주었다. 그녀는 말을 하다가 도중에 자연스럽게 기도로 옮겨가곤 했다. 하느님과 친밀하다 보니 스스로 의식하지 못한 채 말이 축복기도로 옮겨가고, 기도가 다시금 지혜로운 말로 이어지는 듯했다. 한번은 병원에 병문안을 갔는데, 의사와 간호사 여러 명이, 뭐랄까 스스로를 잊은 듯한 해맑은 표정으로 일제 할머니의 침대 옆에 서 있었다. 의료적인 용건 때문이 아니라, 노쇠한 그녀에게서 뭔가 특별한 것이 느껴지는 듯했다. 일제 할머니는 하느님과 가까운, 우리 곁의 성자였다. 몸이 약했고,

더 약해져갔지만, 쇠약한 와중에도 마지막까지 놀라운 내면의 힘을 잃지 않았다.

그와 같은 사람이 〈시편〉(92:12~15)의 말씀에 부합하는 사람이 아닐까?

> 의인은 종려나무처럼 푸르고 레바논의 백향목처럼 성장할 것이다. 주님의 집에 심겼으니 우리 하느님의 뜰에서 무성해질 것이다. 늙어서도 여전히 꽃이 피고 열매를 맺으며 생기가 있어, 주님의 옳으심을 선포할 것이다.

3장

설계

조화로운 대립

"하느님은 모든 것이 제때 아름답게 이루어지도록 하셨다.
그리고 사람들에게 영원을 사모하는 마음을 주셨다."

〈전도서〉 3:11

나의 목재들은 악기로 만들어지기 전 작업장에서 여러 해를 보냈다.

앞판과 저음 울림대bassbar를 만드는 데는 산에서 자란 가문비나무가 필요하다. 측판과 뒷판과 머리의 소용돌이 모양scroll은 단풍나무로 만들고, 지판fingerboard과 줄감개peg는 흑단나무로 만든다. 몸통 속 라이닝과 측판 위아래에 대는 목재는 버드나무나 가문비나무를 사용한다. 지판의 위쪽 끝과 맨 아래쪽의 너트들도 보통은 검은 흑단나무로 만들지만, 연주용 악기는 이 부분을 아프리카 와투시 황소의 밝은색 뿔로 만든다. 너트는 바이올린 현의 힘을 흡수하는 부분인데, 뿔로 만든 하얀 너트들은 나무로 만든 것보다 더 아름답고, 굉장히 튼튼하며, 그럼에도 표면이 거칠지 않다. 그 밖에도 내 바이올린에 독특한 시각적 '개성'을 부여해준다.

내가 바이올린 앞판에 사용하는 나무 중에는 아주 오래전에 베어진 특별한 목재가 있다. 이 목재는 오랜 세월 베른의 어느 유서 깊은 바이올린 마이스터 가문의 공방에 보관되어 있었다. 한 고객이 내게 베른의 한 마이스터가 나이가 들어 공방을 닫으려 한다는 사실을 일러주었을 때, 나는 그길로 베른으로 달려갔다. 그 연로한 마이스터는 역시나 바이올린 마이스터였던 증조부에게서 물려받은 목재들을 보여주었다. 지금 내 작업실에 있는 나무는 그 증조부가 1884년 다보스에서 베어온 것이다. 이 오래된 목재는 세월이 흐르면서 독특한 황금색 질감과 색다른 음색을 갖게 되었다. 이런 목재는 특별한 울림을 내는 내 작업의 '황금 조각'이다.

반드시 목재를 오래 묵혀야 하는 것은 아니지만, 그런 목재로 작업을 하는 것은 상당히 매력적이다. 내가 만든 바이올린 중에는 어린 나무를 재료로 한 것들도 있다. 오래된 목재와 그렇지 않은 목재의 차이는 작업하다 보면 극명하게 느껴진다. 오래된 목재는 대패질을 하면 건조하고 무딘 표면이 드러나고, 어린 목재는 표면에 윤기가 흐른다. 오래된 목재로 작업을 할 때는 더 신경을 써야 하지만, 그럴 만한 보람이 있다. 오래된 목재는 특히나 부드럽고 무르익은 소리를 내기 때문이다.

목재 작업을 시작하기 전에 모델의 형태와 비례를 정해야 한다. 바이올린의 윤곽을 만들어야 하는 것이다. 이 과정에서도 새로운 비유를 깨달을 수 있다.

움베르토 에코Umberto Eco는 미의 역사에 대한 저서에서 아름다움을 비례와 조화로 파악했던 기원전 6세기를 이야기한다. 당시 사람들은 수열과 음악의 화음뿐 아니라, 인체와 종교건축, 우주에서도 비례와 조화를 보았다. "초기 피타고라스학파 사람들은 짝수와 홀수, 유한성과 무한성, 단일성과 다양성, 오른쪽과 왼쪽, 남자와 여자, 직선과 곡선의 대립에 조화가 있다고 보았다."[1]

대립적인 두 요소 중 하나가 배제되는 것이 아니라, 두 요소가 상호적인 긴장 관계 속에 존재할 때 조화가 이루어진다고 보았던 것이다. 조화는 대립의 부재가 아니라, 대립적인 것의 상호관계다. 서로 반대되는 측면들을 의식적으로 대치시키면서 조화를 이루게 하는 것이 고대의 시각적 범주에서 대칭을 이룬다. 대칭에 대한 요구는 그리스 미술에서 늘 살아 있었고, 미의 규범[2]이 되었으며, 그리스 고전의 척도가 되었다.

이번 장에서는 바이올린의 아름다움의 토대를 이루는 측면들을 이야기해볼까 한다. 그것들이 삶의 아름다움을 더 깊이 이해하는 데 도움이 될 거라고 확신한다. 이런 면들은 또한 성서의 기본 진리들을 새로운 시각으로 보도록 해준다. 성서는 일, 사람, 경험, 지혜의 내적인 아름다움을 조명해주는 조화로운 대립으로 충만하기 때문이다. 이것들은 지적인 방향성을 제시할 뿐 아니라, 삶

1 Umberto Eco, *Die Geschichte der Schönheit*, München, Wien 2004, S. 72.

2 여기서 규범의 어원인 그리스어 카논kanón은 잣대나 규정을 말한다. 카논은 일반적으로는 어떤 문화에서 필수불가결한 핵심으로 여겨지는 것을 의미하며, 예술에서는 비례의 규칙을 의미하고, 문학에서는 빼어난 가치를 지니는 작품들의 모음을 말한다.

의 도덕적 성숙과 의식에 기여할 것이며, 결국 이런 대립적인 것들이 하느님을 더 깊이 사랑하게 해줄 것이다.

아름다움과 패턴 방해

아름다움이란 과연 무엇일까? 젊은 시절 미의 본질에 대한 질문은 나를 붙들고 놓아주지 않았다. 막 바이올린 제작학교를 마친 신출내기였던 나는 부단히 바이올린 모델들을 만들어보면서 계속 자문했다. 정말로 아름다운 악기를 제작하려면 어떤 법칙을 따라야 할까? 바이올린은 어떻게 해서 이런 형태를 갖게 될까? 완벽한 소리의 배후에는 어떤 비밀이 숨어 있는 것일까? 25년쯤 전이었던 당시에 나는 악기가 어떤 기본 개념에 기초하는지 이해하지 못한 채 기존에 주어진 모형을 복제하고 치수표를 따르기만 해서는 이런 질문에 대답하지 못하리라는 걸 알았다. 바이올린은 왜 이런 모양이어야 할까? 바이올린의 모양은 어떤 법칙을 따라야 할까? 곡선과 평면 작업은 어떤 콘셉트를 쫓아야 할까?

정말로 좋은 결과물을 내려 한다면, 무작정 바이올린을 제작하기만 해서는 안 될 터였다. 무턱대고 학교에서 배운 치수표만 따르는 것과 작품의 기초가 되는 내적인 기준을 스스로 파악하고 있는 것은 당연히 차이가 있을 터였다. 그래서 나는 그때까지 배운 것들을 모조리 잊고자 했다. 물론 불가능했을 뿐 아니라 약간 순진한 시도였다. 그럼에도 나는 모든 것의 기본을 발견하기 위해, 선지식을 가능하면 머릿속에서 지우고자 했다. 독자적인 단계를 거쳐 좋은 결과에 이를 때만 정말로 바이올린이 왜 이런 모양이어야 하는지 알 수 있을 테니 말이다. 그러면 주어진 모형만 베끼는 대신에 기본 원칙들을 활용할 수 있을 것이고, 창조성을 발휘해 소리를 만들 수 있을 것이었다. 음향적·시각적 아름다움의 기본 법칙을 알아차리지 못하면 뿌연 안개 속을 더듬는 것처럼 모든 제작과정이 어설프기만 할 터였다.

이런 시도는 처음에는 전혀 즐겁지 않았다. 바이올린 모델을 설계하면서 나는 계속해서 이미 알고 있는, 그러나 왜 그렇게 해야 하는지는 모르는 치수로 계속 돌아갔다. 그랬다. 자꾸 베끼기만 했다. 아름다움의 기본 법칙은 깨우치지 못했다. 그러던 중 뷔르츠부르크에서 독일의 유명한 바로크 건축가 발타자르 노이만 Johann Balthasar Neuman[3] 탄생 300주년 기념 전시가 열린다는 소식을 들었다.

이 소식에 나는 저명한 바로크 건축가의 사상세계를 엿볼 수 있지 않을까 하는 희망을 안고 전시회로 향했다. 발타자르 노이만의 건축물에서는 어마어마한 미학적 힘이 느껴진다. 이런 아름다

3 1687년 1월 27일 에거 출생, 1753년 8월 19일 뷔르츠부르크 사망. 건축물로 14성인 순례성당, 뷔르크부르크 레지덴츠와 케펠레 순례교회, 뮌스터슈바르차흐 대수도원 성당 등이 있다(발타자르 노이만의 초상화는 독일의 50마르크 지폐에 들어가 있었다).

움은 확실한 기본 콘셉트 없이는 설명되지 않을 터였다. 기쁘게도 전시회에는 몇몇 건축평면도 원본이 걸려 있었다(물론 유리 액자 속에 있었지만, 어쨌든 말이다). 나는 반나절을 어른 키보다 더 큰 설계도 앞에 서서 열심히 선들을 탐구했고, 그 밖에 설계도에서 알아낼 수 있는 것이 또 무엇이 있을지 꼼꼼하게 살폈다. 약간 운이 좋으면 그 시대의 미학적 아이디어의 세계를 엿볼 수 있으리라고, 그러다 보면 감각적 아름다움의 기본 토대를 찾는 데 도움이 될 거라고 생각했다. 바이올린도 바로 바로크 시대에 활발히 제작되었기 때문이다.

그날 나는 정말로 그곳에서 아름다움의 기본 토대를 발견했다. 돌이켜보면 그 발견은 내게 계시의 순간이었고, 그 순간은 지금까지 나와 동반하고 있다. 여러 시간에 걸쳐 때로는 멀찌감치 떨어져서, 때로는 아주 가까이에서 설계도를 관찰한 보람이 있었다. 그 모든 시간 동안 나를 사로잡았던 질문은 선은 어떤 콘셉트를 따르는가였다. 긴장이 실린 동시에 이토록 균형 잡힌 형태는 어떻게 탄생하는 것일까? 노이만이 그린 길쭉한 원들은 수학적 함수를 따른 것일까? 즉 선의 시작부분에서 이미 끝부분이 어떻게 될지 정해져 있는 것일까? 아니면 단순히 손 가는 대로 선을 그어 곡선이 마지막에 어떻게든 맞물리도록 한 것일까? 아니면 예로부터 선박을 건조할 때 늑재의 횡단면 곡선 설계에 사용했던 스플라인spline을 활용한 것일까? 그 멋진 형태의 비밀은 무엇일까?

그렇게 나는 거대한 양피지 앞에 서서 선과 점선, 연장된 대칭

축을 수첩에 옮겨그렸다. 그러고는 놀라운 원칙을 깨달았다. 그것은 단순하면서도 확실했다. 설계도 속의 원들은 (기하학적 타원형처럼) 단순한 수학함수에 근거한 것도 아니었고, 그냥 마음 내키는 대로 그린 것도 아니었다. 그것들은 의도적으로 투입된 활꼴들이 맞물려 탄생하는 것이었다. 바탕은 사각형이고, 사각형의 모서리를 연장한 선이 각각의 활꼴이 다음 활꼴과 맞물리는 전환점을 이룬다. (책의 맨 마지막 페이지에 실린 스케치에 이런 기본 원칙을 몇 단계에 걸쳐 알아보기 쉽게 묘사해놓았다.)

노이만의 원칙은 미학적으로 오늘날 보통 컴퓨터지원설계(CAD)에서 곡선을 만들어내는 방식을 미리 선취하고 있다. 스플라인 함수로 만들어지는 곡선 형태는 말할 수 없는 지루함을 자아낸다. 마지막에 어떻게 될지 처음에 이미 명확히 정해져 있다. 곡선의 작은 시작부분이 이미 모든 걸 말해준다. 놀라움 같은 것은 기대할 수 없다. 그 결과 진부하고, 예측가능하고, 명백하고, 꿰뚫어볼 수 있는 평범한 곡선이 탄생한다. 노이만의 콘셉트는 전혀 다르다. 여기서는 두 개의 친숙한 패턴이 직접적으로 눈에 보이지 않는 부분에서 맞물린다. 하나씩 보자면 그보다 더 지루할 수 없는 두 개의 원 말이다. 이것이 원칙이다. 우리 눈은 본능적으로 패턴을 알아채려 한다. 이것이 바로 수십억 개에 이르는 신경세포 네트워크의 과제다. 그렇게 눈은 선을 파악하기 시작하고, 이미 파악했다고 생각하고 시선을 돌리려 한다. 하지만 그 순간 눈은 흠칫 혼란스러워서 다시 본다. 그러면 그때까지 해석된 패턴은 깨진다! 불현듯 다른 반지름이 눈에 들어온다. 눈은 친숙한 패턴을 폐기해야 한다. 패턴이 깨지는 것이다. 노이만에게는 그런 전환점이 네 군데 있다. 그때까지의 해석은 현실에서 배겨나지 못한다. 그렇게 타원의 반지름 사이의 전환점은 시각적 위기가 된다. 반지름은 일정하게 진행되지 않는다. 길은 계속되지만, 아주 다른 궤도를 그린다.

이런 설명을 다 이해하지 못해도 상관없다. 중요한 것은 이것이다. 여기서는 친숙함과 놀라움이 끊임없이 교대된다는 것. 원호는 그 자체로 친숙함의 본보기다. 원호들은 완전한 일치를 상징한다. 하지만 원 사이의 전환점들은 위기의 본보기다. 그것들은 미리 예고되지 않는다!

그리하여 여기에서 두 요소가 환상적인 변증법[4]으로 맞물린다. 바로 '친숙한 것과 뜻밖의 것'이 그것이다. 이 둘이 합쳐져 조화로운 대립을 이룬다. 이 두 요소가 '조화'로운 것은 대립적인 것이 합쳐져 하나의 전체가 되기 때문이다. 한쪽은 다른 한쪽 없이는 존재할 수 없고 존재해서도 안 된다. 대립적인 것 중 하나가 없어지면 어떻게 될지 쉽게 상상할 수 있다. 익숙한 패턴 없이 뜻밖의 것만 있으면 '자의적이게' 된다. 반대로 뜻밖의 것이 없이 익숙한 것뿐이면 '지루해진다'. 대립의 조화가 깨질 때, 이 두 가지 나락이 열린다.

4 대립에 대한 가르침.

-한 가지 나락은 '자의'이다. 이것은 설명을 허락하지 않는다. 모든 것이 가능하다. 신뢰성이 없고, 이해할 수 있는 패턴이 없다. 자의적인 것은 힘겹다. 아무것도 식별할 수가 없기 때문이다.

-또 다른 나락은 '지루함'이다. 이것은 설명할 필요가 없다. 모든 것이 저절로 설명된다. 이것은 완결된 패턴이다. 지루함은 따분하다. 모든 것을 오래전에 식별했기 때문이다.

발타자르 노이만의 건축은 조화로운 대립이라는 생각을 따른다. 그것은 어느 부분에서도 지루함이나 자의로 전락해버리지 않는다.[5]

당시 작은 공방에서 나는 이런 새로운 인식을 곧 바이올린의 구조에 적용하기 시작했다. 스트라디바리우스의 윤곽도 그와 아주 비슷한 원칙을 따르고 있음을 바로 알아챌 수 있었다. 스트라디바리우스의 곡선도 함수—그걸 따르면 훨씬 더 간단했을 텐데도—가 아닌 반지름의 상호작용을 따르고 있었다. 위대한 이탈리아의 마이스터도 친숙함과 시각적 변화 간의 미학적 유희를 잘 알고 있었던 듯, 이런 생각을 작품 속에 반영한 것이다.

5 그 기본 원칙을 '거울상 변증법'이라고 할 수 있다. 모든 조화로운 대립에 부정적이고 '전락한' 거울상을 대응시킬 수 있다.

음악의 매력

패턴 형성과 패턴 파괴가 교대되며 유희하는 것이 우리에게 매력적으로 여겨지는 현상은 바이올린의 외관과 같은 시각적 매력에만 국한되지 않는다. 친숙한 것과 뜻밖의 것의 상호작용은 작곡에서도 발견된다. 즉 친숙한 멜로디, 리듬, 화음을 계속해서 의식적으로 흐트러뜨리는 데서 말이다. 이런 '교란'은 우리의 기대와는 다르게 전개되는 것을 의미한다.

모차르트Wolfgang Amadeus Mozart는 이런 원칙을 탁월하게 활용했다. 모차르트의 많은 모티브는 아주 자명하게 느껴져서, 전혀 알지 못하는 곡인데도 곧장 따라서 흥얼거릴 수 있을 듯하다. 하지만 친숙하게 느껴진다 싶으면 곧 모든 것이 달라진다. 이것이 바로 음악을 들을 때의 묘미다. 음악의 매력이다. 규칙적이고 정돈된 패턴과 예기치 않은 불확실한 것이 교대된다.[6] 우리는 음악을 들을 때 늘 짧은 시간 전에 속으로 '멜로디를 선취한다'.[7] 다음 순간 무슨 소리가 들릴지 기대하는 것이다. 기대가 충족될까 하는

6 다음을 참조하라. Juan G. Roederer, *Physikalische und psychoakustische Grundlagen der Musik*, Berlin, Heidelberg, New York 1977, S. 12.

7 바이올리니스트는 이것을 터득하지 않고서 '깨끗한 연주'를 할 수가 없을 것이다. 인토네이션, 즉 음의 상대적인 높이 변화는 음악가에게 자신이 연주하는 음을 미리 들을 수 있는 능력을 요구한다.

긴장이 조성된다. 말하자면 듣고 싶어 귀가 간질간질한 것이다.[8]

아름답게 다가오는 모든 지각의 공통점은 이렇듯 기대와 기대 충족 경험이 상호작용한다는 데 있다. 우리는 기대가 충족될 때 친숙함을 느낀다. 충족감이 너무 드물게 경험되면 혼란스럽다. 음악에는 친숙한 것과 뜻밖의 것이라는 양면성이 공존한다. 익숙하기만 하면, 그 진행이 미학적인 관점에서 진부하고 자극이 없고 평범하게 느껴진다. 이런 음악은 우리의 미학적인 감각에 거슬린다. 별로 요구받는 것이 없기 때문이다. 반면 익숙함이 너무 없으면 종잡을 수 없는 것에 무방비로 맡겨지는 느낌이 나서, 미학적인 감각이 당황한다. 듣기가 힘들어진다.

이런 내적인 기대의 한 가지 예는 7도 화음에서 느끼는 긴장이 으뜸화음으로 해소되기를 기대하는 것이다. 7도 화음에서는 내적 긴장감이 높아지는데, 이 긴장감은 으뜸화음을 통해 음악적 기대가 충족될 때 해소된다. 이 이야기를 하자 청소년 시절 내가 바이올린 선생님 아틸라 발로에게 장난을 쳤던 기억이 떠오른다. 이 선생님은 젊은 시절 베를린 필하모니 소속의 솔로 비올리스트였는데, 사고로 왼손을 다쳐서 연주자 경력을 포기한 뒤 슈바빙 지

8 신약의 서신서에는 이렇게 되어 있다. "그들은 귀가 근질근질해서 자신의 사욕을 따를 스승을 많이 두고."(〈디모데후서〉 4:3) 이 말은 그들이 자신의 기대에 부합하는 말만 들을 준비가 되어 있다는 뜻이다.

역의 마을 음악학교에서 나 같은 아이들에게 바이올린을 가르쳤다. 바이올린을 배우는 동안 이 선생님이 생생하게 보여준 음악에 대한 심오하고 열정적인 이해가 훗날 나를 바이올린 마이스터의 길로 이끌었다.

당시 우리는 요한 제바스티안 바흐Johann Sebastian Bach의 바이올린 협주곡 a단조(BWV 1041)를 배우고 있었다. 아틸라 선생님은 전 시간에 여러 부분에서 바이올린 소리에 적절한 프레이징을 만들어주고 많은 설명과 함께 연주를 선보였다. 특히 (당시 나의 수준에는 약간 넘칠 정도로) 음악에서 긴장의 필요성을 알려주고, 마지막 화음을 통한 긴장 해소를 강조했다. 그다음 주 레슨 시간에 선생님은 소파에 앉아 미소를 지으며 눈을 감은 채 (변변찮은) 내 연주에 귀를 기울였다. 그런데 1악장의 마지막에 이르러 나는 장난삼아 그냥 마지막 음을 누락해버렸다! 그러자 선생님이 잠시 멈칫 놀라더니 벌떡 일어나 소리를 지르며 내게서 바이올린을 빼앗아 버렸던 기억이 난다. 마지막 음을 통해 긴장이 풀리기를 기대했는데, 그것이 일어나지 않는 상황에 미처 대비하지 못했던 것이다.

물론 마지막 음만이 중요한 것은 아니다. 음악은 계속해서 감정적 약속을 만들어낸다. 음악을 들을 때 우리의 의식은 자신(기대감 조성)과 세계(기대충족 경험)가 지속적으로 상호작용하는 경험을 한다. 음악이 우리와 함께 연주한다고 말할 수 있다.

강력한 악기

청중뿐 아니라, 무엇보다 바이올리니스트 자신이 계속해서 조화로운 대립의 기본 원칙을 경험한다. 악기의 음색은 친숙한 것이지만 그는 악기에서 자신의 소리를 찾을 수 있어야 한다. 그리고 바이올린은 살아 있는 상대로서 그에게 도전하는 동시에 영감을 주어야 한다. 친숙함은 바이올리니스트가 음을 만들어낼 수 있게 한다. 하지만 바이올린에게 친숙함이 '전부'라면, 바이올리스트가 좋은 소리를 내도록 자극하고, 더 생기 있는 연주로 이끌지 못한다. 강한 공명 안에서 울리는 음들은 잘못하면 거칠어질 수 있다. 다른 한편 강한 공명 안에서 비로소 음들은 진정으로 빚어질 수 있고, 음에 색채와 생기와 힘이 더해질 수 있다. 공명 없는 연주는 힘들지 않다. 아주 쉽다. 그러나 동시에 진부하다.

악기의 공명은 현의 진동에 위기다. 공명이 현의 균일한 진동을 방해하기 때문이다. 바이올린 몸체의 공명이 강할수록 현의 진동에 영향을 미치고, 현의 진동을 방해한다. 이런 피드백이 없으면 악기를 다루기가 더 쉽겠지만, 그럴 때 음색은 진부해진다.[9] 진동하는 현에 인상적인 공명이 '주어지는' 공명 영역에서만 음악가

9 이것이 전자 바이올린과의 본질적인 차이다. 전자 악기에서는 연속적인 선율을 보다 작은 단위로 분절하는 음의 아티큘레이션이 본질적으로 더 빠르다. 현의 진동이 바이올린 몸체의 음향학적 공명에 방해를 받지 않기 때문이다. 하지만 바로 이렇게 '방해'가 결여됨으로써 음이 납작하고 진부해진다.

는 음을 '빚을 수 있다'. 여기서 음악가는 자신의 악기에서 저항과 힘을 느낀다. 악기는 살아 있는 강력한 상대다. 삶에 빗대 말하자면, 생명을 추구하는 동시에 위기를 마다할 순 없다는 것이다! 진부함과 생동감, 정체와 발전은 함께 갈 수 없다!

강한 바이올린의 공명 특성은 연주자를 모순에 가까운 이중의 도전 앞에 세운다. 어떤 음은 '살려줘야' 하고, 어떤 음은 '눌러줘야' 한다. 강한 공명 안에 있는 음들은 눌러줘야 한다. 이것을 잘하면 굉장한 매력이 펼쳐진다. 악기의 힘과 음색에 다양한 변화가 생겨난다. 한편 화성적 특성상 바이올린의 몸체에서 잘 공명하지 못하는 음들은 다르다. 그런 음은 살려줘야 한다. 활쓰기와 비브라토를 변화시켜 배음들이 강한 공명의 측면에 의지하게끔 하면서 그렇게 할 수 있다. 훌륭한 바이올리니스트는 그 모든 것을 직관적으로 한다. 연주하면서 어떻게 할지 숙고하는 것이 아니다. 연주자는 손가락 아래에서 음색, 생동감, 저항을 느낀다.

좋은 바이올린은 음악가에게 결코 복종하지 않는다. 연주자와 같은 눈높이를 유지한다. 바이올린은 음악가에게 제2의 스승이다. 바이올린이 어떻게 소리를 빚고 노래할 수 있는지를 가르치기 때문이다. 좋은 악기는 음악가가 음을 발견하도록 요구한다. 사람은 진부한 것을 발견할 수도 없고, 발견하려 하지도 않는다. 진부한 것은 뻔하다. 진부한 바이올린은 사용할 수는 있지만, 음이 진정으로 살아날 수가 없다. 눌러주거나 제어할 필요도 없다. 강한 공명이 없기 때문이다. 그것이 차이를 만든다. 좋은 바이올린이어야만 친숙함과 낯섦, 친밀함과 저항의 상호작용이 유지된다. 그러므로 좋은 울림은 발타자르 노이만의 건축물과 같은 원칙에 근거한다. 익숙하고 친숙한 것뿐이면 영감이 없다. 이질적이고 낯선 것뿐이면 소통이 불가능하다.

무엇이 아름다움을 만들어내는지에 대해서 다 답할 수는 없다. 그럼에도 감각적인 것들(소리, 색깔, 형태, 냄새, 움직임 등)과 관련하여, 어떤 것이 매력적으로 느껴지는지가 자의적인 문제가 아니라는 건 모든 사람이 직관적으로 안다. 뭔가가 너무나 우아해서 숨이 멎을 정도였던 나머지 몇 년이 지나도 그 이미지나 경험이 떠오르는 것은 우연이 아니다. 아름다운 것에는 이유가 있다. 아름다움이나 생동감의 규범을 찾는 사람들은 이런 규범 속으로 들어가 그 법칙을 따라야 한다. 물론 이런 법칙에 꼭 관심을 가질 필요는 없다. 자신의 삶을 우연에 방치하는 것으로 만족한다면 말이다. 우리는 삶의 예술가가 될지 소비자가 될지 스스로 결정한다. 소비자는 아무것도 깨달을 필요가 없다. 그러나 예술가는 어떤 법칙이 자신이 추구하고 원하는 것을 표현하도록 허락하고, 어떤 법칙이 그것을 금하는지 알아야 한다.

아름다움의 이런 기본 법칙은 인간관계의 법칙에도 적용된다. 성공적인 관계도 친숙한 것과 낯선 것, 기대와 충족의 긴장이 있다. (여기서도 우리는 관계의 소비자가 아닌 예술가가 되어야 한다!) 관계에서도 우리는 원의 진부함을 경험할 수 있다. 관계에서 위기는 상호 간의 친숙함을 방해한다. 방해가 너무 세지면 둘은 갈라선다. 하지만 좋은 바이올린의 공명에 해당하는 것이 여기서도 적용된다. 바로 성장과 단조로움, 생동감과 진부함은 함께 갈 수 없다는 것이다. 함께 성숙해가길 원하면서 낯선 것을 기피하는 것은 원적문제Squaring the circle(자와 컴퍼스만으로 원과 같은 면적을 가진 정사각형을 작도하는 문제) 같다. 위기 없는 삶, 공명 없는 악기, 단순한 원에는 한 가지 공통점이 있다. 바로 성장이 없다는 것이다. 그래서 관계를 위해 노력하는 대신 성숙하지 않은 관계를 그냥 포기해버린다. 탐구하고, 발견하고, 소통하고, 만들고, 성장하고, 성숙할 가능성을 그르쳐버린다!

'진부한' 관계에서는 오로지 자신의 평온만을 추구한다. 그러다 보니 위기를 받아들이고 기회로 삼을 수가 없다. 그러나 아름다움이 무너지는 또 하나의 나락은 자의다. '제멋대로인' 관계는 전혀 안정감이 없다. 이런 관계는 공명이 너무 강해서 현의 진동이 더 이상 안정된 상태에 이를 수 없는 것과 비슷하다. 첼리스트들은 이런 악명 높은 음을 '늑대 소리'라고 부른다. 늑대 소리는 현의 진동에서 과도한 에너지를 앗아간다. 그 원인은 몸체의 주된 공명에 있다. 진동하는 현은 빼앗기는 에너지를 미처 추가로 공급하지 못해 떨리며 울부짖는 것 같은 소리를 낸다. 이것이 늑대 울음소리를 연상시킨다고 해서 늑대 소리라고 부른다. 진동은 무너지고 개별적인 음들만 도드라지는데, 듣기가 좋지 않다.

파트너 관계와 친구 관계도 이런 늑대 소리 때문에 힘들어질 수 있다. 한쪽이 제멋대로라서 상대의 에너지를 과도하게 앗아갈 때 말이다. 신뢰가 결여된 관계는 아름다울 수 없다. 우정이나 파트너 관계도 두 가지를 필요로 한다. 내 아내가 내게 친숙하기만 하면 관계는 진부할 것이다. 그러나 아내가 나를 번번이 놀라게 한다면, 예측할 수 없고 종잡을 수 없다면, 함께 살아가는 건 힘겹다. 살아 있는 관계에서는 서로 친숙함을 유지하면서도 간혹 서로에게 신선한 놀라움을 안겨줄 수 있는 상상력을 잃지 않는 것이 중요하다. 이것은 앞에서 말한 아름다움의 기본 원칙과 상통한다.

나는 당시 발타자르 노이만의 설계에서 패턴 전환의 원칙을 발견했다. 이런 기본 아이디어는 이후 내 삶의 모든 영역에 스며들었다. 우선은 바이올린 설계와 소리에, 그리고 사람들과의 관계에, 그러나 가장 깊게는 나의 믿음에 적용되었다. 조화로운 대립의 아름다움이 성서의 모든 굵직한 주제들을 관통하고 있다는 생각이 점점 강해졌다.

위기와 계시

하느님에 대한 믿음과 울림 있는 삶은 내겐 기본적으로 서로 뗄 수 없는 것이다. 하나에 대한 사랑을 통해 다른 하나를 경험한다. 이것은 단순한 비유 이상이다. 같은 진리를 깨닫고, 같은 일들을 본다.

특히나 예수의 삶은 내게 대립의 조화를 통해 새로운 빛으로 드러난다. 예수의 삶에서 패턴과 패턴 파괴는 어떤 모습일까? 그것은 친숙함과 위기라는 개념이다. 예수 안에 구현된 것보다 더 대조적인 것이 있을까. 제자들과 많은 동시대인이 기대했던 위대한 메시아의 모습은 온데간데없이 예수의 예루살렘 입성은 불행으로 끝난다. 기적이 일어나는 대신 영웅은 십자가에 못 박혀버린다. 통용되는 메시아적 사고의 패턴이 파괴되는 일이 일어난 것이다. 이런 패턴 파괴는 극도로 야만적인 방식으로 일어났다.

인간의 삶에서 정말로 실존적인 놀라움의 순간들이 두 종류 있다. 하나는 '위기', 다른 하나는 '계시'이다. 이런 순간들은 조화로운 대립이라는 생각이 삶의 달콤한 미학적 형상화와는 무관하다는 걸 보여준다. 노이만의 성당 평면도를 마음속으로 그려보면, 예수의 삶에서 원이 지닌 친숙함의 전환점은 바로 십자가의 위기였다.

패턴은 흔들린다. 예수의 삶이 신적인 광휘뿐이었다면, 나는 그런 영웅을 전설적인 존재로 생각했을지는 모르지만, 내 삶에 받아들이지 못했을 것이다. 내 삶과 별로 관계가 없을 테니까 말이다. 한눈에 파악할 수 있는 순수한 원. 진동에 방해를 받지 않는 공명 없는 악기. 거기에는 아무것도 살릴 것이 없고, 아무것도 누를 것이 없다. 십자가는 메시아적 변용이 다가 아니라는 것을 보여준다. 메시아적 변용만으로는 내 삶의 설명할 수 없는 부분을 건드리지 못했을 것이다. 하늘의 영광은 저 멀리 있고, 내 세계는 여기

낮은 곳에 설명할 수 없는 채로 남았을 것이다. 반쪽짜리 그림만 그리지 않을 작정이라면 패턴은 흔들려야 한다.

예루살렘을 떠나 엠마오라는 마을로 가던 두 제자는 "우리는 예수가 이스라엘의 구원자이기를 기대하고 있었다"며 실망을 토로한다.(〈누가복음〉 24:21) 예수가 십자가에 못 박혀 죽은 지 이틀 지났을 때의 일이다. 인간들을 삶의 질곡에서 해방하는 메시아적 영웅에 대한 소망은 깨졌다. 메시아적인 해방자에 대한 저급한 소망은 깊은 실망으로 변했다. 패턴은 실존적인 전환점에 이르렀다. 기대는 충족되지 않았다.

두 제자가 기대한 것은 훤히 들여다보이는 신적 패턴, 친숙하고 진부한 패턴이었다. 며칠 전 예수가 예루살렘에 입성했을 때 사람들은 종려나무 가지를 흔들며 환호했다. 이 모든 것은 아직 단순하고, 깨지지 않은 원형 패턴에 들어맞았다. "하느님의 다스림이 시작될 거야! 거역하는 자들은 수치를 당할 거야! 우리는 승자의 편에 서게 될 거야."

이런 권력에의 환상을 〈누가복음〉 9장 54절은 이렇게 표현한다. "주님 하늘에서 불이 내려와 그들을 멸하라고 명령할까요? 어떻게 생각하세요?" 그러나 당시 이미 예수는 돌아서서 제자들을 꾸짖었다. 예수는 하늘과 땅의 관계가 조금 더 복잡하다는 것을 익히 알고 있었기 때문이다. 제자들의 저급한 믿음은 십자가에서 어쩔 수 없이 깨어진다. 십자가에 못을 박는 망치 소리는 승리에 찬 세계관에 얼마나 커다란 굉음으로 다가왔을까!

십자가와 신뢰

예수의 삶은 인간 실존의 강력한 두 가지 극단을 보여준다. 한편에는 비인간적인 십자가가 있고, 한편에는 초인간적인 신뢰가 있다. 이 둘—십자가와 신뢰—을 통해 삶의 기본 윤곽이 더 확실해진다.

한 종류의 전환점은 위기고, 다른 한 종류는 계시다. 성서는 하늘의 사다리, 타오르는 가시덤불, 시내산 언약 체결 등 인간이 경험하는 어마어마한 계시의 순간들을 이야기한다.[10] 이 모든 순간은 모순을 품고 있다. 예외적인 것은 끊임없이 일반적인 것을 지향하고, 뜻밖의 놀라움은 신뢰를 지향한다. 위기는 안정을 지향한다. 이것을 어떻게 이해할 수 있을까?

예기치 않은 것과 예외적인 것의 의미는 "하느님은 예외적이고, 예기치 못하게 놀라게 하는 분이셔!"라는 의미가 아니라 반대 의미다. 즉 "하느님이 행하신 일 봤지. 그러니 보통의 일상에서도 하느님을 신뢰할 수 있단다. 지금은 네 믿음을 위해 하느님이 네게 보이셨을 뿐이야"이라는 것이다. 계시의 역설은 예외적인 것과 일상적인 것의 긴장에 있다. 놀라움과 신뢰, 순간과 지속, 위기와 안정. 이것은 서로 모순되는 측면들이다. 우리는 이런 조화로운 대립을 긍정하고, 그 안에서 살아야 한다. 이런 조화로운 대립 없

10 이런 이야기는 다음을 참조하라. 〈창세기〉 28:2. 〈출애굽기〉 3장과 20장.

이는 우리 삶은 그다지 아름다움도 힘도 지니지 못한다. 내가 계시의 메시지를 파악하지 못하면 계시의 순간은 그 순간으로 끝나버리고 지속성을 지니지 못한다. "경험에서 배웠다"는 표현이 있듯이, 경험은 뜻밖의 것이지만, 배운 것은 지속적이다.

모든 위기는 우리는 삶을—하물며 자신의 삶도—마음대로 하지 못한다는 걸 보여준다. 계시는 위기와 비슷한 속성을 지닌다. 지금까지의 것에 의문이 제기된다. 하느님에 대한 경험은 그 누구도 그리 쉽게 알아차릴 수 있는 것이 아니기 때문이다. 진정한 계시는 전환점이 된다. 삶을 변화시킨다. 하느님과 자신에 대한 잘못된 생각은 도망가버린다.

전환점에서 반지름이 익숙한 궤도를 떠나듯이, 십자가 사건은 급격한 전환을 보여준다. 교부들은 이런 전환점, 혹은 변동점을 트로파이온tropaion이라 불렀다. 이 말은 전환, 도망을 뜻하는 고대 그리스어 트로페trope에서 유래했다. 트로파이온은 전쟁터에서 적들이 막 돌아서서 도주하기 시작한 지점에 땅에 박아놓은 기념물을 말한다. 대부분 나무 말뚝을 박고, 거기에 패배한 자들의 무기나 갑옷을 걸어놓은 형태였다.

이런 의미에서 십자가 사건은 살아 있는 트로파이온이다. 그곳에 악의 무기가 매여 있다. 의인의 몸에 못을 박는 뻔뻔한 냉소와 미움 말이다. 그러나 동시에 그곳은 적이 놀라서 전쟁터에서 도망가는 곳이기도 하다. 다음 구절로 대변되는 사랑의 힘을 아무도 예상하지 못했기 때문이다. "그러나 예수는 말했다. 아버지, 저들을 용서해주십시오. 저들은 자신들이 하는 것을 알지 못합니다. 그들은 제비를 뽑아서 예수의 옷을 나누어 가졌다."(〈누가복음〉 23:34)

기원전 480년경 마라톤 전쟁이 끝난 뒤 승리한 그리스인들이 최초로 트로파이온을 세웠다고 한다. 이것은 '군인허수아비' 모양이었다. 나무 막대기에 적의 전사의 갑옷 윗도리를 입히고, 투구, 방패, 검, 창을 매단 모습이었다. 피 흘리는 그리스도의 모습은 우리 세계의 트로파이온이 되었다. 인간의 모습으로 상하고, 멸시당하며, 허수아비처럼 미움과 조롱거리가 된 모습으로 말이다.

하지만 바로 거기에 엄청난 호소력이 있다. 십자가가 들려주는 메시지는 메시아의 영광이나 강한 자의 성공이 아니다! 십자가의 메시지는 시련을 겪는 자가 보여주는 믿음이며, 압제당하는 자가 보여주는 희망이며, 부름받은 자가 보여주는 충성이며, 조롱당하는 자가 보여주는 사랑이다! 성공을 위해 하느님을 발판으로 삼으려는 태도는 이런 메시지와 전혀 부합하지 못한다. 성공이 인생의 전부인 것처럼 여기는 우리 세계의 주도적인 분위기는 존재를 참을 수 없이 경박하게 만든다. 이 원칙이 종교의 옷을 입고 나타날 때 그것은 종교를 천박하게 만들고, 그 진부함은 하느님을 모독한다. 세속적인 성공을 곧 복으로 여기는 종교는 세상에 아무것도 줄 것이 없다. 그런 종교가 이야기하는 내용은 세상도 누누이 강조하고 있는 것들이기 때문이다.

인간들은 십자가 아래 서서 죽어가는 자를 조소한다. 그들은 단순한 패턴에 충실하게, 강한 신을 부른다. 우리의 패턴을 실현하라. 그러면 우리가 믿겠다! 〈마가복음〉의 구절을 빌리자면 이러하다. "이제 자기 스스로나 구원하고 십자가에서 내려오시지! 그가 남은 구원했지만 자신은 구원하지 못하는구나. 이스라엘의 왕 그리스도라면, 이제 십자가에서 내려와봐라. 그래서 우리로 하여금 보고 믿게 하여라."(15:30~32)

예수의 신뢰와 십자가의 트로파이온에 이 어마어마한 대립이 있다. 예수의 삶에는 단절을 알지 못하는 친숙한 원의 독선적인 진부함이 없다. 위기를 거부하지 않는다. 위기 가운데 신뢰를 잃어버리고 갈팡질팡하는 자의도 없다. 어두운 침묵도, 키치적인 가벼움도 없다. 예수의 삶과 죽음은 신뢰와 위기라는 '두 힘'에 대처하는 예수의 모습을 보여준다. 예수는 위기에도 꺾이지 않고 신뢰의 힘으로 나아간다. 나는 예수 안에서 온전한 모습을 본다. 반쪽짜리 진리에 내 삶을 우롱당하는 일이 없기를! 삶은 단순한 패턴이 아니다. 값싼 믿음과 값싼 의심이 아니라, 한결같음에 대한 신뢰, 전환점을 지각하는 용기가 필요하다.

예수는 붙잡히고, 심문당하고, 채찍질당하고, 으스러졌다. 예수는 "당신의 사랑이 얼마나 아름다운지요!"라고 노래하지 않고 "나의 하느님, 나의 하느님, 어찌하여 나를 버리십니까?"라고 부르짖었다. 그는 수많은 다른 사람들과 함께 이런 길을 간다. 그의 삶 자체가 온전한 신뢰였기에, 버림받음은 말할 수 없이 고통스럽다. 단 한시도 하느님에 대해 무감각해질 수 없다. 그런 상태에서 하느님의 침묵은 예수를 상심케 한다. 예수의 십자가에서의 외침(변곡점!)은 〈시편〉 22편의 시작 부분에 해당한다. 예수가 이때 〈시편〉 22편의 말들을 그저 인용했다고 생각하는 건 온당하지 않다. 예수는 정말로 이 구절이 표현하는 바로 그 상황으로 들어가, 이 말들을 절절하게 경험했다. 해당 구절은 이렇게 말한다.

> "나의 하느님, 나의 하느님 어찌하여 나를 버리십니까? 내가 부르짖지만, 나의 도움은 멀기만 합니다. 나의 하느님, 당신은 대답하지 않으십니다. 나는 사람들에게 조롱을 당하고, 백성들에게 멸시를 당합니다. 나를 보는 모두가 나를 조롱하고, 입을 비쭉거리며 머리를 흔듭니다. 주님이 그를 기뻐하신다고 하잖아. 그렇다면 그의 신음소리에 도와주시겠지, 건져주시겠지 합니다.
> 나는 엎질러진 물과 같고, 내 모든 뼈는 어긋났습니다. 내 마음은 내 속에서 밀랍처럼 녹아내렸습니다. 내 힘이 말라 질그릇 조각 같고, 내 혀가 입천장에 붙었습니다. 주께서 나를 죽음의 진토 속에 두셨습니다. 개들이 나를 에워싸고, 악한 무리가 나를 둘러 내 손과 발을 찔렀습니다. 그들이 내 겉옷을 나누어 가지고, 내 속옷도 제비 뽑아서 나누어 가집니다."

그들은 제비를 뽑아 옷을 나누어 가진 뒤 손과 발에 못질을 했다. "나의 하느님 어찌하여 나를 버리십니까" 하는 예수의 부르짖음에 "한 사람이 달려가서 해면을 신 포도주에 적셔서, 갈대에 꿰어 그에게 마시게 하며 말했다. 어디, 엘리야가 와서 그를 내려주나 두고 봅시다! 그러나 예수는 큰 소리를 지르고는 숨졌다. 그러자 성전의 휘장이 위에서 아래까지 두 폭으로 찢어졌다. 예수의 맞은편에 서 있던 백부장은 예수가 그렇게 숨을 거두는 것을 보고 말했다. 참으로 이 분은 하느님의 아들이었다."(〈마가복음〉 15:34~39)

제자들은 도망갔다. 그들은 예수가 잡히자 그들이 좋아했던 패턴으로부터 도망치고, 여태껏 소중하게 생각했던 모든 것을 저버렸다. 신적 영웅에 대한 믿음은 깨졌다. "제자들은 이제 예수를 버리고 달아났다."(〈마가복음〉 14:50) 이런 전환점은 이제 모든 희망을 깨뜨린다. 변화는 부활의 날에 비로소 일어난다. 죽음아, 너의 찌르는 것이 어디 있느냐. 너의 승리가 어디 있느냐. 죽음은 삶에 삼켜진다. 새로운 패턴이 열린다.

첫 두 전환점—예수 자신이 십자가에서 으스러진 것, 제자들의 믿음이 깨진 것—은 이 세상에서 비롯되었다. 다음의 두 전환점은 이 세상에서 비롯되지 않는다. 그중 하나는 부활절이다. 이것은 "그가 살았다!"라는 확신의 세례다. 또 하나의 전환점은 바로 성령강림절이다. 이 역시 제자들을 새롭게 하고 기존의 패턴을 변화시킨다. "성령의 부어짐!" 정교회 총대주교의 말을 빌리자면 성

령강림절에는 전 세계가 빛의 세례를 받는다.[11]

이 네 전환점이 비로소 전체 패턴을 만들어낸다. 이것은 세상의 절규에 대한 하늘의 이중 응답과 같다. 위기와 계시가 말하는 건 명확하다. 강한 인간이 되고자 한다면, 이 세상 것만으로는 '안 된다'![12] 위기와 신뢰가 '더불어' 전체 패턴을 이룬다는 걸 알 때 비로소 삶 가운데 우리에게 요구되는 것과 맡겨진 것을 받아들일 수 있게 될 것이다! 전체 패턴은 용기와 신뢰를 가지라고 말한다! 이것이 바로 내적 권능이 되어 당신을 변화시키고, 변화된 인간으로서 당신을 이 세계에 선물할 것이다.

사랑받는 자의 자의식

그리스도의 삶에서 모든 것을 능가하는 패턴은 새로운 지혜도 아니고 새로운 도덕도 아니었다. 예수의 인식이나 가르침은 오래 전부터 존재하던 것이다.[13] 예수에게서 특기할 만한 것은 인식한

11 다음을 참조하라. Raniero Cantalamessa, *Komm, Schöpfer Geist–Betrachtungen zum Hymnus Veni Creator Spiritus*, Freiburg 1999, S. 278.

12 심문을 당하면서 예수는 로마 총독에게 대답했다. "내 나라는 이 세상에 속하지 않는다. 만일 나의 나라가 이 세상에 속한다면, 나의 종들이 싸워 나를 유대인에게 넘어가지 않게 했을 것이다."(〈요한복음〉 18:36)

13 다음 책 역시 예수가 당시의 유대교에 어느 정도로 새로운 도덕이나 지혜를 가져왔는지에 대한 질문을 유대적 시각에서 고찰한다. David Flusser, *Jesus*, Reinbek bei

것을 삶으로 살아낸 방식이다. 예수의 '가르침'을 꼽으라면 바로 신뢰가 아닐까. 예수의 신뢰는 하느님께 응답하는 인간이 어떤 모습으로, 무엇을 할 수 있는지를 보여주었다. 콜롬비아의 작가 니콜라스 고메즈 다빌라Nicolás Gómez Dávila는 이렇게 썼다. "하느님과 인간의 능력 사이의 거리는 너무나 엄청나서, 어린애 같은 신학만이 유치하지 않다."[14]

십자가와 신뢰, 이 두 가지가 함께 전체 패턴을 이룬다. 예수는 하느님을 "아바abba"라고 불렀다. 아람어의 아빠에 해당하는 말이다. 친근하고 친밀한 사랑의 뉘앙스가 느껴지는 말이다. 영혼 깊이 하느님을 아는 상태를 보여주는 표현이다.

하느님에 대해 조금이라도 알 수 있다면 그것은 어린애 같은 신뢰에서 비롯될 것이다. 예수가 가진 권위의 원천은 바로 이런 신뢰였다. 나는 삶에서 어떤 신뢰를 얼마나 가지고 살아가고 있는가? 전환점들은 우리가 일부러 애써 마련하지 않아도 된다. 전환점은 세계와 하느님을 통해서 온다. 위기와 계시가 그것이다. 그러나 우리의 소명은 그 강한 대립을 배우는 것이다. 신뢰는 하늘에 가까운 삶을 살고, 새로운 패턴의 삶을 살도록 하는 유일한 능력이다.

Hamburg 2006.
14 다음에서 인용. Botho Strauß, *Der Aufstand gegen die sekundäre Welt. Bemerkungen zu einer Ästhetik der Anwesenheit*, München 2004, S. 48.

간혹 아이들의 행동은 과연 무엇이 신뢰인지 돌아보게 만든다. 내 아들 로렌츠가 일곱 살 때였다. 로렌츠는 일하다 잠시 쉬는 시간이 내게 소중하다는 걸 알고 있었다. 카푸치노 한 잔과 신문을 앞에 놓고 드디어 잠시 안식을 취하는 시간. 하지만 내가 그렇게 쉴라치면 로렌츠는 번번이 신문을 들추고 내 무릎으로 파고들었다. 대뜸 신문을 옆으로 제쳐놓고 내 팔을 가져다 자신의 배에 두르고는 푹신한 소파에 앉은 것처럼 등을 기대고 내 어깨에 머리를 올렸다. 그럴 때 나는 미소를 지을 수밖에 없었다. 로렌츠는 내 휴식을 중단시키는 것이 당돌한 행동이고, 내가 짐짓 짜증을 낼 수도 있다는 걸 알고 있었다.

로렌츠의 행동은 사랑받는다는 걸 알고 있는 자만이 취할 수 있는 신뢰의 행동이었다. 로렌츠는 자신이 아빠의 쉬는 시간을 방해한다는 걸 알았지만, 아빠에게 파고드는 행동을 아빠도 싫어하지 않을 것임을 알고 있었다. 사랑받는다는 사실을 아는 사람은 구걸하는 자처럼 행동하지 않는다. 솔직하고 자신 있게 자신을 표현한다. 잘한 일이 있고 자랑거리가 있을 때만 당당하게 나아오는 것이 아니라, 거리낌 없이 자신의 곤궁과 필요를 내보인다. 스스로 사랑받고 있음을 알기 때문이다. 사랑받는다는 확신 속에서는 스스로 부끄러워할 필요가 없다. 사랑받는다는 걸 알면 아무것도 증명할 필요가 없다. 우리는 사랑받는다는 걸 알 때만 본연의 모습으로 설 수 있다.

또 하나 떠오르는 경험이 있다. 내 아내는 젊은 시절 교회에서

운영하는 학습지체 아동을 위한 특수학교에서 수습교사로 일했다. 아내는 매일 기도로 수업을 시작했는데, 어떤 아이에게 기도 제목이 있으면, 이 짧은 아침 묵상 시간을 활용하여 함께 기도하거나, 원하는 아이가 대표로 기도할 수 있도록 해주었다. 그때 반에 아홉 살짜리 카린이라는 여학생이 있었다. 뇌에 수술이 불가능한 여러 개의 종양이 있는 아이로, 종양으로 인해 이미 거의 눈이 먼 상태였다. 내 아내는 여러 번 카린의 순수한 믿음에 대해 이야기해주었고 우리는 그때마다 감동했다. 아내가 콧물을 훌쩍이거나, 동급생에게 무슨 일이 있으면, 카린은 기도 시간을 활용해 잊지 않고 단순하고 신뢰가 넘치는 기도를 해준다고 했다.

어느 날 아침 카린은 조금 특별한 기도를 했다. 운동을 잘 못해서 평소 체육시간을 싫어했던 카린은 그날 이렇게 기도했다. "사랑하는 하느님, 제발, 오늘은 체육을 하지 않게 해주세요." 이런 기도에 어떤 반응을 보여야 했을까? 물론 신중하고 지혜로운 선생님은 이렇게 반응했다. "카린, 하느님께서 그 기도는 들어주시지 않을 것 같아. 너도 알다시피 우린 오늘 체육수업이 있잖니. 나중에 체육을 하게 될 거야." 점심때가 다 되어 그 반이 체육관으로 갔는데, 어찌 된 일인지 인부들이 예고도 없이 보수 공사를 시작한 참이었다. 그래서 정말로 그날 체육수업은 불가능했다. 교무실에서 이 이야기를 하자 선생님들은 모두 경탄하며 미소를 지었고, 근처에 있던 카린은 내 아내 쪽을 향해 행복한 표정으로 고개를 끄덕이며 당돌하게 말했다. "다음 주에도 또 기도할 거예요!" 이 어린아이가 아이 특유의 꾸밈없는 방식으로 하느님께 삶을 의탁하는 모습은 자못 감동이었다. 그 점에서 이 아이는 아내와 내가 우리의 모습을 돌아보게 했다.

우리 어른들은 살아가면서 실망과 아픔을 겪다 보니 많은 경우 신뢰를 잃어버린 상태다. 하지만 이런 태도는 우리의 영혼에 얼마나 큰 고통을 가하는 것일까? 세상을 다 꿰고 있다는 듯 무덤덤하고 무심하게 살아가는 건 본질적인 것을 잃어버렸기 때문이 아닐까? 힘든 삶 속에서도 우리의 근원이며, 힘의 원천인 사랑, 삶의 마지막에 인생의 모든 상처와 열매를 안고 다시 돌아가게 될 그 사랑을 신뢰하는 능력을 잃었기 때문이 아닐까? 아이들의 순수한 모습에서 그들이 사랑받는 데 자연스럽고 당당한 것을 본다! 이것이 아이다움이다. 아이들의 신뢰다. 이 점을 아이들에게 좀 본받아야 하지 않을까? 예수는 "너희가 돌이켜 어린아이처럼 되지 않으면, 천국에 들어가지 못할 것"(〈마태복음〉 18:3)이라고 말씀하셨다.

신뢰와 위기는 종종 아주 가깝다. 이 둘 안에서 비로소 완전한 상이 드러난다. 발타자르 노이만의 설계도에서 본 것처럼 전환점을 통과한 뒤 곡선은 다르게 구부러지고 다른 경로를 갖는다. 슬픔과 충격에도 불구하고 전환점을 넘어설 수 있다면 우리의 삶은 새로운 깊이와 이야기를 갖게 될 것이다.

단어쌍

이제 조화로운 대립이라는 기본 생각을 좀 더 확장해보려 한다. 이 생각이 뷔르츠부르크의 전시회 이후 내 삶에 영향을 미쳤고, 나의 믿음을 변화시켰기 때문이다. 예수의 삶은 대립쌍들을 통해 삶을 보여주는 여러 예 중 하나다. 단순한 해답이 있는 양 믿음을 저급하게 만들지 않아야 한다는 것은 우리에게 주어진 요구이면서 동시에 우리에게 힘을 불어넣어주는 격려다. 위기나 계시에 대해 아무것도 알려고 하지 않는 신앙생활은 진정한 삶 앞에서 버틸 수 없다. 그런 삶은 첫 번째 전환점에서 깨어진다.

지금까지 나는 하나의 조화로운 대립에 대해서만 이야기했다. '친숙한 것과 뜻밖의 것'이라는 단어쌍이었다. 그리고 그 부정적인 대칭쌍인 '진부함과 자의'에 대해 이야기했다. 조화로운 대립은 늘 이렇듯 '이중의 단어쌍'을 이룬다. 첫 번째 단어쌍은 우리가 그렇게 살아야 하는 것이고, 두 번째 단어쌍은 우리가 피해야 하는 것이다.

다음 장에서 나는 조화로운 대립을 몇 가지 더 이야기하려고 한다. 일단 여기서는 이런 생각이 지닌 몇 가지 기본 특성을 짚고 넘어가보자.

독선의 추함

'열정과 초연'이라는 단어쌍이 내면생활의 기본적인 대립을 이룬다.

굉장히 '열정'적으로 자신이 확신하는 바를 추구하는 사람을 생각해보자. 그는 그 일을 소명으로 보고, 부단히 소명에 헌신한다. 소명과 연결된 과제들이 그를 몰아가고, 그의 안에서 '창조적 불안'을 펼친다. 그는 이를 위해 시간과 생각, 재능과 힘을 쏟는다. 이런 헌신은 삶으로 살아내는 믿음이다. 그는 열정적인 사람이다. 열심을 낸다. "자, 일어나서 일을 시작하여라! 주님께서 너와 함께 하실 것이다."(〈역대상〉 22:16)

한편 굉장히 '초연'한 사람이 있다. 그 역시 확신이 있고, 소명을 안다. 그는 투쟁하지 않고 고대하는 마음을 가지고 있다. 그의 안에는 '믿음의 안식'이 있다. 본질적인 것은 억지로 만들어낼 수 없고 받을 수밖에 없다는 것을 알기 때문이다. 그는 기대하는 시선으로 하늘을 올려다본다. 기다린다는 것이 무엇인지 안다. 어려움과 곤궁 가운데에서도 하느님을 향한 고요 속에 머물고자 한다. 중요한 일들은 억지로 싸우고 투쟁한다고 이루어지는 것이 아님을 익히 경험했기 때문이다! 그의 소명의 말은 이것이다. "주님이 너희를 위해 싸우실 것이니 너희는 잠잠할지라."(〈출애굽기〉 14:14)

열정적인 사람과 초연한 사람은 서로 다른 두 인간 유형이기도 하지만, 열정과 초연은 우리 내면세계의 서로 다른 힘이기도

하다. 이 힘들이 서로 조화로운 대립을 이루려면 한쪽의 '선'이 상반되는 다른 쪽 '선'을 존중하고 그것을 복으로 파악해야 한다. 이것은 모든 조화로운 대립에 내재하는 하나 됨의 본질이다. '열정과 초연'이라는 단어쌍은 추상적인 개념이 아니라, 정신적 능력이다. 조화로운 대립쌍에서 우리는 마음의 공간으로 들어간다. 마르틴 부버Martin Buber는 그의 유명한 저작 《나와 너*Ich und Du*》에서 기본 단어들은 늘 단어쌍으로 존재한다는 것을 지적하며 이렇게 말한다. "기본 단어를 말하는 사람은 그 단어 안으로 들어가 그 안에 선다." 그리고 "기본 단어들은 본질과 함께 이야기된다."[15]

기본적인 단어들은 공간을 펼치고, 우리 안에서 살아 있는 표현을 찾는다. 문제는 그것들이 우리 안에서 얼마나 넓은 품을 발견하는가다. 서로를 존중하며 '공동선'을 추구하는 너른 품을 발견할까? 아니면 우리를 속 좁게 만들고 본성을 위축시키는 독선을 발견할까?

'하나의 선'을 미화하다 보면—우리가 앞으로 보게 될 텐데—마음이 좁아지고, 생기를 잃는다. 독선은 조화와 통합을 이룰 능력이, 하나 될 능력이 없기 때문이다. 초연함을 전혀 모르는 열정은 열정이 아니라 '광신'이다. 열정을 전혀 모르는 초연은 초연이 아니라 '냉담'이다.

'냉담한 사람'은 그 무엇도 내어주지 않는다. 아무것도 그의 마

15 Martin Buber, *Ich und Du*, Original: Leipzig 1923; Stuttgart 1995, S. 4.

음을 움직이지 못한다. 더 높은 것, 가치 있는 것을 위해 조금이라도 희생할 생각을 하지 못한다. 자신의 직접적인 관심사, 직업이나 재산, 가족 같은 것 외에는 그 무엇도 안중에 없다. 자신과 직접적으로 관계가 없는 이상 모든 것이 아무래도 좋은 것이다. 무엇보다 그의 시선은 오로지 자신을 바라본다. 자신에게만 갇혀 있고 자신에게만 사로잡혀 있다.

'광신적인 사람'은 모든 것에 무리수를 둔다. 사사건건 마찰을 빚고 아무것에도 만족하지 않는다. 하나의 생각에 사로잡혀 그것에 부합하지 않는 모든 것은 맹목적으로 거부한다. 자신이 보기에 바뀌어야 하는 잘못된 상태들을 보고, 모든 것이 자신의 노력 여하에 달렸다고 믿는다. 그러다 보니 그 역시 자기 자신만 본다. 그 역시 자신에게 갇혀 있고 사로잡혀 있다.

따라서 '광신과 냉담' 역시 단어쌍을 이룬다. 열정과 초연함의 '부정적인 대칭쌍'이다. 조화로운 대립과 어떤 차이가 있을까? 바로 내면의 생기가 없다는 점이다. 냉담한 사람은 냉담 상태에 붙들려 있고, 광신자는 자신의 광신에 붙들려 있다. 모두 자신의 것을 추켜세운다. 이것이 바로 그릇된 대립의 본질이다. 하나 되지 못하는 대립쌍은 소외를 부른다. 조화로운 대립쌍은 다르다. 그들은 서로를 존중하고 귀하게 여긴다. 그 본질은 사랑이라는 내적 질서다. 그곳에서는 스스로 뽐내고 미화하지 않는다. 자신의 것을 뽐내지 않고 남의 것을 높이 평가한다.

대립의 삶의 공간

조화로운 대립과 그에 대한 부정적인 대칭쌍의 예는 얼마든지 들 수 있다. 이것은 단순히 언어유희가 아니라, 우리 안에서 활동하는 힘이다. 그릇된 대칭쌍은 늘 같은 패턴을 따른다. 반대되는 선을 깎아내리거나 폄하하면서 늘 스스로를 옳다고 여긴다.

- 광신적인 사람은 '초연'을 냉담으로 해석한다. 냉담한 사람은 '열정'을 광신으로 본다.
- 인색한 사람은 '너그럽게 베푸는 것'을 낭비로 본다. 낭비하는 사람은 '검약'을 인색함으로 본다.
- 율법주의자는 '자유'를 방종으로 본다. 자의적인 사람은 '성실'을 율법주의로 본다(이 부분은 5장에서 이야기하는 종교적인 의미에서다).
- 자기중심적인 사람은 공동체의 '구속력'을 파벌주의라고 경멸한다. 파벌주의적 공동체는 독립적인 사람의 '개인성'을 자기중심적인 개인주의라고 미심쩍어한다.

하지만 이런 태도는 자신의 부정적인 면모를 변호하는 것밖에 되지 않는다. 인색한 사람이 너그러이 베푸는 면모를 낭비가 아니라 아량으로 여기면, 자신의 인색함을 의문시할 수밖에 없기 때문이다. 냉담한 사람이 열정적인 면모를 광신이 아니라 열정으로 인식하면, 자신의 냉담을 의문시할 수밖에 없다. 우리가 한쪽으로 치우쳐 그릇된 상태로 살아가게 하는 것은 바로 자신이 옳다는 생각이다. 다른 말로 하면 독선이다. 미성숙한 사람은 자신의 치우친 태도를 미화하며 독선적인 삶을 살아간다. 스스로를 기준으로 만들고, 이런 정신적 불구를 이상화한다.

조화로운 대립 가운데 살아가는 것은 다르다. 조화로운 대립의 삶을 사는 사람은 자신 속에 패턴 전환 능력이 있다. 패턴 전환은 아름다움의 본질적인 특성이다. 발타자르 노이만의 성당, 모차르트의 교향곡, 스트라디바리우스 바이올린에서도 볼 수 있는 특징이다. 결국 패턴 전환은 내적 성숙의 표지다. 불안하게 열정을 펼치면서도 때때로 초연함 속에서 안식하는 사람은 정신의 이런 패턴 사이를 오갈 수 있다. 그렇게 조화로운 대립은 우리 정신에 생기를 불어넣는다.

중용의 오류

굽히는 근육과 펴는 근육이 협력할 때 팔을 움직일 수 있는 것처럼, 우리의 삶 역시 상반되는 것이 서로 협력할 때 내적인 자유와 운동성을 가질 수 있다. 우리의 팔에서 한 근육이 이완될 때만 다른 근육이 수축될 수 있다. 그렇지 않고 두 근육 모두 수축되고자 한다면, 경련이 일어나 움직일 수가 없을 것이다. 근육은 조화로운 '상호작용' 가운데 작동한다.

따라서 조화로운 대립의 원칙은 '중용'과는 거리가 멀다. 굽힘근과 폄근이 중용을 선택하면 그것은 두 근육 모두 약간씩 수축하고, 하나가 다른 하나보다 강한 힘을 발휘하지 않는다는 의미가 될 것이다. 그럴 때 팔은 얼어붙은 듯이 기존의 자세를 고수하고 움직일 수 없게 된다. 조화로운 대립이란 그런 것이 아니다. 두 힘 중 하나가 적시에 발휘될 때만 정신이 활기를 띨 수 있다.

풍경에 빗대자면 거룩한 대립은 좌우의 가파른 낭떠러지 사이에서 '산등을 타는 것'이 아니다. 오히려 그것은 서로 멀리 떨어진 두 산봉우리를 넘나드는 것이라 할 수 있다. 이것은 한 인간이 취할 수 있는 정신적 삶의 공간이다. 한 가지 선의 날카로운 산등이 아니라, 서로 동등한 상반되는 힘들, 복이 되는 좋은 힘들의 공간이다. 여기서 정신적 타락은 바로 상반되는 것과의 관계를 잃어버리는 것이다. 성서에 나오는 '완악하다'는 표현은 어떤 사람이 독선, 즉 자신의 잘못된 상태를 떠나기를 거부하는 태도를 말하는 것이 아닐까? 그는 자신이 성숙하고 성장할 수 있는 바람직한 삶의 지평을 거부하는 것이다.

'온 마음'으로 하느님을 사랑한다는 것은 이런 의미에서 한쪽으로 치우침을 피하고, '짝을 이루는' 상반된 힘들을 존중하는 것을 의미한다. 그것은 우리 마음의 지평을 넓힌다. 한쪽만을—열정만을, 혹은 평온만을—고집하는 것은 하느님을 '반쪽 마음'으로 사랑하는 것이 될 것이다. 다른 조화로운 대립들(자유와 성실, 사랑과 경외 등등)도 이와 마찬가지다. 한쪽 선만을 고집하면 그릇되기 쉽다. 그런 태도에서는 마음이 유연하지 않다. 유연함을 추구하지도 않거니와, 유연할 수도 없다. 그런 면에서 광신과 냉담은 '한쪽으로 전락해버린 진리'들이다. 거기서는 단 하나의 패턴이 미화된다. 광신주의자는 자신의 이른바 열정이라는 것을 칭송한다. 인색한 사람은 자신의 이른바 검약함을 칭송한다.

- '방종'은 성실성을 잃은 자유의 전락이다. '율법주의'는 자유를 잃은 성실성의 전락이다.
- '자기중심성'은 우리라는 연대를 잃은 개성의 전락이다. '집단주의'는 개성에 대한 경외심을 잃어버린 공동체의 전락이다.
- '독점욕'은 경외심을 잃어버린 사랑의 전락이다. '굴종'은 사랑을 잃어버린 경외심의 전락이다.

마음의 소생

뷔르츠부르크 전시회에서 나는 발타자르 노이만의 생각을 발견했고, 그것을 바이올린 모델 개발에 적용했다. 패턴 전환 아이디어를 말이다. 이것은 내 정신세계의 기본 비유가 되었다. 일방성에 사로잡혀 패턴 전환이 잘되지 않을 때 이런 질문을 하게 된다. 내게 없는 선을 어떻게 나의 것으로 만들 수 있을까? 이와 관련하여 크게 두 가지를 이야기하고 싶다. '내적인 존중'과 '말의 힘'이 그것이다.

내적인 존중: 전락은 한쪽 선의 지나친 긍정을 의미하지 않는다. 그렇다면 광신주의는 단지 '지나친 열정'이 되고, 무관심은 단지 '지나친 초연함'이 될 터다. 하지만 그렇게 간단하지 않다. 만약 그렇다면 우리가 삶을 늘 뜨뜻미지근한 중간 상태로 변화시켜야 한다는 의미일 것이다. 그 무엇도 더 이상 강하거나, 두드러지거나, 특색이 있거나 부각되지 않는 상태 말이다. 그러나 마음의 힘은 모든 것이 안전한 중간 정도에서 동시적으로 이루어지는 것이 아니라, "모든 것이 제때"(전도서 3:1 이하) 알맞은 정도로 이루어지는 것을 의미한다. 그럴 때 내면이 넓어지고 권능이 생긴다.

사도 바울은 "즐거워하는 자들과 함께 즐거워하고 우는 자들과 함께 울라"(〈로마서〉 12:15)고 권한다. 이 두 가지 안에서 살고, 적절한 때에 이 두 가지에 동참하라는 것이다! 중간 정도에서 그저 정체되어 생기 없이 사는 것이 아니다. 그런 삶에는 웃음도, 울음도 없고, 찬양도, 탄식도, 의심도 없으며, 희망도, 좋은 유머도, 강력한 기도도 없이 모든 것이 어정쩡할 것이다. 그런 상태에서는 모든 울림이 사멸될 것이며, 모든 것이 소심한 중간 상태에서 정체될 것이다. 에너지의 활발한 상호작용이 일어나는 대신, 삶은 뜨뜻미지근해질 것이며, 결국 영혼의 생기가 사라져버릴 것이다.

이렇듯 마음이 한쪽으로 전락해버리면, '약화'시키는 것이 아니라 '소생'시키는 것이 필요하다. 약화시키는 것은 (앞의 예를 빌리자면) 약간 덜 광신적으로, 혹은 덜 냉담하게 만드는 것이다. 그러나 소생시키는 것, 되살리는 것은 열정 혹은 초연함이 효력을 발휘하고, 서로 동참하게 만드는 것이다. 어떻게 하면 이렇게 될 수 있을까?

우리가 우리에게 부족한 선을 우리 안에서 보고 존중할 때 우리 영혼은 소생을 경험한다. 한 가지 선은 다른 선을 위해 존재한다. 우리에게 부족하고, 우리 안에서 상처받은 선을 존중함으로써 차츰 자기 것으로 만들어간다는 것은 신비다. (이것은 앞 장에서 말한 뿌리와 잎 사이의 존중과 같다.) 존중은 창조적인 힘이며, 치유하는 힘이다. 이것을 통해 우리는 우리의 삶을 깨끗하고 거룩하게 한다. "그러므로 너희는 스스로 깨끗하게 하고 거룩한 사람이 되어라. 나는 주 너희의 하느님이기 때문이다."(〈레위기〉 20:7)

우리가 삶을 거룩하게 하면, 자연스레 우리 속의 약한 부분을 존중하여 강하게 만들게 된다. 반대로 강한 부분은 자아도취적으로 독불장군처럼 되지 않고 겸손으로 인도된다. 우리 안의 강함이 겸손해질 때 약함이 강해진다. 겸손이 없으면 강함은 결점이 되고, 재능은 죄가 된다. "겸손한 마음으로 자기보다 다른 사람을 더 낫게 여기십시오"라는 구절(〈빌립보서〉 2:3)은 인간 상호관계뿐 아니라, 내면세계의 상호관계에도 적용되는 것이리라.

말의 힘: 우리 안에서 약해진 선을 강하게 만들기 위해 한 걸음 더 나아갈 수 있다. 무의식적인 존중뿐 아니라, 말에서 표현되는

정신적 태도도 중요하다.

좋고 칭찬할 만하다고 생각되는 것을 말로 표현하다 보면, 우리를 변화시키는 내면의 힘을 경험할 수 있다. 말이 삶을 조종한다. 그 배후에 축복과 저주의 비밀이 있다. 오늘날 과학은 언어를 담당하는 뇌 영역이 다른 뇌 영역들에 강한 영향력을 갖는다고 본다. 어떤 학자들은 이를 조정기능이라 부른다. 신약성서의 〈야고보서〉는 이런 '혀'의 힘을 두 개의 이미지로 표현한다. "배를 보십시오. 제아무리 크고 거센 바람에 떠밀려도, 작은 키로 조종하여 사공이 가고자 하는 곳으로 갑니다. 이와 같이 혀도 몸의 작은 지체이지만, 큰일을 야기할 수 있습니다. 보십시오, 작은 불이 굉장히 큰 숲을 태웁니다!"(3:4~5)

말은 정보를 전달할 뿐 아니라, 그 자체로 창조력을 지닌다. 말을 통해 우리는 활동하는 힘에 참여한다. 〈창세기〉에는 이렇게 되어 있다. "하느님께서 말씀하셨다. 빛이 있어라. 그러자 빛이 있었다."(1:3) 사람은 이런 힘을 약간 '선사'받는다. 이 점에서도 인간은 신의 형상으로 창조된 존재인 것이다. 말은 외적·내적으로 뭔가를 야기할 수 있다. 그러므로 모든 변화는 바로 말에서 시작한다. 말로 '부각'하고 '존중'하면서 다른 선들을 자기 것으로 만들 수 있다. 말은 빛으로 드러나고, 세상을 의미로, 그로써 현실로 인도한다. 그러므로 말을 조심하라. 스스로에 대해 말할 때는 특히 그렇다! 말이 긍정적인 영향을 미칠 수도 있고, 부정적인 영향을 미칠 수도 있기 때문이다.

내적인 존중, 그리고 말을 통해 마음을 소생시킬 수 있음을 이야기했다. 하느님이 모세에게 내린 율법에서 "너희는 거룩하라"(〈레위기〉 19:2)라는 구절은 능동태로 되어 있다. 너는 네 마음을 소생시켜라, 너 자신의 내면의 아름다움을 적극 책임져라, 하는 것이다. 모든 사람은 자신에게 맡겨진 존재다. 스스로에게 위탁되어 있다! 하느님이 우리에게 요구하고 맡긴 것은 우리가 주체적으로 해야 한다. 하느님이 대신해주지 않는다.

아름다움과 추함

중국의 고전 《장자》에서도 대립의 조화에 대한 생각을 발견할 수 있다. 이것은 '아름다움과 추함'이라는 단어로 표현된다.

> 송나라를 찾은 양제는 하룻밤을 여관에서 보냈다. 여관 주인에겐 아내가 둘 있었다. 아름다운 아내와 못생긴 아내였다. 주인은 못생긴 아내에게 잘해주었고, 아름다운 아내를 무시했다. 양제가 그 여관의 하인에게 이유를 묻자 하인이 대답했다. 아름다운 마님은 자신이 아름다운 걸 알아요. 그런데 우리는 그분의 아름다움을 보지 않지요. 못생긴 마님은 자신이 못생긴 걸 알아요. 그리고 우리는 그분이 못생긴 걸 보지 않지요.[16]

이런 이야기를 이해하는 건 어렵지 않다. 이 이야기는 우리에게 말한다. 네가 열정적인 사람이고 열정을 안다면, 초연함을 아름다움으로 존중해야 할 것이다. 네가 초연한 사람이고 초연함을 안다면 열정을 아름다움으로 존중해야 할 것이다. 네가 자유를 사랑하는 사람이고 자유를 안다면, 성실을 아름다움으로 인정하고 존중해야 할 것이다. 네가 성실한 사람이고 성실을 안다면, 자유를 아름다움으로 인정해야 할 것이다. 네가 공동체에 결속된 사람이라면 개개인의 자아를 아름다움으로 인정해야 할 것이다. 공동체에 결속되기보다 자아중심적인 사람이라면 우리라는 공동체도 아름다움으로 존중해야 할 것이다.

그렇게 우리는 존중을 통해 우리 안의 약한 부분을 강화한다. 우리에게 부족하거나, 상처받은 나머지 꽃피우지 못한 선을 좀 더 우리 것으로 만들 수 있다.

16 Zhuangzi, *Reden und Gleichnisse des Tschuang-Tse*, dt. Auswahl von Martin Buber, Zürich 1951, 142.

4장

음색

전락할 위험이 있는 아름다움

"보라 나의 사랑, 그대는 아름다워라."

〈아가〉 4:1

지난 장에서 나는 발타자르 노이만의 건축 설계도에서 깨달은 대립의 조화에 대한 기본 생각을 나누었다. 그런데 악기의 음색을 열심히 찾으려 하면서 나는 바이올린의 외적인 아름다움만이 아니라, 소리의 매력도 조화로운 대립의 기본 원칙을 따른다는 것을 알았다. 악기의 음색도 비유가 될 수 있다.

교 사

바이올린 제작학교를 졸업한 뒤 몇 년간 나는 멘토인 음향학자 헬무트 A. 뮐러 선생님을 통해 좋은 경험을 쌓는 기회를 누렸다. 뮐러 선생님은 내게 바이올린 제작자로서 그의 센터에 와서 일해 달라고 제안했다. 그는 거의 40년째 2주 일정으로 바이올린 제작

전문학교에 와서 도제들에게 물리학의 기본 지식을 가르치는 일을 했고, 나 역시 그렇게 학교 수업을 통해 그를 만났다. 학교를 마치고, 원래 그의 활동무대인 뮌헨의 음향기술 자문센터에서 다시 마주하기 전까지 나는 그가 '실생활'에서 얼마나 영향력 있는 사람인지 잘 몰랐다. 그가 공간음향학 분야의 세계적인 권위자이며, 유럽의 수많은 유명 음악당의 음향 콘셉트와 설계가 그의 손을 거쳐 탄생했다는 걸 그때서야 처음 알았다.

당시 뮐러 선생님은 2년 뒤 미텐발트에서 열리게 될 국제 음악음향학 심포지움(ISMA 1989)을 대비해 몇 가지 연구를 하고자 했고, 덕분에 나는 새내기 바이올린 제작자로서 그의 회사에서 작은 바이올린 제작공방을 꾸릴 수 있었다. 내 공방은 건축설계 사무실과 커다란 컴퓨터가 있는 냉난방이 완비된 방들 사이에 끼어 있었다. 파동물리학의 엄청난 가능성은 나를 새로운 세계로 인도해주었고, 나는 학창 시절에 정말 궁금했지만 대답을 얻지 못했던 근본적인 질문에 드디어 파고들 수 있었다. 좋은 울림은 어떻게 생겨나는가? 좋은 바이올린과 나쁜 바이올린은 음향적으로 어떤 부분에서 차이가 있는가? 칠은 어떤 영향을 미치는가? 나무의 사출수는 소리에 어떤 의미를 갖는가? 나는 제작학교에서 배우는 동안 이런 음향학적 관심사와 질문으로 뮐러 선생님을 '초과근무' 시키다시피 괴롭혔는데, 배움 기간이 끝나고 선생님은—뜻밖에 너무나 기쁘게도—내게 당신의 연구소 일자리를 제안했다. 그렇게 해서 나는 그 질문을 스스로 탐구해볼 수 있는 기회를 얻었다!

앞서 말했듯이 내가 바이올린 장인이 되기로 한 데는 어릴 적 바이올린 선생님 아틸라 발로흐의 영향이 컸다. 그러나 오늘날 나의 작업방식에 가장 깊은 영향을 미친 건 바로 멘토인 뮐러 선생님이었다. 그는 지금과 같은 방식으로 일할 수 있도록 나를 인도해주었다. 미텐발트 학교의 바이올린 제작과정에 들어갔을 때 나는 김나지움[독일의 인문계 중고교 과정]을 조기에 그만둔 상태였다. 지금 돌아보면 김나지움 생활은 내가 궁금하지 않은 것에 끊임없이 대답해야 하는 시간으로 점철되어 있었다. 나의 진정한 관심사는 학교에서 가르치는 주제들이 아니었다. 그러다 보니 내가 열정을 쏟는 관심사와 견딜 수 없이 지루한 학교 공부 사이의 괴리가 너무나도 컸다. 수업시간에 찍히기 일쑤였고, 생활기록부에 벌점을 받고 늘 교사회의에서 거론되는 학생이 되면서 나는 네카어강변의 프리드리히 실러 김나지움 7학년 때 정학을 당할 위기에 놓였다. 그리하여 뷔르템베르크 바일슈타인의 헤어초크크리스토프 김나지움으로 학교를 옮겨 새롭게 시작하고자 했다. 그곳에서도 처음에는 교장실에서 계속 내 이름이 거론되었지만, 시간이 지나면서 잠잠해졌다.

그곳에서 10학년을 마친 뒤 미텐발트의 바이올린 제작학교—국내외 몇백 명의 지원자 중 매년 12명만 뽑는 학교였다—에 입학했을 때 질의응답 게임은 갑자기 역전되었다. 바이올린을 만드는 일에 매력을 느낄수록 나는 더 많은 궁금증이 생겼지만, 아무도 그것에 대답을 해주지 않았다. 아무도 답을 알지 못했으니 말이다. 1학년 때 마이스터 중 한 분이 갑자기 핏대를 세우면서 도저히 이해할 수 없다는 표정으로 '대답'을 해주었던 기억이 난다. 나는 다시금 작업 과정에서 소리가 탄생하는 원리에 대해 물었고, 왜 앞판 작업을 다른 식으로가 아니라 이런 식으로 해야 하는지 그 이유를 물었다. 그러자 마이스터는 대뜸 손바닥으로 작업대를 탁 내리쳤다. 얼마나 세게 내리쳤던지 정말 큰 소리가 났다. 20명쯤 되는 학생들이 있는 실습실이 완전히 쥐 죽은 듯 조용해진 순간, 그 선생님이 소리를 질렀다. 여기서 네가 모든 것을 다르게 만들고 싶거든, 짐을 싸서 나가라고 했다. 어쨌든 바이올린 제작학교에서 전통주의적인 교육을 받은 뒤에, 나의 물리학 스승이자 멘토인 헬무트 A. 뮐러의 연구소에서 그동안 설명할 수 없었던 것들을 연구할 수 있게 된 것은 내겐 가히 축복이었다. 소리에 대한 연구는 나를 붙들고 놓아주지 않았다.

공교롭게도 교육학 같은 것은 전혀 공부한 적이 없고 수업을 취미활동으로 여기던 헬무트 A. 뮐러 선생님이 내가 경험한 최고의 교사였다는 건 좀 신기한 일이다. 나는 오늘날까지 그보다 더 좋은 교사를 상상할 수 없다. 그는 가르치려 하기보다는 배우는 사람들을 그저 도와주려는 태도로 우리에게 자극을 주었고, 그 앞에 있으면 우리는 정신이 번쩍 나고 생기가 넘쳤다. 스스로 발견해나가는 듯한 느낌이 강하게 들었다! 뮐러는 봉사하는 자세로 가르쳤고, 거기서 그의 탁월함이 나왔다. 그의 지혜는 우리가 안다고 하는 것이 얼마나 제한적인지를 늘 의식하는 데서 나왔던 듯하다. 그 스스로가 언제나 탐구하고 연구하고 배우는 자로 남았으니 말이다.

가르치려 하기보다 스스로 '배우려는' 태도를 간직할 때 정말 훌륭한 교사가 될 수 있다. 이런 기본 태도가 학생에게 옮아가기 때문이다. 학생들이 계속 경탄하게 하고 질문으로 이끈다는 것도 뮐러 선생님의 강점이었다. 그와 더불어 탐구하며, 궁금했던 질문에 '아하' 하고 깨닫는 경험보다 더 즐거운 일은 없었다. 깨닫는 기쁨을 누리는 건 상당히 소중했다. 학생보다 우월한 위치에서 유머 없이 거의 주입식으로 떠먹여주는 수업이 아니었다. 언젠가 뮐러가 교사는 사실 학생보다 단 한 시간만 앞서면 된다며, 그거면 충분할 거라고 말했던 기억이 난다.

나중에 그의 연구소의 물리학자들, 엔지니어들과 함께하는 금요일 오후의 토론회에서 나는—물론 그때 나는 지적으로 토론을 따라가기조차 버거웠다—그동안 몰랐던 훌륭한 학자로서 뮐러의 면모를 확인할 수 있었다. 그는 늘 질문자의 눈높이에 맞춰 답변했다. 한번은 그에게 우리같이 전문지식이 없는 바이올린 제작학교 학생들도 이해할 수 있게끔 설명하는 것이 어떻게 가능하냐고 물어보았다. 그러자 그는 약간 계면쩍은 미소를 지으며, 어떤 내용을 '쉽게' 표현할 수 없으면 기본적으로 그 내용을 이해한 것이 아니라고 생각한다고 했다. 그러니 우리가 그에게 내용을 이해하도록 강요했던 셈이라고 할까?

당대의 탁월한 음향학자 중 한 사람으로서 뮐러는 우리 바이올린 제작학교 도제들에게 늘 물리학만으로는 충분하지 않음을 알려주었다. 중요한 것은 귀라는 걸 누누이 강조했다. "정확히 들을 수 있어야 해요. 소리에 대한 감을 가지고, 악기를 만드는 과정에서 본인이 어떻게 하고 있는지를 정확히 기록해야 합니다." 경험적인 것을 강조함으로써 그는 우리에게 올바른 길을 가르쳐주었다. 문제가 간단히 해결되기라도 할 듯 위로부터 주입식으로 주어지는 모든 접근은 불충분하기 때문이다. 바이올린은 그냥 그런 기술 제품이 아니다. 인간의 마음을 울리는 굉장히 감각적인 것이기에, 만드는 과정에도 인간이 중요한 역할을 한다. 그러므로 만드는 과정에서 스스로에 대한 신뢰가 절대적으로 필요하다.

나는 뮐러 연구소에서 많은 것을 할 수 있었다. 그곳에서 항공기술과 우주비행기술에서 나온 경험적 방법인 모달분석을 알게 되었고, 이것을 바이올린에 적용하기 시작했다. 그때까지는 아무도 그렇게 한 사람이 없었다. 처음으로 바이올린이 실제로 어떻게 진동하는지를 '볼' 수 있었다. 낮은 고유 주파수 대역에서 이루어지는 호흡, 중간 공명에서 몸체의 강한 비틀림. 저음 울림대 주변의 넓은 변위를 동반하는 주된 공명에서의 판운동. 앞판 뒷판이 상호 진동하는 여러 개의 막 같은 영역으로 나뉘는, 높은 주파수 영역에서의 모든 작은 개별적인 진동. 다채롭고 독특한 진동 형태를 처음으로 본 일은 계시에 가까웠다. 우리는 지금까지 숨겨져 있던 것을 처음으로 깨달았다! 드디어 소리의 원인이 '근본으로부터' 보였다! 바이올린의 고유 진동은 이제 그 내적 본질을 보여주었다. 우리는 이런 결과를 1989년 음악음향학 국제 심포지움에서 발표했다.

그런데 내가 이런 일에 몰두할수록 경험적으로 매력적인 결과는 도출되었지만, 나 자신이 이론적 배경은 제대로 이해하지 못하고 있음이 드러났다. 뮐러 선생님은 내게 중단했던 학업을 계속하여 가능하면 대학에서 물리학 공부를 해보라고 조언했고, 나는 그의 조언을 따랐다. 대학에서 물리학을 공부하는 동안 나는 그의 연구소에 정식으로 고용되어 있지는 않았지만, 연구소 열쇠를 가지고 있었고, 예전 나의 작은 '연구실'을 유지할 수 있었다. 전처럼 그곳에 자유롭게 드나들면서 마음껏 연구를 계속했다. 그러고는 대학을 졸업하고 바이올린 제작자로서 실습기간을 거친 뒤, 마이스터 시험에 합격해 드디어 음향실험실이 딸린 독립적인 바이올린 제작공방을 꾸렸다.

소리의 공간

이제 바이올린 음색의 비밀을 이야기하고자 한다. 이것이 뭐랄까 '인간 영혼의 음색'에 대한 멋진 비유가 되어줄 것 같아서다.

바이올린의 음향에서 중요한 것은 고유 진동이다. 이것이 우리가 듣는 모든 음색을 결정한다. 나는 콘서트홀에서, 또 내 공방에서 음향학적으로 익히 연구해본 멋진 바이올린들을 계속 다시 경험한다. 내게 특히 매력적으로 다가오는 바이올린은 1721년산 스트라디바리우스다. 이 스트라디바리우스는 소리가 절제되고 맑으면서도, 입체적 울림으로 홀을 가득 채운다. 열정적이지만 결코 날카롭지 않은 음. 쿰쿰한 지하실 공간처럼 완전히 잦아들면서도, 끝까지 분간할 수 있는 음. 이런 바이올린은 거친 소리를 내도 조잡해지지 않으며, 높은 음을 내도 천박해지지 않고, 오히려 달콤하고 감각적이다. 그 바이올린은 한 목소리만으로 이야기하지 않는다. 여러 가지 소리 패턴이 동시에 작용한다.

소리의 매력은 바로 이런 모순에 있다. 이런 모순이 비로소 울림의 공간을 펼친다. 언제나 여러 요소가 어우러져서 나는 소리가 매력적이다. 여러 요소가 들어 있지 않으면 진부하고 일차원적인 소리가 난다. 조절 가능한 여러 요소가 있을 때 비로소 음색은 생기를 얻고 인간적인 매력을 발산하게 된다. 음을 빚어낼 수 있는 가능성이야말로 좋은 바이올린의 가장 중요한 특성이다. 소리를 자유롭게 구사할 가능성이 있어야 한다는 말이다. 그런 음색에는 따뜻함과 화려함이 공존한다. 따뜻함은 둔탁하지 않고, 화려함은 날카롭지 않다. 따뜻함과 화려함이 조화로운 대립을 이룬다.

음의 셈여림도 마찬가지다. 셈여림을 조절할 수 있는 악기는 피아노[piano, 여리게] 악상을 연주할 때 숨이 막힐 듯 부드러운 소리를 낸다. 반면 포르티시모[fortissimo, 매우 세게]에서는 쉭쉭거리며 강한 소리를 낸다. 이런 폭이 공간을 만들며, 이것은 조화로운 대립을 통해 일어난다. 이런 모순이 없는 공간은 얼마나 편협하고 생기 없고 인공적이고 작위적이고 밋밋할까!

따라서 좋은 소리는 조화로운 대립의 한 예이다. 한편에는 따뜻함과 부피감, 공간감, 소리의 풍만함이 있고, 다른 한편에는 화려함, 뻗어나가는 힘, 초점, 선명함이 있다. 후자 없이는 소리가 상당히 둔탁하고 밋밋할 것이고, 전자 없이는 소리가 상당히 날카롭고 예리할 것이다.

멋진 소리는 이것들이 그저 조금씩 섞이는 것이 아니다. 약간의 따뜻함과 약간의 화려함, 약간의 이것과 약간의 저것이 아니다. 늘 이 두 가지 소리가 완전히 나는 것이다! 이런 대립으로만 연주할 수 있다. 이런 대비들이 바로 점 같은 일차원적인 소리에서 벗어나 풍성한 공간을 펼치게 한다.

좋은 바이올린은 '양감'이 있으면서도 화려하다. 공간감과 초점이 공존하며, 선명하지만 딱딱하지 않다. 부피감과 뻗어나가는 힘이 공존하며, 부드러운 동시에 강하다. 조화로운 대립의 공간에서 비로소 소리와 아름다움이 펼쳐진다. 이것이 소리의 세계에 부어진 기본적인 진리처럼 느껴진다. 결국 발타자르 노이만의 성당 설계에서 볼 수 있는 것과 같다. 바로 조화로운 대립이다.

공명

좋은 바이올린은 연주 영역에서 족히 80가지 공명을 갖는다.

공명이 고유 주파수를 가지고 확산되어 우리가 소리를 듣는 것이다. 연주자 왼손의 비브라토를 통해 '음향학적 불'이 타오른다. 손의 빠른 주기적인 운동이 공명을 자극하며, 자극된 공명은 악기의 음색을 좌우한다. 공명이 없으면 악기는 개성이 없어질 것이다.

공명이란 두 가지 에너지 형태가 끊임없이 상호작용하는 것이다. 각각의 진동 사이클을 거칠 때마다 위치에너지와 운동에너지 사이에서 두 번 전환이 일어난다. 바로 이런 에너지와 힘의 상호작용이 진동과 음향방사sound radiation를 유발한다. 위치에너지는 당겨진 현의 에너지고, 운동에너지는 움직임으로 생기는 에너지다. 긴장과 움직임은 필수적인 대립이다. 두 대립적인 형태의 에너지가 서로 주고받지 않는다면 아무것도 들을 수 없을 것이다.

인간의 내면생활도 내적인 힘을 통해 결정된다. 긴장과 움직임, 기대와 충족, 희망과 행동. 이런 단어쌍을 공명의 위치에너지와 운동에너지에 비유할 수 있다. 다양한 공명이 함께 바이올린의 공명 프로필을 형성하고 바이올린에 음색과 발산력을 부여하는 것처럼, '마음의 공명'이 인간의 인격을 결정한다. 그것이 '음색'을 결정하고, 우리는 그것을 아우라로 발산한다.

다음에서 '내면생활의 공명' 일곱 가지를 통해 성서에서 만날 수 있는 조화로운 대립의 사고를 살펴보자.

은혜와 일

무력함과 권능
용인과 형상화
들음과 행함
존재와 당위
진리와 자비
완전성과 임시성

물론 이외에도 많은 다른 '공명'을 발견할 수 있을 것이다. 바이올린이 가진 공명만 해도 80가지가 넘으니 말이다. 하지만 모든 공명을 다 다룰 수는 없고, 여기서는 이 일곱 가지로 조화로운 대립을 보여주고자 한다.

은혜와 일

은혜와 일의 협력은 믿음의 매력을 이룬다. 이런 힘을 우리 몸의 손들처럼 이해할 수 있을 것이다. 양손은 서로 대칭적이며, 함께 협력한다. 은혜와 일이 서로에게 봉사하지 않으면 둘 모두 나락으로 떨어지게 된다. 성서는 사람이 이 둘 중 하나를 잃어버리는 곳에서 일어나는 영혼의 전락을 이야기한다. 몽상가는 은혜를 칭송한다. 그러나 성실한 일은 마다한다. 그의 삶은 "경건의 모양"(〈디모데후서〉 3:5)만 있을 따름이다. 반대로 전전긍긍하며 내적으로 쫓기는 가운데 은혜와의 관계는 잃어버린 사람이 있다. 그의 삶은 "압제자의 몽둥이"(〈이사야〉 9:4) 아래에서 고통당한다.

'약속된 것'(은혜)과 '요구되는 것'(일) 사이에 건강한 긴장이 있을 때만 울림 있는 삶을 살 수 있다. 은혜와 일의 상호작용 가운데 살 때만 믿음과 사랑이 성장하며, 매력적인 사람이 된다. 이것은 우리가 약속된 것을 깨닫는 동시에 주어진 일을 힘써 하는 것이다. 우리의 삶에 의미가 되는 모든 일은 은혜와 일이라는 조화로운 대립 안에서 진동한다. 본질적인 것은 은혜에 기초하는 동시에 우리의 노력을 요한다. 은혜는 결코 일을 대신할 수 없다. 일은 삶의 내용이고, 은혜는 삶의 힘이기 때문이다. 한 가지는 다른 한 가지 없이 가능하지 않다.

성숙한 삶에서 은혜와 일은 늘 공명을 이룬다. 즉 한 가지가 다른 한 가지를 비로소 가치 있게 한다. 은혜와 일 사이의 긴장, 삶의 힘과 삶의 내용 사이의 긴장은 결국 하느님에게서 연유한다. 옛말에 이른 것처럼 하느님은 '주는' 분인 동시에 '요구하는' 분이기 때문이다.[1]

1 교부들도 처음부터 이런 긴장을 염두에 두었다. 그리하여 레오 벡은 다음과 같이 쓴다. "사랑과 정의, 선물과 명령은 인간이 경험하는 두 가지 신의 계시다. 하느님은 성서가 명명하는 두 이름처럼 영원한 존재이자 영원한 목표, 야훼와 엘로힘이다. 옛 교부들은 하느님은 영원한 사랑이며 영원한 정의임을 가르쳤다. 하느님 안에서 삶은 그 이유와 방향성을 갖는다. 하느님은 유일하고 하나인 신이지만, 이 두 특성을 늘 동시에 지닌 채 자신을 드러낸다." Leo Baeck, *Das Wesen des Judentums*, Gütersloh 1998, S. 168(초판 1905, S. 153).

이런 긴장을 인정하지 않는다면 삶은 필연적으로 진부해질 것이다. 일에 쫓기기만 하는 삶은 얼마나 진부할까! 반대로 하느님이 너를 사랑하시니까 그냥 이대로 내버려둬, 하면서 은혜에만 매달리는 삶 역시 얼마나 진부할까! 우리는 꼭 필요한 모순을 환영해야 한다. 자연의 빛은 파동의 성질과 입자의 성질을 모두 지닌다고 한다. 하느님의 은혜와 인간이 감당해야 하는 일 역시 이와 같다. 인간은 풀 수 없는 모순이 존재하지만, 은혜와 일이 협력하여 인간의 삶을 빛나게 한다.

같은 것이 은혜로도 여겨지고, 일로도 여겨질 수 있다. 하지만 어떤 때는 은혜에, 어떤 때는 일에 더 비중을 두어야 한다. 은혜와 일은 강력한 요구다. 우리는 이 두 가지 가운데 살아야 한다.

무력함과 권능

영적인 무력함과 권능 사이의 내적 합일도 이와 비슷하다. 이 둘 사이에도 밀접한 관계가 있고 공명이 있다. 예수에게서 이런 상호작용이 나타난다. 예수는 말한다. "아버지께서 하시는 일을 보지 않고는 아들은 아무것도 스스로 할 수 없다. 아버지께서 행하시는 것을 아들도 행한다."(〈요한복음〉 5:19) 이 구절에 다음 두 가지가 담겨 있다! 예수의 무력함: "아들은 아무것도 스스로 할 수 없다", 예수의 권능: "아버지가 하는 것을 아들도 한다."

예수의 권능은 아무것도 스스로 할 수 없다는 무력함 없이는 있을 수 없다. 아무것도 할 수 없다는 마음이 권능보다 선행하며 모든 행동의 바탕을 이룬다. 영적인 무력함 속에는 커다란 겸손이 있다. 겸손은 모든 것을 그냥 당연하게 받아들이지 않는다. 은혜를 통해 허락되는 것만 할 수 있음을 안다. 은혜를 잊어버릴 때, 일들은 삐걱거린다. 그리고 심리적 터널효과로 인해 스스로 무엇이든 할 수 있을 것 같았던 오만이 갑자기 체념으로 바뀐다. 영적 무력함은 그렇지 않다. 그 안에는 체념이 없다. 체념 대신 하늘을 우러르는 마음의 탄식이 있다. "예수는 하늘을 우러러 탄식하셨다."(〈마가복음〉 7:34) 하느님을 아는 마음의 탄식 속에서 일들이 이루어지고, 막혔던 것이 열릴 수 있다.

사도 바울은 〈로마서〉에서 성령이 인간 속에서 하는 일을 '탄식'이라는 개념으로 표현한다! "성령이 말할 수 없는 탄식으로 우리 연약함을 돕는다"(8:26)고 말이다.

예수는 제자들에게 기대를 품고 기도하라고 가르치신다. 하지만 힘든 시기에 배우고 깨달아 알아야 할 것들에 대해 묻지 않고 그냥 힘을 짜내어 기도하라고 가르치지는 않는다. 예수는 "수고하고 짐 진 자들아, 더 많이 기도하라!"라고 하는 대신 "수고하고 무거운 짐 진 자들아 내게로 와서 내 멍에를 메고 내게 배우라!"(〈마태복음〉 11:28~29)라고 말씀하신다.

우리에게 다음과 같은 생각을 불어넣는 의기양양한 거짓 믿음이 있다. '왜 노력해? 거저 주시는데! 왜 고난을 겪어? 기적이 있는

데! 왜 수고해? 하느님이 다 해주시는데!' 그러다 보면 고난의 때에 우리 속에 이런 속삭임이 들려온다. '일이 안 되잖아? 상태도 좋지 않고. 혹시 죄 지은거 없어?' '병이 호전되지 않아? 혹시 믿음이 부족한 거 아냐?' '의기소침하고 살 맛이 안 나? 하느님이 널 버리신 거 아냐?'

어려움 없이 인생의 모든 일이 다 잘되는 것만이 복이라고 생각하면, 우리의 믿음은 난파할 수 있다. 무력함 속에서도 하느님을 붙드는 걸 배우지 못한다면, 발을 헛디뎌 넘어질 것이다. 무력함과 권능 사이의 상호작용을 통해 우리의 믿음은 성숙해지고 건강해진다. 무력함은 하느님께 귀를 기울이는 인간의 탄식이다. 비우고 받을 수 있는 상태가 되는 것이 바로 사랑의 일면이다. 우리는 종종 자신의 의지와 힘으로 가득 차 있다! 그러나 예수는 "아들은 아무것도 스스로 할 수 없다"라고 말씀하신다. 제자들에게도 이렇게 말씀하신다. "내 안에 머물라, 나도 너희 안에 머물겠다. 나는 포도나무고, 너희는 가지다. 나 없이 너희는 아무것도 할 수 없다."(〈요한복음〉 15:4 이하) 이것이 바로 무력감의 영적 법칙이 아닐까.

예수의 권능의 비밀은 하느님께 내적으로 결속되었다는 것이었다. 성서는 예수가 "새벽이 아직 밝기도 전에 일어나 나가서 한적한 곳으로 가서 기도했다"(〈마가복음〉 1:35)고 기록한다. 예수도 우리처럼 하느님께 듣고 물으며 살았다는 걸 알 수 있다. 그는 이렇게 하느님께 전적으로 의지하여 살기 위해 홀로 있는 시간과 공간을 필요로 했다. 애써 이런 시간을 갖는 모습은 '보통' 사람과 다름없다. 사실 예수는 제자들 사이에서 초인으로 부각되지 않았다. 그랬다면 유다가 그를 배반할 때 입을 맞춰 그가 예수라는 걸 표시할 필요도 없었을 터이다. 유다는 "내가 입 맞추는 자가 그이다"(〈마가복음〉 14:44)라고 했다. 예수가 빛나는 초인이었다면, "빛나는 이를 따라가면 곧 그이다"라고 조언하는 걸로 충분했을 것이다.

무력함과 권능은 공명을 이룬다. 체념만 있거나 능력만 있는 곳에서 상호작용은 일어나지 않는다. 나는 힘겨운 시간들을 오히려 기회로 보고자 한다. 예수의 길을 따라가며, 예수의 무력함을 닮는 기회로 말이다. 그런 시간에 나는 받는 자로서 하늘을 향해 손바닥을 열고자 한다. 그렇게 성령의 탄식에 시간과 공간을 내어주고자 한다.

최근에 친한 지휘자와 이야기를 나누었다. 어떤 지휘자들은 오케스트라 앞에 서면 권위가 있는데, 어떤 지휘자들은 권위가 없는 것을 어떻게 설명할 수 있을까 하는 물음에 대해서였다. (내 공방에서 음악가들은 종종 그런 이야기를 한다.) 그러자 같이 이야기하던 지휘자는 처음에는 모르겠다고 하더니, 독백하듯 말하길, 다른 지휘자들은 모르겠지만 자신은 연주하기 전에 단상에 올라서 잠시 가만히 있는다고 했다. 다른 사람들의 눈엔 그가 잠시 마음을 가다듬는 것처럼 보이지만 그 순간 그는 마음속으로 기도하며 조용히 오케스트라 단원들을 축복하고 나서 지휘봉을 든다는 것이었다.

이런 태도는 여러 영역에 적용될 수 있을 것이다. 교사가 아침

마다 마음속으로 조용히 기도 가운데 학생들을 축복한 뒤 학교로 들어간다면 어떨까? 나는 진정한 권위의 비밀은 축복하는 마음에 있다고 확신한다.

용인과 형상화

내면생활의 또 하나의 공명은 바로 '용인과 형상화'라는 힘의 쌍이다. 이 쌍은 바이올린의 제작과정에서 필요한 것과 딱 맞아떨어진다. 바이올린의 f모양 홀을 조각하는 과정을 예로 들면 가장 좋을 듯하다.

모든 바이올린 장인은 제작하는 악기의 이미지를 마음으로 그린다. 특히 앞판 f홀의 모양과 위치는 바이올린에 고유한 모습을 선사한다. f홀을 조각하노라면 살아 있는 피조물을 창조하는 것 같은 느낌이 든다. 이제 바이올린이 얼굴을 갖게 되기 때문이다. 오른손에는 조각칼을, 왼손에는 바이올린 판을 들고서 가능한 한 선의 진행을 끊지 않고서 날카로운 날로 조각해나간다. 얇은 대팻밥들 사이에서 차츰 완성되어가는 구멍의 모습이 눈에 들어온다. 여기에 고유한 특성이, 개성이 생겨난다. 이것은 미리 결정된 작도가 아니다. 형태의 표상과 수작업의 불완전함이 맞물린다.

눈은 생성되는 선을 지각하고, 손이 곡선을 수정한다. 만들어져가는 작품에 맞추며 미학적인 만족으로 나아간다. 한순간 뒤 눈은 탄생한 선의 전개에 놀라 멈칫한다. 그리고 그것이 좋다고 느낀다. 만족스럽게 보인다면, 손 아래에서 만들어지는 형태가 원래 생각에서 벗어나더라도 용인하는 것이 중요하다.

'그래, 이거야! 내가 원했던 것과 다르네. 하지만 좋아…'

'원래는 홀 아랫부분을 좀더 날렵하게 깎으려 했는데. 그러나 이런 과감한 곡선도 나쁘지는 않군…'

마지막으로 갈수록 아무것도 하지 않고 바라보는 순간들은 더 길어진다. 계속해서 멈춘다. '용인'과 '형상화'의 끊임없는 상호작용. 나는 이것이 아름다움의 전형적인 특징이라고 생각한다. '허용'했고, 또 '의도'했다. 정해진 모형을 무작정 따르기만 하는 것이 아니고, 자의적으로 제멋대로 하는 것도 아니다.

예술에서는 용인과 형상화 사이의 긴장이 중요하다. 과정 중에 생기는 자연스러움을 용인하지 않으면 작품은 미리 정해진 작도에 불과하게 된다. 그러나 용인이 전부라서 아무것도 의도하지 않는다면 작품은 임의적인 행위가 된다. 임의적인 예술작품은 오직 계획대로만 하려는, 의도대로만 하려는 삶을 반박하는 게 될 것이다. 그 작품은 잃어버린 은혜에 대한 아쉬움을 표현하고, 모든 것을 복종시키려는 통제력의 망상을 의문스러워할 것이다. 그러나 작품이 예술작품이 되려면, 보여지는 임의성에 작품을 예술로 만들 수 있는 형상화의 긴장이 반드시 존재할 것이다. 모든 것을 용인하면서, 그것을 통해 뭔가를 이야기하고자 하기 때문이다.

그리하여 우리의 세계는 엄청난 작품으로 드러난다. 하느님의 의지는 인간을 용인할 수 있고, 인간의 의지는 은혜를 용인할 수 있다. 즉 하느님은 인간을 일일이 통제하고 형상화하지 않고 내버려둔다. 인간 역시 시시콜콜 자기 마음대로 하지 않고 은혜에 맡긴다. 하느님과 인간은 서로에 대한 믿음 안에서 한 걸음씩 양보한다. 상호적인 용인과 의도. 바로 이것이 "너희가 내 안에, 내가 너희 안에" 있는 구도다. 믿음은 이런 예술을 지각하라는 부름이다.

안토니오 스트라디바리Antonio Stradivari 특유의 둥글게 흘러가는 f홀은 조화롭고, 눈에 착 감긴다. 고요함과 우아함을 내뿜는다. 반면 주세페 과르네리 델 제수Giuseppe Guarneri del Gesù의 바이올린은 완전히 다르다. 그것은 다르게 조각되었다. 다른 기질을 가지고, 다른 이상을 좇는다. 고집 세고, 어둡고, 정열적인 아름다움을 가지고 있다. f홀이 완전히 대칭을 이루는 경우가 드물다. 둥글지 않고 각져 있지만 흐름을 방해하지는 않는다. 그 역시 매력적이다!

용인과 형상화가 한쪽으로 전락한 상태는 어떠할까? 용인의 전락인 '무계획성'에는 경외심이 없다. 모든 것이 임의적이다. 형상화의 전락인 '강제성'에는 사랑이 없다. 모든 것이 노예화된다!

'무계획성' 상태에서는 이상을 좇을 수 없다. 여기서는 모든 일이 일어나지만, 아무것도 형상화되지 않는다. 그 결과는 추하다. 아무런 특성도, 개성도 없다. 무계획적인 임의성이 지배할 뿐인 이런 상태는 소뇌만 있어도 충분할 것이다. 요즘 유행하는 '내려놓음'의 영성은 자칫 아무것도 의도하지 않고 형상화하지 않았던 삶에 대한 가련한 알리바이가 될 수도 있다. 그런 사람은 마지막에 이렇게 이야기할 것이다. "난 그냥 통과했을 뿐. 진짜로 살지 않았어. 난 삶을 회피했어. 그 무엇을 위해서도 살지 않았으니까." 아무것도 의도하지 않고, 형상화하려 노력하지 않는 것은 경건한 깨달음의 표시가 아니다. 무엇보다 모든 걸 내려놓는다고 자신의 소명까지 내려놓는 것은 목욕물을 버리려다 아기까지 함께 버리는 형국이 될 것이다.

'강제성'은 다른 방향으로의 전략이다. 강제적인 시스템은 무계획적인 것을 다룰 능력이 없다. 방향을 전환하거나 방해가 끼어들 여지를 줄 능력이 없다. 강박적인 인간은 자신의 '머릿속에 꽂힌' 것을 실행에 옮기려는 데만 매몰되어 있다. 내적인(종교적 혹은 신경증적) 요구에 무력하게 내맡겨져 '다르게는 할 수 없는' 상태다.

강박적 인간—또는 강박적 공동체—는 제도판에서 설계하는 작도 같은 삶을 살고자 한다. 자연 세계가 이에 부응하지 않으면, 적어도 종교적 규칙을 통해 세운 인공적인 세계라도 그렇게 만들고자 한다. 자신의 생각, 신조, 계획에서 한 치도 물러서지 않고자 한다. 이런 태도에서 방해는 당연히 위협으로 느껴지고, 방해에서 스스로를 보호해야 한다는 생각이 들게 된다. 방해가 힘들게 이룬 균형을 망가뜨리기 때문이다. 이런 정신자세에 누락된 것은 바로 용기와 개방성이다. 순간이 주는 약속에 깨어 있지 못하며, 방해가 종종 거룩한 인도로 드러날 수 있다는 의식이 결여되어 있다. 공동체는 방해받을 수 있는 능력 여부에 따라 그 건강함을 판가름

할 수 있다.

정말로 영리한 사람은 삶이 방해받고 빗나갈 수 있는 여지를 허락한다. 믿음의 사람은 자신이 확신하는 바만 고집하지 않는다. 기대하지 않았던 일, 뜻밖의 일을 통해서도 좋은 일이 일어날 수 있다. 우리는 때때로 커다란 지혜가 뜻밖의 길로 인도하는 것에 놀라곤 한다. 그러나 나중에는 돌아보며 '아, 정말 좋았다'며 고개를 끄덕이게 될 것이다. 그런 경험이 종종 불운해 보이는 일을 통해—적어도 예기치 않았던 일을 통해—당장은 참고 견뎌야 하는 형태로 다가온다 해도 말이다.

뜻밖의 것에 놀라거나 방해받거나 때로 좌절할 용기가 없을 때, 우리는 가능성에 못 미치는 삶을 살아간다. 그럴 때 큰 지혜는 이렇게 말할 것이다. "너의 최대 실수는 네가 그르친 것이 아무것도 없었다는 것이다. 그것은 네가 시도한 일이 너무 적었음을 보여준다." 용기가 없는 자는 은혜의 길을 갈 수 없다. 우리는 확실한 것만 취한다는 말로 우리의 용기 없음을 변호한다. 하지만 자신이 확신하는 것만 부여잡고 아무 수고도 하지 않을 때 진리에는 얼마나 많은 먼지가 앉을까. 막스 프리슈Max Frisch는 이렇게 말한다. "전통이란 무엇일까? 그것은 선조들이 당대의 문제에 맞섰던 그 용기로 자기 시대의 과제를 마주하는 것이 아닐까. 그 외 모든 것은 모방이요, 박제이다…."[2]

2 Max Frisch, *Stiller*(Roman), 1954.

복음서에는 일상 중에 방해를 받은 예수의 모습을 보여주는 아름다운 이야기들이 나온다. 〈마가복음〉에 소개된 중풍병자 이야기도 그중 하나다.(2:1 이하) 예수는 이때 설교를 하고 있었다. 복음사가 마가는 예수가 구체적으로 무슨 설교를 하고 있었는지는 기록하고 있지 않다. 그도 그럴 것이 진짜 설교는 방해를 통해 일어났기 때문이다. 중풍병자를 데려온 네 친구는 사람이 너무 많아 문으로는 도저히 예수가 계신 곳까지 뚫고 들어갈 수가 없는 걸 알고는, 지붕을 뜯고 중풍병자 친구를 줄에 달아 예수의 발 앞으로 내려오게 한다. 믿음의 이런 행동으로 말미암아 지붕은 일시적으로 파손되었고 예수의 설교는 방해를 받았다. 그러나 원래의 방해요소, 즉 한 인간의 정신적·신체적 장애는 해결되었다. 이런 일을 위해 예수는 방해와 혼란을 허락했다.

방해를 허락하는 것은 영적으로 깨어 기도하고 듣는 마음을 갖는 것이다. 이것이 바로 듣고 행하고, 용인하며 형상화할 수 있는 믿음의 권능이다.

들음과 행함

네 번째 공명은 두 힘의 상호작용을 보여주는 전형적인 예다. 들음과 행함 사이의 긴장은 성경을 관통한다. 산상설교의 마지막에 예수는 반석 위에 집을 지은 영리한 사람에 대한 비유를 이야기한다. 비가 내리고 홍수가 나고 바람이 불어 집에 들이치지만, 모래 위에 지은 집과는 달리 영리한 사람의 집은 무너지지 않는다. 반석 위에 지었기 때문이다. 예수는 이 영리한 사람은 바로 "내 말을 듣고 행하는 사람"(〈마태복음〉 7:24)이라고 말한다. 들음과 행함!

그보다 조금 앞서 유대의 위대한 율법학자 힐렐Hillel(기원전 70~서기 10)도 비슷한 말을 했다. "행위보다 지혜가 더 많은 사람은 가지는 많은데 뿌리는 적은 나무와 같다. 그 나무는 바람이 몰아치면 뽑혀 쓰러진다."[3]

'들음과 행함'은 엄청난 영적 힘의 쌍이다. 하나가 다른 하나를 낳는다. 아주 특징적인 공명이다. 행위로 이어지지 못하고 들음에만 치우쳐 한쪽으로 전락한 것이 바로 '지성주의'이고, 들음을 포기하고 행위에 치우쳐 한쪽으로 전락한 것이 바로 '실용주의'다.

'실용주의'는 이성에 대한 모독이다. 실용주의는 모든 것을 레서피 모음으로 만든다. 어떤 대상 자체에 대한 사랑이 없기 때문이다. 이런 태도는 결코 듣는 마음에 이르지 못한다. 실용주의의 실리적 사고는 '그래서 이게 밥 먹여줘? 무슨 유익을 줘?'라고 반사적으로 묻지 않고는 뭔가를 들을 수 없게 만든다. 그런 태도는 사랑하며 찾고, 찾으며 사랑하는 삶을 무색하게 만든다. 학문의 위대한 업적은 애정 어린 관심을 가지고 탐구하는 사람들에 의해

3 다음에서 인용. Leo Baeck, *Das Wesen des Judentums*, Gütersloh 1998, S. 81(초판 1905, S. 48).

배출되었다. (그런 사람들이 몸담은 분야를 기초 연구라고 부른다.) 단기적으로 어떤 유익을 가져오는가를 기준으로 모든 노력을 판가름하는 사람은 하느님과 세상을 진부하게 만들 것이다. 그런 사람은 탐구하는 마음을 가지지 못하고, 하느님 앞에 듣는 인간으로 설 수도 없을 것이다! 뭔가가 이익을 가져다주는가 하는 질문 외에 다른 질문이 없는 사람들만 상대하는 것은 장기적으로 참 피곤한 일이다.

실용주의라는 동전의 다른 면은 바로 '지성주의'다. 지성주의는 행위에 대한 모독이다. 지성주의는 믿음을 그저 흥미로운 사상체계로 국한시키기 때문이다. 지성주의에 치우친 사람은 꼼짝하지 않는다. 마음을 움직이는 단 하나의 질문은 바로, 그것이 아름다운 생각인가, 그것이 마음에 와닿는가 하는 것이다. 하지만 예수와 힐렐에 따르면 인간을 성숙하게 하고 버팀목이 되어주는 것은 지혜가 아니라 행동이다.

지성주의와 실용주의 모두 한쪽으로 치우친 함정이 될 수 있다. 우리가 나아가야 할 소명은 '들음'과 '행함'의 조화로운 대립에 있다. '나중에' 열매를 맺도록 우선 이해가 선행되어야 할 때가 많다. 들음의 순간에 씨가 뿌려진다. 모든 대화, 설교, 독서, 생각 후에 '이것이 내게 무슨 유익이 있을까?'를 묻는 사람은 마치 그렇게 하면 식물이 더 빨리 크고, 더 빨리 열매를 맺기라도 할 듯 식물을 잡아당기는 사람과 비슷하다.

예수는 언젠가 가르침을 마친 뒤 다시 한번 제자들을 돌아다보며 말씀하셨다. "그러므로 천국의 제자 된 모든 율법학자는 자신의 곳간에서 새것과 옛것을 내어오는 집주인과 같다."(〈마태복음〉 13:52) 예수는 천국의 제자 된 율법학자에 대해 이야기한다. 집주인이 내어오는 것은 새것과 옛것이다. 새것은 순간적으로 직접 받는 것을 의미한다. 그 순간 이것은 옳고 적절하다. 하지만 옛것도 있다. 이것은 오랜 시간에 걸쳐 받고, 감동하고 경험한 것이다. 그것은 좋은 포도주처럼 '숙성되어' 있다. 제자들은 그것을 적절한 시기에 열린 하늘의 곳간에서 꺼낸다. 듣는 마음은 내용이 자라고 성숙할 수 있도록 사랑을 필요로 한다. 직접적인 유익만 묻고 아무것도 무르익도록 내버려두지 않는, 실용주의의 위험에 저항하려면 하느님에 대한 더 큰 경외심이 필요하다.

들음에 대한 조화로운 대립은 행함이다. 예수는 아직 무르익지 않은 것을 행해야 하는 압박에 굴복하지 않는다. 그는 "나의 때가 아직 이르지 않았다. 그러나 너희의 때는 늘 준비되어 있다"(〈요한복음〉 7:6)라고 말한다. 예수는 기다리고, 관찰하고, 적절한 시간에 적절한 방식으로 행동한다. 하느님과의 내적인 눈맞춤이 예수의 삶의 방식을 결정한다. 내적 눈맞춤을 통해 주어진 시간의 의미를 파악한다. 예수의 삶에서는 깨달음 자체를 위한 깨달음이 없다. 지성주의의 기미가 없다. 그는 하느님의 뜻을 '행하고자' 하느님의 뜻을 '깨닫는다'.

그렇게 우리의 일상에서도 우리가 거룩한 뜻에 잇대어 있음을 알 때만 의무감으로 인한 내몰림과 중독적인 태만 사이의 진자운동에서 해방될 수 있다.

존재와 당위

우리는 평생 하느님 사랑을 알아가고, 그 신비 속으로 깊이 자라가도록 부름받았다. 우리는 자신이 무엇을 해야 하는지 알아야 할 뿐 아니라, 스스로 사랑받는 자임을 깨달아야 한다. 사랑은 우리가 누구인지를 보여준다. 그 사랑을 받아들이는 것이 바로 믿음이다. 사랑받는 사람은 상대에게 자신을 증명할 필요가 없다. 그러므로 사랑받는 인간만이 본연의 모습으로 살아갈 수 있다. 사랑을 믿지 않는 사람은 주변 세계에 늘 자신을 '증명'할 수밖에 없기 때문이다. 그러나 그렇게 이를 악물고, 불안하게 끝없이 주변에 자기를 증명하려고 하면서 자신과 주변 사람들을 망치는 이들이 얼마나 많은가! 어떤 노력도, 어떤 행동도, 사랑의 위로를 모르고 자신이 어떤 존재인지 알지 못하는 사람의 허기를 채워주지 못한다.

삶에 의미와 위로를 선사해주는 '별'이 꺼지면, 영혼의 '블랙홀'만이 남는다. 자기 증명, 욕심, 걱정, 의무, 두려움은 모든 것을 삼키지만 만족을 모르는 블랙홀과 같다. 겉으로는 그럴듯해 보이지만, 속으로는 자기 가치를 깨닫지 못한 채 평화와 안식을 모르고 살아간다. 더 많이 일하고, 더 많이 노력하고, 불만족스러운 것을 더 많이 해결하면, 더 행복하고 평온한 삶이 기다릴 거라고 생각한다. 그러나 자신을 증명하고자 뼈아픈 노력을 기울이는 삶 속에서 우리 안의 허기는 더 커지기만 할 따름이다. 공허감이라는, 만족을 모르는 탐욕스러운 지방세포만 키울 뿐이다. 안식을 누리는 인간은 오직 사랑받는 인간뿐이다. 다른 것은 모두 허상이다!

성 아우구스티누스Aurelius Augustinus(354~430)는 《고백록*Confessiones*》[4] 시작 부분에 "당신 안에 쉬기까지 우리 마음은 불안하기만 합니다"라고 적었다. 내가 세어보니 신약성서에서 너희는 무엇무엇이다, 라고 나오는 구절이 40개가 넘었다. "너희는 하느님의 자녀다. 너희는 약속의 유업이다. 너희는 왕 같은 제사장이다. 너희는 세상의 소금이다. 너희는 세상의 빛이다" 등등. 인간의 존엄성을 나타내는 문장들이다. 이런 말들은 하느님이 우리를 어떤 존재로 보는가를 가르쳐준다. 그러므로 도덕적 변화 이전에 정체성의 변화가 선행되어야 함이 분명하다![5]

테제 공동체의 창시자인 로제 수사Frère Roger는 아우구스티누스의 말을 우리의 의지를 좀 더 강조하는 쪽으로 바꾸어 이렇게 말

4 《고백록*Confessiones*》은 서기 400년경에 쓰였다. 알제리에서 활동했던 아우구스티누스가 자신의 영적 성장 과정을 스스로 관찰하는 방식으로 쓴 책이다.

5 때로 회심이 오랜 세월에 걸쳐 아주 느리게 이루어지므로, 안달복달하지는 말아야 한다. 또한 깊고 진심 어린 회심이라면 늘 새로워질 필요가 있다.

했다. "그리스도여 당신에게서 멀어진 모든 것을 당신에게 넘겨드리기까지 나의 마음에는 안식이 없습니다."[6] 이 문장에는 인간의 의지에 대한 호소가 들어 있다.

아름다운 울림이 있는 삶에는 반드시 '존재'와 '당위', 즉 사랑받는 자로서의 정체성과 해야 할 일로서의 소명이 상호작용한다. 우리는 이 둘의 갈등 가운데 살아야 한다. 우리의 존재는 당위의 대양을 건너야 하고, 우리의 당위는 존재의 위로에 닻을 내려야 한다. 둘 중 하나를 잃어버릴 때 우리의 인생은 침몰하거나 영원히 한곳에 정박할 위험에 처한다. 자신의 정체성을 알지 못하는 사람은 내적 무게를 지니지 않아 침몰해버린다. 폭풍우가 지날 때 배를 지켜주는 선박 바닥의 용골이 없다고나 할까? 반면 자신의 소명, 즉 스스로 세상에서 해야 하는 일을 알지 못하는 사람은 돛을 달지 않은 배나 마찬가지다. 이런 사람은 결코 항해를 할 수 없다.

'당위', 즉 해야 할 일만이 전부인 삶은 주어지는 요구의 폭풍우 가운데 삶이 전복될 위험이 있다. 그런 삶은 '자기 비하'에 빠진다. '나는 못난 인간이야. 해야 하는 일을 제대로 하지 못하니까.'

있는 그대로의 '존재'만이 전부인 삶은 자기 안심 속에서 영원한 무기력증에 걸릴 위험이 있다. 그런 삶은 '자기 위안'에 빠진다. '나는 아무것도 할 필요 없어. 있는 그대로의 나로 충분하니까!'

두 가지 모두 옳지 않다. 존재와 당위가 건강하게 상호작용할

6 Frère Roger, *Die Quellen von Taizé*, Freiburg 2004, S. 40.

때 울림이 있는 삶을 살 수 있다. 격려와 요구는 우리 인생에 필요한 두 가지 힘이다. 우리는 자기 비하와 자기 위안에 똑같이 저항해야 한다.

진리와 자비

〈시편〉은 "주의 자비가 내 눈앞에 있으니, 나는 당신의 진리 가운데 행하겠습니다"(26:3)라고 말한다. 이 구절은 자비와 진리 사이의 공명을 보여준다. 마치 하느님의 자비가 눈앞에 있지 않다면 진리를 외치지 말라고 말하는 것처럼 느껴진다. 자비 없는 진리는 딱딱하고 날카로워 삶을 해치는 무기로 작용할 수 있기 때문이다. 자비가 부족할 때 진리는 악몽이 된다. 그럴 때 진리는 은혜롭고 긍휼하고 오래 참는 하느님께 반하는 거짓말이 되어버릴 따름이다.

여러모로 가련한 우리의 세계가 진리로 행복하게 되는 일은 별로 없는 듯하다. 광신도는 진리를 위해 싸우면서, 자신이 하느님과 더 높은 가치를 위해 투쟁한다고 생각한다. 그러나 그렇지 않다. 자비를 잃으면 진리도 잃게 되기 때문이다. 광신도의 눈에는 자비가 아니라, 투쟁해야 할 불의가 보인다. 그러나 자비를 잃으면 진리가 신이 된다. 진리가 하느님 자리에 오른다. 하느님은 진리다. 그러나 진리는 하느님이 아니다. 광신도는 진리를 소유하고 있다고 믿으며, 하느님은 소유할 수 있는 것이 아님을 잊는다. 하느님만이 진리이며, 우리는 그를 소유할 수 없다!

진리와 자비는 우리의 인생에 중요한 힘의 쌍이다. 진리 없이 자비만 있으면 기준 없는 임의적인 행동이 나오고, 자비 없이 진리만 있으면 사랑이 누락된다. 자비와 진리는 서로를 지켜준다. 성 아우구스티누스는 "죄는 미워하되 죄인은 사랑하라"고 했다. 자비로운 자는 죄인을 미워하지 않는다.

진리를 받아들이지 않는 자는 복원력이 없는 무른 나무와 같다. 그들은 무른 나무로 만들어진 바이올린처럼 둔탁한 소리를 낸다.[7] 우리는 도덕적 복원력이 필요하다. 그것은 자비로부터 나오지 않고 진리로부터만 조달된다!

옳지 않은 것에 대한 감은 자신보다는 남에 관한 일일 때 특히 섬세하게 작용한다. 그래서 잘못된 일을 보면 엄청나게 분노를 발하곤 한다. 우리는 잘못된 것에 대해 분노한다고 생각한다. 그러나 무엇보다 분노를 통해 자신의 의를 드러내고 즐기고 있지 않은지 돌아볼 일이다. 사도 바울은 "남을 판단하는 바로 그것으로 스스로를 정죄한다"(〈로마서〉 2:1)고 썼다.

《장자》의 비유에도 비슷한 이야기가 나온다. 안합이라는 현인이 위나라 대부 거백옥에게 자신이 가르치는 태자에 대해 이렇게

7 진동으로 어긋났던 구조를 다시 안정 상태로 되돌리는 힘을 진동의 복원력이라고 한다. 복원된 구조는 진동 가운데 새로이 어긋나기를 되풀이한다. 나무가 너무 얇거나 무르게 가공되어 복원력이 너무 작은 바이올린은 고유 진동수가 감소하고, 둔탁하고, 아둔한 소리가 난다.

말한다. "그는 남의 잘못을 아는 데는 아주 뛰어나지만 자신의 잘못은 알지 못합니다. 어떻게 해줘야 할지 모르겠습니다."[8] 그러자 거백옥은 상처 주지 않으면서 제자를 이끌어주는 방향으로 충고한다.

진리 없는 자비는 선하지 않고, 자비 없는 진리는 참되지 않다는 걸 우리는 직관적으로 느낀다. 바이올린 장인의 말로 표현하자면, 진리와 자비는 공명을 이루어야 한다. 울림 있는 삶에는 이런 공명이 필요하다. 나쁜 소리를 죄라고 한다면, 우리가 임의로 죄를 변호할 때 소리는 '둔탁해질' 것이다. 그것은 너무 무르거나 얇게 만들어진 목재와 같다. 내적인 복원력이 없다! 반면에 사랑 없이 죄인을 판단하는 것은 '날카로운' 소리와 같다. 따뜻함에 '화려함'이 더해져야 소리가 둔탁해지지 않는다. 반대로 화려함에 '따뜻함'이 가미되어야 소리가 날카로워지지 않는다. 둔탁함과 날카로움은 저급한 데가 있다. 자비를 저버리고 진리만 중요시하는 삶도, 반대로 진리를 저버리고 자비만 중요시하는 삶도 마찬가지다. (진리 없이) 둔탁하든, (자비 없이) 날카롭든, 나쁜 소리가 난다. 그런 삶에서는 음이 빚어질 수 없어서, 서로를 대함에 있어서 톡톡 튀는 재치도, 안정감도 부재하게 된다.

우리 시대의 영적 스승인 게리 켈러Geri Keller는 말한다. "깨끗한 사람만이 죄인을 받아들일 수 있다. 깨끗한 사람은 죄인에게서 죄

8 Zhuangzi, *Reden und Gleichnisse des Tschuang-Tse*, Zürich 1951, S. 41.

를 보지 않고, 하느님의 형상을 본다. 우리는 자기 안에 죄가 있어서, 다른 사람 안에서 하느님의 형상을 보는 대신 먼저 죄를 보는 것이다."[9]

완전성과 임시성

마지막 힘의 쌍 중 하나는 완전성이라는 개념이다. 조화로운 대립으로서 완전성 옆에 설 수 있는 개념은 무엇일까? 완전성은 무엇으로 보완될 수 있을까? 완전성도 강력한 파트너를 필요로 한다. 대립되는 것 없이 완전성만 추구하면 완벽주의로 전락하기 때문이다. 완벽주의자는 자신의 미완성 상태, 임시적인 상태, 잠정적인 상태를 받아들일 마음가짐이 되어 있지 않다. 하지만 성숙하고 성장하는 과정은 언제나 임시적인 상태를 통과하게 되어 있다. 이런 잠정적인 상태 없이는 그 누구도 발전해나갈 수 없다. 완벽주의자들은 자신이 손대는 일마다 생명을 앗아간다. 뭔가가 성숙할 수 있게끔 기다려주지 않기 때문이다. 그들은 시간을 허락하지 않는다. 늘 심기가 불편하다.

예수는 포도나무 비유에서 하느님과 결속된 가운데 성장한 모든 것은 영원성을 만들어간다고 이야기한다.(〈요한복음〉 15:8, 16)

9 Geri Keller, *Vater. Ein Blick in das Herz Gottes*, Winterthur 2002, S. 33.

거기서 '완전성'과 '임시성'이 합쳐진다. 이 둘은 건강한 단어쌍을 이룬다. 이것의 전락한 대칭쌍이 바로 '완벽주의'와 '무성의'이다.

내겐 음악가 친구들이 많다. 그렇다 보니 음악가들에게 완벽주의가 얼마나 커다란 유혹이자 부담이 되는지 경험하곤 한다. 음악의 특성상 음이 한 번 악기를 떠나면 더 이상 주워 담거나 무마할 수 없기 때문인 듯하다. 모든 것은 음악회에서 일어나고, 일회적이고, 직접적으로 벌어진다.

한 소프라노 친구가 말했다. "나는 늘 무대에 서서 노래하려면 일단 완벽해야 한다고 생각했어. 그런 생각은 내게 엄청난 압박으로 작용했지. 하지만 난 이제 현재의 임시적인 상태를 받아들일 수 있어. 완벽하지는 않지만 완성을 향해 성장해야 한다는 걸 알아."

오보에 주자가 옆에 있다가 이런 말을 덧붙였다. "만족스럽지 않다는 느낌은 나의 공부에 중요했어. 그런 마음이 나를 계속 진보하게 했으니까. 하지만 그게 지나쳐 완벽주의로 나아가면 오히려 발전에 제동이 걸려. 완벽해야 한다고 생각하면 두려움이 몰려오고, 성장해나갈 수가 없거든."

세계 곳곳을 다니며 순회연주를 하는 한 피아니스트도 이렇게 말했다. "나는 바흐를 나처럼 연주하면 안 된다는 걸 알고 있었어. 내 연주에는 계속 열등감이 서려 있었지. 하지만 그것은 건설적인 불만족과는 거리가 멀었어."

음악적으로 아무래도 좋다거나, 뛰어난 기교가 필요 없다는 건 아니다. 하지만 진정한 음악가의 완전성은 약간 다른 것이다. 나는 그것이 결국은 하느님을 향해 스스로를 열어놓는 것이라고 확신한다. 위대한 음악가라면 스스로가 음악을 통해 자기 자신보다 더 큰 진리에 봉사한다는 확신이 있지 않을까? 음악에는 말이나 텍스트가 필요 없다.

친한 피아니스트가 한 연주회에서 있었던 일을 이야기해줬다. "모차르트 연주회가 끝난 뒤, 어떤 여자분이 내게 다가왔어요. 아주 감동받은 것 같았죠. 그 관객은 이렇게 말했어요. 저어, 뭐 한 가지 물어봐도 될까요? 당신이 연주하는 모습이 상당히 인상 깊었는데, 혹시 신앙인이신가요?" 그 관객은 피아노 연주 가운데 하느님을 느꼈다고 했다. 음악이 이 연주자에게 어떤 의미인지를 느꼈던 듯하다. 이 피아니스트는 언젠가 자신에겐 음 하나하나가 하느님을 찬미하는 것이라고 내게 말한 적이 있기 때문이다.

완전한 것은 음이 아니라, 음을 이끌어가는 것이다. 예수는 "한 알의 밀이 땅에 떨어져 죽지 않으면 한 알 그대로 있고, 죽으면 많은 열매를 맺는다"(〈요한복음〉 12:24)고 말씀하셨다. 이 말에 임시성과 완전성에 대한 신비로운 열쇠가 있다. 밀알은 일시적이다. 풍성한 이삭은커녕 아직 싹도 아닌 상태다. 하지만 이런 일시성은 밀알에게서 밀알에 담긴 중요성이나 의미를 전혀 앗아가지 못한다. 인간이 지금 여기에서 하는 일이 앞으로 올 세상의 삶보다 덜 중요하거나 덜 참된 것이 아니다. 우리의 행동이 임시적이고 잠정적이고 일시적일지라도, 밀알처럼 그 안에 모든 것이 담겨 있다.

헌신은 영원한 삶의 특징이다. 헌신은 하늘의 진리다. 예수는 지상에서 완전히 내어주는 삶을 살았고, 그 내어주는 삶이 그를 하느님의 아들이라 불리게 했다. 헌신을 통해 예수의 정체성이 드러났으며, 헌신이 곧 그의 힘이 되었다.[10] 늘 임시적인 존재로 살아가지만 그 가운데 헌신하고 스스로를 내어주는 삶은 오늘 이미 앞으로 올 세상의 특징을 배태한다. 영생, 즉 영원한 삶을 오늘 우리 세계로 들여오는 것이다.

큰아들 요나스가 네 살 때 자동차를 타고 가면서 했던 말이 기억난다. 차 안에서 아내와 이런저런 잡담을 나누는데, 아무 말 없이 뒷자리에 앉아 있던 요나스가 불쑥 이렇게 물었다. "엄마, 우리가 왜 천국이 어떻게 생겼는지 모르는 줄 알아요? 제가 그 이유를 알았어요. 만약 천국이 얼마나 좋은지 안다면, 아무도 더 이상 여기서 살지 않으려고 할 거잖아요!" 순간 우리는 말문이 막혔다. 어떤 면에서 요나스는 정말 본질적인 이야기를 했기 때문이다.

그렇다. 우리의 존재는 임시적이다. 그럼에도 우리는 '오늘을'

10 이에 관해서는 다음을 참조하라. Thorleif Bomann, *Das hebräische Denken im Vergleich mit dem griechischen*, Göttingen 1983. "하느님이 예수 그리스도 안에 계시고, 예수 그리스도를 통해 자신의 본질을 계시하셨다는 것이 그리스적인 표현이라면, 하느님이 그 아들을 보내셨고, 아들을 통해 자신의 뜻을 실현하셨다는 것은 이스라엘적인 표현이다."(S. 169) 보만은 신약성서에서 이 두 가지 사고방식이 함께 나타난다는 것이 그리스도에 대한 이해의 특별한 점이라고 본다.

살기 위해 노력해야 한다. 세계도피적인 완전성에의 동경으로, 주어진 삶을 망가뜨려서는 안 된다. 오히려 역경과 실망을 통과해 여기서 우리의 소명을 완수해야 한다. 이것은 앞으로 올 세계를 낳는 산통이다.

우리는 늘 되어가는 과정에 있다. 죽음조차 과정이다. 밀알의 비유는 우리의 삶이 죽음을 향해 나아가는 것, 서서히 죽어가는 것이 아님을 말해준다. 만일 그렇다면 우리는 계속해서 내몰리게 될 것이다. 밀알처럼 작고, 밀알처럼 짧은 삶에서 모든 것을 경험하고, 모든 능력을 발휘하고, 모든 것을 완벽하게 하면서, 우리가 있다 간 흔적을 남기고자 할 것이다. 보잘것없는 '현재' 상태와 무조건 '되어야 하는' 상태를 끊임없이 비교하고, 이미 써버린 시간과 아직 남은 시간을 끊임없이 비교할 것이다. 무엇을 해야 하는지 늘 정확히 알 수 있을까? 시간과 힘이 얼마나 남았는지, 어떤 상황과 어떤 가능성이 있는지 알 수 있을까? 그런 삶은 스스로 최종적인 것이 되기 위해 이를 악물고 애쓰는 밀알과 같을 것이다.

오늘날 이미 하느님과 가까이하며 사는 삶에는 다른 자유가 있다. 우리는 죽음을 향해 살지 않고, 삶을 향해 죽는다. 마지막 내어줌에서가 아니라, 우리에게 의미가 되고 기쁨이 되는 일상적인 내어줌을 통해 우리 안에 졸고 있던 것이 삶으로 깨어난다. 이것이 은혜의 아름다움이다. 죽을 때 우리는 삶의 형태를 바꾸지만, 파멸되지 않는다. 이것이 임시성의 자유다. 모든 것이 여기서 일어날 필요가 없고, 모든 것이 끝장을 볼 필요도 없다. 우리는 최종적인 것이 될 필요가 없다. 우리는 최종 버전이 아니기 때문이다. 임시적인 삶에 완전함이 깃든다. 임시적인 삶은 밀알의 죽음처럼 가치가 있다. 물론 예수의 말씀에는 아픔도 묻어난다. 그는 밀알이 '땅에 떨어지지 않으면 한 알로 한 알 그대로 있다'라고 지적하기 때문이다. '한 알로 남으면', 즉 '자신만을 위해' 살면 그는 생명을 그르친다. 그것은 앞의 오보에 주자가 말했듯이 '두려워서 성장하지 못하는' 것이다.

완벽주의는 두려움 극복과 관련하여 상상할 수 있는 가장 나쁜 길이다. 고양이에게 생선가게를 맡기는 형국이라고 할까. 나는 적절한 때 내게 올바른 것이 주어진다고 믿으며 살고자 한다.

음악가들에게 뭔가 이야기해줄 수 있다면 이런 말을 해주고 싶다. 당신은 완벽한 예술가가 아니다. 모든 음이 흠잡을 데 없어야 한다면, 그것은 따분하고 평범할 것이다. 완벽주의는 당신에게서 개성을 앗아간다! 그런 소리는 다른 사람의 소리로 대치할 수 있고, 고유의 카리스마가 사라진다. 어깨가 천근만근인 듯 부담과 압박감이 느껴지는가? 그것은 요구 대신 소명을 알아차릴 때 없어진다. 당신은 마음을 위로하고, 마음을 만지고 축복할 것이다! 당신은 음악을 통해 우리에게 주어진 하늘의 언어를 듣게 할 것이다! 우리가 세상을 견디고, 모든 고난에도 세상을 사랑할 수 있게끔 말이다. 음악은 우리 마음을 고양한다. 음악가로서 당신은 소명의 의미를 알아차려야 한다. 당신은 능력을 과시하는 자가 아니고, 봉사하는 자다. 당신은 사람들을 축복할 수 있다. 두려움이 당신에게서 이런 권한을 앗아가도록 하지 말라! 위험을 무릅쓰지 않고 실수를 용서하지 않으면, 당신은 소명에서 힘과 약속을 앗아버리는 것이다. 당신은 능력을 보여주기 위해 무대에 서는 것이 아니라, 하느님이 당신의 소리를 통해 말씀하고자 하기에 무대에 서는 것이다. 하느님은 당신의 연주를 듣는 사람들의 마음 상태를 아신다. 그들의 곤궁과 형편을 아신다. 그들을 어떻게 축복하고 싶은지 아신다. 하느님은 말씀하신다. "얘야, 너는 모른다. 하지만 내가 너를 통해서 그것을 할 것이다." 그러므로 당신은 도구가 되도록 부름받았다.

우리가 더 이상 재능의 노예가 되지 않을 때, 완벽주의는 더 이상 우리 영혼을 압박하지 않는다. 노예는 이렇게 말한다. "잘해야 해. 나는 능력의 대가로 먹고사는 거라고." 노예의 자아상은 자신의 재능에서 떨어지는 즙에 좌우된다. 노예는 자신의 재능에 계속해서 성공과 갈채가 주어지기를 기대한다. 성공과 갈채라는 중독제가 떨어지면, 스스로를 무가치하게 여기며 내적 생기를 잃어버리고 영적 침체에 빠진다.

그러나 사랑받는 자의 자의식은 다르다. 봉사자로 사는 사람은 다른 원천에서 힘을 공급받는다. 그가 무엇을 하든, 그 동기는 그가 소명을 받았기 때문이다. 그는 재능을 부여받았지만, 그에게 재능은 스스로를 높이는 수단이 아니라 자신에게 부어진 사랑에 응답하기 위한 수단이다. 사랑받는 자는 자신의 모든 것이 하느님의 은혜임을 알고 감사하며, 하느님을 힘입어 살아간다. 그런 존재 위에는 하느님 사랑의 힘이 있다. 감사를 모르고, 자신의 유한성과 소명을 알지 못하는 사람은 늘 재능을 통해 자기를 확인하고 정의하고 확장하고자 한다. 이런 것 외에는 스스로를 느끼지 못한다. 그런 삶은 자신에게만 꽂힌 노예의 삶이다. 자신이 목적이 되어버린 삶이다. 그런 삶은 얼마나 가련한가. 그의 영혼은 늘 공허하다. 스스로의 것으로 채우려 할 뿐, 결코 손을 펴서 하늘로부터 주어지는 것을 받지 못한다. 하느님의 자녀로, 소명의 삶을 살아가는 법을 알지 못한다. 의미와 소명을 알지 못하는 삶에서 커다란 재능은 오히려 존재를 갉아먹는다. 노예가 아니라 봉사자가 되기를! 그렇지 않으면 당신의 재능이 당신의 삶을 착취하게 될 것이다.

사랑받는 자만이 본질적인 것을 알아차린다. 그는 안다. "나는 목표에 도달하지는 못했지만, 이런 임시적이고 미완성인 상태에서 부름을 받았어." 이것이 봉사자의 삶이다. 그의 삶 위에는 거룩한 권고가 있다. "재능에 집착하느라 소명을 망쳐서는 안 돼. 봉사자로 살 때만 노예로 살지 않을 수 있단다! 소명에 봉사하는 사람은 위로부터 온 권위를 지니지. 그러나 재능의 노예에겐 자신만이 있을 뿐이야." 이것이 일시성과 완전성의 공명이다. 이것은 커다란 울림이다!

이번 장에서 내면생활의 일곱 가지 힘의 쌍, 일곱 가지 공명을 대략 그려보았다. 각각 다르지만, 바탕이 되는 생각은 똑같다. 모달 분석이 바이올린의 고유 진동을 보이게 하고, 바이올린 내부의 본질을 드러내는 것처럼 믿음의 지혜는 우리 소명의 '고유 진동'을 드러낼 수 있다.

이것으로 조화로운 대립에 대한 숙고를 마치려 한다. 이런 식으로 생각하는 것은 성서와 나 자신을 대하는 태도를 바꾸었고, 믿음에 대한 시각을 새롭게 해주었다. 앞에서 예로 든 것 외에도 무수한 조화로운 대립을 발견할 수 있을 것이다. 하지만 이런 단어쌍들은 생각의 유희만은 아니다. 우리의 정신적 태도와 영혼의 상태에서 드러나며, 삶을 형상화하는 힘들이다. 공명 프로필이 악기에 음색을 선사하는 것처럼, 이 모든 힘은 인간 존재의 울림에 내적 생기를 선사한다.

5장

곡면과 섬유결

경외와 자비로서의 믿음

"보라 내가 너를 내 손바닥에 새겼나니."

〈이사야〉 49:16

내가 작업할 때 매일같이 사용하는 공구 대부분은 직접 만든 것이다. 나의 대패질 작업대는 시중에서 파는 것보다 너비가 더 넓고, 길이는 더 짧으며, 무게가 더 나간다. 60여 년간 제재소의 크레인 선로에 깔려 있던 오래된 떡갈나무 침목으로 도제기간에 내 손으로 직접 만들었다. 이 작업대는 내 공방 중앙에 놓여 있는데, 나무틀과 볼트가 들어가는 부분도 일일이 손으로 깎았고, 멈치는 가까운 열쇠집에 부탁해서 만들었다.

내가 쓰는 거의 모든 도구는 시중에서 구입할 수 있는 것이 아니다. 여러 번 접어 붙여 단조한 일본산 철로 만든 조각칼의 손잡이도 손에 잘 잡히게끔 손수 제작했다. 끌은 모두 도제 시절 친구들과 함께 슈투바이 계곡의 공방에 맡겨 제작한 것이다.

그곳의 나이 든 마이스터가 내 스케치를 보고 손잡이를 만들어 주었다. 손잡이 앞쪽 끝에는 추가로 둥근 머리가 하나씩 달려 있다. 쥐는 법이 세 가지로 서로 다르기 때문이다. 끌은 각각 서로 다른 정도로 구부러져 있다. 그것들이 모두 동시에 작업대에 있을 때 더 빨리 알아볼 수 있도록 각각의 손잡이를 서로 다른 나무로 만들었다. 회양목, 배나무, 흑단나무, 자카란다, 장미목, 부빙가나무를 사용했다. 우리는 당시 굉장히 세심하게 공들여서 연장들을 만들었다. 날의 너비가 서로 다른 조각칼들에 무게감을 주기 위해 나무 손잡이에는 납땜한 황동 테두리를 둘렀다. 묵직해진 연장들은 손에 더 안정감 있게 잡힌다. 고령까지 일한다는 가정하에 생의 마지막이 되면, 내 오른손에 18밀리미터짜리 조각칼이 들려 있었던 시간이 총 2년에 육박하게 될 것이다.

나무와 친해지기

지금까지 나는 바이올린 제작과정에 대해서는 이야기하지 않았다. 노래하는 나무를 찾아다닌 이야기, 나무의 삶, 윤곽선, 그리고 음색의 내적 표상을 이야기했다. 여기까지 이야기했으니, 이제 바이올린 제작의 가장 멋진 단계를 소개할 준비가 끝난 듯하다. 나는 소리의 잠재력을 갖춘 목재로 아치형 곡면 작업을 한다! 그러면 이제 악기는 울림의 '개성'을 가지게 된다! 볼록한 아치형 곡면을 만드는 과정에서 마이스터는 그 어느 작업과정에서보다 더 나무와, 그리고 나무의 상태와 일체가 된다. 이런 일도 비유가 될 수 있을 것이다.

내 공방에 수년간 보관해온 앞판 목재들은 중간 부분을 뼈아교로 붙인 것들이다. 그리하여 나무줄기 바깥쪽의 상대적으로 최근에 생성된 백목질(백재)은 앞판 중앙에 놓이고, 줄기 안쪽의 적목질(심재)은 가장자리에 자리 잡게 된다. 곡면 작업을 하기 위해 앞판 목재를 대패질 작업대에 고정하고, 날이 넓은 끌을 옆에 놓는다. 작은 아치형 대패도 대기시킨다. 곡선으로 연마된 대팻날은 날카롭고, 날에 돌출부가 있다. 자, 이제 앞판의 아치형 곡면 작업을 시작한다. 처음에는 길고 거칠게 깎아내다가, 점점 섬세하게 깎아낸다. 처음에는 큼직하게 깎아내야 한다. 그렇게 해서 대략적인 곡면 형태를 잡는다. 이때 목재에 날을 댈 때마다 특유의 샤악샤악 소리가 나거나, 뜯기는 소리가 난다. 섬유결을 따라 작업하면, 밝은 소리가 나고 날이 조용히 쓱싹쓱싹 움직인다. 반면 섬유를 거슬러 작업하면, 거칠고 갈라지는 소리가 난다. 연장이 손에서 마구 불안하게 진동한다. 그렇게 나는 처음 날을 대면서부터 이미 섬유의 진행을 듣고 느끼며, 나무와 친해진다. 섬유결을 무시하는 것은 바이올린의 소리를 망치겠다는 뜻이다. 섬유결을 무시해도 아치형 곡면은 겉보기에는 아름다울 수 있다. 그러나 곡면이 섬유결에 적합하지 않으면 그것은 마이스터의 작업이 아니다.

바이올린 제작의 비밀

물론 다 말할 수는 없지만, 바이올린 제작의 비밀은 바로 나무에게 적절한 방식으로 봉사하는 것이다. 그것이 바로 비밀스러운 기술이다. 나무에게 적절한 것이 무엇인지를 알아야 한다.

몇 년 전 이탈리아의 거장 안토니오 스트라디바리의 바이올린 세 점을 손본 일이 있었다. 거의 동시에 스트라디바리우스 세 점이 내 작업장으로 온 것은 커다란 행운이었다. 그 특별한 시기에 나는 스트라디바리우스가 지닌 공통된 성격을 연구할 수 있었다. 세 바이올린 모두 스트라디바리 창작활동의 황금기인 18세기 초에 탄생한 작품으로 아주 부드럽고 깊은 음이 났다. 그런 바이올린을 연주하는 것은 소리에 부어진 기도와 같다. 평소에는 좀처럼 함께 나타나지 않는 두 특성이 한데 모인다. 부드러운 동시에 힘있는 울림이 그것이다. 그리하여 마치 우리를 구름으로 감싸듯, 자유롭고 경쾌한 연주가 탄생한다. 이런 바이올린은 여느 바이올린과는 다르게 연주하게 된다. 거의 '연주당하는' 느낌이라고 할까. 이런 바이올린을 대하는 날이면 일상적인 작업에 충분한 시간을 할애하기가 힘들다. 그런 바이올린들을 연주해보고, 그것들이 내 작업장에 체류하는 시간을 만끽하지 않을 수 없기 때문이다.

이 세 바이올린을 연주해보며 단연 같은 창조자의 작품들이라는 걸 느꼈다. 강한 동시에 다채로운 음색. 포르테로 연주해도 귀가 따갑지 않으며 피아노로 연주해도 전 홀을 채우고도 남는다.

울림은 빛나는 힘과 넓은 공간감을 가지고 있다. 칠 역시 나무의 세포 깊숙이까지 들여다보이는 듯 아름답다.

그들은 동일한 스타일을 가지고 있다. 하지만 각각 다르게 창조되었다. 그 어느 것도 다른 악기와 같지 않다. 나무가 다르기 때문이다. 마이스터의 지혜는 각각의 바이올린에 서로 다른 강점을 살렸다. 판의 강도와 굴곡은 통일된 생각을 따르지만, 나무는—그 밀도와 탄성에 맞추어—매번 다른 형태를 요구한다. 스트라디바리는 자신의 스타일에 충실했지만, 각기 다른 나무들의 요구를 무시하지 않았다. 이 점이 비유의 토대를 이룬다.

완벽함인가, 완전함인가?

나무에게 자신의 생각만 강요하는 것은 어쭙잖은 마이스터일 것이다. 더 높은 기술은 나무 섬유의 요구를 알아채는 것이다. 이것이 바로 바이올린 제작에서 소리의 기술이다. 형태를 맹신하는 자는 법칙만을 따른다. 물론 훌륭한 마이스터도 법칙을 따른다. 그 역시 악기가 충족해야 하는 음향 법칙을 안다. 그러나 그는 또 다른 것을 본다. 그는 나무의 섬유결을 존중한다. 잘못된 지점에서 섬유를 절단해서는 안 된다. 형태에 대한 맹신이 아니라 내적인 지혜가 작업을 인도할 때, 바이올린 작업과정이 영리해진다. 완벽주의는 법칙을 실현하는 것만 중시한다. 하지만 완전함은 소리를 실현한다. 좋은 마이스터는 섬유를 무시한 상태에서 좋은 소리를 구현할 수 없음을 안다. 그러므로 소리의 기술은 음향 법칙을 존중하면서 나뭇결에 적합하게 해주는 것이다. 그럴 때라야 과정이 목표로 이어질 수 있다. 즉 좋은 울림에 이를 수 있다.

〈로마서〉에도 이와 비슷한 이야기가 나온다. 여기서는 인간의 '섬유결'이 문제다. 세 점의 스트라디바리우스 바이올린이 보여준 것처럼 지혜는 여기서도 자신의 방식을 보여준다.

> 하느님을 사랑하는 사람들 곧 하느님의 뜻대로 부르심을 입은 사람들에게는 모든 일이 합력하여 선을 이룬다는 것을 우리는 압니다. 하느님은 그들을 택하셨고, 그의 아들의 형상을 닮도록 미리 정하셨습니다. 그래서 그리스도께서는 많은 형제 중에서 맏아들이 되셨습니다. 하느님은 미리 정한 사람들을 부르시고, 부르신 이들을 또한 의롭게 만들어주시고, 의롭게 만든 이들을 또한 영광스럽게 하셨습니다.(8:28~30)

신약성경의 이 부분을 바이올린의 곡면 작업을 통해 이해할 수 있다. 마이스터는 나무를 세심하게 물색한다('선택한다'). 거기서 관건은 나무의 개성이다. 무엇보다 섬유결과 관다발 내 사출수의 방향이다. 훌륭한 바이올린 마이스터는 나무의 무늬에 유의한다. 손가락 사이에서 나무의 경도를 느끼고 밀도를 점검한다. 이 모든 것은 각 나무의 가능성과 한계를 보여준다. 나무의 모든 특성은 그 목재가 장차 발할 소리에 영향을 미친다. 그것이 비로소 매력을 이룬다. 나는 특히나 목재의 세로섬유 영역에서 기름진 광택이 느껴지는지, 세로섬유에 벽이 얇은 춘재가 높은 비율을 차지하는지 살펴본다. 광택이 없는 나무는 대부분 너무 무겁고, 그런 경우 좋은 소리를 만드는 것이 굉장히 어렵다. 그럼에도 좋은 소리를 만드는 데 성공한다면, 그 소리는 그만큼 더 가치가 있다.

나는 공방의 목재들을 밀도와 음속에 따라 정리해놓았다. 나무를 선택하는 것에서 이미 악기가 장차 가지게 될 소리의 속성이 일단 결정되기 때문이다. 손가락 사이에서 소리의 공명이 느껴진다. 잘라낸 나무판이 고유음을 내도록 하면, 음향 감쇠와 밀도에 대한 음속의 비율을 들을 수 있다. 그러기 위해 음향이 모이는 마디에 목재를 대고, 손가락을 이용해 그 지점에 위치한 배antinode(진폭의 변화가 가장 큰 부분)를 두드려보아야 한다. 고유 진동은 특유의 마디선nodal line을 가지며, 모든 배는 특유의 진동 패턴을 갖는다. 제대로 짚으면 낭랑하고 방울 같은 소리가 울린다. 이런 고유음들을 통해 목재가 스스로를 알린다.

가장 낮은 고유음은 비틀림 진동torsional vibration을 통해 생겨난다. 나무는 이때 마디선의 교차점에서 진동한다. 그다음 고유음은 세로 방향 진동을 통해 발생하고, 계속해서 가로로 두 마디선을 거슬러 간다. 그런 다음 가로 방향 진동 등이 온다. 모든 진동은 각각 고유 패턴을 갖는다. 고유음을 듣고자 한다면 이 패턴을 알아야 한다. 이렇게 두드려서 음을 들어보면, 고유한 특성에 맞추기 위해 나무를 어떻게 다뤄야 하는지를 알 수 있다.

바이올린 마이스터는 나무가 장기간 강한 바람에 노출되었거나, 기슭에서 자랐거나, 눈더미 같은 것에 눌려 한쪽에 무거운 하중을 받았을 경우, 나무줄기 속에 이상재reaction wood가 형성된다는 것을 알고 있다. 문제성 있는, 독특한 생장이 이루어진 것이다. 우리의 삶도 마찬가지다. 언제나 좋은 영향에만 노출되지는 않았다. 여러 가지가 어긋났고, 오랜 기간 부담에 눌려 있었거나, 폭풍우에 노출되기도 했다. 그리하여 특이한 나뭇결을 갖게 되었고, 영혼이 편협해지고 상처가 났다. 목재에 고유음이 있는 것처럼 우리 역시 고유음을 가지게 되었다. 일상의 크고 작은 시험을 통해 우리는 우리의 고유음을 알린다. 일상의 사건들은 우리의 삶을 두드리며 우리가 가진 섬유의 진행이 들리게 한다.

바이올린 마이스터로서 내가 각 나무에서 생장한 섬유를 존중하며 사랑으로 그 나무를 작품으로 만들고자 애쓰는데, 하물며 하느님은 어떠하실까? 〈로마서〉는 바로 이것을 이야기한다. 하느님의 지혜는 우리의 특성과 우리가 지나온 세월을 고려한다. 우리의 섬유결과 힘든 과거의 이력을 고려하여, 좋은 울림이 만들어지려면 무엇이 필요한지를 안다. 이것이 바로 하느님이 '부르시고 의롭게 만든 이들을 영광스럽게 한다'는 구절이 의미하는 바다.

나무는 악기의 울림에 걸림돌이 되지 않는다. 오히려 나무가 울림을 가능하게 한다. 제작과정에서 계속해서 나뭇결을 존중할 때 나는 좋은 마이스터가 될 것이다. 흠, 특이한 생장, 이상한 섬유결에도 '불구하고', 나는 나무를 울리게 할 것이다! 외적 법칙과 형판과 치수표만으로는 충분하지 않다.

일기 메모

새로운 바이올린 모델 작업을 한다. 몸체 하단의 로어 바우트lower bout가 더 넓고, 가운데의 C바우트가 예전 것들보다 좀 더 개방적인 모델이다. 나는 새로운 모양을 통해 G현에서 좀 더 풍성하고, 부드럽고, 충만한 소리가 나게 하려고 한다. 그러려면 곡면 아치도 좀 다르게 만들어야 한다. 작업 중에 그 가능성이 드러날 것이다.

곡면이 좀 더 넓어졌으니 섬유결을 어떻게 깎아내야 할까? 가장자리의 홈 부분에서 어떻게 가슴 부분의 넓은 곡면으로 넘어갈까? 나는 아직 이 모델에 익숙해지지 못했다.

하지만 시간이 흐르면서 손 아래에서 아치형 곡면이 형성되어 나온다. 이런 형태가 만들어지는 이유는 한 가지다. 바로 눈에 낯선 것을 손이 바꾸는 것이다. 그렇게 작업해가면서 점점 아치 형태가 눈에 친숙해진다. 다른 이유는 없다. 다른 잣대로는 곡면을 만들어나가는 과정을 인도할 수 없다. 곡면이 내 눈에 친숙해진다는 것! 곡면을 깎는 대패질은 바로 그것을 통해 이루어진다. 그 과정은 약간 행복한 데가 있다. 때때로 눈은 손을 지배한다기보다 작업 가운데 어떤 일이 일어나는지를 그냥 자연스레 바라보기만 하는 듯하다. (이보다 더 나를 충만하게 하는 작업은 없다. 이때 나는 엄청나게 집중해 있는 동시에 아무것도 생각하지 않는 듯한 느낌을 받는다. 일이 저절로 이루어지기 때문이다).

그때 한 부분에서 나뭇결이 특이하다는 것이 느껴진다. 이제 대패가 손가락 사이에서 아주 다른 방식으로 진동한다. 날이 섬유결 방향으로 가는지, 섬유결을 거스르는지는 들으면 곧장 알 수 있다. 대패 소리가 굉장히 거칠어지고, 나무가 뜯긴다. 모든 것이 내가 염두에 두고 있던 곡면에 대한 생각을 수정해야 한다는 것을 보여준다. 달갑지는 않지만, 필요한 일이다. 여기서는 곡면의 전환점을 계획했던 것보다 더 일찍 놓아야 한다. 이 모든 과정에서 중요한 것은 섬유결을 느끼는 것이다.

나무의 사출수는 다르다. 사출수는 관다발 내에서 방사 방향으로 수평으로 뻗은 조직으로, 양분 이동에 중요한 역할을 한다. 바이올린의 곡면에서 사출수는 가로 방향으로 놓이게 되는데, 그 방향은 가로 강도에 중요하다. 잘 몰라서, 또는 부주의한 나머지 목재를 잘못 짜 맞추었거나 곡면을 잘못 앉혀서 사출수 세포 모서리가 조금이라도 곡면으로부터 도드라져 나오면,[1] 이 영역에서 휠

1 음향학적으로 자세한 것은 다음을 참조하라. Martin Schleske, Speed of Sound and damping of spruce in relation to the direction of grains and rays, *CAS Journal* Vol. 1, No. 6,

정도로 무른 곡면이 생겨난다. 그러면 바이올린의 음이 힘이 없어지거나 둔탁해질 위험이 있다. 부족한 강도를 상쇄하기 위해 그 목재를 더 두꺼운 상태로 두면 힘없는 소리가 나고, 강도가 부족한데도 보통 두께로 다듬으면 둔탁한 소리가 난다.

따라서 아치형 곡면 작업을 할 때 섬유결뿐 아니라 사출수에도 계속 마음을 써야 한다. 그러나 이 둘에는 차이가 있다. 섬유결은 볼 수 없다. 대패의 진동을 통해 느끼고 들어야 한다. 사출수는 느낄 수 없다. 그것은 보아야 한다. 특정 각도에서 들어오는 빛에 비추어보면 사출수가 아주 특별하게 반사되는 것을 볼 수 있다. 사출수는 세로 방향의 섬유보다 더 강하게 빛을 반사한다. 빛이 반사될 때만 나무의 세포구조가 보인다. 그러므로 어떤 빛에서 작업을 하느냐는 굉장히 중요하다.

진화냐, 작도냐?

나무의 섬유가 수학적으로 정의할 수 있는 선들이라면 작도를 통해 곡면 작업을 해서 이상적인 형태를 만들 수 있을 것이고, 작업하기 전부터 형태가 이미 규정되어 있을 것이다. 하지만 나무 섬유의 형태는 완벽하지 않다. 그러므로 바이올린의 곡면 제작과

(Series II), November 1990.

정은 작도가 아니다. 그것은 창조 행위다.

작도와 창조는 무슨 차이가 있을까? 작도는 계획이다. 창조 행위는 좀 다르다. 바이올린을 만드는 과정에서 답해야 하는 질문은 주어진 나무에 어떤 가능성이 약속되어 있는가다. 기존의 상태를 존중하면서 '이루어지는 과정'을 본다. 어떤 가능성이 있을까? 무엇을 펼칠 수 있을까? 생장한 나뭇결은 엄격한 계획에는 부응할 수 없다. 그래서 창조된 작품은 작도된 것과 다르다.

바이올린 제작은 창조 행위다. 여기에서는 나무가 마이스터에게 맞추는 것이 아니라, 마이스터가 나무에 맞추기 때문이다. 마이스터는 자신의 손에 무엇이 들려 있는지를 물어야 한다. 나무의 상태가 어떤가? 이제 이 나무가 무엇이 될 수 있을까? 창조의 전 과정은 약속된 가능성이 펼쳐지는 것이다. 이것은 엄격한 '계획'으로 이루어지는 일이 아니다. 오히려 마이스터가 작품을 대하는 존중과 지혜에 기반한다.

창조와 진화는 예술가의 시각으로 보면 별반 다르지 않다. 작품은 발전하는 것이다. 잠재된 가능성이 펼쳐지는 것이다. 존재는 아름다움과 고통 가운데 발전해나간다. 그러나 세계를 창조로 볼 것이냐, 작도로 볼 것이냐에는 엄청난 차이가 존재한다. 세계가 진화했다는 생각이 우리의 신앙과 배치되는 것이 아니라, 세계가 신적인 설계라는 생각이 우리의 신앙을 옥죈다.

이 둘의 차이는 계획과 약속의 차이다. 이상적 형태와 온전함, 완고함과 지혜, 복종과 대화의 차이다. 차가운 종교적 법칙과 하느님의 빛으로 충만한 신앙의 차이와 같다. 이런 차이를 더 자세히 살펴보자.

전능한 설계자는 재료를 자신의 엄격한 계획에 복종시킨다. 세계가 신적 설계에 의해 유지된다면 우리의 믿음은 전능하신 분에 대한 '굴복'을 의미할 것이다. 그러나 바이올린을 만들면서 나는 다른 것을 배운다. 나는 그 과정에서 우리 세계의 내적 본질인 창조력을 깨닫는다. 창조는 주어진 것으로 작업하고 이미 이루어진 것을 살린다. 믿음은 창조의 지혜에 스스로를 '맡기고' 약속의 힘으로 살아가는 것이다. 창조는 약속된 가능성이 펼쳐지는 것을 의미하기 때문이다. 이를 허락하는 것이 바로 '믿음'이다. 되어가는 과정 가운데 의미가 드러난다. 비유가 말하는 것이 바로 이것이다. 나무는 자신의 울림을 펼친다. 그러는 가운데 두 번째로 창조되고, 새롭게 태어난다.

대패의 껄끄러운 소리를 통해 섬유결을 느끼는 작업은 나무와의 대화와 같다. 작업하는 도중에 비로소 곡면을 어떻게 만들어야 할지가 분명해진다. 나무가 이 과정에서 '발언권'을 갖는 것이다! 이것이 바로 창조 행위를 이룬다.

작도는 재료에 미리 정한 이상적 형태를 강요한다. 그러나 미적 이상은 관념적으로는 가능하지만, 실제 섬유결에는 맞지 않다. 삶에 엄격한 이상적 표상을 덮어씌우고 그것에 복종하도록 하면, 우리 영혼은 법칙에 매몰될 것이고 종교적으로 굴종의 삶을 살게 될 것이다. 그것은 저주다.

〈로마서〉의 구절에서 하느님이 인간을 '의롭게 만든다'는 말은, 무엇보다 각 사람에게 적절히 맞춰 선을 이루는 지혜가 일한다는 뜻이다. 지혜가 우리 존재의 실제적인 섬유를 존중하고 울리게 만든다는 뜻이다. 이것이 지혜다. 불완전함을 받아들이고, 그 가치를 깨닫는 것은 사랑의 행위다. 창조 행위를 통해서만 온전해질 수 있다. 창조의 지혜는 기존의 '생장'을 본다. 지혜는 무엇을 볼까? 아름다움, 즐거움, 동경, 희망 등 영혼의 모든 '가능성'을 본다. 또한 약함, 실망, 슬픔, 아픔 등 영혼의 모든 '이상재'를 본다. 하느님의 지혜는 대화에 응하고, 거기서 나의 존재는 자연스러운 발언권을 얻는다. 우리의 삶은 작도가 아니다. 그것은 제도판에서 만들어지지 않는다.

창조의 지혜가 우리 삶의 섬유를 대하면, 모든 과정이 기존의 '상태Gewordenen'에 대한 존중, 그리고 기존의 '생장Gewachsenen'과의 상호작용 가운데 탄생한다. 이것은 천재적이다. 작도에서는 모든 과정이 강박적인 '의도Gewollten'에 굴복한다. 그것은 너무 알량하고 옹색할 뿐이다.

예 술 작 품

성서는 가차 없는 설계자의 마음보다는 예술가의 마음을 지닌 하느님을 보여준다. 세상이 우주적 설계자의 작품이라면 그 설계

자는 불만으로 가득할 것이다. 계획과 맞아떨어지지 않는 현실을 개탄할 것이다. 그러나 예술작품에는 다른 지혜가 작용한다. 예술가는 창조 행위가 두 가지로 이루어진다는 것을 안다. 작품을 '형상화'하는 동시에 '용인'하는 것 말이다. 저절로 발전하고 펼쳐지도록 하는 것이 지혜다. 그리하여 성서는 하느님의 지혜를, 모든 것을 궁구하고 삶을 헤아리는 정신력으로서 이야기한다.[2] 그러므로 우리는 세상을 보면서 세상에 내재하는 지혜와 마음을 합하고, 이런 지혜를 자신의 삶에도 적용해야 할 것이다.

모든 사람, 모든 피조물과 함께 스스로를 예술작품으로 보는 것은 매력적인 생각이다. 온 세계를 악곡과 모티브로 보고, 그림, 조각 또는 위대한 작품의 한 장면이나 배우로 보는 건 매력적이다. 예술작품은 멋지고, 왕왕 정말 놀라울 수 있다. 우리는 예술작품이다. 여하튼 작도된 산물은 아니다!

하느님은 섬유의 진행을 무시하고 무조건 복종시키는 분이 아니라, 예술가의 마음을 지닌 분이라고 생각하면 마음이 따뜻해진다. 지혜는 완고하지 않다. 지혜는 새롭게 형상화하는 능동적인 힘이다. 모든 것에 배어들고, 모든 것을 관통하는 힘, 인간의 내면에 가까이 다가가는 힘이다. 그것은 부르는 힘이고, 세워주는 힘이다. 그것은 모든 생명에 내재된 감각이다.

세상을 예술작품으로 보자는 생각은 단순한 사고의 유희가 아

2 무엇보다 성서의 다음 책들을 보라. 〈잠언〉(8장), 〈욥기〉(28장), 외경 〈지혜서〉(7장).

니다. 모두를 예술작품으로 보면 자기 이해가 달라질 뿐 아니라, 인간 사이의 만남도 달라진다. 이런 생각 위에서 사람들을 만나면 우리는 관심을 가지고 각 사람의 고유한 특성을 지각할 수 있다. 무엇이 타고난 기질이고, 그것에서 무엇이 이루어졌을까? 현재 무엇이 이루어지고 있을까? 이로써 깨어 있게 되고 주의 깊은 마음으로 세상을 보게 될 것이다. 모든 것이 살아 있으며 과정 가운데 있는 작품임을 아는 것이다. 그러면 이제 다른 사람들을 만날 때, 마치 완성을 향한 과정에 있는 작품을 보듯 그들을 대할 수 있다. 타인을 읽고 듣고 관찰할 가치가 있는 표현 형태로 존중할 수 있을 것이다.

동료 인간들을 유일하고 독특한 예술작품으로 보는 것은 보고 듣는 우리의 자세를 변화시킨다. 자신의 고정관념을 뛰어넘지 못하는 완고하고 경직된 생각은 진솔한 관심에 자리를 비켜줄 것이며 다른 사람들이 발하는 고유음을 들을 수 있게 될 것이다. 이렇게 시각을 바꾸면 우리는 더욱 주의 깊고 열린 사람이 되며, 주어진 상황을 더 깨어 있는 마음으로 해석하려고 하게 될 것이다. 이런 상황은 무엇을 의미할까? 내 앞에 있는 사람은 어떤 사람일까? 이것이 말해주는 것은 무엇일까? 여기서 들어야 하는 메시지가 무엇일까? 어떤 일이 일어나고 있는 것일까? 이로부터 내가 무엇을 배워야 할까? 이것이 어떤 결과를 초래할까?

얼마 전 아내와 나는 두 아들을 데리고 파리의 퐁피두센터에

갔다. 작품 감상 속도가 서로 다르기에 우리는 나뉘어 감상을 했다. 나와 작은아들은 현대 조각을 보며 넋을 잃다시피 하여 그 방에 오래 머물렀다. 조각들이 정말 매력적이었다. 열 살인 아들 로렌츠는 그 방에서 스케치북을 꺼내 집중해서 스케치를 시작했다. 예정에 없던 일이었다. 그런데 얼마 가지 않아 그리던 그림을 북북 찢어버리는 게 아닌가. 선이 삐뚤빼뚤하고 전혀 평행을 이루지 않아서였다. 그림이 머릿속에서 생각한 대로 되지 않았던 거다. 아들이 스케치를 다시 시작했을 때 나는 아이가 또다시 그림을 찢어버릴까 봐 이렇게 말해주었다. "로렌츠 넌 지금 작도를 하는 게 아니야. 컴퓨터로 그리면 아주 똑바른 선을 그릴 수 있겠지. 하지만 그건 예술이 아니라 작도야. 네 스케치에서는 얼마나 똑바른가, 얼마나 평행한가가 중요하지 않아. 그리면서 네 스케치가 어떤 모습을 띠게 되는지 유심히 봐. 중요한 것은 네가 그은 선들에서 어떤 작품이 탄생하는가란다."

로렌츠는 내 말을 어느 정도 알아들은 것 같았다. 스케치하는 손놀림이 한층 유연해지고, 자유로워졌으니 말이다. 그는 행복해 보였고 조각과 그림을 관찰하며 아주 진지하고 참을성 있게 스케치했다. 마지막에 탄생한 그림은 꽤 독특하고 매력적이었다.

모든 음악회, 공연, 전시, 미술관이 우리에게 이런 세계관을 훈련할 수 있도록 해주어야 하지 않을까? 보고 들음에 대한 사랑, 질문하고 해석하는 것의 매력. 그 사랑과 매력을 알아갔으면 좋겠다. 세계로 나아가, 세계를 멋진 작품으로 보면 좋겠다. 그 작품이 숨 막히는 노력 속에서 삶을 어떻게 표현하고자 하는지를 말이다. 세계를 용감하게 창조가 이루어지는 장소로 바라보면, 삶에 새로운 애정이 생겨나고, 살아 있다는 사실을 즐거워할 수 있다. 그 사랑은 분주하게 살다 보니 어느덧 무뎌진 우리 마음을 새롭게 해줄 것이고, 그 매력은 살아갈 힘을 줄 것이다.

이상형만을 그리며, 오로지 의도하고 통제하는 데만 익숙할 뿐 생명의 실질적인 섬유를 보는 걸 배우지 못한 사람은 그런 사랑과 매력을 알 수 없다. 긍휼한 마음과 용기가 있을 때, 우리는 강박적인 것에서 벗어날 수 있다. 그럴 때 우리가 경험하는 사람과 사건으로부터 은총을 앗아가는 강박에서 해방될 수 있다. 자비와 용기가, 삶의 섬유결을 거슬러 억지로 밀고 나가는 오만으로부터 우리를 지켜줄 것이다.

직선에는 하느님이 없다

〈로마서〉는 "그들을 의롭게 만드신 이가 하느님이시다"(8:33)라고 말한다. 바이올린 마이스터는 나무에게 적절히 맞추어 나무가 소리를 내게 한다. 옳게(성서적 표현으로 하면 '의롭게') 만드는 것이다.(〈로마서〉 3:26) 구원받지 못한 삶은 이렇게 만들어주는 지혜를 신뢰하지 못하는 나무와 비슷하다. 그런 삶은 약속에 무지하고, 울림을 알지 못한다. 그럴 때 사람은 오로지 자신의 섬유결만 보며 스스로를 좋거나 나쁘다고 판단한다. 그런 사람들에 대해 〈로마서〉는 이렇게 말한다. "그들은 하느님의 의를 모르고, 자신의 의를 세우려고 힘써 하느님의 의에 복종하지 않았다."(10:3)

그들은 구부러진 섬유결을 가지고 작업하는 지혜를 모른다. 지혜가 문제성 있는 나무로 울림이 있는 형태를 빚어낸다는 걸 경험하지 못하고, 여전히 나무가 바이올린 마이스터에게 무조건 맞추어야 한다고 믿는다. 이 얼마나 비극적인 믿음인가!

화가인 프리덴슈라이히 훈데르트바서는 언젠가 "직선에는 하느님이 없다"[3]고 했다. 이것은 곧은 선밖에 알지 못하는 영혼, 구원받지 못한 완고한 영혼을 빗댄 말이다. 많은 것이 이상적이지 않다. 나의 외모, 마음결, 한 걸음 한 걸음 더듬듯이 나아가는 삶, 불완전한 인간관계, 불확실한 진로. 거기 어느 곳에 작도된 것 같은 직선이 있는가? 하느님 없이 곧게 뻗은 섬유결, 완벽한 작도. 그것은 창조에 반하는 환상이다!

우리가 사는 시간, 우리가 가진 가능성, 우리가 경험하는 상황… 이 모든 것은 천천히 구불구불 나아간다. 구부러진 섬유결을 가지고 있다. 직선을 긋듯이 똑바로, 쉽게, 직통으로, 똑떨어지게 하려는 마음은 하느님의 지혜와 마찰을 빚는다. 그런 마음은 하느

3 훈데르트바서는 1972년에 유명한 선언문인 〈창문의 권리—나무의 의무Dein Fensterrecht – deine Baumpflicht〉를 작성했다. 이 선언문은 다음과 같은 말로 끝난다. "인간과 나무의 관계는 종교적인 성격을 띠어야 한다. 그럴 때라야 드디어 직선에는 하느님이 없다는 말도 이해가 될 것이다."

님이 똑바른 선을 그을 능력이 없다고 분노할지도 모른다. 직선적인 믿음은 일들을 밀고 끌고 잡아당기고 주무르려 한다. 그런 믿음은 스스로 하느님을 가르치려 든다.

의로움

바이올린 마이스터의 손에 들린 나무는 소리를 내도록 부름받았다. '인간의 소리, 인간의 울림'을 성서는 우리가 '의로운 자'가 되도록 부름받았다는 말로 표현한다. 성서에 나오는 '의'라는 개념은 일상에서는 보통 정의로 쓰이는 단어다. 그러나 성서에서 '의', '의로움'이라고 할 때 이것은 상당히 여러 가지 음으로 이루어진 화음이다. 풍성한 모티브, 다의성, 포괄적인 요구와 아름다움을 지닌 개념이 바로 의로움이고, 인간은 이를 위해 부름받았다.

의로움은 성서가 아는 가장 귀한 삶의 가치다. 의로움은 관계와 태도, 마음과 행동, 내면성과 외면성, 이 둘을 다 포괄한다.[4] 유대의 위대한 스승인 마이모니데스Moses Maimonides(1138~1204)는 의로움을 자기 완성의 덕이라고 말한다. 마이모니데스에게는 영

4 다음을 참조하라. Hermann Cremer, *Biblisch-Theologisches Wörterbuch des Neutestamentlichen Griechisch*, Gotha 1923, S. 299f ; Gerhard von Rad, *Theologie des Alten Testaments – Band 1*, München 1992, S. 382 – 383.

적인 의미에서 한껏 스스로를 펼치고, 개성을 펼치는 것이 바로 의로움이고, 동료 인간들에게로 나아가는 것이다. 의로운 자가 세상을 지탱한다. 또는 랍비 요하난Yohanan ben Zakkai의 말처럼 "의로운 자가 있을 때 세상은 존속한다".[5] 그렇다. 《탈무드*Talmud*》는 의로운 자가 세상을 창조할 수 있다고까지 말한다.[6] 반대로 불의가 소리를 발하는 곳에서 인간은 오그라들고, 삶은 망가진다.

성서의 커다란 주제 중 하나는 인간의 잘못된 소리, 즉 불의이다. 구약 선지자들이 발하는 가장 날카로운 심판의 말은 "우리가 쌓으리라…"(예컨대 〈이사야〉 9:10)로 대별되는 정신적 태도 위에 떨어진다. 〈창세기〉는 바벨탑 사건을 서술하며 이런 태도를 이야기한다. "어서 도시를 세우고, 꼭대기가 하늘에 닿게 탑을 쌓아 우리 이름을 날려 사방으로 흩어지지 않도록 하자."(11:4) 이사야 선지자는 교만한 백성에 대해 이렇게 말한다. "그들이 교만하고 완악한 마음으로 이야기한다. 벽돌이 무너졌으나, 우리가 다듬은 돌로 다시 쌓으리라."(〈이사야〉 9:9 이하)

탑을 쌓는 것은 성장이 아니다. 얼마나 많은 탑이 의의 견고한 바위 위에 세워지지 않고, 오로지 눈에 보이는 성장만을 추구하는

5 다음을 참조하라. Leo Baeck, *Das Wesen des Judentums*, Gütersloh 1998, S. 249(초판 1905, S. 250).

6 Sanhedrin 65a. 다음도 참조하라. Irun R. Cohen, *Regen und Auferstehung. Talmud und Naturwissenschaft im Dialog mit der Welt*, Göttingen 2005, S. 64.

개인과 체제의 모래 위에 세워지는가!

예수는 비유를 통해 “하나님의 나라와 그의 의”(〈마태복음〉 6:33)에 부응하는 마음의 태도를 이야기한다. 하지만 어떤 비유도 ‘쌓는 것’을 이야기하지 않는다. 아주 많은 비유가 자라는 것, 찾고 발견하는 것, 맡겨진 것에 대해 이야기한다. 씨앗에서 싹이 터서 자라는 것은 겸손, 감사, 깨어 있음, 성찰, 올바른 관계와 적절한 때를 분별하는 일을 보여준다. 올바른 성장을 곧 커지고 화려해지는 것과 동일시해서는 안 된다. 다른 종류의 성장도 있다. 통찰력, 집중력, 지혜의 성장도 있다. 이런 지혜는 일들이 더 적절하고, 의식적이고, 고요해지도록 인도한다. 포르티시모 소리는 무한히 커질 수 없다. 우리가 견딜 수 있는 (주파수에 따른) 통증 역치가 제한되어 있기 때문이다. 그러나 피아니시모는 제한이 없다. 그 속에는 내밀함과 투명함이 있다. 시끄러움은 도무지 알지 못하는 고요한 특성이다. 최소 가청값은 거룩한 고요를 만들어낸다. 홀 전체가 그 음 안에서 숨죽인다!

하느님 나라의 성장은 거룩한 성장이다. 스스로를 내어주고 겸손히 듣는 면에서 자라가는 것이다. 인간의 삶을 거룩하게 하는 성장이다. 시끄러운 성장은 탐욕과 두려움이 주도한다. 우선 성장해야 해! 지금은 성장해야 한다니까! 위기가 되면 불의의 가면이 벗겨진다. 하지만 그로부터 배우지 못하고, 계속 같은 실수를 반복하면 ‘위기’(성서에서의 ‘고난’)가 잇따를 것이다. 잠시 흠칫 놀라는 것으로는 충분하지 않다. 더 이상 불의의 대가를 치를 능력이 없음을 깨닫기까지, 그리하여 불의를 저지를 마음이 없게 될 때까지 우리는 많은 고난을 필요로 할 것이다.

우상이란 무릇 우리가 삶을 살아가는 데 수단으로 주어진 것들이 오히려 우리를 지배하고, 우리의 삶 전체를 그 영향 가운데 복종시킨다. 그런 역학이 모든 우상에 내재되어 있다. 그것들은 우선 우리를 유혹하고, 다음으로 우리를 단단히 얽어맨다. 그래서 우리는 성장의 방법에 대해 늘 깨어 주의해야 한다. 잘못된 성장, '불의한 성장'에 대해 그냥 눈 감고 있어서는 안 된다. 성장을 확장과 혼동해서는 안 된다! 반대다.

악성 종양의 본질도 성장이다. 오로지 커지려고만 하는 병적인 성장이다. 모든 성장이 생명에 도움이 되는 것은 아니다. 우리는 성장 위주 시스템의 암덩어리로 고통받고 있다. 많은 거래체계와 증권시장은 전이된 암덩어리와 같다. 우리는 두려움과 탐욕으로 그 불어나는 덩어리를 먹인다. (두려움과 탐욕은 신앙의 두 가지 굵직한 주제다!)

성서를 그저 순수하게 개인적인 구원에 대한 책으로만 읽는다면 한쪽 면은 간과하는 것이다. 성서의 선지자들은 무엇보다 권력자와 체제를 공격한다. 불의에 대항해 목소리를 높인다. "그 땅은 은과 금, 그리고 셀 수 없는 보화로 가득 찼습니다. 그 땅은 군마와 무수한 병거로 차고 넘칩니다. 그 땅은 우상들로 차 있으며, 그들은 자기 손으로 만든 것을 예배하고 그 손가락으로 만든 것 앞에 꿇어 엎드립니다. 이렇듯이 사람이 스스로 낮아졌고, 인간은 천해

졌습니다."(〈이사야〉 2:7~9)

선지자들은 개인만이 아니라 체제와 제도의 도덕성을 문제 삼는다.[7] 공동체가 정의에 기반하는지를 묻는다. 사회는 어느 때부터 공동체이기를 중단하고 이기주의적 파편으로 뿔뿔이 갈라질까? 정의를 구현하지 않는 정치는 그 의미와 권위를 잃을 뿐 아니라, 그런 정치가 행해질 때 사회의 내적 결속은 허물어진다. 그렇게 분열된 사회는 요구만 할 뿐, 아무것도 내어주려 하지 않는다. 정치를 사회의 매춘부로 만든다. "우리의 욕구를 만족시켜줘! 외적인 복지와 내적인 안정을 달라고!" 고요하고 평온한 것에만 삶의 의미를 두는 것으로는 충분하지 않다. 우리는 정의에 매달려야 한다. '절제'(외적)와 '거룩함'(내적)으로 나아가야 한다. 정의를 사

7 불의를 고발하는 구약 선지자들의 내적 열정은 다음과 같은 확신에서 나온다. "주께서 곤궁에 빠진 이에게 정의를 베푸시고, 궁핍한 이의 권리를 되찾아주신다는 것을 나는 압니다."(〈시편〉 140:7) 〈시편〉과 선지서들은 "주님은 가난한 자의 방패"(〈시편〉 9:10)이며, "곤궁에 빠진 자들을 잊지 않으신다"(〈시편〉 10:12)는 열의로 가득 차 있다. 그렇다. "우리 주님이 누구신가?"(〈시편〉 12:5)라는 질문은 "압제당하는 가련한 자들을 돕기 위해 하느님이 일어나신다"라는 것과 연결된다. 이 "일어나심"은 위기와 심판을 의미한다. 그리하여 선지자들의 어조는 자못 신랄하다. "이 말을 들으라, 너희 살찐 암소들아, 힘없는 자들을 압제하고 가난한 자들을 학대하는 자들아!"(〈아모스〉 4:1 이하) "가난한 자들에게서 빼앗은 것들이 너희 집에 있다!"(〈이사야〉 3:14) 선지서는 '가난과 부'보다는 '가난해짐과 치부'에 대해 이야기한다! 불의의 구조를 인식하고 비판한다. 그리하여 우리가 가난한 자들에게 무엇을 줄지에 대한 물음으로 만족하지 않고, 우리가 언제 (우리의 구조를 통해) 가난한 자들에게서 빼앗기를 그칠지를 묻는다. "빈터가 하나도 남지 않을 때까지 집에 집을 잇고 밭에 밭을 더하여 홀로 이 땅을 소유하려고 하는 자들은 화 있을진저!"(〈이사야〉 5:8)

랑하는 가운데서만 소명을 따르는 삶을 살 수 있다. 약자를 희생시키고 세상을 천박하게 만드는 악의적인 우상숭배에 바람직한 대안을 제시하기 위해서는 높은 사회적 지능이 필요하다. 인간의 섬유결을 거슬러 정의를 실현하려는 시도는 많이 있었다. 인간의 결을 무시하는 독재 체제나 독트린을 우리는 충분히 경험했다.

우리를 나무에 빗댈 때, 탐욕과 두려움을 동력으로 하는 이기심도 우리가 가진 섬유결의 일부분이다. 거기서도 우리 존재의 이상재가 드러난다. 하지만 바이올린 마이스터가 음향 법칙을 존중하는 가운데 뒤틀리고 굽은 나무를 가지고 훌륭한 작업을 해내는 것처럼, 정의라는 기본 원칙은 우리라는 나무의 섬유결을 거스르지 않고 존중하는 가운데 울림을 실현할 수 있게 하는 내적 법칙이다.

정의가 없이는 인간은 가치를 잃어버리고, 공동체도 내적 음악을 잃어버린다. 물론 정의는 이상이다. 물론 정의로운 사회는 유토피아다. 그러나 '유토피아를 그리지 않는' 사회는 오늘날 이미 야만적일 것이다.

바이올린 제작과정을 통해 나는 창조 행위의 의미를 보여주고자 했다. 이런 창조적 삶의 기술을 새롭게 이해하고, 삶을 그런 시각으로 바라보고 즐거워할 수 있으면 좋겠다. 바이올린이 기존의 섬유결과 생성되는 곡면을 통해 소리를 실현하듯, 모든 인간과 모든 민족은 올바름을 '실현해야' 한다. 의롭게 된 자는 세상이 마주 세우는 과제를 감당한다. 그는 배워야 할 것을 배운다. 세상은 우리가 스스로를 뛰어넘어 생각하고, 자기 일에만 사로잡혀 있지 않음을 보여줄 수 있는 장소다. 그렇게 우리는 형상을 얻는다. 우리가 가진 것을 주고, 스스로를 돌려받는다. 제대로 된 삶은 올바름을 실현하는 삶이다. 의로운 자는 자신에게 맡겨진 세계를 만들고 일깨우고 변화시킨다.

올바름이 실현되면 자신과 동떨어진 생소한 것이 생겨나는 것이 아니라, 자기 고유의 것이 만들어져 나온다. 곡면 작업이 끝나고 완성된 바이올린은 나무에 가장 적합한 것이 이루어진 상태다. 바이올린 마이스터로서 내가 나무를 차갑게 판단하지 않고, 나무를 살피며 작업하는 것처럼, 성서가 말하는 의로움도 법적 판단이라기보다는 우리 삶의 길을 이끄는 것이다. 믿음은 인공적이고 부자연스러운 것이 아니라, 삶의 운동 자체다. 그것은 올바르게 만들어주는 예언적인 울림이다. "내가 의로움으로써 그를 일으켰다. 내가 그의 모든 길을 평탄하게 하겠다."(〈이사야〉 45:13) "나는 네게 도움이 되도록 너를 가르치고, 네가 가야 할 길을 인도하는 네 주 하느님이다."(〈이사야〉 48:17) 음향 법칙이 악기의 소리를 구현하는 데 도움이 되는 것처럼, 의로움의 목표도 삶의 울림을 만들어낸다. 지혜는 과정을 인도한다.

옛날 이탈리아의 위대한 바이올린 마이스터들이 추구한 곡면의 이상형은 사이클로이드 형태였다.[8] 그것은 시각적으로 우아하

8 원이 직선상을 구를 때 원둘레 위의 한 점이 그리는 곡선을 사이클로이드라고 한

고, 음향적으로 뛰어나다! 완전한 법칙이다! 17, 18세기 이탈리아의 훌륭한 바이올린 마이스터들은 모두 이런 형태를 지향했다. 좋은 곡면의 법칙에서 비롯되는 음향학적 특성을 잃어서는 안 된다. 그것은 소리를 위해 요구되는 것이다. 좋은 소리는 법칙을 무시하고는 불가능하기 때문이다. 법칙을 무시하는 것은 지혜롭지 않은 일이다.

바이올린 마이스터의 시선이 계속해서 만들어지는 곡면에 머무르고, 작품과 표상의 일치를 추구하는 것처럼, 하느님의 지혜도 주어진 나뭇결과 부름받은 울림 사이의 일치를 추구한다. 법칙은 조형력을 발휘한다. 그것들은 생성과정에서의 도구들이다. 그리고 그것들은 말한다. 하느님이 명하는 것을 행하라. 그러면 그가 누구인지 알게 될 것이다. 네게 요구된 것을 실현하라 그러면 네가 누구인지 알게 될 것이다. 하느님의 뜻과 내적 일치를 이룰 때보다 하느님의 음성을 분명히 듣는 경우는 없을 것이다.[9] (그러므로 어떤 신 혹은 우상을 믿느냐가 엄청나게 중요하다!)

다. 이 점이 원의 내부에 있으면, '필렛fillet'이 있는 사이클로이드가 생겨난다. 17, 18세기 이탈리아의 위대한 바이올린 마이스터들(스트라디바리, 과다니니, 과르네리 델 제수, 몬타그나나 등)은 사이클로드를 기본으로 하여 바이올린의 곡면을 만들었다. 사이클로이드 곡선이 고대에 이미 (가령 그리스 건축에서) 응용되긴 했지만, 17세기에 들어서야 비로소 수학공식을 통해 사이클로이드를 완벽하게 작도하는 것이 가능해졌다. 블레즈 파스칼은 이 과제를 해결하기 위해 유럽 수학자들의 시합을 유도했다. 그리하여 17세기에 거의 모든 걸출한 수학자들(데카르트, 라이프니츠, 뉴턴 등)이 이런 문제에 골몰했다.

9 〈요한복음〉 7:17과 14:21~23을 참조하라.

탄생하는 예술작품을 통해 의로움의 아름다움을 이해할 수 있다. 바이올린 제작은 창조 행위다. 나는 내게 낯선 것을 변화시킨다. 하느님의 지혜도 우리 세계에서 바로 이것을 열망한다. 성령은 그에게 낯선 것, 하느님께 배치되는 것을 변화시킨다. 손대는 것마다 변화시키는 것이 성령의 속성이다. 4세기 어느 교부는 성령은 "구원하고, 돌보고, 가르치고, 권하고, 북돋우고, 위로하고, 깨우치게 하기 위해" 오신다고 말했다.[10]

연장이 곡면을 만들기 위해 거친 부분을 제거하는 것처럼, 하느님의 말씀은 우리에게서 경직된 이기심을 걷어낸다. 하느님은 진정한 자유를 누리지 못하게 만드는 모든 것을 우리에게서 걷어낸다. 아우구스티누스는 "은혜로 우리를 의롭게 하신 뒤, 하느님의 영은 우리에게서 죄의 맛을 걷어간다"고 말했다.[11] 만들어지는 작품에서 죄란 배치되는 것, 맞지 않는 것이다. 그것은 변화되기를 거부하는 모든 것이다. 마치 곡면이 마이스터에게 "난 당신에게 친숙한 것이 되지 않을래요"라고 말하듯, 목재가 스스로를 내 손에 의탁하는 대신, 내 손가락 사이에서 부서져버리듯 말이다! 죄는 "너는 구부러졌어. 너는 이상해. 너는 좋지 않아!"라는 것이 아니다. "너는 거부하는구나! 너는 네 의미를 그르치는구나. 너는

10 Cyrill von Jerusalem(4. Jh. n. Chr.), Katechesen, XVI, 16. 다음에서 인용. Cantalamessa, Raniero, *Komm, Schöpfer Geist*, Freiburg 1999, S. 276.
11 같은 책, S. 300.

가시가 돋친 채로 내 부름에 응답하지 않고 의로운 자가 되고자 하지 않는구나. 너는 내가 너와 함께 일하는 것, 네 소명을 따라 사는 것을 마다하는구나!"[12] 하는 것이다.

그럴 때 작품과 창조자 사이의 신뢰는 망가지고, 남는 건 불협화음뿐이다. 우리는 삶의 상황 가운데, 우리의 관계와 행동 가운데 이렇게 불협화음이 나는 걸 뚜렷이 느낄 수 있다. 그러므로 우리는 하느님의 계명과 말씀이 우리에게서 무엇을 거두어가는가를 볼 뿐 아니라, 우리에게 무엇을 주는가를 더 깊이 이해해야 한다. 그것은 우리를 변화시키고, 우리에게 형상을 부여한다.

하느님과의 관계는 '경험하는' 것이라기보다는 그 가운데 '살아가는' 것임을 깨달아야 한다. 그럴 때라야 믿음은 자기중심적이거나 유아적이지 않고, 거룩하고 성숙해진다. 믿음은 단순한 경험이 아니라, 삶으로 살아내는 것이기 때문이다. 믿음의 경험은 힘을 북돋울 수 있다. 하지만 많은 동경과 위기를 경험한 가슴은 안다. 이런 경험은 '부수 현상'에 지나지 않는다는 것을! 우리는 그런 경험을 간직한 채 인생길을 걷는다. 그러나 여기서 중요한 것은 우리가 원하는 신앙체험이 아니라, 우리가 가는 길이다. 이를 의식

12 성서의 원문에는 죄에 대한 다양한 개념이 등장한다. 구약에서의 주된 죄 개념(히브리어로 하타트hata't) 중 하나는 (화살이) 과녁을 빗나가는 것, 길에서 벗어나는 것, 길을 잃는 것, 목표를 그르치는 것이다. 또 하나의 죄 개념(히브리어로 파에스paes)은 빼앗는 것, 가로채는 것, 거역하는 것이다. 다음을 참조하라. Wilfried Härle, *Dogmatik*, Berlin, New York 2007, S. 457–459.

하지 않으면 신앙은 과열되고, 바람직하지 않은 체험 추구, 신에 대한 현실도피적인 동경이 생겨난다.

그러므로 충만한 삶을 살고자 하는 사람은 자신을 통해 무엇이 실현되어야 하는지를 물어야 한다. 이것이 행복의 본질이며, 나무를 다루는 바이올린 마이스터의 작업 방식에 부합하는 것이다. 비유는 삶의 울림은 사람 마음의 섬유결을 무시하고 실현되는 것이 아니라, 그 섬유결 안에서 실현된다고 말한다! 그렇게 곡면은 마이스터의 손 아래에서 이루어진다. '행복'은 하느님의 지혜가 우리를 빚어 하늘을 닮은 형상을 만들어내는 것이다. 거기서 소리의 법칙은 깨어지지 않고 실현된다.(〈로마서〉 8:4 참조) 섬유가 뒤틀리고 약해져 있더라도, 진정한 마이스터가 일한다.

내면의 스승

예수는 이렇게 말씀한다. "너희가 나를 선생이라, 그리고 주라 하니. 옳도다. 내가 그러하다."(〈요한복음〉 13:13, 〈마태복음〉 23:8 참조) 이 말에서 나는 나 자신의 정체성을 깨닫는다. 나는 토기장이가 아니라 진흙이며, 창조자가 아니라 나무다. 내 삶에는 내면의 선생, 즉 마이스터가 있다. 이 스승에게 귀를 기울인다. 들음은 사랑의 행위다.

성자들의 기도는 믿음의 선조들이 스승과의 관계를 어떻게 이해했는지를 보여준다. 오늘날까지 전해지는 아빌라의 테레사Santa Teresa(1515~1582)의 기도는 이러하다.

내 영혼의 주님, 당신께 의탁하는 자들에게 당신이 무엇을 주시는지를 내가 형언할 수 있다면, 은혜를 받았으나 스스로를 맡기지 못하는 자들이 무엇을 잃게 되는지를 형언할 수 있다면… 오 주님, 내겐 결코 그런 일이 없게 하소서! 당신은 참으로 내게 더 많은 것을 해주십니다. 당신이 나의 비참한 거처를 거할 곳으로 삼으시기 때문입니다. 영원히 찬양받으소서.

존 헨리 뉴먼 추기경John Henry Kardinal Newman(1801~1890)은 이렇게 기도한다.

나의 하느님, 당신만이 모든 것을 아십니다. 당신은 내게 가장 좋은 것을 알고 계심을 믿습니다. 당신이 나보다 나를 더 사랑하신다는 걸 믿습니다. 자신만을 의지하던 나를 불러 당신의 손에 의탁하게 하신 것을 전심으로 감사합니다. 내 짐을 스스로 지고 가지 않고 당신께 맡기는 것 외에 무엇을 더 바라겠습니까. 오 주님, 당신의 은총으로 말미암아 저는 당신이 인도하시는 길을 따르겠습니다. 그 길에서 당신을 앞서지 않고 당신과 당신의 인도를 기다리겠습니다. 당신이 인도하시면 나는 두려움 없이 안전하게 행하겠습니다. 당신이 어느 날 나를 어둠과 혼란 속에 두신다 해도 안달하거나 초조해하지 않겠습니다. 불행이나 두려움이 몰려와도 탄식하거나 성내지 않겠습니다.

우리는 기도 가운데 우리 안에서 일깨워져야 할 것들을 말한다. 동경이 말들을 우리 마음에 적는다. 그 말들은 우리 스스로 말할 수는 없지만 하늘에 가닿는다.(〈로마서〉 8:26 참조) 기도할 말을 발견하는 건 좋은 일이다. 하지만 "혀가 침묵할지라도 동경이 끊임없이 기도한다."(아우구스티누스)[13]

잘못된 심사위원

이런 친밀함과 일치, 그리고 내적인 인도를 추구하는 용기를 방해하는 것이 무엇일까? 하느님의 지혜에 신뢰로 응답하지 못하게 하는 것이 무엇일까? 17세기에 제작된 멋진 아마티 바이올린이 처음 내 공방에 왔을 때가 기억난다. 나는 그 바이올린을 여러 각도에서 관찰하며 매료되었다. 매력적이고 훌륭한 바이올린이었다. 하지만 완벽과는 거리가 멀었다. 앞판에는 두드러지는 어두운 마디가 뻗어 있었고, 모서리도 대칭이 아니었다. 그러나 모든 것이 그 바이올린의 개성을 이루었고, 성숙한 아름다움을 풍겼다.

13 Aurelius Augustinus, *Sermo* 80,7.

나는 생각했다. '흠이 없지는 않군. 하지만 뭔가가 있어…'

우리가 서로를 대할 때도 이렇게 되어야 하지 않을까? 우리는 상대의 두드러지는 '마디'를 비판하면서 그의 멋진 개성은 간과해 버릴 때가 얼마나 많은가? 우리는 삶에서 구부러진 섬유결을 보면서, 자비로운 마음으로 흔쾌히 "완벽하지는 않아. 하지만 뭔가가 있어"라고 말하지 못한다. 어려웠던 세월을 통해 생겨난 다른 사람의 이상재를 보며 얼마나 자주 비웃고 야유하는가. 일상에서 이리저리 치이는 바람에 비틀리게 성장한 걸 보며 분개하고, 그 사람이 변해야 한다고 생각한다. 그러나 하느님은 "무슨 상관이냐. 네 마음에 들건 안 들건 간에 그 역시 소리를 낼 것이다. 그의 방식으로 울릴 것이다"(〈요한복음〉 21:22 참조)라고 말씀하시지 않을까?

바이올린 마이스터로서 나는 내 손에 들어온 나무를 버리지 않는다. 바로 그 어두운 마디가 아마티 가문의 노련한 솜씨를 더 빛나게 해주지 않는가. 우리는 자꾸 다른 사람들을 있는 그대로 받아들이기를 거부한다. 주변 사람이 달라졌으면 하는 마음은 정체를 의미한다. 그러면 모든 성장과 발전이 마비된다. 자비와 긍휼만이 생명을 불어넣는다. 아무것도 강요하지 않는 동시에 그것을 통해 모든 것을 바꾼다.

긍휼한 시선은 하느님의 지혜가 있는 곳으로부터 온다. 하느님의 사랑이 사람들과 온 세상에 미친다. 성서의 첫 질문은 '네가 무엇을 하려느냐?'가 아니라, '네가 어디 있느냐?'(〈창세기〉 3:9)이다.

그리하여 스스로도 우선 '내가 무엇을 변화시키려 하는가?'가 아니라 '내가 어디에 있고자 하는가?'를 물어야 할 것이다. 무엇인가를 변화시키려는 불안한 의도 속에서 과연 내가 하느님께 머물 수 있을까? 내 안에서 일어나는 변화를 통해서만이 '하느님에게서 와서 하느님 쪽으로' 일들을 변화시킬 권리와 힘을 갖게 될 것이다.

하느님의 영 안에서 살아간다면, 우리는 뭔가를 억지로 하려 하기보다 "인간은 하늘에서 주시지 않고는 아무것도 받을 수 없음"(〈요한복음〉 3:27)을 알 것이다. "네게 있는 것 중에 받지 않은 것이 무엇이냐?"(〈고린도전서〉 4:7)고 했듯이 말이다. 그럴 때 우리는 서로의 다름을 판단하지 않고, 개성과 독특함을 가진 존재로서 서로를 믿고, 상대를 발견하고 존중하게 될 것이다. 그리고 상대가 하늘로부터 받은 삶의 몫을 온전히 살아내도록 기도할 것이다. 마음의 눈으로 서로를 볼 수 없다면, 은총의 힘으로 살아가지 못한다. 마음의 눈은 바로 자비와 긍휼 어린 시선이다.

예수는 "너희 아버지의 자비로우심같이 너희도 자비로운 자가 되라"(〈누가복음〉 6:36)고 말씀하신다. 우리는 이웃의 좋은 점에 시선을 두고 사랑할 수 있어야 한다! 하느님도 바로 이렇게 하시기 때문이다. 하느님은 우리의 가능성을 살리는 분이다. 그런데 하느님이 주시는 은총의 선물은 그 어떤 것보다 민감하고 손상되기 쉽다. 이것이 우리에게 주는 메시지는 다음과 같다. "너희는 서로 보호하고 서로 복이 되어주어야" 한다. 그렇게 자비롭고 긍휼한 보호 공간이 탄생한다. "너는 경험을 하고 실수를 저질러도 돼. 너를 존중하는 사람들 안에서는 실패가 없고, 다만 함께 배울 뿐이란다." 다른 한편으로 이것은 소망이다. "나는 하느님이 네게 좋은 것이 되시고, 좋은 것을 주실 수 있음을 믿어." 나는 이런 믿음을 견지하련다. 이런 굳건함으로 서로를 축복하련다.

바이올린 제작 콘테스트가 생각난다. 콘테스트 점수는 수공 기술 점수와 소리 점수로 이루어진다. 수공 기술 점수는 바이올린 장인들로 구성된 심사위원단이 매기고, 소리 점수는 음악가들로 구성된 심사위원단이 매긴다. 소리는 별로지만 좋은 수공 기술로 상을 받는 것은 외양을 보는 심사위원의 눈에 들었다는 뜻이다. 한편 음악가 심사위원들은 악기의 본질, 즉 소리에 관심을 기울인다. 그런 콘테스트에 참여하는 바이올린은 보통 모양은 정말 완벽하다. 그러나 흠잡을 데가 전혀 없어야 하기에 오히려 소심하고 풀죽은 소리를 갖기가 쉽다.

바이올린에서 가장 중요한 것은 '개성'이다. 소리와 모양이 듣는 이의 마음을 움직이는 카리스마를 갖는다. 완벽한 것은 차갑다. 좋은 바이올린은 완벽한 모양을 통해 우아한 카리스마를 펼치는 것이 아니다. 사람 역시 실수하지 않고 아무 흠도 없어서 '표현'을 갖게 되는게 아니다. 사람의 '개성'은 자신의 삶에 중요한 것이 무엇인지를 분명히 할 때 생겨난다. 우리에게 그렇게 나아갈 용기가 없는 이유는 무엇일까? 성서는 우리가 잘못된 심사위원들에게 노예처럼 얽매인 삶을 살기 때문이라고 말한다!(고린도전서 7:23)

그렇기에 우리의 삶은 종종 무슨 콘테스트에 나간 것처럼, 두려움과 소심함으로 자신의 개성을 빼앗긴다.

고정된 이상형을 정해놓고 이에 비추어 스스로의 가치를 가늠하는 사람은 현실에 만족하지 못하고 부대낀다. 잘못된 심사위원에게 잘 보이고자 하는 형국이다. 자신이 세운 영적 기준에 미흡해 괴로워하는 경건한 인간의 모습을 아는가. 자신의 요구에 못 미쳐 괴로운 나머지, 자신이 봉사해야 하는 세계가 아니라 자신에게만 과도하게 몰두하는 성실한 인간의 모습을 아는가. 힘이 예전 같지 않으며, 예전처럼 왕성하게 일하지 못하고, 남은 시간이 짧다고 한탄하는 초로의 노인을 생각해보라. 그렇다면 이제 자신의 이상적인 표상 즉 자기 자신을 좀 내려놓고, 더 내밀하게 하느님의 손을 신뢰할 때가 된 것이 아닐까. 스스로를 중요하게 생각할수록, 우리는 예민해진다. 예민해질수록 상처를 받기 쉬워진다. 우리는 얼마나 자주 다음과 같은 지혜의 말을 내면화해야 하는가. 자신만 생각하지 말라! 너 자신을 잊어버려라. 세상을 마음에 품어라!

모든 드높은 이상은 숨이 막히게 한다. 물론 나는 요구 수준이 높고 내 고객들도 그러하다. 하지만 불안이 작용하면, 위축된다. 자연스럽게 작업을 할 수가 없고, 그 일에 '시간'도, '소망'도 내어줄 수 없다. 건강하고 좋은 성장의 토대를 박탈하는 것이다.

잘못과 약점에 대한 심사위원들은 많다. 하지만 삶의 울림에 대한 심사위원은 단 하나, 바로 하느님의 지혜다. 성서는 이렇게 말한다. “하느님은 사람이 보는 걸 보지 않는다. 사람들은 외모를 보지만, 야훼는 속마음을 본다.”(《사무엘상》 16:7)

지 혜

유대교에서는 삶의 원천이 되어주고 삶의 모양을 만들어가는 힘을 ‘지혜’라고 부른다. 지혜는 만나는 모든 것을 거룩하게 하는 힘이다. 나의 대패와 끌이 바이올린의 곡면에 형상을 선사하듯이, 하느님의 지혜는 깊고 섬세한 감각으로 모양을 빚는다. 우리 삶에서 소외를 걷어내고, 하느님께 친숙한 것을 빚기 시작한다. 지혜는 하느님의 힘이기에, 우리 안에, 그리고 우리에게 맡겨진 세계 안에 영원자(하느님)의 본질이 구현된다. 정의의 음색, 자비의 미, 화해의 힘. 하느님이 하시는 일은 늘 지혜가 함께한다. 히브리 지혜문학은 이런 창조적인 힘에 대한 사랑 고백으로 읽을 수 있는 내용을 담고 있다. 여기서 쓰인 지혜라는 단어는 ‘예술가’ 혹은 ‘장인’으로 번역할 수도 있는 말이다. 〈지혜서〉[14]는 이렇게 말한다.

14 〈지혜서〉는 구약의 외경으로, 기원전 50년경 이집트의 디아스포라 유대인들이 그리스어로 쓴 것이다. 여기서 인용한 텍스트는 바울의 ‘사랑의 찬가’(〈고린도전서〉 13장, 〈고린도전서〉는 서기 55년경에 쓰였다)와 분위기가 비슷하다.

모든 것을 만든 장인인 지혜가 나를 가르쳤다. 지혜 안에 있는 정신은 명석하고 거룩하며, 유일하고, 다양하고, 섬세하며, 민첩하고, 명료하고, 순수하고, 맑고, 온전하며, 친절하고, 예리하고, 자유롭고, 자비롭고, 인자하며, 항구하고, 확실하고, 평온하며, 모든 것을 할 수 있고 모든 것을 살핀다. 명석하고, 깨끗하며, 아주 섬세한 모든 정신을 통찰한다. 지혜는 어떤 움직임보다 재빠르고, 그 순수함으로 모든 것을 통달하고 통찰한다. 지혜는 하느님의 권능의 숨결이고, 전능자의 영광의 순전한 발산이어서, 어떠한 부정한 것도 그 안으로 들어올 수 없다. 지혜는 영원한 빛의 광채이고, 하느님께서 하시는 활동의 티 없는 거울이며, 하느님의 선하심의 모상이기 때문이다."(7:21~26)

〈잠언〉에서도 하느님이 세상을 창조하실 때 지혜가 함께했음을 언급한다. "주님이 일을 시작하시던 그 태초에, 모든 것을 지으시기 전에 이미 나를 가지고 계셨다. 땅이 있기 전 태초에 영원 전부터 나를 세우셨다."(8:22~23) 〈욥기〉에도 이렇게 되어 있다. "그 때 주께서 이미 지혜를 보았고, 그것을 선포하고, 굳게 세우고, 탐구하셨다."(28:27)

이런 의미에서 지혜는 바이올린 제작과정의 비유 가운데 장인이자 예술가로 드러난다. 지혜는 형판에만 맞추지 않는다. 지혜는 섬유를 보고 소리를 찾는다. 지혜가 말한다. "넌 왜 네 섬유결만 보고 한탄하며, 네게 약속된 발전과정을 믿지 않니? 그것을 믿고 내가 너와 함께 작업하도록 허락하지 않는 것이 무엇 때문이지?" 하느님의 지혜는 형상화하는 힘이다. 그것이 생명을 만진다. 이런 지혜와 힘에 대해 〈빌립보서〉는 이렇게 쓴다. "너희 안에 선한 일을 시작하신 이가 그 일을 완성하실 것이다."(1:6)

바이올린 제작과정에서 내가 나무의 섬유를 존중하지 않고, 나무의 경도가 따라주지 않는데도 공명판의 특정 부분을 너무 얄팍하게 만들면, 악기 소리는 둔탁하고 화려함을 잃는다. 음향 법칙을 존중하는 동시에 나무의 조건을 살펴야 한다. 한편 내가 너무 일찍 만족해서 나무를 너무 두툼한 상태로 놓아두면, 공명이 너무 위쪽으로 밀려서 악기의 소리는 결국 굉장히 천박하고 날카롭고 비명을 지르듯 귀에 거슬린다. 기초가 되는 바탕이 있기는 하지만 모든 나무는 올바른 작업과 올바른 치수를 요구하는 것이다.

내 둘째아들 로렌츠는 틀에 박힌 학교 시스템에 그리 적응을 잘하는 편이 아니라서, 나와 아내는 마음이 아플 때가 있다. 기존의 학교 시스템에서 창의성과 자기 주도성을 발휘하지 못하고 나무의 섬유가 잘리듯 기운이 꺾이는 일이 많은 것이다. 내 공방에 로렌츠의 몫으로 작은 작업대를 마련해놓았는데, 나는 로렌츠의 대담한 아이디어에 종종 놀라곤 한다. 로렌츠는 내 모든 연장을 다 꿰고 있다. 로렌츠가 여덟 살 때 이미 나는 가장 날카로운 조각칼을 그의 손에 쥐여주었다. 손놀림이 올바른 것을 보았기 때문이다. 하지만 천편일률적인 교육과정과 빈틈없이 규격화된 시험은 로렌츠에게 많은 시간과 여유를 허락하지 않는다. 법칙에 부응하도록 요구받는다. 개성을 발휘하기가 힘들고, 기존의 모델에 끼워 맞춰진다. 우리는 젊은 사람들이 스스로를 믿고 열정을 펼치도록, 모든 일에서 경외와 경탄을 잃어버리지 않도록 용기를 불어넣어야 한다.

모든 나무가 똑같은 특성을 지닌 양 법칙에 따른 치수표에만 매달리는 것은 스스로의 빈곤함을 드러내는 것이다. 치수표나 형판은 나무의 상태를 무시한다. 나는 바이올린을 만드는 과정 중에 계속 앞판을 조심스럽게 들고 두드려가며 고유음을 듣는다. 그리고 살짝 구부려보며 비틀림과 가로세로 강도를 고려해 어떻게 진행해야 할지 느껴본다. 지적인 사랑이 제작과정에 함께해야 한다. 바이올린 제작에서도 법칙과 형판과 치수표만으로는 충분하지 않다.

삶의 입맞춤

발레리나로 활동하는 한 친구가 최근 친구들이 모인 자리에서 자신의 인생을 종합해주는 한마디가 있다며 그것은 바로 "아직 부족해!"라고 했다.

발레, 성격, 재능, 재정 상태, 삶의 방식, 모든 것 위에 "아직 부족해!"라는 말이 드리워져 있으며, 지금도 계속 그 문장이 가슴속에서 메아리치는 것 같다고 했다. 우리는 그 말을 듣고 깜짝 놀라 그에 대해 서로 이야기를 나누었다. 그러고는 고요히 하느님께, 우리가 무엇을, 어떻게 기도할 수 있을지 묻는 시간을 가졌다. 기도가 공부와 배움을 대신하기 때문이 아니다. 하지만 기도는 우리가 확신 있게 나아가도록 해주고, 우리가 가는 길에 함께해준다.

당신의 가슴에서는 어떤 문장이 메아리치는가? 우리 안에서 다양한 말이 의견을 표한다. 어떤 말은 독이 되며, 어떤 말은 치유력을 발휘한다. 복음은 이렇게 말한다.

하느님과 세상과 너 자신 앞에 너 스스로를 증명하려고 그렇게 발버둥 치지 마. 스스로를 애써 증명하려는 건 파멸에 이르게 할 뿐이야! "의롭게 만들어주시는 이는 하느님이시다."(〈로마서〉 8:33) 현 상태보다 더 나아지고자 하는 건 아주 일반적인 일일 것이다. 살아온 삶의 섬유결과 구불구불한 성장을 보고 "나의 모든 것, 주변의 일들이 이래서는 안 돼. 더 좋아져야 해!"라고 말하는 것은 당연해 보인다. 하지만 늘 그런 식으로 뭔가를 의도하고 이러저러하게 하려는 삶은 좋지 않다. 성장을 보지 못하고, 발전과정을 기뻐할 수 없기 때문이다. 당신의 삶에 거룩한 씨앗이 심겼고, 그것이 싹을 틔우고, 성장한다는 것을 믿으라. 어떻게 자라는지 잘 모르는 사이에 그렇게 되고 있다는 것을 말이다. 부드러운 땅은 자연스럽게 열매를 맺는다. 연한 땅에서는 우선은 싹이, 그다음 이삭이, 그다음 이삭에 알곡이 풍성하게 될 것이다.(〈마가복음〉 4:28 참조) 당신에겐 생명의 신비가 있다. 섬유결만 눈에 들어오고 약속된 울림에 대한 믿음은 없는가? 늘 부족하다는 생각에, 이것을 해야 해 저것을 해야 해, 하며 '의도'만으로 살아가는 삶에서는 가슴이 뛰지 않는다. 눈을 들어 자연스럽게 일어나고 있는 일들을 보라. 당신은 무엇인가를 줄 수 있고 소명을 믿을 수 있다. 자신의 삶에 이것저것이 부족하다는 생각에 매몰되어 늘 뭔가를 의도하기만 하면 삶을 그르치게 된다. 집착과 의도로 점철된 세계에서 사람은 오로지 혼자일 따름이다.

늘 전전긍긍하는가? 평온함이 없는가? 품위와 존엄으로 나아가라. 탄식이 심어놓은 것을 뽑아내라! 〈로마서〉는 묻는다.

> 누가 여러분을 고발하겠습니까? 의롭게 만드시는 분은 하느님이신데! 누가 감히 여러분을 정죄하겠습니까? 그리스도 예수는 죽으셨지만, 오히려 살아나 하느님의 오른 쪽에 계시며 우리를 위하여 대신 간구하여주십니다. 누가 우리를 그리스도의 사랑에서 끊을 수 있겠습니까? 우리는 우리를 사랑하시는 이로 말미암아 모든 시련을 이겨내고도 남습니다. 나는 확신합니다. 죽음도 삶도, 천사들도 권력자들도, 현재 일도 장래 일도, 높음도 깊음도, 그 어떤 피조물도 우리를 우리 주 예수 안에 있는 하느님의 사랑에서 떼어낼 수 없습니다.(8:33 이하)

이런 말씀은 영원하고, 거룩하다. 치유의 힘이 있다. 거룩한 말씀은 삶을 형상화하는 힘을 지닌다. 그런 말씀은 우리가 소명을 이루는 과정 중의 연장들이다.

앞에서도 말했듯이 나는 내 아름다운 연장들을 좋아한다. 연장들이 목재를 다루는 것처럼, 우리는 이런 말씀이 가진 내적인 힘을 믿어야 한다. 말씀은 우리의 삶에 소리를 부여해주는 거룩한 연장들이다.

우리의 품위를 떨어뜨리고 마음을 상하게 하는 말은 불가항력적인 것이 아니다. 다만 그런 말들이 우리를 솔깃하게 만든다. 성서는 우리에게 당부한다. 그런 말들을 믿지 말라고, 문밖으로 쫓아내라고. 모든 이는 자신의 문지기가 되고, 영혼을 돌보는 자가 되어야 한다. 당신은 영혼의 섬유결과 사출수에 어떤 말들이 작용하고 영향력을 미치도록 하는가?

당신이 모든 면에서 빛난다면 자비로운 사람이 될 수 있을까? 자신의 빛남을 알고 누리느라 바쁘지 않을까? 그런 면에서 불충분함과 부족함은 과제이기도 하지만 동시에 선물인 듯하다. 부족함 속에서만 자비와 긍휼을 배울 수 있기 때문이다. 자비로워지는 것이 화려하게 성공해 빛나는 것보다 더 낫다. 자비로움은 하느님의 광채이기 때문이다.

우리에게 거룩한 위로자이자 교사가 있음을 명심하자. 그는 우리 가까이에 계신다. 하느님은 우리가 고통을 겪을 때 함께 아파한다. 성서는 성령에 대해 이렇게 묘사한다. "성령은 우리의 연약함을 도와주신다. 그는 말할 수 없는 탄식으로 우리를 위하여 간구해주신다."(〈로마서〉 8:26) 성령이 그를 의지하는 자들에게 "넌 역부족이야. 넌 충분하지 않아!"라고 말할까? 그렇지 않을 것이다.

우리는 자신이 누구이며, 어떤 사람인지 빠르게 말해버린다. 그러나 과연 우리가 그것을 정확히 알고 있을까? 하느님과 잇대어 살 때 어떻게 살 수 있는지를 기대해야 하지 않을까? '나와 너' 안에서 아직 일깨워지지 않은 것, 숨겨진 것, 약속된 것에 대한 감이 전혀 없이 그저 눈앞의 것에만 매몰되어 살아갈 때가 얼마나 많은가? 거룩하고 치유적인 삶은 이를 악물고 싸우듯 하지 않는다. 그것은 우리에게 주어져야 할 것을 사랑으로 이끌어낸다. 〈아가〉의 첫 부분에 "그가 내게 입맞춤해주었으면"(1:2)이라고 되어 있는 것처럼 말이다.

이것은 영원하고 조건 없는 신의 사랑의 입맞춤이다. 하느님이 베푸는 기쁨의 키스를 받으라. 복음서도 그런 장면을 묘사한다. "그가 일어나서 아버지에게로 갔다. 그가 아직도 먼 거리에 있는데 아버지가 그를 보고 측은히 여겨서 달려가 목을 끌어안고 입을 맞추었다."(〈누가복음〉 15:20) 그는 비참한 모습으로 왔고, 하느님의 마음은 측은함으로 가득했다. 그가 그럴듯한 일을 해서 입맞춤을 받은 것이 아니다. (반대다. 이 사람은 얼마나 많은 날을 씻지 못했을까!) 이제나저제나 눈에 선했던 자에게 입맞춤이 주어졌다. 입맞춤을 받는 순간에 그의 삶은 위로와 영원성을 발견했다.

판단하고 심판하기보다, 울림을 가능케 하려는 자만이 인간의 섬유를 깨닫는다. 하느님이 아신다는 사실이 얼마나 위로가 되는가. 위로 없는 삶은 밑 빠진 독이나 마찬가지다. 채워도 채워도 채워지지 않는다. 자신의 삶이 밑 빠진 독처럼 느껴진다면 내적인 방향 전환이 필요할 것이다. 신뢰를 배우기 시작해야 한다. 신뢰 없는 삶은 불만족으로 가득하기 때문이다. 모두에게 잘 보이려 하고 스스로를 과시해도, 만족은 오래가지 못한다. 스스로와 세상을 과열시키고, 일을 제대로 감당할 수가 없다!

복음서의 이야기들은 하느님이 우리에게 맡기시는 것이 꼭 많은 것일 필요는 없음을 보여준다. 적은 것이라도 존중하고, 그것을 약속으로 보라. 사랑만이 맡겨진 것을 큰 울림으로 만든다. 하느님은 당신과 함께 일하신다. 우리는 신뢰를 배우고, 신뢰의 길을 갈 수 있다. 스스로를 다그치고 부정적인 말을 퍼부으면 영혼은 풀 죽고 방황한다. 거룩한 말들이 당신의 산파가 되도록 하라. 당신은 새롭게 태어날 수 있다. 그러나 많은 면에서 어린아이와 같이 될 수 있어야 한다.

이렇게 쓰고 있으니 낯선 아기의 울음이 내면의 귀에 (실제로는 들리지 않지만, 크고 분명하게) 울리는 듯하다. 나는 성서의 진리가 새로운 생명을 낳는다는 걸 진정으로 믿는다! 성서는 말한다. 네 안에 새 생명이 창조될 것이며, 너를 키우고 성숙시키고 피어나게 할 것이다. 돌이켜, 하느님 앞에서 어린아이가 되어라. 새롭게 아이다움을 배워라. 너는 너 자신에게 주어졌으니, 스스로에게 잘해주고, 마음을 지키는 법을 배워라. 〈시편〉은 이렇게 말한다. "젖 뗀 아이가 엄마 품에 안겨 있는 것처럼 내 영혼은 고요하고 평온해졌습니다. 엄마 품에 안겨 있는 아이처럼 내 영혼이 내 안에서 그러합니다."(131:2)

자기 비하적인 믿음

자신과 화목하지 못한 믿음이 있다. 그런 믿음의 소유자는 자신을 잃어버리고 자신의 모든 것을 하느님으로 대치하려 한다. 이런 믿음에서 하느님은 부족한 자존감을 메꿔주는 이가 된다.

자신을 보잘것없고 하찮다고 여기는 것이 겸손이라고 생각하는가? 그렇지 않다. 하느님에 대한 믿음은 자신에 대한 믿음과 반대되는 것이 아니다. 겸손은 스스로를 경시하는 것이 아니라, 다른 사람들을 중시하여 다른 사람들에게 봉사하는 것이다. 스스로를 경시하는 것과 다른 사람을 중시하는 것은 엄연히 다르다. 스스로를 하찮게 여기고 비하하는 것을 하느님이 좋아하실까? 겸손은 좋아하시지만, 비굴함이나 굴종은 좋아하지 않으실 것이다. 겸손은 하느님의 본질에 부합한다. 억지로 강해질 필요는 없다. 우리의 약함 속에 하느님의 힘이 거한다. 하지만 우리 안에 하느님이 강해지도록 하기 위해 우리를 하찮다고 폄하할 필요는 없다.

성령은 우리가 겸손하면서도 당당한 자로 나아가길 원한다. 자신의 약한 섬유결을 보며 자신이 정말 못났고, 약하고, 별 볼 일 없고, 병들고, 무능하고, 죄 많고, 무가치하며, 상처받았고, 믿음도 없고, 망가졌다며 의기소침해하는가? 성령은 그런 의기소침을 극복하도록 격려한다. 성령을 의지함으로 종교적 열등감에 맞서라! 성령의 부드러움과 힘을 신뢰하라. 나무와 잎은 막 돋아날 때는 연하다. 그러나 죽을 때는 바싹 마르고 거칠다. 하느님의 영은 우리 안에 연한 마음을 창조한다. 젊고 늘 새롭게 그를 신뢰하도록 해준다.(《시편》 103:5) 현이 공명판을 자극하듯이 하느님은 우리의 마음에 이렇게 호소한다.

'나 자신이 이렇게 의기소침해 있는데 어떻게 사람들을 일으켜 세우고 위로하겠어? 나 스스로가 이렇게 약하고 자신이 없는데 어떻게 사람들에게 용기를 주겠어?'라고 말하는가? 그런 말을 입에 담지 말라. 나는 너의 의심, 질병, 의기소침을 알고 있다. 그러나 나는 너를 위로하고, 북돋우고, 세우는 자로 불렀다. 내가 너와 함께하겠다. 더 강하고 건강하고 확신 있는 자가 너보다 내게 더 잘 봉사할 수 있다고 생각해서는 안 된다.
나의 친밀함을 구하라. 나를 의지하여라. 내 영이 네게 머물 것이다. 네 약함 속에서 성령이 너를 통해 일할 것이다. 너는 네가 받은 위로로 다른 사람들을 위로할 것이고, 함께하는 성령으로 말미암아 기도할 것이다. 그러므로 내게 오라. 너 수고하고, 짐 지고, 병들고, 불안하고, 의기소침하고, 의심하는 친구야. 강건하라. 일어나라. 내게 배우고, 네 소명을 받아들여라![15]

사랑에 대한 가장 강한 응답은 바로 그 사랑을 믿는 것이다! 사랑은 믿는 수밖에 없는 것이다. 이런 시각으로 삶을 보면 우리의

15 〈스가랴〉 4:6, 〈이사야〉 30:1~7, 〈마태복음〉 11:28~30을 참조하라.

삶은 달라진다. 소명을 무겁고 부담되는 것으로 이해하지 말고, 오히려 소명과 더불어 춤춘다고 상상하면 어떨까. (힘든 날들을 보내던 때 어느 날 밤 정말로 그런 꿈을 꾸었다. 꿈에서 나는 소명과 더불어 춤추고 있음을 깨달았다!) 능력을 발휘하는 자가 아니라 사랑받는 자는 삶이 달라진다! "우리를 사랑하는 이로 말미암아 우리는 괴로운 일들을 넉넉히 이긴다"(〈로마서〉 8:37)라는 말씀처럼 말이다. 하느님 안에서 살아가는 삶은 완고한 태도로 이를 악물고 사는 것이 아니다. 하느님의 지혜를 더 깊이 이해하고, 그 지혜가 삶을 인도하도록 삶을 내어드리지 않겠는가. 다른 이들이 망가짐, 손상, 침체를 보는 곳에서 사랑은 발전 가능성을 본다. 사랑은 '지금까지 이루어진 것들'을 지각하고, '앞으로 이루어질 것들'을 소망한다. 시간의 이 두 차원 안에서 비로소 거룩한 현재가 생겨난다. 되어가는 과정으로서의 현재다.

종교적인 방식으로도 소명에서 멀어질 수 있다. 적법성[칸트 철학에서 외형상 도덕률에 일치하는 일]만을 강조하는 '율법주의'를 통해서 그럴 수 있다. 율법적인 삶은 계명에 대한 사랑이 과도하다기보다는 삶에 대한 사랑이 부족한 것이다. 그래서 율법주의는 삶의 가치를 훼손한다. 율법적인 사람은 자신과 주변 사람들에 대해—삶 자체에 대해—실망한다. 그리고 법칙을 하느님으로 만든다. 이런 삶에서 법칙은 돌처럼, 죽어버린 하느님 사랑의 무덤 앞으로 굴러가 머문다.

뮌헨 국립독일박물관에는 독특한 악기들이 전시되어 있다. 어떤 피아노는 외양은 여느 피아노와 다를 것 없어 보이지만, 사실 펀치테이프에 의해 자동으로 연주되는 악기다. 내부에는 도르래 바퀴가 돌고 있어서, 감겼던 기계장치가 풀리면 건반이 자동으로 움직인다. 단추를 누르기만 하면 건반이 저절로 움직이며 똑같은 멜로디를 반복한다. 완벽한 연주다. 그러나 영감이 없는 연주다. 이 기계는 생명을 가지고 있는 것처럼 보이지만 사실은 그렇지 않다. 모든 것이 단순히 미리 입력된 기계장치로부터 나온다. 그럴싸하지만 진짜 악기는 아니다. 이런 악기를 보며 생명으로 채우지 못하고 그저 기계적으로 주어진 일을 반복하는 소외된 인간이 떠올랐다. 기계적으로만 움직이는 날들에 우리는 그런 악기와 닮아 있지 않을까.

살아 있는 악기는 다르다. 살아 있는 악기는 주어지는 자극과 사건을 해석할 수 있다. 그러려면 일어나는 일들을 보고 들어야 한다. 영감과 해석, 들음과 행함, 이것이 우리의 삶에 '내적 음악성'을 부여한다.

우리의 믿음 역시 자동 피아노처럼 변질될 수 있다. 그럴 때 모든 것은 기계적으로, 미리 프로그래밍된 대로 돌아갈 따름이다. 가만히 들어보면 내적 생명 없이 기계적으로 돌아가고 있다는 것을 알아챌 수 있을지도 모른다. 거기서는 종교적 펀치테이프가 우리와 더불어 연주를 한다. 만약 세계가 그런 자동 피아노들로만 이루어져 있다면, 세계는 하늘의 장난감에 불과할 것이다. 영감도, 해석도 없이, 기술적으로는 완벽하지만, 생명은 결여된 상태일 것이다. 우리는 탄식할 이유가 없겠지만, 살아갈 이유도 없게 될 것이다.

예수는 율법주의에 신랄하게 맞선다. 예수를 참을 수 없어 한 것은 종교적으로 해이한 사람들이 아니라 독실한 신앙인들이었다. "바리새인들이 나가서 예수를 어떻게 죽일까 의논했다."(〈마태복음〉 12:14) 예수는 삶을 피폐하게 하는 종교권력을 비판한다. 그런 종교성 안에서 인간의 본질이 왜곡된다고 보았기 때문이다. 우리는 하느님의 악기이지 자동연주기계가 아니다. 예수도 율법주의의 건반기계장치에 기름칠을 하는 대신, 인간의 마음에 하느님 나라의 울림에 대한 예감을 불어넣어주셨다. 우리는 자동연주 기계가 아니라, 하느님이 만지는 악기여야 하기 때문이다.

법칙

내가 여기서 소개한 바이올린 곡면의 비유는 열일곱 살에 도제가 되어 처음으로 곡면을 대패질하기 시작했을 때부터 늘 머릿속을 떠나지 않았다. 도제가 된 첫해에 내가 지금 하는 일이 바로 〈로마서〉 8장에 쓰인 것과 같다는 생각을 했고, 세월이 지나며 그 생각이 점점 여물어갔다. 내가 곡면 작업에서 나무에 주의를 기울이는 것이 하느님의 창조력이 나를 대하는 것과 같다는 생각이 들었다. 이 비유의 바탕이 된 〈로마서〉 8장 30절은 내겐 오래전부터 친숙했다. 내가 열세 살 때 (처음에는 아버지의 반대를 딛고서) 신앙을 갖게 되었을 때 처음 만난 성경구절이었기 때문이다.

바이올린 곡면 작업의 비유는 이미 살펴보았듯이 형판과 치수표의 의미에 의문을 가진다. 우리 인생의 섬유결을 떠올리게 해주고, 율법적이고 강박적인 신앙을 재고하게 한다. 이런 방식으로 신앙에 대해 말하는 게 적절할까? 이런 태도가 낭만적인 종교적 몽상으로 오도하여 결국엔 유치하고 졸렬한 신앙으로 전락하게 되지는 않을까? '마음의 법'만 남게 되는 건 아닐까? 그러므로 나는 이렇게 물어야 한다. 성서 역시 법칙이 아닌가? 성서는 어떻게 살아야 하는지를 보여주는 수많은 '형판'이자 '치수표'를 담고 있지 않은가? 정말로 우리가 지켜야 할 도덕적·종교적 법칙을 부여하는 것이 바로 종교의 본질이기 때문이다! 그렇다. 그러므로 곡면과 섬유결에 대한 비유에서도 한 가지 면으로 치우쳐서는 안 된다. 그렇지 않으면 이런 비유가 자칫 정신적 깊이를 잃고, 존엄하고 품위 있는 삶과 멀어질 것이기 때문이다.

그러면 법이란 무엇일까? 법이라는 말은[우리말 성서에서는 '율법', '계명'을 아우른다] 구약에서 약 430번 나오고, 신약에서 191번 나온다. 이렇게 많이 등장하는 것만 보아도 법이 얼마나 중요한지를 알 수 있다. 〈로마서〉에 "그리스도는 율법의 마침"(〈로마서〉 10:4)—즉 노모스nomos[고대 그리스어에서 규칙·습관·법제의 의미로 사용되었으며 넓은 의미로 인위적으로 만들어진 것·인습적인 것 등의 의미로 사용되었다]의 마침—이라고 되어 있으니 예수는 자율성의 시초인 것일까? 그리스도가 인간이 주체적으로 자기 결정권을 발휘하도록, 율법의 굴레하에서 종살이하는 삶으로부터 인간을 해방한 걸까? (내가 곧 법인 auto-nomos 삶을 살도록 하기 위해서?)

오늘날 우리에게 율법이라는 말은 혐오와 반감을 불러일으킨다. 규범적이고, 강제적이고, 강압적인 것을 연상하게 된다. 율법이라고 하면, 자유를 억압하고 엄격한 계명과 규칙으로 우리를 얽어매는 엄한 하느님에게 복종해야 할 것 같은 느낌이 든다. 마치 우리가 내적 생명 없이 종교적 펀치테이프를 풀어내는 자동기계로 강등될 것만 같아 거부감이 든다. 하지만 그것은 종교적 '율법주의'의 속성이지, 성서에서 말하는 법, 혹은 율법과는 별로 관계가 없다.

히브리어 토라Thora는 법과는 어감이 많이 다르다. 그러므로 토라의 원래 의미를 파악하는 것이 중요하다. 기원전 3세기부터 유대 신학자들이 알렉산드리아에서 히브리 성서를 그리스어로 번역하기 시작했을 때, 그들은 토라를 노모스라고 번역했다. 법이라는 뜻이다.[16] 하지만 노모스라는 말은 훨씬 숭고하고 장엄한 울림을

16 구약의 히브리 원문에 등장하는 '토라'라는 개념을 마르틴 루터와 거의 모든 독일어 번역본은 유대어 번역과는 달리 '법'이라고 번역했다. 한편 레오폴트 준츠는 토라를 '가르침'으로 번역했고(*Die vierundzwanzig Bücher der Heiligen Schrift*, Basel 1995), 부버/로젠츠바이크는 '명령'으로 번역했다(*Die Schrift*, Erstausgabe zwischen 1925, 1929).

가지고 있다. 가르침, 지도, 인도에 대한 경외심이 녹아들어 있다.

랍비(스승)가 앉는다. 성서 속 예수의 모습을 통해 알려져 있다시피 그것은 수업이 시작된다는 표시다. 제자들이 주변에 모여 앉아 침묵한다. 품위 있고 보기 좋은 광경이다. 제자들은 스승의 가르침을 듣고, 암기하고는, 적절한 시간에 서로 토론하며 그 진리들을 정확히 되짚어보고, 의심해보고, 구체화하고, 의견을 나누며 서로 '검증'한다.

나는 어린 시절부터 이런 식의 논쟁에 익숙했다.[17] 이런 논쟁은 지적인 유희가 아니고, 오히려 거울에 자신의 삶을 반추해보는 것 같은 작업이다. 형판과 같은 명령에 무작정 맞추기보다 훨씬 더 포괄적이고 정신적으로 깊이 있는 것을 논하는 시간이다.

예수에게도 토라는 삶의 지침이었다. 유대교에서는 토라 하임 Torat Hayim이라고 부른다. '삶의 법칙'이라는 뜻이다. 토라의 내용은 늘 삶의 기술이다. 그것을 듣지 않는 사람은 삶의 기술과 하느님의 성전인 우리 자신을 망가뜨린다. 그리하여 유대교의 가장 중요한 신앙고백이자, 예수의 가장 높은 계명은 바로 "들으라"(신명기 6:4, 〈마가복음〉 12:29)는 것이다. 하느님은 인간의 유익을 위해 율법을 주셨다. 인간의 삶에 도움이 되도록 하기 위해서였다. 그러나 율법주의자들은 율법을 지키는 데서 삶의 의미를 찾으려 하

17 8장 〈후속작업—믿음의 고통과 위기에 대하여〉에서 상세하게 살필 것이다.

고, 그럼으로써 하느님께 뭔가를 얻어낼 수 있다고 믿는다![18] 그러나 그것은 본연의 율법 자체의 목적이 아니라, 율법주의적인 자세다. 율법주의는 자신만이 옳다는 마음으로, 혹은 종교적 두려움에 질린 마음으로 산다.

율법주의는 두려움과 편협함, 완고함으로 인도한다. 그러나 율법주의만 부정적인 방향으로 나아가는 것은 아니다. 율법주의뿐 아니라, 율법 없음도 삶을 훼손한다! 예수는—'말세'의 특성으로서—'불법'이 판치고, 많은 사람에게서 '사랑'이 식을 것이라고 말씀하셨다.(〈마태복음〉 24:12) 그것은 인간의 '외적' 무법상태뿐 아니라 '내적' 무법상태를 의미한다. 사랑은 마음에 주어진 법이기 때문이다.

법은 필요 없고, 사랑하는 능력만 있으면 된다고 천명하는 것은 맞는 말인 동시에 약간 어폐가 있다. 우선 맞는 말인 것은 정말로 사랑하는 가슴에는 법이 필요 없기 때문이다. 사랑하는 마음이 곧 법이 되기 때문이다. 아우구스티누스도 바로 그것을 이야기했다. "사랑하고, 원하는 대로 하라"[19]고 말이다. 다른 말로 하면 사랑

18 〈마가복음〉 2:27도 비슷한 이야기를 한다. "예수께서 말씀하셨다. 안식일이 사람을 위하여 있는 것이요, 사람이 안식일을 위해 있는 것이 아니다." 다비트 플루서는 예수의 이 말이 유대교와 괴리되는 것이 아님을 지적한다. 랍비 유대교의 율법사들도 "안식일이 너희의 것이고, 너희가 안식일의 것이 아니다"라고 말했다. 〈출애굽기〉 31:13에 대한 메힐타의 주석(103 b). 다음을 참조하라. David Flusser, *Jesus, Reinbek bei Hamburg*, 2006, S. 49.

19 Aurelius Augustinus, *In epistulam Ioannis ad Parthos*, tractatus VII, 8.

하는 자는 법이 필요 없다는 것이다.

하지만 동전의 다른 면이 있다. 사랑으로 말미암은 사랑의 법을 꺼리는 자는 바로 스스로가 사랑하고 있지 않음을 보여주기 때문이다. 사랑하는 마음에는 율법이 필요 없다는 말은 사랑하는 마음만이 할 수 있는 이야기다. 법은 정의를 말하고, 화평의 열매를 맺는다.(〈야고보〉 3:18 참조) 그러나 사랑하지 않는 마음은 정의보다 자신의 의를 내세우고, 화평보다 자기만족을 우선한다. 화해보다 자기 권리를 내세우는 데 급급하다. 사랑 없는 마음은 무법성을 신봉하는 가운데 지혜의 곡면 형태보다 자연적으로 주어진 섬유결을 우선한다. 율법을 버리는 내적 무법성은 값싼 것이다. 마음은 스스로를 제지할 수 있는 기준을 필요로 한다. 자신의 힘을 실을 수 있는 토대를 필요로 한다. 이런 토대가 없이는 인간 마음은 도덕적 복원력의 단초를 찾지 못한다. 힘이 작용할 수 있는 기준점을 잃어버리는 것이다. 법이 필요 없다는 주장은 자신의 머리카락을 붙잡고 수렁에서 빠져나왔다는 허풍선이 뮌히하우젠 남작의 이야기와 비슷해질 것이다.

율법을 아예 없애버리려는 무법적인 태도는 자아 추구를 낭만적으로 미화함으로써 부추겨진다. 겉모습이 경건해 보인다 해도 바뀌는 것은 없다. 내적 질서 없이는 모든 추구가 중독이 된다. 마음의 진리를 잃은 사람들은 내면에서 이기심으로 인해 망가진다. 법칙을 잃어버리는 것은 마음의 진리를 잃어버리는 것을 의미하기 때문이다. 〈시편〉과 선지서는 인간(혹은 민족)은 "그 마음에 하느님의 법을 가지고 있다"(〈시편〉 37:31, 〈이사야〉 51:7)고 이야기한다. 법과 사랑은 내적으로는 믿음의 고귀한 선들이며, 외적으로는 공동생활에서 드러나는 조화로운 대립이다. 이 조화가 깨어지고 한쪽으로 치우치면 율법주의 혹은 율법 없음(무법)이 된다.

바울이 "그리스도는 율법의 마침"이라고 이야기한 이유는 그리스도가 율법의 '완성'이기 때문이다! 그리스도는 내 삶을 통해서도 사랑의 법칙을 실현할 삶의 마이스터이다. 어떤 나무가 다른 나무보다 더 좋은지 나쁜지는 문제가 되지 않는다. 바이올린을 제작할 때도 내가 마이스터로서 나무를 가지고 작업을 하여 고유한 소리를 실현할 수 있을지가 중요하다. "그리스도는 율법의 마침이다. 그를 믿는 자는 의롭게 된다"라는 말의 뜻이 바로 그것이다. 의로움은 믿음을 통해 얻는 형상이다. 믿음은 이런 공동 작업에 동의하는 것이다. 바이올린 곡면의 비유는 이를 뚜렷이 보여준다. 바이올린 마이스터로서 나는 나무에 적절하게 한다. 그의 섬유결을 존중하고 음향적으로 요청되는 것을 충족시킨다. 그것만이 진정한 주와 스승 됨이다. 그것이 바로 '내 안에 그리스도가 계신 것'이다.(〈갈라디아서〉 2:20, 〈로마서〉 8:10)

성서 전체에서 가장 카리스마가 넘치는 장(〈로마서〉 8장)은 실현되어야 하는 의로움(〈로마서〉 8:4)을 이야기한다. 여기서는 조화가 중요하다. 따라서 바이올린 곡면과 섬유결에 대한 비유는 모든 것을 형판에 복종시키는 법칙성으로도, 인간을 계명과 무관하게 만드는 무법성으로도 귀결되지 않는다. 이도 저도 아니라면 무엇일까?

세 가지 길

기존에 형성된 섬유결과 앞으로 형성되어야 하는 아치형 곡면의 딜레마에 대한 비유는 세 가지 길을 보여준다. 처음 두 길은 예수가 "멸망에 이르는 길은 넓고, 많은 사람들이 간다"고 표현한 길이다. 이 두 길은 삶을 망치는 길이다. 첫 번째 길은 종교적인 방식으로 망치고, 두 번째 길은 종교 없이 망친다. 세 번째 길에 대해 예수는 이렇게 말한다. "생명으로 인도하는 길은 좁다. 그 길을 찾는 사람은 적다."(〈마태복음〉 7:13~14) 비유가 말하는 이 세 길은 무엇일까?

우선 넓으며 종교적인 길은 법칙만 앞세우는 '율법주의'다. 그것은 바이올린 곡면 작업에 비유하자면 "중요한 것은 완벽한 모양이야"라고 하는 것이다. 그러나 좋은 바이올린 마이스터는 그렇지 않다고 대답할 것이다. 아치 형태만 존중하고 섬유는 존중하지 않으면, 아무리 아름다운 형태라도 결코 좋은 소리를 내지 못한다. 지혜는 우리에게 묻는다. 너 자신과 주변 사람들의 구부러진 결, 특이한 부분을 존중하는가? 아니면 "그래서는 안 된다!"고 말하며, 무조건 형판에 맞게 재단하고자 하는가? 율법주의적인 삶의 기본 문장은 이것이다. 지금까지 이루어진 것을 보고 앞으로 무엇이 이루어질 수 있을지 살피는 대신, 그냥 이상에 맞게 구부려라. 이런 삶의 자세를 고집하면 '하느님이 이런 현실 가운데 내게 무슨 말씀을 하고자 하는가?' 하는 본질적인 질문을 듣지 못하게 된다. 삶의 결은 그냥 일방적으로 구부려질 수 없다. 존중해야 한다.

또 하나의 넓은 길, 즉 종교적이지 않은 넓은 길은 법을 무시하고 '마음대로' 살아가는 것이다. 바이올린 제작에 비유하자면 "중요한 것은 내 개인적인 섬유결을 따르는 거야!"라고 하는 것이다. 좋은 바이올린 마이스터는 이렇게 응답할 것이다. 아니다. 네 섬유결을 존중하는 동시에 곡면 형태의 법칙을 존중하지 않으면 안 된다. 섬유결을 세심하게 대하기만 한다고 저절로 좋은 소리에 이를 수는 없다. 그리하여 지혜는 우리에게 이렇게 물을 것이다. 삶의 법칙을 추구하고 존중하는가? 아니면 너 자신의 이상재를 법칙으로 만드는가? 이것은 스스로를 법칙으로 만들고자 하는 것이다. "내가 곧 법이다"라면서 말이다. 이것은 자기 마음대로 사는 인간의 마음가짐이다. 생긴 대로 사는 것으로 도덕을 대치하려는 것이다. 스스로가 법이 되는 것이다.

예수 자신이 걸어가셨고 제자들에게도 권하는 좁은 길은 '성령으로 충만한 믿음'이다. 이 길에서는 두 가지가 균형을 이룬다. 하느님에 대한 경외와 인간에 대한 자비. 경외와 자비, 두 가지가 바로 내 인생의 수직, 그리고 수평 차원이다. 곡면 형태는 '내게 요구되는 법칙'을 상징하고, 섬유결은 나의 결, '나의 현실'을 상징한다. 이 두 가지는 하느님의 지혜가 나와 더불어 작업하고 있음을 알 때 비로소 하나가 된다. 바이올린 제작에서 경외와 자비는 소리로 바뀐다. 이것은 두 가지를 의미한다.

하나는 네 마음대로 살지 말라는 것이다. 왜냐하면 이것은 자신의 현재 상태를 그냥 미화하는 것이기 때문이다. 두 번째는 율법주의의 함정에 빠지지 말라는 것이다. 이것은 규례와 명령을 그냥 떠받드는 것이기 때문이다. 섬유결과 곡면 형태—주어진 것과 요구되는 것—는 우리가 소명을 위해 존중해야 하는 조화로운 대립이다. 그것은 모든 조화로운 대립과 같다. 하나의 선이 다른 선을 위해 존재할 때 비로소 진정한 아름다움이 구현된다. 우리는 자신에게 취약한 부분을 존중하는 가운데 점점 더 자신의 것으로 만들 수 있다. 그러나 강점만 찬미하고 떠받드는 것은 우리 안의 약한 부분에 치명타를 가한다. 우리의 소명이 적법성의 무덤에 묻히든 무법성의 무덤에 묻히든 결과는 똑같다.

현실과 요구의 일치를 실현할 수 있는 것은 결국 앞으로 도망가는 것, 즉 하느님의 품 안으로 피하는 것이다. 나는 내 삶이 요구하는 것들을 두려워하지 않는다. 하느님이 요구하는 것은 하느님이 가능케 하실 것이기 때문이다. 하늘은 결코 내게 과도한 것, 내가 감당할 수 없는 것을 요구하지 않을 것이다. 무리를 자초하는 것은 나 자신이고 그렇게 하다가 섬유를 부러뜨릴 뿐이다. 앞으로 피하는 것은 하느님의 지혜를 믿는 것이다. 그러면 결국 도덕은 진정성이 있게 되고, 진정성 있는 태도가 도덕적일 수 있다. 나는 하느님의 손에 들린 나무다.

경 외

경외심을 통해 우리의 삶에 요구되는 것들을 깨달을 때, 그것은 율법주의와는 무관하다. 바이올린 제작에도 토라가 있다. 바이올린 소리를 위한 음향학적 요구를 아는 사람은 경외심과 율법주의의 차이를 잘 알 것이다. 좋은 바이올린 제작자는 진동하는 곡면의 법칙을 명심해야 한다. 직관과 깨달음은 그가 바이올린 앞면에 강도와 질량을 올바로 배분하도록 인도한다. 그래야만 적절한 공명이 탄생하고, 음색이 좋아진다. 나는 음향 법칙을 존중해야 한다. 그것이 좋은 소리로 인도하는 가르침이자 규범이기 때문이다. 울림에 관심이 없는 사람만이 음향 법칙을 무시한다. 그러므로 내가 음향 법칙을 존중할 때, 그것은 법칙 자체를 위한 것이 아니라, 내가 만들고자 하는 소리를 위한 것이다. 율법도 그러하다. 율법 자체를 위한 것이 아니라 우리가 부름받은 소리를 위한 것이다. 각자의 삶에 품부된 몫을 따라 의롭게 살아가는 것(〈로마서〉 8:4) 말이다.

'울림이 있는 인간'은 종이 아니라 봉사자다. 그는 하느님께 봉사한다. 꼭 그렇게 해야 해서도 아니고, 자신에게 이롭기 때문도 아니다. 그렇게 하고 싶기 때문이다. 두려움은 우리를 작게 만든다. 그러나 경외심은 우리를 일으켜 세운다. 노예는 대가를 계산한다. 그러나 봉사자는 스스로를 선물한다. 봉사자의 삶은 자비로우며, 그렇기에 자유롭다. 이익과 보상을 바라고 자신을 내어주는 것이 아니기 때문이다. 성령 충만한 봉사자의 삶은 생명 되신 창조자에 대한 경외와 생명을 동경하는 피조물에 대한 자비를 지닌다. 소코의 안티고노스Antigonos(기원전 3세기)는 말했다. "급료를 받기 위해 주인을 섬기는 종처럼 살지 마십시오. 대가를 계산하지 않고 주인을 섬기는 종처럼 사십시오. 하느님에 대한 경외심이 여러분 위에 있기를 바랍니다!"[20]

계명을 지켜서 받는 대가는 그 어떤 욕심 나는 상이 아니라, 생명 자체다! 이것이 기본음이다. 계명은 "인간이 그것을 준행하는 가운데 생명을 얻는 것"(〈느헤미야〉 9:29)이다. 바이올린 제작이 내게 가르쳐주는 바도 그것이다. 음향 법칙을 지키는 것에 대한 보답은 무슨 추가적인 보상이 아니라, 바이올린 소리 자체다. 더 무엇을 바라겠는가? 여기서 소리는 삶에 대한 비유다. 좋은 울림은 각자에게 주어진 삶의 몫을 다하는 의로운 삶을 상징한다. 에스겔은 이렇게 말한다. "내 법대로 살며, 나의 계명을 지켜 진실하게 행하는 사람이 의인이다."(〈에스겔〉 18:9)

신약은 구약을 무르게 만든 것이 아니다. 은혜는 유연제가 아니기 때문이다. 성서가 말하는 은혜는 오히려 주어진 섬유결을 바람직한 곡면 형태로 살리는 효과적인 힘이다. 그리하여 우리의 울림이 실현된다. 바이올린 제작에서 곡면 형태를 무시하고 섬유결

20 Pirqe Avot 1, 3(Babylon. *Talmud*). 다음에서 인용. Yeschaiahu Leibowitz, *Über die Sprüche der Väter*, Obertshausen 1999, S. 105.

만 좇아서는 안 되는 것처럼, 하느님의 계명을 무시하면서 '신약의 은혜'를 소환해서는 안 될 것이다. 그러면 은혜의 교리는 자기 마음대로 사는 삶을 합리화해주는 것밖에 되지 않을 것이기 때문이다.

섬유결의 진행과 적절한 곡면을 보면서 하나는 다른 하나에서 실현된다는 것을 깨닫게 된다! 이것이 은혜와 계명의 기본 관계다. 하나가 다른 하나를 살리고, 이를 통해 자신의 의미를 실현할 때만 좋은 소리가 난다! 예수는 말씀하신다. "나의 계명을 지키는 자라야 나를 사랑하는 자다. 나를 사랑하는 자는 내 아버지께 사랑 받을 것이며, 나도 그를 사랑하여 그에게 나를 나타내겠다."(〈요한복음〉 14:21)

바이올린 마이스터로서 소리를 구현하는 작업은 아름다움과 생명을 감각적으로 드러내는 것이다. 우리 삶의 울림도 그와 같다. 우리는 성장과정을 이끄는 지혜의 힘을 느껴야 한다. 우리의 삶을 통해 무엇인가를 실현하고자 하는 은혜의 힘을 사랑하고 마음을 내어주어야 한다.

바이올린이 적절한 방식으로 만들어지면 결과적으로 좋은 소리가 따른다. 지혜가 발전과정을 이끄는 곳에서는 언제나 그 일이 일어난다! 보상은 인위적으로 추가되지 않는다. 그것은 생소한 것이 아니다. 바이올린 마이스터로서 내가 음향 법칙을 경외할 때 소리가 실현되는 것처럼, 믿음의 삶도 울림 자체가 보상이다. 선지자 호세아가 말한 대로다. "정의를 심어라, 사랑의 열매를 거두

리라!"(〈호세아〉 10:12)

곡면과 섬유결 비유를 통해, 바이올린 제작에서 법칙에 대한 경외와 나무에 대한 자비가 필요한 것처럼, 한 인간의 삶에도 이렇듯 두 가지가 어우러져야 한다는 것을 살펴보았다. 그렇지 못하면 바이올린에서는 날카롭거나 둔탁하거나, 콧소리가 난다. 예쁘지 않은 소리가 난다. 그런 천박한 울림 자체가 벌이다. 바울 서신은 "사람이 무엇으로 심든지 그대로 거두리라"(〈갈라디아서〉 6:7)고 말한다. 선지서는 "너희는 악을 밭 갈아 악행을 거두었다"(〈호세아〉 10:4)고 말하고, "그들은 악행을 잉태하여 죄악을 낳는다"(〈이사야〉 59:4)고 말한다. 그것은 의미 없고 공허한 울림이다. 그런 울림은 곧 경외와 자비 없는 삶이다! 죄에 대한 벌은 죄 자체다. 죄를 통해 우리는 우리와 동료 인간들의 삶을 훼손한다. 하박국 선지자가 "너희는 너희 삶에 죄를 범했다"(〈하박국〉 2:10)고 말한 것이 바로 그런 의미다.

《탈무드》의 시작 부분에는 앞서 인용한 안티고노스의 말이 적혀 있다. 소코의 안티고노스에게는 사독과 보에토스라는 두 제자가 있었다. 안티고노스에게서 계명을 지켜도 보상이 따르지 않고 어겨도 벌이 따르지 않는다는 이야기를 들은 이 두 제자는 율법의 멍에를 던져버리고, "내일 죽을 터이니 먹고 마시자!"[21] 하며 향락

21 〈이사야〉 22:13, 〈고린도전서〉 15:32도 참조하라.

에 빠져들었다. 안티고노스는 제자들이 아직 성숙하지 못했음을 감안하지 못하고, 제자들을 너무 과대평가했던 것 같다![22] 성서의 음색은 인간 영혼의 성숙 정도만큼이나 다양하다. 성서는 거만한 태도로 미성숙한 사람은 제쳐놓고, 성숙하고 깨달은 자에게만 관심을 보이지 않는다. 모든 인간이 경외와 자비로 나아가도록 성서는 미성숙한 사람에게는 미성숙한 방식으로 상과 벌에 대해 이야기한다.[23] 사람들이 바이올린 제작자에게 이렇게 말하는 것처럼 말이다. "당신이 소리를 듣는 귀가 없고, 울림에 대한 사랑이 없다 해도 최소한 바이올린을 팔아 먹고살아야 하지 않겠어요? 그러니 최선을 다해야 하지요." 결국, 노력을 쏟다 보면 듣는 법을 배우고 좋은 소리를 만들 수 있을 것이다.

22 포도원 일꾼들에 대한 비유에서(〈마태복음〉 20:1~16) 예수는 아주 비슷한 방식으로 오로지 보상과 품삯에만 연연하는 미성숙한 믿음을 이야기한다.
23 나는 진리의 문제를 판단하려는 것이 아니다. 미성숙한 자들과 더불어서는 상벌에 대해서만 말해야 한다는 것일 따름이다.

6장

악기가 되기

소명의 아름다움

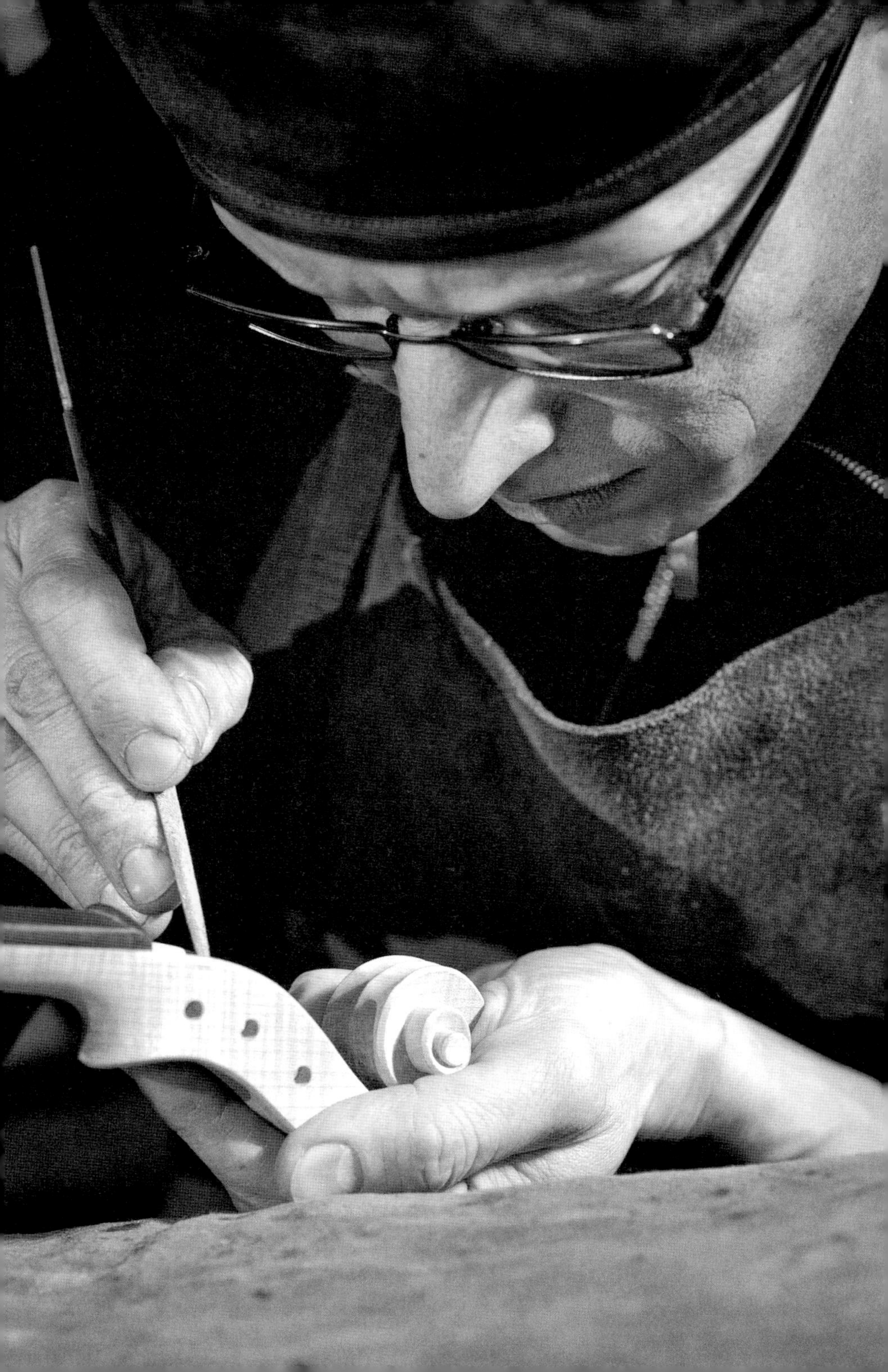

"말씀을 듣긴 하지만 실천하지 않는 사람은
자신의 모습을 거울에 비춰본 뒤 가서는
자신의 모습이 어떠했는지 곧 잊어버리는 사람과 같다."
〈야고보서〉 1:23 이하

몇 년 전 내가 막 제작한 첼로를 보여주려고 뮌헨 음대의 저명한 교수를 찾아간 적이 있다. 18세기 베네치아 학파의 위대한 마이스터 도메니코 몬타그나나Domenico Montagnana(1687~1750)를 본떠서 만든 첼로였다. 뮌헨 음대에 갔을 때 그 교수는 수업 중이었는데 나더러 참관해도 좋다고 했다. 그리하여 나는 그가 한 여학생에게 첼로협주곡 중 가장 위대한 곡으로 손꼽히는 작품을 레슨하는 장면을 지켜볼 수 있었다. 그 곡은 안토닌 드보르작Antonin Dvorak의 첼로협주곡 B단조, op. 104였다. 그 교수는 운지법과 활 쓰는 법을 지도한 뒤, 프레이징을 다루며 적절한 표현에 대해 조언했다. 계속 학생의 연주를 중단시키고 다시 해보게 했으며, 각 부분을 해석해주고, 그 부분을 직접 연주해 보였으며, 다시 한번

해보라고 학생을 격려했다. 레슨을 지켜보면서 맞은편 벽에 붙어 있는 문장에 눈길이 갔다. 예쁜 사진틀에 끼워서 학생들이 잘 볼 수 있는 곳에 걸어놓은 문장은 이렇게 말하고 있었다. "연습이란 저절로 될 때까지 무턱대고 반복만 하는 것이 아니다."

음대에서 얻은 교훈

믿음과 우리 삶의 의미와 소명에 대한 문제도 그렇다. 중요한 일들은 연습을 통해서만 습득할 수 있다. 연습은 올바른 소리의 원천일 뿐 아니라 올바른 삶의 원천이다. 첼로곡 하나를 해석하는 데도 매일의 세심한 연습과 진지한 공부가 요구될진대, 우리가 모든 일상의 과제와 인간관계에서 울림이 있는 삶을 사는 데는 얼마나 연습과 공부가 필요하겠는가? 음악에서 작곡가의 생각이 들리고 영혼을 건드리는 것처럼, 우리가 하는 행동과 일에서 우리 삶의 의미가 들린다. 그러나 그것을 위해서는 매일 연습과 공부에 헌신해야 한다. 좋은 연주자가 되기 위해 매일 훈련하는 학생처럼, 우리도 삶에서 좋은 울림을 내기 위해 매일 훈련해야 한다. 좋은 음악가는 조음과 해석이 '저절로' 이루어지는 우연을 기대하지 않는다.

자신의 이름을 딴 안네소피무터 재단을 설립해 세계 각국의 젊은 연주자들을 후원하는 바이올리니스트 안네소피 무터Anne-

Sophie Mutter는 한 인터뷰에서 차세대 연주자들을 어떻게 보느냐는 질문에 이렇게 대답했다.

> 안네소피 무터: 독일에서는 동유럽이나 아시아 출신 차세대 연주자들이 점점 더 두각을 나타내고 있어요. 러시아, 일본, 중국, 한국 연주자들이죠.
> 질문자: 왜 그렇다고 보십니까?
> 안네소피 무터: 고통을 감내하는 능력이 더 많기 때문이죠.
> 질문자: 고통 감내 능력이라… 악기를 가지고 독방에 갇혀 있는 장면을 연상시키는데요. 좀 더 부드러운 표현은 없을까요?
> 안네소피 무터: 글쎄요. 정말로 그래요. 전혀 부정적인 의미가 아닙니다. 그들에겐 고난을 견디는 열정이 있지요. 스스로 도전하는 자세도 함께 말이에요.[1]

아무 노력도 없이 그냥 잘되는 걸 은혜라고 생각한다면, 그건 은혜를 우연과 혼동하는 것이다. 성서에서 은혜라 부르는 힘은 결코 연습이나 노력을 대신할 수 없다. 오히려 은혜는 연습과 노력이 빛을 보도록 해준다. 지식만 얻을 뿐, 깨달은 것을 연습하지 않

1 2005년 9월 11일자 〈슈피겔Spiegel〉 온라인판. 인터뷰는 〈프랑크푸르터 알게마이네 일요신문Frankfurter Allgemeine Sonntagszeitung〉에 실을 요량으로 위르겐 케스팅Jürgen Kesting이 진행했다.

는 사람은 반쪽짜리 삶을 사는 것이다. 철학이든 종교든 지식으로만 그치면 종교적 혹은 지적 교만에 빠지기 쉽다. 그러므로 이번 장에서는 우리가 하는 행동에 대해 이야기하고자 한다. 즉 우리의 삶을 정말로 들리게 만드는 것이 무엇인지에 대해 말이다.

인격

한 친구 이야기를 하고 싶다. 잉골프 투르반Ingolf Turban은 대규모 오케스트라와 협연을 하는 훌륭한 바이올리니스트다. 최근에 내 공방에서 대화하던 중에 잉골프는 자신의 바이올린—1721년산 스트라디바리우스—을 사랑한다고 했다. 무엇보다 '그의 바이올린이 아주 특별하고 카리스마 있는 소리를 가졌기 때문'이라고 했다. 그가 바이올린을 연주하는 걸 보면, 마치 악기가 몸의 일부인 듯한 인상을 받는다. 언젠가 그는 내가 막 제작한 바이올린 하나를 켜보면서, 높은 음역에서 자신이 바이올린을 연주한다기보다는 노래를 부르는 듯한 느낌이라고 말했다.

잉골프가 말한 바이올린의 '카리스마 있는 소리'는 '인격'이 무엇인지를 보여준다. 이것은 어원적으로 의미심장한 단어다. 인격을 뜻하는 'Person'은 그리스어 'per(~을 통하여)'와 'sonum(음)'이라는 단어로 이루어진 복합어에서 유래했다. 그러므로 어원에 따르면 '통하여 소리가 나다'라는 뜻이다. 그리스어로 인격을 뜻하는 프로소폰prosopon은 얼굴, 용모, 표정이라는 뜻일 뿐 아니라 나아가 가면 혹은 역할을 의미한다. 전이된 의미에서 인간이 맡는 사회적 혹은 도덕적 역할을 뜻한다. 라틴어의 페르소나persona가 페르소나레pesonare(통하여 소리가 나다)에서 유래한 것은 고대에는 연극할 때 쓰는 가면에 나팔이 달려 있어 그것을 통해 배우의 목소리가 울려 나왔기 때문이었던 듯하다. 그러므로 이런 개념에 따르면, 우리의 인격은 바로 우리를 통해 작용하고, 보이고, 들리는 것이다. 우리의 삶을 통해 울리는 것이 바로 인격이다. 결국 중요한 것은 그 사람이 어떤 좋은 생각을 하는가가 아니라, 그 사람이 어떤 인격을 갖추고 있는가이다.

본질과 동참

음악가가 악기의 울림을 추구하듯, 하느님은 우리의 동참을 구하신다. 하느님과 하나 되어 울릴 때 비로소 우리의 행동은 빛이 난다. '여기서' 음악가가 소리를 내고, '저기서' 악기가 소리를 내는 것이 아니다. 여기에 내가, 저기에 하느님이 있는 것이 아니다. '둘이 하나가' 되어 있다. 그러므로 우리의 세계에서 하느님의 임재는 고정된 것이 아니다. 악기와 음악가의 관계처럼 하느님과 우리의 관계도 상호 영향을 미치는 관계, 자칫 깨질 수 있는 관계다. 우리가 서로를 대하는 세심함에 하느님의 세심함이, 우리의 깨어 있음에 그의 임재가, 우리의 관계에 그의 공평함이, 우리의 행동에 그의 진리가 반영된다. 우리가 서로를 원망하지 않고 서로 용서하는 데에서 그의 자비가 드러난다.

세상 가운데서 하느님은 우리가 하느님의 일에 동참하게 해주신다. 하느님은 세상 가운데서 우리에게 물으신다. 너는 어디에 있느냐? 나는 대답한다. 제가 여기에 있습니다. 오직 사랑을 통해서만 우리는 하느님께 동참하고 하느님의 임재를 깨닫는다. 이것은 음악가와 바이올린과 같다. 음악가가 바이올린을 연주할 때, 악기와 음악가는 각각 반쪽짜리가 아니라 둘이 완전히 하나가 된다. 음악가가 바이올린이 되지 않지만, 그는 바이올린과 온전히 하나가 된다. 바이올린을 연주하면서 나뉠 수 없는 공동의 울림이 탄생한다. 아무도 '소리의 절반은 악기의 것이고, 절반은 음악가의 것이야'라는 말도 안 되는 생각을 할 수 없다. 음이 울릴 때 음악가와 악기는 여전히 서로 구별된다(정체성). 그러나 서로 분리될 수 없다(통일성). 둘이 온전히 그곳에 있을 때만 울림이 탄생하기 때문이다.

이런 공동의 울림은 하나 됨의 본질이다. 마르틴 부버는 저서의 맺음말에서 장자의 이야기와 비유를 들어 "하나 될 때 진정한 힘이 있다"고 말한다.[2] 악기와 음악가의 관계는 깊은 하나 됨을 보여준다. 인류의 위대한 지혜서들은 모두 이런 하나 됨을 말한다.

2 Zhuangzi, *Reden und Gleichnisse des Tschuang-Tse*, Zürich 1951, S. 223.

《주역周易》에서도 "깨우친 주인과 순종하는 종. 이것이 위대한 진보의 조건이다"라고 말한다.[3]

악기와 음악가의 관계는 이런 하나 됨을 보여준다. 악기는 음악가의 손에 스스로를 온전히 맡긴다. 음악가는 악기의 울림 속에 온전히 머문다. 성서의 수많은 장면이 이런 상호성을 믿음의 본질로 소개한다. 포도나무와 가지의 비유도 그 예다. "내 안에 머물라. 나도 너희 안에 머물리라. 가지가 포도나무에 붙어 있지 않으면 열매를 맺을 수 없는 것처럼 너희들도, 내게 붙어 있지 않으면 열매를 맺지 못한다. 나는 포도나무이고, 너희는 가지다. 그가 내 안에, 내가 그 안에 머물면, 사람은 열매를 많이 맺을 것이다. 내가 없이는 너희는 아무것도 할 수 없기 때문이다."(〈요한복음〉 15:4~5)

가지가 포도나무에 붙어 있지 않으면 열매를 맺지 못한다. 하지만 우리는 동전의 다른 면을 너무 쉽게 간과한다. 포도나무도 가지가 없으면 열매를 맺지 못한다는 사실을 말이다. 이런 상호성에 대한 의식이 성령 충만한 삶의 본질이다. 내 안에 머물라. 내가 너희 안에 머물리라. 악기는 온전히 음악가의 손에 머물고, 음악

3 중국에서 가장 오래된 책인 《주역》은 세상에서 가장 중요한 책 중 하나로 손꼽힌다. 《주역》에는 수만 년간 무르익은 오래된 지혜가 담겨 있다. 중국철학의 양대 산맥인 유교와 도교의 공통 뿌리가 《주역》이다. 카를 구스타프 융은 《주역》은 "몇 만 년 전 이래 모든 중국의 사상이 스며든 지혜의 책"이라고 했다. 독일어판은 리하르트 빌헬름Richard Wilhelm이 번역한 다음 책이다. *I-Ging. Das Buch der Wandlungen*, München 2001, S. 137.

가는 온전히 악기의 울림 안에 머문다. 하나 됨의 경험 가운데 인생의 의미가 실현된다.

음악가와 포도나무와 함께할 때 악기와 가지를 넘어서는 더 커다란 것이 이루어진다. 그러나 악기와 가지를 건너뛰어서는 그런 것이 이루어질 수는 없다. 음악가는 악기 없이는 소리를 낼 수 없고, 포도나무는 가지 없이는 열매를 맺지 못하기 때문이다. 우리는 이런 상호의존성을 감안함으로써 하느님의 '위대함' 앞에서 스스로를 너무 비하하지는 말아야 한다. 상호성은 믿음의 본질이다. 상호성을 통해 믿음은 비로소 매력을 획득하고, 소명을 이룬다.

악기와 포도나무의 비유는 통일성(하나 됨)과 동시성을 보여준다. 음악가와 악기가 하나 되어 내는 소리, 포도나무와 가지가 하나 되어 맺는 열매가 바로 그것이다. 앞서 이야기했던 음악가가 바이올린 소리에 대해 한 말처럼, 하느님도 악기인 우리에 대해 "그와 함께하다 보면 바이올린을 연주하는 것 같지 않고, 마치 노래 부르는 것 같은 순간이 있다"고 말씀하신다면 바로 그것이 충만한 삶이 아닐까.

우리와 더불어 연주하시는 하느님

음악가가 연주하는 동안 악기에서 분리될 수 없는 것처럼—떨어지면 울림은 없어질 것이다—하느님도 생명에서 분리될 수 없다. 하느님은 생명 위에 좌정해 있지 않고 생명과 더불어 연주한다. 그것은 냉소적인 연주가 아니라—《탈무드》에서도 "거룩한 자, 찬양받으실 이는 피조물과 더불어 악의적인 연주를 하지 않습니다"[4]라고 말하고 있듯이—거의 자신을 망각한 채 울림에 거하며, 곡에 자신의 목소리를 부여하는 연주다. 바이올린 소리가 바이올리니스트의 목소리인 것처럼, 내 인생의 울림은 하느님의 음성이 되어야 한다.

하느님은 우리 위에 좌정해 있는 대신, 그의 지혜로 우리와 더불어 유희한다. [연주하다와 유희하다 모두 독일어로 spielen이다. 영어의 play에 해당한다.] 〈잠언〉에서 지혜는 스스로에 대해 이렇게 말한다. "나는 그의 기뻐하는 자였고, 늘 그 앞에서 유희했다. 그의 땅에서 놀았다."(〈잠언〉 8:30 이하) 믿음은 이런 유희에서 인간이 담당하는 측면이다. 이런 유희를 프리드리히 실러Friedrich Schiller의 유명한 문장에 의거하여 이해할 수 있다. 실러는 인간의 미적 교육에 대한 서간에서 이렇게 말한다. "인간은 온전한 의미에서의 인간일 때만 유희하며, 유희할 때만 온전히 인간이다."

하느님이 되기 위해 하느님이 나를 필요로 하는 건 아니다. 그러나 나와 함께 유희할 때만 하느님은 온전히 하느님이 되신다. 우리가 이런 유희에 마음으로 동의하는 것이 바로 믿음이다. 믿음을 통해 친밀한 유희가, 찾고 묻는 의미 있는 유희가 탄생한다. 하

4 Babylon. Talmud Avodah Zara 3a.

느님은 세상에 마주하여 계실 뿐 아니라, 세상을 통해 존재하시기 때문이다.[5] 세상은 그의 악기다. 우리는 소리를 듣는 것을 배울 수 있다. 서로 다른 소리들! 연주에는 영혼이 담긴다.

믿음에 회의가 생길 때 우리는 때로 이렇게 자문한다. 우리는 왜 하느님을 경험할 수 없을까? 이 물음은 연주회에서 왜 바이올리니스트의 목소리는 들리지 않고 그가 연주하는 바이올린 소리만 들릴까를 묻는 것과 같다. 우리가 하느님의 악기라는 것을 이해하면 우리는 소리를 들을 것이다. 우리는 하느님을 '순수하게' 듣지 않고, 서로를 통해, 다른 사람들을 통해 듣는다. 그렇게 우리는 서로에게 하느님의 악기가 되어주고, 소명에 맞는 음을 내는 법을 배워야 할 것이다.

우리는 세상에서 하느님을 발견해야 한다. 일 가운데, 만남 가운데, 아름다움 가운데, 어려움 가운데 하느님을 찾아야 한다. 세상을 도외시하고 하느님을 찾아서는 안 된다. 우리가 "하느님, 당신은 내게서 너무 멀어요!"라고 기도할 때 하느님은 이렇게 대답하시지 않을까. "얘야, 넌 날 어디서 찾고 있니? 눈과 마음을 열어

5 하느님과 세상의 관계에 대한 성서적 이해에서 이런 생각은 중요하다. 성서 이해에서 하느님은 세상 안에, 그리고 세상에 마주하여 계실 뿐 아니라, 세상을 통해서도 존재하시기 때문이다. 그리하여 사도 바울은 이렇게 말한다. "하느님도 한 분이시니, 모든 것의 아버지시다. 그는 모든 것 위에 계시고 모든 것을 통해 계시고, 모든 것 안에 계신다."(〈에베소서〉 4:6) 이 구절은 우리가 하느님을 통해 존재하지만 하느님도 우리를 통해 존재한다고 말한다.

세상에서 나를 보아라. 나는 너를 세상에서 나를 발견하도록 만들었단다. 너를 필요로 하는 세상을 보아라. 이 세상과 무관하게 나를 사랑할 수는 없단다. 나는 네가 세상 속에서 희망하고, 믿고, 일하고 사랑하고, 나를 발견하기를 원한단다. 나의 눈으로 세상을 보기 시작하면 너는 내가 누구인지 알게 될 것이다. 그런 다음에는 더 이상 내가 멀리 있다고 말하지 않을 것이다."

우리는 이 세상에서 인격으로 살아간다. 우리는 이를 위해 부름받았다. 마르틴 부버는 그 '통하여 나는 소리'를 다음과 같이 놀라운 말로 표현했다.

> 하느님과의 대화가 단지 일상을 빗겨나 이루어지는 것으로 이해하지 않도록 조심해야 한다. 인간에게 주시는 하느님의 말씀은 우리 각자의 삶에서 일어나는 사건들, 우리 주변 세계의 모든 사건, 모든 전기적인 것, 모든 역사적인 것에 스며들어 있고, 그것들은 '나와 너'를 위한 지시와 요구가 된다. 잇따른 사건과 상황이 인격적 언어를 통해 인간이 견디고 결정하게끔 할 수 있다. 우리는 종종 아무것도 들을 것이 없다고 생각하지만, 스스로 오래전에 밀랍으로 귀를 틀어막은 것이다.[6]

6 Martin Buber, *Ich und Du*, Stuttgart 2006, S. 130(초판 1923, 이 인용문은 1957년판 부버의 후기에 실린 것이다).

형태에서 울림으로

마음으로 듣는 작업은 바이올린 제작과정의 아주 중요한 전제 조건이다. 나는 악기가 완성되기 한참 전에 이미 내면의 귀로 바이올린 소리를 듣는다. 이렇듯 속으로 듣는 일이 제작과정에 수반된다. 그렇게 해야만 나무의 형태를 잡아나갈 수 있다. 바이올린을 만들 때 눈에 보이는 것은 나무의 형태다. 그러나 내가 만드는 것은 눈에 보이는 형태라기보다는 눈에 보이지 않는 소리다. 형태는 소리로 변화되고, 그것은 다시금 음악으로 변형된다. 외적인 눈은 눈에 보이는 것을 본다. 그러나 악기는 그 이상의 것이다. 그것은 눈에 보이는 나무에 그치지 않는다. 그것은 소리가 되어 귀에 울린다.

이 역시 인간을 위한 비유가 되어준다. 인간 역시 눈에 보이는 것만은 아니다. 모든 인간은 울림을 가지고 있다. 우리는 눈에 보이는 물질로만 이루어진 것이 아니라, 신비롭게도 의식을 가지고 있다. 어떻게 '물질'에 '의식'이 들어갈 수 있었을까?[7] 생각할수록 신비롭다. 우리 뇌는 생각하는 물질이자 활동하는 정신이다. 진동하는 악기에 울림이 맡겨져 있듯, 생각하는 두뇌에 의식이 맡겨져 있다. 성경의 창조 이야기에는 히브리어의 언어유희가 등장한다. 바로 아다마adama(흙)로부터 아담Adam(인간)을 창조했다는 것이다.

7 다음을 참조하라. Colin McGinn, *Wie kommt der Geist in die Materie?*, München 2005.

이것은 형태와 소리 사이의 긴장이다. 창조 이야기는 의식 없는 물리적 입자들과 화학적 과정으로부터 의식하는 영혼이 탄생하는 신비를 기술한다. 이것이 경이롭지 않다면, 그에 대해 전혀 생각해보지 않은 사람일 것이다!

"하느님이 땅의 흙으로 사람을 지으시고, 그 코에 생기를 불어넣음으로써 인간이 살아 있는 존재가 되었다."(〈창세기〉 2:7)

우리는 아다마로부터 탄생했다. 하지만 물질 덩어리만은 아니다. 아담, 즉 인간은 예술과 학문을 만들어낸다. 사랑과 희망을 느낀다. 한계와 유한성으로 괴로워한다. 교향곡을 작곡할 수 있고, 교향곡을 연주하는 오케스트라를 만들고 지원할 수도 있다. 두려움과 행복을 느끼며, 죄를 지을 수도 있고, 신실할 수도 있다. 인간은 자신이 누구인지, 자신이 무엇을 해야 하는지를 묻는다. 가치가 있는 것이 무엇이고, 문제가 있는 것이 무엇인지를 묻는다. 지성으로 세계를 연구하지만, 스스로에 대해서도 다 알지 못한다. 게다가 믿음을 통해 인간 의식은 신비로운 불꽃을 갖게 된다. 우리에게 의식이 불어넣어졌다. 경작지의 흙, 숨으로 말미암은 의식. 형태와 소리.

인간의 삶에서 가질 수 있는 가장 강력한 '자의식'은 바로 '나는 사랑받는 존재'라는 것이다. 그러나 여기에 또한 '나는 부름받은 존재'라는 '소명의식'이 더해져야 한다. 이것은 우리 삶의 기본이 되는 두 가지 단어다. 이 둘은 은혜에 근거한다. '사랑받는, 그리고 부름받은"이라는 두 기본 단어에서 비로소 우리는 삶의 로고스를 깨닫는다.

본질적인 것들은 '정화'되어야 한다. 그러기 위해 우리는 자아의 틀을 깨고 나와야 한다. 자아라는 딱딱한 돌을 녹여야 한다. 자아를 녹이는 열기는 사랑밖에 없다. 그냥 딱딱한 자아로 남고자 하는 것은 자신에 갇혀 빈곤한 삶을 살겠다는 결정이다. 소명 같은 것은 나 몰라라 하겠다는 결정이다. 우리는 이런 빈곤을 느끼고 서로에게서 이런 빈곤을 경험한다. 삶의 의미가 빈곤할수록, 생활수단에 대해서는 탐욕스러워진다. 확신이 빈곤할수록 안정적인 삶에 대한 욕구는 더 커진다. 인정받지 못할수록 갈채를 원하게 되고, 자신에게 맡겨진 소명을 알지 못할수록 권력욕은 더 커진다. 자신에게 선물로 주어진 은사를 알지 못할수록 눈에 보이는 능력을 더 탐하게 된다. 이런 나열은 계속될 수 있다. 내적으로 빈곤한 만큼 물질적인 부를 욕망한다. 이런 탐욕 가운데 인간은 정화를 거부하고, 무의미로 인한 고통에 무덤덤해진다. 의미를 찾지 못한 사람들은 헛되이 외적인 것들을 구한다! 이런 외적인 추구로 우리는 세계를 과열시키고, 세계를 타락시킨다. 삶의 본질적인 것들을 돈으로 구매할 수 있는 양, 자아도취적인 추구 가운데 본질적이지 않은 것들에 비중을 두게 된다. 장자는 "외적인 것에 비중을 두는 사람의 내면은 진정 가련해질 것이다"[8]라고 했다.

8 Zhuangzi, *Reden und Gleichnisse des Tschuang-Tse*, Zürich 1951, S. 134.

필요와 소명

우리 인생의 기본 단어는 너는 '사랑받는다', 그리고 너는 '부름받았다'이다. 이것은 존재와 당위다. 이런 기본 단어에 흙으로 아담을 만들고, 나무를 울림으로 변화시키는 숨이 있다. 하지만 이런 기본 단어는 손상될 수 있다. 사랑의 모티브는 고통의 모티브일 수도 있기 때문이다. 서로에게 맡겨져 있다 보니 자연스레 상처를 받을 때도 있다. 상처받을 가능성 없이는 사랑도 없을 것이다. 사랑이 필요하지 않을 것이다. 사랑이 필요하기에 우리는 서로에게 맡겨져 있다. 그러나 존재의 필요가 채워지지 않으면 고통이 생겨난다. 이 세상이 고통을 느낄 수 없는 존재들로 구성되어 있다면, 사랑의 여지도 없을 것이다.

한쪽에는 필요가 있고, 한쪽에는 소명이 있다. 이것은 같은 진리의 양면이다. 우리는 사랑의 필요를 도외시하고 극복하면서가 아니라, 사랑하는 자가 되면서 고통을 이길 수 있다. 사랑하는 자만이 깨달을 수 있고, 소명에 부응할 수 있다. 소명이 바로 그를 깨닫게 하는 빛이다. 필요를 느끼지 못하는 자는 깨달음을 얻지 못한다. 사랑받을 필요를 무디게 함으로써 스스로를 상처받지 않게 할 뿐이다.

이런 양면—즉 필요와 소명—은 랍비들의 지혜에서 인상적으로 단순하게 요약된다. 살란트의 이스라엘Israel은 "네 이웃의 물질적 필요는 너의 영적인 관심사다"[9]라고 말했다.

진정한 영성은 의식의 확장이 아니다. 우리의 의식을 소명으로 향하게 하는 것이다. 이웃의 필요를 위해 사랑하는 자가 되는 것이 바로 소명이다. 소명을 위해 사는 것 외에 그 무엇도 우리 속에 하느님의 은혜를 더 강하게 하지 못한다. 소명의 삶을 살지 않으면 우리의 마음은 지칠 것이고, 그와 더불어 믿음도 힘을 잃게 될 것이다.

그러므로 믿음은 하느님의 선하심을 신뢰하는 것뿐 아니라, 하느님이 내가 좋은 일을 하리라고 믿고 기대하심을 발견하는 것이다. 인생의 과제Aufgabe가 선물Gabe이 되게 해야 한다. 그러므로 우리는 자신이 무엇을 믿는지를 물을 뿐 아니라, 내 삶에 맡겨진 일이 무엇인지를 물어야 한다.

영성을 추구하는 사람은 무엇보다 다음 질문을 분명히 해야 한다. 내 삶이 누구에게 혹은 무엇에 봉사해야 할까? 하느님을 안다고 하는 오만이 중요하지 않다. 세상을 위해 스스로를 내어주는 인간적인 겸허함이 중요하다. 이 세상은 우리가 소명을 이루도록 무엇인가를 필요로 하는 상태로 창조되었다.

풀베르트 슈테펜스키는 이렇게 말한다. "영적인 경험이란 무엇일까? 그것은 어린아이의 눈에서 그리스도의 눈을 보는 것이다. 헐벗은 거지에게서 그리스도의 헐벗음을 경험하는 것이며, 형제

9 다음에서 인용. Pierre Itshak Lurçat, *Rabbinische Weisheiten*, München 2003, S. 15.

자매의 굶주림에서 그리스도의 굶주림을 보는 것이다. 프랑스의 대주교 갤리오트는 하느님 안에 잠기는 자는 가난한 자들 옆에서 다시금 떠오르게 될 거라고 말했다. 자비를 비껴가는 하느님 인식은 없다."[10]

우리는 그것이 어떤 의미인지를 맛보아야 할 것이다.

히말라야의 아이들

얼마 전에 나는 의미 있는 삶을 살아가는 바이올린 마이스터 질케를 만났다. 그녀는 미텐발트에서 바이올린 제작과정을 수료한 뒤, 유명 공방의 도제 자리를 구하는 대신, 1년 예정으로 인도의 간디 아슈람 학교로 갔다. 뉘른베르크 예수회에서 설립한 이 '배움의 집'은 특별한 학교다. 그곳에서는 모든 아이가 일반적인 수업 외에 현악기를 배운다.[11]

이 학교 악기들 상태가 형편없어 긴급하게 수선이 필요하다는 걸 알게 된 질케가 그리로 가기로 결정했을 때 많은 동료와 동급생들이 그 결정을 이해하지 못했다. "거길 뭐 하러 가?"라면서 앞

10 Fulbert Steffensky, *Schwarzbrotspiritualität*, Stuttgart 2005, S. 17.
11 다음의 정보를 참조하라. http://www.jesuiten.org/jesuitenmission.ch/pdf/JHS2007_3.pdf.

으로의 진로를 생각하면 괜찮은 도제 자리를 구해야 하지 않겠느냐고 했다. 그곳에서 매력적인 악기 대신 '잡동사니'만 수리하는 일이 무슨 재미가 있겠느냐고도 했다. 질케는 그런 말들을 묵묵히 들었을 뿐, 결정을 굽히지는 않았다. 질케는 자비를 들여 히말라야 기슭에 있는 산골 마을 칼림퐁으로 갔고, 거기서 한 달에 50유로가량의 급여를 받고 보잘것없는 악기들을 손보는 데 1년간 혼신의 힘을 기울였다.

질케가 회람용 통신문에 그곳 학생들과 함께하는 이야기, 함께 음악을 연주하고, 학교에 마련된 작은 악기 수선실에서 일하는 이야기를 적어 보냈을 때, 마침 바이올린 제작에 필요한 고급 공구들을 만드는 유명한 독일의 공구 제작자가 그녀의 헌신에 감동받아 고급 연장과 부속품을 한 상자 가득 채워 칼림퐁에 보내주기도 했다. 그리하여 그 학교 수선실은 상당히 전문적인 장비들을 갖추게 되었다.

최빈민층 자녀들만 입학할 수 있는 간디 아슈람 학교는 설립자인 예수회 신부 맥귀레의 뜻에 따라 특별히 바이올린 수업을 진행한다. 이곳 아이들은 악기를 연주하는 데서 빛나는 자신감을 얻고 있다. 아이들은 수업이 시작되기 한참 전에 등교해 바이올린을 연습하며, 수업이 끝나고 남아서도 연습한다. 자기 소유의 바이올린 없이, 학교에 보관된 바이올린을 사용하기 때문이다. 그렇게 간디 아슈람 학교는 가난한 아이들의 마음의 고향이 되었다. 이 학교 설립자인 맥귀레 신부는 악기를 연주하는 것이 자라나는 아이들의 지적 능력을 촉진하고 자신감을 강화해줄 거라고 확신한다. 음악은 대부분의 아이들에게 일상에서 가장 중요한 부분이 되었다. 아이들이 학교에서 따뜻한 세끼 식사를 제공받는 것 역시 부모들에게는 감사한 일이다. 칼림퐁 기슭의 밭에서 농사짓는 것만으로는 가족 부양이 힘들기에, 많은 부모는 농사 외에 짐꾼으로 힘든 노동을 한다.

서서히 새로운 일자리도 물색해야 했기에 고향으로 휴가를 온 틈을 타 질케는 내 공방에 들러 사람들이 아슈람 학교에 기증한 바이올린 몇 대를 손보았다. 그러면서 질케는 아슈람 학교 아이들 이야기를 해주었다. 아이들이 얼마나 열려 있고 자신감이 있는지를! 가정방문 이야기도 해주었다. 금발의 젊은 여성인 그녀가 시골길과 투박한 다리들을 건너 마을 아이들을 만나러 갈 때면 산골 마을 사람들은 눈이 휘둥그레져서 신기한 듯 바라보았다고, 가정방문을 무척 영광으로 여겼다고 했다. 그들이 보여주는 우정과 환대를 거부하기 어려워 그녀는 아이들 집에서 묵기도 했다고 한다. 산골 마을의 집은 보통 방 두 개에 수도도 전기도 없는 소박한 환경이었다. 그러나 인간적인 친밀함은 컸다. 아침에 눈을 뜨면 으레 아직 잠들어 있는 어린 남매들에 둘러싸인 자신을 발견하곤 했다고 한다.

그런 이야기를 하며 질케의 눈은 빛났다. 존재의 의미를 아는 사람만이 가질 수 있는 눈빛이라고 할까. 다른 사람의 행복을 구할 때만 우리의 삶은 '스스로를 넘어서게' 된다. 우리는 그런 초월로 부름받았다.

질케는 칼림퐁의 여학생 쿠슈미타가 특별한 재능 덕분에 최근 뮌헨의 리하르트슈트라우스 콘서바토리움에서 바이올린을 전공하게 되어 너무나 기쁘다고, 하지만 아슈람 학교 음악교육의 효과는 그것에 그치지 않는다고 했다. 그리고 그 지역의 상급학교에서 아슈람 학교의 학생들을 환영한다는 이야기도 해주었다. 상급학교들은 아슈람 학교 학생들의 음악적 재능을 높이 평가하며, 그들이 들어와 학교 오케스트라의 수준을 높여주기를 바란다는 것이다.[12]

재능과 흥미

아이들의 재능을 계발하고, 그들의 진로에 좋은 자극이나 영향을 미치는 건 행복한 일이다. 물론 이런 행복을 경험하는 건 인도에서만 가능한 것은 아니다. 내 아내 클라우디아는 학습 부진 아동들을 위한 특수학교 교사로, 특수교육지원센터[13]에서 일한다. 클라우디아는 이 일에 특별한 사명감을 가지고 있다. 이 센터에

12 다음에서 놀라운 사진들을 볼 수 있다. "Die Geigenkinder vom Himalaja", VIEW-Magazin 02/07(Michael Löwa). 인터넷에서는 다음에서 볼 수 있다. http://www.visum-reportagen.de/fotografen/kontaktbogen/123

13 다음을 보라. http://www.eugen-papst-schule.de

서 클라우디아가 3년 전에 시작한 프로젝트는 교사들과 학생들의 호응 속에 학교의 고정 프로그램이 되었다. 프로젝트의 이름은 BE.IN, 재능과 흥미Begabung und Interessen의 약자다. 우리 부부와 다른 교사들이 알음알음으로 능력 있는 전문가들을 이 프로젝트에 초빙할 수 있었고, 초빙 교사들은 소그룹 수업을 통해 아이들에게 자신들의 능력과 열정을 전수하고, 진로와 삶과 관련하여 여러 가지 자극을 선사하고 있다. 보통 가정에서는 부모들이 자녀들의 미술이나 음악, 운동 능력을 향상하고 창의력을 도모하고자 신경을 쓰고 지원을 한다. 하지만 이 학교 학생들은 대부분 부모의 지원을 받을 수 있는 여건이 안 된다. 사교육비가 너무 비싸거나, 그들의 부모에게는 없는 인맥이나 정보가 필요하기 때문이다.

아내가 얼마 전 수학 수업시간에 아이들에게 간단한 계산 문제를 냈을 때 경험한 일을 이야기해주었다. 동물원 입장요금을 계산하는 문제였는데, 어른 요금과 어린이 요금이 다르다는 점을 감안해, 자기 가족이 총 입장료를 얼마나 내야 하는지 계산해보게 했다. 그러자 한 아이가 대뜸 못하겠다고 하더란다. 그래서 이유를 물으니 짜증 섞인 어조로 말했다는 거다. “어디까지가 가족인지 내가 알게 뭐예요? 우리 엄마와 엄마의 남자친구도 포함시켜요? 그전 남자친구도요? 내가 한 번도 보지 못한 아버지도요? 난 부모가 몇 명인지 잘 몰라요. 그래서 문제를 풀 수 없다고요!”

이곳에는 결손 가정 아이들이 많다. 어떤 집에서는 아버지가 저녁마다 맥주를 많게는 여덟 병씩이나 마시고는 아이들을 앞에 앉혀놓고 호러 비디오를 본다. 전쟁 트라우마에 시달리는 코소보 출신 아이들도 몇 명 있다. 그중 한 아이는 수업이 끝난 뒤 아내를 찾아와 "우리 아빠는 아주 나쁜 짓을 저질렀어요…"라고 했다. 이어 그 아이가 무슨 이야기를 했는지, 아내는 차마 입 밖에 내지 못했다.

한부모 가정에, 그 부모마저도 실업자인 아이들이 많고, 십대 아이 몇몇은 이미 경찰서나 법정에 드나든 경험이 있다. 경제적으로도 힘들고, 아이들을 뒷받침할 사회적 능력도 부족한 가정의 아이들이다. 이런 청소년들을 위해 프로젝트 BE.IN.이 고안되었다. 미술가, 배우, 음악가, 수공업자, 기타 도우미들이 얼마 되지 않는 강의료를 받고 학교에 와서 수업을 해준다.

내 공방의 고객인 바이에른방송 교향악단의 바이올린 주자와 그녀의 친구가 함께했던 한 콘서트가 떠오른다. 두 사람은 게르메링센터에 와서 아이들을 위해 모차르트의 바이올린과 비올라를 위한 이중주를 연주해주었다. 그전에는 클래식 음악을 들어본 적이 없는 아이들이 대부분이었다. 콘서트가 끝나고 열세 살짜리 학생 둘이 내 아내에게 다가오더니 그중 한 학생이 눈을 반짝이며 말했다고 한다. 여태까지 이렇게 아름다운 음악은 들어본 적이 없다고!

BE.IN. 프로젝트를 통해 곡예에 두각을 나타내게 된 한 학생은 쉬는 시간에 환한 웃음을 지으며, 내 아내에게 이렇게 말했다. "슐레스케 선생님, BE.IN.이 있어서 정말 기뻐요. 그렇지 않으면 내

재능을 결코 발견하지 못했을 거예요!"

클레멘트라는 아이는 BE.IN 프로젝트를 마칠 무렵 이렇게 말했다. "이제야 알았어요. 저는 타일공이 되어야겠어요!" 모자이크 타일 워크숍에 참가해 분수대를 모자이크 타일로 장식하는 작업을 한 참이었다. 타냐도 그와 비슷하게 소감문에 이렇게 적었다. "은세공이 가장 마음에 들었다. 잘할 수 있었고, 나의 창의성을 발휘할 수 있었다."

BE.IN.에 (일부는 자원해서) 참여한 예술가와 강사를 통해서 창조적 프로젝트가 제공되었다. 학교의 정규 과정에서는 보통 시간도, 재원도 없어서 진행하지 못하는 프로그램이었다. 디지털 이미지 편집, 디아볼로[팽팽한 줄로 공중에 던져 올렸다가 다시 받는 팽이 모양의 장난감], 축구, 실크 페인팅, 모자이크, 성악, 목공, 만화 그리기, 영어, 그림 그리기, 천연염료 만들기, 연극, 과학실험, 파워포인트, 스트리트 댄스, 브라질 주짓수, 동영상 제작, 폴 댄스, 조각, 야외 스케치, 설치미술, 원예, 마술, 보디스타일링, 메이크업, 모던 댄스, 은세공. 그 밖에도 건물 외벽을 칠하거나, 학교의 휴게공간에 각종 물놀이를 할 수 있는 계곡을 만들기도 했다. 교육학자 안드레아스 플리트너Andreas Flitner는 이 프로젝트에 대해 이렇게 말한다. "아이들에겐 세상에 이르는 신체적·감각적 통로가 필요합니다. 아이들은 공예가이고, 수공기술자이고, 화가이고, 음악가입니다. 달리기와 뛰뛰기도 하지요. 그들의 감각은 세계를 탐구하는 기관입니다. 예술·수작업·운동 활동이 학습에 동반되어야 합니다."

대부분이 아이들이 처음 해보는 경험이었다. 보통은 많은 시간을 거리에서 놀거나, 모니터 앞에서 보냈을 터다. 운 좋게도 프로젝트와 관련하여 금전적 지원을 비롯해, 필요한 재료, 운동기구, 악기 등을 지원해주는 후원자를 찾는 데 지금까지 어려움이 없었다. 수많은 개인이 후원해주었고, 1부 리그에 속한 뮌헨 축구팀의 저명한 축구선수가 프로젝트에 기부를 넉넉히 해주었다.

프로젝트 참여자들에게 동기부여가 된 것은 아이들이 그간의 부정적인 경험을 좋은 경험으로 상쇄할 수 있게끔 중재해주려는 소망이었다. 재능을 발견하고 계발하도록 격려하고, 어려움을 줄여주는 것. 이것은 우리 삶의 의미와 소명과 직결되는 일이다.

하느님과 우리의 관계는 작곡가와 해석자의 관계와 같다. 음악가는 음악의 중재자다. 음악가를 통해 작곡된 내용이 들린다.

세계 순회 연주를 하는 피아니스트 로날드 브라우티함Ronald Brautigam은 스승 루돌프 제르킨Rudolf Serkin에 대해 이렇게 증언한다. "제르킨 선생님은 제게 늘 작곡자의 의도를 전면에 끌어내고, 연주자는 그 배후에 서는 것이 중요하다고 강조했어요. 이런 겸손은 깊은 이해에서 비롯되어야 하고, 그냥 어쭙잖은 태도에 그쳐서는 안 된다고 했지요. 작곡가의 생각이 자신의 생각보다 낫다는 것을 깨달을 수 있어야 한다고 했어요."[14]

14 〈쥐트도이체차이퉁Süddeutsche Zeitung〉 2007년 11월 9일 Nr.258/S. 16. 인터뷰는

우리는 삶을 통해 하느님의 해석자가 되어야 한다. 겸손하게 하느님의 뜻에 순명해야 한다. 하느님의 생각이 우리의 생각보다 낫기 때문이다. 그러나 그것은 깊은 이해에서 비롯되어야 한다. 그리스도의 삶은 하느님의 뜻에 순명하는 겸손으로 점철되어 있었다. 이런 겸손이 바로 그가 위임받은 권위였다. 그리스도는 이렇게 말했다. "아버지께서 하시는 일을 보지 않고는 아들은 아무것도 스스로 할 수 없다. 아버지께서 행하시는 것을 아들도 행한다."(〈요한복음〉 5:19) 다른 자리에서는 이렇게 말했다. "나는 아무것도 스스로 하지 않고, 아버지께서 가르쳐주신 대로 말한다."(〈요한복음〉 8:28)

거룩한 삶으로 부름받은 우리가 하느님을 거슬러 고집스럽게 불신의 길을 가면, 우리는 거룩함을 손상하게 된다. 테제 공동체를 창시한 로저 수사는 이렇게 말했다. "하느님에게서 가장 매력적인 것은 바로 그분의 겸손이다. 권력을 탐하는 모든 행동은 하느님의 표정을 일그러지게 할 것이다."[15]

헬무트 마우로Helmut Mauró.

15 Frère Roger, *Die Quellen von Taizé, Freiburg*, Basel, Wien 2004, S. 12.

내 친구 라인홀트

소명을 이야기하는 이번 장의 마지막에 사랑하는 한 친구 이야기를 하려고 한다. 중요한 본보기가 되어준 라인홀트 이야기다. 많은 현대인이 말을 참 번지르르하게 잘한다. 스스로를 어떻게 포장할지 알고 사교적으로 능숙하다. 그러나 그들은 자신의 이해관계를 넘어서는 수고를 하지는 않는다. 라인홀트는 그와 반대되는 캐릭터였다. 그는 오히려 성격이 모났고, 하지 않아도 될 일들을 하며 즐거워하곤 했다. 그의 집은 작은 조립식 건물로 정말 누추했다. '가구'라고 해봤자 뮌헨의 폐품 수집장에 가면 언제든지 거저 집어올 수 있는 것들이었다. 방 두 칸은 단촐하기 그지 없었다. 우리가 늘 당연하게 구비해놓고 사는 것들이 사실은 삶에 그리 중요한 것들이 아님을 보여주는—의도한 것은 아니지만, 그걸 시위라도 하는 듯한—집이었다. 라인홀트는 진실한 동시에 괴짜 같은 사람이었다. 내가 그의 집을 방문할 때면 그는 자신의 특이한 바이올린 턱받이 모양 등 말하고 싶은 것들을 늘 종이상자나 잡지 한 귀퉁이에 적어놓고 기다리고 있었다. 예전에 그는 오케스트라의 수석 바이올리니스트로 활동했다(마지막으로는 시칠리아의 팔레르모 오케스트라에 있었다). 하지만 그것은 오래전의 일이었고, 그는 이미 60대 초반이었으며 몇 년 전부터 일이 없는 상태였다.

그는 교회를 거부하고 믿음을 갖는 걸 힘들어했지만, 어느 곳이든 어려움이 있는 걸 보면 가만히 있지 못했다. 조금이라도 보탬이 될 수 있으면 성실과 열정으로 그 일을 도왔다. 그는 물질적으로 독일 사회의 최하층에 속했지만 우크라이나인들을 돕는 데 물심양면으로 수고를 아끼지 않았다. 구호물품을 모아서 우크라이나로 보냈고, 1년에 몇 번씩 우크라이나를 방문했다. 음악가로 활동하기 전에 러시아어 교사였기에 우크라이나인들과는 오래전부터 교류가 있었다. 그는 적잖은 우크라이나 친구들이 뮌헨 병원에 와서 수술받도록 주선해주었다. 체르노빌 참사로 인한 끔찍한 후유증에 시달리고 있는 사람들이었다. 그는 그런 우크라이나인들이 독일에서 치료받을 수 있도록 모금활동을 했고, 여러 번에 걸친 끈기 있는 설득작업 끝에 뮌헨의 의대 교수들이 우크라이나인 몇 명을 무료로 수술해주게끔 했다. 병원 측에서 허락하면, 자선 연주회를 열어 모금하기도 했다.

그는 둥근 활Rundbogen을 써서 바로크음악을 새롭게 연주했다. 그렇게 연주하는 것은 정말 어렵다. 화음이 깨지지 않고, 네 현이 동시에 소리를 내기 때문이다. 왼손에는 정말이지 구사하기 힘든 도전이 된다. (오른손 엄지로는 활털을 팽팽하게 당겨준다. 그렇게 하여 원하는 경우 둥근 활인데도 스피카토[손목을 움직여 활을 튀게 함으로써 음을 가늘고 짧게 끊는 주법]를 연주할 수 있다.) 그가 내 공방에서 콘서트를 했을 때 모인 사람들은 바흐의 소나타 독주를 이렇듯 독특하고 독창적으로 연주하는 걸 들을 수 있었다. 바이올린 한 대가 4성부를 연주하며, 비브라토 없는 고요함과 오르간처럼 웅장한 소리로 공간을 채운다. 공연을 본 관객들은 그의 자선활동을 위해 후한 모금을 해주었다. 라인홀트는 그런 일에서 헤어 나오지 못했다. 사실 그는 오래전부터 그만두고 싶어 했다. 힘들었기 때문이다. 하지만 그만두지 못했다. 계속 도움이 필요한 사람들을 알게 되었고, 못 본 척하지 못했다. 어딜 가든 그는 빠르게 친구가 되었다. 이것만 하고 그만둬야지. 저것만 더 해야지. 그러나 결코 끝이 없었다.

언젠가 누군가 이렇게 탄식하듯 말했다. "우크라이나의 형편은 너무나 좋지 않아요. 아무리 도와줘도 밑 빠진 독에 물 붓기예요. 뜨거운 돌에 찬물 한 방울 떨어뜨리는 것밖에 되지 않는다니까요." 그러자 라인홀트는 빙그레 웃더니 이렇게 말했다. "많은 사람의 어려운 형편을 모두 더해서 생각해서는 안 되지요. 한 사람 한 사람의 어려움은 그 자체로 온전한 어려움이에요. 어려움을 모두 합산해서 보기라도 해야 한다는 듯, 이렇게 어마어마한 어려움이 있으니 작은 도움은 소용없다고 말하는 것은 말이 되지 않아요. 한 사람을 도와주는 것은 그에게는 온전한 도움이 됩니다."

라인홀트는 예기치 않게 갑작스레 세상을 떠났다. 라인홀트가 세상을 떠나기 한 달 전쯤 함께 시간을 보낼 수 있었던 게 다행으로 여겨진다. 그날 우리는 평소보다 좀 더 오랜 시간을 함께하며, 뷔름 계곡의 작은 강인 뷔름에서 수영을 했다. 그 계곡은 내 공방의 동쪽 벽을 지나 암페르 쪽으로 이어진다. 우리는 햇빛이 환하게 비쳐드는 나뭇잎들 아래서 전력을 다해 2분 정도 물결을 거스르며 200미터쯤 간 다음, 헤엄쳐 내려오기를 반복했다. 그런 다음

피자를 먹으러 갔다. 우리는 그 저녁에 신앙 이야기를 많이 했다. 라인홀트는 잘 들어주었지만, 믿음을 받아들이지는 못했다. 그의 눈에 교회는 수백 년에 걸친 권력 남용과 관용적이지 못한 태도, 부의 축적으로 자가당착에 빠져 있었으니까.

나는 우연히 신문의 짧은 부고란을 통해 라인홀트가 세상을 떠났다는 사실을 알게 되어 장례식에 참석했다. 그는 혼자 살았고, 화장터에서는 예배도 없었다. 찬송가 하나 불리지 않았다. 연락처 목록 같은 것을 남기지 않았으니 누가 그의 지인들에게 연락할 수 있었겠는가. 우크라이나 친구들이 장례식에 올 수는 없었지만, 현지에서 자체적으로 기념 예배를 드렸다는 소식이 그나마 위안이 되었다. 나는 라인홀트를 위해 기도하며 '그가 하늘나라에 쌓은 보화가 내가 쌓은 것보다 더 많구나!' 생각했다. 물론 보화를 쌓는다는 표현은 좀 그렇다. 하지만 나보다 훨씬 믿음이 없으면서도 나보다 훨씬 선한 일을 많이 하는 사람을 알고 지냈던 건 정말 특별한 경험이었다. 그런 삶은 세상에 태어나 주어진 몫을 다하는 그의 방식이었다. 그리고 그것이 바로 그의 믿음이었다고 해야 할 것이다. 얼마나 크나큰 믿음이었는지! 나는 기도 중에 예수의 면전에 라인홀트를 세우며, 그가 〈마태복음〉 25장이 이야기하는 사람들과 더불어 서 있는 모습을 눈에 그려보았다. 〈마태복음〉 25장에서는 최후의 심판 날에 그리스도를 만나 놀라서 이렇게 대답하는 사람들의 이야기가 나온다. "제가 언제 당신께 음식을 드리고 당신을 찾아갔습니까? 언제 당신에게 입을 것과 신발을 드렸습니까? 언제 당신이 병드신 것을 보고 돌봐드렸습니까?"

라인홀트는 우크라이나 시골의 작고 열악한 우리에 갇혀 괴로워하는 갈색곰을 보고 안쓰러운 마음에 그 곰이 다른 동물원의 더 크고 더 쾌적한 우리에서 지낼 수 있도록 주선해주었다. 음악성이 뛰어난 어린 우크라이나 소녀에게 바이올린을 선물해주기도 했다. 그 소녀의 어머니는 바이올린을 가르치는 교사였지만 7개월째 월급을 받지 못한 채 두 딸을 먹이기 위해 맨발로 시장 구석에서 바닥에 떨어진 채소들을 모으는 형편이었다. 이 모두가 예수 그리스도를 위해 한 일이었다고 예수는 말씀하시지 않을까.

일반적으로 선행을 베푸는 사람들이 자기 의로움을 내세우기 쉬운데 라인홀트는 그런 의식이 없는 사람이었다. 그는 오히려 무기력하게 웃으며, 그런 일을 그만두지 못하는 걸 괴로워했다. 그는 정작 그런 일에서 빠져나올 수가 없었다. 나는 그의 장례식에서 앞의 〈마태복음〉 말씀을 상기하며 그의 삶을 기렸다. 그의 장례식에는 설교도 없었고, 문상객도 손가락으로 꼽을 정도였기 때문이다. 다시 한번 그를 기리며 이사야 선지자의 말(〈이사야〉 58)을 적어볼까 한다. 이 구절은 몇천 년 전에 쓰였지만 여전히 시효를 잃지 않았다.

> 목청껏 소리를 질러라, 목소리를 아끼지 마라! 나팔처럼 목소리를 높여, 내 백성에게 그들의 허물을, 야곱의 집에 그들의 죄를 알려라! 그들이 날마다 나를 찾아와 나의 길을 알고 싶어 한다. 마치 그들이

정의를 행하고, 하느님의 법을 떠나지 않았던 백성이기라도 한 것처럼 말이다. 그들은 내게 법을 구하고, 하느님이 가까이하시기를 원한다. '우리가 금식하는데 주께서 왜 보지 않으십니까? 우리가 마음을 괴롭게 하는데 하는데 주께서 왜 알아주지 않으십니까?' 한다.
보라. 너희가 금식하는 날에 이익을 좇으며, 너희 일꾼들을 압제한다. 보라. 금식하면서 서로 옥신각신 다투며, 패역한 주먹으로 친다. 너희 목소리가 하늘에 상달되기를 원한다면, 이런 금식일랑 집어치워라. 그것이 내가 기뻐하는 금식이겠느냐, 머리를 갈대처럼 숙이고, 굵은 베를 두르고, 재를 깔고 눕는다고, 그것이 고행의 날이 되겠느냐? 그것을 금식이라 부르고, 주가 기뻐할 날이라 하겠느냐?
내가 기뻐하는 금식은 부당하게 잡아들인 이를 풀어주고, 속박에서 해방하는 것이다. 너희가 압제하는 이들을 자유롭게 해주고, 모든 멍에를 부숴버리는 것이다.
굶주린 자에게 양식을 나누어 주고, 집 없이 떠도는 빈민을 집으로 들이며, 헐벗은 자를 보면 입히고, 자신의 혈육을 모르는 체하지 않는 것이다.
그리하면 네 빛이 새벽 동이 터오듯 비칠 것이며, 네 치유가 빠르게 이루어질 것이다. 네 정의가 네 앞에 행하고 주의 영광이 네 뒤를 호위할 것이다. 그제야 네가 부를 때 나 야훼가 응답할 것이다. 네가 부르짖을 때 내가 여기 있다 할 것이다. 만일 네가 너희 중에 아무도 압제하거나 손가락질하거나 못된 말을 하지 않고, 굶주린 자에게 마음을 쓰고, 비참한 자를 흡족하게 해준다면, 네 빛이 깜깜한 데서 떠올라 네 어둠이 대낮과 같이 될 것이다. 주께서 항상 너를 인도하여 메마른 곳에서도 네 영혼을 만족하게 하며 네 뼈를 튼튼하게 할 것이므로, 너는 물 댄 동산 같고 물이 끊어지지 않는 샘 같을 것이다.

맡겨진, 그리고 기대되는

생명이 원래 우리 것이 아님을 아는 건 왜 그리 어려울까. 우리는 계획해서 이 세상에 온 것이 아니며, 우리 스스로를 만들지도 않았다. 우리는 삶의 상태를 확정해놓을 수도, 죽음을 막을 수도 없다. 그렇다. 우리는 생명을 '가진' 것이 아니다. 생명은 짧은 시간 동안 우리에게 선사된 것이며, 죽을 때 도로 돌려주게 될 것이다. 그것은 결코 우리에게 속한 것이 아니기 때문이다. 생명이 우리에게 속했다면 마땅히 그것을 유지해야겠지만, 우리는 잠시 세상에 와서 살다 가는 존재다.

우리의 가능성은 미약하고, 우리의 때는 시들어간다. 세월은 빠르게 흐르고, 많은 꿈은 미처 실현하지 못한 상태에서 빛이 바랜다. 어떤 확신이 나를 인도하고, 이끌어야 할까?

우리의 생명은 매일매일 우리에게 맡겨진다. 그뿐만이 아니다. 우리에게 매일매일 삶이 기대된다! 어느 날 우리가 이런 기대와 신뢰에 어떻게 응답했는지를 깨닫게 될 것이다. 이웃의 행복과 하느님의 기쁨을 구한다면 최선을 다한 삶이 될 것이다. 그러나 인생에서 그저 자신의 것만을 추구한다면, 모든 것이 물거품이 될 것이다. 내게 생명이 주어진 것은 내가 다른 사람에게서 생명을 보고, 살피고, 살리고, 사랑하도록 하기 위함이다. 우리는 정기적으로 서로를 바라보며 자문해야 한다. "통하여 나는 소리! 당신을 통해 무슨 소리가 나는가?"

얼마 전에 그로센 발저탈의 세인트 게롤트 교구에서 사흘간 고요한 시간을 보냈다. 5월의 따뜻하고 청명한 날이었다. 수도원 연못 쪽으로 가파른 내리막길을 내려가다 산을 올려다보자 얼굴에 따뜻한 봄 햇살이 느껴졌다. 시냇물 소리가 들렸고, 햇빛을 받은 싱그러운 연둣빛 나뭇잎들이 눈에 들어왔다. 그때 하느님이 내 마음에 이렇게 말씀하시는 듯했다. "자 보아라! 주변을 둘러보아라. 내가 널 위해 이 모든 걸 창조했다! 하지만 너만은 너를 위해서가 아니라 다른 이들을 위해 창조했단다!"

7장

막힌 소리

사랑하는 자와 그로 인해 고통당하는 하느님에 대한 믿음

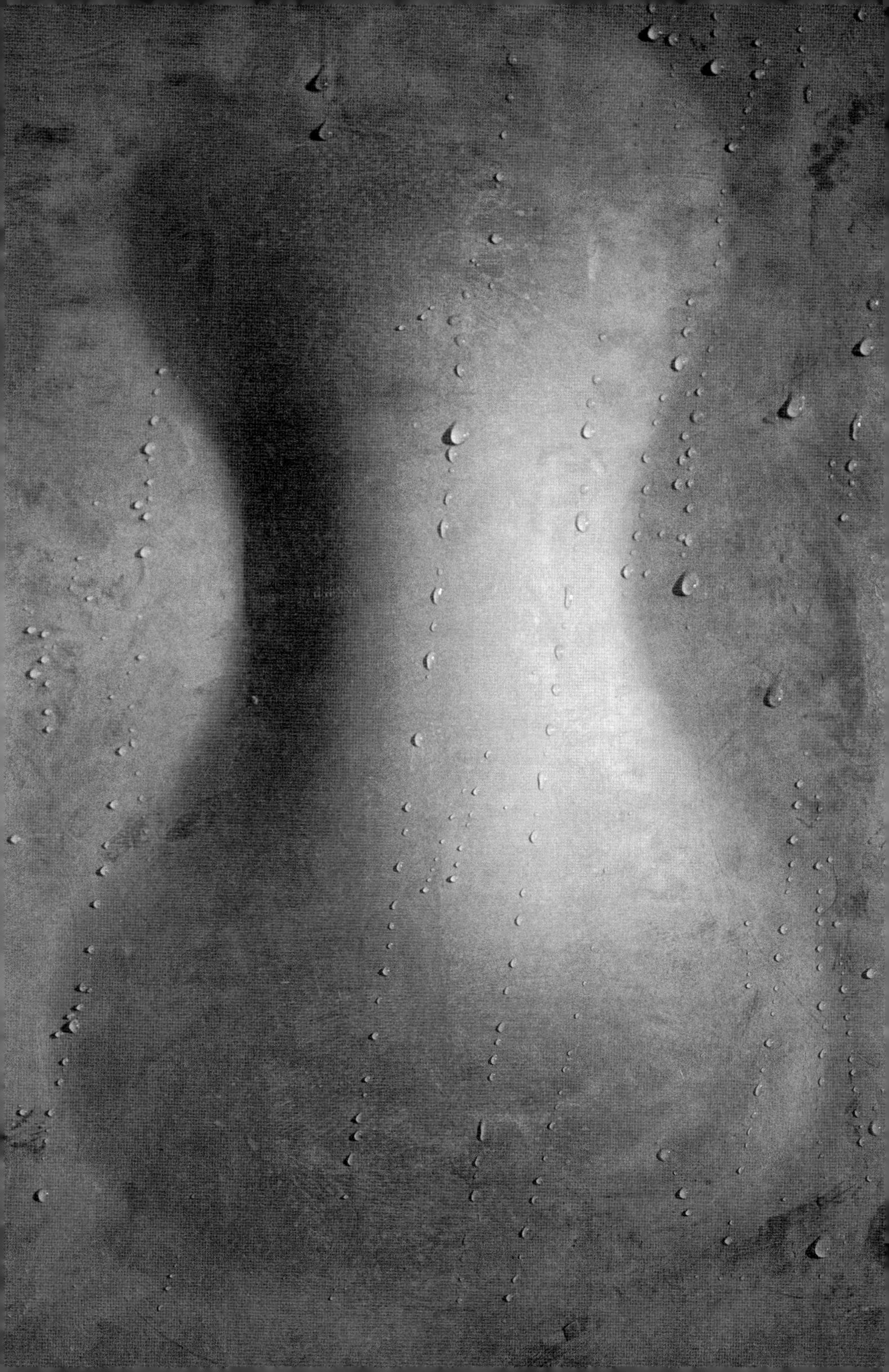

"추수 때까지 둘 다 함께 자라도록 내버려두자."

〈마태복음〉 13:30

◐

이번 장에서 소개할 막힌 울림에 대한 비유는 신앙의 가장 내밀한 것들에 대한 개인적인 생각이다. 어디선가 이런 말을 들었다. 하느님의 마음에는 바깥쪽 방과 안쪽 방, 두 개의 방이 있는데, 안쪽 방에는 고통과 울음이 숨겨져 있다는 것이다.[1] 때때로 하느님은 우리에게 안쪽 방을 들여다보게 해준다. 그러나 우리가 견딜 수 있도록 그 방을 비유 속에 감추신다. 막힌 소리의 비유는 이런 아픔에 관한 것이다. 이 비유는 오랜 시간에 걸쳐 형성된 나의 하

1 나는 이것이 《탈무드》에 나오는 말이라고 생각했다. 하지만 랍비 바루흐 Baruch ben Mordechai Kogan에게 문의하자 그는 내게 이렇게 써 보냈다. "아주 근사한 말이로군요. 하지만 《탈무드》나 다른 곳에서 이런 말을 보지는 못했어요. 《탈무드》에 나오는 말은 아닌 것 같습니다. 유대교적 표상으로는 하느님의 마음 안쪽에 다함이 없는 기쁨이 숨겨져 있다고 봅니다. 아픔도 고통도, 죽음도 없는 미래의 세계, 즉 하늘나라가 그곳에서 완성되니까요. 하지만 이런 현실이 드러날 때까지, 영원자는 상복을 입은 것처럼 자신을 감춥니다"(개인적으로 보내준 말, 2009년 5월).

느님 이해를 보여준다.

소리 조율

바이올린 마이스터는 악기를 제작할 뿐 아니라, 고객들의 악기를 손봐준다. 악기의 소리를 조율하는 것은 바이올린 마이스터가 하는 일 중에서 가장 어려운 과제에 속한다. 외면의 아주 미세한 조절이 바이올린 소리에 민감하게 영향을 미치기 때문이다. 좋은 악기는 울림기둥soundpost이나, 줄받침bridge, 지판에 약간 변화를 주거나 수정을 해도 민감하게 반응한다. 접착 부분이 살짝만 떨어져 나가도, 온도나 습도가 조금만 변해도 소리가 달라진다. 아주 훌륭한 악기에도 때때로 심각한 문제가 생겨 음악가를 힘들게 한다(어떤 악기는 굉장히 까다로운 디바와 같다). 그럴 때 바이올리니스트, 비올리스트, 첼리스트는 내게 와서 도움을 청한다. 음악가들은 내 작업대 위에 악기를 올려놓으며 곧잘 말실수를 한다. 즉 악기를 '병원'에 맡기러 왔다고 말하는 것이다. 그러고 나서 얼른 병원이 아니라 공방으로 수정한다. 사실 많은 음악가에게 이런 상황은 병원을 방문하는 것과 비슷하기 때문에 그런 단어가 불쑥 튀어나오는 것이다. 며칠간 내 공방에 악기를 맡기고 갈라치면 그들은 전신마취된 자녀를 수술대에 올려야 하는 부모처럼 불안해한다.

조율을 하려면 지식과 경험과 좋은 귀가 있어야 한다. 그리고 음악가들과 그들의 악기를 대하려면 무엇보다 신경줄이 튼튼해야 한다. 하지만 조율은 동시에 가장 매력적인 일이다. 그런 만남들을 통해 비로소 나는 듣는 것을 배웠다.

어느 날 독일의 유명한 오페라 오케스트라의 솔로 첼리스트가 찾아왔다. 나는 전에도 그를 만난 적이 있었고, 그의 노래하는 듯한 감각적인 음색에 늘 압도되곤 했다. 당시 내 공방은 뮌헨 레헬 구역의 아르누보 건축양식으로 된 건물 맨 위층에 있었다. 층고가 높았고, 한쪽 창문으로는—밖에서는 보이지 않는—세인트 안나 수도원의 채소밭이, 다른 쪽 창문으로는 뮌헨 시내의 예쁜 지붕들이 훤히 내려다보였다.

첼리스트는 첼로를 들고 5층까지 계단을 올라 초인종을 누르고 공방에 들어오더니 털썩 주저앉았다. 아주 지쳐 보였다. 그가 입을 연 순간, 나는 그가 그렇게 지쳐 보이는 것이 첼로를 들고 5층까지 계단을 올랐기 때문이 아니라, 악기 때문이라는 걸 알았다. 며칠 후면 중요한 솔로 연주가 있는데 A현이 완전히 막힌 소리가 난다는 것이었다. 이래서는 더 이상 음을 제대로 낼 수 없으며 소리가 생기를 잃었다고 했다. 자신은 이 첼로를 잘 알고 늘 함께 해왔는데, 전에는 음이 늘 막힘없이 피어났고 높은 음역에서 빛나는 소리가 났는데, 이제는 솔로 연주를 할 수 없을 지경이라고 했다(오래전의 일이라 정확히 기억나지 않지만, 솔로 연주 곡목이 차이콥스키Pyotr Ilich Tchaikovsky의 '백조의 호수'였던 듯하다). 그는 계속해서 말을 멈추고 나를 쳐다보고는, 내가 그의 말을 제대로 알아들었는지를 확인했다. 그는 악기로 온갖 시도를 다 해보았고 충격을 받은 상태였다.

괴로움을 토로하며 계속 같은 부분을 반복해서 연주해 보이는 그의 모습이 내게는 거의 장애를 갖게 된 사람처럼 다가왔다! 이런 음악가에게 악기는 신체의 일부분이나 마찬가지다. 첼로의 음이 변한 것을 이야기할 때 그는 자신의 오른팔이 마비되거나 손가락이 아픈 것처럼 말했다. 다르지 않다. 악기는 신체의 연장선상에 있다. 악기는 음악가의 일부다. 음악가는 악기로 자신의 모든 것을 표현하기 때문이다. 악기는 그의 목소리다.

첼리스트가 괴로운 표정으로 나의 공방에 앉아 첼로를 연주하는 모습을 보고 그가 얼마나 상심했는지를 느끼는 순간, 나는 충격적인 깨달음을 얻었다. 일종의 계시의 순간이었다고 할까? 그 순간 하느님은 음악가의 고통을 매개로 내게 하느님 자신의 본질적 특성을 알려주셨다. 나는 그 첼리스트 안에서 하느님의 모습을 보았다. 여기서 막힌 소리에 대한 비유가 탄생했고, 이 비유는 그때부터 나를 떠나지 않고 하느님과의 관계를 변화시켰다.

나는 그 첼로를 아주 잘 알고 있었다. 옛날 이탈리아 밀라노의 마이스터인 조반니 그란치노Giovanni Grancino(1666~1726경)의 작품이었다. 대담한 윤곽에 놀라운 깊이가 느껴지는 황금색 칠이 되어 있는 첼로였다. 이 특별한 첼로의 물질적 가치는 몇십만 유로에 달한다. 확인해보니 정말로 A현의 소리가 만족스럽지 않았다. 가장 높은 음역을 담당하는 현이 막힌 소리가 났다. 조금이라도 발산력 있는 소리를 내려면 굉장히 애를 써야 했다. 자유로운 소리와는 거리가 멀었다.

첼리스트는 줄을 여러 번 다른 것으로 갈아보았지만 전혀 소용이 없었다고 했다. 그러면서 희망을 안고 찾아왔다며 내가 도와줄 수 있을지 물었다. 나는 그러겠다며 틀림없이 문제를 해결할 수 있을 거라고 말했다. 그러면서 그 순간 어디서 이런 말을 할 용기가 생겼을까 하고 스스로 흠칫 놀랐다. 사실은 어떻게 접근해야 할지 확신이 없었기 때문이다. 이런 일은 결코 확신할 수 있는 일이 아니다. 그러기에는 일이 상당히 복잡하다. 하지만 이전의 경험들에 비추어 울림기둥에 변화를 주고 줄받침을 다르게 깎음으로써 소리를 새롭게 조율할 수 있으리라고, 그러면 다시금 자유롭고 열린 소리가 나게 할 수 있으리라고 희망했다.

음악가는 자유롭고 열린 소리를 동경한다. 소리가 둔탁하고, 답답하고, 막혀 있을 때는 애를 써도 아무것도 되지 않는다. 악기는 반응해야 한다. 어려움 없이 어두워질 수 있어야 하고, 피어나고, 빛을 발하고, 필요하면 소리를 지를 수 있어야 한다. 답답하고 막힌 것만이 고통스럽다.

음악가는 악기를 내게 맡기고 갔고, 나는 그 악기를 작업대에 놓고 한동안 전체를 살펴보았다. 줄받침은 별 문제가 없어 보였다. 울림기둥도 정상 범위에 있었다. 무엇이 잘못된 것일까? 이미 이야기했듯이 종종 미세한 변화나 뒤틀림이 음을 망친다. 더 이상 어찌할 바를 모를 때면 언제나 그렇듯, 이번에도 나는 공방을 나와 세인트 안나 교회로 갔다. 세인트 안나 교회는 공방에서 2분 거리에 있었다. 아주 웅장하고, 여름이면 기분 좋게 서늘한 공간이었다. 반원형 벽감에는 그리스도의 모습이 담긴 대형 모자이크 성화가 있었다. 나는 홀로 장의자에 앉아서 내적 통찰과 영감을 구했다. 그곳에서 시간을 보낼 때면 힘이 나고 기운이 샘솟곤 했다. 그곳은 바쁜 일상에서 물러나 있을 수 있는 내면의 고향이었다. 그렇게 나는 내면으로 귀를 기울였다.

15분쯤 지나 다시금 작업실로 돌아와 현을 풀고, 용기를 내어 새로운 줄받침과 울림기둥으로 작업을 시작했다. 이탈리아 바이올린 제작자들은 울림기둥(또는 그냥 '소리')을 '아니마Anima(혼)'라고 부른다. 그것은 아주 작은 둥근 나무로, 앞판과 뒷판 사이에 위치하여 두 진동 시스템을 서로 이어주는 역할을 한다. 그렇게 공명이 연결되어야만, 몸통의 공명이 필요한 비대칭을 얻고, 줄받침이 앞판 위에서 춤추듯 진동하는 데 필요한 저항을 얻는다.

그런데 작업을 시작한 지 20분도 지나지 않아 전화가 울렸다. 첼리스트였다. 그는 결코 방해할 마음은 없고 내가 문제를 잘 해결해줄 것으로 믿지만, 만약 잘되지 않으면 예전의 줄받침과 울림기둥을 잘 보관해달라고, 그래서 여의치 않은 경우 그냥 기존의 상태를 복원할 수 있게 해달라고 했다. 그 전화는 나의 자신감을 그리 북돋워주지는 않았다. 나는 음악가를 안심시키고, 그럴 필요는 없을 테지만 일단 알겠다며 기존의 줄받침과 울림기둥을 잘 보관해놓겠다고 전했다.

전화를 끊은 지 15분도 되지 않아 다시 전화벨이 울렸다. 그는 한 가지만 더 이야기하고 싶다며, 전에 자신이 상당히 존경하는 바이올린 마이스터에게 그 첼로를 맡겼었는데, 이후 첼로가 거의 톱을 켜는 듯한 소리가 났다면서, 내가 손보고 나서 혹시 그런 일이 생기지 않을까 우려를 표했다. 나는 첼로가 틀림없이 좋은 소리를 되찾게 될 거라며 그를 안심시키며 내가 무엇을 해야 할지 잘 알고 있다고 말했다.

내 공방에 앉아 있을 때 이 첼리스트는 마치 나의 도움이 필요한 신체장애인처럼 느껴졌다. 나는 그의 얼굴과 몸짓, 그리고 소리를 내기 힘들어하는 모습을 보았다. 그가 악기를 가지고 연주하는 모습을 보았을 때, 마치 하느님이 자신의 고통을 보여주는 듯한 느낌이었다. 첼리스트가 악기로 인해 힘들어하는 것처럼, 하느님도 그러하시다는 확신이 들었다. 우리가 악기로 인해 괴로워하듯, 하느님도 괴로워하신다. "왜 너의 음으로 더 이상 들어갈 수가 없을까? 우리가 함께했던 시간은 어디 있을까? 너는 한때 열려 있었다. 그러나 이제 네 영혼은 생기가 없다. 왜 이런 막힘, 이런 저항이 있을까?"

그 모든 것은 단순한 생각이 아니라, 내적인 느낌이자 내적 들음이다. 한순간 하느님의 고통과 하느님의 아픈 마음이 느껴지는 듯했다. 그 이래로 나는 하느님의 영은 섬세하고 민감하며 상할 수 있음을 알았다. 우리가 사랑하는 자가 되려면 성령의 권능이 아니라, 성령의 겸손함과 온유함을 헤아려야 하는 것 같다. 우리는 하느님의 고통을 보아야 한다. 이제 이어지는 내용이 약간 두서가 없을지도 모르겠지만, 나는 이에 대해 이야기를 좀 하고 싶다. 이 글을 통해 이런 고통이 상호성에 근거하고 있다는 사실도 드러날 것이다. 우리 역시 하느님으로 인해 고통스러워하기 때문이다. 그렇게 될 수밖에 없다.

열린 질문들

비유를 계속 진행하기 전에 잠시 이 비유가 무엇을 겨냥하는지 루트를 분명히 하고 가야겠다. 가파른 곳을 등반할 때 하켄을 박아놓듯이 말이다.

이 비유는 이 책이 소개하는 가장 긴 비유가 될 것이며, 다른 어떤 비유보다 기독교 신앙의 본질적인 부분을 건드릴 것이다. 나는 그 첼리스트의 얼굴과 그가 악기를 다루는 모습에서 하느님의 고통을 보았다. 그것을 다양한 시각에서 조명하고 다음과 같은 질문을 던지려 한다.

하느님의 고통에 대해 이야기한다는 것은 무엇일까? 이것은 어떤 방식의 고통일까? 내가 하느님을 걱정해야 하는 것일까? 예수 그리스도가 '섬기는 왕', '고난당하는 의로운 자, 하느님의 종'이라고 말할 때 우리는 그리스도 안에서 무엇을 보는 것일까? 전능한 하느님이 왜 아들을 십자가에서 죽게 내버려두는 것일까? 하느님은 자신을 위해 그 일을 필요로 하는 것일까? 하느님은 개입하지 않는다! 대신에 공격(로마인들), 냉소(독실한 척하는 사람들) 체념(제자들)으로 이루어진 악의 삼두체제가 난입한다. 하느님이 개입하려 하지 않으신다면, 어떻게 사랑의 하느님을 믿을 수 있을까? 개입할 수 없다면 하느님의 전능성은 어떻게 된 것일까? 그는 할 수 없는 것일까, 하려고 하지 않는 것일까? 아니면 그는 그 어두운 곳에 계시지 않는 것일까?

당시나 지금이나 사람들은 이렇게 묻는다. 어떻게 끔찍한 십자가에서의 죽음에 구원이라는 의미를 부여할 수 있냐고! 그것은 이상한 생각이 아닐까? 그런 생각은 희생제사나 신들에 대한 두려움으로 점철된, 인류의 고대 유산이 아닐까? 계몽된 이성적인 인간으로서, 끔찍한 고통을 통한 구원에 대한 믿음이 중심을 이루는 종교나 신을 믿을 수 있을까? 하느님은 세상에 노하지 않기 위해 십자가에 못 박히는 희생제물을 필요로 하는 것일까? 성서는 이런 질문에 어떤 해석을 제시하고 있을까? 기독교 외부의 현자(서구의 플라톤Platon, 동양의 노자老子)들은 뭐라고 말할까?

이 비유의 마지막에 더 개인적인 물음을 다루려 한다. 이런 고통과 아픔은 나 자신을, 나의 세계관과 하느님과의 관계를 어떻게 변화시킬까? 이런 질문이 기독교 신앙의 핵심으로 인도하며, 마음과 뜻을 다해 그에 대답하는 것이 신앙에 필수적이라고 확신한다.

잡초와 알곡

〈마태복음〉의 산상설교에서 예수는 말씀하신다. "하늘에 계신 너희 아버지가 완전하신 것처럼 너희도 완전해야 한다."(〈마태복음〉 5:48) 어떻게 보면 믿기 힘든 문장이다. 하느님이 '완전'하시다고 말할 때의 그 자명함이 낯설게 다가오기 때문이다! 우리는 이 세상의 모든 불의와 비참함을 보고 묻는다. 전능하고 선한 하느님이 왜 이런 걸 내버려두시냐고? 하느님이 있다면 왜 세상에 이런 일이 있는 거냐고? 그렇게 묻는 것은 불신앙이 아니다. 신앙생활에 필요한 솔직함이다. 질문 없는 믿음, 폐쇄적인 신앙은 독실해 보일지는 몰라도, 결코 진실하지 않을 것이기 때문이다. 전능한 하느님이 모든 것을 창조했다면, 삶을 힘들고 비참하게 만들고, 파괴하고, 훼손하고, 위협하는 이 모든 불행은 어디에서 연유하는 것일까?

예수는 한 비유에서 이런 이야기를 하신다. 어느 날 농부가 밭에 좋은 씨를 뿌렸다. 그런데 사람들이 잘 때 원수가 와서 밀밭에 가라지를 뿌렸다. 가라지와 밀은 유사한 종이라 가라지는 밭에서 아주 무성하게 자랐다.

이를 보고 종들은 분개해서 농부에게 와서 말한다. "주인님이 뿌린 것은 좋은 씨가 아니었습니까? 이 가라지들은 다 어떻게 생긴 걸까요? 이렇게 내버려두시면 좋지 않아요." 주인이 말한다. "원수가 그랬구나." 종들이 말한다. "그러면 저희가 가서 뽑아버릴

까요?" 그러자 주인은 이렇게 말한다. "가만두어라. 가라지를 뽑다가 밀까지 뽑으면 어떻게 하겠느냐? 추수 때까지 둘 다 함께 자라도록 내버려두자. 그런 다음 추수 때가 되면 가라지는 모아서 불에 태우고, 알곡은 내 창고에 들이자."(〈마태복음〉 13:24~30)

주인은 잡초를 뽑지 않는다. 그는 신중하다. 하지만 알곡에 대한 무관심에서 그러는 것이 아니라, 지혜에서 그러는 것이다. 예수님은 세상에 악이 횡행하는 이유는 설명하지 않는다. 그러나 하느님의 신중함을 이해할 것을 권유한다. 하느님이 신중한 이유는 우리를 살리고자 하기 때문이다. 우리 내부에서 잡초와 알곡은 그리 멀리 떨어져 있지 않다. 우리는 내면 깊숙이 숨겨진 뿌리를, 우리 마음의 부패를 잘 알지 못한다. 예레미야 선지자는 말한다. "마음은 거짓되고 부패하니 누가 능히 알 수 있을까?"(〈예레미야〉 17:9) 우리는 알 수 없다는 것, 이것이 농부가 섣불리 가라지에 손대지 말라고 하는 이유다. 우리는 사람의 마음을 알 수 없다. 만약 알 수 있다면, 비유에서 주인은 종들에게 이렇게 명했을 것이다. "당장 나쁜 것을 뽑아버려라! 어서!" 바로 이것이 종교적 광신주의의 원칙이다!

그러나 예수의 비유는 우리에게 다른 것을 가르쳐준다. 곡식과 가라지는 굉장히 비슷해 보인다. 참 믿음과 왜곡된 믿음도 그러하다. 진정한 겸손과 거짓 겸손도 그러하다. 참된 평안과 뭘 모르는 순진함에서 비롯되는 태평함도 그러하고, 거룩한 초연과 악의적인 무관심도 그러하다. 진정한 자유와 숨겨진 애착장애도, 진정한 희망과 값싼 위로도, 필요한 경외심과 비굴한 굴종도, 솔직한 사랑과 두려움에서 비롯된 친절도, 안정감 있는 친숙함과 마비적인 익숙함도, 진정한 확신과 거짓 자신감도 그러하다. 지크프리트 치머Siegfried Zimmer는 이 비유를 숙고하는 가운데 그런 양면성을 이야기한다.[2] 모든 것이 속아 넘어갈 정도로 비슷하다. 그러나 뿌리부터 다르다. 하지만 누가 숨겨진 뿌리를 알 수 있을까? 방금 인용한 〈예레미야〉는 그 질문에 답을 준다. "야훼만은 그 마음을 꿰뚫어보고 배 속까지 환히 들여다본다."(17:10) 다른 말로 하자면 이것이다. 너, 인간아, 너는 할 수 없다! 그러므로 하느님은 우리가 아무리 분개할지라도, 우리에게 베는 낫을 주지 않는다. 우리는 서로를 판단하라고 부름받은 것이 아니다. 이런 마음으로 농부는 종들에게 베지 말라고 한 것이다. 좋은 일을 한답시고 함부로 판단하며 힘의 낫을 휘두르는 믿음은, 오히려 잡초를 뿌린 악한 자의 뜻이 성취되도록 돕는다. 어리석은 자들이 열심과 자기 의로움으로 가득 차 나쁜 것에 분노하는 가운데 좋은 것도 함께 파괴해버리는 것. 그것이 바로 악한 자가 의도하는 것이다.

농부는 좋은 씨를 뿌렸다. 들에서는 알곡과 잡초, 이 두 가지가 다 자랄 수 있다. 우리는 알곡을 내도록 부름받았다. 즉 다른 사람들의 생명을 북돋우는 이가 되도록 부름받았다. 알곡은 사람을 살리는 것이기 때문이다. 그것은 궁핍한 자를 강하게 해주고, 약한

2 Siegfried Zimmer, *Nachteulen-Gottesdienste*, Stuttgart, Zürich 2001, S. 110.

자를 세워주고, 상한 갈대를 꺾지 아니하며, 꺼져가는 등불을 끄지 않고 사랑으로 불꽃이 다시 살아나도록 북돋워주는 것을 의미한다.

마 음

알곡과 잡초의 뿌리는 서로 얽힌 채 자란다. 좋은 생명력과 어지러움을 유발하는 가라지가 함께 얽혀 있다. 인류의 모든 문화는 이런 '밭'을 알고 있으며, 예부터 그 밭을 '마음밭'이라 칭해왔다.[3]

마음을 통해 인간의 '소리'가 발산된다. 그래서 아무리 훌륭한 악기라도 조율이 필요한 것처럼 우리 마음도 조율이 필요하다. 우리 마음에서도 뭔가가 살짝 밀려났거나 뒤틀려 있을 수 있다. 동시대의 사회적·도덕적 분위기, 그리고 일상에서 우리에게 가해지는 요구와 실망 같은 것과 무관하게 살아갈 수 없기 때문이다. 일상에서 받는 스트레스가 우리에게 흔적을 남긴다. 기원전 6세기의 노자는 말한다. "인간의 마음은 고꾸라질 수도 있고, 들쑤셔질 수도 있다. 고꾸라진 마음은 사로잡힌 죄수와 같고, 들쑤셔진 마

3 《도덕경道德經》의 81장 중 세 장은 인간의 마음을 '마음밭心田'이라고 본다. 신약성서의 그리스어 원문에 마음을 뜻하는 카르디아kardia라는 단어는 148번 등장하고, 구약성서에는 273번 등장한다. 그중 55번이 모세오경에서, 80번이 〈이사야〉에서 〈말라기〉까지의 예언서에서 나온다.

음은 미치광이와 같다."[4] 둔탁하고 막힌 음이 나거나 경박하고 시끄러운 음이 나는 악기는 조율해야 하는 것처럼, 우리의 내면세계도 마이스터의 작업에 의존한다. 우리 역시 일상을 살아가는 가운데 우리를 고꾸라뜨리고 들쑤셔놓는 많은 일을 당하기 때문이다.

인간의 '내면 자세'에 대한 이야기는 결코 쓸데없는 이야기가 아니다. 이 자세가 우리가 내는 '소리'를 결정하기 때문이다. 조율을 통해 우리의 원래 진가가 회복되어야 한다. 우리는 결코 가치를 잃지 않는다. 조율이 필요한 악기는 절대 가치를 잃어버린 것이 아니다. 다만 좋은 음을 낼 수 없을 따름이다. 마찬가지로 우리의 소리가 힘이 없거나, 자랑이나 두려움, 불신, 고집으로 가득 차 있으면 우리의 소명도 일그러진다.

첼로의 공명이 음악가의 자극을 받아들이고 소리로 변화되는 것처럼, 인간의 마음도 그러하다. 마음은 우리 안에 있는 신비로운 공명판이다. 마음은 지성이 깃드는 장소가 아니라, 친밀함이 깃드는 장소다. 여기에서 우리 삶의 근간을 이루는 모든 진리가 '내면화'된다. 마음은 만나고 부름받는 장소다. 그곳에서 내면의 불길이 타오른다. 이런 불길은 우리를 불살라 없애버리지 않는다. 성서 속 가시떨기나무에 불이 붙었지만, 나무가 타지 않은 것처럼 말이다. 그 떨기나무 가운데 하느님은 말씀하신다. "네가 선 곳은 거룩한 땅이니 네 발에서 신을 벗어라!"

4 Zhuangzi, *Reden und Gleichnisse des Tschuang-Tse*, Zürich 1951, S. 86.

하지만 마음은 인간이 자신의 존재와 당위를 모조리 거부해버릴 수 있는 곳이기도 하다. 마음은 인간이 하느님의 말씀과 행동을 만날 수도 있고, 피할 수도 있는 내적인 장소다. 예레미야는 이렇게 말한다. "마음은 고집 세고 비겁하니 누가 능히 알 수 있을까?" 첼로에 대해서도 그렇게 말할 수 있다. 고집 세다고 말이다! (많은 악기가 얼마나 내 신경을 갉아 먹는지 모른다!) 〈예레미야〉의 이 부분은 번역에 따라 "마음이 막혀 있고 병들어 있다" 혹은 "마음이 거짓되고 부패하다"라고 되어 있다. 여기서 '거짓되다'라고 번역한 독일어 단어 렌케폴ränkevoll은 덩굴이 많아 얽힌 상태를 칭하는 말로, 뿌리가 얽혀 있는 모습을 연상시킨다. 마음이 빠지기 쉬운 두 가지 경향은 바로 두려움과 자만이다. 두려움이나 자만이 들어오면 마음의 소리는 어쩔 수 없이 어긋난다. 노자가 말했듯이 두려움은 고꾸라뜨리고, 자만은 들쑤셔놓는다. 두려움과 자만은 우리에게서 소명의 울림을 앗아간다.

믿음은 하느님 앞에 서는 것이다. 복 주시는 분일 뿐 아니라, 잘못을 비추시는 분인 하느님 앞에 나아가는 것이다. 하느님 앞에 나를 비추어 보는 것이다. 나는 바이올린 제작자로서 첼로를 비판적으로 살펴본다. 그러나 첼로를 거부하기 위해 그러는 것이 아니다. 그의 음이 어긋나서 새로 맞추어야 하기 때문이다. 그럴 때만 악기가 '거짓'과 '질병'을 이길 수 있다. 우리는 기도 가운데 마음으로 들어가는 걸 배울 수 있다. 그러면 삶의 의미와 무의미, 의도와 결과, 말과 행위가 더 확실하게 다가온다. 우리에게 하느님의 자극에 공명할 수 있는 마음이라는 공명판이 주어진 것은 은혜다. 우리는 마음으로 들을 수 있다.

악기로 인한 첼리스트의 고통은 탕자의 비유에서 아버지의 고통과 같다. 아들은 자기 몫의 유산을 요구했고 그것을 탕진했다. 그의 '삶의 소리'는 어긋났으며, 그는 소명으로부터 소외되었고, 존엄을 잃어버렸다. 그런 다음 그는 돌아온다. "그가 일어나서 아버지에게로 갔다. 그가 아직도 먼 거리에 있는데 아버지가 그를 보고 측은히 여겨서 달려가 목을 끌어안고 입을 맞추었다."(〈누가복음〉 15:20) 여기서 예수가 탕자의 아버지를 묘사하는 것처럼, 호세아는 하느님의 불타는 마음을 묘사한다. "내 백성은 돌이키기를 힘들어한다. 설교를 들어도 아무도 일어나지 않는다. 하지만 내가 어떻게 너를 버리겠느냐, 어떻게 너를 포기하겠느냐?"(〈호세아〉 11:8) 다른 비유에서 성서는 하느님을 임신한 여인으로 이야기한다. 선지자 이사야는 하느님이 산통을 겪는 여인처럼 소리를 지르는 걸 듣는다. "내가 오랫동안 고요히 하며 잠잠하며 참았으나, 이제 해산하는 여인처럼 부르짖으리라. 크게 소리치고, 숨을 헐떡이리라."(〈이사야〉 42:14) 하느님의 고통과 정열적인 의지를 이보다 강력하게 서술할 수 있을까!

나는 바이올린 장인으로서 소리를 세상에 나오게 하고 어긋난 소리를 다시 회복시키는 일을 한다. 처음 공방을 열었을 때, 몇 년간 공방 경리 일을 맡아 했던 내 아내는 음악가들이 어떤 모습으로 공방을 찾아오는지를 종종 경험했다. 나와 음악가가 함께 악기를 조율하며 좋은 소리를 찾고자 애쓰는 걸 아내는 지켜보기 힘들어했다. 그래서 그럴 때면 아예 밖으로 나가버렸다. (아내가 언젠가 말한 바에 따르면) 조율 작업이 마치 아이를 낳는 일처럼 느껴지고, 종종 난산처럼 느껴졌기 때문에 마냥 마음 편히 바라볼 수가 없었다고 했다.

하느님은 우리 삶의 여러 음색으로 말미암아 고통을 겪으신다. 우리의 행동과 우리가 맺는 관계들로 인해, 첼리스트가 악기 소리 때문에 괴로워하듯 괴로워하신다. 하느님의 사랑은 '우리' 때문에 지장을 받는다. 하느님은 세상을 강압적으로 복종시키지 않고, 부르고 권유하기 때문이다. 세상으로 인해 고통스러워하시기 때문이다. 우리는 소명을 거부할 힘이 있다.

계명은 무엇이 바람직한 삶인지 보여준다. 그러나 마음과 뜻을 다해 계명을 지킬지 결정하는 건 우리 자신이다. 하느님은 완력으로 우리를 강제하지 않는다. 사랑하는 자는 사랑받는 자를 억지로 복종시키지 않는다. 하느님이 소명을 강제한다면, 사랑의 대상뿐 아니라 사랑 자체도 망쳐버릴 것이기 때문이다. 그 무엇으로도 상대의 사랑을 대신할 수 없는 것이 바로 사랑의 본질이기 때문이다. 그것이 바로 사랑의 고통이다. 바울은 하느님 사랑의 본질을 이렇게 묘사한다.

사랑은 오래 참고, 사랑은 온유하며, 시기하지 않는다. 사랑은 자랑하지 않으며, 교만하지 않으며, 무례히 행하지 않으며, 자기의 유익을 구하지 않으며, 성내지 않으며, 악한 것을 생각하지 않으며, 불의를 기뻐하지 않으며, 진리와 함께 기뻐하고, 모든 것을 참으며, 모든 것을 믿고, 모든 것을 바라고, 모든 것을 견딘다.

(〈고린도전서〉 13:4~7)

모든 것의 중심이 되는 문장은 사랑은 자기의 유익을 구하지 않는다는 것이다. 사랑이 자기의 유익을 구한다면, 그리하여 스스로의 사랑을 강요한다면, 사랑 자체가 망가질 것이다. 농부는 가라지를 뽑지 않는다. 아버지는 탕자의 뒤를 따라가지 않는다. 첼리스트도 자신의 악기를 부수지 않고 악기로 인해 고통스러워한다. 사랑하는 이에게 사랑에 응답하라고 강요할 수 없는 것은 고통이다. 사랑은 거부당할 수 있는 것이다. 상대는 사랑으로 부름받지만, 강제당하지는 않는다. "하느님은 사랑이시다."(〈요한1서〉 4:16) "사랑은 자기의 유익을 구하지 않는다."(〈고린도전서〉 13:5) 이 두 문장의 연결은 하느님의 고통을 말해준다. 하느님은 자기의 유익을 구하지 않는다! 사랑을 망칠 수도 있기 때문이다. 그래서 모든 것에는 약간의 시간이 필요하다. 섣불리 뽑아내는 것이 능사가 아니다.

유다의 비유

하느님이 자신의 유익을 구하는 세계는 어떨까. 그런 세계에는 하느님 외에 다른 것이 있을 자리가 없을 것이다. 예수의 제자 가룟 유다의 이야기는 은혜에 대한 '분노의 비유'처럼 읽힌다. 유다는 예수의 온유함이 싫다. 유다는 속으로 이렇게 생각한다. '빨리 어떻게 좀 해봐요. 하느님에게 합당한 자리를 점하라고요!' 유다는 악에 대해 분개하고, 잡초를 본다. 오랫동안 손아귀에 낫을 쥐고(로마인들과 부도덕과 악에 대항하여 싸울 준비를 갖추고) 있었다. "마귀가 시몬의 아들 가룟 유다의 마음에 예수를 배반해야겠다는 생각을 넣었을"(〈요한복음〉 13:2) 때, 유다는 속으로 이렇게 외친다. '이젠 제발 실행에 옮겨요. 당신은 힘이 있잖아요. 당신을 통해 하느님의 나라가 와야 하잖아요. 나는 당신을 배반할 겁니다. 내가 악을 원하기 때문이 아니라, 당신을 좋은 쪽으로 밀어붙이고 싶어서 그래요. 내가 배반하면 당신은 어쩔 수 없이 당신의 뜻을 관철하겠죠. 그 잡초가 눈에 보이지 않냐고요. 난 당신이 옳은 일을 하게끔 밀어붙일 거예요. 우리 모두가 기다리는 하느님의 나라가 임하도록 말이죠. 당신은 그럴 힘이 있잖아요. 내 배반으로 말미암아 당신은 손에 낫을 들게 될 겁니다!'

유다는 예수가 권세를 휘두르지 않는 것을 못마땅해 한다. 하느님이 강력히 개입하지 않는 것을 견디지 못하는 것이다. 우리는 유다의 비유에서 악의 원천을 감지한다. 악은 '그 자체'로 악하다기보다는 부르심을 강압적인 굴종으로 만들려 하기에 악한 것이다. 좋은 것에 억지로 굴복시키려 하는 것이다. 유다가 예수로 인해 힘들어하는 것처럼 우리는 하느님으로 인해 힘이 든다. 유다는 예수가 하느님의 권능을 발휘하지 않는 것에 분개한다. 유다는 무력한 예수를 시인할 준비가 되어 있지 않다. 그의 비극은 그가 다른 제자들보다 더 깊이, 이런 무력함 배후에 있는 하느님의 권능을 본다는 것이었다. 그는 악기로 억지로 소리를 내게 하려 했고, 가라지를 뽑으려 했으며, 잃어버린 아들을 아버지의 힘으로 좌지우지하려 했다. 한마디로 그는 완력으로 예수를 좋은 쪽으로 움직이려 했다!

예부터 독선적 광신주의의 원천은 바로 여기에 있다. 광신자는 선한 일을 한답시고 결국은 유다가 된다. 인간을 건너뛰면서 스스로 하느님과 선의 대변자가 된다. 그럼으로써 인간의 고발자가 되고 사탄이 된다.[5]

5 사탄은 히브리어로 고발자, 참소자라는 뜻이다. 무엇보다 〈욥기〉와 〈스가랴〉에서 볼 수 있는 것처럼, 히브리 성서에서 사탄은 신적 법정에서 인간의 종교적 온전함을 시험하고 죄를 고발하는 참소자이다.

예수의 비유

예수는 인간적인 고통만이 아니라 그 이상을 보여준다. 그에게서 '모든 고통의 근원'을 볼 수 있다. 그것은 하느님 안에 있는 고통, 내가 비유적으로 첼리스트의 얼굴에서 보는 고통이다. 이제 그 고통의 이유를 짚어보려 한다.

일단 우선 이것의 바탕이 되는 '어조'를 분명히 하는 것이 중요하겠다. 하느님에 '대해서'가 아니라, 하느님'에게', 나아가 하느님 '안에서'만 말할 수 있는 것들이 있다. 생각은 하느님에 '대해' 할 수 있다. 그러나 기도는 내면으로 듣고, 하느님과 대화하는 것이다. 생각 밖의 것을 사모하는 것이다. 이를 '묵상'이라고 표현하면 가장 좋을 듯하다. 묵상을 귀하게 여겨본 사람은 여러 〈시편〉에서 무엇을 이야기하는지 알 것이다. "제가 잠자리에서 당신을 생각하고, 새벽에 깨어 당신을 두고 묵상합니다."(〈시편〉 63:7) "밤에 마음으로 되새기고, 묵상하고, 정신을 가다듬어 헤아려봅니다."(〈시편〉 77:7)

〈창세기〉는 "태초에 하느님이 하늘과 땅을 창조했다"고 말한다.(〈창세기〉 1:1) 세상에 숨을 불어넣고, 자신이 아닌 뭔가를 삶으로 불렀을 때, 하느님은 무엇을 내어주신 것인가. "있어라"라고 말하고, 자신이 '아닌' 것, 자신 '밖의' 것을 창조할 때 무슨 일이 일어났는가! 자신이 모든 것이 되지 않기로 결정한 순간 하느님은 무엇을 희생했는가. 세상을 창조하기 전에 전능한 존재였던 하느님은 세상 창조와 동시에 사랑하는 존재가 되었다. 상처받고 약해질 수 있는 존재가 되었다. 그렇게 세상이 존재할 수 있었다.

그렇게 하느님 밖의 것이 만들어졌다. 이제 하느님의 숨이 세상에 있다. 스스로에 집착하지 않는 사랑으로부터 하느님 아닌 것이, 바로 우리 세계가 탄생했다! 태초에 로고스logos가 있었고, 로고스의 뜻은 스스로 '모든 것'이 되고자 하지 '않는다'는 것이다. 그것이 사랑이다.

〈요한복음〉 초반(1장)에 근원에 대한 이야기가 나온다. 복음사가 요한은 다른 복음사가들처럼 예수의 어린 시절 이야기를 하지 않고, 더 거슬러 올라가 로고스의 근원적 이야기로 들어간다. 그는 이렇게 시작한다. "태초에 말씀(로고스)이 있었다. 그 말씀은 하느님과 함께 있었고, 그 말씀이 바로 하느님이었다. 그가 태초에 하느님과 함께 있었고 모든 것이 그로 말미암아 만들어졌다. 만들어진 것 중 어느 것 하나도 그가 없이 된 것은 없다."(〈요한복음〉 1:1~2)

하느님은 세상의 조건에 스스로를 내맡긴다. 세상을 위해 스스로를 내어주었기 때문이다. 세상은 스스로를 내어주는 사랑을 통해 탄생했다. 이것이 태초에 있던 로고스다. 이런 인식은 시종일관 성서를 관통한다. 성서는 로고스에 대해 이렇게 말한다. "그를 통해 모든 것이 생겨났다. 그를 통해 생겨나지 않은 것은 하나도 없었다."(〈요한복음〉 1:3, 참조 1:15, 8:58) "하늘과 땅에 있는 모든 것이 그에게서 창조되었다."(〈골로새서〉 1:16) 그는 "세계에 기초가 놓이

기 전부터" 있었다.(〈베드로전서〉 1:20)

이제 하느님은 자신이 만든 외부, 즉 세상으로 들어온다. 하느님은 스스로를 내어주고 희생하는 사랑이며, 이런 사랑이 하느님 안에 있다. 이런 로고스(의미)가 바로 하느님이며, 하느님 안에 이 로고스가, 스스로를 내어주는 사랑이 있다. 그래서 〈요한복음〉은 "태초에 로고스가 있었다. 로고스는 하느님과 함께 있었고, 하느님이 바로 로고스였다"고 말한다.

이제 하느님은 스스로 만든 공간으로 들어온다. 하느님의 사랑이 자기를 희생함으로써 이 세상이 만들어졌지만, 하느님은 세상더러 자신을 사랑하도록 강요하지 않는다. 이것이 바로 사랑의 본질이다. 사랑은 상대를 부르지만, 강압적으로 복종시키지는 않는다. 우리는 자유를 원하고 아무에게도 굽히고자 하지 않는다. 그런데 사랑으로부터 자유로워질 수 있으며 사랑에 예속되어 있지 않은 것이 우리에게 고통이 된다. 우리는 사랑받고자 하지만, 사랑하지 않는 것이 가능하다. 사랑하는 자는 모두가 자유의 고통을 감내해야 한다. 우리는 자유를 사랑한다. 그러나 동시에 신실하게 섬기는 사람, 진정으로 동참하는 사람이 되기 위해 스스로를 사랑에 매이게 할지를 선택해야 한다. 그리하여 우리가 소명에 봉사하기 시작할 때, 우리의 자유는 사랑으로 말미암아 힘들어한다. 하지만 자유를 최고로 여기는 사람은 존재 의미를 잃게 될 것이다(〈마태복음〉 16:25 참조).

세계는 그의 로고스(즉 의미)에 강압적으로 예속되어 있지 않고, 로고스를 통해 부름받는다. 로고스는 세상에 들어왔다. 〈요한복음〉의 시작 부분은 이렇게 계속된다. "세상은 그로 말미암아 지은 바 되었지만 세상은 그를 알지 못했다. 그가 자기 땅에 왔지만, 자기 백성이 그를 영접하지 않았다."(1:10 이하) "사람들이 빛보다 어둠을 더 사랑했기 때문이다."(3:19)

하느님 밖의 세상에서 살아야 할 때 로고스에 무슨 일이 일어날까? 탐탁지 않은 일들이 일어난다! 사랑이 부족한 세상에서 사랑의 삶을 살고자 한다면, 사랑하는 자는 필연적으로 고난의 길을 갈 수밖에 없다! 그것이 바로 예수의 길이다. 선지자들은 예수가 오실 것을 미리 보았고, 예수를 하느님의 종이라 칭했다.[6]

선한 목자 비유에서 예수는 말씀하신다. "나는 목숨을 내어주고 다시 얻는다. 누가 내게서 목숨을 앗아가는 것이 아니라 나 스스로 목숨을 내어준다. 나는 목숨을 버릴 권세도 있고, 다시 취할 권세도 있다."(〈요한복음〉 10:17 이하) 이 구절을 세상의 창조와 연결해볼 수 있다. 이것이 이 구절에 담긴 신비다. 이 구절은 세상을 창

6 성서(특히 〈이사야〉)는 하느님의 종의 다의적인 의미를 보여준다. 하느님의 종은 한편으로는 하느님에게 부름받은 자이며, 한편으로는 부름받은 공동체, 즉 하느님의 백성이기도 하다. 늘 공통적인 한 가지는, 하느님의 종으로 소명을 이루며 살아감에 있어 "고난이 없는 장소"는 없다는 것이다. 하느님의 종은 가장 어두운 세계에서 하느님의 의와 완전히 하나가 되기 때문이다. 〈이사야〉 41:8~10, 42:1~9, 44:1~5, 49:1~6, 50:4~11, 52:13~53:12을 참조하라. 이 중 52:13~53:12은 신약성서에서 (직접적으로든 간접적으로든) 가장 많이 인용된 구약의 구절들이다. 이 부분은 직접적으로 예수를 가리킨다.

조하는 하느님의 스스로 내어줌을 이야기한다. 예수의 이 말씀은 세상을 창조할 때 하느님이 친히 하신 어마어마한 말씀의 메아리와 같다. 그리하여 이것은 창조의 말씀이다. "나는 목숨을 내어주고 다시 얻는다. 누가 내게서 목숨을 앗아가는 것이 아니라 나 스스로 목숨을 내어준다. 나는 목숨을 버릴 권세도 있고, 다시 취할 권세도 있다."

그리하여 창조는 그 자체로 어마어마한 수난이다. 세상이 존재할 수 있도록 하느님이 스스로의 상처받지 않는 속성을 포기했기 때문이다. 하느님의 이런 행동이 바로 시간의 기원이다. 초기 교부들도 하느님의 수난이 성육신보다 한참 앞서서 일어났다는 걸 깨달았다. 스스로 모든 것이 되지 않겠다는 결정이 바로 하느님의 수난이다. 스스로를 제한함으로써 하느님은 세상을 창조했고, 바로 이런 방식으로 세상에 현존한다. 이것이 바로 예수도 말한 온유와 겸손의 본질이다.(〈마태복음〉 11:29) 다른 이들을 위해 스스로 제한을 받는 것이 바로 헌신이며 멍에다. 하지만 이것이 바로 생명의 원칙이다. 모든 생명은 생명에 힘입어 살기 때문이다. 매일매일 스스로를 내어주는 행위가 세상에 살 힘을 공급한다. 이렇게 스스로를 제한하는 것이 지혜이고, 창조적인 힘을 발휘하는 기회가 되기도 하지만, 스스로를 제한하는 데는 늘 고통이 따른다.[7]

7 창조의 과정을 가능하게 하기 위해 하느님이 스스로를 제한한다는 생각은 새로운

예수 안에서 우리는 하느님의 수난을 본다. 수난이라는 단어에는 고통과 사랑이 신비롭게 연결되어 있다. 사랑에 대해 조금이라도 아는 사람은 아픔 없는 사랑은 있을 수 없음을 알 것이다. 자신에게 고착되지 않는 것이 바로 사랑의 모습이기 때문이다. 하느님도 스스로에 고착되지 않고 "아버지 품속에 있던"(〈요한복음〉 1:18) 이를 내어주신다! 따라서 〈요한복음〉은 로고스인 예수에 대해 "나는 목숨을 내어주고 다시 얻는다"고 이야기한다. 〈요한계시록〉은 이런 로고스에 대해 "나는 알파와 오메가요, 처음과 나중이요, 시작과 끝이다"(22:13)라고 한다. 그가 생명을 내어주는 것이 시작이고, 생명을 다시 얻는 것은 완성이기 때문이다. 그리하여 "나는 목숨을 내어주고 다시 얻는다"는 말의 배후에는 전 존재의 시작과 끝에 대한 메시지가 담겨 있다.

계속해서 고통의 이유를 따라가보자. 첼리스트의 얼굴에서 보았던 것을 조명해보자. 막힌 소리가 나는 것은 악기에 더 이상 사랑이 부재하고 조화로움이 사라진 것과 같다. 첼리스트의 얼굴은 그리스도의 얼굴과 같다. 사랑 자체로 인해 고통하는 모습이다.

세상 창조와 더불어 일어난 하느님의 자기희생이 예수 안에서

것이 아니다. 랍비 바루흐가 내게 가르쳐준 바에 따르면, 유명한 랍비 이츠흐칸 루리아Itzchkan Luria가 이미 말로 정리했고, 그의 제자 하임 비탈Chaim Vital(16세기)이 글로 정리했다.

구체화된다. 하느님은 스스로에 고착되지 않고, 스스로를 희생하여 종의 형상을 취했다. 종의 형상을 입고 시간 속으로 들어왔다. 신이 아니기에 신처럼 될 필요가 없는 공간으로, 사랑할 수는 있지만 사랑을 강요받지 않는 세계로 입장했다. 예수는 하느님의 자기 희생의 모상模像이다. 예수 안에서 종의 형상이 구현된다. 예수는 세상 창조 사건의 강력한 비유다. 내어주는 하느님의 사랑을 보여주는 비유, 말로 된 비유가 아니라 인간의 형상으로 된 비유다.

초기 영적 교부들도 그렇게 보았다. 오리게네스Origenes는 이렇게 말했다. "그가 그전에 이미 우리의 고통을 지고 가지 않았다면, 그는 우리와 더불어 인간으로 살기 위해 오지 않았을 것이다."[8] 그렇게 〈요한복음〉의 첫 부분은 확실해진다. 세계는 하느님의 사랑에서 그 의미를 얻고, 하느님의 고통을 통해 존재할 수 있다. 이것이 로고스다! 하느님은 자신도 고통받을 수 있는 존재임을 보여주며, 사랑하기에 또한 고통받고자 한다. 이것은 무한히 자발적인 고통이다. 세상이 탄생하고 세상이 로고스 안에서 존재할 수 있기 위해 이런 고통은 필수적이다.

하느님의 고통은 무한한 사랑의 부분음과 같다. 부분음이 결여된 바이올린 소리는 어쩔 수 없이 경박하게 들리는 것처럼, 사랑하는 자, 부름받은 자를 위해 고통당할 능력이 결여된 사랑 역시

8 오리게네스는 그리스 신학자이자 철학자로, 서기 185년 알렉산드리아에서 태어났고, 데키우스 황제 치하의 기독교 박해 동안 고문을 당해 254년 티루스에서 사망했다.

말할 수 없이 진부해질 것이다. 그리하여 하느님의 고통에는 부분음이 있다. 이런 부분음 없이는 하늘에서도 땅에서도 사랑의 로고스가 울릴 수 없다.

고통스러워하는 능력이 없는 신은 저급한 신이 아닐까! 그에겐 사랑의 결정적인 특징이 결여되어 있을 테니까. 오리게네스는 말했다. "그리스도 안에서 우리는 사랑의 수난을 본다. 사랑 자체의 고통을 본다."[9]

"그런 다음 그들은 그를 데려가 십자가에 못 박았다." 지금까지 이야기한 것으로 어떻게 예수가 당했던 일을 해석할 수 있을까? 세계가 정말로 하느님 '밖에' 있는 것이라면 당연히 그 세상에서는 신적이지 않은 일들이 일어날 것이다. 하느님이 "능동적으로 의도하거나" "수동적으로 허락해서가 아니라"[10] 세계를 존재하게 한 하느님의 자기희생의 자연스러운 결과로서 말이다. 예수는 "친구를 위하여 목숨을 버리는 것보다 더 큰 사랑은 없다"(〈요한복음〉 15:13)라고 한다. 이 말 배후에도 창조의 비밀이 숨어 있다.

이제 하느님의 자기희생이 예수에게 일어난다! 하느님의 고난이 닥친다. '태초에' 일어났던 하느님의 자기 포기가 육체의 형태

9 자세한 것은 다음을 참조하라. Raniero Cantalamessa, *Das Leben in Christus. Ein Glaubenskurs der Erneuerung*, Graz, Wien 1990.
10 여기서 '능동'과 '수동'의 차이는 아주 미미하다. 뭔가를 억누르고 하지 않는다는 것은 이미 이런 '하지 않음'을 통해 사건에 능동적으로 참여하는 것이다. 이 비유가 따라가는 질문은 하느님이 할 수 있는데 하지 않기로 하는 것이 무엇인가이다.

로 반복된다고도 말할 수 있을 것이다. 하느님 '안'의 고통을 예수가 당한다. 하느님의 종은 정말 갈 데까지 간다. 그는 하느님 바깥인 세상에서 고통을 겪는 동시에 세상으로 들어온다. 다시 말해, 하느님의 단념으로 말미암아 고통을 겪는다. 하느님으로 인해 고통스러워한다! 그러나 하느님에게 등 돌리지 않고, 하느님의 고통과 하나 된다.

필연성의 음색

예수는 하느님의 자기 포기로 말미암아 고통을 당한다. 스스로 모든 것이 되지 않고자 하는 하느님으로 인해 고통을 당한다. 동시에 '스스로' 모든 것이 되는, 그리고 이제 하느님 없이도 얼마나 잘 살아갈 수 있는지를 보여주는 인간으로 말미암아 고통을 당한다. 십자가에서 이런 가공할 만한 하느님 바깥—그리고 세상의 가장 내밀한 토대—가 드러난다. 내가 존재하는 이유(하느님의 자기 포기)와 동시에 내가 할 수 있는 최악의 행동이 보인다. 십자가는 우리 세계의 '존재 이유'와 동시에 '타락'을 보여준다.

따라서 경악스러운 십자가를 '필연적인 것'으로 보아야 한다. 신이 능동적으로 의도한 것도, 수동적으로 허락한 것도 아니다. 그것은 오히려 필연적인 결과다. 그것은 세상을 세상이 되게 하는데, 즉 세상이 하느님의 강압적 복종 대상이 아니라 자유의지를 가지게 하는 데 '필연적인' 하느님의 고통이다.

부활한 예수가 엠마오로 내려가는 제자들에게 했던 이야기에서 우리는 이런 필연성의 음색을 듣는다. 예수는 "그리스도가 이 모든 고통을 받아야 할 것이 아니냐…"(〈누가복음〉 24:26)라고 말씀하신다. 그렇다. 그리스도는 '그래야 했다!' 그것은 무한히 자발적인 고통이자 완전한 사랑이다. 세상은 그 고통에 기초하여 존재하며, 그 사랑에서 의미를 얻는다.

십자가 메시지는 믿음으로 왜곡될 수 있고, 믿음 없이 상대화될 수도 있다. 이 두 가지 일이 모두 일어난다. 예수의 본질, 활동, 고통을 죽음으로 환원하는 것은 좋지 않은 일이다. 죽음이 아니라, 내어줌이 십자가의 내적 메시지이기 때문이다. 예수는 말한다. "인자가 온 것은 섬김을 받으려 함이 아니라 도리어 섬기려 하고, 자기 목숨을 많은 사람들의 대속물로 내어주려 함이다"(〈마가복음〉 10:45) 이런 내어줌('자신의 목숨을 내어준다')은 '자신의 생명을 죽음에 희생시킨다'는 의미가 아니고, '뭔가를 위해 생명을 투입한다'는 의미다. '섬기려는 것'('섬김을 받으려는 것'의 반대)은 죽음이 아니라 생명으로써만 할 수 있기 때문이다. 우리는 하느님의 섬기는 사랑을 보지, 지배적인 힘을 보지 않는다.

'자신의 목숨을 내어준다'는 것이 무슨 뜻일까? 나는 그것을 이해할 수 있다. 약간 과장하자면 나는 바이올린 마이스터로서 작업대에서 생명을 바친다. 생명을 죽이는 것이 아니라, 생명을 바치고 내어주는 것이다. 나는 탄생하는 악기와 그의 소리를 위해 나의 생명, 즉 나의 시간, 나의 힘, 나의 생각, 나의 감정, 나의 수고, 나의 창조성을 내어준다. 나는 내가 무엇을 위해 생명을 투입하는지 안다. 이것이 바로 '희생'의 의미다. 기독교 신앙에서 희생은 '산 제물'이 되는 것이다.(〈로마서〉 12:1)[해당 구절은 너희 몸을 거룩한 산 제물로 드리는 것이 너희가 드릴 영적 예배라고 말한다.] 그것은 사랑으로 생명을 내어주는 것이다. 악기를 사는 사람은 악기값을 벌기 위해 또한 스스로를 내어준다. 우리는 그렇게 받은 생명으로 서로에게 봉사한다. 서로에게 생명을 내어준다.

하느님과 화목하기 위해 인간이 무엇인가를 희생해야 한다는 생각은 예수 그리스도를 통해 극복된다. 화목하기 위해 신이 희생제물을 필요로 한다는 생각은 종교성을 가진 인간 영혼의 원초적 반응이다. 그러나 이런 끔찍한 상상은 그리스도를 통해 극복된다. 하느님은 '자신을 위해' 희생제물을 필요로 하는 분이 아니다. 헌신은 '우리와 관계있는' 것이다.

사랑으로 말미암아 기꺼이 고통을 감수하는 것을 두고 마치 고통에 구원의 힘이 있는 것처럼 본말을 전도해서는 안 된다. 예수의 죽음을 미화하는 것은 치명적인 오해가 될 것이다. 순교가 그 자체로 가치 있는 일인 양, 예배의 한 형식인 양, 예수가 우리를 위해 죽기만을 기다렸던 것인 양 여긴다면 자살을 종교적으로 미화하는 전도된 일일 것이다.

클라우스 베르거Klaus Berger는 이렇게 쓴다. "하느님이 구원을 위해 죽음과 폭력을 필요로 한다고 생각하는 사람은 성서 속의 하느님 상을 제대로 이해하지 못한 사람이다. (…) 그렇지 않다. 하느님은 로마인들의 악의를 필요로 하는 것이 아니라, 그것을 사용할 뿐이다. 폭력이나 피 흘림을 필요로 하는 것이 아니라, 그것을 발견할 뿐이다. 잔인함의 길에 매여 있는 것이 아니라, 그것을 반대로 변화시킨다. (…) 그는 용서를 폭력에 결부시키지 않고, 폭력에 용서로 응답한다. 하느님은 예수를 십자가에 죽이는 일에 무임승차하지 않는다."[11]

예수에게서 보아야 할 것은 고난이 발휘하는 구원의 힘이 아니다. 구원하는 사랑이 기꺼이 고난을 감수하고자 한다는 사실이다! 수난이 구원의 힘을 발휘하는 것이 아니라, 사랑이 (필요한 경우) 고난을 당할 준비가 되어 있다는 것이다. '그가 우리를 위해 고난을 당했다'는 메시지는 고난을 미화하는 것이 아니라, 그의 사랑이 얼마나 큰지를 보여준다! 그의 피는 피이기에 우리를 의롭게 해주는 것이 아니라, "피 속에 생명이 있다"(〈레위기〉 17:11)고 했듯이 피 흘리기까지 내어주는 마음을 보여주기에 우리를 의롭게 하는 것이다. 이에 대한 나의 응답은 아파하고 상처받을 수 있는 그 사랑을 경배하고 사모하는 것이다. 나는 이런 필연성에 충격을 받은 채 십자가 아래 서서, 그를 바라보며 말한다. 당신은 나를 이토록 사랑하셨군요! 이를 아는 것은 내 인생의 찬양이자, 힘이다.

십자가에 못 박힘은 역사적 장소에서 일어나지만, 동시에 시간

11 Klaus Berger, *Wozu ist Jesus am Kreuz gestorben?*, Gütersloh 2005, S. 36.

을 초월하는 사건이다. 하느님의 종이 너를 위해 스스로를 포기한다. 이것은 하느님이 세상을 창조하면서 말했던 메시지이자, 세상 끝날까지 남을 메시지다. "내가 너를 위해 나를 희생했고, 나를 내어주었다. 그래서 네가 있는 것이다!" 세계의 창조와 더불어 하느님은 그의 힘을 빼앗겼다. 이제 우리는 그것을 십자가에서 본다. 하느님의 헐벗음은 십자가 사건에서 비유적으로 이야기된다. "그들은 제비를 뽑아서 예수의 옷을 나누어 가졌다."

예수는 자기희생 없이는 사랑이 존재할 수 없음을 분명히 보여준다. 사랑을 추구하지만 사랑하는 자로 인해 고난받을 마음이 없는 사람은 사랑의 본질을 파악하지 못한 것이다! 그런 삶은 아픔 없는 무의미 가운데 살아가려는 가련한 시도일 것이며, 저급하고 진부할 것이다.

십자가 사건은 그리스도에 대한 믿음의 기초가 된다. 이 사건은 내게 한 가지 질문을 한다. 너는 신앙에서 네게 유쾌하게 느껴지는 것들만 받아들이려고 하는가? 마른 모래로 조각작품을 만들려고 헛수고를 하고 있는 건 아닌지? 그런 조각은 손에서 이미 산산이 부스러진다. 왜 축축한 진흙을 취하려 하지 않는가? 너는 대답한다. "진흙을 만지면 손이 더러워져요. 모래는 따뜻해요!" 이런 내적인 이미지는 노자의 말을 연상시킨다. 노자는 "진실한 말은 꾸밈이 없고, 꾸민 말은 진실하지 않다."[12]고 했다. 믿음이 반드시

12 《도덕경》 81장. 리하르트 빌헬름의 번역본을 인용했다. Lao-Tse, *Tao Te King. Das*

따뜻하고 아름다워야 할까, 더러우면서 진실해도 될까?

메시아의 작업장에서

종교적 도그마만이 중요시되는 곳에서는 양심의 가책이 쉽게 유발될지는 몰라도, 눈과 귀가 열리지는 않는다. 그러면 마치 들을 귀가 없는데 악기를 조율하려는 것과 같은 형편이 된다. 눈이 보이지 않는데 그림을 그리려는 듯한 형편이 된다. 그러면 악기의 지판 위에서 기계적으로 손을 움직이고, 기계적으로 붓을 물감에 담그는 것밖에 할 수 없다. 삶에서 의미를 경험하지도, 충만을 발견하지도 못한다. 들을 수도, 볼 수도 없기 때문이다. 삶은 의미가 결여된 손놀림에 불과하게 된다. 종교를 양심의 가책만이 동인이 되는 눈 멀고 귀먹은 스포츠로 만들 수 있다. 그러나 성령으로, 하느님의 사랑으로 사는 것은 그렇지 않다. 악기 연주는 귀를 통해서만 배울 수 있고, 그림을 그리는 건 눈을 통해서만 배울 수 있다. 그러므로 종교성만으로는 부족하다. 그것은 기계적인 것이다.

《장자》의 비유에 이런 구절이 나온다. "눈먼 자에게 그림에 대해 묻지 않고, 귀먹은 자를 노래하는 데 초대하지 않습니다. 그러나 눈멀고 귀먹은 것이 신체적으로만은 아니지요. 눈멀고 귀먼 영

Buch des Alten vom Sinn und Leben, Wiesbaden 2004, S. 150.

혼도 있어요. 그대가 이런 장애를 가지고 있다는 생각이 드는군요."[13]

앞에서 이야기했던 첼리스트가 악기로 인해 고통스러워했던 것은 그가 소리를 사랑하는데, 그것이 망가졌기 때문이었다. 바이올린 제작자로서 나는 이런 막힌 소리에 관여하고, 음악가의 고통에 동참한다. 이런 동참 속에 모든 것을 변화시키는 독특한 힘이 있다. 음악가는 내가 악기의 추한 소리에 동참하도록 했고, 나는 그의 고통에 동참했다. 사도 바울이 예수에 대해 "하느님이 죄를 알지 못하는 이를 우리를 위해 죄로 삼으셨다"(〈고린도후서〉 5:21)고 한 것도 이런 맥락이다. 예수는 급진적인 방식으로 죄에, 삶의 추한 소리에 개입했다. 그러나 그는 온전히 사랑하는 자로 남으면서 그에 응답했다. 그는 하느님에게서 온 대로 남았다. 생명은 죽음에 내몰렸지만, 현존은 보전되었다. 그의 현존이 바로 우리의 삶을 지탱해준다. 〈히브리서〉는 "그는 만물을 붙들고 있다"(1:3)고 말한다. 그는 사랑하는 자로 남았다. 그래서 그의 이름은 '나는 나다, 즉 나는 나로 남는다'고 하는 것이다. 그렇게 그는 하느님의 원래 이름[14]과 하나가 되었다. 사랑하는 자로 남았기 때문이다. 이것

13 Zhuangzi, *Reden und Gleichnisse des Tschuang-Tse*, Zürich 1951, S. 12.

14 히브리적 사고가 가르쳐주는 하느님의 이름은 시내산의 불타는 가시덤불에서 하느님과 모세가 만났던 일에서 비롯된다. 하느님은 모세에게 이집트로 돌아가서 이스라엘 백성을 종살이에서 해방시키라고 명령한다. 이 일은 인간이 죄의 힘에 짓눌려 종살이를 하고 있음을 상징한다. 그러자 모세는 명령에 저항하며 하느님께 묻는다. "백

이 하느님과 하나 됨이다. 예수가 십자가에 못 박힌 사건은 내 마음에 이렇게 이야기한다. "상하고 거꾸러지면서도 나는 사랑하는 자이고 사랑하는 자로 남는다. 나는 모든 존재의 처음과 끝이다. 너희의 죄가 나를 조소하고 일그러뜨릴지라도, 죄는 나를 파괴하지 못할 것이다. 나는 나로 남는다."

나는 당시 첼리스트의 얼굴에서 그리스도의 고난을 보았다. 첼리스트는 악기를 무시하지 못하고, 악기로 인해 고통스러워했다. 다른 소리를 추구했다. 그렇게 복음서는 하느님의 악기들로 말미암아 고통하는 인간 예수의 모습을 보여준다. 이런 하느님의 고통, 하느님의 아파하심을 조금이라도 알아차리기 시작하는 것이 구원의 첫걸음이 아닐까. 하느님은 그런 알아차림을 통해 말씀하신다. 알아차림은 조용하고, 확고하며, 커다란 반향을 갖는다. 이런 알아차림이 우리 자신 속에서 나오는 것이 아님을 느끼기 때문이다. 우리는 성령의 일하심을 필요로 한다. 마음에 감화를 받고 새로이 조율될 때 바로 우리 안에서 성령이 일하시는 것이다.

첼리스트가 음악을 사랑하지 않는다면 소리 따위야 아무래도 좋을 것이다. 바이올린 장인으로서 나 역시 대충대충 작업을 빠르게 끝마쳐버리면 그만일 것이다. 하지만 내가 바이올린 장인으

성들이 내게 그의 이름이 뭐냐고 물으면 그들에게 뭐라고 대답해야 합니까?" 그러자 하느님은 이렇게 대답한다. "나는 스스로 있는 자이다. 이스라엘 백성들에게 가서 '스스로 있는 자'가 너희를 종살이에서 해방시킬 것이라고 말하라."(〈출애굽기〉 3:14)

로서 음악가의 고통에 동참하는 것처럼 예수님은 하느님의 고통에 동참한다. 예수님은 불신으로 가득 차 하느님에 대해 마음 문을 닫아버린 불신앙의 뭉툭하고 막힌 소리에 괴로워한다. 우리는 예수의 눈물에서 그런 고통을 본다. "가까이 가서 성을 보고 우셨다."(〈누가복음〉 19:41) 예수의 실망스러운 말에서 그런 고통이 들리는 듯하다. "믿음 없는 세대여, 내가 얼마나 오래 너희와 함께하고, 너희를 참아주어야 하겠는가."(〈마가복음〉 9:19) 그의 무력함 속에서 그런 고통이 느껴진다. "불신앙으로 말미암아 그는 그곳에서 아무런 일도 할 수 없었다."(〈마가복음〉 6:5~6)

따라서 메시아는 스스로 영광을 취하거나, 손가락을 튕겨 전능함을 발휘하는 모습이 아니다. 사람들의 믿음을 무시하고 건너뛰는 것은 불가능하다. 그것은 허락되지 않는다. 사랑의 고통을 저버리고, 권력의 말로 상대를 강요할 수도 있을 것이다. 바로 그것이 사람들이 천박한 기대 속에서 그리던 일이었다. 그들은 하느님의 전능함으로 통치하는 메시아를 기다렸다. 사랑을 잃어버린 전능한 하느님에 대한 그릇된 신앙은 십자가에서 깨어진다. 십자가에서 볼 수 있는 것은 권능을 잃은, 사랑하는 하느님이기 때문이다.

〈빌립보서〉에 등장하는 강력한 찬가는 살과 피를 가진 존재로 이 땅에 온 하느님의 종을 노래한다. 이 노래의 시작 부분을 천지창조의 메아리로서 들을 수도 있다. 세계가 생성되는 바탕은 바로 자신을 내어주는 희생이다.

> 그리스도는 하느님의 본체지만 하느님과 동등한 존재가 되려 하지 않고 자기 것을 다 내어주어 종의 형체를 취하여 우리와 똑같은 인간이 되었다. 인간의 모습으로 나타나 자신을 낮추어 죽기까지, 즉 십자가에 달려 죽기까지 순종하였다.
>
> (〈빌립보서〉 2:6~8)

그러므로 내게 예수에게 일어난 일보다 더 강력한 비유는 없다. 예수는 스스로를 내어주는 완전한 하느님 사랑의 비유다. 예수는 자신의 삶으로 그 비유를 보여주셨다.

필요한 손상 가능성

하느님의 임재를 손상될 수 있는 것으로 파악할 때만 우리는 하느님과 동시에 우리 스스로를 중요하게 여기기 시작할 것이다. 이것은 악기 연주와 같다. 첼로 활과 진동하는 현의 접촉점은 기계적이지 않고 늘 손상 가능성을 지닌다. 그러나 여기에서 울림이 탄생한다. 활에 너무 많은 압력이 가해지면 긁히는 음이 나고, 압력이 너무 적으면 음이 날아간다. 활이 줄받침에 너무 가까우면 음이 끊기고, 너무 멀면 힘을 잃는다. 활과 현은 상호관계를 이루며, 끊임없이 영향을 주고받는다. 중요한 것은 늘 손상 가능성이 있다는 것이다.

믿음 역시 '상호적인 손상 가능성'을 전제로 한다. 나뿐 아니라, 하느님도 아프고 상처받을 수 있다. 하느님의 임재는 자칫하면 끝내버릴 수 있는 민감한 존재 상태다. 이런 민감함은 상호적이다. 하느님이, 혹은 인간이 다 규정한다면, 모든 것이 일방적일 것이다. 그러면 본질적인 것, 즉 관계의 손상 가능성과 아름다움이 경시될 것이다.

관계의 내적 생명—거룩함이라 말할 수도 있을 것이다—은 한쪽이 다른 쪽에게 무엇을 내어주는지에서 나타난다. 은혜는 우리가 상대방에게 기꺼이 자리를 내어주는 것이다. 우리는 이런 아름다움을 구현하라고 부름받았다. 하지만 이것은 굉장히 민감하고 자칫 깨어질 수 있는 상태다. 그렇기에 은혜는 본질상 언제든지 손상될 수 있는 것이라 하겠다. 그리스어 카리스Charis(은혜)는 원래 미와 우아를 뜻한다. 하느님이 우리 안에서 구하는 은혜는 찾고, 듣고, 사랑하는 것이다. 이 세 가지에서 내면생활의 아름다움이 나타난다. 이 세 가지 은혜가 없이는 우리는 하느님을 뒷전으로 돌리고, 그에게 우리 삶의 어떤 부분도 내어드리지 않을 것이다. 그리고 하느님을 경험할 수도 없게 될 것이다. 하느님의 사랑은 그 사랑의 일부가 되어야만 경험할 수 있다. 그것은 거룩한 동참이고, 공동의 울림이며, 하느님과의 동시성이다. 그 밖에 또 뭐라고 부를 수 있을까. 하느님은 찾는 자에게 계시하시며, 듣는 자에게 말씀하시며 사랑하는 자를 통해 자신을 나타내신다. 바로 이것이 충만한 현존이다. 그러면 우리는 하느님이 "나는 네게 내가 누구인지 설명하지 않을 것이다. 나는 내가 누구인지를 보여줄 것이다!"라고 말씀하실 때 그것이 무슨 말인지 이해하게 될 것이다.

믿음은 하느님에게 자리를 내어드리는 것이다. 하지만 하느님도 내게 자리를 내어주신다. 이런 손상될 수 있는 관계에서는 권력이 중요하지 않다. 하느님도 강압적으로 복종시킬 대상을 창조하는 것이 뭐 그리 좋으시겠는가? 그렇게 한다면 세상이 아니라, 단지 장난감이 탄생하게 될 것이다! 하느님도 저항할 수 없는 세상을 복종시키는 것이 뭐 그리 기쁘시겠는가? 거기서는 전능함이 장난감을 파괴할 뿐이다. 그런 하느님은 내게 그리 감동을 주지 않는다.

아무튼 권력 비교는 무의미하다. 하느님이 '자신의 권력을 나누어 주고' 자리를 내어주시는 분임이 확실하다면 하느님의 전능함에 대한 물음이 무슨 의미가 있을까! 하느님은 시간적 여지와 삶의 여지를 허락하신다. 하느님을 전혀 이해하지 못하는 사람만이 권력을 탐하는 하느님을 상상한다.

전능함

전능함을 스스로 모든 것이 되는 것으로 이해해서는 안 된다. 홀로 모든 것이 되는 전능함은 저급할 뿐 아니라 무엇보다 불합리하다. '전능함'을 '홀로 힘을 가진 것'으로 생각해서는 안 된다. 한스 요나스Hans Jonas가 튀빙겐 연설에서 말했듯 홀로 힘이 있다는 것은 "스스로 모순되고, 스스로를 지양하는 무의미한 개념"[15]이다.

힘은 그것에 뭔가를 맞세울 때만 효과를 발휘할 수 있다. 하느님이 힘을 나누지 않는다면, 하느님의 힘은 임의로 높아지게 될 것이고, 하느님 밖의 모든 것은 그 순간 존재하기를 중단하게 될 것이다. 그리하여 하느님의 힘은 스스로를 무력하게 할 것이고, 스스로를 폐기하게 될 것이다. 자신밖에 아무것도 없으면—힘도, 가능성도, 그 어떤 '고유한 것'도 없으면—그 힘이 무엇과 관계를 맺을 수 있겠는가? 고독하게 혼자 존재하는 힘으로서의 전능함은 있을 수 없다. 한스 요나스는 "힘은 나뉘어야 존재할 수 있다"며 "힘은 관계개념"이라고 말했다.

세계는 하느님 외부이다. 세계는 '고유한 것'이다! 그것은 작도된 것이 아니라, 탄생한 것이다. 세상이 있기 위해서 사랑의 행위가 선행되었다. 사랑의 본질은 바로 모든 것이 되지 않는 것이다. 그것이 바로 로고스이며, 그것이 바로 세상을 지탱하는 의미다. 상대의 고유성을 깨뜨리는 힘은 권위도, 권능도 아니다. 그런 힘은 뻔뻔한 게임만을 할 따름이다.

성서는 홀로 힘을 휘두르는 독단적인 하느님을 이야기하지 않는다. 성서는 하느님의 전능함이 아니라, 하느님이 인간을 부르심

15 Hans Jonas, *Der Gottesbegriff nach Auschwitz. Eine jüdische Stimme*, Suhrkamp 1987, S. 33ff.

을 이야기한다. 몇몇 부분에서 하느님의 내어줌에 대해 명백히 이야기한다. 하느님이 너를 위하여 자신을 내어주었다! 한마디로 말해, 우리가 삶의 로고스에 참여할 수 있는 것은 오직 하느님이 힘을 나눠 주시기 때문이다. 하느님이 천지 창조와 더불어 모든 것이 되지 않겠다고 결정했기에 우리 세계의 시공간은 전능한 독재하에 있지 않고, 거룩한 협연이 일어난다. 거룩한 협연의 순간에 하느님의 시간과 인간의 시간 사이에 내적 동음unison, 즉 음의 일치가 일어난다. 이것은 공동의 울림이며, 이런 일이 일어날 때가 바로 "때가 찬" 것이다. 성서는 하느님의 시간과 인간의 시간의 내밀한 협연을 구원이라 칭한다.[16]

메시아를 통해 음이 조율된 예를 삭개오의 이야기에서 볼 수 있다. 그 이야기(누가복음 19:1~10)에서 동시성이 이루어진다. 구체적으로 무슨 일이 있었는지 예감만 할 뿐 정확히 알 수 없지만, 그 저녁에 일어난 일은 바이올린 마이스터가 '조율', 성서가 '구원'이라고 부르는 것의 전형이었다. 여기서 우리는 메시아 안에서 '예

16 성서에는 시간에 대한 두 가지 개념이 나온다. 크로노스chronos는 시계가 가리키는 대로 연대기적으로 흐르는 시간인 반면, 카이로스kairos는 의미로 채워지는 특별한 시간이다. 카이로스에서 시간은 양적인 것이 아니고 질적인 것이다. 인간과 하느님이 만나는 시간이다. 카이로스는 인생의 시간이 양적으로 얼마나 긴가가 아니라, 인생의 시간을 무엇으로 채우는가를 묻는다. 살아 있는 믿음에서 중요한 것은 일상에서 서로 다른 이 두 시간 개념에 얼마나 시간과 여지를 부여할지이다. 구약의 그리스어역본(셉투아긴타, 70인역)에서 카이로스는 약 300군데 등장하여, 크로노스보다 3배는 더 자주 등장한다. 신약에서는 크로노스가 60군데, 카이로스가 100군데 나온다.

술가' 혹은 '마이스터'의 지혜를 본다. 그것은 한 인간의 막히고 망가진 소리가 변화되는 것으로 나타난다. 삭개오는 거룩한 것을 깨닫고, 바람직한 일을 한다. 그것은 "삭개오야, 어서 내려와라. 내가 오늘 네 집에 머물러야 하겠다"는 예수의 말로 시작되었고, 마지막에 삭개오는 "오늘 마음과 행동을 돌이켜야겠다"고 다짐했다. 때가 찼고, 인간은 깨달은 것이다. 이것이 바로 메시아의 작업장에서의 조율이다. 그리스도와 함께 한 식사시간은 삭개오 인생의 카이로스였다. 삭개오는 카이로스를 경험하고 새로운 울림으로 나아갔다. 이것은 하느님이 전능한 노래로 우리를 마비시키지 않고, 우리 마음의 새로운 울림을 찾고, 우리를 새로운 은혜로 부르신다는 것을 분명히 해준다. 삭개오는 마지막에 "소유의 절반을 가난한 사람들에게 주겠습니다. 만일 누군가를 속였으면 네 배로 갚겠습니다"라고 했다. 그러나 예수는 이렇게 말씀하셨다. "오늘 구원이 이 집에 이르렀다." 메시아의 솜씨가 이를 이루어낸다. 듣고 행함, 구원과 치유. 예수의 솜씨는 그것을 하나로 만든다.

이 모든 것은 하느님 나라에 대해 말해준다. 하느님이 홀로 힘을 가진 존재로 군림하는 일을 포기하면 세상은 전능한 노래 아래 있지 않고, 거룩하고 섬세한 공동의 울림 가운데로 들어간다. 음악가가 악기를 소리 나게 하듯 세상도 소리가 난다! 이것이 바로 동시성이다. 이것만이 현재다. 이런 협력에 주의하고 이런 협력을 보아야 한다. 세상을 위해 지어진 존재로서 그렇게 우리는 세상에 선물이 될 수 있기 때문이다.

첼리스트는 그의 악기로 인해 고통스러워했다. 그러나 그는—악기를 그냥 손에 든 채—스스로 노래를 대신 함으로써 그 고통을 덜지 않았다. 하느님의 전능도 우리 세계에서 노래를 시작하지 않는다. 오히려 부름받은 악기를 울리게 하는 데 모든 것이 맞춰진다!

이것은 모든 면에서 거침없는 전능이 아니라, 이성적이고 거룩한 지혜다. 〈지혜서〉는 지혜에 대해 이렇게 말한다. 지혜는 "다양하고, 섬세하며, 민첩하고, 명료하고, 순수하고, 맑고, 온전하며, 친절하고, 예리하고, 자유롭고, 자비롭고, 인자하며, 항구하고, 확실하고, 평온하며, 모든 것을 할 수 있고 모든 것을 살핀다. 명석하고, 깨끗하며, 아주 섬세한 모든 정신을 통찰한다."(7:21 이하) 우리가 성령의 순수함과 민감함을 봐야만, 성령을 우리가 거스를 수 있는 힘으로 봐야만, 성령의 본질을 약간이라도 이해하게 될 것이다. 의미를 거부하는 이 세상으로 말미암아 하느님이 괴로워한다고 해도, 부름은 철회되지 않는다. 조율된 악기는 다시 좋은 소리를 낸다. 거룩해진 인간은 사랑하는 자가 된다. 복 받은 인간은 아무리 연약하고 걸려 넘어지는 일이 있어도 세상에 복이 된다. 인간은 사랑하는 가운데 성화에 대해 '동의'한다. 거룩한 삶은 곧 사랑이다. 거기서는 나르시시즘적으로 홀로 권능을 발휘하는 것이 아니라, 공동의 협연이 이루어진다. 하느님은 얼마나 자주 우리 세계의 막힌 음에 대고 이야기해야 할까. 예수의 삶에서 "사람들의 믿음 없음 때문에 예수가 아무것도 할 수 없었던" 것처럼, 거부되고 방해당했던 것처럼 말이다.

내게 믿음이란 하느님이 무엇을 하실 수 있을지를 묻고, 때가 찬 것을 알아차리는 것이다. 나는 하느님의 전능함에 모든 책임을 돌리지 않고, 양가적인 관계를 가져야 한다! 왜일까? 나의 소명이 아니라, 나의 '하느님 없음'이 흔들려야 하기 때문이다. 나의 게으름, 비겁함, 나의 자만 말이다. 깨어서 기도할 수 없는 모든 것, 하느님의 행위와 인간의 행위를 무턱대고 무 자르듯 갈라버리면서 소명을 경시하는 모든 것이 흔들려야 한다. 우리의 소명에—따라서 그 거룩한 협연에—의탁된 것을 하느님의 전능으로 떠넘기려 하는 것은 냉소적 태도다. 클라우스 베르거는 하느님 나라를 숙고하며 이렇게 말한다. "하느님의 행위와 인간의 행위를 엄격하게 가르는 것은 현대의 조류인데—성서적으로 볼 때—터무니없다."[17]

마음으로 말하기

모든 조율은 악기와 바이올린 장인의 접촉을 의미한다. 믿음 역시 이런 접촉에 기초한다. 아침에 잠에서 깨면, 눈을 감고 고요한 와중에 하느님의 힘과 사랑이 그 모든 복으로 우리를 두른 걸

17 Klaus Berger, *Wer war Jesus wirklich?*, Gütersloh 1999, S. 73.

느껴보라. 그런 다음 몸을 일으켜 천천히 걸으면서 우리가 하느님과의 동행 가운데, 그 동시성 안에서 주어진 하루로 들어간다는 것을 의식하라. 하루를 시작하기 전 언제나 조율의 시간이 있어야 한다. 아침에 홀로 갖는 고요한 시간이 내겐 의식이 되었다. 이 시간에 하느님과 함께하는 현재, 그리고 동시성에 나 자신을 열고자 한다.

바이올린 마이스터로서 나는 첼로 소리를 해석하고 공명을 연구해야 한다. 소리가 아니면 첼로는 말을 할 수 없기 때문이다. 하지만 성령은 우리 입으로 나오는 말보다는 마음의 소리에 더 귀를 기울이고, 그것을 해석할 거라고 확신한다. 성서는 마음으로 말하는 것을 가르쳐준다! 내적 성찰의 순간에 우리에게 어려운 것이 요구되지 않는다. 그저 스스로를 내보이고, 듣고, 물으면 된다. 그렇게 우리는 기도를 배우고 마음이 하는 말을 발견할 것이다.

> 하느님이여 나를 살피사 내 마음을 아시며, 나를 시험하사 내 뜻을 아옵소서. 내게 무슨 악한 행위가 있나 보시고 나를 영원한 길로 인도하소서.
>
> (〈시편〉 139:23~24)

예수로 말미암은 모든 메시아적 순간—삭개오 이야기뿐 아니라 다른 모든 이야기가 되풀이해서 말한다—은 우리 세계에서 시작되는 것이 전능한 지배가 아니라, 하느님 나라임을 보여준다!

전능한 지배는 악기를 무시하고, 악기를 넘어 홀로 진부하게 노래하는 첼리스트에 비유할 수 있다. 그러나 하느님 나라는 악기의 소리이기에, 조율이 중요하다.

여기에 바로 유다의 착오가 있었다! 그의 배반이 생각대로 효과를 발휘하여, 하느님의 전능한 지배에 대한 환상이 예수에게서 성취되었다면, 유다는 스스로 목숨을 끊지 않았을 것이다. 대신에 주님의 어깨를 두드리며, 자신의 배반이 잘한 일이었다고 말했을 것이다. 슬쩍 밀어주는 것이 필요했다고 말이다. "하지만 아무렴 어때요? 이제 당신은 드디어 보좌 위에 앉아 있잖아요!" 유다의 비극은 그가 하느님 나라의 본질을 너무 늦게 파악했다는 것이다.

"그때에 예수를 배반한 유다가 예수가 유죄판결을 받은 것을 보고 뉘우쳐, 은 삼십을 제사장들과 장로들에게 도로 돌려주며 말했다. 내가 무고한 피를 팔아넘기는 잘못을 저질렀소. 그러나 그들은 말했다. 우리와 무슨 상관이냐? 그건 네 일이다. 그러자 유다는 은 삼십을 성전 안으로 던지고는 가서 스스로 목을 매어 죽었다."(〈마태복음〉 27:3~5)

예수가 몇 주 전 예루살렘에 대해 눈물을 흘릴 때 유다는 어디에 있었을까? 그걸 보았다면 유다는 돌이킬 수 있었을 텐데! 그가 예수의 눈물에서 사랑으로 말미암아 '스스로 지장받으시는 하느님'을 깨달았더라면 좋았을 텐데. 하지만 유다는 그것을 보지 못했거나 그것을 견딜 수 없었다. 권력과 영광을 꿈꾸며, 하느님의 통치가 발현되어 전능하고 선하신 하느님 아래 악이 굴복하는 것을 그렸던 유다는 예루살렘에 대해 눈물짓는 예수의 무력한 말들을 들었어야 했다. "내가 너희 자녀를 모으려 한 일이 종종 있었다. 그러나 너희가 원하지 않았다!"(〈누가복음〉 13:34) 유다는 그런 눈물에서 예수가 하느님의 어린 양이라는 사실을 깨달았어야 했다. 거룩함이 사랑의 본질과 일치해야 하기에, 하느님이 자신의 권능의 손을 동여매지 않고는 거룩함이 불가능함을 알아챘어야 한다. 사랑은 사랑이 원하는 선을 강요할 수 없기 때문이다. 하느님의 뜻대로 무엇인가를 이끌고 인도해야 한다면서, 이런 사랑의 동여맴을 풀어버리려 하는 종교 권력은 조만간 유다가 된다. 예수의 배반자이자 사탄이 된다.

예수는 군대를 동원하지 않았고 도시들을 접수하지 않았다. 선한 것을 아주 큰 소리로 추앙하고 나쁜 것을 비난하면서, 세상을 부르심의 역사를 강압적 복종의 역사로 만들려 하는 자들은 유다의 제자들이다. 이런 행동에서 타락의 심연이 열린다. 그들은 자신을 위해 세상을 대적하는 하느님을 요구한다. "하느님은 위대하시다"라는 타락한 고백 속으로 노골적인 경고가 기어든다. 그 경고는 하느님(혹은 그들이 하느님이라 칭하는 대상)이 자신의 위대함에 복종하지 않는 자들을 치욕스럽게 하리라는 것이다. 하지만 그렇게 생각하는 사람은 본질적인 것을 볼 수 없거나 보려 하지 않는 것이다. 하느님은 억지로 복종시키지 않는다. 그는 부르신다.

생명을 탐구하는 분

하느님을 아는 것은 인간을 무시하며 지배하는 하느님의 우악스럽고 거침없는 전능함에 대한 환상을 갖는 것이 아니다. 음악가들이 얼마나 자신의 악기를 탐구하고 필요로 하는지, 그 열정을 한번 목도할 수 있다면! 음악가들의 그런 모습은 생명을 탐구하는 하느님의 메시아적 지혜를 연상시킨다. 하지만 그렇게 말해도 되는 걸까? 하느님이 어떻게 생명을 탐구할 수 있을까? 그는 생명이 무엇인지 알고 계시지 않는가? 〈욥기〉의 가장 멋진 장에는 이런 구절이 있다. "그때에 하느님이 지혜를 보았고, 선포하고, 굳게 세우셨고, 탐구하셨다."(28:27) 성서의 다른 부분에서도 성령이 탐구하고 궁구한다는 이야기가 나온다. "성령은 모든 것, 곧 하느님의 깊은 것도 연구한다."(〈고린도전서〉 2:10) 하느님은 생명을 탐구하고 연구하고 헤아린다. 그래서 우리는 존재할 수 있다.

막힌 소리에 대한 비유에서 바로 이런 탐구와 통찰을 볼 수 있다. 바이올린 마이스터는 소리가 막힌 악기를 만나고, 탐구하고, 그것을 변화시켜야 한다. 이런 과제는 지혜를 필요로 한다. 바이올린 마이스터는 가치 있는 악기를 다룰 때의 긴장된 기쁨을 알고 있다. 이 역시 이 비유에서 드러나는 사랑의 일면이다. 사랑은 사랑하는 대상으로 말미암아 고통스러워할 능력을 의미할 뿐 아니라, 그로 말미암아 기뻐할 능력을 의미한다. 그것은 탐구에 동반되는 기쁨이다. 〈잠언〉에도 지혜에 대한 인상적인 구절이 있다.

영원자가 세상을 창조하기 전, 태초부터 나를 가지셨으며, 땅이 지어지기 전 시작부터 나를 세워주셨다. 깊은 바다가 생기기 전, 샘에서 물이 솟기 전에 내가 태어났다. 산이 세워지기 전, 언덕이 생겨나기 전에 내가 태어났다. (…) 그가 바다에 경계를 정하시고, 물로 그 경계를 넘지 말도록 명하셨을 때, 그가 땅의 터전을 놓으셨을 때, 나는 그의 곁에서 조수 노릇을 하였고, 날마다 그 기뻐하신 바가 되었으며, 항상 그 앞에서 놀았다. 나는 그의 땅에서 즐거워하였고, 사람들과 함께하는 것을 기뻐했다. (…) 나를 발견하는 자는 생명을 얻고, 영원자의 은총을 얻을 것이다. 그러나 나를 소홀히 하는 자는 삶을 망치게 될 것이다. 나를 미워하는 자는 죽음을 사랑하는 것이다.

(《잠언》 8장)

지혜의 본질이 일들을 탐구하고 통찰하는 데 있는 것처럼, 사랑의 본질은 사랑받는 자와 사랑하는 자를 '변화'시키는 데 있다. 하느님이 배출하고 탐구하는 생명이 하느님 자신 안에서 또한 어떤 일을 야기하지 않는다면, 하느님은 사랑하는 자가 아닐 것이다. 그러므로 우리도 하느님께 영향을 미칠 수 있다고 고백할 때, 그것은 하느님에게서 영광을 앗아가는 것이 아니라, 하느님께 영광을 돌리는 것이다. 나는 사랑이, 즉 사랑으로 드리는 기도가 하느님 안에 뭔가를 일으킨다고 믿는다. '하느님 안에'라면, 또한 '하느님을 통해서'이기도 할 것이다. 이것이 내가 기도하는 이유다. 내 기도가 하느님 안에서 뭔가를 야기하고, 그렇게 해서 하느님이 받은 영향을 그분 방식으로 세상에 선물할 거라고 확신하지 않는다면, 나는 기도하지 않을 것이다. 기도를 하나 하지 않으나 어차피 차이가 없다고 말하는 것은 그가 믿는 하느님은 사랑하는 자(나 자신)의 사랑을 물거품으로 만드는 분이라는 의미일 것이다.

내 삶의 모든 기도는 하느님이 자극하고 고무한다고 확신한다. 나는 기도를 할 수도 있고, 하지 않을 수도 있다. 그러나 하느님은 기도를 기다리시고, 기도를 사용하신다. 나는 계속해서 기도할 필요는 없지만, 지속적으로 하느님의 자극들에 주의하고자 한다. 하느님이 하느님 되시기 위해 나를 필요로 한다고 믿는 건 아니지만, 사랑받는 자의 모든 삶의 표현은 사랑하는 자에게 가닿고, 사랑하는 자를 움직일 거라고 확신한다. 모든 기도와 모든 사랑의 의미가 그것에 있다. 기도와 사랑은 내 삶의 표현이다.

"하느님은 변함이 없다"(〈야고보서〉 1:17, 〈요한1서〉 1:5 참조)는 말은 하느님이 사랑하는 자로 남는다는 의미다. 그는 사랑으로 '머문다'. 그것은 사랑받는 자의 사랑이 하느님을 '변화시킬' 거라는 뜻이다. 그렇지 않으면 사랑이 아닐 것이다. 그렇게 나는 변치 않는 동시에 변하는 하느님을 믿는다. 하느님은 사랑이기 때문이다! 하느님도 '생성 과정'을 아신다. 그것은 하느님, 곧 사랑으로부터 발원하는 변화다.

이것이 무엇일까? 우리는 사랑받는, 그리하여 되어가는 세계다! 우리는 정말 부족한 존재지만, 하느님의 진정한 '너'다. 그러므로 '하느님 때문이라도' 스스로를 소중히 여겨야 한다. 내 삶의 신비를 쉬운 말로 표현하자면 '나는 하느님이 나와 더불어 사랑의 경험을 할 수 있기를 원한다'는 것이다.

사랑은 일들을 의도할 뿐 아니라 자라게 한다. 시간을 주고, 시간을 선사한다. 소리는 시간 위에서 오르락내리락한다. 소리는 흐르는 시간 위에서 농축되었다가 엷어졌다가 하는 공기의 주기적인 진동이다. 빛이 상을 매개하는 것처럼 시간은 소리를 매개한다. 사랑은 시간을 선사한다. 그러므로 소리는 귀로 들을 수 있는 사랑에 다름 아니다. 이사야 선지자(〈이사야〉 6:3)는 스랍[치천사 세라핌]의 노래를 듣는다. 이렇듯 시간을 통과하여 오르내리는 것이 없다면, 우주에는 침묵뿐이고, 고통 없는 존재뿐일 것이다. 〈시편〉 148편은 모든 피조물이 모든 것을 지탱하고 떠받치는 사랑을 찬양할 것을 촉구한다.

우리의 소명은 지나가는 시간(크로노스)을 실존의 시간(만남)으로 바꾸고, 그렇게 시간을 충만하게 채우는 것이다. 그것만이 현재이다. 삭개오는 이것이 이루어진 예다. 그 저녁에 때가 찼던 것이다.

거룩한 자와의 상호작용

음악이 일방통행이 아님을 이해한다면, 막힌 소리의 비유를 통해 하느님과의 관계를 조명해볼 수 있을 것이다. 지혜는 말한다. "나는 그의 땅에서 즐거워했고, 사람들과 함께하는 것을 기뻐했다."(〈잠언〉 8:30~31) 음악가(메시아의 지혜)와 악기(부름받은 인간)는 서로 비교 상대가 되지 않는다. 하느님과 인간처럼 완전히 다른 카테고리에 속하기 때문이다.

하지만 그것은 절반의 진실이다. 다른 절반의 진실은 이 둘 사이에 상호작용이 일어난다는 것이다. 경험을 가지고 이런 상호작용을 설명하려 한다. 이런 상호작용을 통해 비로소 믿음이 성숙하고, 권능과 매력을 얻을 수 있기 때문이다.

내가 악기를 관리해주는 고객 미하엘이 몇 년 전 유수의 독일 방송 교향악단에 오디션을 보게 되었을 때의 이야기다. 제2바이올린 악장을 뽑는 오디션이었는데, 그의 악기는 그 자리에 어울릴 만한 것이 아니어서, 중요한 오디션을 위해 내가 좋은 악기 하나를 빌리도록 주선해주었다. 그 악기는 1712년산 스트라디바리우스로, 내 고객인 한 악기 애호가의 것이었다. 미하엘은 이 바이올린으로 며칠간 오디션 준비를 했다. 그는 전에는 이렇게 소리가 좋은 악기를 연주해본 일이 없었다. 미하엘은 오디션에서 탁월한 연주를 선보여 악장 자리에 발탁되었다. 그런데 그의 반응은 겸손했다. 자신의 실력 때문이 아니었다고, 악기가 정말 놀라운 소리를 냈다고 했다. 나는 그의 말에 이의를 제기했다. 물론 그 악기는 놀라운 소리를 가졌다. 그러나 놀라운 연주의 비밀은 바로 미하엘과 악기의 상호작용에 있었다. 악기는 음악가 안에서 무엇인가를 끄집어낸다. 마치 날개가 돋친 듯이 긴장이 풀린 채 자연스러운 연주를 하게 한다. 신약은 "사랑에는 두려움이 없다"(〈요한1서〉 4:18)고 한다. 소리도 마찬가지다. 소리에서도 두려움 없는 공간이 탄생한다. 음색이 뭔가를 만든다. 이미 이야기했던 부드러움과 힘의 숨 막히는 동시성이 음에 영감을 불어넣고 날개를 달아준다.

미하엘은 악기와의 상호작용을 경험했다. 바이올린이 그로 하여금 다르게 연주하게 했다. 물론 음악가는 악기의 소리를 만들어낸다. 하지만 악기의 소리 역시 음악가 안에서 변화를 이끌어낸다. 음악가와 악기가 서로 비교하거나 심지어 서로 시합하기에 너무나 다른 존재라는 사실은 전혀 상관이 없다. 음악가와 악기의 공동의 울림, 상호작용이 탄생한다.

존재의 매 순간에 나는 거룩한 자, 영원자의 현존과 협연하고 싶다. 그것을 배우는 것이 예수의 제자로 부름받는 것이다. 예수를 믿는다는 건 다른 세계로 옮겨가려는 용기다. 하지만 하느님도 우리 믿음을 통해 다른 세계로 옮겨오신다. 우리의 세계로 말이다! 믿음은 하느님의 입장을 허락한다(〈요한계시록〉 3:20 참조). 믿음의 의미는 다음과 같다. 하느님께서 너를 소중히 여기셔. 그러니 '너 스스로도' 자신을 소중하게 생각해야 해. 너는 하느님께서 네게 위탁한 존재란다!

저급한 신?

하느님의 고통을 이야기하는 막힌 소리에 대한 비유는 하느님의 전능함에 대한 단순한 이해에 의문을 제기한다. 나는 전능함에 대해 질문을 던지지만, 답을 얻지 못한다! 답은 없다. 하지만 이 비유는 나를 답 대신 반문으로 이끈다. 바로 하느님의 종에 관한 반문이다. 논리적인 답만으로는 두 개의 답 중 하나를 취사선택하게 되어 자칫 진부해질 위험이 있을 때 좋은 반문[18]을 던지는 것이 때로 대답하는 것보다 더 중요하다.

다니엘은 하느님의 전능함에 대해 이렇게 말한다. "그는 하늘의 권세와 땅에 사는 사람들과 더불어 자신의 뜻대로 하지만, 그 누구도 그의 손을 막고 지금 뭘 하는 거냐고 말할 수 없다."(〈다니엘〉 4:35) 이어 다니엘은 이런 고백을 부정하지는 않지만, 그에 대비되는 메시지를 내어놓는다. '그렇다. 하느님은 자신의 뜻대로 할 수 있다. 그러나 그는 모든 것을 하고자 하지 않을 것이다!' 사랑은 자신에게 가능한 모든 것을 하고자 하지 않는다! 바로 이것이 사랑의 강함이다. 사랑하지 않는 자만이 모든 것을 하고자 한다. 그들은 비도덕의 힘을 휘두른다. 힘과 의지 면에서 사랑하지 않는 자의 자유는 사랑하는 자의 자유를 훨씬 능가한다. 사랑하지 않는 자는 모든 걸 스스로에게 복종시킬 수 있지만 사랑하는 자

18 예수의 말에서도 이런 종류의 반문을 발견할 수 있다(〈마태복음〉 21:24).

는 그렇게 할 수 없다. 그는 모든 것을 하려고 하지 않는다. 사랑에 부합하는 것만을 하고자 하기 때문이다. 사랑은 복종을 구하지 않고, 사랑하는 자의 상호성과 동시성을 구한다. 사랑은 본질에 충실하다. 사랑은 진실을 부인하지 않는다. 사랑은 부르고, 권유하며, 문을 두드리고, 말을 걸고, 귀를 기울이고, 고대하고 기다린다. 그리고 마지막에 결정을 내린다. 그렇다. 하느님은 "원하는 모든 것을 할 수 있지만" 그가 원하는 것은 사랑에 부합하는 것이다.

하느님은 천사 12군단을 거느리고 손으로 낫을 휘두르며, 자신의 아들이 십자가에 못 박히는 것을 막을 수도 있었을 것이다. 그렇게 십자가에 못 박는 모든 사건과 십자군전쟁, 홀로코스트에 이르기까지 모든 참사를 막을 수 있었을 것이다. 가라지를 잘라버리고, 악을 뿌리 뽑고, 인간을 선에 복종시킬 수 있었을 것이다. 그러나 그 대신 그가 창조한 세계는 권리와 행동의 여지를 잃게 되었으리라. 하느님은 세계와 인간들의 의지에 반해, 원하지 않는 자들에게 선한 것을 억지로 불어넣었으며, 요란한 군화들을 불태우고, 곧은 목을 부러뜨릴 수 있었을 것이다. 그러나 그 결과 남는 것은 꼭두각시놀음이다. 아무리 전능하고 선한 놀음이라 해도, 그것은 인간을 꼭두각시로 만드는 조처다. 인간 스스로 돌이켜 하느님의 품으로 귀의할 가능성과 존엄을 앗아가는 것이다.

우리는 꼭두각시처럼 줄에 묶여 있지 않다. 다만 "사랑의 줄에 매여"(〈호세아〉 11:4) 있을 뿐이다. 사랑의 줄은 우리에게서 권리와 의지를 앗아버리는 전능함이 아니라 사랑의 상호작용이다. 오직 사랑을 통해 모든 '되어감'이 내적 질서를 얻게 될 것이다. 이것이 바로 구원이다. 우리가 겪는 우여곡절과 역경으로 인해 많은 것은 시간을 필요로 한다. 방향을 돌이키고, 치유받을 시간 말이다. 이것이 바로 구원이다. 믿음은 우리를 메시아의 작업장으로 인도한다. 메시아와의 첫 접촉은 바로 용서일 것이다. 용서받고 나면, 우리 편에서도 다른 사람들과 환경을 용서하게 된다. 우리에게 고통을 주었던 사람들과 환경들을 용서하게 된다. 그러나 자기 의로움으로 가득 찬 마음, 자신이 옳다고 하는 확신으로 가득 찬 마음에서는 치유가 이루어지지 않는다.

마음이 높아진 곳에서 하느님은 거하실 수 없다. 우리는 자신의 내면생활에 책임을 져야 한다. 깨닫지 못하는 자는 생명을 더럽힌다. 그러나 하느님은 듣는 자를 그가 길을 떠난 자리로, 혹은 사람들이나 상황에 걸려 넘어졌던 내적 장소로 인도하신다. 그럴 때 돌이킴과 용서의 순간들이 주어진다. 이런 거룩한 순간에 우리에게 권유되는 것이 무엇인지 분명해질 때 (그것은 어떤 아픔 혹은 자신이 의롭다는 생각을 내려놓고 평온으로 돌아가라고 하는 명령일 수도 있다) 우리는 동의할 힘도 있고, 스스로를 강팍하게 할 힘도 있다. 이 모든 것은 "사랑의 줄에 매여" 하느님과 동행하는 것이다.

모든 사람은 약속 앞에 서야 한다. 우리는 스스로를 무엇으로 채울지, 무엇이 자신을 지배하게 할지 결정해야 한다. 우리는 죄를 멀리할 수도 있고, 죄를 지을 수도 있다. 일들을 할 수도 있고, 그냥 내버려둘 수도 있다. 형태를 바로잡을 수도 있고, 일그러뜨릴 수도 있다. 가능성이 열려 있음을 중요하게 생각해야 한다. 거룩함은 늘 가능성의 구름과 함께한다.

우리가 하느님의 역사役事를 조금쯤 경험한다 해도, 인간은 언제나 부르심을 망칠 수 있는 가능성을 가지고 있다. 우리가 겪는 많은 것이 고상하고 유익하고 좋은 것이 아닌 이유가 그것에 있다.

그렇다면 믿음이란 무엇일까? 그것은 하느님의 모험에 동참하는 것이다. 사랑은 무엇일까? 하느님의 결정에 동참하는 것이다. 희망은 무엇일까? 믿음과 사랑을 통한 세상의 '되어감'에 동참하는 것이다. 우리는 그 모든 것에서 아파하시는 하느님을 보아야 한다. 그럴 때라야 비로소 우리는 하느님의 '너'로서 스스로를 소중히 여길 수 있다. 우리는 하느님을 일그러뜨릴 수 있다. 이것은 사랑의 고통이다. 하느님의 고통을 보지 않고는 이 세상에서 전능함을 펼치지 않으시는 하느님과 화해할 수 없다. 우리가 고통당할 수 있는 세상, 그러나 용기와 믿음을 가지고 형상화할 수 있는 세상을 허락한 하느님의 결정과 화해할 수 없다.

하느님은 인간과 관계를 맺는다. 우리의 시간으로 들어오며, 우리의 조건을 무시하지 않는다. 이 세상은 하느님이 자기를 내어주는 공간이기 때문이다. 그것은 이 세상을 부름의 장소로 만든다. 약속된 것과 악한 것, 둘 모두가 펼쳐질 수 있다. 알곡과 가라지가 자랄 수 있다. 이 세상에서 '지장받고, 제한받고, 제약을 받으려는' 것이 하느님의 결정이다. 다르게는 하느님이 이 세상을 내어주실 수 없으며, 이 세상에 들어오실 수 없다. 그렇지 않다면 세상은 그의 작은 부분에 지나지 않을 것이다. 하느님이 우리가 만들어내는 조건과 우리가 내리는 결정에 전적으로 응하지 않는다면, 모든 것은 가상의 게임에 불과하게 될 것이다. 그러므로 하느님의 제한성에 대해 이상하게 생각하지 말아야 한다. 그것은 하느님이 의도하신 것이다. 하느님은 자신이 모든 것이 되기를 포기했다. 때가 되면 되찾을 것이다. 하느님이 스스로를 (그리고 우리를) 부인하고 우리에게 개입해야 한다고 생각하는가? 하느님이 우리의 능력을 뛰어넘어 역사해야 한다고 생각하는가? 우리가 선한 일을 하기를 거부할 때 하느님이 스스로 그 상황을 손보아야 한다고 생각하는가? 그런 생각 가운데서는 우리가 스스로를 중요시할 수 없을 것이다! 거기서 무제한적인 전능에 대한 믿음은 신성모독이 될 것이다!

사람들은 얼마나 헛되이 하느님의 개입을 기다렸는가. 하느님이 악의 팔을 부수고 정의를 세워주실 것을, 고통을 끝내주실 것을, 그들의 부르짖음을 듣고 비참함을 보고 그들을 두려움과 곤궁에서 해방시켜주실 것을 말이다. 사람들은 얼마나 자주 하느님이 권능의 손과 팔을 뻗어 그들을 인도해내시기를 바랐는가. 하지만 아무런 표지도 나타나지 않고, 기적도 일어나지 않았다. 그는 그들을 구해내지 않았다. 아무 일도 일어나지 않았다. 침묵뿐이었다.

그런 다음 다시금 일들이 일어났다. 사람들은 홍수와 폭력에 휩쓸리고, 마른하늘에 날벼락같이 삶이 흔들렸다. 어떻게 그런 일이 일어났는지 알지 못했다. 의로운 자와 불의한 자, 선인과 악인 간에 구별이 없었다. 편협한 종교인들이 엄격한, 그러나 이해할 만한 하느님의 심판 운운하는 것이 허락되지 않는 그런 상황이었다. “내가 마음을 깨끗하게 하며 내 손을 씻어 무죄하게 한 것이”(〈시편〉 73) 헛되단 말인가?” 그렇다. 오히려 종종 불의한 자들이 너무나 잘되어 “살이 포동포동 찌고, 자기 좋을 대로 행한다. 그리고 보라 하느님 없는 자들은 이 세상에서 평안하고 부자가 된다.”(〈시편〉 73) 〈시편〉 기자는 “미끄러져 넘어질 뻔했다. 그가 악한 자들이 잘되는 것을 보고 교만한 자들을 질투했기 때문이다”.

바울은 질투하지 않는다. 그러나 이렇게 말한다. “주님, 누가 당신의 결정을 헤아릴 수 있으며 당신의 하시는 일을 누가 이해할 수 있겠습니까! 누가 당신의 생각을 알겠습니까? 또는 누가 당신의 의논 상대가 되겠습니까? 당신 앞에서는 지혜라 할 만한 것도, 지식이라 할 만한 것도, 조언이라 할 만한 것도 없습니다.”(〈로마서〉 11:33)

이 질문은 마지막에 해답이 아닌 찬양으로 넘어간다. 구체적 상황에서 필요한 경우, 내가 바울처럼 할 수 있을지 잘 모르겠다. 하지만 나 역시 불가해한 것은 논리적으로 대답을 찾을 수 없음을 알고 있다. 만약 대답을 찾을 수 있다면 불가해한 것이 아닐 것이다. 여기에 필요한 반反의미는 바로 로고스다. 그리하여 나는 막힌 소리의 비유에서 반의미를 계속해서 물어야 한다.

하느님의 전능함에 대한 물음에 하느님의 종이 마주 선다. 하느님의 종을 보지 않는다면, 나는—적어도 아우슈비츠 이후에—

하느님에 대한 믿음에서 난파했을 것이다. 우리가 어두운 침묵에 빠져들고 싶지 않다면, 하느님의 종이 무엇을 보여주는지를 보아야 할 것이다. 의미와 무의미만이 아니라, 반의미가 탄생해야 한다. 그것이 무엇일까?

우리는 예전의 굳어진 도식대로 신적 전능함과 우리 자신의 약함을 보아서는 안 된다. 반의미는 주체적인 결정을 하기에 이른 자신의 성장과 하느님의 약해지심을 보는 것이다. 세상이 존재할 수 있도록 자신의 존재를 포기하고 자신의 신성을 박탈한 로고스에서 이런 약해지심을 볼 수 있다. 로고스는 세상에 스스로를 내어주었고, 우리는 그를 발견하고 펼치고, 그 안에서 살아야 한다.

하느님은 그의 악기 소리를 전능한 노래로 대신하지 않는다. 그렇게 되면 하느님 나라가 아니라, 세상의 종말이 올 것이기 때문이다. 하느님은 우리의 세계에서 무제한적이고 무조건적인 존재가 되지 않는다. 우리는 하느님을 제한하고, 그는 그것을 허락한다. 그렇게 믿지 않는다면 세상 속 하느님의 존재를 중요하게 여기지 않게 될 것이다. 그는 강한 자, 위대한 자, 큰 자와 동일시하지 않는다. 약한 자, 보잘것없는 자, 하찮은 자와 하나가 된다. 무시당하고 약하고 하찮은 존재가 되는 것이 무엇인지 알고 있기 때문이다. 그러기에 "가난한 사람을 불쌍하게 여기는 것은 주님께 꾸어드리는 것"(〈잠언〉 19:17)이다. 〈마태복음〉은 이렇게 말한다. "너희가 내 형제 중 지극히 작은 자 하나에게 한 것이 곧 내게 한 것이다. (…) 너희가 이 지극히 작은 자 하나에게 하지 않은 것이

곧 내게도 하지 않은 것이다."(25:40, 45)[19]

따라서 하느님은 이 세상의 사건에 개입하지 않으실까? 이냐시오 데 로욜라Ignacio de Loyola는 "모든 노력이 쓸데없는 것처럼 기도하라. 그리고 모든 기도가 무용지물인 것처럼 일하라"라고 했다. 이것은 건강한 모순이다. 이런 거룩한 긴장 가운데 사는 것은 삶에 다의성을(그로써 아름다움을) 허락하는 것이다. 이것은 하느님과 인간이 떼려야 뗄 수 없는 협연 가운데 있음을 의미한다. 사랑은 사랑하는 자들의 동시성을 구하기 때문이다. 하느님의 전능함만을 고백하는 의기양양한 믿음이나, 인간의 자력만을 고집하는 불신앙 속에는 상호작용, 즉 협연의 신비가 없다.

우리는 부름에 대한 비유(6장)에서 이야기했던 것을 보아야 한다. 악기에서 소리가 날 때 연주자와 악기는 둘 다 '완전히 그곳에 있다'! 모순을 논리적으로 해결하는 것은 유익하지도, 바람직하지도 않다. 오히려 모순을 창조적인 힘으로 파악해야 한다. 여기서도 대립의 조화가 드러난다. 우리의 책임감 있고 성실한 태도와 하느님의 역사하심을 믿는 믿음이 조화를 이룰 때, 아름다운 대립의 조화가 이루어진다. 창조적 긴장은 내게 이것이다. "들음과 기도에서 비롯되는 것처럼 살고 일하기, 일과 삶에서 비롯되는 것처

19 이 부분에서 루터가 "작은 자"(〈고린도전서〉 15:9 참조)라고 번역한 엘라히스토스elachistos라는 개념은 "보잘것없는 자", "지극히 미미한 자"(〈마태복음〉 5:19), "무가치한 자", "지극히 작은 자"(〈에베소서〉 3:8) 등의 의미를 담고 있다.

럼 기도하고 듣기." 이 둘은 서로 맞물린다. 하나가 다른 하나를 무마시키지 않는다.

그리하여 우리의 가슴은 두 법을 간직해야 한다. 그렇지 않으면 하느님의 '전능함'을 핑계로 우리의 책임을 면피하려고 하게 된다. 하느님의 강함을 찬양하면서 그가 우리를 부르기 위해 스스로 내어주었음을 보지 못하면, 우리는 하느님을 오해하는 것이다. 바울이 "하느님의 약함이 인간보다 강하다"(〈고린도전서〉 1:25)고 말할 때, 그것은 인간을 무시하고 제쳐버리는 진부한 강함을 이야기하는 것이 아니다. 우리는 오히려 우리가 누구인지를 보여주기 위해 우리에게 권한을 주는 하느님의 약함을 인식해야 한다.

숨 막히는 참담한 순간들이 있다. 완전히 실패한 채 하느님의 어둠이 우리의 시간을 두르는 순간들. 그럴 때 하느님의 강함을 이야기하는 것은 신성모독이 될 것이다! 우리는 우리가 믿음과 일을 통해, 은총과 재능을 통해 어떻게 약한 자와 꺼져가는 자, 꺾인 자를 섬길 수 있을지 분별해야 한다. 그렇게 세상은 그들의 로고스를 경험할 것이며, 그들이 부름받은 아름다움을 볼 것이다!

모든 아름다움은 소망을 찬미하는 것이다. 그것은 하느님이 세상에서 일어난 일을 취해 완성할 때 있을 일에 대한 소망이다. 그때 우리는 무엇이 그분을 아름답게 했고, 무엇이 그분을 일그러뜨렸는지 보게 될 것이다. 무엇이 받아들여지고 무엇이 내버려질지 보게 될 것이다. 알곡과 가라지다. 우리가 그에게 무엇이었는지가 분명해질 것이다. 하느님이 세상의 생명을 위해 자신의 강함을 굽

혔던 것처럼, 우리가 우리의 강함을 굽히면서, 약함 속에서 하느님을 보고 하느님께 봉사했는지가 드러날 것이다. 하느님은 이 세상에서 아파하고 상심할 수 있다. 이런 말은 하느님에 대한 신성모독이 아니라, 우리 세계를 가능케 하는 조건이다.

그리하여 나는 어떤 경외심으로 나아갈 수 있는지 자문한다. 우리가 상심한 자, 약한 자, 꺾인 자에게 관심을 기울이고, 삶이 기꺼이 우리를 믿고 기대하고 요구하도록 할 때 하느님 나라는 가깝다. 미래 세계는 오늘 벌써 우리에게 이야기한다. "용기를 가져라! 우리는 오늘날 이미 너의 성실과 믿음으로 말미암아 자라가는 아름다움을 보고 있다."(〈요한복음〉 15:8, 16 참조)

내가 보는 예수는 그러하다. 예수는 유다가 상상했던 전능함을 세상에 들여오지 않았다. 반대였다. 예수는 사람이 하느님 나라를 침노할 수 있다고까지 했다!(〈누가복음〉 16:16 참조) 이 역시 하늘의 손상 가능성을 보여준다. 우리는 이를 존중해야 한다. 이를 존중하지 않으면 하느님 이미지는 진부해진다.

노자가 《도덕경道德經》 61장에서 겸손한 삶에 대해 말한 것이 하느님 나라의 본질에도 적용된다고 확신한다. "큰 나라는 낮은 곳으로 흐르니, 그곳에서 온 세상이 만난다."[20] 예수에게서 우리는

20 《도덕경》 61장은 '겸손의 덕謙德'이라는 표제가 달려 있고, 큰 나라에 대한 이런 문장으로 시작한다. 다음을 참조하라. Lao-Tse, *Tao Te King. Das Buch des Alten vom Sinn und Leben*, Wiesbaden 2004, S. 129.

하느님이 낮은 곳으로 임한다는 것이 무슨 의미인지를 본다.

플라톤과 노자의 '그리스도'

이제 내가 말하는 반의미가 무엇인지를 설명해보려고 한다. 하지만 그전에 한 가지 짚고 넘어가는 게 좋겠다. 낯선 것과의 만남에서 나는 내가 보고 싶은 것만 보기를 원하지는 않는다. 그것은 여러 층으로 구성된, 아름다운 바이올린 칠과 비슷하다. 나는 다양한 재료로 안료를 끓여서 그것을 절구로 곱게 간 금속염과 혼합하여 칠한다(이에 대해서는 11장의 바이올린 칠 레서피에서 더 자세히 살펴보겠다). 빛나는 오렌지색에 오렌지색 도료를 얇게 한 겹 더 입혀주면, 색조는 더 강화된다. 하지만 이렇게만 하면 색은 마지막에 요란하고 촌스러워진다. 그러므로 적절한 부분에서 보색으로 오렌지색을 중화시켜야 한다. 나는 이 기술을 친한 화가에게서 배웠다. 그가 플랑드르 미술학교에서 배운 기법이라고 들었다. 아주 엷은 파란색 층은 눈에 보이지 않는다. 하지만 오렌지색은 그것 덕분에 마지막에 놀라운 부드러움과 깊이를 갖게 된다.

그러므로 자신의 생각을 비슷한 생각으로 강화할 뿐 아니라 보완할 수 있는 색깔을 찾아서 자신의 철학에 부드러움과 성숙함을 가미하는 것이 중요하다. 쉽게 말해 상대가 자신의 생각과 비슷한 말을 하면, 즐겁게 기존의 생각을 더 깊이 파고들 수 있다. 그렇지 않고 상대가 조금 다른 것을 말하면, 힘들게 고민하며 생각을 정리해야 한다. 하지만 스스로를 강화하는 것과 제동을 거는 것, 두 가지 모두 필요하다.

비슷한 사람들하고만 어울리는 사람을 보면 알 수 있다. 자신의 것만 강화하면 생각은 날카롭고 요란해진다. 다른 생각을 하는 사람들을 통해 어느 정도 바로잡고 제동을 걸어도 해될 것이 없다. 그렇게 해도 아름다움은 흐트러지지 않으며, 오히려 우리 안의 것을 더 풍요롭게 한다. 혼란을 겪어야 비로소 진정으로 배울 수 있다.

히브리적 사고 밖에서도 위대한 사상가들이 하느님의 종의 내적인 진실에 대해 깨달은 바 있다. 물론 이들이 모두 같은 것을 이야기한다고는 말할 수 없을 것이다. 하지만 바울이 "하느님의 비밀인 그리스도 안에 지혜와 지식의 모든 보화가 감추어져 있다"(〈골로새서〉 2:3)고 말했음을 감안한다면, 이런 보물을 들추지 않는 것은 열정 없고 존중 없는 태도일 것이다! 보물을 들추는 자는 그리스도와 만날 것이다. 꼭 그리스도라는 이름으로 불리지 않을지라도, 그리스도를 볼 수 있을 것이다.[21]

21 바울에게서도 비슷한 생각을 엿볼 수 있다. 바울은 그리스도가 인간의 형상으로 나타나기 훨씬 전에도 활동했다고 말한다. 〈고린도전서〉 10:4~9 참조. 아우구스티누스도 다음과 같이 말했다. "지금 기독교 사상이라 할 수 있는 것은 그리스도가 육체로 나타나시기 한참 전 이미 고대에도 있었고, 인류의 시작 이래 이런 사상이 없지 않았

그리스도를 통해 상황의 역전이 일어난다. 고대에는 빛나는 승자를 숭상했고, 지배자에게 신적 지위와 힘을 부여했다. 십자가에 달리는 자는 저주받은 사람이라는 걸 알고 있었다. 그러나 기독교 믿음의 근거가 되는 사건—십자가에 못 박힘—이 모든 일을 완전히 뒤집는다. 이 사건은 하느님의 종을 승자로 칭송하고, 사랑하는 자가 자신을 내어줌을 신성시한다. 이런 반의미는 절대적으로 새롭다. 저주받은 자가 거룩해지고, 낮은 자가 높아진다.[22]

삶을 고독한 정점으로만 몰아가는 것은 그리 바람직하지 못하다. 일반적으로 이런 봉우리를 의미라고 부르고, 그 양쪽으로 무의미의 심연이 입 벌리고 있다고 생각한다. 그러나 대립의 구조는 의미에 반의미를 마주 세운다. 동서양의 위대한 스승들인 노자와 플라톤은 '고난당하는 의인'과 '섬기는 왕과 종'에서 반의미의 내적 본질을 보았다. 이제 이에 대해 이야기를 해볼까 한다. 지금까지 이야기한 것을 더 깊게 볼 수 있기 때문이다.

플라톤. 플라톤(기원전 428~348)은 십자가에 못 박힌 의인의 모습을 묘사한다. 그의 저서 《국가*Politeia*》 2권에서 플라톤은 여러 가

다."(Retr. I 13,3).

22 문화철학자 하이너 뮐만의 책을 참조하라. Heiner Mühlmann, *Jesus überlistet Darwin*, Wien, New York 2007, S. 59f. 이런 새로움이 히브리적 사고를 얼마나 많이 뛰어넘는 것인지는 토라를 보면 알 수 있다. "나무에 달린 자는 하느님의 저주를 받았다." 〈신명기〉 21:23.

지로 부족함이 많은 인간 사회에서 완벽한 의인과 완벽하게 불의한 자를 어떻게 상상할 수 있는지를 토론한다.

이 책에서 소크라테스에게 반박하는 자로 등장하는 글라우콘은 올바르게 사는 것은 매력적이지 않다고 말한다. 의인이 세상에서 얼마나 오래 올바른 자로 남을 수 있는지 보자고 하면서, 의인이 의를 행하는 것은 다만 그가 불의를 행할 수 없기 때문이라고 한다. 가령 의인에게 투명인간처럼 될 수 있는 능력을 주면, 유혹에 굴복하여 불의를 행하게 되리라는 것이다. 그는 "인간들 사이에서 신처럼" 행동할 터이고, 자의로 살인을 저지르고 무분별하게 자신의 욕구를 만족시키며, 할 수 있는 대로 자신의 이점을 이용하게 될 것이다. 그 이유는 "그 누구도 자원해서 올바르게 사는 것이 아니기 때문"이라고 한다.

한편 완벽하게 불의한 자는 언제 어디서나 명망이 따르도록 행동한다. 그는 부유해질 것이며, 영향력을 발휘하고, 친구들에게 잘해주고, 적들에게는 해를 입힐 것이다. 설상가상으로 최악의 것은 실제로는 그와 반대임에도 사람들이 그를 의인으로 여긴다는 것이다.

완벽한 의인은 이와 정반대다. 그는 자신이 남들에게 어떻게 보일지를 별로 중요시하지 않는다. 그는 현혹되지 않으며, 상황을 자신에게 유익하게 활용하지 않고, 의로움을 고수한다. 그렇다. 나아가 그는 비방을 당할 수도 있다. "비방이나 그로 말미암은 손해에도 불구하고 의로움을 고수할 수 있는지 스스로를 시험하고

자" 하는 것이다. 그리하여 그가 한순간도 의로움을 떠나지 않음에도, 사람들은 그를 비방하고, 명망 있는 사람들에게 불의한 자 취급을 받게 된다. 사람들은 의인을 참아주지 못하는 법이다.

이어 글라우콘은 "신적 자유를 지닌 이가 전혀 불의를 저지르지 않고자 한다면, 그는 모든 이에게 극도로 어리석어 보인다"며, 의인은 결국 불의를 짊어짐으로써 비로소 온전해질 것이라고 한다. 그는 오해받고 박해받겠지만, 의로움의 길을 떠나지 않을 것이다. 마지막으로 글라우콘은 의인은 갖은 고문을 당한 뒤 십자가에서 못 박혀 죽임당할 것이라고 한다. "그러면 사람들은 말할 것입니다. 의인이 채찍질당하고, 고문과 결박을 당하고, 두 눈이 불에 지져진다고, 이 모든 고초를 겪은 뒤에 십자가에 처형당하게 될 거라고 말이죠."[23]

따라서 완벽한 의인은 마지막에 존경을 받기는커녕, 노예처럼 치욕스러운 죽음을 맞을 것이다. 그리스에서 십자가 처형은 오직 노예에게만 예정된 것이기에, 자유민에게 그 형벌을 적용하는 것은 야만적인 일로 여겨졌다. 자유민을 사형에 처할 때는 불필요한 잔인함을 피하도록 되어 있었다. 따라서 글라우콘은 의인에게 노

23 Platon, *Politeia*. 여기서는 S. 토이펠Teuffel의 번역본으로 인용했다. Platon, *Sämtliche Werke II*, Köln-Olten 1967, S. 51. 다음을 참조하라. Ernst Benz: *Der gekreuzigte Gerechte bei Plato*, im NT und in der alten Kirche. Abhandlungen der Mainzer Akademie 1950, Heft 12. Joseph Ratzinger(Benedikt XVI), *Einführung in das Christentum*, Augsburg 2007, S. 275 (초판 München 1968).

예나 중범죄를 저지른 사람들이나 받을 법한 치욕적인 형벌이 돌아갈 거라고 생각하는 것이다.[24]

불의한 자가 행복하고 최고의 사회적 명망을 누리는 반면, 의인은 불행하며 말할 수 없는 인간적 고초를 당한다. 이것이 세상이다. 플라톤의 저서에서 전체 토론은 오롯이 이 의견을 반증하는 데 할애된다. 의인은 마지막에 결국 행복해지며, 불의한 자는 극도로 불행하게 될 거라는 말이다. 이것이 플라톤의 이 저서에서 글라우콘에게 맞서는 소크라테스의 역사적 확신이다.

플라톤이 이 글을 남긴 것은 기원전 약 375년이다! 플라톤은 극도로 과장해서 서술한 자신의 픽션이 언젠가 현실이 되리라고는 상상하지 못했을 것이다. 수백 년 후에 예수의 말과 행동, 운명으로 실현될 의인의 모습을 플라톤이 얼마나 속속들이 서술하고 있는지 정말 인상적이다.

예수는 말한다. "너희가 너희를 사랑하는 자를 사랑하면 칭찬받을 것이 무엇이겠는가? 죄인들도 자신의 친구는 사랑한다. 너희가 너희에게 잘해주는 자에게 잘해주면 칭찬받을 것이 무엇이겠는가? 죄인들도 그렇게 한다. 너희가 받기를 바라고 사람들에게 빌려주면, 칭찬받을 것이 무엇이겠는가? 죄인들도 고스란히 되받을 생각으로 죄인들에게 빌려준다. 너희는 오히려 원수를 사

24 다음을 참조하라 Marius Reiser, *Bibelkritik und Auslegung der Heiligen Schrift*, Tübingen 2007, S. 349.

랑하고, 그들에게 잘해주어라. 아무것도 받을 것을 바라지 말고 빌려주어라. 그러면 너희의 상이 클 것이고, 지극히 높으신 자의 자녀가 될 것이다."(〈누가복음〉 6:32 이하)

예수에 대한 소문은 대적자들이 그를 시험하는 말에서도 드러난다. 그들은 미끼 질문을 던진다. "선생님, 우리는 당신이 진실하고 아무도 꺼리지 않는다는 걸 압니다. 사람을 외모로 보지 않고 하느님의 도를 가르치니까요…"(〈마가복음〉 12:14) 마지막에 예수는 저주받은 자, 불의한자로서 죽음을 맞는다.

플라톤의 저작처럼 〈지혜서〉도 의인을 거부하는 것을 두고 의로움을 거부하는 인간의 태도를 이야기한다. 기원전 50년경에 쓰인 〈지혜서〉에는 이렇게 되어 있다.

"가난한 의인을 억누르자. (…) 우리의 힘이 의로움의 척도가 되게 하자. 약한 것은 스스로 쓸모없음을 드러낸다. 의인에게 덫을 놓자. 그는 우리를 성가시게 하고 우리의 행위에 걸림돌이 된다. (…) 그는 하느님을 아는 지식을 가졌다고 주장하며, 스스로를 주님의 종이라고 칭한다. 그가 우리의 사고방식을 걸고넘어지니, 정말 그를 보기만 해도 참기가 힘들다. 그의 삶은 다른 사람들의 삶과 다르고, 그의 길도 정말 다르다. (…) 의인의 마지막이 행복하다고 큰소리치고 하느님이 자기 아버지라고 자랑한다. 그의 말이 진짜인지 두고 보자, 그의 마지막이 어찌 될지 지켜보자. 의인이 정말로 하느님의 아들이라면 하느님이 그를 도와서 대적들의 손에서 그를 구해주시겠지. 그러니 모욕과 고문으로 그를 시험해보자.

그가 정말 온유한지, 인내심이 있는지 시험해보자. 그에게 수치스러운 죽음을 내리자."(〈지혜서〉 2:10~20)

그렇게 예수가 죽을 때 사람들은 냉소적으로 그를 조롱하고 시험했다. 복음서는 이렇게 보고한다. "네가 만일 하느님의 아들이라면 스스로를 구해보시지. 십자가에서 내려와보라고! (…) 다른 사람들은 구원하면서, 자신은 구원하지 못하는군. 이스라엘의 임금이라면 이제 십자가에서 내려와보시지. 그러면 우리가 믿을 텐데 말이야. 그가 하느님을 신뢰하니 하느님이 그가 마음에 든다면 구원해주실 거 아냐. 본인이 하느님의 아들이라고 했잖아."(〈마태복음〉 27:40~43)

예수의 삶과 죽음은 예수가 이 땅에 오기 전 플라톤의 저서뿐 아니라 히브리 성서에 오래전에 기록된 완전한 의인의 전형에 상응한다. 그의 마지막은 그가 어떤 삶을 살았는지를 보여준다.

〈이사야〉에 기록된 하느님의 종에 대한 네 번째 노래는 의인이 완전히 오해받을 것임을 이야기한다. "우리는 그가 징벌을 받고 하느님께 맞으며 고통을 당하는 것으로 여겼다. 그러나 그는 우리의 죄로 인해 찔렸고, 우리의 악행으로 말미암아 으스러졌다." 이런 예언적인 노래는 그의 죽음 후에야 비로소 상황이 바뀌는 걸 본다! 그것은 다음과 같은 통찰이다. "나의 의로운 종이 그의 지식으로 말미암아 많은 사람을 의롭게 할 것이다."(〈이사야〉 53:4 이하 참조)

노자. 자 이제 지구 반 바퀴를 돌아 동양으로 가보자. 그곳에서 옛 스승 노자를 만날 수 있다. 전승에 따르면 노자는 기원전 6세기에 지금 중국의 허난성 지역에 있던 추나라에서 태어났다. 그 역시 하느님의 종의 내적 진실을 놀라운 방식으로 표현했다. 《도덕경》 78장에는 이런 구절이 있다.

세상에서 물보다 더
부드럽고 약한 것은 없다.
하지만 딱딱하고 강한 것을 공격하는 데는
물보다 나은 것이 없다.
그 무엇도 물을 대신할 수 없다.
약한 것이 강한 것을 이기고
부드러운 것이 딱딱한 것을 이긴다.
세상 모든 사람이 그것을 알고 있다.
그러나 그 지식에 따라 행동하는 이 아무도 없다.
그래서 성인은 말한다.
나라의 치욕을 자신의 것으로 짊어지는 사람은
사직의 주인이다.
나라의 곤경과 아픔을 스스로 짊어지는 자는
천하의 왕이다.
진실한 말은 거꾸로인 것처럼 들린다.[25]

하느님의 종, '천하의 왕'이 몇백 년 뒤에 등장했을 때 그는 역설의 삶을 산다. 노자는 섬기는 왕을 보며 "진실한 말은 거꾸로인 것처럼 들린다"고 말한다. 예수도 그렇게 말한다. "너희도 알다시피 통치자라 하는 자들이 백성 위에 군림하고 권력자들은 백성들에게 세도를 부린다. 하지만 너희는 그래서는 안 된다. 너희 중에 크고자 하는 자는 너희를 섬기는 자가 되어야 한다. 그리고 으뜸이 되고자 하는 자는 모든 사람의 종이 되어야 한다. 인자가 온 것은 섬김을 받으려 함이 아니라 도리어 섬기려 하고, 자기 목숨을 많은 사람의 대속물로 내어 주려 함이다."(〈마가복음〉 10:42~45)

"으뜸이 되고자 하는 자는 모든 사람의 종이 되어야 한다." 이는 의의 완전한 형태는 거꾸로 사는 삶이라는 걸 분명히 해준다. 예수는 이런 역설의 삶을 살았기에 의인이다. 그가 으뜸가는 것은 모든 이의 종이기 때문이다. 모든 이의 종으로 살아가는 것은 생명을 내어주는 삶이며, 이것은 하늘의 의식意識으로 살아가는 것이다. 헌신의 정신에서 일들은 거꾸로 된다. 마리아의 찬가에서 마리아도 이런 역설을 찬양한다.(〈누가복음〉 1:46~55)

25 《도덕경》 78장. *Tao Te King. Das Buch des Alten vom Sinn und Leben*, Wiesbaden 2004, S. 147 ; Victor von Strauss, *Das Tao Te King von Lao-Tse*, Leipzig 1870.

거꾸로 함

예수의 죽음은 목표가 아니라 섬기는 삶의 결과였다. 그 안에서—플라톤이 보았던 것처럼—의인이 마지막까지 의인으로 남으면 무슨 일이 일어나는지가 드러났다. 하느님은 죽임당한 예수가 아니라 의로운 예수를 기뻐했다. 예수의 죽음이 아니라 예수의 삶이 희생이었다. 그는 의인으로 남았으며, 그것은 세상의 형편을 뒤바꾸는 사람이라는 뜻이다. 그는 권리를 빼앗긴 자에게 품위를 주고, 가난한 자에게 복음을 전하고, 포로 된 자에게 자유를 주며, 묶인 자를 해방시키고, 눈먼 자를 다시 보게 하며, 기진맥진한 자에게 힘을 실어주었다.(〈이사야〉 61:1~2, 〈누가복음〉 4:18~19) 이런 의로운 일이 일어날 때 세상은 하느님으로 기름 부음을 받는다고 말할 수 있을 것이다. 하느님의 종은 세상으로 하느님의 본질을 들여온다. "주 야훼의 신이 내게 임하셨으니 영원자가 내게 기름을 부으셨기 때문이다."(〈이사야〉 61) 기름 부음을 받은 자, 그가 곧 그리스도다.

대속물("목숨을 대속물로 내어주려 함이라")이라는 예수의 말은 성급하게 들으면, 생소하고 이해하기 어렵다. 그러나 우리는 성급한 종교적 반사를 뒤로하고, 좀 더 느리게 반문해야 한다. 대속물인 의로운 자의 목숨은 대체 누구에게 지불되어야 하는가? 하느님이 인간을 노예로 만들었기에 하느님께 몸값을 지불하고 인간을 자유의 몸으로 만들어야 한다는 말인가? 하느님이 몸값을 요구한다고 생각한다면, 그로써 우리는 하느님을 강도와 압제자로 선언하는 것이다. 하느님은 몸값이 필요 없다. 하느님은 아무도 잡아들이지 않았기 때문이다.

그렇다. 몸값은 다른 곳에 지불된다! 우리가 매인 곳에 지불된다. 우리는 적개심에 매여 있다. 우리는 마음을 들쑤시고 부패하게 하는 모든 것에서 자유로워져야 한다. 몸값은 우리의 잘못된 생각으로 참된 삶이 방해받는 곳에 지불된다. 바로 우리 자신의 마음이다. 우리는 하느님에 반하는 이미지들로부터 자유로워져야 한다. 개입하려고 하지 않는 냉담한 하느님 이미지. 희생을 원하는 복수심에 불타는 하느님 이미지. 아무것도 하고자 하지 않는 부재하는 하느님 이미지… 하느님에 대한 이런 적개심이 우리 일상세계에 점철되어 있다. 우리는 마음에 있는 것만을 삶으로 드러낸다. 냉소, 체념, 폭력. 이것은 악의 삼두체제다. 그로부터 구원받아야 한다! 냉소주의를 거꾸로 한 것이 믿음이고, 체념을 거꾸로 한 것이 희망이고, 폭력을 거꾸로 한 것이 사랑이기 때문이다. "진실한 말은 거꾸로인 것처럼 들린다"고 노자는 말한다.

이런 거꾸로 함은 돌이킴을 통해서만 일어난다. 예수는 인간이 된, 부드럽고 겸손한 하느님의 힘이다. 이 힘이 내 마음과 행동의 얽히고 부패함으로부터 나를 돌이키려고 한다. 내가 매일 역설의 삶을 배울 수 있도록 한다. 예수의 의로움은 엄청나서, 그와 만나는 모든 사람을 의롭게 만들 수 있다. '의로운 것'은 내가 뭔가를 해서가 아니라, 내 안에서 뭔가가 깨어지기 때문이다. 그것이 돌이킴의 힘이다. 아스팔트가 깨어지고 아주 부드러운 식물이 아스팔트를 뚫고 햇빛을 향해 고개를 내미는 것처럼, 하느님에 대한 잘못된 이미지들이 마음속에서 깨어지고 하느님 사랑이라는 부드러운 식물이 빛을 향해 뻗어나간다.

예수에게 마음을 내어주는 만큼 우리는 불의를 극복하게 된다. 예수는 의인이다. 통찰만으로는 불의를 극복하기가 힘들다. 필요한 힘은 오직 사랑에서 나온다. 이 사랑은 인격적 사랑이다. 인격적 사랑은 단순한 이념에 대한 사랑보다 더 강하고 깊다. 그 사랑은 사랑하는 대상의 헌신을 통해, 어떤 이념의 힘이 아닌 사랑하는 대상이 겪는 고난을 통해 더 강해진다. 사랑으로 돌이킬 때 우리 안의 사랑이 역설의 삶으로 나아갈 힘을 얻는다. 이것이 나를 부르는 사랑을 통한 돌이킴이다. 구원은 이런 방향 전환에만 있을 수 있다. 거기서 우리는 믿음으로 두려움을 이길 수 있다. 사랑으로 무관심을 이길 수 있고, 용서로 죄를 이길 수 있다. 이것이 바로 거꾸로 사는 삶이다. 노자는 "진실한 말들은 거꾸로인 것처럼 들린다"라고 말한다.

이런 거꾸로 함 없이는, 마음은 혼란에 빠지고 세상의 부당한 상태에 우리를 내어준 채, 잘못된 것에 맞서서 아무것도 할 수가 없을 것이다. 거꾸로 함 없이는 우리는 돌이키지 않은 사람, 불의한 자가 된다. 거기서 우리는 삶을 그르치고, 삶의 의미를 헛되이 하게 될 것이다. 마음과 행동의 돌이킴 없이는 역설의 삶을 살 수가 없다. 우리의 마음이 행동으로 이어지는 순간들이 있고, 행동이 마음으로 이어지는 순간들도 있다. 그러나 돌이키지 못하면 거꾸로 함에 이를 수 없다.

"약한 것이 강한 것을 이기고, 부드러운 것이 딱딱한 것을 이긴다… 나라의 곤경과 아픔을 스스로 짊어지는 자가 천하의 왕이다. 진실한 말들은 거꾸로인 것처럼 들린다"고 노자는 말한다. 예수는 말한다. "크고자 하는 자는 너희를 섬기는 자가 되어야 한다. 그리고 으뜸이 되고자 하는 자는 모든 사람의 종이 되어야 한다."

하느님이 내게 무엇을 보여주는가? 사랑하는 자로서 기꺼이 고난을 당하고, 통치하는 자로서 기꺼이 내어주며, 전능한 자로서 기꺼이 인간의 뜻에 맞추어준다. "하느님의 뜻은 유효하며 방해받을 수 없다. 그것이 하느님 자신의 본질적인 힘이기 때문이다"[26]라는 마르틴 루터의 말에 대해 이렇게 대답하고 싶다. 물론 인간은 하느님의 의지를 막을 수 없다. 그러나 또한 그렇게 할 수도 있다. 하느님 자신이 그의 의지에 지장을 받기로 결정했기 때문이다. 예수님이 우리에게 "당신의 뜻이 이루어집니다"가 아니라 "당신의 뜻이 이루어지게 하소서"라는 기도를 가르쳐준 데는 이유가 있다. 이루어지는 모든 것이 하느님의 뜻은 아니다. 이루어지는 모든 것이 하느님의 뜻이라면 이 기도뿐 아니라 다른 모든 기도도 의미가

26 Martin Luther, De servo arbitrio(1525) in *Dass der Wille nicht frei sei*, München 1975, S. 24 (부자유한 의지에 관하여Vom unfreien Willen).

없을 것이다. 하느님의 뜻은 모든 것을 생명으로 부르는 힘이다. 하지만 이런 의지는 세상에서 약해 보인다. 그것은 모든 존재에게 이유를 부여하는 지고의 것이지만, 사라질 위기에 있다. 우리는 이런 역설을 보아야 한다. 하느님의 뜻은 그 손상 가능성에서 나타난다. 성령은 손상될 수 있는 것이고, 우리 안에서도 그렇다.

세상에서 물보다 더
부드럽고 약한 것은 없다.
하지만 딱딱하고 강한 것을 공격하는 데는
물보다 나은 것이 없다.
그 무엇도 물을 대신할 수 없다.

어렵지 않게 말할 수 있다. 이것은 성령의 물이다!

하느님의 우울

하느님의 종에 대한 노래는 하느님 사랑에 필연적으로 동반되는 고통을 볼 수 있게 한다. 이것이 첼리스트에 대한 비유의 기본 생각이다. 그리고 나는 서툴게 더듬거리면서라도, 이런 생각을 다양한 시각에서 보고자 한다. 이제 나는 이 생각의 음색을 약간 변화시켜보고 싶다. 우리는 하느님의 아파하심을 걱정할 필요는 없다. 하느님이 그것을 감당할 능력이 있으시니 말이다. 하느님은 스스로 알아서 잘해나가신다. 이런 말이 이상하게 들리는가? 하지만 이런 부분을 짚고 넘어갈 필요가 있다. 소심하고, 완고하고, 불안하고, 협소하고, 우울한 믿음 속에 뭐랄까, 하느님의 상태를 책임져야 할 것 같은 감정이 도사리고 있는 경우가 제법 있기 때문이다. 이런 믿음 가운데 우리는 말한다. "이 도덕이 중요해. 그렇지 않으면 거룩한 하느님께 좋지 않아! 내가 논증하는 게 중요해. 불가해한 하느님이 자신을 변호하실 수 없다고!"

우리가 예수 안에서 보는 하느님의 고통이 '어떤 종류의' 것인지 알지 못하면, 사랑하기에 아파하고 고통받는 하느님에 대한 비유는 오해를 빚을 수 있다. 하느님의 사랑만이 아니라 고통도 온전하다. 하느님은 결핍으로 인해 아파하지 않고, 사랑 자체로 인해 아파하기 때문이다. 그것은 필연적인 고통이다. 그러므로 하느님은 부족함이 없으시다는 걸 의식해야 한다. 우리가 하느님께 짐을 지울 수 있음을 알 때 비로소 우리의 믿음도 건강해질 수 있다. 내가 무슨 말을 하려고 하는지 알겠는가?

엄마나 아빠의 자살이 자기 책임이라고 여기며 고통으로 마음이 찢어지는 아이와 같은 모습의 믿음이 있다. 아이는 이렇게 혼잣말을 한다. '내 잘못이야. 내 책임이야. 내가 다르게 행동했다면, 아빠가 아직 살아 있을 텐데. 죽지 않았을 텐데. 내가 얼마나 나쁘고 못된 놈이길래 아빠가 내 곁에 있지 않고 죽어버렸을까!'

부모가 정신적으로 병드는 경우 아이는 이렇게 느낀다. '엄마는 진정으로 여기 있지 않아. 마음은 이곳에 없어.' 이런 아이는 자신의 모범적인 행동으로 우울하고 고통스러운 엄마의 기분을 북돋우고자 한다. 부재하는 엄마에게 기쁨을 주면서 생기를 불러일으키려고 한다. 자극하고, 칭찬을 얻어내고자 한다. 그의 모든 행동은 오직 이런 외침이다. '봐요 내가 얼마나 잘하는지! 이제 기뻐할 이유가 있잖아요!'

많은 믿음이 이런 식이다. 나는 소아청소년 신경정신과 전문의인 내 여동생 기젤라에게 이런 아이들의 이야기를 많이 들었다. 그녀가 이런 아이들에 대해 말해주었을 때 나는 그들의 영혼이 처한 상태와 비슷한 믿음이 있다는 생각에 가슴이 서늘해졌다. 이런 믿음에서 신앙인('하느님의 자녀')은 하느님의 부재로 인해 괴로워한다. 그것에 그치지 않고 하느님의 상태에 책임감을 느낀다. 그리하여 죄책감으로 얼룩진 신앙생활이 탄생한다. 이런 믿음을 가진 사람들은 비슷한 방식으로 계속해서 하느님의 기분을 북돋워서 하느님이 스스로 물러나 있던 자리에서 나와서 우리와 함께하고, 우리에게 관심을 갖고, 우리가 얼마나 잘하고 있는지에 대해 기뻐하게끔 하고자 한다('하느님 경험'). 이런 태도로부터 정말 어처구니없는 신앙이 탄생한다. 하느님의 부재에 책임을 느끼고, 도덕적 우위, 열심 있는 찬양, 열렬한 믿음으로 하느님의 임재를 불러올 수 있다고 믿는 것이다. 거기서 자신에 대한 견딜 수 없는 압박이 생겨나고, 하느님의 부재에 대해 스스로를 책망한다.

이런 신앙에 대해 나는 "당신은 하느님에 대해 책임이 없다!"고

외치고 싶다. 여러 번 외쳐야 한다. 오히려 반대 방향으로 나갈 때 신앙은 생동감 있고 자유로워진다. 우리는 하느님에게 짐을 맡길 수 있어야 한다. 우리는 하느님의 생기를 복돋울 필요가 없다. 하느님은 우리가 그에 합당하게 하지 못한다고 해서 좌절하지 않는다. 아이에게 "네가 이런저런 잘못을 했으니 이제부터 나는 더 이상 네 엄마가 아니야!"라고 말하며 아이의 마음을 갈기갈기 찢어버리는 엄마가 어디에 있겠는가? "네가 이런저런 것을 하거나 하지 않으면, 난 네게서 숨어버릴 거야. 더 이상 네 아빠가 되지 않을 거야"라고 위협하는 아빠가 어디 있겠는가? 이런 말들이 정말 이상하다고 생각한다면, 하느님이 그 정도로 이상한 분이라고 믿는 것인가? 하느님은 우리의 마음을 갈기갈기 찢는 분도 아니고, 이상한 분도 아니다. 하느님께 그냥 짐을 맡기는 것을 배워야 한다. 그러면 부모를 신뢰하기에 부모에게 안겨 안식을 맛보는 아이처럼 될 수 있다.

"너희가 악할지라도 자녀들에게 좋은 것을 해줄진대, 하늘에 계신 너의 아버지야 얼마나 많이 그렇게 해주겠느냐!"(〈마태복음〉 7:11)라는 예수의 말은 빈말이 아니다. 하느님에 대한 이해가 아무리 적다 해도, 우리가 하느님을 책임질 필요가 없다는 것은 확실하다. 영혼 깊은 곳에서 하느님에 대해 책임감을 느끼며 늘 죄책감에 시달리는 믿음이 있다. 도덕적으로 끊임없이 스스로를 다그치고, 계속 변호해야 할 것처럼 논쟁을 일삼는다. 외적으로는 차갑고 거칠며, 다른 사람들에 대해 투쟁적이다. 내적으로는 유약하고, 죄책감과 압박감에 시달린다. 이런 신앙인은 하느님으로 말미암아 상심하다시피 한다. 외적으로는 하느님을 변호하고, 내적으로는 하느님의 기분을 돌보려고 한다. 마치 하느님이 이 두 가지를 필요로 하는 양 말이다!

아니다. 하느님은 결핍이 없으시다. 그의 고통은 다른 종류의 것이다. 하느님은 고통스러워할 능력이 있다. 하느님은 사랑하기에 고통당한다. 그것은 사랑 자체로 인한 고통이다. 하느님의 임재는 손상될 수 있다. 사랑은 상처받을 가능성이 있기 때문이다. 그러나 하느님의 본질은 그것을 감당할 수 있다. 그의 본질은 사랑이기 때문이다.

삶의 근원적 원칙

그것이 무슨 의미일까? 〈요한복음〉에서 예수는 스스로에 대해 이렇게 말한다. “하느님이 세상을 이처럼 사랑하여 자신의 아들을 내어주셨다.”(3:16) 이 구절은 삶의 근원적 원칙을 이야기한다. 그 원칙은 바로 내어줌이다. 생명의 내어줌이 모든 생명의 토대가 된다. 우리가 취한 것 중 생명이 우리를 위해 주지 않은 것이 무엇이 있는가? 먹을 것, 친밀함, 천연자원, 물, 돌봄, 삶의 시간. 내가 좋은 사람이라면, 그것은 다른 사람들의 내어줌에 힘입어 그렇게 된 것이다. 내가 좋은 사람이 되어야 한다면, 나 역시 내어줌을 통해서만 그렇게 될 수 있다. 내어줌은 자라고 성숙해가는 생명의 바탕이다. 이런 내어줌이 하느님 안에 있다. 그리하여 우리가 내어줌에 힘입어 산다면, 우리는 '하느님을 힘입어' 사는 것이다. 우리가 이웃에게 헌신을 선사하는 것처럼, 우리 역시 헌신에 힘입어 산다.

세계는 헌신한 생명으로 말미암아 산다. 스스로를 내어주지 않는 것(또는 최소한 열심히 살지 않는 것)은 모든 생명에 자신의 생명을 내어주는 거룩한 힘에 대한 반항이다. 어머니는 자녀를 위해 스스로를 내어준다. 어머니는 자신이 하고 싶은 일을 뒷전으로 하고 아이를 위해 시간을 낸다. 우리의 세상은 하느님의 '자녀'와 같다. 하느님은 내가 어찌 너를 버리겠느냐고 말씀하신다. 선지자 이사야는 하느님이 그렇게 외치는 소리를 듣는다. 그것은 세상에 자신의 생명을 내어주는 해산하는 자의 부르짖음이다.

나는 하느님의 종에 대한 원초적 설명을 그렇게 본다. 하느님은 "자신의 아들을 내어주셨다".(〈요한복음〉 3:16) 〈로마서〉가 말하듯이 하느님은 "그의 아들을 아끼지 않으셨다."(8:22) 하느님은 의로운 자, 온전히 사랑하는 자를 우리 인간에게 내어주셨다. 하느님이 아들을 내어주었다는 것—그것은 수동태로 묘사되지 않았다—은 예수님이 인간으로 말미암아 으스러졌을 뿐 아니라, 하느님으로 말미암아 으스러졌다는 뜻이다! 예수는 하느님의 고통으로 말미암아 으스러진다. 예수는 하느님 사랑 안에 있는 필연적인 고통으로 말미암아 깨어진다. 세상을 배태한 사랑의 필연성으로 말미암아 깨어진다. 모든 것이 생겨날 수 있는 것은 하느님이 자신을 내어주셨기 때문이다. 아들도 그렇게 스스로를 주었다.

예수님은 스스로를 하느님의 고통과 완전히 동일시했다. 사랑을 통해 세상을 변화시키고자 하는 하느님의 동경과 온전히 하나가 되었다. 이를 아는 것은 세상에 대한 하느님의 사랑을 부르심의 길로 보는 것을 의미한다. 이 길은 변화를 의미하며, 결코 강압적인 복종을 의미하지 않는다. 하느님을 우리를 강압하실 수 없다. 그것은 그분 스스로를 망가뜨리기 때문이다. 그가 할 수 없다고? 하느님이 못 하시는 것도 있을까? 실제로 신약은 그에 대해 놀라운 말을 한다. 서신서 중 하나에는 이렇게 되어 있다. "우리는 성실하지 못해도, 그분은 늘 성실하시니 자신을 부인할 수 없으시리라."(〈디모데후서〉 2:13) 이런 구절에 전능함의 본질이 암시된다. 그것은 전능한 권력을 휘두르는 이미지가 아니다. 이 구절은 하느님의 전능함은 오히려 성실함의 힘이라는 것을 보여준다. "나는 모든 면에서 나다." "나는 어떤 상황에서도 사랑으로 남는다." 외적으로 극도로 무력해진 가운데 십자가에서 예수 안의 이런 힘이 드러난다. 예수는 마지막까지 그 자신으로, 사랑하는 자로 남았고, 그런 점에서 하느님과 완전히 하나다. 예수는 "아버지께서 제 안에 계시고, 제가 아버지 안에 있듯이"(〈요한복음〉 17:21)라고 말씀하셨다.

우리는 하느님을 닮아가도록 부름받았다. 사랑을 부인할 수 없는 인간으로 살도록 말이다. 우리가 하느님을 닮고자 한다는 것은 하느님의 고난에 동참함을 의미한다. 그것은 사랑하는 자가 겪는 고난이다. 고난에 동참함으로써 우리는 이 세상—사랑을 필요로 하는 세상, 그래서 우리를 힘들게 할 수 있는 세상—속에서 '하느님과 하나가' 될 수 있다.

바울은 말한다. "이제는 내가 사는 것이 아니고, 오직 내 안에 그리스도께서 삽니다. (…) 나는 나를 사랑해서 나를 위해 자기 자신을 내어주신 하느님의 아들을 믿는 믿음 안에서 삽니다. 나는 하느님의 은총을 헛되게 하지 않습니다."(〈갈라디아서〉 2:20 이하) 우리는 하느님의 은총을 헛되게 할 수 있다. 비유하자면 그것은 막힌 소리다. 우리는 그렇게 할 수 있다. 우리의 부름을 망치고, 하느님께 응답하지 않을 힘이 있다. 우리가 자랑으로 막히고, 두려움으로 숨으면 그런 일이 일어난다. 우리가 엄청나게 자유로운 순간들이 있다. 그런 순간에 예수는 제자들에게 이렇게 물으신다. "너희도 가려느냐?"(〈요한복음〉 6:67) 예수는 부름받은 자의 의지를 꺾을 수 없음을 안다. 우리의 삶은 부름받은 자의 이야기다.

우리는 자연적인 조건과 지금까지의 삶에서 이루어진 상태에 매여 있다. 스스로를 완전히 '새롭게 만들' 수는 없다. 그렇게 보면 우리는 '자유롭지' 않다. 절대적인 의미에서는 말이다. 하지만 우리의 자유가 얼마나 큰지를 묻기보다는, 우리가 자유로운 만큼 책임도 있음을 인식하는 것이 중요하다! 책임도 일종의 자유다. 스스로 매이게 하는 자유다. 쉬운 말로 해보자. 우리는 어떤 삶에 스스로를 내어주는가? 이웃들, 피조물, 삶의 과제와 일을 위해 나를 매이게 할 수 있을까? 이것은 성실을 의미한다. 언약은 이렇듯 자신을 매이게 하는 사랑이라는 내적 원칙의 외적 모습이다! 그리하여 예수도 새 언약을 이야기한다.

하느님이 스스로를 매이게 할 수 없다면, 어떻게 사랑하는 자가 될 수 있겠는가? 여기서도 나는 하늘의 자유가 나 자신의 제한성에 연결되어 있음을 본다. 성찬식을 제정하면서 예수는 하느님의 언약을 이야기한다. 그것을 한마디로 하면 "너를 위해 주었다!"는 것이다. 이 언약은 세계를 창조했고, 모든 것에 스며들어 있으며, 십자가에 못 박히는 순간에 분명히 드러난다. 나는 성찬식에서 이 언약에 압도당한다. 그 사랑은 빵과 포도주의 형태로 내 안에 스며든다. 내게 생명을 주는 것은 고통을 겪는 사랑, 매여 있는 사랑이다. "이것은 내 몸이다. 이것은 내 언약의 피다." 이것은 내 응답에 매여 있는 어마어마한 약해지심이다. 이를 받아들이는 것 외에 내가 무엇을 더 할 수 있겠는가? 나는 하느님의 이런 첫 사랑에 압도되고자 한다. 그 사랑 없이는 내 삶은 편협해질 것이기 때문이다. 그런 삶에서는 내어줄 수도, 스스로를 매이게 할 수도 없는 점같이 좁다란 자아만이 있을 따름이다.

성찬식은 강압하지 않고, 자유의지를 꺾지 않고, 우리의 결정을 존중하며, 아파하시고, 사랑의 고통을 당하는 하느님에 대한 감사이다. 하느님의 이런 약해지심을 느끼는 가운데 나는 스스로를 소중히 여기기 시작한다. 이런 하느님을 깨닫는 가운데 나는 하느님과 깊은 화해를 경험했고, 믿음 없이 세상에 대해 분노하고 하느님을 원망하던 무의미한 행동을 중단했다. 성찬식에서 나는 편견과 독단성을 내려놓고, 감사로 가득 찬다. 그 사랑에 압도되고 사로잡힌다. 성찬식에서 나타나는 하느님의 약해지심에 깜짝 놀랄 수 없다면, 나는 믿음에 이르지 못할 것이다. 스스로를 소중히 여기며 하느님께 가까이 가는 깊이에 이를 수 없을 것이다.

그러나 놀람은 남는다. 나는 사랑할 수 있지만 사랑할 필요는 없는 것이다. 나는 하느님을 곤란하게 만들 힘이 있다. 예수는 십자가에서 죽임을 당하면서 그에 대해 말한다. "아버지, 저들을 용서해주십시오. 저들은 자신들이 하는 것을 알지 못합니다."

이것이 하느님의 종의 종말이자, 새로운 실존의 시작이다. 고통스러워할 뿐 아니라, 그것을 뛰어넘어 용서하는 사랑이다! 그 참된 사랑은 내 믿음에서 반향을 얻는다.[27] 그리하여 성찬식은 내가 하느님께 항복하는 장소다. 내가 그렇게 해야 하기 때문이 아니라, 그 사랑이 나를 사로잡았기 때문이다. 그 사랑의 완전함은 소생시키는 힘을 갖는다.

"일어나라! 그가 너를 부르신다!" 길가의 눈먼 걸인처럼, 나 역시 부름을 받고자 한다. 이것이 나의 믿음이다. 그리고 나는 안다.

27 〈요한복음〉에서 가장 잘 알려진 구절인 "내가 곧 길이요, 진리요, 생명이다"(14:6)를 그렇게 이해할 수 있다. 이것은 승리가 아니라 수난의 말씀이다! 이를 보기 위해서는 이 말씀을 그런 맥락에서 읽어야 한다.

조율이 끝나면 연주회가 있다는 것을!

여기까지로 하느님의 종에 대한 비유를 끝내고자 한다. 참 긴 길이었다. 그러나 이것이 믿음의 가장 깊은 부분이라고 생각한다.

새로운 소리

모든 음악가는 자유롭고 열린 음을 동경한다. 악기는 반응해야 하고, 음으로 빚어져야 한다. 피어나고, 빛나고, 곡이 요구하면 물러나야 한다. 그렇기에 음악가는 막힌 소리에 고통스러워한다. 악기 연주의 매력은 공명과 더불어 유희하는 것이다. 물론 공명 덕택에 필요한 경우는 큰 소리도 낼 수 있다. 그러나 만족스러운 것은 소리의 크기가 아니라, 무엇인가가 공명에 들어가는 것을 느끼는 것이다. 그럴 때는 마치 악기에서 고유한 생명이 느껴지는 듯하다. 힘을 느끼고, 악기가 되받는다. 음을 만들고 빚을 수 있다. 음이 토기장이의 손에 들린 진흙인 양 말이다. 나는 힘 있는 악기를 좋아하고 포르티시모의 소리구름을 만끽한다. 하지만 중요한 것은 소리의 강도가 아니라, 고유 진동에서 뭔가를 자극하고, 자신의 힘을 악기의 힘 및 저항과 연결하는 느낌이다. 악기가 자신에게 주어지는 에너지를 받아들이느라 활에 제동을 걸면서 내는 밀도 높은 음!

이번 장을 끝내며 시작 부분에 이야기했던 첼로와 첼리스트가 어떻게 되었는지 이야기하겠다. 이틀 뒤 첼리스트는 새로 조율된 악기를 시험해보기 위해 내게 왔다. 이런 순간에 바이올린 제작자는—겉으로는 아무리 자신감 있어 보인다 해도—모순적인 감정을 느끼기 마련이다. 자못 긴장된다. 단연코 완벽한 소리는 존재하지 않으니 말이다. 객관적인 잣대가 있다기보다 음악가에게 맞는 소리라야 한다는 점이 까다롭다! 이미 이야기했듯이, 나는 악기가 아니라 음악가의 목소리를 다룬다. 그러므로 음악가가 악기가 이제 훌륭해졌다고 외칠 때에야 비로소 구원이 온다.

조율을 마친 악기를 찾으러 온 음악가들은 보통 1~2분 정도 시험 연주를 해본다. 그렇게 그 첼리스트도 앉아서 시험 연주를 시작했다. 드보르작, 슈만Robert Alexander Schumann, 쇼스타코비치Dmitrii Shostakovich 곡들의 특징적인 부분을 연주했다. 모두 멋진 음악들이었고, 나는 눈을 감고, 음을 느꼈다. 그런데 그는 연주를 멈추지 않은 채, 족히 20분(!)이나 연주를 하는 것이었다. 그러고는 활을 내려놓더니 뭐라고 평하는 대신 나를 쳐다보며 이렇게 물었다. "슐레스케 씨, 소리가 어떤 것 같나요?"

이런 질문은 뜻밖이었다. 나는 순간 신경이 곤두섰고, 뭐라고 대답해야 할까 약간 망설이다가 결국 솔직하게 대답했다. "전반적으로는 만족스러워요. A현은 훨씬 더 자유로운 소리가 나고 발산력이 있고 열려 있어요. D현도 그에 어울리고요. 거기서는 현을 바꿀 때 끊김이 없어요. C현도 훨씬 힘과 잠재력을 얻었어요. 피아노에서도 부드럽고 깊이 있고 따스한 소리가 나요. 하지만 G현이 문제로군요. 그 부분에서 느낌이 좋지 않았을 것 같네요."

그는 나를 쳐다보고는 한순간 말을 잇지 못했다. 그러더니 소리가 어떻게 들리는지를 자세히 묘사해준 사람은 전에도 있었지만, 자신이 연주하면서 느낀 것을 콕 집어 이야기해준 것은 내가 처음이라고 했다. 그러면서 내 말이 정확히 맞는다고, G현이 문제라고 했다. 그리하여 우리는 한 시간 정도를 애써서 G현이 C현, D현 사이의 소리 스펙트럼에 어울리도록 수정했다.

며칠 뒤에 놀라운 연주회가 있었다. 연주를 들으며 나는 악기가 그 첼리스트의 신체 일부분이 된 듯한 느낌을 받았다. 움직임이 아주 자연스럽고 독창적이었다. 겸손함으로 정말로 노래하는 음을 추구했다.

후일담

이 책에 실린 비유 중 가장 길어진 막힌 소리에 대한 비유를 통해, 내가 첼리스트를 만났던 당시 마음에 깨달은 생각들을 옮겨보고자 했다.

이 비유를 슬슬 끝내는 시점에 덧붙여 이야기하고 싶은 것은 '하느님의 종' 이미지를 보기 시작하면 곧잘 희생자 역할로 도피하는 우리의 나쁜 습성을 물리칠 수 있다는 것이다. 우리의 영혼은 곧잘 희생자 역할을 수행한다. 그러나 우리의 삶에 힘들고 고통스러운 일이 있더라도, 그로 인해 스스로를 희생자로, 즉 상황이나 사람들, 혹은 운명으로 인한 희생자로 보는 것은 자신을 비하하는 행동이다. 이런 자기비하는 그리스도 안에서 그 악의적인 권리를 잃어버린다. 우리가 슬퍼해야 할 것들이 있다. 아주 기쁜 믿음도 그것을 면제해줄 수는 없다. 그러나 우리는 스스로의 품격을 떨어뜨려서는 안된다. 우리를 자꾸 유혹하는 희생자 역할을 내려놓아야 한다. 희생자 역할에 빠지면 삶을 그르치게 되기 때문이다. 우리가 아니라, 그리스도가 하느님의 종이다. 우리가 존재하도록 하느님이 그를 내어주셨다. 그 일이 일어난 것은 우리가 희생자가 아니라 받는 자가 되도록 하기 위함이다! 그리스도는 말한다. “나는 나를 네게 준다. 네가 받도록! 너는 희생자가 아니다. 내가 나를 네게 주었으니 희생자가 아니라, 받는 자가 되어라! 이것은 너의 권세이고 존엄이다!”

한스 요나스는 아우슈비츠 이후의 하느님 개념을 숙고하면서 저서 시작 부분에 이렇게 말했다. “신을 증명할 수 없다고 해서, 신 개념까지 다룰 수 없는 것은 아니다.”[28] 한스 요나스의 신 개념을 꼭 공유할 필요는 없지만, 신 개념을 이해해보려는 마음을 억누를 필요는 없을 것이다. 하느님을 사랑하는 사람이라면 모두 하느님이 어떤 분인지 알려고 할 테니까. “하느님이 존재하는가?” 하는 질문은 단지 입술의 작은 실룩임만을 요구한다. 예 혹은 아니오

28 Hans Jonas, *Der Gottesbegriff nach Auschwitz. Eine jüdische Stimme*, Suhrkamp 1984, S. 9.

말이다. 그러나 "하느님은 어떤 분인가?" 하는 질문은 완전히 다르다. 이런 질문에는 힘이 있다. 믿는다는 것은 이런 질문에 자신의 삶으로 답하는 것이다.

인격적인 신?

드러내놓고 말하지는 않았지만, 막힌 소리에 대한 비유는 하느님이 '인격적인 신'이라는 전제하에 이루어졌다. 이는 매우 당연한 것이다. 성서도 하느님이 '인격'임을 이야기한다. 정말로 하느님을 인격적인 신이라고 믿을 수 있을까? 그를 개인성을 가진 존재로, 다른 인격과 더불어 존재하는 인격으로 상상할 수 있을까? 그는 우주 배후의 크고 초월적인 인격, 최고의 인격일까?

〈시편〉은 이렇게 말한다. "귀를 지으신 이가 듣지 않으시겠는가? 눈을 만드신 이가 보지 않으시겠는가?"(〈시편〉 94:9) 인격적 신에 대한 질문과 관련하여 나는 이 구절을 이렇게 확장해보고 싶다. "인간을 인격으로 만드신 이가 스스로 인격이 아니시겠는가?" 하느님은 내가 인격인 것 이상으로 인격이실 거라고 나는 확신한다. 행동하고, 영향을 미치고, 의도하고, 생각하고, 고통받고, 사랑하는 인격이실 거라고 말이다. 하느님은 우리를 인격으로 지은 사랑이다. 바로 그렇기에 그는 인격적인 신이다. 하느님을 아는 것은 그를 닮아가는 것이며, 바로 사랑하는 자가 되는 것이다.[29] 하느님을 인격적인 신으로 보는 것은 하느님에 대한 질문에 답을 준다기보다는 하느님과 우리의 관계에 대한 질문에 답을 준다. 그러나 하느님이 인간과의 관계에서 어떤 분인가 하는 것 외에 달리 무엇에 대해 이야기할 수 있겠는가? 마르틴 부버는 이렇게 말한다. "인격적이라는 개념은 하느님의 본질을 표명하기에는 역부족이다. 그러나 하느님도 인격이라고 말하는 것은 정당하며, 필요한 일이다."[30]

하느님을 인격으로 이해하는 것만으로는 결코 충분하지 않지만, 하느님을 인격으로 이해하지 않고서는 하느님 이해가 아예 불가능하다. 내가 하느님을 인격으로 이해하기를 포기하는 순간 나의 믿음에는 하느님이 부재할 것이다. 이런 태도가 하느님을 관념으로 만들기 때문이다. 관념은 기껏해야 '사랑받을' 수는 있지만, 스스로 '사랑할' 수는 없다. 관념은 그 자체로 생명을 가지고 있지 않다. 그러나 예수는 하느님에 대해 "하느님은 자기 속에 생명이 있다"(〈요한복음〉 5:26)고 말한다.

성서에는 굉장히 주권적인 하느님을 경험한 이야기들이 실려 있다. 이런 경험은 모든 인간에게 허락될 수 있다. 이런 이야기를

29 〈요한1서〉의 잘 알려진 구절도 그렇게 이야기한다. "사랑하지 않는 사람은 하느님을 알지 못한다. 하느님은 사랑이기 때문이다"(4:8) "하느님은 사랑이다. 사랑 안에 머무는 자는 하느님 안에 머물고 하느님도 그 안에 머문다."(4:16)

30 Martin Buber, *Ich und Du*, Ditzingen 2006, S. 128(초판 1923).

통해 우리는 우리 자신을 뛰어넘는 것, 우리 자신의 사랑과 삶을 뛰어넘는 것을 기대할 용기를 가져야 한다. 우리 자신의 생각보다 더 큰 것을 신뢰할 용기를 가져야 한다.

하느님이 '인격적인 신'인가 하는 물음에 나는 어떤 태도를 가져야 할까? 그는 우리가 관계를 맺을 수 있는 신, 들을 수 있기에 우리가 기도할 수 있는 신, 행동하기에 우리가 경험할 수 있는 신, 사랑하기에 우리가 그에게 부응할 수 있는 신, 이야기하기에 우리가 들을 수 있는 신일까?

우리는 하느님을 결코 정의해 이해할 수 없다. 경험을 통해서만 이해할 수 있다. 하느님 스스로가 누구인지 분명히 해줄 수 있는 경험을 통해서만 말이다!

나는 하느님이 우리의 의식을 위해 지각할 수 있게끔 되신다고 확신한다. 우리의 부패 때문에 거룩한 자가 되시고, 우리의 안식 없음 때문에 사랑하는 자가 되시고, 우리의 사랑 없음 때문에 용서하는 자가 되시고, 우리의 유한성 때문에 영원자가 되시며, 우리의 받을 수 있음 때문에 성령이 되신다고 확신한다. 우리의 '나 됨' 때문에 '너'가 되신다고 확신한다. 하느님은 우리를 만나고, 우리와 더불어 "영광에서 영광으로" 이르며, "어두운 골짜기"에서도 우리를 인도한다. "그는 우리의 체질을 아신다."(〈시편〉 103)

첼리스트가 콘서트에서 현을 활로 그으면 현이 첼로 안에서 공명을 발견하고, 첼로가 진동하는 현에 말을 걸어 음색, 저항, 수용력, 발산력을 주는 것처럼, 인간 역시 세상 안에서 하느님께 말을 걸어 음색, 저항, 수용력과 발산력을 드린다. 믿음이란 바로 하느님이 우리 안에서 공명을 발견하는 것이다. 우리가 삶 가운데 이해되지 않는 모든 일, 역경, 아무것도 할 수 없을 듯한 무력감에도 불구하고 공명체가 되어 하느님과 관계를 맺고, 존엄성과 권세를 갖게 되는 것이 바로 믿음이다. 그래서 나는 범신론을 믿지 않고, 나에 대해 '너'로 존재하는 하느님을 믿는다. 그는 나의 인격에서 공명을 찾고, 내게 '인격적인 신'으로 나타나신다. 그렇게 공동의 소리가 울려 퍼진다. 그 안에서 모든 것이 합쳐진다. 하느님은 우리를 인격으로 만드는 사랑이며, 무엇보다 그렇기에 인격적인 신이다. 불가해한 뭔가가 나를 인격으로, 그로써 하느님의 형상으로 만든다. 이것이 사랑이다. 사랑만이 영원의 영을 호흡할 수 있다. 이것이 나의 고백이다. 나는 사랑으로 말미암아 고통받는 신을 믿는다. 나 자신이 인격인 것과 인격적인 신을 믿는다.

8장

바이올린의 후속 작업

믿음의 고통과 위기

용기 있는 마음은 고난을 능히 견딜 줄 안다.

그러나 마음이 꺾이면 누가 그것을 일으킬 수 있겠는가?

〈잠언〉 18:14

◐

'믿음의 소리'에 대해 이야기하면서 어둠과 위기를 완전히 배제해버리는 것은 불합리할 것이다. 그래서 내 삶 속에 들어와 믿음을 흔들어놓았던 아픈 경험을 이야기하고자 한다. 그 안에도 비유가 숨겨져 있다. 하지만 먼저 생각을 해보자.

자기중심적인 의심

세상에서 일어나는 일들을 보며, 종종 나는 대체 우리가 무슨 권리로 그런 일을 당하지 않으리라 생각하는지를 자문하곤 한다. 우리가 무슨 특별한 역할을 맡고 있어서, 모든 불행과 곤궁, 유혹과 시련이 우리의 삶에 얼씬도 못하리라고 여기는 것일까? 은혜로 말미암아 믿음이라는 선물을 받았다는 이유만으로, 우리가 하느님의 특별한 총아가 되는 것일까? 그렇다면 위기가 닥치는 곳에는 하느님이 계시지 않는 것일까? 나는 내게 위기가 닥치지 않는 한에서만, 눈을 질끈 감고 믿음에 달라붙어 있으려고 하는 것일까? 다른 사람이 겪는 어려움은 내게 하느님을 의심할 이유가 되지 않는가? 내가 어려움을 겪을 때만 의심하고 신앙이 마구 흔들리는가? 그렇다면 그것은 정말 편협한 믿음이 아닐까? "내가 잘 지내면 하느님은 좋은 분이고, 내가 못 지내면 하느님은 나를 버리신 거고 심지어 아예 계시지 않은 거야!"라고 하는 것은 정말 편협한 믿음이 아닐까?

나는 종종 자문했다. 왜 '다른 사람들'의 어려움은 우리가 하느님을 의심하게 하지 못하는 것일까? 스스로 어려움을 겪을 때에야 하느님과 씨름하는 것이 진정 성숙한 믿음일까? 성숙하고 품위 있는 삶은 자신이 어려움을 겪을 때 믿음을 굳건히 붙들고 거룩한 용기를 내어 내면의 배가 폭풍 속에서 이리저리 흔들리지 않도록 하는 것이 아닐까? 나는 어려움을 겪을 때 하느님을 신뢰하는 걸 배우고 싶다. 마음을 인도하는 법을 배우고 싶다. 그리고 다른 사람이 어려움을 겪는 것을 볼 때는 하느님과 씨름하며, 이웃에게 위로와 도움이 되고 싶다. 우리는 서로에게 위탁된 존재들이고, 그 가운데서 시험을 받기 때문이다.

따라서 내가 처음에 묻고자 한 질문은 이것이다. '자신'에겐 아무 일도 일어나지 않았으니 감사하며 믿는다면 그것은 유치하고 작은 믿음이 아닐까? 자신의 행복 안에서 마비된 믿음은 기본적으로 무지와 이기심과 두려움에 뿌리를 둔 믿음일 것이다. 그것은 삶에서 일어나는 일을 지각하기 위해 솔직하고 열린 시각으로 자신과 타인의 세계를 바라보는 믿음이 아니다. 하느님의 진리를 구하고 그것을 열렬하게 찾을 준비가 되어 있는 믿음이 아니다. 그것은 세계와 유리된 믿음이다!

하느님이 우리를 '너'로서 존중하며, 우리의 삶에 대해 묻는 것이 적절하다고 생각하신다면, 나 역시 하느님께 물을 수 있지 않을까? 하느님이 내가 작은 존재이기에 그의 조언자가 될 수 없다고 여기신다면, 나는 하느님이 크신 존재이기에 왕왕 그가 숨어 계신 것이 얼마나 의아한지, 그의 침묵이 얼마나 이해할 수 없으며, 그의 불분명함이 얼마나 견딜 수 없는지를 이야기하고자 한다. "내가 땅의 기초를 놓을 때에 너는 어디에 있었느냐? 네가 안다면 말해보아라"라고 하느님은 욥에게 물으신다(〈욥기〉 38:4). 하느님이 그렇게 물으시면 나는 그분 앞에 이렇게 부르짖을 것이다. "저는 제가 똑똑하다고 주장하지 않았습니다! 왜 그렇게 말씀하시나요? 당신이 그렇게 물으신다면, 저도 당신의 면전에서 질문해도 되게끔 지음받지 않았느냐고 묻고 싶습니다. 내가 의미를 찾지 못하고 헤맬 때, 당신은 어디에 계셨습니까? 수수께끼 같은 일 앞에서 당신은 어디에 계셨습니까? 왜 침묵하셨습니까? 왜 그렇게 고통스럽게 숨어 계셨습니까?" 하느님을 향한 물음이 거절당하지 않으리라고 나는 확신한다. 나는 움츠러들지 않을 것이다.

내가 어떻게 모든 것 안에서 하느님을 구했는지, 그리고 하느님이 어떤 아픔 가운데 오늘 내 영혼에 대답을 주셔야 하는지를 알기 때문이다.

"하느님! 저는 당신의 보호막 속에 숨어 있고 싶지 않아요!" 무고하게 굶어 죽어가는 아이들의 사진을 보면서 한 여성이 그렇게 외쳤다. 그것은 그녀가 믿음을 버리기 전의 마지막 기도였다. 정말 이해할 수 있는 믿음의 외침이다. 그녀는 훗날 새롭게 믿음을 회복했다. 하지만 그것은 하느님의 대답을 통해서가 아니라, '몸소 겪은' 고통에 대해 받은 위로를 통해서였다. 우리가 가만히 입 다물고 있지 않고 하느님 앞에서 들고일어날 때, 이러지도 저러지도 못하는 우리 믿음의 형편을 소리 높여 그에게 아뢸 때, 우리는 그의 앞에 꼿꼿이 서서 물어도 될 것이다. 지금은 도무지 대답을 찾을 수 없는 질문을, 장래에는 대답이 더 이상 필요 없을 질문을 말이다. 그도 그럴 것이 장래에는 우리가 그분 면전에서 그분을 볼 것이기 때문이다. 그의 위로 가운데로 들어가, 우리와 비교도 되지 않게 무한히 많이 아시는 하느님을 만날 것이다. 오늘의 고통으로부터 내일의 새 하늘과 새 땅으로 옮겨감에 대해 〈요한계시록〉은 "그는 우리의 눈에서 모든 눈물을 씻기실 것이다"라고 표현한다(7:17, 21:4 참조) 눈물은 하느님께 낯설지 않기 때문이다. 그것이 하느님의 마음 방이 두 개라고, 곧 바깥 방과 안쪽 방이 있다고 할 때 의미하는 바다. "그는 안쪽 방에 아픔과 눈물을 숨기고 있다."

화재

내가 겪은 가장 충격적인 사건은 열여덟 살 때 일어났다. 1984년 1월 9일이었다. 그때 나는 미텐발트의 바이올린 제작학교 2학년으로, 미텐발트에서 가장 오래된 집 중 한 곳에 살고 있었다. 유서 깊은 지역에 위치한 그 집은 지어진 지 300년쯤 되었는데 예쁘게 페인트칠이 되어 있었다. 방마다 따로 임대를 놓고 있었기에 거주자들은 각 층에 하나씩 있는 세면실을 공동으로 사용했다. 어느 날 오후 나는 커피를 마시자고 동급생인 에카르트와 귀도를 내 방에 데려왔다. 그즈음 최신 디자이너 브랜드의 커피메이커를 선물 받았기 때문이었다. 커피메이커에는—유명한 퐁뒤 조리기구와 비슷하게—아래쪽에 알코올램프가 달려 있어서, 불꽃이 꺼지면 에틸알코올을 추가로 채우게 되어 있었다. 그때 나는 커피메이커를 아직 잘 다룰 줄 모르는 상태에서 부주의하게 아직 불꽃이 꺼지지 않은 램프에 에틸알코올 병을 가까이 가져갔던 듯하다. 순간 갑자기 커다란 폭발음이 나면서 불이 확 붙었고, 크게 치이익하는 소리와 함께 내 손에 든 에틸알코올 병으로부터 엄청난 불길이 치솟았다. 불길은 길이가 거의 3미터, 폭은 0.5미터쯤 되었고, 방은 곧장 화염에 휩싸였다. 나는 맞은편에 앉아 있던 두 친구가 이 불길에 화상을 입었다는 것을 미처 깨닫지 못했다. 그들은 방에서 뛰쳐나갔다. 스티로폼 단열재가 시공되어 있던 방 천장은 불타기 시작했고, 침대에도 불이 붙었다. 나는 세면대로 가서 양동이에 물을 채워 미친 듯이 불을 껐다. 불은 단번에 꺼지고 연기만 피어났다. 나중에 생각해보니 내가 어떻게 불을 끌 수 있었는지 이상했지만, 이때 나는 패닉 속에서 그런 정황을 잘 알아차리지 못했다.

몇 분 뒤 경찰이 들이닥쳐 나를 심문했고, 나는 친구들이 중상을 입었다는 사실을 전해 들었다. 모두 내 잘못이었기에 정말 엄청나게 자괴감이 들었다. 처음에는 내 실수로 이런 일이 일어났는데 나는 전혀 화상을 입지 않았다는 걸 도무지 받아들일 수가 없었다. 옆방에 사는 여자분이 곧장 구급차를 불렀다고 했다. 동급생 둘은 심한 화상을 입은 상태로 바깥 추운 곳으로 달려갔고, 구급차를 타고 가르미슈 쪽으로 갔다. 그러다가 중간에 병원 응급차로 옮겨탔다. 귀도에게 폐색전증이 발생한 것으로 보이자, 가르미슈 병원이 치료를 맡는 대신 차를 보내 곧장 무르나우의 사고 특별 클리닉으로 이송했던 것이다. 정말 다행스러운 상황이었던 것이 당시 독일에서는 특별 시설을 갖춘 화상전문 치료센터가 전국에 단 두 군데뿐이었는데, 하나는 루트비히스하펜에 있었고, 하나가 바로 무르나우에 있는 그곳이었다. 그리하여 친구들은 사고가 난 지 한 시간 만에 전문 치료센터에서 치료에 돌입할 수 있었다.

처음에 상황이 얼마나 위중했는지는 내 아버지만 알고 있었다. 아버지의 직함 때문에 의사들이 그를 동료로 여기고 전화로 심각한 어려움에 대해 자세히 설명해주었기 때문이다. 한 친구는 처음에는 목숨까지 위험한 상황이었고, 한 친구는 실명 위기였다. 귀도와 에카르트가 건강을 회복하고 후유증이나 심각한 흉터가 남지 않은 것은 나중에 내게 두 번째 기적처럼 여겨졌다.

사고가 난 당일 저녁에 옆방에 사는 여자분이 우리 부모님께 내가 아무래도 자살 위험이 있어 보인다고 알렸다. 사실은 그렇지 않았다. 사고가 나고 며칠간은 내게 그럴 힘조차 없었으니까. 하지만 태어나지 않았으면 좋았겠다는 생각이 간절했던 기억이 난다. 그런 파괴적인 생각은 당시에 너무도 강렬해서 나는 속으로 계속 그렇게 되뇌었다. 부모님은 이웃의 우려를 심상치 않게 여겼고, 아버지가 미텐발트에 와서 나를 집으로 데려갔다. 그 뒤 얼마간 나는 바이올린 제작학교를 쉬었고, 집에서 지내는 동안 아버지는 내가 다른 생각을 하지 않도록 손으로 할 수 있는 일들을 잔뜩 시켰다. 집에 도착하자마자 나는 친한 친구인 슈테펜을 찾아갔다.

이 이야기를 계속하기 전에 슈테펜과의 우정에 대해서 좀 소개하고 가려 한다. 그와의 우정은 이 위기를 딛고 살아가는 데 정말 중요한 역할을 했기 때문이다.

친구 슈테펜

청소년 시절 몇 년 동안 슈테펜과 나는 정말 단짝이었다. 우리는 교회가 아니라 청소년단체에서 만나 친해졌다. 당시 하일브론의 소도시 바일슈타인에서 설립된 단체로, 회원들은 모두 신앙적 열정으로 무장하고 다양한 활동을 했다. 정기적으로 모임을 갖고,

거리에서 음악을 연주하고, 작곡을 하고, 기독교 록밴드를 결성해 연습하고, 연주회를 했다. 나의 형 미하엘이 드럼을 쳤고, 베른트가 베이스를, 슈테펜과 나는 기타를 쳤다. 부모님은 놀라울 정도로 너그럽게 우리를 인내해주었다. 보통 우리 집 지하실에서 연습을 했기 때문에 일주일에 세 번씩 앰프가 쿵쿵대는 소리가 집 전체를 울렸다. 2층에서조차 아무것에도 집중할 수 없었기에 아버지는 입버릇처럼 "아이고, 조금만 작은 소리로 하면 좋을 텐데!"라고 했지만 그뿐이었다. 튜브 앰프는 어느 한가로운 오후, 우리 학교 물리학 선생님인 횐베르크와 함께 만든 것이었다. 횐베르크 선생님은 천재라 할 만한 분으로 전자기기에 심취해 있어 나와 죽이 잘 맞았다. 우리는 밴드 이름을 '아우프브루흐Aufbruch(출발)'라고 지었다. 청소년기의 생의 감정과 맞아떨어지는 이름이었다. 우리는 자작곡을 쓰고, 청소년센터에서 공연했으며, 여러 스태프와 더불어 음향기기를 가지고 옮겨 다니며 하일브론의 보도에서, 때로는 다른 도시에서 거리 연주를 했다.

당시 많은 청소년이 우리의 작은 소도시 바일슈타인에서 태동한 이 활동에 합류했다. 우리는 간혹 바르트코프의 숲속 놀이터에서 바비큐 파티를 하곤 했다. 나무 막대기에 반죽을 돌돌 감아 빵을 구워 먹기도 했고, 서로 성서에 대한 (아마도 해석상으로 상당히 문제성이 있었던 듯한) 생각을 나누면서 즐거워했다. 자원해서 모인 청소년들에게는 아주 흥미로운 시간이었다. 이 모든 활동에 어른들의 지도는 거의 없었고, 청소년인 우리가 성서에서 발견한 것들이 우리가 인정하는 유일한 권위가 되었다.

일요일마다 슈베비슈 할의 청소년교도소에 찾아가 청소년 수감자들과 함께 예배를 드린 시절도 있었다. 친구 하나는 〈마태복음〉 25장의 말씀과 만나고 상당히 가슴이 서늘해진 모양이었다. "내가 병들었을 때 너희가 나를 돌보아주었고, 내가 감옥에 갇혔을 때 찾아와주었다…."

감옥은 멀지 않았고, 우리는 그 말씀을 그대로 적용할 수 있었다. 말씀을 진지하게 받아들이고 문자 그대로 시험해보는 것은 참으로 매력적인 일이었다. 예수가 우리에게 너무나 가깝게 느껴졌고, 우리가 그의 제자라는 실감이 났다.

무엇보다 슈테펜과 함께 바일슈타인의 포도원들을 오래오래 산책했던 일이 기억에 생생하다. 이런저런 신앙적 관심사와 경험을 나누고, 알아낸 것들을 이야기했으며, 답을 찾아내려고 노력했다. 이렇듯 친구들과 진한 고민을 나눈 시간들이 평형추 역할을 해주지 않았다면, 당시 우리 집에서 벌였던 아버지와의 신앙적 논쟁을 감당할 수 없었을 것이다. 그로부터 2~3년 전 열세 살 때 스코틀랜드의 아란 섬에서 열린 청소년캠프에서—80명 정도의 스코틀랜드 청소년들 사이에서 나는 유일한 독일인이었다—예수를 믿게 된 이래, 집에서 점심식사 시간이 무사히 지나가는 날은 거의 없었다. 교수로서 나보다 언변이 훨씬 좋았던 아버지는 틈만 나면 내 신앙을 공격했다. 종교도 많고 세계관도 다양한데, 어떻게 한 가지를 진리라고 할 수 있느냐고, 세상에 존재하는 이 모든 고통 앞에서 어떻게 '사랑하는 하느님'을 믿을 수 있느냐고 아버지가 다그칠 때마다 나는 확신이 갈기갈기 찢기는 느낌을 받았다. 아버지는 젊은 시절 신앙이 있었고, 지금은 다시 신앙생활을 하고 있다. 하지만 당시는 제3제국에서 '하느님의 민족'에게 일어났던 일로 인해 믿음을 떠난 상태였다. 아무튼 아버지는 그 사건이 자신이 신앙을 떠난 이유 중 하나라고 말했다. 그러면 이제는 무엇을 믿느냐는 내 질문에 아버지는 언젠가 자신이 허무주의자라고 대답했다. 그것이 무엇인지 열세 살짜리로서는 알 길이 없었다.

골수를 쪼개는 듯한 힘든 논쟁 뒤에 나는—눈물이 그렁그렁한 채로—성경을 들고 내 방에 처박혔다. 빨간 가죽 장정의 작은 성경책은 스코틀랜드에서 대학에 다니던 쾰른 출신의 아는 누나가 보내준 것이었다. 그 누나는 나와 친한 말콤의 스코틀랜드인 친구였는데 말콤에게서 내 이야기를 듣고는, '현대 독일어'로 된 그 성서를 선물로 보내주었다. 성서의 표지 안쪽에 그녀가 축복의 말로 적어준 〈로마서〉 8장의 한 구절이 적혀 있었고, 이 구절은 오늘날까지 내 삶에 함께하고 있다. 나는 당시에 〈로마서〉를 공부하기 시작했고, 내 방에서 초 한 자루에 불을 붙인 뒤 앉아서 〈로마서〉를 읽었다. 그럴 때면 거룩한 친밀함 같은 것이 느껴졌다. 마치 예수께서 바로 내 뒤에 서서, 하느님을 갈구하는 열세 살 소년의 어깨 위에 손을 얹고, 내가 읽는 구절을 밝혀 설명해주는 듯한 느낌이 들었다. 이런 경험도 아버지와의 대화에 영향을 미쳤다.

이렇게 처음 신앙을 가졌던 시기에 내 주변에는 기독교인이 없었다. 첫 몇 년간 성서를 읽으면 읽을수록, 성서 텍스트의 진실함, 생소함, 아름다움이 점점 더 나를 사로잡았다. 성서의 말씀들은 '나의 첫 공동체'가 되었고, 오늘날까지 그렇게 남아 있다. 열대여섯 살 때, 정말로 많은 시간을 성서 텍스트에 푹 파묻혀 살던 나날들이 있었다. 읽어야 한다는 의무감 때문이 아니라, 한번 읽기 시작하면 중단할 수가 없었기 때문이다! 그렇게 성서는 내 영혼의 고향이 되었다.

청소년 시절 나는 외출할 때마다 올이 풀린 바지 호주머니에 꼭 성서를 넣고 다녔다. 성서를 보물처럼 가지고 다니다가, 바일슈타인의 포도원이든, 차를 얻어 탈 때든, 대합실에서든, 역에서 기차를 기다릴 때든, 어느 곳에 있든 틈날 때마다 성서에 깊이 몰입했다. 시끄럽고 부산한 장소에서도 마치 투명 텐트 안에 들어간 듯 고요히 앉아 말씀에 집중할 수 있었다. 하느님이 내게 말씀하시는 걸 느끼며 말씀을 깨닫기 시작할 때면, 정말 거룩한 친밀감과 안식이 밀려왔다. 어떤 구절들(무엇보다 〈이사야〉와 〈요한복음〉의 구절들)은 곧 외울 수 있게 되었다. 일부러 외우려고 했던 것이 아니고 많이 읽다 보니 저절로 그렇게 되었다. 이 모든 일에서 나는 슈테펜과 함께하며 열정을 나누었다.

우리는 (다른 친구들과도 더불어) 만날 때면 늘 신앙적 관심사들을 나누었다. 수년간 같이하며 함께 배우고 물었다. 넌 뭘 발견했니? 무슨 경험을 했니? 어떤 부분에서 실패했니? 하느님이 너와 함께한다는 걸 어디에서 느꼈니? 우리는 서로에 대해 궁금해했고, 아주 패기 넘치게 스스로가 무엇을 줄 수 있고 무엇에 기여할 수 있는지를 시험해보고자 했다.

나중에 병역 대체복무 기간에 나는 슈테펜과 공동계좌를 썼다. 〈사도행전〉에서 "각자가 필요한 대로 모든 것을 서로 나누었다"(2:45)라는 말씀이 우리에게 깊이 다가와서, 우리는 각자 가진 돈을 입금하고, 필요한 만큼 인출했다. 슈테펜은 훗날 목사가 되었고, 나는 바이올린 마이스터가 되었다.

방에서 화재가 일어나는 불행이 닥쳤을 당시 슈테펜은 아직 바일슈타인 김나지움 상급학년이었고, 나는 미텐발트 바이올린 제작학교에서 이미 2년째 도제 생활을 하고 있었다. 이 사건은 생애 최초로 겪은 정말 엄청난 충격이었고, 나는 무르나우의 집중치료실에 있는 두 친구에 대한 걱정으로 미칠 것만 같았다.

이미 말했듯이 아버지가 사건 다음 날 미텐발트로 와서 나를 집으로 데려갔다. 슈테펜은 이 사건을 이미 들어 알고 있었다. 내가 그를 찾아가자, 슈테펜은 별말 없이 기타를 집어 들었고, 우리는 곧장 숲에 있는 그 친숙한 장소로 갔다. 그러고 나서 슈테펜이 그 모든 것에 대해 해주는 말을 듣고 있자니 그것이 하느님의 말씀인 듯한 강한 확신이 타올랐다. 하느님이 이런 상황에 정말 마음 아파하신다는 것이 느껴졌다. 그리고 집중치료실의 그 두 친구 곁에 계신다는 것을 느꼈다. 나는 이후로는 그런 시간을 더 이상 경험한 적이 없다. 나 자신의 믿음은 땅에 떨어진 터였다. 나는 믿음없는 자와 같았다. 하지만 우리가 기타를 가지고 숲에 가서 두 친구를 위해 기도하고 축복했을 때, 내게는 전에는 한 번도 경험하지 못했던 강하고 친밀한 하느님의 임재가 느껴졌다. 완전한 절망과 하느님 찬양. 불안과 확신. 깨어진 믿음과 하느님의 임재. 양쪽이 모두 극에 달했지만, 서로 침해하지 않았다. 이런 상황에서 인간적으로는 이해되지 않는 일이지만, 하느님의 현존과 확신이 너무나 강하고 분명히 체험되었기에 우리는 찬양을 하기 시작했다. 물론 완전히 말이 안 되고, 이해가 가지 않을 것이다. 하지만 내적으로 갈기갈기 찢어진 불안한 상태에서 우리 스스로도 뭐라고 설명할 수 없는 하느님의 친밀함과 가까움이 그곳에 있었다. 그것은 거룩한 임재와 같았다. 우리는 친구들이 치유될 것임을 알았다. 동시에 다른 방식으로 나는 완전히 무너진 상태였다. 내적 무너짐과 강한 확신이 전혀 서로를 상쇄하지 않았다.

어머니는 당시 나의 믿음을 걱정했다. 확신이 수포로 돌아가면 어떤 상태가 될지 우려했기 때문이다. 나는 두 친구에게 보랏빛 화상 흉터가 남을까 봐 무척 걱정했다. 친구들에게 후유증이나 흉터가 남지 않았다는 것은 내게 기적처럼 느껴진다. 당시 병원 과장이 아버지에게 말한 바에 따르면 그때 마침 그 병원에서 한 번도 사용해본 적이 없는 신약이 들어왔고, 그 약이 뜻밖에 잘 들었다고 한다.

집중치료실에서 이미 에카르트는 내 안부를 물으며 나와 통화하겠다고 했다. 에카르트와의 전화는 정말 말로 다 할 수 없을 정도로 내 마음을 가볍게 해주었다. 에카르트는 구급차에서부터 내가 괜찮은지 물었고, 나는 잘못이 없으며, 이건 그냥 사고라고 생각했다고 말했다. 그 순간에 나는 용서를 받는다는 것이 삶에 얼마나 중요한 일인지를 깨달았다. 나는 에카르트에게 귀도와도 이야기를 좀 해달라고 부탁했다. 다음 날 에카르트는 귀도가 나를 그냥 멍청이라고 했다고 전해주었다. 그것은 귀도 나름의 용서의 말이었다. 친구들이 이렇게 선선한 태도를 보여주지 않았다면 상황은 정말 견디기 힘들었을 것이다. 그들이 병원에 있는 기간이 한 주 한 주 늘어날 때마다(그 기간은 정말 길었다!) 상황이 얼마나 심각했는지를 깨달으면서 마음이 한층 더 졸아들었기 때문이다.

나는 처음부터 이런 상황에서는 '왜'라고 물으면 안 된다는 것을 분명히 알았다. 그런 질문을 하면 정말 스스로 목숨을 끊게 될지도 몰랐다. '왜'라는 질문은 죽음으로 직결될 것이었다. 삶은 그런 질문에 대답을 거부하기 때문이다. 나는 그런 질문을 던져서는 안 된다는 걸 알았고, 던지지 않았다.

바이올린 제작학교 학생들은 이 사건에 굉장히 충격을 받았고, 잘 모르는 동급생들까지 나를 걱정해주었다. 살펴주고 도와주려고 하는 모습에서 전에는 잘 몰랐던 인간미와 진한 우정을 느낄 수 있었다. 그럼에도 폭발사고 뒤 몇 달간은 정말 끔찍한 시간이었다. 날마다 눈을 뜨면 마음이 좋지 않았고, 일상 속에서 불현듯 폭발과 함께 방이 화염에 휩싸이던 장면이 눈앞에 툭 떠오르면 순간적으로 쇼크와 패닉 상태로 빠져들곤 했다.

하지만 그런 다음 나는 거의 매번 놀라운 경험을 했다. 내면의 눈앞에서 불이 확 붙을 때마다 동시에 불이 사그라드는 모습도 함께 보였다. 이것은 진짜 일어났던 일처럼 생생했다. 나는 의도하지 않은 채 〈마태복음〉에 묘사된 모습을 보게 되는 것이었다. 늘 같은 장면이 눈앞에 펼쳐졌고, 나는 아무것도 할 필요가 없었다. 불이 사그라드는 모습도 불의 인상처럼 강했다.

> 그가 강한 바람을 보고 무서워하여 가라앉기 시작했다. 그는 소리를 쳤다. 주님, 저를 도와주세요! 예수께서 즉시 손을 내밀어 그를 붙잡았다. 그들은 배에 올랐고, 바람이 잠잠해졌다.
>
> (〈마태복음〉 14:30~32)

마치 스스로 경험한 것처럼 이 장면이 내 안에 있었다. 나는 나를 붙잡는 손을 보았으며, 그 손은 불처럼 빛나고 힘 있는 손이었다. 마치 내가 두 장면 모두를 경험했던 것처럼, 한 장면이 다른 장면으로 대치되었다.

몇 주 뒤에 나는 부주의로 중상을 입힌 것으로 인해 약식명령을 받았다. 부모님은 내가 이미 그 사건으로 유죄판결을 받았다면서 이의를 제기했다. 법정공판이 열렸는데, 이 역시 놀라운 경험이었다. 나는 여기서 사고 후의 시간에 대해, 두 친구와의 대화에 대해, 내게 중요했던 일들에 대해, 내가 경험한 용서에 대해 말했다. 내 변호사는 시종일관 아무 말도 하지 않았다. 그런 다음 마지막에 검사가 일어나, "지금까지 들은 것에 근거하여" 심의 중단을 요청했다. 그리하여 약식명령은 벌금을 내는 것으로 변경되었다. 심지어 그 돈을 어디에 사용할지 내가 원하는 바를 피력하라고 했다. 이 시기는 좋은 면과 나쁜 면에서 정말 전례 없이 극단적이었다. 이 모든 것이 내 안에 얼마나 깊은 흔적을 남겼는지를 비로소 깨달은 것은 한참이 지나서였다.

들린 칼

폭발사고 이후 나는 한동안 충격받은 상태에서 연신 스스로에게 욕을 퍼부었고, 스스로에 대한 이런 다그침은 그 뒤 10년간 계속되었다. 하지만 나는 그것을 잘 의식하지 못했다. 그러다가 다른 위기 상황에서 내가 스스로를 비난하고 있었음을 알았다.

20대 중반부터 나는 계속 심한 편두통에 시달렸다. 때로는 편두통이 너무 심해서 앞이 잘 보이지 않고 말도 잘 못할 정도였다. 하루는—그 폭발이 있고 10년 정도 흐른 어느 날—평소보다 더 상태가 나빴다. 그때 나와 함께 있던 친구가 자신은 상황을 과장하거나 쓸데없는 걱정을 하는 타입이 아닌데도, 내 증상에 뭔가 더 많은 것이 작용하는 듯 보인다면서 나더러 목사님과 상담해보라고 조언했다.

나는 마음이 몹시 무거웠고, 혼자 있게 되자 그냥 무너져버렸다. 두통 때문이 아니라, 오래전부터 내 어깨에 지워진 엄청난 부담감 때문이었다. 그렇게 누워서 마음이 너무 지쳐 일어나 앉지도 못한 채로 기도를 시작했고 하느님을 아버지가 아니라 어머니로 부르는 내 모습을 발견했다. 그전까지는 하느님을 어머니라고 불러본 일이 없었다. 물론 나는 "어머니가 자녀를 위로하듯 내가 너희를 위로하겠다"(〈이사야〉 66:13)라는 〈이사야〉 구절을 알고 있었다. 그러나 나 자신이 하느님을 그렇게 부를 생각은 하지 못했다.[1] 나는 계속 힘이 하나도 없이 누운 채로 하느님이 무한한 부드러움과 힘과 위로로 가까이 계심을 느꼈다. 하느님이 내 곁에서 많은 이야기를 하심을 느꼈고, 내 편두통에 다른 것들이 작용하는 듯하다던 친구의 말이 옳다는 것을 알았다. 나는 지쳐서 누운 채로—10년이 지난 시점에—다시금 그 불을 보았다. 화르르 이는 불길과 불타는 방을. 이번에는 패닉이 찾아오지는 않았다. 하지만 나 스스로 나를 욕하고 저주했던 일들이 떠올랐다. 내가 정말로 자신에게 엄하고 야박했다는 것을 확인했다.

1 성령은 히브리어로 루아흐 하코데시Ruach HaKodesh(거룩한 숨)인데, 여성 관사가 붙는다. 그리하여 친첸도르프 백작Nikolaus Ludwig, Graf von Zinzendorf(1700~1760)도 '성령의 어머니 직'에 대해 말했다. 중요한 것은 하느님이 남성이냐 여성이냐 하는 문제가 아니라—하느님은 남성도 여성도 아니기 때문에—하느님이 아버지이자 어머니라는 믿음의 근원적 알레고리다. 하느님이 우리에게 아버지보다 오히려 어머니가 되는 상황과 믿음이 있다. 우리가 하느님의 자녀로서 "하느님께로부터 난" 자들(〈요한복음〉 1:13, 〈요한1서〉 3:9)이라는 것은 어머니 됨의 비유이며, 선지서의 구절들도 이런 특징을 보여준다. "어머니가 자식을 위로하듯 내가 너희를 위로하겠다."(〈이사야〉 66:13, 42:14 참조)

당시 나는 우리 교구 담당이던 발터 목사님과 친하게 지냈는데, 내가 10년 전 사고 이야기를 하자, 발터 목사님은 그전에 내가 그 이야기를 한 번도 하지 않았던 것을 놀라워했다. 알고 지낸 지 벌써 오래였기 때문이다. 그날 발터 목사님과 무슨 대화를 나누었는지 상세한 것은 기억나지 않는다. 그러나 두세 시간 지속된 대화는 마음을 치유해주었다. 우리는 계속해서 이야기를 하다가 멈추고 마음으로 듣고 기도하는 시간을 가졌다. 조금씩 조금씩 그 경험을 통과하면서, 이젠 철회되어야 하는 모든 내적 다그침을 짚어갔다. 그날의 기도 과정에서 본 많은 내적 이미지와 말들은 결코 잊지 못할 것들로 남았다. 발터 목사님은 그저 내 이야기를 들어주고 함께 기도해주며 한 걸음 한 걸음 내딛도록 권유해주었을 따름이다.

내적 이미지 가운데서 나는 예수의 모습을 보았다. 예수는 굉장히 짓눌리고 위협적인 시선으로 빛나는 천을 둘렀고, 오른손에 번쩍번쩍 빛나는 날카로운 칼이 들려 있었다. 마치 나를 치려는 듯이 그 칼을 내 앞에 높이 쳐든 모습이었다. 그런데 다음 순간 이런 마음의 영상이 갑자기 슬라이드 필름처럼 정지하더니, 이런 질문이 들렸다. “내가 무엇을 할까?”

나는 발터 목사님과 이 질문을 놓고 조용히 침묵하는 시간을 가졌다. 손에 들린 칼은 오랜 세월 나를 따라다닌 내적 비난의 감정에 들어맞는 것이었다. 거기에는 무엇인가 위협적이고 엄격한 것이 내재해 있었다. 나는 그 질문에 대한 대답으로 예수에 대해 알고 있는 것을 말했다. 그의 겸손과 온유를 말이다. 그는 겸손하고 온유하니 우리가 그의 곁에서 안식을 얻으리라고 말하지 않았던가. 예수는 "내 멍에는 쉽고 내 짐은 가벼움이라"(〈마태복음〉 11:30)라고 말했다. 내가 그렇게 이야기하자, 정지되었던 이미지는 다시금 돌아가기 시작했다. 나는 왕이 누군가에게 기사 작위를 수여할 때 그렇게 하듯이, 예수가 천천히 내 왼쪽 어깨에 칼을 대는 것을 보았다. 따라서 그것이 들린 칼의 의미였다! 나는 이 모든 부족함에도 예수를 누구로 여기는지 대답해야 한다는 것을 깨달았다. 그리고 예수의 온유하고 겸손한 주권에 대한 믿음을 통해 내가 '기사 작위'를 받았다는 것을 알았다. 그것을 위한 기사 서품이 행해졌던 것이다.

이어지는 날들에 나는 큰 수술을 받은 사람 같은 느낌이었다. 상당히 약해져 있었지만, 치유가 이루어지고 있음을 알았다. 완전히 변하지는 않았지만, 삶의 기본 감정이 달라지기 시작했다. 나는 여전히 태평하기보다는 우울한 경향이 많다. 기질의 문제다. 이런 기질에는 좋은 점도 있다. 언젠가 오랜 지인이 말했다. "어떻게 둔감해지고 싶을 수가 있어요? 당신이 둔감한 사람이라면 지금처럼 감수성이 있고 창조성이 있을 것 같아요? 있는 그대로 이미 좋아요." 사람은 모든 것이 될 수도 없고 모든 것을 가질 수도 없다. 옛 찬송가 '오소서 성령이여Venti Sancte Spiritus'는 성령을 다음과 같은 가사로 부른다.

오소서, 당신 지복의 빛이여
마음과 얼굴을 채우소서
영혼 깊은 곳까지 스미소서
당신의 생기 있는 바람 없이는
인간 속의 그 무엇도
거룩하거나 건강한 것 없으리[2]

아픔

대부분의 위기는 신체적 혹은 정신적 고통을 수반한다. 고통이 믿음과 무슨 관계일까? 이 세상에서 사는 한, 우리는 아픔을 견디며 그 안에서 소명을 보아야 한다. 좋은 울림에 대한 동경이 사그라들지 않도록 해야 한다. 이 생에서 우리는 아픔에서 자유로울 수 없다. 그러나 아픔을 통해서만 동경이 깨어 있을 수 있으며, 온 힘으로 좋은 '인토네이션'을 연습할 수 있다.

인토네이션, 즉 악기의 음정을 제대로 잡는 것은 여기서 비유가 될 것이다. 기타의 음정을 제대로 조율하지 못한 상태에서 연주를 시작하면 기타리스트는 괴로울 것이다. 하지만 이런 고통은

2 영국의 켄터베리 대주교 스티븐 랭턴Stephen Langton(1150~1228)의 작사로 간주된다.

나쁘지 않다. 뭔가가 맞지 않다는 신호니까 말이다. 고통에는 잘못된 것을 고치려는 강한 충동이 있다. 그렇기에 우리는 고통 속에서 조화로운 음을 내려는 절박한 동경을 보아야 한다. 이런 동경을 알지 못한다면, 우리의 세계는 어떤 '내면의 음악'을 들려줄까. 얼마나 참을 수 없는 상태가 될까! 그러나 고통 없이 이런 동경이 살아 있을 수 있을까? 맞는 음정을 잃어버리는 것은 고통의 시작이다(참조 〈창세기〉 3:16~17). 그리고 맞는 음정을 다시 회복하는 것은 고통의 끝이다(〈요한계시록〉 21:4 참조).

나이 들수록 고통의 의미를 깨닫는 것은 점점 더 필수적인 영적 과제가 된다. 내 개인적인 예를 설명해보려 한다. 허리 통증은 날벼락처럼 예기치 않게 찾아온다. 한번은 기계실에서 띠톱질로 나무를 자르고 있는데, 갑작스레 통증이 찾아와 털썩 주저앉을 수밖에 없었다. 나는 팔로 옆 테이블을 잡고 간신히 다시 몸을 일으켰다. 정형외과에서 주사를 맞으니 그나마 통증이 줄었고, 이어 도수치료를 받으니 한결 나아졌다. 몇 주간 내내 통증을 겪으며 반사적으로 기도를 하는 나를 발견한다. "하느님, 허리가 아파요!"

그런데 한번은 이런 생각이 불쑥 들었다. 어떻게 상상해야 할까? 내가 기도하면 모든 아픔이 즉시 사라져야 할까? 기도가 마치 누르기만 하면 만사 해결되는 마법의 스위치인 것처럼? 하느님이 모든 일에서 내 뜻을 다 들어주신다면, 내 삶은 끔찍하게 일그러지지 않을까?

모든 고통이 잘못된 행동에서 비롯되는 건 아니지만, 나는 바이올린 제작자로서의 나 자신을 너무나 잘 알고 있다. 만약 내 신체가 무제한 능력을 발휘하고 허리도 아프지 않다면, 아마 나는 나 자신과 나의 시간을 착취할 것이 분명하다. 그렇기에 요통은 내게 더 조심하고 스스로를 혹사시키지 말라는 신호 같다. 어쩔 수 없이 해야 하는 일이라는 명목하에 무리하고 있다는 걸 비로소 통증을 통해 깨닫는 게 아닐까? 그렇다면 지금과 같이 계속하며, 하느님을 통증을 사라지게 하는 치료사로 삼으려 하는 게 옳을까? 잘못된 행동방식을 그대로 고수하면서?

모든 아픔이 자기가 잘못한 탓으로 찾아오는 것은 아니겠지만, 그래도 나는 모든 아픔에 능동적으로 마주하고자 한다. 잠 못 이루는 밤에는 뒤척이며 괴로워하는 대신, 기나긴 밤 시간을 이용해 주변의 힘들어하는 사람들을 하느님께 맡기며, 그들을 기도로 돕고자 한다. 그리고 가능하면 스스로에게 잘해주고, 일상이 무리가 되지 않게 하고자 한다. 그럼에도 아픔과 결핍이 찾아오면, 이것을 기도의 극단적 형태로 받아들이고자 한다. 이런 고통을 통해 고통을 겪는 지인들을 떠올리고, 그들을 위한 중보 기도로 나아갈 수 있다. 그렇게 한다고 해서 아픔이 사라지는 건 아니지만, 아픔은 새로운 차원을 맞는다. 그리고 나의 영혼은 아픔에도 불구하고 하늘로 고양된다.

사도 바울도 내게 고통을 다루는 이런 특별한 방식을 보여준다. 그는 이렇게 말한다. “나는 그리스도를 얻고 싶습니다. 그를 알고 싶습니다. 그의 부활의 능력을 깨닫고 싶고, 그의 고난에 동참하는 것이 어떤 것인지 알고 싶습니다."(〈빌립보서〉 3:9 이하) 아픔이 신앙의 형식은 아니지만, 아픔을 더 성숙해지는 계기로 삼을 수 있다.

위 협

1996년 공방을 차려 독립했을 즈음, 내게 여러모로 굉장히 두려운 시기가 시작되었다. 나는 온갖 실존적 위험에 노출된 기분이었다. 독립하기 몇 달 전 소명을 받은 사건이 없었다면, 이 시기 나는 정신적으로 정말 견디기 힘들었을 것이다. 소명을 받은 이야기는 뒤에서 더 자세히 하려고 한다.

내가 공방을 차리자마자—큰아들이 세 살 때였다—아내 클라우디아가 중병 진단을 받았다. 정말 갑작스러운 진단이었고, 의사는 앞으로 남은 시간이 몇 주 되지 않을 거라고 시한부 선고를 했다. 친한 의사는 아내의 검사 결과를 보는 순간 다리가 후들거렸다고 말했다. 우리는 정말 충격을 받았고, 정밀검사와 걱정으로 점철된 나날들이 이어졌다. 이 시기에 대해 자세히 적고 싶지는 않다. 집중해서 일하는 것은 생각할 수도 없는 어수선하고 불안한 날들의 연속이었다. 마음속으로 계속 아내의 무덤 앞에 선 내 모습이 그려졌고, 엄마 없이 요나스를 어떻게 키울지 막막했다. 이 시기 아내는 나보다 강인한 정신력을 보여주었다. 우리는 최신 설비를 갖춘 종양 전문병원에서 인간미가 넘치는 훌륭한 의료진을 만났다. 이곳은 당시 독일에서 최신 진단기법을 갖추고 있었다. 첫 상담 대화에서 의사가 안정감을 주었던 기억이 난다. 그 의사는 우리에게 밤낮 상관없이 어느 때고 궁금한 게 있으면 전화를 해도 좋다고 했다. 그러고는 며칠 뒤 일단은 안심시키는 소식을 전해주었다. 자세한 검사 결과 아주 공격적인 암은 아닌 것으로 드러났다며, 그러나 예정대로 치료를 받아야 한다고 했다.

나는 이 시기에 강한 믿음 대신 이루 말할 수 없는 연약함을 느꼈다. 나는 굳건한 믿음의 영웅이기는커녕, 무엇을 믿어야 할지 알지 못했다. 그러나 이 시기 우리를 위해 친구들이 기도하고 있음을 생생하게 느꼈다. 누군가 우리를 위해 기도하면, 클라우디아와 내가 서로 다른 장소에 있더라도 동시에 그것을 느낄 수 있는 듯했다. 나중에 우리는 친구들이 매일 저녁 교대로 모여 우리를 위해 기도했다는 이야기를 들었다. 이런 기도 공동체는 절대적으로 연약한 시기에 보호막과 같았다.

이 끔찍했던 7주 동안 나는 두 번이나 까닭 없이 자전거 사고를 겪었다. 이 사고들은 당시 내가 극도로 스트레스를 받고 있었기 때문이라거나, 정신이 없어서 집중력이 떨어진 탓으로 돌릴 수 없는 것이었다. 한번은 주차해 있던 자동차 운전자가 하필 내가 지나가는 순간에 갑자기 운전석 문을 열어젖히는 바람에, 뮌헨의 저녁 퇴근길, 차량들로 붐비는 3차선 도로 가운데 차선으로 나를 날려 보냈다. 굉장히 조심하고 집중했더라도 제대로 반응할 수 없었을 것이다. 뒤이어 오던 차가 나를 피해가면서 끼이익 하고 타이어 마찰음을 내는 소리가 들렸고, 내 머리칼에 바람이 느껴졌지만, 다행히 차에 치이지는 않았다. 하지만 심한 타박상을 입고 앰뷸런스에 실려 병원으로 옮겨졌다. 그러나 이런 사건은 이 시기 우리에게 당면한 문제와 걱정 앞에서 사소한 일에 지나지 않았다.

게다가 공방을 차렸던 초기에는 고정 고객이 없었다. 그야말로 공방에 찾아오는 사람이 아무도 없었다. 나는 연민과 냉소가 뒤섞인 감정으로 생각했다. "주님, 당신도 이런 형편이시죠. 당신이 계신데, 아무도 오지 않잖아요." 경제적으로는 점점 더 쪼들리게 되었다. 건강 면으로나 재정 형편으로나, 이런 시기를 정말로 넘기고 살아남을 수 있을지 막막한 심정이었다. 이때 나는 몇 달 전 웨일스에서 소명을 받았던 사건을 계속 떠올리며, 일상을 견뎠다. 이렇게 힘든 시기에는 성서의 말씀이 새롭게 다가온다. 하느님이 주시는 작은 은혜도 살아남는 데 너무나 중요해진다. 한번은 발터 목사님이 내게 전화를 걸어서 그날 아침에 나를 위해 기도하는데 한 문장이 마음속에 떠올랐다면서 그 문장을 전해주었다. "사람들을 의지하지 말고, 오직 하느님께 소망을 두라"는 말이었다.

나는 발터 목사님이 나를 위해 기도한다는 것이 기뻤다. 그러나 동시에 그 말이 별로 와닿지 않았다. 그 반대였다. 마치 공격받은 듯한 느낌이었다. 나는 이렇게 자문했다. 이게 무슨 말이지? 내 믿음이 충분하지 않단 말인가? 이 말을 어떻게 해석해야 할까? 이렇듯 지독하게 위태로웠던 시기에 나는 믿음에 대한 질문에도 무감각했다. 모든 것이 두려움과 뒤섞였다. 그럼에도 그 말은 이후 내 안에서 늘 한구석에 불편하게 남아 자꾸 생각하게 했다. 그러던 어느 날 아침, 작업대 앞에서 일을 하려 하는데, 갑자기 특별한 불안감이 느껴졌다. 평상시에 경험하는 일반적인 불안이 아니고, 하느님이 내게 뭔가 직접 말씀하시려 한다는 걸 느낄 때 경험하는 영적인 불안이었다. 그래서 나는 하느님께 여쭈었고, 하느님께서 "사무실로 가서 매일의 기도문이 적힌 책을 들춰보라"고 이야기하신다는 느낌이 들었다. 일단 그 책을 어디에 두었는지 찾아야 했다. 몇 주간 그 책을 더 이상 펴보지 않았기 때문이다. 책을 찾아서 그날의 말씀을 펼쳤더니 〈시편〉 146편 말씀이 적혀 있었다. "귀인들을 의지하지 말라, 그들은 도울 수 없는 인간들이다. 주 하느님께 소망을 두는 자는 복이 있다."

여전히 그 구절이 이해되지는 않았다. 하지만 하느님이 나를 아신다는 기쁨이 절절하게 밀려들었다. 메시지는 이것이었다. 얘야, 내가 너희 곁에 있단다! 그 말은 며칠 전 발터 목사님이 나를 위해 기도하다가 떠올린 말씀이었기 때문이다.

클라우디아를 위해 기도해도 별일은 일어나지 않았다. 그러다가 어느 날 아침 홀로 성경을 읽던 클라우디아는 갑자기 굉장히 묵직한 것이 자신의 몸을 누르는 듯한 느낌을 받았다. 그 느낌이 너무 강해서 그녀는 누워야 했다. 이어 압도적인 깊은 고요가 밀려들었다. 그리고 기분 좋은 크나큰 평화가 임했다. 그런 다음 그녀는 전신의 림프샘이 하나씩 연달아 뜨거워지는 걸 느꼈다. 하나씩 차례로 조심스럽게 만져지는 듯한 느낌이었다. 그렇게 한 시간쯤 지나서야 클라우디아는 다시 몸을 일으킬 수 있었다. 다음번 종양 전문병원에 검진을 갔을 때 특별한 소견이 나왔다. 의사는 당황해서 아무래도 자신이 착각했던 것 같다고 했다. 하지만 예전의 검사기록을 확인하려 하자, 도무지 기록을 찾을 수가 없었다. 어떻게 된 일인지 기록이 그냥 사라져버린 것이다. 의사는 몹시 거북해하면서, 검사기록이 없어진 건 처음이라고 했다. 그리하여 예전에 오진했던 것인지, 그동안 몸 상태가 변화한 것인지 확인할 수가 없었다. 이것은 수수께끼로 남았으나, 의사들은 이제 안심해도 좋다고 했다.

아내는 시종일관 나보다 훨씬 강인한 모습을 보이긴 했지만, 위급한 사태가 종결되자 우리의 영혼이 회복되기까지는 몇 달이 소요되었다. 이렇듯 긴장으로 점철되었던 시기는 결코 유쾌하지 않았고, 많은 흔적을 남겼다. 우리는 더 이상 젊은이 특유의 가볍고 경쾌한 태도로 인생을 살아갈 수 없게 되었다. 이런 경험은 삶을 소중히 여기게 만들지만, 자신의 삶이 언제든 흔들릴 수 있다는 사실과 마음대로 할 수 없다는 사실을 늘 의식하게 한다.

이런 힘든 시기 끝에 처음으로 내가 제작한 바이올린(작품번호 24)을 사겠다는 사람도 나타났다. 얼마나 구원처럼 느껴졌던지. 나중에 돌아보니 자본금도 적은 상태에서 공방을 차려 독립한 것은 정말 순진한 처사였다. 하지만 당시 다른 선택지는 눈에 보이지 않았다. 공방을 시작한 첫 3년간 우리는 겨우겨우 입에 풀칠하며 살았다. 그달 생활비를 감당할 수 있을지 늘 불확실한 가운데 정말 걱정으로 영혼을 갉아먹는 듯했다. 내게 타고난 사업가 기질 같은 것이 없었기에 더더욱 그랬다. 때로는 그저 걱정의 자리를 박차고 나와 믿음의 자리로 가는 것이 '나의 예배'가 아닐까 하는 생각이 들었다. 이런 작업이 늘 쉽지만은 않았지만 말이다. 그러나 이제는 공방 작업을 통해 우리 가정뿐 아니라, 직원들의 가정들도 먹고살 수 있게 된 것이 조금 자랑스럽다. 일종의 사회봉사라는 생각도 든다. 공방을 차린 초기, 그 힘들었던 시간 동안 호의적인 충고와 조언을 정말 많이 들었다. 어떤 말은 때로 자못 지겹기까지 했다. 특히 안정된 직장에서 따박따박 월급을 받는 친구들이 내게 나름의 조언을 해줄 때면 말이다. 자영업이나 자기 사업을 하는 사람들과의 대화가 훨씬 도움이 되었다. 그런 사람들은 종종 몇 마디만 해도 내 형편이 어떤지 알아차렸다.

소 명

앞서 이야기한 것처럼 이 힘든 기간 전에 중요한 일이 있었다. 내가 소명을 받은 사건이라고나 할까. 이 이야기를 해보고 싶다. 당시 독립해서 공방을 여는 것에 대해 사실 나는 마음이 놓이지 않았고, 확신도 없었다. 이렇다 할 여유자금도, 고정 고객도 없이 출발했다. 물리학과를 졸업한 지 2년 만에 바이올린 장인 시험에 통과하는 데 성공했지만, 아직 잘 해낼 수 있다는 자신감 같은 것은 들지 않았다. 부담은 아주 컸다. 아무튼 공방을 차리기 두세 달 전 아내와 나는 웨일스의 에이버리스트위스 대학에서 박사학위 논문을 쓰고 있던 나의 형 미하엘을 만나러 갔다.

1995년 6월 4일 일요일 아침에 우리는 미하엘이 다니는 교회로 예배를 드리러 갔다. 세인트 마이클 교회는 굉장히 인상적이고 멋진 건축물이었는데, 교회 건물에 들어갈 때부터 따스하고 열린 분위기가 느껴졌다. 사람들은 처음 보는 우리를 반겨주었다. 예배는 익숙한 분위기에서 진행되었다. 그리고 예배가 끝날 무렵, 같은 날 저녁예배가 있다는 안내가 귀에 쏙 들어왔다. 나는 보통 일요일에 대예배만 한 번 참석하고, 저녁예배까지 참석하는 스타일이 아니다. 간혹 저녁예배까지 드리면 우쭐해진다. 하지만 이날에는 저녁에 다시 예배를 드리러 가야겠다는 느낌이 강하게 들었다. 저녁예배를 가야겠다고 했더니 아내가 자못 놀라워했다. 나는 저녁예배에 참석했다.

예배 분위기는 오전과는 달랐다. 저녁예배 때도 교회는 사람들로 가득 찼는데, 뭐랄까 오전보다 더 친밀한 모임 같았고, 고향에 온 것처럼 마음이 편했다. 내밀하고, 진하고, 음악적으로 풍성한 찬양시간이 이어졌다. 많은 곡은 이미 알고 있었고, 모르는 곡들도 어렵지 않아서 함께 따라 부를 수 있었다. 그런데 그 시간에 두고두고 감동적인 사건으로 기억될 일이 일어났다. 찬양을 하던 내 내면의 눈앞에 예수께서 말없이 천천히 내게 다가오는 모습이 밝고 명확하게 보였다. 그러더니 그가 내 앞에 무릎을 꿇는 것이었다. 나는 그 순간 견딜 수가 없었다. 예수께서 내 앞에서 무릎을 꿇으시다니. 그런 일을 어찌 허락할 수 있겠는가. 내가 말했다. 아니, 당신이 제 앞에서 무릎을 꿇으시다뇨. 이러시면 안 됩니다! 하지만 그가 무릎을 꿇은 채로 계시는 바람에, 나 역시 실제로 무릎을 꿇었다. 옆에 앉은 사람이 뭐라고 생각하든, 그 순간에는 중요하지 않았다. 모든 것이 말없이 진행되었다. 내가 무릎을 꿇은 채로 있자, 예수는 손으로 흙을 집어서는—내 눈에는 교회의 건물바닥이 아니라 땅바닥이 보였다—내 손을 잡더니 젖은 흙을 올려놓았다. 나는 이 순간 이것이 뭔가를 만들라는 소명을 의미한다는 걸 알았다. 임박한 바이올린 공방을 여는 일에 관한 것임을 알아차렸다. 그래서 나는 물었다. 제가 무엇을 만들어야 하나요? 그러자 예수는 내 손에서 흙을 집더니 자신의 손으로 내 손을 감싸고는 엄지손가락으로 내 손바닥에 성흔을 새겨주었다. 나는 압력을 느꼈다고 생각했고 눈을 떴다. 더 이상 아무것도 보이지 않았지만, 이런 이 일이 무엇을 의미하는지를 알았다.

나는 내가 '무엇을' 만들어야 하는지 대답을 받지 못했다. 여기서 소명은 '어떻게'와 관계가 있다. 예수의 방식대로, 그의 헌신을 본받아야 한다는 것이다. 예수 손의 성흔이 상징하는 것이 바로 그것이다. 우리의 행위에 헌신이 빠져 있다면 하느님께로 이르는 길을 찾지 못할 것이다. 또 한 가지 확실한 것은 내가 모든 것에 덤벼들어 움켜쥐려 해서는 안 된다는 것이었다. 단지 예수께서 만들라고 내 손에 맡겨주신 일만 하면 되었다.

이 순간 나는 깊이 감동되었고, 그 일을 결코 잊을 수 없었다. 무엇보다 공방을 열고 나서 정말 어려웠던 시기에, 그리고 이후에도 어려운 시기가 찾아올 때마다 나는 그 일을 계속해서 상기했다.

찬양시간이 끝나고, 예배당 양쪽에서 서로 축복기도를 해주는 시간이 있었다. 나는 아는 사람이 없었으므로, 예배 봉사를 하는 이에게 다가가 뮌헨에서 온 마틴이라고 내 소개를 하고는, 나를 위해 기도해달라고 청했다. 그는 뜻밖인 듯했지만 반가이 맞아주며, 자신의 이름을 폴이라 소개하고는 내게 손을 얹고 기도를 해주었다. 그런데 기도를 받는 도중 나는 속으로 상당히 놀랐다. 정말 믿을 수가 없었다. 나의 가장 가까운 친구라도 그보다 더 맞춤한 말로 기도를 해줄 수 없었을 것이다. 서로 알지 못하는 처음 보는 사람이었는데도, 그는 기도 가운데 나 외에는 아무도 알지 못하는 내용(재능과 과제)을 언급하고, 축복해주었다. 기도가 끝날 무렵 그때껏 경험하지 못한 깊은 안식이 내 영혼에 깃들었다. 나는 속으로 기도를 하려고 했다. 하지만 예수는 이렇게 이야기하시는 듯했다. "조용히 하거라! 지금은 네가 나를 위해 뭔가를 할 차례가 아니야. 지금은 내 차례란다." 나는 가만히 있었다. 그 교회에서 이런 기도시간은 일상적인 듯했지만 내게는 새로웠으며, 그 시간은 앞서 찬양시간에 경험한 소명에 봉인을 해주는 것처럼 느껴졌다.

10년 뒤 이런 소명의 환상을 구체적인 현실에서 확인한 일이 있었다. 그 일을 이야기하고 싶다. 어느 날 웨스트버지니아에서 온 열여섯 살 소년 찰스와 그의 어머니가 뜻밖에 내 공방을 찾아왔다. 오랜 친구 지크프리트가 내게 전화를 걸어, 미국에서 여행 온 모자를 알게 되었는데 아들 찰스가 환상적인 바이올리니스트라고 했다. 막 뮌헨에 온 그들이 내 공방을 방문하고 싶어 한다고 전해주었다. 지크프리트가 이 모자를 알게 된 경위는 약간 특별했다. 지크프리트는 며칠 전 일요일에 보통처럼 저녁 여섯시가 아니라, 그보다 30분 앞서서 저녁예배를 가야겠다는 생각이 들었다. 그래서 일찌감치 출발해서 교회에 갔는데, 뮌헨 마테우스 교회 입구에 거의 도착했을 무렵, 반대편에서 처음 보는 나이 든 신사가 걸어오는 모습이 보였다. 그렇게 그들은 교회 출입문 바로 앞에서 딱 맞닥뜨렸고, 서로 아는 사이처럼 반갑게 악수를 했다. 마치 그 시간에 그곳에서 만나기로 약속이라도 한 것처럼 말이다. 그 노신사는 본인은 유대인으로 어린 시절 독일에 살다가 제3제국 시기에 다행히 미국으로 피난했다고, 그런데 이제 인생의 말년이 되어 가족들에게 자신이 유년기를 보냈던 나라를 보여주고 싶어서 자녀 부부들과 손주들을 모두 대동하고 며칠간 독일에 여행을 왔다고 했다. 지크프리트는 교회 앞에서 그 노신사와 딱 마주친 게 신기해서, 가족 모두가 막 뮌헨에 도착한 참이라는 이야기를 듣고는 며칠간 관광을 안내해주겠다고 자청했다.

그런 인연으로 이 노신사의 며느리 에스더와 손자 찰스가 내 공방을 찾아오게 된 것이었다. 우리는 진한 만남의 시간을 가졌다. 그들 역시 신앙인이었고, 예수를 사랑하고 듣는 믿음 가운데 살고 있다는 사실이 대화 속에서 드러났다. 에스더에게 시아버지에 대해 묻자, 에스더는 그가 유대인으로서 겪은 일들을 들려준 뒤, 이야기의 마지막에 팔을 번쩍 들며 "아버님은 모두를 용서했어요"라고 했다.

나는 그들에게 공방을 구경시켜주고, 완성한 악기들과 지금 막 만들고 있는 악기들을 보여주었다. 에스더가 감탄을 연발하는 바람에 나는 상당히 기운이 났다. 당시 나는 몇 가지 실망스러운 일과 풀리지 않는 문제들 앞에서 매우 힘든 시간을 보내고 있었기 때문이다. 이런 상황에서 에스더가 내 작업을 높이 평가해주자, 마치 내면의 불꽃이 되살아나듯, 좋은 소리를 만들고자 하는 비전이 새로이 싹트는 느낌이었다. 그녀의 아들 찰스 모리는 정말 놀라웠다. 보기 드물게 훌륭한 바이올리니스트일 뿐 아니라 인상적인 작곡가로서, 자신의 바이올린—그 바이올린은 미텐발트 출신의 정말 훌륭한 바이올린 마이스터 요제프 클로츠Joseph Klotz가 1807년에 제작한 것이었다—으로 최근에 작곡한 세 성부의(!) 악곡을 연주해주었다. 아주 순수하고 고상한 곡이었다. 화음을 연주하면서 동시에 왼손으로 피치카토 주법을 구사하는 테크닉이 정말 특별했다.

에스더는 찰스가 두 살 때 이미 ("아직 기저귀를 찬 채로") 바이올린을 시작했다면서, 당시 그녀는 기도 중에 찰스에게 작은 바이올린을 주는 게 좋겠다는 확신이 들었다고 했다. (가족 중에 아무도 바이올린이나 다른 음악을 하는 사람이 없는데도 말이다.) 찰스는 놀이울 안에 바이올린이 없으면 울음을 터뜨렸지만, 에스더는 아들이 장차 어떻게 자랄지 짐작하지 못했다. 그 뒤 찰스는 만 여섯 살에 이미 찰스턴 청소년 현악 오케스트라 단원이 되었고, 열네 살에 청소년 관현악단의 콘서트마스터(제1바이올린 수석 연주자)가 되었다. 내 공방에 왔던 시기, 찰스는 하루에 다섯 시간씩 바이올린을 연습하고 작곡을 겸하고 있었다.

나는 찰스의 바이올린을 보고는 어떻게 이런 놀라운 바이올린을 만났느냐고 물었다. 그것은 그 자체로 사연이 있었고, 그 역시 듣는 믿음과 관계가 있었다. 2년 전쯤 이제 찰스의 악기를 3/4사이즈에서 풀사이즈로 바꾸어줄 시점이 도래했을 때 가족은 찰스 수준에 맞는 풀사이즈 바이올린을 살 만한 금전적 여유가 없었다. 여기까지 이야기한 다음 에스더는 그래서 "찰스가 그걸 기도 목록에 올렸어요!"라고 했는데, 순간 그 말이 커다란 북소리처럼 내 귓가를 울렸다. 아주 단순한 문장이었지만, 내게는 우리가 얼마나 기대 없이 사는지를 고발하는 듯했기 때문이다.

찰스가 새로운 바이올린이 필요하다는 사안을 기도 목록에 올린 지 일주일쯤 지난 어느 날, 에스더는 평소와 달리 집에서 아침을 먹는 대신 두 자녀와 남편과 함께 가까운 팬케이크 하우스에 가고 싶은 마음이 들었다. 그래서 그들은 팬케이크 하우스에 갔고, 그곳에서 아침을 먹으며 옆 테이블에 앉은 처음 보는 두 여인과 이야기를 나누게 되었다. 활발한 대화가 이어졌고, 그 와중에 아이들 이야기도 하게 되었다. 찰스가 바이올린을 연주한다고 하자, 둘 중 더 젊어 보이는 여인이 자신의 할아버지도 바이올리니스트였다면서, 단도직입적으로 혹시 찰스에게 새로운 바이올린이 필요하지 않냐고 묻는 것이 아닌가. 에스더는 약간 당황해서 그렇지 않아도 지금 적절한 풀사이즈 바이올린을 구하고 있다고 했다. 그러자 그 여인은 자신에게 바이올린 다섯 대가 있는데, 다섯 대 모두 팬케이크 하우스 앞에 세워놓은 차의 트렁크에 실려 있다며 바로 그 바이올린들 때문에 먼 길을 여행하고 있다고 했다! 그녀의 할아버지는 뉴욕에서 바이올리니스트로 활동하며 다섯 대의 바이올린을 보유했는데, 이제 뉴욕 집을 정리하는 중이라고, 바이올린은 그냥 택배로 보내기에는 너무 귀중품이라 직접 뉴욕에 가서 악기를 싣고 다시 플로리다로 돌아가는 길이라고 했다. 밤새 달려왔고, 이른 아침에 우연히 웨스트버지니아의 이 작은 마을을 통과하게 되었다. 지나가다가 팬케이크 하우스를 보고는 좀 쉬면서 아침을 먹고 갈까 하고 즉흥적으로 들어왔는데 에스더 가족들을 만난 것이었다.

이야기를 요약하자면 이렇다. 찰스는 가까운 교회로 가서 그분들에게 바이올린을 연주해 보였고, 그 두 여인은 찰스의 연주에 너무 감동한 나머지 트렁크를 열어서, 다섯 대의 바이올린 중 가장 좋은 바이올린을 그에게 안겨주었다. 이것이 앞에서 말한 1807년 요제프 클로츠가 제작한 것으로, 2만 달러 이하로는 아예 살 수가 없는 바이올린이다. 그들은 찰스에게 "자, 이제 네 바이올린이란다!"라면서 할아버지도 틀림없이 기뻐할 거라고 말하고는 차에 올랐다. 찰스는 어떻게 자신에게 이런 일이 일어났는지 신기할 따름이었다. 찰스는 그렇게 자신의 바이올린을 만났고, 그로부터 2년 뒤 나는 공방에서 그 바이올린 소리를 들을 수 있었다. "찰스가 그걸 기도 목록에 올렸어요!"

에스더와 찰스와의 만남은 너무나 인상 깊어서 그냥 헤어지기가 섭섭했다. 그래서 나는 함께 기도를 하고 가지 않겠느냐고 물었고 에스더는 흔쾌히 동의했다. 지크프리트와 내가 먼저 기도를 한 뒤, 에스더는 힘 있는 기도로 나와 내 일과 가정을 예수의 이름으로 축복해주었다. 기도를 마친 뒤 에스더는 뭔가 미진해 보이는 표정으로 잠시 생각하더니 아들에게 내 손을 위해 특별히 기도해주지 않겠느냐고 물었다. 그러자 그때까지는 말수가 적은 편이던 찰스가 기도를 시작했는데, 열여섯 살짜리가 그렇게 기도하는 것은 전에 본 적이 없을 정도로 기도를 잘했다. 그러고는 마지막에 축복하기 위해 내 손을 잡더니 자신의 두 엄지손가락으로 내 손바닥을 가볍게 누르는 것이 아닌가. 10년 전 소명을 받는 환상에서 경험했던 바로 그 방식이었다. 나는 아무에게도 이 이야기를 하지 않았지만, 내 소명의 비전을 확인시켜주기 위해, 하느님이 두 사람을 내 공방에 보내신 듯한 느낌이 들었다.

삶을 지속하기

위기라는 단어를 자동적으로 성숙이나 성숙과정과 연결해 말하기는 좀 뭣하다. 그럼에도 때로 위기를 통해 소명을 새롭고 다르게 파악할 수 있다면, 우리는 위기에서 힘을 얻을 수 있을 것이다. 그것은 바이올린을 추가로 손보는 작업과 비슷하다. 때로는 바이올린을 고치기 위해 다시금 열어야 한다. 위기의 시기도 이렇듯 아픈 열림과 비슷하다. 그런 시기에 우리는 눈이 휘둥그레지고 마음이 상한다. 두려움을 극복하기 위해 하느님과 세상을 이해해보려 하지만, 이해하지 못한다. 모든 위기가 그렇다. 그리하여 믿음은 우리에게 이해의 길이 아닌 신뢰의 길을 가르쳐준다. 자신의 삶에 마주 서는 것이 바로 믿음의 길이다. 삶의 역경에 거룩하고 담대하게 맞서는 것이 바로 믿음이다.

우리는 위기 없는 삶을 원한다. 어려운 시간을 면하는 것을 축복이자 행복으로 여긴다. 하지만 인생의 마지막에 돌아보면, 위기 없는 삶보다 연약하고 곤궁한 시간에 주님께 의지함으로 한 발 한 발 나아가면서 소명의 목표에 더 가까워질 수 있었음을 깨닫게 될 것이다.

갑작스럽게 아내를 잃은 친구와 몇 달간 주기적으로 함께 시간을 보낸 적이 있다. 그 시간을 잊지 못할 것이다. 우리는 울고, 질문하고, 동요하고, 슬퍼했고, 그러면서 친구는 성령의 친밀함과 깊고 특별한 위로를 맛보았다. 하느님은 불가해한 방식으로 그의 곁에 계셨다. 하지만 고통은 쉽게 사라지지 않았다. 하느님은 그와 그의 자녀들을 고통으로부터 보호해주지 않으셨다. 그러나 고통의 한가운데에서 그들을 보호하고 세워주셨다. 이런 숨 막히는 현존이 있다. 아픔은 가시지 않고, 질문은 대답되지 않을지라도 깊이 스미는 위로가 있다. 믿음으로 삶을 지속할 책임이 우리에게 있다.

우리 부부와 친한 친구의 남편이 정말 예기치 않게 세상을 떠난 일도 있었다. 아침에 여느 때처럼 집을 나서서, 아내와 네 아이를 남긴 채 오후에 세상을 떠났다. 우리는 곧장 그녀에게 갔다. 그때 슬픔 중에 보여주었던 그녀의 강인하고 아름다운 모습은 쉽게 잊을 수 없을 것이다. 그녀는 강인한 태도로 자녀들을 위로했고, 남편과 작별했다. 하느님께 기도했고, 죽은 남편과도 이야기했다. 그렇게 기도하면서 사랑하는 남편을 떠나보냈다. 그를 다시금 하느님의 손으로 돌려보냈다. 그녀는 이해를 초월하여, 슬픔과 놀람 속에서도 빛나는 믿음을, 이 세상이 알지 못하는 믿음을 보여주었다. 이런 믿음이 있다고 눈물이 없는 것은 아니다. 아니, 믿음은 오히려 눈물과 가까운 듯하다. 믿음의 눈물은 마지막 시간까지 간직되었다가 거룩한 교향악의 음들로, 거룩한 도시를 아름답게 장식하는 보석으로 변화될 것이다. 믿음의 눈물은 하느님 안에 고이 간직되었다가, 마지막 시간에 변화될 것이다.

위기 때 신앙으로 나아가는 모습을 흔히 '소망을 통한 위로'라고 표현할 수 있을 것이다. 하지만 위로만으로 따지면 신앙만이 위로가 되는 것일까? 무신론도 위로를 제공할 수 있지 않을까? 무신론이 이 세상의 일들에 더 나은 대답을 가지고 있을까, 더 많은 위로가 될 수 있을까? 무신론 안에 우리가 약할 때 더 강해지는 경험들이 약속되어 있는 것일까? 무신론의 은혜는 무엇이고, 어디에 있는 것일까? 개인적으로 깊은 위기 가운데 있던 사도 바울에게 "내 은혜가 네게 족하다. 내 능력이 약한 데서 온전하게 드러나기 때문이다"라는 말이 주어졌고, 이어 바울은 "그러므로 나는 그리스도의 힘이 내게 머물도록 나의 약함을 자랑하겠다"(〈고린도후서〉 12:9)고 말한다. 그렇다면 무신론은 어디에서 더 강한 것인가? 아무 곳에서도 낫지 않다! 무신론은 모든 면에서 더 적은 것만을 제공할 수 있을 뿐, 더 많은 것을 제공할 수 없다. 무신론은 자체로 위안거리가 없기 때문에 믿음과 관련해 '위로'를 말할 권리가 없다. 하지만 위로는 그렇다 치고, 위기 앞에서 인생의 무의미에 괴로워하지 않기 위해 무신론을 택하는 것이 더 '지적인' 길은 아닐지를 묻게 된다. 한스 킹Hans Küng도 그렇게 물었다. "무신론이 세계를 더 잘 설명할 수 있을까? 무고한 고통, 불가해하고 의미 없는 고통 가운데 불신앙이 더 위로를 줄 수 있을까? 무신론이 이런 고통에 대해 제대로 된 설명을 제시할 수 있기라도 하듯이?"[3]

믿음의 가장 깊은 확신은 우리의 신뢰로 하느님께 우리의 짐을

3 Hans Küng, *Credo – Das Apostolische Glaubensbekenntnis Zeitgenossen erklärt*, München, Zürich 2005, S. 124 (초판 1992).

맡길 수 있다는 것이다. "나는 당신께 짐이 되는 일을 멈추지 않을 거예요. 나를 지고 가는 것이 당신 사랑의 본질이니까요." 이런 마지막 의지와 깊은 존엄을 나는 빼앗기지 않고자 한다. 바로 이런 믿음으로 나는 언젠가 그분 앞에 서고자 한다. 날이 밝고 기온이 오르면 아침 안개가 걷히듯 언젠가는 숨겨진 것이 드러날 거라는 믿음, 하늘이 땅보다 높은 것처럼 지금 우리가 구하고 의심하는 이성보다 더 높은 보호 가운데로 부름받았다는 확고한 믿음이 이런 무한한 신뢰 가운데 있다. 이런 신뢰가 우리의 마음을 비추면, 보상은 오늘 이미 주어져 어둠도 어둡지 않다. 이것이 바로 믿음의 이성이다. 곤궁과 고통 앞에서 믿음의 이성을 뛰어넘는 이성은 세상에 없다. 믿음의 이성은 고통의 이유를 '이해하는' 것이 아니라, 신뢰함으로써 고통을 '견디는' 것이다.

> 내가 당신의 영을 떠나 어디로 가며, 당신의 면전에서 어디로 피하겠습니까. 내가 하늘에 올라갈지라도 당신이 거기 계시며, 스올[구약성서에 나오는 스올Sheol은 죽은 사람들이 가는 장소를 뜻한다]에 내 자리를 펼지라도 당신이 거기 계십니다. 내가 새벽 날개를 치며 바다 끝에 가서 거주할지라도 그곳에서도 당신의 손이 나를 인도하시며 당신의 오른손이 나를 붙들 것입니다. 나는 말할 것입니다. 흑암이 나를 덮고, 빛 대신 밤이 나를 두른다 해도, 당신에게는 어둠이 어둠이 아니며, 밤이 낮처럼 환합니다. 당신에게는 빛과 어둠이 똑같습니다.
> (〈시편〉 139)

죽음으로 향할지, 삶에 대한 소망으로 향할지 결정해야 하는 순간이 있다. 종종 더 이상 결정할 힘도 없이 공허하고, 무기력하고 불안하기만 하다. 절망할 힘조차 남아 있지 않다. 그저 멍하니 서 있을 따름이다. 그러나 그럴 때도 나는 멸망의 길에 나를 맡기지 않을 것이다. 사방이 어둡더라도 나는 하느님의 손으로 쓰러지고자 한다. 하느님은 나를 버리지 않을 것이다. 나의 마지막이 가까움을 보면, 나는 오직 한 가지만을 되새길 것이다. 그리스도가 처음이자 마지막이라는 것. 그가 끝내면, 또한 그의 안에서 다시 시작하게 되리라는 것. 지금 그리고 영원히. 그리스도는 밝은 새벽별이다. 나는 새 하늘과 새 땅의 빛을 보고, 하느님의 사랑 안에 간직되어, 그 안에서 평화를 얻을 것이다. 자포자기하지 않은 것이 잘한 일임을 볼 것이다.

내가 마음으로 좋아하고 그 가운데 살아온 모든 것을 포기해야 할지라도, 나 스스로를 포기해야 할지라도, 남은 인생에 어둠과 두려움이 들어온다 해도 나는 하느님을 신뢰할 것이다. 이런 존엄과 품위 옆에서 세속적 성공과 영광은 얼마나 작고 빛바랜 것인지. 행복과 만족조차 얼마나 작고 빛바랜 것인지. 마지막까지 믿음의 싸움을 하며 하느님께 자신을 의탁한 인간! 생의 한계에 이르기까지 시험당한 인간, 그대 앞에서 나는 깊이 머리를 숙인다!

위기 가운데 잊을 수 없게 남은 것은 고통스러운 상황 앞에서 인간이 스스로를 뛰어넘어 서로 돕는 경험이었다. 우리를 도와준 친구들이 있었다! 불안과 곤궁 한가운데에서 나는 선한 사람들을 경험했다. 우리와 함께해주고, 우리에게 다가와준 사람들. 폭발사고 당시 바이올린 제작학교 학생들이 그랬고, 나중에 질병과 생계로 힘들어하는 동안 주변 친구들이 그랬다. 그들은 마음을 넓혀 따뜻한 관심을 보여주었다. 결국 사랑과 고통만이 스스로를 뛰어넘어 타자에게 다가가게 한다. 우리는 어떻게 끝날지 모르는 막막하고 열린 상황들을 경험했다. 그러나 그럴 때일수록 걱정하고 살피는 마음 또한 열려 있었다.

언뜻 오해의 여지가 있는 말일지 몰라도, 나중에 돌아보며 이런 생각을 했다. 세상에 왜 그리 많은 불행과 재난과 악이 존재하는지 우리는 알 길이 없다. 하지만 나는 고통이 없다면 세상이 더 나빠질 거라는 인상을 받았다. 이것이 고통의 존재 이유에 대한 대답이거나, 고통의 필요성을 정당화하는 것은 아니다. 그래서는 안 된다. 다만 나는 주변의 고통받는 사람이 우리 안에서 이웃 사랑을 일깨울 수 있음을 경험했다. 이웃 사랑을 통해 비로소 우리는 자아의 편협함과 진부함을 넘어선다. 우리는 각자의 곤궁으로 말미암아 서로에게 위탁된 존재들이다. 고통이 이야기하고 환기하는 것은 이제는 다른 사람들을 위해 살라는 것이다!

자신의 틀을 뛰어넘어 믿음 가운데 돕는 삶은 우리의 세상을 견딜 만하게 만들어준다. 그 안에는 우리의 삶을 지탱해주는 거룩한 힘이 있다. 악하기만 하고 고통스러워하거나 괴로워하지 못하는 세상은 정말로 참을 수 없는 세상일 거라는 생각이 든다.

9장

조각 I

의심의 의미

"나의 눈물을 주의 병에 담으소서, 주께서 그것을 헤아리실 터이니."

〈시편〉 56:8

◐

고객이 맡긴 악기의 음을 조율하는 것은 인간 영혼과 진하게 접촉하는 일이다. 바로 이 점이 바이올린 장인인 내게는 정말 힘들다. 막힌 소리의 비유에서도 언급했지만, 많은 음악가들이 큰 곤경에 빠져, 큰 기대를 안고 내 공방에 온다. 악기 소리를 만지는 작업은 "할 수 있어요!"라고 간단하게 큰소리치기에는 너무 힘든 작업이다. 음악가가 내게 악기의 문제를 토로할 때면, 나는 악기를 만지는 순간에 나 스스로를 도구로 여기고, 감각적으로 인도를 받아 나의 손이 올바른 것을 할 수 있다고 신뢰하는 수밖에 없다. 이것이 내게 있는 유일한 가능성이다. 쉽게 할 수 없다. 한 사람의 소리를 다루는 것이기 때문이다. 소리는 영혼의 표현이자 영혼을 만지는 도구다. 며칠 이런 작업을 하고 나면, 지쳐서 아무것도 할 수 없는 상태가 된다. 아마도 이런 상태가 되는 것은 필요한 일일 것이다. 그렇지 않으면 그저 달려들어, 하려고만 하면 이것저것다 할 수 있다는 오만함으로 스스로를 혹사할 위험이 있기 때문이다. 하지만 사실 인간은 그렇게 할 수 없다. 본질적인 것은 억지로 취할 수 있는 것이 아니라 선물로 받아야 한다. 믿음도 마찬가지다. 우리의 믿음은 거룩한, 그러나 소리가 나빠질 수 있는 악기와 같다.

악기를 만드는 과정에서 나는 눈에 보이는 형태를 작업한다. 점점 형태가 잡혀가고, 나는 그것을 시험한다. 탄생하는 바이올린은 겉보기에는 목재 조각품이다. 그 조각품이 소리를 낼 때 비로소 그것이 악기임이 드러난다! 공명이 진동할 때에야 비로소 바이올린은 그의 본질을 보여준다. 믿음도 이와 비슷한 내면의 조각품으로 볼 수 있지 않을까? 재능과 선물을 통해 경험하는 인생의 아름다운 시간뿐 아니라 고통받고 의심하는 시간도 우리의 내적 생명을 구성하고, 빚는다. 내 공방의 연장들이 눈에 보이는 바이올린에 형태를 부여하는 것처럼, 때로는 의심도 믿음의 성숙에 필수적인 연장으로 작용한다. 우리는 아름다움을 통해서만 형성되는 것이 아니다.

먼 하느님

살다 보면 내가 아치형 곡면을 만들 때 이야기했던 것과 같은 순간들이 있다. 거기서는 대패가 섬유의 진행을 느끼기 위해 섬유결을 거스른다. 그런 시기에 나무는 여러 군데를 뜯긴다. 겉보기에 대패는 무작정 나무를 무시하는 것 같다. 나무에 주의를 기울이지 않는 듯하다. 나무가 말할 수 있다면 이렇게 소리를 지를 것이다. "창조주의 지혜가 이제 다 어디로 가버렸지요? 내게 무슨 일이 일어나는 건가요?"

하느님이 멀리 계신 것 같은 시기, 하느님이 우리에게서 완전히 얼굴을 숨기신 듯한 시기는 정말 힘들다. 성서도 그런 외침을 알고 있다. "주여, 예전의 당신의 인자하심이 어디에 있습니까!"(〈시편〉 89:49)

그럼에도 나는 하느님이 멀리 계신 듯한 아픔을 단순히 교리적으로 해결하고 지나가지 않으려 한다. 교리나 규범에 매달린 믿음에는 하느님과 멀어질 용기가 없다. 공허한 가슴을 안고, 속사람을 금식하게 하지 못한다. 교리와 규범에만 의지하여 스스로는 아무것도 할 필요가 없는 믿음은 주체적이지 않다. 그런 믿음은 의심에 대해 완강하게 교리를 변호하고, 확신을 부여잡는다. 철학자 미겔 데 우나무노Miguel de Unamuno는 이렇게 말한다. "하느님을 믿는다고 생각하지만, 가슴에 열정도 없고, 정신적 고통도 없고, 의심도, 불안도, 절망도 없이 자족하는 사람들은 하느님에 대한 생각을 믿을 뿐이지 하느님 자체를 믿는 것이 아니다."[1]

1 Gerrit Pithan, *Brief an die Mitglieder der Künstlergruppe Das Rad*, August 2008, Editorial.

바이올린 제작자가 나무를, 즉 나무의 섬유를 거스르면 어떻게 될까? 때로는 그렇게 해야만 중요한 일이 일어날 수 있다. 섬유가 잠시 뜯기며 스스로를 알리는 곳에서, 대패가 강하게 진동하고 섬유가 거친 소리를 내는 바로 그곳에서 나는 나무를 무시하지 않고, 그런 순간에 섬유결을 느낀다. 때로 아프고 도무지 이해가 가지 않게 우리의 영혼을 거스르는 듯한 삶의 시기도 그렇다. 결국은 악기를 만드는 작업과 같다.

섬유결을 거스르는 거친 대패질은 나무에게는 위기다. 하지만 이런 위기에도 지혜는 여전히 지혜로 남는다. 지혜는 고통을 뚫고 들어가 종국에는 약속된 것을 실현하고 작품을 완성하고자 한다. 그러므로 나는 삶 가운데 이런 기가 막히고 실망스럽고 힘든 시기를 환영하고자 한다. 이런 시기에 우리는 신앙에 신뢰뿐 아니라 경외가 중요하다는 것을 느낄 수 있다. 성숙한 믿음은 하느님을 신뢰할 뿐 아니라, 하느님의 신비 앞에 머리를 숙인다. 우리의 믿음이 신뢰뿐 아니라 경외도 알 때, 비로소 위기의 때에도 기꺼이 삶을 받아들이고 삶으로 나아갈 수 있을 것이다. 내 인생이 내가 원하는 것과 다르게 전개될 수 있음을 아는 것, 하느님이 내 믿음이 인정하는 것과 다를 수 있음을 아는 것. 이는 내 영혼이 하느님 앞에 머리를 조아리는 것이다. 이것이 바로 하느님을 경외하는 것이다. 경외는 사랑과 무관한 것이 아니라, 사랑의 본질적인 부분이다.

그리하여 결국 이런 면에서도 악기를 만드는 작업과 비슷하다.

하느님은 생명을 무시하지 않고, 생명의 진행을 느낀다. 신체적인 고통이 신체의 어딘가에 이상이 있으며 그것에 주의를 기울여야 한다는 것을 보여주듯이, 믿음의 고통도 우리의 삶에 뭔가가 잘못되어 있다는 암시일 수 있다. 우리는 의심을 두려워해서는 안 된다. 우리가 경계해야 하는 것은 의심이 아니라 냉담이다. 냉담과 무관심은 사랑의 죽음일 뿐 아니라, 믿음의 죽음이다. 이 점만 생각해도 의심이 믿음의 적이 아니라는 것을 알 수 있다. 물론 의심이 믿음을 더 쉽게 해주지는 않는다. 하지만 더 진실하고 깊이 있는 믿음으로 인도할 수 있다.

의심은 믿음의 한 형태다. 의심 속에는 질문하는 믿음이 살고 있기 때문이다. 그런 믿음은 어떤 대답은 별로 도움이 되지 않기에 괴로워한다. 그런 믿음은 자신의 삶을 지탱하는 진리는 틀에 박힌 대답 이상이라는 것을 안다. 그렇다고 의심하는 자가 다른 대답을 아는 것은 아니다. 하물며 더 나은 대답을 가지고 있지도 않다. 다른 대답을 안다면 그것은 의심이 아니라 다른 믿음이라고 해야 할 것이다. 의심하는 자는 자신의 믿음을 인간적인 무지의 얇은 얼음 위에 방치하고자 하지 않는다. 틀에 박힌 대답으로 만족하지 못하는 것이다.

물론 우리가 가진 질문들, 삶이 우리에게 던지는 질문들은 의심의 힘을 키운다. 그래서 의심의 자유가 허락되지 않는 환경에서는 보통 질문보다 대답에 더 큰 비중이 실린다. 대답은—보통은 의견이 다른 사람들과의—싸움으로 인도한다. 그러나 질문은 우리를 멈춰, 우리가 부름받은 이유와 들어야 하는 이야기를 묻게 한다. 진정한 질문은 단순히 지식으로는 대답할 수 없는 듯하다. 그것은 경험을 통해서만 대답할 수 있다.

배우는 믿음

의심은 하느님이 보낸 메신저가 될 수 있다. 자신의 믿음이 얼마나 뜨거운지를 계속 점검한다고 의심을 극복할 수 있을까. 그렇지 않다. 우리는 다른 것을 점검해야 한다. 즉 우리가 깨달은 것을 삶에 적용하고 있는지를 점검해야 한다. 믿음이 단단해지는 것은 생각이나 감정을 통해서가 아니라 순종을 통해서다. 그리하여 성령 충만한 의심은 하느님의 메신저로서 우리가 어떻게 살고 있는지를 묻는다. 그의 질문은 '우리가 깨달은 바를 삶에 적용하는가' 하는 것이다.

'신실함을 훈련'한다는 것은 '원래는 …해야 했는데'라는 문장의 비중을 줄여나가는 것이라는 생각이 든다. '…해야 했는데'라는 말은 처절한 실패를 보여준다. 여기에서 우리의 성실함이 드러난다. 하느님이 성실하지 못한 자에게도 가깝다는 것은 불성실한 자가 하느님께 가깝다는 뜻은 아니다. 〈요한복음〉은 예수가 제자들과 이런 대화를 나누는 모습을 소개한다. 예수는 말한다. "나의 계명을 지키는 자라야 나를 사랑하는 자이다. 나를 사랑하는 자는 내 아버지께 사랑을 받을 것이며, 나도 그를 사랑하여 그에게 나를 나타낼 것이다."(〈요한복음〉 14:21) 제자들은 이렇게 묻는다. "왜 제자인 우리에게는 나타내시고, 세상에는 나타내지 않으려 하시는 거지요?" 내가 이 질문에 대한 예수의 답변을 제대로 이해했다면, 예수의 대답은 '진리는 오직 사랑하는 자에게만 나타난다'는 말이 아닐까? 세상은 영리한 생각과 근사한 느낌을 원한다. 그러나 순종하려 하지는 않는다. 깨달은 것을 행하고자 하지 않는다. 순종 없이는 모든 깨달음이 공허할 따름이다. 진리에 대한 사랑이 결여되었기 때문이다. 진리에 대한 사랑은 깨달은 것을 행하는 데 있다. 깨달은 것을 행하라. 그러면 더 많은 것을 깨닫게 될 것이다. 그러나 깨달은 걸 행하기를 중단하면, 이미 이해한 것조차 잃어버리게 될 것이다.(〈마태복음〉 13:12 참조)

연습하지 않는 바이올리니스트의 소리는 인토네이션을 잃어버릴 것이고, 식물에 물을 주지 않는 정원사가 키우는 식물은 시들 것이다. 우리가 깨달음의 울림과 확신의 열매와 하느님 경험의 날개를 원한다면, 우리에게 요구되는 것을 연습해야 한다. 이것은 지성의 문제가 아니라, 마음의 문제다. 믿음을 배우는 것은 부득이한 방해 앞에서 신뢰를 잃지 않는 일을 의미한다. "새끼가 날 수 있도록 자신의 보금자리를 어지럽게 흔든 뒤 떨어지는 새끼를 날개로 받는 독수리처럼 하느님은 그의 날개를 펴서 우리를 받아 그의 날개 위에 업고 다닌다."(〈신명기〉 32:11 참조)

우리는 충분히 알고 있다. 그러나 아는 것으로는 충분하지 않다. 날개를 펼치기 위해, 우리의 소명을 알기 위해 우리는 '방해를 받아야' 한다. 우리가 안전한 둥지에서 밀려나는 것은 추락하기 위해서가 아니라, 나는 법을 배우기 위해서다. 깨달음의 길은 연습이다. 이 연습에서 하느님은 새끼에게 비행연습을 시키기 위해 새끼를 둥지에서 밀어내고는 떨어지는 새끼를 날개로 받는 어미 독수리처럼 우리를 팔에 안아주신다. 위대한 유대 학자의 조언은 믿음의 위기에 진정한 힘을 펼칠 수 있다. 그 조언은 이러하다. "하느님이 명하신 것을 행하십시오. 그러면 하느님이 누구인지 알게 될 것입니다."[2] 이것은 바로 앞에서 인용한 예수의 말에 가깝다. 그리고 이것은 위기 때 필요한 지혜로운 말이다.

믿음의 본질은 '배움'이다. 예수를 믿는 사람들을 오늘날 그리스도인이라고 말한다. 신약성서에서는 이 말이 세 번밖에 사용되지 않았다. 그러나 제자라는 말은 180번도 더 나온다. 이 두 단어 사이에는 섬세한 차이가 있다. 그리스도인은 그가 믿는 것을 통해 정의된다. 신앙고백이 종교적 정체성의 중심이 된다. 그러나 제자(혹은 도제)의 정체성은 스승이 누구이며, 스승에게 무엇을 배우는지로 정해진다. 제자들의 믿음의 길은 예수가 신앙고백을 묻는 것으로 시작되지 않는다. 예수가 자신과 동행하고 자신에게서 배우도록 그들을 부르는 것으로 시작된다. 3년째가 되어, 제자들이 많은 것을 배우고 보았을 때에야 예수는 그들에게 "너희는 나를 누

2 Leo Baeck, *Das Wesen des Judentums*, Gütersloh 1998, S. 66(초판 1905, S. 31).

구라고 하느냐?"(〈누가복음〉 9:20)라고 물으셨다.

우리는 이런 신앙고백적인 질문을 종종 처음에 던진다. 하지만 이런 질문은 이어지는 과정에서 배우고, 만지고, 보고, 듣고 나서야 답할 수 있는 것이다.(참조 〈요한1서〉 1:1)

예수는 그의 제자들에게 "내 멍에를 메고 내게 배우라"(〈마태복음〉 11:29)고 했다. 제자는 스승을 따르고, 스승에게서 배운다.

도제 시절 나는 매일 아침 학교에 있는 스승의 공방으로 가서 악기 제작 작업을 했다. 스승은 지도를 해주었고, 나는 연장 사용법을 숙지하고 제작 중인 악기를 상대로 실습을 했다. 실습이 가장 중요한 것이었다. 구경만 하고 지식만 습득해서는 악기 제작을 배울 수 없다. 스스로 연장을 쥐어보고, 어떤 자세로 다루어야 하는지를 배워야 한다. 구경만 하고 지식적으로만 알아서는 어느 독수리도 나는 것을 배울 수 없다. 스스로 날개를 펼쳐야만 한다. 새끼독수리는 오직 그 일이 그에게 '닥치기에' 나는 걸 배운다. 어쩔 수 없이 말이다. 보금자리가 뒤숭숭해지고, 안전하게 쉬는 걸 방해받기 때문이다! 그리하여 자신의 소명을 배우는 것은 삶을 위한 영적인 부록이 아니라 삶 자체다. 우리를 방해하고, 만나고, 우리에게 요구하고, 닥치는 일들에서 배우고 신뢰하는 것이다. 특히나 마주치는 일들이 이해되지 않을 때 우리는 신뢰의 날개를 펼쳐야 한다. 예기치 못한 것이 우리를 소명으로 인도할 수도 있기 때문이다.

확신을 갈구하는 것은 계속 예민하게 깨어 있기보다 금방 자족해버리려는 죄 된 마음에서 나오는 것이 아닐까? 확신이 철철 넘쳐흐르는 신앙고백은 어려운 문제의 해답과 같다. 답은 전적으로 맞을 수도 있다. 그러나 스스로 풀지 않고 답안지를 베끼기만 했다면, 무슨 도움이 될까? 그것은 속임수에 불과하다.

그리하여 나는 일곱 권의 신앙서적을 더 읽기보다는 매일 7분간 고요히 하느님 앞에서 훈련하고자 한다. 몇 년을 원망으로 허송세월하기보다 상처 준 사람을 용서하고자 한다. 집에 더 많은 물건을 들이기보다는 짐을 덜어내고자 한다. 무절제는 우리의 일상에서 고요와 맑음을 앗아간다. 힘과 맑음을 앗아가고, 의심을 키우는 먹이가 되는 것이 일상 중에서 무심코 발하는 그 수많은 작은 '원래는 …해야 했는데'이다.

우리가 외적·내적으로 여지를 주는 진실하지 못하고, 올바르지 않고, 무절제한 상태로 말미암아 우리는 스스로 가장 많이 고통받는다. 의심은 이런 '원래는'의 과도함을 더 이상 견딜 수 없는 영혼의 외침인 경우가 많다. 올바르고, 성실하고, 진실하고 맑은 상태로의 돌이킴은 영혼 내면의 봄맞이 대청소와 같다. 거기서 '원래는 …해야 했는데'의 양을 줄이는 단호한 조처가 필요하다. 그러나 무엇보다 스스로 성실함과 올바름에서 벗어나지 않게 해주는 일상의 의식이 필요하다. 규칙적으로 갖는 고요한 시간, 묵상, 마음을 가다듬는 시간은 마음을 맑아지게 하는 의식이다. 고요를 구하지 않고, 결코 용서하려 하지 않으며, 절제에 대해 나 몰라라 하는 것은 매일같이 물건을 들이기만 하고 쓰레기는 내다 버리지 않는 집과 같다. 물건이 산더미처럼 쌓이고, 자리는 좁아진다. 더 이상 내부가 조망되지 않는다. 소음, 불화가 이어지고, 쓸데없는 것들로 악취를 풍기기 시작한다. 우리는 대부분 우리가 무엇을 해야 하는지 상당히 잘 알고 있다. 그런데 왜 하지 않는 것일까? 힐렐에게서 유명한 말이 전해진다. "지금이 아니면 언제?"라는 것이다.

성실함

때로 우리는 하느님을 전혀 경험할 수 없다고 탄식한다. 그러나 하느님이 우리에게 보여주시고자 하는 상황은 그냥 흘려 넘긴다. 돌이킴이란 하느님이 우리를 기다리는 곳으로 돌아가는 것일 수도 있다. "이곳에서 내가 너와 이야기하지 않았니. 나는 이미 한참 전부터 네가 그것을 하고 깨닫기를 기다리고 있단다. 너는 그것을 오래전에 알고 있어. 너는 내 음성을 들었잖느냐. 왜 내가 침묵하고 기다리고 있다고 탄식하느냐?"

우리는 그냥 지나쳤지만, 하느님은 지난번에 우리에게 말씀하셨던 곳에서 우리를 기다리고 있을지도 모른다. 보이지는 않지만 하늘의 문이 있는 장소들이 있다. "네가 행하든 내버려두든, 모든 것에서 네가 깨달은 것들을 통과해서 가거라!"

말씀한 뒤 침묵한 채, 말씀한 바로 그곳에서 기다리며 기대하고 계신 것이 아닐까? 이것은 우리를 새롭게 상기시키는 거룩한 자의 겸손이다. 우리가 가는 길에 표지들이 있다. 종종 잘 보이지 않지만, 때로는 또렷하다. 하지만 진리는 성실한 자의 길만을 인도할 것이다. 헤매는 자가 자신이 걷는 이 불성실한 길이 과연 맞는지를 의심한다면, 그런 의심은 축복이 될 것이다.

우리에겐 시간이 있다. 하지만 모든 것에서 지식보다 훈련이 더 중요함을 알아차려야 한다. 예수님을 따르는 것은 일회적인 사건이 아니라 지속적으로 걸어가야 하는 길이다. 예수님의 말씀을 실천하고 훈련할 때에야 비로소 예수가 누구인지 알게 된다. 예수와 함께 '배워나가지' 않는다면, 우리는 그를 경험할 수 없다. 연습을 통해 배워나가는 것에 바로 비밀이 있기 때문이다. 하느님의 본질 속으로 들어가 구체적으로 살 때, 비로소 우리는 하느님을 확신하게 된다. 사랑의 본질인 온전함을 추구할 때, 우리는 온전한 하느님이 계시다는 걸 알 수 있다. 사랑하는 자로 살아갈 때, 사랑하는 자로서의 하느님을 깨달을 수 있다. 하느님을 닮아가면서, 하느님에게 가까이 가는 것 외에 다른 길은 가능하지 않다. 하느님이 성실하심같이 우리 역시 성실해야 한다. 그래서 예수는 제자들에게 머물라는 이야기를 자주 한다. "사랑에 머물라. 내 말에 머물라." 이를 통해 내가 말하고 싶은 것은 '배우는' 믿음만이 의심을 극복할 수 있다는 것이다. 권유받고 요구받은 일에서 성실하게 '훈련하는' 자만이 예수를 따를 수 있다는 것이다.

14대 달라이 라마 텐진 갸초丹增嘉措는 "우리는 믿기 위해 사는 것이 아니라, 배우기 위해 산다"[3]고 말했다. 표면적으로 이런 말은 성서의 중심적인 가치에 위배되는 것처럼 보인다. 성서가 가르치는 삶의 본질은 믿음이 아닌가. 달라이 라마가 왜 내 삶의 본질적인 것을 의문시했는지 궁금한 생각이 들었다. 예수도, 그 어느 선지자도, 인간이 '믿음으로 말미암아' 살아야 한다는 데 이의를 제기하지 않았을 것이다. 하박국 선지자는 이렇게 말한다. "목이 곧은 사람은 그 마음에 안식이 없으나, 의인은 믿음으로 말미암아 살리라."(〈하박국〉 2:4) 신약성서의 여러 부분에도 이런 구절이 있다.[4] 하지만 예수가 염두에 두는 믿음, 그 스스로 본을 보였던 믿음은 무엇보다 깨어 있음과 관계가 있다. 우리가 '하느님이 하시는 일을 본다'고 하는 것은 이스라엘 선지자들에게 믿음과 동의어다. 잠잠하라는 개념도 아주 비슷하다. 이것은 선지자 이사야에게 믿음의 본질적인 부분이다. 잠잠히 깨어 하느님이 하는 일을 보는 것. 이사야에게는 이것이 믿음이다.[5]

믿음 없는 삶은 진리에 대한 사랑이 없는 상태일 것이다. 인간으로서 우리는 명백하게 증명할 수 있는 것을 뛰어넘어 마음의 힘으로 진리를 알아차리고 진리를 살아내야 한다. 하지만 달라이 라마의 당부를 잘 새겨들어야 한다. 하느님의 진리를 열심히 믿을수

3 2005년 8월 10일 달라이라마 70세 생일에 맞춘 3sat 텔레비전 방송 프로그램.

4 〈갈라디아서〉 3:11, 〈로마서〉 1:17, 〈히브리서〉 10:38 같은 구절들이다. 믿음의 중요한 의미는 예수가 제자들에게 한 말에서도 표현된다. "그러나 인자가 올 때에 이 세상에서 믿음을 찾아볼 수 있겠느냐?"(〈누가복음〉 18:8)

5 다음을 참조하라 Gerhard v. Rad, *Theologie des Alten Testaments*, Band 2, Gütersloh 1993, S. 168.

록, 더 잘 새겨들어야 한다.

배우지 않는 믿음은 질문 없는 대답과 같다. 예수는 “자, 하느님에 대한 정의를 들어라. 이것이 너희의 믿음이 되어야 한다. 교리를 거룩하게 붙잡는 자가 복이 있다. 교리가 너희에게 안식을 줄 것이다”라고 말하지 않았다. 대신에 예수는 “내게 와서 내게 배우라. 그러면 너희 영혼에 쉼을 얻으리라”(〈마태복음〉 11:28 이하)라고 말했다. 예수는 제자들을 보며 선지자 이사야를 인용해 “그들이 다 하느님의 가르침을 받을 것이다”(〈이사야〉 54:13, 〈요한복음〉 6:45)라고 말씀하셨다. 그리고 자신에 대해서는 “나는 아무것도 스스로 하지 않고, 아버지께서 가르쳐주신 대로 말한다”(〈요한복음〉 8:28)라고 한다. 예수 역시 “배웠다”.[6] 예수가 “놀랐다”는 표현에서도 그것을 알 수 있다.[7]

제자를 놀람으로 인도하지 않는 스승은 틀림없이 좋은 스승이 아닐 것이다. 우리의 믿음은 신앙고백적으로 옳은 가르침보다는 오히려 내적 스승과 같아야 한다. 우리는 삶이 우리에게 마주 세우는 질문들로 고통받는다. 그리고 이런 질문을 ‘의심’이라 부른다. 하지만 이런 괴로움을 배움의 기회로 보아야 한다. 우리가 하느님과 이 세상에 대해 더 이상 놀라워하고 경탄하지 않는다면,

6 〈히브리서〉 5:8을 보라.

7 〈마태복음〉 8:10, 〈마가복음〉 6:6, 〈마태복음〉 15:24~28, 〈누가복음〉 9:31, 〈요한복음〉 8:28 참조.

우리의 믿음은 단순히 '신앙고백'으로 굳어질 것이다. 그리스도는 이야기한다. "네가 나를 이미 안다고 믿지 마라. 나는 네게 여러 가지를 보여주었고, 너는 여러 가지를 보았다. 그러나 이제 나를 너의 믿음으로 대치하지 마라! 그러면 내가 어떻게 너와 함께 계속 갈 수 있겠느냐."

배우지 않고는 믿을 수 없다. 그리고 믿지 않고는 배울 수 없다. 이것이 무슨 뜻일까? 한 가지 측면은 배워나가는 가운데서만 믿음이 성숙한다는 것이다. 배움은 온갖 아름다움과 역겨움이 공존하는 현실에 마주 선다는 것을 의미한다. 다른 한 가지는 믿어야만 배울 수 있다는 것이다. 믿음은 하느님이 현실을 통해 우리에게 이야기하고자 하는 것을 보고 묻는다는 것이다. 그리하여 믿음은 매일의 일상 속에서 우리에게 주어지는 요구와 메시지가 무엇인지를 묻는 것이다. 배움은 우리를 인간으로 만든다. 예수가 세상의 모든 민족에게로 보낸 제자들은 무엇을 했을까? 제자들은 사람들에게 그들이 인간이라는 사실을 상기시켰다. 제자들은 영리한 교훈이 아니라, 신적 스승의 현존을 들여왔다.

"믿기 위해 사는 것이 아니라, 배우기 위해 산다"는 달라이 라마의 당부는 내가 태국에 갔던 일을 상기시킨다. 방콕에서 온 고객 비차이가 자신과 자신의 동생이 쓸 요량으로 내가 막 제작한 연주회용 바이올린 두 대를 구입하고는, 나를 방콕으로 초대했다. 비차이는 교양 넘치는 대가족과 방콕의 교외에 거주하고 있었다.

그는 아주 솔직하고 친절하며 사려 깊은, 한마디로 굉장히 인상적인 사람이었다. 우리는 저녁식사를 하며 이런저런 이야기를 하다가 불교 이야기로 넘어갔다. 대화 가운데 비차이가 형식적인 불교 신자가 아니고, 불교가 그의 삶의 원동력임이 드러났기 때문이다. 이야기 중에 그는 "불교의 목표는 인간이 만족을 누리는 것입니다"라고 하더니, 오른손을 가슴에 대고는 이렇게 말했다. "하지만 만족을 누리려면, 그 규칙을 깨닫고 '연습해야' 합니다. 지식과 전통만으로는 안 돼요. 우리는 매일같이 배워야 합니다."

그 순간 내가 이미 인용한 유대의 율법학자 힐렐의 말이 떠올랐다. "행위보다 지혜가 승한 사람은 가지가 많고 뿌리는 없는 나무와 같아서, 바람이 불면 뽑혀서 쓰러진다."[8]

우리의 믿음은 매 순간 같은 것을 의미하지 않을 것이다. '일어난 일에 동의하고 받아들이는 것'이 믿음을 의미하는 때가 있고, '요구되는 일을 하는 것'이 믿음인 때도 있다. '약속을 믿고 우리 앞에 보이는 새로운 길로 나아가는 것'이 믿음인 때도 있다. 어쨌든 스스로를 추앙하는 독선적 신앙, 그리고 배움도 변화도 거부하는 교회는 예수를 믿는 것과는 거리가 멀다. 그런 점에서 나는 예수를 보면서 "우리는 믿기 위해 사는 것이 아니라, 배우기 위해 산다"고 했던 달라이 라마의 말이 옳다는 생각을 하게 된다. 이것은

8 다음에서 인용. Leo Baeck, *Das Wesen des Judentums*, Gütersloh 1998, S. 81(초판 1905).

종교적 논쟁이 아니라, 위기에 해당하는 말이다. 믿음의 위기에서 믿음은 배우고 듣는 믿음이 되기 때문이다. 배우고 듣지 않으면 믿음은 중단될 것이다.

어떤 사람도 믿음을 물건처럼 '소유할' 수는 없다. 믿음은 보관할 수도 쌓아놓을 수도 없다. 소유물처럼 창고에 모아 두고 꺼내 쓰지도 못한다. 그동안 줄곧 믿음을 쌓았으니 이제 안식하자, 라고 말할 수 없다. 그렇지 않다. 우리는 오직 믿음이 필요한 순간에 믿음을 얻을 수 있다. 좋은 시절에는 우리의 삶이 저절로 그 시절의 은혜에 실려 간다. 그러다가 의심이 납덩이처럼 삶을 짓누르고, 걱정과 아픔과 불안과 공포가 우리를 압박하면, 신뢰를 배워야 한다. 이곳이 우리가 믿음을 받아들이는 장소이다. 우리는 이렇게 묻는다. 나의 믿음은 어디에 있는가? 대답은 믿음은 어디에도 없다는 것이다. 믿음은 결코 소유물이 아니다. 하느님이 우리에게 자신을 신뢰하도록 가르칠 때만 우리는 그것을 받는다. 영광스러운 봉우리에 오를 때 우리는 경탄과 감사로 가득 찬다. 그 역시 믿음이다. 하지만 어두운 계곡에서 비로소 우리를 인도하는 손을 찾으려 하고, 우리를 이끄는 위로를 구한다. 〈시편〉이 "주를 구하는 자들은 그 마음이 영원히 살 것이다"(22:26)라고 말하듯 여기서 우리 가슴은 신뢰를 배운다.

배우는 자로 남는 것은 결국 겸손이다. 나는 더 이상 믿음으로 살지 않는 우쭐한 스승보다는 믿음의 제자가 되고자 한다. 스승이 —그가 스승임에도— 매일 새롭게 믿음으로 나아가지 않는다면,

그는 초심자만도 못하게 될 것이다.

하느님의 메신저로서의 의심은 우리의 교만을 거스른다. 스스로 스승으로 여기는 마음을 거스른다. 의심이 우리에게 복이 되는 것은 우리에게 초심자의 마음을 주기 때문이다. 우리가 배우는 자로서 출발한 장소로, 믿음이 복이 되는 장소로 되돌아가게 하기 위함이다. 의심은 전에는 견고함이었으나 이제는 완고함이 되어버린 것을 흔든다. 전에는 확신이었으나 지금은 소유가 되어버린 것을 흔들고, 전에는 명확함이었으나 지금은 고집이 되어버린 것을 흔든다. 전에는 은사였으나 지금은 권력이 되어버린 것을 흔들고, 전에는 복이었으나 지금은 자랑이 되어버린 것을 흔든다. 전에는 열정이었으나 지금은 광신이 되어버린 것을 흔들고, 전에는 헌신이었으나 지금은 희생이 되어버린 것을 흔든다. 전에는 진리였으나 지금은 교리가 되어버린 것을 흔들고, 전에는 은혜였으나 지금은 경험이 되어버린 것을 흔들며, 전에는 기도였으나 지금은 맹숭맹숭한 뜻 없는 주절거림이 되어버린 것을 흔든다. 이 모든 것에서 늘 한 가지 일이 일어난다. 전에 사랑이었던 것이 흔들리는 것이다. 그리하여 흔들리지 않는 것들만이 남게 된다. 흔들리지 않는 것은 흔들림의 눈물을 통과한 것들이다.

하지만 흔들릴 때 우리가 흘리는 눈물은 소중하다. 의심이 하느님의 메신저라면, 그는 흔들리는 것이 무엇인지 알고 있다. 하느님의 사자로서 의심은 우리에게 확실한 대답이나 확신을 주지 않는다. 그러나 믿음의 새로운 영역으로 나아가게 한다. 흔들림의 눈물은 소중하다. 하느님이 우리의 눈물을 통해 우리의 믿음을 젊게 만드시기 때문이다.

의 심

어느 고요한 아침 나는 의심과 다음과 같은 대화를 했다.

“의심아! 안녕. 넌 나를 일찌감치 잠에서 깨우는구나. 우리는 많은 시간을 함께 보냈지. 좋은 시간도 있었지만, 힘든 시간도 함께 보냈어. 하지만 네게 감사해. 네가 없었더라면 난 너무 빨리 만족해버렸을 테니까. 너는 내게 캐묻고 탐구할 것을 요구했어. 철저해질 것을 요구했지. 네가 없었다면 지금의 나는 없을 거야.

요즘 내가 네게 별로 시간을 내지 못한다 해도 언짢아하지 마. 너도 알다시피 다른 형제자매에게도 귀를 기울여줘야 해. 해야 할 일이 내 앞에 있거든. 일단은 약해지지 않고, 할 일을 하려고 해. 그 뒤에 다시 네 이의를 들으러 올게. 그때가 되면 함께 회랑을 좀 거닐자꾸나. 그러나 일단은 소명의 삶을 살면서 소망에 더 많은 시간을 주고 싶어. 그런 다음에 너는 다시 내게 물어올 테고, 나는 대답하겠지. 우리의 삶은 행동으로 말하니까 말이야.”

우리가 부름받은 일을 통해 대답하도록 우리의 믿음을 의문시하는 의심이 있다. 믿음이 배움으로 나아가지 못하고 꾸벅꾸벅 졸고 있을 때 의심은 우리를 깨어나게 한다. 어떤 의심은 우리를 소명으로 이끄는 하느님의 사자일 수 있다. 그는 때가 되면 작별을 고한다. 우리에게 고개 숙여 인사하고 갈 것이다. 대답을 주지는 않을 것이다. 그때가 되면 우리가 더 이상 대답을 필요로 하지 않기 때문이다. 우리는 오래전에 해야 할 일을 향해 길을 나섰을 테고, 성실함을 획득했을 테니까.

성 빈첸시오 드 폴Vincent de Paul(1581~1660)은 이런 방식으로 의심을 극복하고 소명을 발견한 빛나는 모범이다. 농부의 아들로 태어난 그는 사제의 길을 택해 사제로서 살다가 믿음의 위기를 겪었다. 하지만 위기를 통해 소명을 발견했다. 그 소명은 바로 가난한 자들과 도움이 필요한 자들을 돕고, 그들에게 복음을 전하는 것이었다. 그는 배우지 못한 사람들과 갤리선에서 노 젓는 형벌을 받은 범죄자들, 버려진 아이들에게 특별한 방식으로 관심을 기울였다. 당시 파리에는 이런 사람들이 많았고, 그는 곧 응급상황에서 즉흥적인 도움을 베푸는 것만으로는 부족함을 깨달았다. 그래서 좀 더 전문적이고 조직적인 도움을 모색하기 시작했다. 수도회와 여러 단체를 창설하고, 사제 세미나를 활발하게 하고, 정신장애인을 위한 보호소, 고아원과 병원을 다수 설립했다. 그가 설립한 성 빈첸시오 드 폴 자비의 수녀회는 오늘날까지 그의 모범에 따르고 있다. 빈첸시오 드 폴과 봉사자들은 수만 명의 버려진 아이들의 생명을 구했고, 수십만 명의 빈자와 굶주린 자들을 먹이고 위로했다. 빈첸시오 드 폴은 사랑의 안테나를 가진 것처럼 동시대의 곤궁을 감지했다. 그는 "가난한 자를 진심으로 존경하지 않고는 제대로 도울 수 없다"[9]고 확신했다.

빈첸시오 드 폴은 영리한 사고가 아니라, 타오르는 마음으로 의심을 극복했다. 우리는 종종 인간 속의 '거룩한 불꽃'에 대해 근사한 말을 하곤 한다. 하지만 신의 탄식은 듣지 못한다. 예수는 말한다. "네게 있는 빛이 어두우면, 그 어둠은 얼마나 심하겠느냐!"(〈마태복음〉 6:23)

'거룩한 불꽃'으로 가슴이 불붙지 않았다면, 그 불꽃은 어떤 형편일까? 하느님에 대한 물음이 평생 가물가물한 불씨밖에 되지 못했다면 어떤 내적인 불이 소명을 비춰줄까? 가물거리는 거룩한 불꽃은 시들어가는 소명에 얼마나 으스스한 빛을 던질까! 그것은 이상한 무덤이 될 것이다.

우리는 소명에 얼마나 많은 폭력을 가했을까! 그 메시지를 파악하는 대신 그냥 의심에 고통스러워하기만 하지는 않았는지! 우리는 거룩한 불꽃으로 마음에 불을 붙여 하느님을 사랑하는 대신, 게으름, 비겁함, 자랑으로 마음을 차갑게 만들었다. 믿고 싶다고 해서 억지로 믿어지는 것도 아니지만, 자신이 믿음에 이르지 못하도록 효과적으로 방해할 수는 있다.

성 빈첸시오 드 폴은 우리가 거룩한 불꽃이 타오르도록 부름받았음을 이야기한다.

9 www.vinzentinerinnen.de

우리의 소명은 하느님의 아들이 했던 일을 하도록 사람들의 가슴에 불을 붙이는 것입니다. 예수는 세상에 불을 가져오기 위해, 그의 사랑으로 세상에 불을 붙이기 위해 오셨습니다. 이 불이 타올라 모든 것을 사르는 것 외에 무엇을 더 바랄 수 있겠습니까? 그러므로 내가 보냄을 받은 것은 나 자신이 하느님을 사랑할 뿐 아니라, 다른 사람들도 하느님을 사랑하게끔 하기 위함입니다. 이웃이 그를 사랑하지 않는다면, 나 혼자 하느님을 사랑하는 것으로는 충분하지 않습니다. 나는 하느님의 형상이자 하느님이 사랑하시는 내 이웃을 사랑해야 합니다. 그리고 사람들도 창조주를 사랑하도록 애써야 합니다. (…) 온 세상에 거룩한 불꽃을 피우는 것이 우리의 소명이라면, 그렇다면 형제들이여, 내 속에서 이 거룩한 불꽃이 얼마나 활활 타올라야 하겠습니까?[10]

빈첸시오 드 폴이 사제로서 빠져들었던 신앙적인 회의는 필요한 것이었다. 하느님은 때로 우리를 불안하게 하신다. 하느님이 우리에게 말씀하시는 것을 깨달을 수 있도록 하시려는 것이다. 믿음은 우리에게 확신으로 작용할 뿐 아니라, 때에 따라서는 불안으로 작용해야 한다! 그것은 창조적 불안이다. 막 나가는 우리를 저지할 수 있는 불안이다. 고루함과 편협함과 우매함에서 벗어나기 위해 우리에겐 불안이 필요하다. 많은 '시련'은 우리가 드디어 메

10 Conferenze ai Preti della Missione von San Vincenzo de Paoli(Conferenza 207).

시지를 듣게끔 한다. 거기서 의심은 메시지다. 의심은 이렇게 말한다. "네 머리로 이해가 가는 것만 인정하고 있지 않니? 네 눈에 보기 좋은 것만 믿지 않니? 네가 느끼는 것만 인정하지 않니? 마음을 넓히고 일어나는 일들에 주의를 기울이고, 하느님 앞에서 침묵의 시간을 가져보렴."

자신의 상태를 계속 타진해보고, 자신의 의견을 계속 되뇌는 걸 끝낼 때에야 비로소 우리는 귀를 기울이기 시작한다. 나의 믿음은 응답으로 지탱되지 않는다. 만약 그랬다면 나는 오래전에 믿음을 잃어버렸을 것이다. 나를 지탱하는 것은 오직 마음의 추구다. 나는 하느님 앞에 가난한 자로 선다. 나는 가난한 자로 설 수밖에 없다. 하느님께 받지 않고는 살 수 없음을 알기 때문이다. 믿음이 손안에 든 물건이기라도 하듯 믿음을 부여잡을 수는 없다. 하느님을 물건처럼 붙잡으려 하는 사람들에게서는 편협함이 느껴진다.

믿음에서 극도의 고통은 의심이다. "예수가 모든 것에서 틀리지 않았다는 것을 내가 어떻게 안단 말이지?" 장 파울Jean Paul(1763~1825)의 책에서 죽은 그리스도는 우주로부터 떨어지면서 "신은 없다"고 말한다. 교리상의 시시콜콜한 시비나 신앙적 감수성 문제가 아니라, 존재의 토대와 소망이 흔들리는 의심 가운데, 장 파울이 말했듯이 "전 영적 우주는 무신론의 손에 의해 폭파되어 무수히 많은 자아의 점들로 부서지고, 이런 점들은 통일성과 지속성 없이 빛나고, 흐르고, 함께 그리고 뿔뿔이 달아난다."

우리는 장 파울과 더불어 의심이 우리를 "하느님을 부인하는 자의 고독 속으로 밀어 넣고, 그렇게 고아가 된 가슴이 가장 크신 아버지를 잃어버릴까 봐" "마음이 불행하고, 황량해져서, 하느님의 존재를 인정하는 모든 감정이 남아나지 않을까 봐" 두려워한다. 하지만 고민한다고 앞으로 나아갈 수 있는 것은 아니다. 믿음에 대한 종국적인 질문들은 고민한다고 명쾌해지지 않는다. 자명한 진리들마저 갈가리 찢긴다. 나는 이에 대한 해결책을 가지고 있지 않지만, 최소한 이렇게 조언하고 싶다.

마지막에 나를 설득할 수 있는 것은 내가 믿을 수 있는 것이 아니라, 내가 사랑하고자 하는 것이라는 사실이다. 진정한 위기 가운데 우리는 다음과 같은 경험을 하게 될 것이다. '우리가 믿는 진리'의 줄은 마모될 수 있고 마지막에 끊어질 수도 있지만, 우리를 지탱해주는 유일한 줄은 바로 '우리가 사랑하는 진리'라는 것! 위기에서 우리를 지탱해주는 것은 오로지 사랑일 것이다. 베드로도 십자가의 위기 후에 예수로부터 "네가 나를 믿느냐?"라는 질문이 아니라 "네가 나를 사랑하느냐?"(〈요한복음〉 21:15 이하)라는 질문을 받았다.

나의 처제가 어느 날 예기치 않은 부탁을 해왔다. 아들이 첫 영성체를 앞두고 있는데, 친척들이 삶 속에서 인상 깊게 남은 신앙적인 경험을 적은 편지를 주면 좋겠다는 것이었다(어려운 부탁이었다!). 편지를 모아 영성체 사진과 함께 작은 앨범을 만들어주면 아들이 평생 그 일을 기념할 거라고 했다. 나는 부탁을 받고도 선뜻 편지를 쓰지 못하고 한동안 시간을 보내다가 어느 날 편지를 쓰려고 책상 앞에 앉았다. 그러고는 하느님과 함께했던 삶의 고공비행에 대해서가 아니라, 몇 개월간 어두운 나날을 보낸 끝에 마지막에 전환점에 이르렀던 시간에 대해 적었다. 물론 내 편지는 조카의 현재를 위해 쓴 것이 아니고, 앞으로 살아가다가 만날 시간을 위한 것이었다.

나는 조카에게 줄 편지에 내가 어느 날 밤에 받은 문장을 적었다. 당시 아주 단순한 문장이 내게 전환점이 되었다. 그 문장은 이거였다. "마틴, 너는 나를 힘써 사랑해라. 나는 네 믿음을 돌보겠다!" 그 문장을 들었을 때 나는 무심코 뒤를 돌아다보았다. 하지만 곧 그것이 정말로 음성으로 들린 것이 아니라, 마음의 문장이었음을, 예수의 음성을 들은 것임을 알아차렸다.[11]

그 깨달음은 단순하고 쉬웠다. 나는 내 힘으로 하느님을 믿을

11 이런 경험에 대한 설명이 필요할 듯하다. 생각하고 반추하는 인간으로서 이런 경험이 과연 정상적이고 건강한가 하는 의문이 들 것이다. 신경생물학과 신경정신의학은 병적 현상으로서의 환청을 알고 있다. 이런 '언어적 환각'은 당사자를 내면의 노예로 만들고, 주변 세계에 심각한 위협이 될 수 있다. 환상과 현실을 구분하지 못하는 상태가 되면 문제는 자못 심각해진다. 하지만 기독교 믿음에서 영감을 얻는 경험은 현실과 환상을 구분하는 능력을 상실하는 것과는 거리가 멀다. 인간에게서 현실과 환상을 구분하는 능력을 앗아버리는 신은 무섭고 냉소적인 신일 것이다. 외적으로 듣는 것은 성령 안에서 듣는 것과는 다르다. 둘 다 명료하게 경험할 수 있음에도, 둘은 뚜렷이 구분된다. 내적인 이미지로 과정과 상황을 지각하고 마음의 귀로 듣는 것은 믿음의 선물이다. 이런 선물은 현실 도피와는 반대로, 지금 여기에서의 우리의 삶과 소명을 더 깊게 하고 더 의식하게 한다.

능력이 없다. 나의 능력과 소명은 오직 그를 사랑하는 것이다. 믿음은 얼마나 쉽게 의심으로 얼룩지며, 그럴 때면 "예수님, 제가 당신을 믿습니다"라고 기도하는 것은 얼마나 어려운가. 대신에 나는 이렇게 기도할 수 있다. "예수님, 저는 당신이 어떻게 사셨고, 무엇을 하셨는지를 봅니다. 당신의 긍휼히 여기심과 신실하심을 봅니다. 당신의 사랑, 관심, 용기, 당신이 약해지심이 제 눈앞에 있습니다. 저는 당신을 사랑하겠습니다. 당신이 제게 보여주시는 것을 귀담아듣고, 당신의 말씀을 행하겠습니다!"

하느님을 의심할 수 있다. 그럼에도 그를 사랑할 수 있다. 그럼에도 믿기로 결정하고 살아가는 것이다. 믿기로 선택하고 살아가는 것이다. 여기서 사랑은 따스한 태양처럼 의심의 새벽안개를 증발시킨다. 카를 프리드리히 폰 바이체커Carl Freidrich von Weiszacker는 이렇게 말했다. "자신이 믿는 것이 진짜라면 어떻게 살 것인가? 바로 그런 식으로 사는 것이 믿음이다." 우리는 고통스러운 시간에 하느님을 믿기 위해 의심을 극복할 필요가 없음을 아는 데서 위로받아야 할 것이다. 믿음은 행동과는 다르기 때문이다. 행동에 관한 한 우리는 스스로를 극복할 수 있다. 거기에서는 의지력을 발휘하여 해낼 필요가 있다. 하지만 믿음에 관한 한 우리는 그럴 필요가 없다. 아무것도 반드시 해야 할 필요가 없다. 모든 의심을 통과하는 믿음도 있기 때문이다. 의심 앞에서도 신뢰하기로 결정하고 올바른 것을 행할 수 있다. 우리는 올바른 길로 나아가게 될 것이며, 어두운 계곡에서도 하느님이 우리 곁에 계실 것이다. 그는 우리와 함께 그 길을 걸을 것이다. 우리는 응답되지 않는 것들을 통과하면서도 위로받을 것이다. 질문들을 해결할 수 없을 테지만, 질문 확인을 목표로 나아가지도 않을 것이다! 마지막은 해답이 아니라 찬양일 것이기 때문이다. 나아가는 도중에 적대적이거나 해로워 보이는 것이 다 적이 아니고, 우호적이고 다정해 보이는 것이 다 친구가 아님을 알아야 한다. 의심 앞에서 '배워나가는 믿음'에 대한 이 모든 생각을 마친 후에 이제 한 걸음 더 나아가고 싶다. '찬양'으로 말이다.

하느님을 찬양하는 자

내가 아주 좋아하는 이야기가 이를 분명히 보여준다. 이 이야기는 〈창세기〉에 나오는 것으로, 믿음의 조상 야곱이 얍복 강가에서 씨름을 했다는 이야기다. 히브리 이름인 야곱은 "'발뒤꿈치를 잡는 자' '속이는 자'라는 뜻이다. 발뒤꿈치는 걸을 때 중요한 역할을 하는 부분이다. 〈창세기〉는 이야기한다. "리브가가 아이 낳을 때가 되었을 때 배 속에는 쌍둥이가 있었다. 먼저 나온 아기는 붉고 전신이 털가죽을 입혀놓은 것처럼 털이 많아서 에서라 이름 지었다. 그 뒤에 나온 아우는 손으로 에서의 발꿈치를 잡고 있었기에 야곱이라 이름 지었다."(25:24~26) 나중에 선지자 호세아는 믿음의 조상 야곱에 대해 이렇게 말한다. "그는 배 속에서 이미 그의 형을 속였고 어른이 되어서는 하느님과 씨름했다. 그는 천사와 겨루어 이기고, 울면서 하느님께 간구했다."(〈창세기〉 12:4)

야곱은 평생 싸우는 자였다. 그는 원하는 것을 계속해서 쟁취하거나 속여서 얻었다. 장자권을 얻었고, 결국 아버지의 축복도 그렇게 얻었다. 하지만 이제 그가 하게 되는 싸움은 더 큰 것이며 다른 종류의 것이다. 그것은 하느님과의 씨름이다. 어두운 의심의 시간도 이런 종류의 것이다. 우리 역시 밤낮을 절망과 불안으로 보낼 수 있다. 언제나 우리는 싸우는 데 익숙해 있다. 하지만 우리는 이 싸움이 우리의 힘을 넘어선다는 것을 느낀다!

얍복 강가에서 야곱의 씨름 이야기는 〈창세기〉(32:23~30)에 다음과 같이 소개된다.

> 야곱이 그 밤에 일어나 두 아내와 두 여종과 열한 아들을 데리고 얍복 나루로 갔다. 그러고는 그들을 인도하여 물을 건너게 하고, 그의 모든 소유도 건너가게 했다. 그런 다음 야곱은 홀로 뒤처져 남았다. 그때 어떤 사람이 야곱과 날이 새도록 씨름을 하다가 자신이 야곱을 이길 수 없음을 알고 야곱의 허벅지 관절을 치는 바람에, 야곱의 허벅지 관절이 그 사람과 씨름할 때 어긋났다.
>
> 그 사람이 야곱에게 말했다. 날이 밝아오니 나를 가게 하라.
>
> 하지만 야곱이 대답했다. 내게 축복하지 않으면 당신을 가게 할 수 없습니다.
>
> 그가 말했다. 네 이름이 무엇이냐? 야곱이 대답했다. 야곱입니다.

그가 말했다. 이제 네 이름은 야곱이 아니라 이스라엘이다. 네가 하느님과도 사람들과도 겨루어서 이겼기 때문이다.

야곱이 물었다. 당신의 이름은 무엇입니까?

그가 말했다. 왜 내 이름을 묻느냐?

그리고 거기서 야곱에게 축복해주었다.

야곱은 새 이름을 받는다. 이제 그의 이름은 이스라엘[싸움에서 '이긴 자'라는 뜻]이다! 명예 타이틀이다. 인간이 아니라 하느님과 겨룬 사람이기 때문이다! 또한 내게 야곱은 최후까지 믿음으로 사는 것을 가르쳐주는 아버지다. 그가 형을 만나기 직전에 이 일이 있었다는 것이 중요하다. 야곱은 다음 날 형 에서와 만날 예정이었다. 오래 반목한 끝에 형과의 만남은 어떻게 될까? 용서로 이어질지 보복으로 이어질지 알 수 없는 상황이다. 이야기를 계속 읽어나가면 야곱은 확신하지 못하고, 조심조심 나아간다. 그러나 에서는 막 달려와서 야곱의 목을 끌어안고, 둘은 울음을 터뜨린다.

랍비 유대교에는 형제의 화해에 앞서 야곱이 밤에 천사와 겨룬 것에 대한 특별한 해석이 존재한다. 이런 해석은 의심의 본질에 대한 우리 숙고의 정곡을 찌른다. 여기서 의심을 극복하는 힘은 바로 찬양에 있다. 이것이 바로 《미드라시 타누마*Midrash Tanhuma*》의 해석이다.[12] 야곱과 천사의 씨름은 그곳에서 찬양에 대한 의무

12 《미드라심*Midraschim*》(미드라시Midrasch의 복수 형태로, 미드라시 모음을 뜻한

로 해석된다. 《미드라시》에서는 성서 이야기를 확장하여, 그것을 논쟁이자 협상 대화로 각색한 문학적 텍스트가 소개된다.

> 천사가 야곱에게 말했다. 이제 내가 찬양할 시간이 돌아왔어. (…) [그러나 야곱은 말했다.] 당신이 나를 축복하지 않으면 당신을 놓아주지 않겠어요.(〈창세기〉 32:27) 천사들이 아브라함에게 가서 그를 축복해주었잖아요?
>
> 천사가 야곱에게 말했다. 그야 그들이 그것을 위해 보냄을 받았기 때문이지. 하지만 나는 너를 축복하러 온 게 아니라고.
>
> 그러자 야곱이 천사에게 말했다. (…) 나를 축복하지 않으면 당신을 놓아주지 않는다니까요.
>
> 천사가 야곱에게 말했다. 그러면 찬양은 어떻게 하냐고. 지금 내 당번 시간이 돌아왔다니까?
>
> 야곱이 대답했다. 당신의 동료들이 찬양하겠지요.
>
> 천사가 야곱에게 말했다. 아휴, 내가 찬양을 할 시간이 돌아왔대도 그래!

다)은 랍비 유대교의 종교 텍스트를 해석한 문서다. 미드라시는 히브리 동사 다라시 darasch(찾다, 묻다)에서 파생된 말로서, 거룩한 문서에 대해 찾으면서 연구하는 것이자 이런 연구의 결과를 의미한다. 미드라시는 서기 70년 이후 랍비 유대교의 시대에 커다란 중요성을 획득했다. 본질적으로 문서화된 것은 이 시대부터다. 《미드라심》은 《미슈나》와 《탈무드》 외에 독자적인 텍스트 모음집으로 주로 팔레스타인에서 쓰였다. 다음을 참조하라. G. Stemberger, *Einleitung in Talmud und Midrasch*, München 1992.

야곱이 대답했다. 오늘 하지 말고, 내일 찬양하면 되잖아요!
천사가 말했다. 내가 내일 동료들에게 가면, 그들이 이렇게 말할 거야. 얘, 네 담당 시간에 찬양을 하지 않았잖아. 그런데 네 시간이 아닌 시간에 찬양을 하려고? 그러면 안 돼. (…)
야곱이 말했다. 당신이 내게 축복하지 않으면 놓아줄 수 없어요.
천사가 말했다. 그럼 누가 노래를 부르냐고?
그러자 야곱이 말했다. 내가 당신 대신 찬양을 부를게요. '그가 천사와 겨루었다'(〈호세아〉 12:5) 이것이 내 '노래'예요.[13]

천사는 야곱에게 자신이 맡은 찬양시간을 놓치지 않도록 가게 해달라고 부탁한다. 그러나 야곱은 축복하기 전에는 못 간다며 고집스럽게 천사를 놓아주지 않는다. 이런 해석에서 야곱의 승리는 어디에 있는가? 그것은 천사 대신 찬양을 하는 데 있다! 하이디 치머만Heidy Zimmermann에 따르면[14] 성서 텍스트가 이런 해석에 정당성을 부여해준다. 성서 원문의 "그가 겨루었다wa-yaśar"는 단어 형태는 "그가 찬양했다wa-yašar"로도 읽을 수 있기 때문이다. 여기서 몇 줄 더 지나서 야곱은 이스라엘로 개명된다. 《미드라시》는 자음들을 수정하여, 야곱을 '하느님을 찬양하는 자'로 만든다. 이것은 중

13 TanB Einl p.127 §9.
14 Heidy Zimmermann, *Thora und Shira – Untersuchungen zur Musikauffassung des rabbinischen Judentums*, Bern, Berlin, Bruxelles, Frankfurt/Main, New York, Wien: Lang 2000, S. 340.

요한 의미가 있다. 싸움꾼이 찬양하는 자가 된 것이다! (어느 날 밤 나 역시 그런 경험을 했다). 절망적인 싸움이 찬양으로 변화되었다.

성서의 이런 이야기와 그에 대한 유대교의 해석이 중요한 것은 정말로 이런 변화가 일어나야 하기 때문이라고 생각한다. 한 인간의 삶에서 이런 변화가 일어나지 않으면 형제와의 만남은 싸움이 될 것이다. 자기 영혼의 의심과 삶에서 맞닥뜨리는 요구들에 대처하는 것은 믿음의 씨름이다. 하지만 믿음은 결코 사람들에 맞서는 싸움이 되어서는 안 된다. 그것은 우리에게 새로운 이름을 주시고, 동경을 축복으로 바꾸시는 하느님과의 씨름이어야 한다. 하느님과 겨루다가 다리를 절면서 나오지 않는 사람은 씨름하지 않은 것이다.

야곱의 승리는 천사 대신 찬양하는 것에 있었다! 이것은 믿음의 깊은 의미에 가닿는다. 믿음은 곧 찬양이다. 우리는 찬양 없이 살 수 없다. 찬양이 없으면 다른 사람들과 다투고 하느님을 의심하는 슬픈 삶을 살게 될 것이며, 찬양하는 걸 배우지 않고는 삶은 엉망이 될 것이다. 진부한 사고, 옹졸한 마음, 편협하고 우매한 행위 속에서 우리의 이름은 야곱으로 남을 것이다. 찬양을 통해 비로소 우리는 다른 이름으로 불리게 되며, 우리의 세계는 다른 상태로 들어간다. 절뚝이며 나오는 한이 있더라도, "축복하지 않으면 당신을 놓아주지 않겠다"고 말하는 걸 그만두지 말아야 한다. 하지만 우리의 삶에 품격과 신성한 힘을 선사하는 최고의 존엄은 바로 모든 어둠과 두려움과 의심에도 불구하고 "제가 당신 대신 찬양할게요!"라고 말하는 것이다. 그것은 '통하여 소리가 나는 것'

이다. 인간, 그대는 하느님을 찬양해야 하리라!

때로 하느님에 대한 사랑은 우리가 고민을 중단하고 대신에 노래나 시 혹은 영적 일기를 쓰거나, 고요 가운데로 나가도록 인도한다. 그런데 실생활의 '아름다움'과 '어려움'으로부터 멀어질수록, 하느님의 진리를 알아차리는 건 더 힘들어진다. 실생활에서 멀어질수록, 우리는 자신과 다른 사람에게 이야기할 것이 적어진다.

당신은 어디에 계신가요?
그가 말한다. 너는 어디 있느냐?
너는 내 영에서 나온 영이 아니냐
내 갈망으로부터 나온 갈망이 아니냐?
네 영의 손을 내게 내밀렴. 네 믿음을 내게 주렴!
나는 그곳에 있으니까.

이른 아침 숲을 달리기, 함께 산책하기, 허브 화단 가꾸기, 함께 음악 연주하기, 아내와 함께 춤 배우기[15] 등등 우리의 삶이 생각으로만 이루어지지 않음을 알게 해주는 온갖 활동을 하다 보면 생명에 대한 하느님의 사랑을 더 새롭게 느낄 수 있다. 생각에만 골몰하지 말고 '삶의 선물'에 눈을 돌릴 수 있는 방식은 여러 가지가 있다.

15 아내의 말. "드디어 턴 동작을 완벽하게 하는군!"

강한 믿음뿐 아니라, 때로 의심도 사랑의 모습으로 보아야 한다. 그것은 간절히 찾는 것이 숨겨져 있음에 대한 고통, 사랑하는 이가 멀리 있음에 대한 고통이다. 이런 고통을 긍정할 때 비로소 그 고통이 믿음의 한 형태가 된다. 의심의 고통을 하느님 사랑의 한 형태로서 긍정하기로 결정한다면, 그것은 결국 사랑하기로 결정하는 것이다. 진정한 사랑은 반드시 고통을 동반하기 때문이다. 하느님을 사랑하는 일에는 가까움과 멂, 경험과 숨겨짐, 확신과 추구, 찬미와 고난 사이의 긴장이 있다. 쇠렌 키르케고르Sören Kierkegaard가 말한 것처럼 "진리는 고통을 통해서만 승리한다." 거룩한 자는 바로 사랑하는 자를 위해 고통받는 길을 받아들인다. 풀베르트 슈테펜스키는 튀링겐의 성 엘리자베트와 아시시의 성 프란치스코의 삶을 보면서 "아마도 그래서 커다란 사랑은 상처의 형태로만 간직할 수 있는 듯하다"[16]라고 말한다.

물론 하느님에 대한 나의 사랑은 절름거리는 불완전한 사랑이다. 그러나 아픔을 통해서 비로소 하느님의 숨어 계심이 부재가 아니라는 사실을 깨달았다. 하느님은 그 자리에 계신다. 우리가—마땅히 그렇게 해야겠지만—성인들을 본받으려고 노력할 때, 하느님이 멀리 계신 것 같고 숨어 계시는 것 같은 고통과 사랑하는 자를 간절히 찾는 고통을 우리 믿음에 동반되는 필연적이고 채워지지 않는 사랑의 괴로움으로 받아들일 수 있을 것이다. 의심은

16 Fulbert Steffensky, *Wo der Glaube wohnen kann*, Stuttgart 2008, S. 27.

나쁜 것이 아니라, 사랑의 한 가지 형태다. 사랑하는 대상을 위해, 아픔에 무뎌지고 사랑이 식어버린 익숙함 속에서 그냥 둔감하게 잠들어버리지 않으려는 사랑의 불안한 측면이다.

성숙한 믿음에 이르고자 한다면 '의심의 화학'을 이해해야 한다. 해답을 알게 되고 응답을 받아 의심이 작별을 고하는 일은 드물다. 하지만 의심은 우리의 찬양과 용기 앞에서 고개를 숙인다.

새로운 용기

가까움과 멂은 추상적이거나 단순한 느낌만은 아니다. 삶으로 경험되는 것이다. 이는 의심이 생각이나 느낌으로써가 아니라, 소명을 받아들이고 서로 섬김으로써 극복된다는 것과 관계가 있을 것이다!

잘 아는 바이올리니스트 잉골프가 이런 이야기를 해주었다. 그는 연주회 일정 사이에 기차를 타고 이동할 때 가능하면 바이올린 연습을 한다. 대부분 가족실을 택해 표를 끊고, 혼자가 아닌 경우에는 동승자에게 바이올린을 연주해도 방해가 되지 않겠느냐고 양해를 구한다. 그러면 상대방은 보통은 연주해도 괜찮다고 하고는, 연주에 귀를 기울인다. (그들은 아마 명연주자의 스트라디바리 연주를 감상할 기회를 얻었다는 걸 모를 것이다.) 한번은 기차를 타고 가는데, 갑자기 비상 정차했다. 그때 그는 다행히 바이올린을 손에 들고 있지 않은 채로, 다른 많은 여행객과 함께 고속열차의 커다란 객실에 있었다. 이어서 '인명사고' 때문에 운행이 지체되고 있다는 안내방송이 나왔고, 승객들은 웅성거리며 주머니에서 핸드폰을 꺼내 들고 전화를 걸어 기차가 연착되니 일정을 미뤄야겠다는 등의 통화를 했다. 바이올리니스트는 객실 분위기를 보며 충격을 받았다. 방금 한 사람이 철길에 몸을 던져 목숨을 끊었는데, 그 일을 일상의 진행을 방해하는 귀찮은 일 정도로 여기는 분위기였던 것이다. 몇 분 뒤 그는 바이올린을 꺼내 들고 객실 복도에 서서 말했다. 모르는 사람이지만, 삶에서 슬픔과 절망을 겪었을 한 사람이 방금 목숨을 잃었다는 것이 자못 마음이 아프고 당황스러우며, 이제 그 사람을 추모하는 마음으로 베토벤 바이올린 협주곡 1악장을 연주하겠다고 했다. 잠시 후 객실은 바이올린 선율로 가득 찼다. 어수선한 고속열차 객실이 콘서트홀로 변했다. 숙고하고 환기하는 치유적인 공간이 탄생했을 터다. 이런 시간은 일상에서 꼭 필요하다.

내 동생 기젤라는 신참 의사 시절 암병동에서 실습을 한 적이 있다. 어느 날 그녀는 용기를 내어 첼로를 들고 병원 복도에 앉아 요한 제바스티안 바흐의 무반주 첼로 모음곡 중 한 곡을 연주하기 시작했다. 병동은 구조상 음향효과가 꽤 근사했다. 차츰차츰 조심스레 병실 문들이 열리고 사람들이 천천히 밖으로 나왔다. 바쁘게 업무를 보던 의사, 간호사들마저 일을 멈췄고, 많은 사람이 첼로 가까이 와서 앉았다. 첼로 소리 가운데 마음의 특별한 공간이, 몰입과 고요의 공간이 탄생했다. 이것은 의심과 절망에 저항하기 위해 필요한 용기다. 우리의 영혼도 치유의 소리를 위한 공간을 필요로 한다. 콘서트홀보다 병원에서의 연주가 더 감동적일 소나타가 많을 것이다.

이번 장의 처음에 나는 고객의 악기 소리에 대해 이야기하며, 좋은 소리를 쉽게 '만들' 수 없다고 언급했다. 소리는 인간 내면의 목소리에 가닿기 때문이다. 나는 온 열정을 다해 악기를 만들지만, 그럼에도 그것은 은총이다. 최근에 프라이부르크의 한 고객이 내 작업에 대해 가장 멋진 피드백을 보내주었다. 그녀는 내게 이렇게 말했다. "이 바이올린의 소리는 고된 하루를 마친 뒤 다시금 생기를 불어넣는 약 같아요."

소리는 영혼의 음성과 같다. 그러므로 나는 음악은 결국 소리에 부어진 기도라고 확신한다. 바이올린 장인으로서 나는 내가 작업하는 악기의 소리와 울림에 은총이 깃들기를 소망한다. 여기서 나는 내가 할 수 없는 영역을 다루기 때문이다. 은총에 소망을 두는 것은 오히려 강점이라고 믿는다. 사람이나 상황이 문제일 때마다 은총에 소망을 두는 것이 어떤 영리한 논지보다 더 필요하다!

나는 '배움', '찬양', '용기' 이 세 가지를 언급했다. 의심은 우리가 이 3화음에서 더 성숙해질 수 있게끔 하는 하느님의 사자일 수 있다. 더구나 삶이 힘들고 고통스럽고 열악할 때, 이것이 삶의 전부일까를 의심한다면, 그것은 이미 인생의 승리라 할 수 있을 것이다. 그 이상의 것이 있다. 그것을 알아차리면, 이미 믿음의 문이 열린 게 아닐까.

10장

스트라디바리우스의 은사

은총의 의미

"광풍에 요동하며 위로를 찾지 못한 곤고한 자여.

산들이 떠나며 언덕이 옮겨질지라도,

내 은혜는 너를 떠나지 않을 것이다."

〈이사야〉 54:10~11

◐

〈요한복음〉에 등장하는 예수와 제자들의 마지막 친밀한 대화에서 예수는 마음의 강력한 은사Charisma에 대해 이야기한다. 그것은 바로 기쁨이다. 독일어로 카리스Charis는 은총이라는 뜻이다. 카리스마는 은총의 선물을 의미한다. 하지만 카리스는 은총이라는 뜻인 동시에 우아한 아름다움이라는 뜻이기도 하다. 그리하여 왕의 결혼 축가인 〈시편〉에서 "은혜(카리스)를 입술에 머금었다"(45:2)라고 할 때 이는 아름다움을 입술에 머금었다는 의미도 되는 것이다.

공간에 울려 퍼지는 소리로 은총의 본질을 경험하게 하는 특별한 바이올린들이 있다. 이런 바이올린들은 실로 카리스마적인 소리를 가지고 있다. 이런 소리를 통해 공간은 울림, 아름다움, 기쁨으로 가득 찬다. 은총의 본질을 경험하면, 우리는 외부 세계에서, 마음의 기쁨을 맛보는 내면 공간으로 인도된다. 그 점에서 우리에게 생생한 비유가 되어주는 바이올린들이 있다. 이제 이런 바이올린들에 대해 말하려 한다.

요한 제바스티안 바흐

내 작업실에서 '슈라이버' 스트라디바리우스[1]의 소리를 처음 들었을 때, 나는 공간을 가득 채우는 스트라디바리우스의 아름다움을 절절하게 경험했다. 미하엘은—외적으로도 완벽한—이 1712년산 악기로 절제되고 세심한 연주를 들려주었다. 이 악기를 선보이기 위해 미하엘이 선택한 음악은 요한 제바스티안 바흐의 '샤콘느'[2]였다. 첫 화음이 울려 퍼지자마자, 말로는 다 형언할 수 없는 따뜻함과 호흡, 양감volume 광휘가 공간을 가득 채웠다. 숙련

1 안토니오 스트라디바리 바이올린들은 대부분 고유한 이름을 가지고 있다. 수백 년이 흐르는 가운데 붙여진 이름으로, 그 바이올린을 연주했던 음악가의 이름으로 불리는 경우가 많다. 1712년산 '슈라이버' 스트라디바리우스는 19세기에 상트페테르부르크의 예술 후원자 슈라이버의 소유로서 이 시기에 유명한 작곡가 헨리크 비에니아프스키도 러시아 궁정에서 이 악기를 썼다. 1970년대에 이 악기로 연주한 걸출한 녹음들이 있는데, 그중에 핀커스 주커만의 연주도 있다. (첼로에 재클린 뒤프레, 피아노에 다니엘 바렌보임과 함께 한 연주다.)

2 요한 제바스티안 바흐, 파르티타 II.(BWV) 1004, 5악장.

된 청중이 아니라도 누구라도 분별할 수 있을 정도의 소리였다. 몸에 강한 전율이 일었다. 바이올린 소리를 들으며, 하느님의 은총이 이렇게 강하게 느껴진 것은 드문 일이었다. 스트라디바리우스는 음색에 부어진 기도와 같다. 유독 안토니오 스트라디바리가 (동시대 마이스터들과 달리) 자신이 제작한 악기의 내부 쪽지에 서명할 때마다 십자가를 그리고 그 아래 AS라고 썼던 것은 우연이 아닐 것이다. 그는 작품에서 자신을 십자가 아래 둔 것이다. 이런 바이올린을 연주하는 것은 소리 구름 속에 서 있는 듯한 기분이다. 이런 소리를 듣는 것은 삶에서 성령의 친밀함을 특별한 방식으로 경험할 때의 느낌과 비슷하다. 부드러움과 힘의 동시성이 느껴진다. 이 얼마나 특별한 동시성인지! 은총의 경험을 생생하게 보여주는 듯한 음색이다.

이런 바이올린에는 우리의 영혼을 건드리는 권능이 부여된다. 그 뒤 나는 그 악기를 스스로 연주해보며 몇몇 음향학적 분석을 시도했다. 내가 연주하는 소리를 들으며 아내가 꿈꾸는 듯한 표정으로 "곧바로 꿈결에 젖어드는 듯한 느낌의 소리!"라고 말했다. 소리에 대한 최고의 찬사가 아닐까. 이런 소리는 마음을 열게 하고, 영혼에 이야기를 건넨다. 연주자는 그것을 더 강하게 경험한다. 한 여성 바이올리니스트는 최근에 내가 막 완성한 바이올린을 시험 삼아 켜보며, 각각의 음역에 차례로 집중한 뒤 이렇게 말했다. "음들에 말을 건네면, 여러 음이 열리기 시작하는 게 느껴져요."

18세기에 탄생한 앞서 언급했던 스트라디바리우스는 여러 바이올리니스트를 거쳤다. 이 스트라디바리우스에게 단연 어울리는 곡은 이미 말한 '샤콘느'다. 유명한 주세페 과르네리 델 제수(1698~1744)의 바이올린은 다르다. 과르네리는 요하네스 브람스Johannes Brahms의 바이올린 협주곡과 잘 맞는다. 브람스의 협주곡(1878)은 저항하고 하중을 감당할 수 있는 악기와 어울리는데, 과르네리 바이올린은 바로 이런 특성으로 무장하고 있기 때문이다. 과르네리는 활 아래서 음이 '개어지고 빚어지는 것이' 느껴진다. 과르네리 바이올린을 연주할 때면 활이 바이올린 안으로 빨려 들어가는 느낌이 난다. 특히 G현에서는 내 악기에도 이런 특성을 적용하려 하고 있다. 과르네리 바이올린을 연주할 때는 음이 막 내린 눈처럼 느껴진다. 소복소복 내린 눈을 발로 밟을 때의 느낌이 난다. 포만감 있게 뽀드득 눌리는 느낌이다. 그리하여 G현에서 음은 진하고 어둡고, 압축적으로 울린다. 이 바이올린은 저음부에서는 불그레한 소리가, E현에서는 은빛으로 반짝이는 듯한 소리가 난다. 이 바이올린들은 거의 원초적인 분위기가 날 수 있다. 와일드하고 쉭쉭거리고 큰 소리가 날 수 있다. 정열적이고 도취되는 소리다.

안토니오 스트라디바리(1646~1737)의 바이올린은 아주 다르다. 스트라디바리우스와는 싸워서는 안 된다. 싸우는 건 부적절하고 무례한 일이 될 것이다. 늘 '그들 아래에 머물며', 그들의 고상함을 염두에 두고, 가능성과 음색을 찾아나가야 한다. 스트라디바리우스들의 경우 몰아붙이고 억지로 하려는 태도는 실패로 끝날 뿐이다. 그들을 얻어야 한다. 그래서 바흐의 '샤콘느'는 스트라디바리우스에 특히 잘 맞는다. '샤콘느'는 겸손과 깊이가 느껴지는 곡이기 때문이다. 그리하여 바이올린과 작품이 내적으로 하나가 된다. 억지스러움 없고, 그 무엇도 인공적으로 부각되지 않는다. '샤콘느'는 놀라운 작품이다. 어떻게 이런 작품을 작곡했을까.

작품. 바흐의 '샤콘느'에서는 하늘에 사무치는 고통이 느껴진다. '샤콘느'는 바흐의 모든 파르티타와 독주 소나타를 통틀어 가장 길고, 가장 강렬한 작품이다. 바이올린 독주곡 중 '샤콘느'에 필적하는 작품은 없다. 바흐는 아내 마리아 바바라Maria Barbara의 예기치 않은 죽음 앞에서 '샤콘느'를 썼다.

상상해보라. 바흐는 1720년에 그가 섬기던 안할트쾨텐 제후와 함께 여행을 떠났다. 여행을 떠날 때까지만 해도 아내는 건강했다. 바흐가 아무것도 모르고 돌아왔을 때 아내는 세상을 떠나 이미 장사까지 지낸 상태였다. 예기치 않은 아내와의 이별 앞에서 바흐는 '샤콘느'를 작곡했다. 아주 감동적이고 사무치는 작품이다. 이 작품은 자신에게 닥친 고난에 대한 한 인간의 숨 막히는 답변이 아닐까? 끝을 모르는 고통과 추모가 느껴진다.

이런 대단한 작품을 내가 뭐라고 평할 수 있겠는가마는 그래도 잠시 이 작품에 대한 나의 감상을 나누고자 한다. 나의 주관적인 느낌으로는 이 작품의 마지막에 고통에 대한 위로를 찾게 되는 듯하다. 이 세상에 속하지 않은 소망이 들어 있는 듯하다. 사무치는 질문은 마지막에 위로 속에 숨겨진다. '샤콘느'는 불가사의한 작품이다. 바이올린의 절망적인 저항으로 시작되어, 질문과 절망이 거듭된다. (84마디에서 87마디에서처럼) 스스로에게서 벗어날 수 없는 듯한 단성부의 패시지들. 하지만 이런 음은 점점 더 따뜻하고 보호받는 느낌을 불러일으키는 다성부에 에워싸인다. 질문에 대한 대답을 얻지는 못했지만, 위로받은 음이다.

자신 속에서 이 모든 것을 듣고 쓴 바흐는 단순한 인간의 지혜를 뛰어넘는 위로를 경험했음이 틀림없다. '샤콘느'에서는 아무것도 미화되지 않지만, 누군가 그 사람의 세계로 개입한 것처럼 눈물을 닦아주는 무엇인가가 들려진다. 천상의 개입을 들을 수 있다. 바이올린은 완전히 스스로를 넘어선다. 음색과 다성 음악을 통해 거의 오르간처럼 폭넓게 공간을 채우는 코랄이 생겨난다. 나는 '샤콘느'가 고통으로 마구 흔들린 삶에 하느님의 은혜가 개입할 때를 묘사한다고 생각한다. 바로 그럴 때 자신을 능가할 수 있다.

최근 화음 분석을 통해 요한 제바스티안 바흐가 이 바이올린 독주곡에 은밀히 자신의 위대한 코랄 중 몇 개의 멜로디를 집어넣었다는 사실이 비로소 드러났다.[3] '그리스도는 죽음의 포로

3 Helga Thoene, Ciaccona – Tanz oder Tombeau, Cöthener Bach-Hefte 6(1994) ; Der verschlüsselte Lobgesang. Sonata 1 g-Moll, Cöthener Bach-Hefte 7(1998). 2005년 2월 12일, 크리스토프 포펜과 힐리어드 앙상블은 헬가 퇴네의 분석을 적용한 연주를 최초로 선보였다. 바이올린 소리에 코랄 인용을 덧입혀, 힐리어드 앙상블이 비브라토 없이 깨끗하고 맑은 소리로 바이올린 소리 위에 노래한다. CD는 다음과 같이 발매되었다.

가 되어도Christ lag in Todesbanden' '당신의 뜻이 이루어지이다Dein Will' gescheh' '예수 나의 기쁨Jesu meine Fruede' '사랑하는 내 하느님Auf meinen lieben Gott' 그리고 '하느님이여, 당신의 뜻이 곧 이루어지이다Dein Will gescheh', Herr Gott, zugleich'가 그것이다. 우리는 바흐의 후기 글을 통해 그가 특정 화성학에 늘 영적인 의미를 부여했음을 안다. 그리하여 이런 숨 막히는 바이올린 작품은 오늘날 '암호화된 찬양'으로 여겨진다. 바흐는 이런 코랄 부분들을 드러내놓고 '인용'하지 않고, 은밀한 방식으로 울리게 했다.

바이올린. 나는 공방에서 우리 세상에 선물된 가장 근사한 악기 중 하나로, 작곡된 지 거의 300년이 된 '샤콘느'를 들었다. 안토니오 스트라디바리의 이 바이올린은 18세기 초반, 요한 제바스티안 바흐가 '샤콘느'를 작곡하기 불과 몇 년 전에 제작된 것이다. 위대한 이탈리아 바이올린 마이스터 스트라디바리의 '황금 창작기' 때 탄생한 이 스트라디바리우스가 발산하는 소리는 통렬하고, 옥죄는 마음을 후련하게 한다. 그 소리는 공간을 완전히 가득 채우는 듯하다. 집요하지 않지만, 모든 것을 싸안는다. 영향력을 미치기 위해 굳이 소리가 클 필요가 없다. 거칠거나 편협하지 않다. 딱딱하고 몰아세우는 음은 인간의 마음을 열리게 하지 않는다. 이 바

Morimur Bach / Christoph Poppen, Hilliard Ensemble, 2001 ECM Records GmbH, New Series 1765, 461 895-2.

이올린은 완전히 다르다. 이 바이올린은 아주 섬세한 피아니시모에서도 온 공간을 채우고, 마음의 공간을 여는 권능을 가지고 있다. 아무것도 억지로 취하지 않는다. 위압적이지 않으며, 결코 경박하지 않다. 음색의 조절 범위가 넓다. 일차원적인 소리가 아니다. 각각의 음을 연주하고 음색을 따라 노래해보면 그것을 깨닫는다.

은혜를 발견하기

공간을 채우는 바이올린 소리는 믿음의 충만한 경험, 즉 은혜의 음향학적 상징이다. 은혜를 얻는다는 것은 자리를 얻는다는 의미다. 이것은 억지로 취할 수 없다. 은혜를 얻는 사람은 다른 사람들 마음에서 자리를 얻는 것이다. 이것이 은혜의 본질이다. 억지로 취할 수 없는 자리다. 우리가 서로에게서 얻고 간직하는 기쁨, 서로에 대한 신뢰와 삶에 대한 신뢰가 삶의 지평을 넓힌다. 우리의 삶에 공간을 만든다. 기쁨과 신뢰는 영혼의 은사다. 누군가가 모든 것을 삭막하게 투쟁하다시피 하여 얻어야 한다고 믿는지, 아니면 선물받는 경험을 하며 사는지 그 사람을 보면 느껴진다. 선물받는 경험을 하는 곳에서 바로 영혼의 지평이 넓어진다.

믿음도 마찬가지다. 믿음으로 사는 것은 상호작용이 일어날 때만이 가능한 삶의 방식이다. 은총은 일방통행으로 움직이지 않는다. 하느님에게서 인간 쪽으로만 오는 것이 아니다. (모든 살아 있는 것은 상호성에 기초한다. 매력적인 것은 바로 이 상호작용이다.) 우리가 하느님께 자리를 '내어드릴 때' 하느님은 우리의 삶에서 그분이 거할 자리를 발견할 것이다. 하느님이 이런 자리를 그냥 점유하지 않는다는 것은 모든 인간이 자신이 줄 수도 있고 거부할 수도 있는 '은혜' 같은 것을 가지고 있음을 의미한다! 신이 우리가 '믿음'이라고 부르는 허락을 건너뛰고, 우리가 허락하건 거부하건 간에 막무가내로 자리를 점한다면, 그런 신은 정말 저급하다고 할 수 있을 것이다!

"당신의 이름이 거룩히 여김을 받으시고, 당신의 나라가 임하시며, 당신의 뜻이 이루어지이다." 우리는 이런 기도를 통해 하느님께 자리를 내어드릴 수 있다. 이것이 인생의 기본 모티브가 될 수 있을 것이다. 공방에서 보내는 일상의 한가운데 불안함이 드리워 주의력과 신뢰가 흔들리려 할 때가 있다. 그럴 때면 나는 잠시 물러나 (느리게 심호흡하면서) 기도한다. "성부, 성자, 성령께 영광을, 태초로부터 지금까지 또 영원 무궁히. 아멘." 이런 느리고 고요한 문장 외에 더 많은 말이 필요하지 않다. 그러면 상황은 새로운 자유를 얻는다. 영원의 지평이 열리고, 나는 더 넓은 시각에서 현재의 사건들을 보게 된다. 그러면 편협함 속에서 넓은 지평이 생겨난다.

기도는 상호적이다. 기도 가운데 우리가 하느님께 얻는 은혜뿐 아니라, 우리가 신뢰를 통해 하느님께 드리는 은혜도 표현된다.

우 정

독립하여 막 공방을 차렸던 시기에 나는 이런 믿음의 자리로 나아가는 걸 힘들게 배워야 했다. 그때는 정말 전전긍긍하며, 금전적으로 빠듯한 상태에서 간신히 가족을 부양하고 공방을 유지해나갔다. 그 시기 나는 걱정의 자리를 떠나 믿음의 자리로 들어가기로 거듭 다짐을 해야 했다.

은혜를 그저 내면적인 것으로만 본다면, 잘못 이해한 것이다. 진정한 우정보다 은혜가 강하게 나타나는 곳은 없다. 우리는 걱정과 어려움 안에서 스스로에게뿐 아니라, 서로에게 위탁되어 있다. 우리는 다른 사람의 삶에 자리해야 한다. 함께 생각하고, 공감하고, 도와주면서 그들에게 자리해야 하고, 그들은 우리에게 자리해야 한다. 내가 독립해 공방을 차린 이 시기에 우정은 실제적이고, 금전적이고, 손에 잡히는 것이었다. 내 형편을 아는 라인하르트라는 친구는 흔쾌히 우리에게 필요한 돈을 쓰라고 건네며, 위기를 넘기고 나중에 형편이 좋아지면 천천히 갚으라고 했다. 이자 없이 원금만 갚으라며, 급하지 않다고 했다! 그는 경영학을 전공한 사람으로서 그 돈을 다른 데 투자해 불릴 수 있다는 걸 잘 알고 있었다. 하지만 그에게는 다른 가치가 더 중요했다. 우정은 서로 가능하게 하고 서로 내어주는 것이다. 우정으로 우리는 상대를 지원하고, 상대를 믿는다는 것을 보여준다. 라인하르트의 마음 씀씀이는 내게 랍비의 지혜를 상기시켰다. "네 이웃의 물질적 필요는 너의 영적 사안이다"[4]라는 말 말이다. 라인하르트는 재정적 도움을 주면서 전혀 생색을 내거나 고자세를 보이지 않았다. 라인하르트가 그랬다면 우리는 그의 돈을 받지 못했을 것이다. (도움이 필요한 상태라는 사실만으로도 자못 자존심이 상하는 것이니까.) 흔히 "돈 앞에서는 우정이고 뭐고 없다"라고 하는데, 우리는 그런 야박함을 경험하지 못했다. 반대로, 어려운 시절에 진정한 우정의 의미를 체감했고, 살아갈 힘을 얻었다.

치과의사인 귄터도 그랬다. 그 역시 치과를 개업한 경험이 있었기에, 독립한 초기에 얼마나 마음이 쪼들리는지를 알고 있었다. 그는 내 공방에 의뢰가 끊겨 일이 없으면 자신이 바이올린 하나를 주문하겠다고 했다. 그 자신은 악기를 연주하지 않지만, 재능 있는 젊은 음악가를 물색해서 그 음악가에게 바이올린을 빌려주면 된다고 했다. 따라서 의뢰가 끊겨도 하나는 더 남아 있으니, 그 바이올린 작업을 해야 한다는 걸 기억하라고 했다. 다행히 오늘날까지 그의 바이올린을 만들어야 하는 상황에는 이르지 않았다. 독립한 뒤 몇 년이 지나자 의뢰가 많이 들어와서, 얼마 전부터는 직원들까지 고용하게 되었기 때문이다. 그러나 친구들의 우정은 예술과 음악, 경제적인 상황으로 이루어진 공중곡예에서 든든한 안전망이 되어주었다. 슈바빙의 자산가 한 분도 '아버지 같은 마음'으

4 하시드파 랍비 살란트의 이스라엘의 경구. 다음에서 인용. Pierre Itshak Lurçat, *Rabbinische Weisheiten*, München 2003, S. 15.

로 나의 소리 개발 프로젝트 중 하나를 지원해주었다. 나와 비전을 공유하는 분이었기 때문이다. 믿음, 신뢰, 성실, 우정이 내면의 일만이 아님을 경험하는 것은 참으로 마음을 따뜻하게 한다.

은혜 안에서 서로 만나고 함께하는 것은 정말 구체적인 경험이다. 우리는 친구들을 존중함으로써 서로의 마음에 자리를 만든다. 따라서 은혜의 내적 공간(믿음과 신뢰)이 중요할 뿐 아니라, 은혜가 구현되는 외적 공간이 중요하다. 시간적 공간, 삶의 공간이 중요하다. 우리는 삶을 은혜에 기초한 우정과 공동체를 경험하는 것으로 보아야 하며, 우리의 상호관계가 거기서 멀어지면 돌이켜야 한다. 우정은 살아갈 힘을 북돋워주는 크나큰 원천이다. 우정은 '내 안에' 다른 사람의 기쁨과 존중이 자리 잡고 있음을 경험하는 것이다. 상대가 나를 알고, 존중하고, 귀하게 여기고, 지지해준다는 확신이다. 이것은 은혜다. 더 나아가 진심으로 자신을 반기는 사람들이 있음을 아는 것이다. 이것은 살아갈 멋진 이유 중 하나다. 우정과 삶의 의미는 떼려야 뗄 수 없이 맞물려 있다.

이와 같은 방식으로 예수도 제자들에게 그들이 '종'이 아니라 '친구'라고 말씀하신다(〈요한복음〉 15:15) 그 말을 하기 직전에 예수는 기쁨의 은사라고 부를 만한 말을 한다. "이것을 너희에게 말하는 것은, 내 기쁨이 너희 안에 있어서 너희 기쁨이 충만하게 하려는 것이다."(〈요한복음〉 15:11) 여기서 이야기하는 것은 인간이 경험할 수 있는 기쁨의 가장 내밀한 공간이다. 이것은 모든 것을 채우는 하느님 사랑의 기쁨이다. 믿음으로 사는 것은 하느님의 기쁨이 되는 것을 의미한다. 나는 하느님 안에 자리하기 위해, 자만, 자기 중심성, 끊임없는 걱정 같은 다른 자리에서 떠났다. 중요한 것은 내가 하느님께 어떤 자리를 내어드리는가, 내가 이런 믿음의 자리로 나아가는가 하는 것이다.

우리가 서로에게 자리를 주지 않기에 서로 간에 얼마나 많은 상처가 생겨나는가. 활동하고 영향력을 발휘할 수 있는 자리, 사랑받고 능력을 발휘할 수 있는 자리를 갖는 것은 사람에게 너무나 중요하다. 믿지 못하고, 존경하지 않고, 인정하지 않기에 누군가에게 자리를 허락하지 않는 것은, 그에게 주어진 것을 앗아버리는 것이다. 그러면 상대는 그냥 뒤로 물러날 수 있고, 혹은 힘과 주목을 이끌어내기 위해 이를 악물고 투쟁할 수도 있다. 하지만 어떤 경우든 자신의 원래의 모습을 보여주기가 힘들다. 서로에게 품을 내어주지 않으면서 우리는 서로의 삶을 더 가련하게 만든다. 우리는 서로에게 품을 내어주지 않고 진정한 우정을 거부하면서, 삶에 의미도 기쁨도 없는 것에 의아해한다. 그러므로 우정에 대해 쓰지 않고는, 은혜에 대해 쓸 수 없다.

넓음과 좁음

하느님의 영이 임재한 곳에는 인간의 마음에 넓은 자리가 생겨난다. 편협함과 두려움에서 해방된 공간이다. 바울은 "하느님의 영이 계신 곳에는 자유가 있다"(〈고린도후서〉 3:17)고 말한다. 이것은 이미 이야기했던, 공간을 가득 채우는 바이올린의 입체적인 소리와 같다. 〈욥기〉도 삶이 갖는 "소리의 차이"—좁음과 넓음, 두려움과 믿음—에 대해 이야기한다. 〈욥기〉는 이렇게 말한다. "그렇게 하느님은 두려움의 목구멍으로부터 당신을 빼내어 더 이상 좁지 않은 넓은 곳으로 옮기십니다. 기름진 음식으로 가득한 상에서 그대는 안식할 것입니다."(36:16)

여기서 상이라는 말이 나온다. 상은 은혜를 표현한다. 한 상에서 함께 먹는다는 것은 신뢰와 봉사를 전제한다. 그것은 우정의 표현이자 환대이다. 손님은 다른 사람의 공간으로 들어온다. 그의 집, 그의 마음으로 들어온다. 한 상에 앉는 것은 삶에 필요한 것을 취하도록 서로 친밀함을 허락하는 것에 대한 상징이다. 그것은 은혜 가운데 살아가는 것을 의미한다. 추상적인 차원에서가 아니라, 실제로 매일 함께하는 삶 속에서 말이다. 〈사도행전〉은 초대 교회 공동체에 대해 이렇게 보고한다. "그들은 날마다 한마음으로 성전에 모이고, 이 집 저 집에서 빵을 떼어 나누었으며, 기쁨과 순전한 마음으로 음식을 먹었다."(2:46) 나는 한 공동체의 지도부가 각 가정에 모여 대화하고 식사하는 것을 중단하고, 대신에 더 편하게 공적 장소에서만 모이는 경우, 모임의 특성이 상당히 변화한다는 걸 경험했다. 함께 식사하는 걸 그만두고, 각 가정을 더 이상 드나들지 않게 되자, 내적 분열, 권력싸움, 질투가 끊이지 않았다.

성서가 이야기하는 환대는 낯선 사람에게까지 나아간다. 그 점에서 우리는 시험을 받는다. 편협함과 두려움이 자꾸 거리를 두고 금을 긋게 만든다. 그러나 하느님이 만드는 울타리는 바로 신뢰의 울타리다. 우리는 신뢰를 통해서만 넓어질 수 있으며, 사람들은 그런 우리에게서 품을 발견한다. 스가랴 선지자는 한 환상에서 이런 은혜의 공간을 이야기한다. 이것은 성서 어디서든 만나는 광활함과 은혜, 공간과 영광과 연관된 것이다.

> 내가 눈을 들어보니, 한 사람이 손에 측량줄을 잡고 있었다. 그래서 내가 물었다. 당신은 어디로 가는 거죠? 그가 말했다. 예루살렘을 측량하러 가요. 예루살렘이 어느 정도의 너비와 길이를 가져야 할지 보려고요. 그런 다음 나와 함께 이야기하던 천사가 거기 섰고, 다른 천사가 그에게로 다가오더니 말했다. 저기 저 젊은이에게 가서 이야기를 전해줘. 예루살렘은 거기 거하게 될 사람과 가축이 많으니 담을 쌓지 말아야 한다고 말이야. 주께서 말씀하시기를, 내가 친히 예루살렘을 둘러싼 불로 된 담이 되고 그 안에 머물러 영광이 되어줄 것이다 하셨거든.
>
> (〈스가랴〉 2:5~9)

무정하게 경계를 긋고 독선적으로 담을 쌓음으로써 내면은 좁아진다. 자만과 두려움이 거하는 곳에서 거룩한 것은 자리를 발견하지 못한다. 예수도 태어났을 때 누울 자리가 없었다. 성서는 “여관에 있을 곳이 없었다"(〈누가복음〉 2:7)고 말한다. 나중에 어른이 되어 예수는 "내 말이 너희 안에 있을 곳이 없다"(〈요한복음〉 8:37)고 말한다. 마음으로 말씀을 거부하는 사람들을 일컬은 말이다.

은혜는 자신의 모든 능력과 업적, 모든 실패와 좌절을 넘어서서 삶의 자리를 만들어내는 힘이다. 우리는 무자비하게 서로를 판단하고 상대에게서 자리를 빼앗는다. 그렇게 우리의 관계는 딱딱하고 좁아진다. 다른 사람을 판단하는 사람은 그리스도의 본질을 깨닫지 못한 사람이고, 그리스도의 영이 거하지 않는 사람이다. 상대의 약점이 신경을 거스르더라도, 우리는 그에게 자리를 내어줌으로써 그의 좋은 점이 겉으로 드러나도록 노력해야 한다. 비판정신으로 무장한 나머지 눈이 가려진 양 다른 사람에게서 좋은 점을 발견하지 못하면, 자비의 눈을 잃어버린 것이다. 그것은 하느님을 모독하는 것이다. 상대방에게서 하느님이 그에게 약속한 은혜를 빼앗는 것이기 때문이다.

그리스도의 가장 내밀한 본질은 세례 요한의 증언을 통해 분명해진다. 세례 요한은 예수가 오시는 것을 보고 이렇게 말한다. "보라, 세상 죄를 지고 가는 하느님의 어린 양이다!"(〈요한복음〉 1:29) 여기서 '지고 간다'는 말은—어원과 그 성격을 고려할 때—관용을 의미한다. 그러므로 우리 역시 두렵고 화가 나더라도 이런 어린 양의 본질을 잃어버려서는 안 된다. 우리는 이런 본질을 구현하도록 부름받았기 때문이다. 그리스도를 보는 자는 관용을 진리의 가장 본질적인 특성으로서 인식하게 될 것이다. 관용은 다른 사람 위로 자신을 높이는 힘이 아니라, 다른 사람을 지고 가는 힘이다. 세례 요한이 예수에게서 가장 먼저 알아챈 것은 그가 가져오는 진리가 아니라, 그가 지고 가는 짐이다. 예수를 따르는 것은 우리가 무엇을 지고 갈지를 묻는 것이다. 하지만 속으로 이렇게 말할 수도 있을 것이다. '아, 이 사람은 내겐 너무 무거워. 너무 힘들어.' 그러므로 그리스도와 대화 가운데 머물며, 그리스도가 우리에게 감당하게 하는 만큼 그리스도와 더불어 상대방을 지고 가는 것이 중요하다. 이것은 내게 짐이 된 상대를 무엇보다 기도 가운데 지고 간다는 뜻이다. 기도는 그에 대한 내 시각을 변화시키고, 내게 새로운 힘을 부여할 것이다. 우리는 많은 면에서 약하다. 하지만 우리는 하느님 앞에서 서로 돕는 대신 서로 혹평함으로써 스스로를 더 약하게 만들어서는 안 된다. 그리스도조차 "내가 온 것은 세상을 심판하려 함이 아니다"(〈요한복음〉 12:47)라고 말씀하시는데, 하물며 우리에게는 세상을 심판할 자격이 얼마나 있겠는가! 다른 사람을 판단하는 사람은 그리스도의 힘을 잃어버린다. 그는 상대방을, 그리고 결국은 자기 자신도 지고 갈 수 없는 데서 그 사실을 알아챌 것이다.

궁색하지만 도움이 되는 기도는 이것이다. "하느님 저는 지금 아무개를 사랑할 수가 없어요. 당신이 그를 사랑해주세요!" 이것은 견디기 힘든 사람을 위한 진지한 기도이고, 종종 하느님 사랑의 불씨를 우리에게 조금이나마 옮겨붙게 한다. 이것은 우리도 변화시킬 수 있다. 나를 둘러싼 어려움 속에서 하느님을 사랑할 수 있는 것도 신비지만, 나를 힘들게 하는 사람을 하느님 안에서 사랑할 수 있는 것도 신비다. 자신의 한계를 보는 동시에 기도하며 사랑을 구하는 것은 참으로 소중한 일이다. 우리의 연약함에 임하는 은혜가 있다. 이런 은혜를 믿지 않는 것은 삶의 빈곤에 처하겠다는 것이다.

은혜를 위한 책임

따라서 처음에 내가 바이올린 소리에 대해 이야기한 것은 은혜의 본질에도 적용된다. 은혜는 내면의 공간을 연다. 아무것도 억지로 취하지 않는다. 위압적인 태도를 보이지 않는다. 결코 경박하지 않고, 음을 자유자재로 조절할 수 있다. 성서의 말씀들도 그러하다. 말씀은 우리 안에서 악기를 구한다. 말씀이 울릴 수 있는 악기 말이다. 은혜의 울림이 주어진 말씀들. 이런 말씀들은 '우리가' 그것을 읽는 것이 아니라 '그 말씀이 우리를 읽어낸다!' 그 말씀은 악기를 통해 들을 수 있는 음악처럼 우리 안에서 활동한다. 겉보기에는 바이올린이 음악을 연주하는 것 같다. 그러나 사실은 음악이 악기를 연주한다! 그러므로 우리 마음에서 어떤 '음악'이 연주되고 있는지가 중요하다.

선지자 요나는 "거짓되고 헛된 것을 숭상하는 자는 자신이 받은 은혜를 저버리는 것"(〈요나〉 2:8)이라고 말한다. 모든 사람에겐 각기 '자신의' 은혜가 있다. 각자의 은혜는 그 사람의 내면을 보여주는 표지라고 할 수 있다. 우리에게 부여된 은혜를 책임지는 것은 우리의 존엄과 품위의 일부다. 바울은 "하느님의 은혜를 헛되이 받지 않도록 조심하라"(〈고린도후서〉 6:1)고 말한다. 우리는 눈의 광채를 잃어버리듯 은혜를 잃어버릴 수 있다. 그러면 흐린 마음 위로 안개가 피어오른다. 요나 선지자는 거짓되고 헛된 것을 숭상하는 사람은 하느님의 은혜를 저버린 것이라고 말한다.

은혜를 잃어버리다

그 스트라디바리우스의 특별한 소리는 그가 만들어내는 공간을 통해 들렸다. 은혜는 무엇보다 우리가 가진 '공간'일진대, 무엇이 이런 공간에서 광활함을 앗아버려서, 삶을 외적·내적으로 그토록 편협하고 힘겹게 만드는 것일까? 나는 우리에게서 은혜를 앗아가는 네 가지를 본다. 진영논리, 오만, 판단, 지식이 바로 그것이다.

진영논리. 우리는 옳아 보이는 것, 소중해 보이는 것을 사수하기 위해 자신의 신조에 금을 긋는다. 그러면서 마치 그것이 축복받은 땅인 듯 작은 영적 영역을 방어한다. 광활한 하늘을 펴신 하느님이 독선적으로 서로 자신들만 옳다고 주장하고, 상처 주고,

분노함으로 편협해지고, 상식을 잃은 공간에서 편안해하실까?

영적 혹은 세계관적으로 끼리끼리만 어울리면 좋은 것마저 병이 든다. 그러므로 '우리끼리만' 어울려서는 안 된다. 하느님은 '나와 동류'가 아니다. 하느님은 '내 편' 이상의 존재이며 '타자'이다. 그러므로 다른 사람, 다른 공동체, 다른 종파, 다른 경험, 다른 증거와 만나는 것은 늘 하느님과의 만남을 상징하는 살아 있는 비유다. 종종 하느님은 우리가 스스로를 뛰어넘을 때, 따라서 자기에게 갇히지 않고, 자기를 넘어서는 것을 구하기 시작할 때 우리를 놀라게 하고, 만나주신다.

하느님과의 만남이 적을수록, 우리는 더 열심히 끼리끼리 모여 금을 긋는 데 열심을 낸다. 그리하여 끼리끼리 친숙한 내부문화의 진영논리가 생겨난다. 이런 논리는 자신이 병든 상태인 것도 모르고 전혀 거리낌이 없다. 예수 그리스도는 밖에 계시고, 밖에서 죽는 것을 견뎌야 했다. "성문 밖에서 고난을 받으셨다." 그래서 〈히브리서〉는 이렇게 말한다. "그런즉 우리도 영문 밖에 계신 그분께 나아가서 그분이 겪으신 치욕을 함께 겪읍시다."(〈히브리서〉 13:13)

자신의 것을 자신과 비슷한 사람들뿐 아니라 다른 사람들과도 공유하는 것이 바로 하느님과의 살아 있는 만남이 아닐까. 상대의 다름이 '이해되지는 않더라도', 다른 사람의 다름을 존중하는 것은 새로운 원천에서 인간성을 길어낸다. 그것은 바로 경외심이라는 원천이다. 친숙한 것은 우리의 신뢰를 구한다. 그러나 낯선 것은 우리의 경외심을 구한다. 우리가 친숙함을 뛰어넘어 마음을 넓히지 못한 탓에 얼마나 많은 보물이 발견되지 않고 남아 있는가. 자신에게 낯선 외부에서도 본질적인 일이 일어나는 경우가 많다는 것을 알기 위해 겸손함이 필요하다.[5]

오만. 진리가 우리의 도움이나 가르침을 필요로 하지 않는다는 것을 경험할 때 비로소 우리는 더 커다란 자유와 더 깊은 신뢰 가운데 살아갈 수 있을 것이다. 진리는 주권적이다. 하지만 우리의 사랑과 깨어 있음을 필요로 한다. 그리하여 〈지혜서〉는 이렇게 말한다. "지혜를 사랑하는 이들은 즐겁게 지혜를 깨달을 수 있다. 지혜를 찾는 이들은 쉽게 지혜를 발견할 수 있다. 지혜는 자신을 갈망하는 이들에게 다가와 자신을 알아보게 해준다."(〈지혜서〉 6:12~13)

우리는 진리를 발견하기보다 오히려 진리에 의해 발견되는 경

5 이스라엘이 받은 가장 소중한 것도 마찬가지다. 그것은 토라이며, 그 역시 '외부에서' 주어졌다. 그에 대해 유대교 랍비는 이렇게 말한다. "토라를 연구하는 이방인도 대제사장과 동등하다는 것을 어떻게 알 수 있을까? '너희는 나의 규례와 법도를 지켜야 한다. 사람이 그것을 행하여 그 안에서 살아야 한다'라고 되어 있다. 이로부터 이방인이라도 토라를 공부하는 사람은 대제사장과 같다는 것을 알 수 있다. 하느님은 이스라엘만이 아니라 온 인류에게 자신의 뜻을 전하고자 하신다. '그들은 광야에 장막을 쳤고, 토라는 야외, 모두에게 열린 곳, 그 누구에게도 속하지 않은 곳에서 주어졌다. 만약 그것이 이스라엘 땅에서 주어졌다면 이스라엘은 뭇 민족에게 토라는 그런 민족들과는 무관한 것이라고 말했을 텐데, 토라는 야외, 모두에게 열린 곳, 아무에게도 속하지 않은 곳에서 주어졌다. 그러니 그것을 받아들이고자 하는 사람은 와서 그것을 취하라." Midrasch Mekhiltha de R. Yishmael zu 2. 〈출애굽기〉 19:2, 20:2.

우가 많다. 무엇인가에 맞닥뜨리고, 행복한 인도와 섭리를 경험한다. 자신의 이해력을 통해 모든 것을 꿰뚫어본다기보다는 오히려 비췸을 받는다. 본질적인 것들을 이해하기보다 오히려 본질적인 것들에 붙들린다. 일들이 열리는 것은 매력적이다. 그러나 우리에게 '저절로'(〈마가복음〉 4:28 참조) 열리는 듯한 영역들이 있다. '연구'를 통해 우리는 우주의 일부를 이해한다. 이것은 '인식'이다. 그러나 '신뢰'를 통해서는 더 커다란 부분을 이해한다. 이것은 인식하기보다 '인정'하는 것이다. 사람은 사랑하는 것만을 인식하게 될 것이고 인정하는 것만을 경험하게 될 것이다. 이것은 사랑의 내적 본질이자 믿음의 내적 본질이다. 이해하고 인식하려고만 하면서, 신뢰하고 인정하려 하지 않는 사람은 삶이 빈곤해진다. 믿음은 전존재로 탐구하는 것이며, 탐구는 인정을 기본으로 한다. 탐구에 이런 사랑의 겸손이 없다면, 닫힌 문 앞에 서게 될 것이다.

판단. 우리는 서로에게 권고하고 충고한다. 헤매는 자를 인도하고, 완고한 자를 견책하고, 어리석은 자를 깨우치는 것에 의무를 느끼기 때문이다. 물론 영으로 충만한 사람은 늘 충고를 받을 수 있을 것이다. 미련한 자만이 권고를 들을 준비가 되어 있지 않다. 하지만 연주하기 전에 바이올린의 음정을 맞춰야 하는 것처럼 다른 사람에게 조언하거나 가르치는 사람도 그전에 하나님의 영에 음정을 맞춰야 한다. 그러면 그 뒤에 그의 음은 다른 인토네이션을 갖게 될 것이다. 그는 더 자비로워질 것이다. 권고와 판단의 차이는 바로 자비로움에 있다. 자비로움만이 마음의 눈으로 보게 해준다. 그렇게 할 수 없는 사람은—그가 아무리 옳다고 하여도—맹인이 맹인에게 길을 가르쳐주는 형편에 처하게 될 것이다. 올바른 이해는 늘 지적 능력(즉 은혜로 받은 것)과 관계되는 문제이므로, 올바로 이해하지 못한다고 다그칠 수 없음을 간과하지 말아야 한다. 어떤 경우라도 상호 존중하는 태도가 요구된다. 이런 태도가 없으면, 아무리 고상한 지식도 어리석음에 지나지 않는다.

지식. 하느님을 사랑하면서 동시에 자신과 다른 방식으로 하느님을 사랑하는 사람들을 함부로 판단하는 사람이 얼마나 많은지 모른다! 예수의 말씀을 빌리자면 이렇게 말해야 하지 않을까. "너희가 너희와 같은 사람들만 존중하면, 어떤 유익이 있겠느냐? 그리고 너희가 너희와 생각을 같이하는 사람들에게만 곁을 주면, 뭐 그리 특별한 것을 하는 것이냐?" 대부분의 경우 우리는 사랑이 부족하기에 판단하는 것이 아니다. 만약 그렇다면 우리는 사랑이 없다는 것 때문에 부끄러워할 것이다. 우리는 자신의 종교적 혹은 세계관적 확신을 우상처럼 떠받들고 지나치게 높이는 까닭에 판단한다. 하느님이 우리의 신학적 견해에만 함께하시고, 마음의 가난에는 관심이 없다는 듯이!

우리는 하느님 경험의 문 앞에서 걸인과 같기에 서로 의견 다툼을 한다. 그 문은 아는 자에게는 열리지 않고, 알지 못하는 자에게 열린다. 알지 못하는 자는 영적으로 가난한 자다. 그는 하느님의 말씀을 듣고 이웃을 섬기는 것에 비해 자신의 모든 지식을 아무것도 아닌 것처럼 여기는 자이다. 우리가 그 문 안에 들어간다면 우리는 서로 머리가 아니라 발을 씻겨줄 것이다. 그럴 때만이 우리의 지식이 하느님으로부터 온 것임이 드러날 것이다.

에페소스 사람 헤라클레이토스Heracleitos(기원전 500년경)는 "많은 지식이 사리 분별을 가르쳐주지 않는다"고 말했다. 전승에 따르면 공자孔子는 60세에 그의 생각을 근본부터 변화시켰다고 한다. 그의 변화는 노자를 만난 것에서 비롯되었다. 노자는 공자에게 "당신은 인간의 정신에 혼란을 가져왔습니다"라며, 다른 부분에서 "눈처럼 희게 당신의 정신을 씻으십시오. 그리고 당신의 지식을 버리십시오"[6]라고 말한다. 노자와 공자의 만남은 많은 면에서 〈요한복음〉에 등장하는 예수와 니고데모의 이야기와 비슷하다. 니고데모는 밤의 대화를 "랍비여, 우리는 알고 있습니다"라는 말로 시작한다. 그러나 예수는 아는 것에 대해 이야기하지 않고 성령의 활동에 대해 이야기한다. "바람은 불고 싶은 대로 분다. 너는 그 소리를 듣지만, 알지 못한다."(〈요한복음〉 3:1, 8)

"너는 듣지만, 알지 못한다…" 성령 충만한 들음과 성령 충만한 무지는 생각보다 더 긴밀하게 연결된 듯하다. 내면의 귀를 막고 하느님을 기대할 용기를 앗아버리는 지식이 있다. 자신이 안다고

6 Zhuangzi, *Reden und Gleichnisse des Tschuang-Tse*, Zürich 1951; S. 235. 이 책의 발행인인 마르틴 부버는 노자와 공자의 만남을 역사적인 것으로 본다.

생각함으로써 주어진 약속을 보지 못하는 경우가 얼마나 많은가! 중국 현자의 말에 등장하는 도 이야기를 하느님 나라에도 적용할 수 있다. "하느님 나라의 비밀을 교사에게는 말하지 못한다. 그는 자신의 교훈 안에 갇혀 담을 쌓고 있기 때문이다."

우리는 책 표지 사이에 코를 박은 채 계속해서 지식에 목말라 하고 새로운 경험을 찾아 배회하면서, 마음을 비우고 듣는 것을 잃어버리지 않았는가? 성령 충만한 무지의 모범은 아이처럼 자신을 망각하는 것이다. 동방의 스승들은 거룩한 자 혹은 깨달은 자는 "어린아이 같은 단순함으로 돌아간 자"라고 말했다.[7] 예수는 "너희가 돌이켜 아이처럼 되지 않으면 하느님의 나라에 들어가지 못할 것이다"(〈마태복음〉 18:3)라고 했다.

아이의 자연적인 특성이 무엇일까? 아이는 세상을 다 안다는 듯 교만하지 않다. 삶에 호기심을 가지고 긴장하고 기대한다. 아이들의 매력은 끊임없이 질문한다는 것이다. 완결된 세계상이 없으며, 점점 모습을 드러내는 삶을 탐구한다. 자신이 아는 것이 제일인 양 고집하는 사람은, 삶이 계시하는 것에 열려 있지 않다. 아이다움의 은혜를 잃어버린 것이다. 찾고 배우지 않는다. 모든 배움은 작은 계시다. 이런 은혜로 돌이켜야 한다.

7 노자의 《도덕경》 28장에는 이렇게 되어 있다. "영원한 생명은 그를 떠나지 않는다. 그는 다시 돌이켜 어린아이처럼 될 수 있다. (…) 그는 충분히 영원한 생명을 누릴 수 있고, 다시 단순함으로 돌이킬 수 있다." Lao-Tse, *Tao Te King. Das Buch vom Sinn und Leben*, Wiesbaden 2004, S. 93.

우리의 과제는 하느님이 스스로를 계시할 수 있게끔 은혜에 자리를 허락하는 것이다. 그러나 우리는 안다고 여기는 지식으로 자리를 좁게 만들고, 판단하고 상처줌으로써 서로를 배제할 때가 얼마나 많은가. 우리는 하느님의 계시를 우리의 견해로 대치한다! 그렇게 스스로를 하느님으로 만들고, 자신의 판단과 확신을 우상처럼 숭배한다.

자꾸 진리를 경계 짓는 데만 골몰해서는 안 된다. 자꾸 금 긋는 데 신경을 쓰고 경계만 따지면 우리는 믿음의 지혜를 잃어버리게 될 것이다. 경계에서는 지혜를 찾지 못한다. 우리가 경계에만 눈을 돌리면, 우리가 옹호하고자 하는 진리가 우리를 타락시킬 것이다. 하느님이 우리를 부르시지 않은 시간, 부르시지 않은 장소에서 싸우면, 진리는 우리를 완고하게 만들며, 열정은 광신으로 변하고, 성령은 손들고 가버린다.

예수는 우리의 생각대로 진리에 금을 긋도록 우리를 부르신 것이 아니다. 예수는 "내 양은 내 음성을 듣고 나를 따를 것이다"(〈요한복음〉 10:27 참조)라고 말한다. 그러나 우리는 "중요한 것은 울타리에 진 치고 진리의 경계를 지켜내는 일이야!"라고 말한다. 그렇게 우리는 요지부동이다. 예수는 이렇게 말씀하시지 않을까? "화 있을진저, 너희 귀를 잃어버린 열혈 신자들이여. 너희는 나를 위해 싸운다면서 도리어 나를 잃어버리고 있구나. 그렇게 금 긋기에 온통 헛되이 힘을 소비하고 있으니 어떻게 내 말이 들리겠느냐?"

진리에 대한 사랑이 우리가 할 수 있는 '전부'가 되어서는 안 된다. 그래서 지혜는 우리의 마음에 이렇게 이야기한다. "세상을 사랑하는 것보다 믿음이 앞서지 않게끔 하라! 네 경계를 정해주는 것은 바로 네 사랑이다!" 판단하고 정죄하는 것보다 예수를 따르는 것이 더 중요하다. 판단과 정죄에 더 골몰하는 것은 정말 악의적인 사치다. 이런 사치를 허락하는 것은 우리가 세상의 신음을 듣고 서로 연합하여 불의와 역경에—각자가 받은—축복으로 대응하지 못하기 때문이다.

각자다움을 존중하기

내가 방금 이야기했듯이 '확신을 우상처럼 숭배한다'는 건 무엇일까? 믿음에서 확신을 갖는 것은 중요하지 않은가? 물론 우리는 무엇을 믿고 무엇을 붙잡을지 물어도 된다. 하지만 우리가 믿고 붙들어야 하는 것이 '교리적 청결함', 즉 양보할 수 없는 규정이나 교리인 경우는 아주 드물다는 것을 잊지 말아야 한다. 하느님이 우리와 더불어 말씀하시는 것은 그보다는 '마음의 청결함'이다. 마음이 청결한 자들은 하느님을 볼 것이고, 그런 상태에서만 참된 가르침을 받을 수 있다.

물론 우리는 믿는 바를 확신할 수 있다. 그러나 우리의 진리가 단지 하느님께 부합하는 진리만은 아님을 잊지 말아야 한다. 진리는 '하느님께' 부합하는 동시에 '우리 스스로에게' 부합하는 것이기도 하다. 우리의 소명, 이해, 경험, 시기에 걸맞은 진리다. 우리가 스스로를 통해 진리를 물들이는 것은 나쁘지 않다. 공명체도 진동하는 현의 소리를 자신만의 공명으로 물들인다. 모든 시대와 문화는 자신의 공명을 가지고 있다. 하느님의 겸손이 우리의 믿음과 더불어 우리 안에서 그에게뿐 아니라 '우리에게도' 맞는 것을 만들어내지 않을 이유가 무엇이란 말인가? 하느님은 우리 안에서 스스로를—순수한 형태로—모사하기 위해, 인간 각자가 가진 고유의 것을 덮어버리지 않는다. 아무리 거룩하다 해도 우리 각 사람은 늘 한 가지 이미지만 본다. 그렇게 하느님은 형상을 입는다. 그러나 하느님은 인간을 대신해서 그 일을 하지 않고 인간을 통해서 그렇게 한다. 하느님이 인간을 "자신의 형상대로 만들었다"(〈창세기〉 1:27)는 것은 우리가 신적이라는 의미가 아니다. 하느님의 겉모습이 인간처럼 생겼다는 말은 더더욱 아니다. 그보다는 하느님이 인간을 통해 스스로를 나타내려 하신다는 뜻이다.

모든 인간을 통해 개성적이고 고유한 것이 세상에 들어온다. 우리는 스스로를 존중해야 한다. 우리는 성숙해질 수 있지만 '다른' 사람이 될 수는 없다! 그러므로 스스로를 받아들이고, 자기 자신으로서 거룩해져야 한다. 우리가 원하는 이상형이 아니라, 지금 있는 그대로의 자신이 소명 가운데 성숙해질 수 있고 은혜의 공명체가 될 수 있다. 각 사람은 스스로에게 주어진 존재다. 스스로에 대해 충실하지 못하고 소망을 품지 못한다면, 우리는 자신에게 주어진 은혜를 잃게 될 것이다. 자신에게 충실하다는 것은 '너는 다른 사람이 아니다!'라는 것이다. 소망은 '네 안에서, 그리고 너를 통해 선한 일들이 이루어질 것이다!'라는 것이다. 우리는 자신을 신뢰해야 한다.

자신에게 충실하지 못하고 소망을 품지 못하면, 어떻게 그리스도가 우리 안에서 공명될 수 있을까? 공명체를 진동하는 현으로 대치해서는 안 된다. 현이 진동한다는 이유로 공명체가 필요 없다고 할 수 없다. 현과 공명체 둘 모두 의미가 있다. 스스로를 그리스도를 통해 대치하고자 하는가? 스스로를 경멸하는 연주에는 그리스도가 함께하실 수 없다! 그리스도는 모든 시대, 모든 인간 안에서 같은 소리를 추구하지 않는다. 모든 인간, 모든 문화에서 같은 방식으로 스스로를 펼치지 않는다—그래서 예수 역시 모두가 똑같아지기를 기도하지 않고, "그들 모두가 하나가 되기를" 기도했다(〈요한복음〉 17:21). 이것은 어마어마한 차이다—은혜는 결코 인간을 대치하지 않고, 인간을 통해 작용할 것이다. 은혜는 말한다. "스스로를 포기하지 말고, 자신의 기질, 자신의 모습 그대로 자신을 존중하는 것을 배우렴! 모든 악기가 고유의 공명을 가지고 있지 않니?" 후일에 나는 "넌 왜 스트라디바리우스가 되지 않았니?" 혹은 "넌 왜 이사야가 되지 않았니"라는 질문을 받지 않을 것이다. 나는 "넌 왜 마틴이 되지 않았니?"라는 질문 앞에 서게 될 것이다.

자신의 것, 각자다움을 깨닫는 것은 고독의 계명이기도 하다. 공동체에서는 비교가 생겨나기 쉽다. 비교하지 말아야 한다. 모든 이는 고독을 견디고, 마음이 무엇을 믿고 무엇을 받아야 하는지를 스스로 물어야 한다. 우리는 듣고, 묻고, 찾고, 사랑하면서 하느님께 의탁할 준비가 되어 있어야 한다. 그렇게 고독은 믿음의 경험이 된다. 충만한 고독을 경험한 사람은 그 안에서 공동체에 자신의 것을 내어줄 수 있는 힘이 생겨난다. 하느님은 무슨 말을 하실까? 하느님은 당신에게 무엇을 나누어 주실까? 하느님 앞의 고독은 우리에게 이런 메시지를 준다. 네 마음을 하얀 초벌 칠이 된 캔버스로 만들고, 하느님께 네 안에 하느님과 네게 합당한 것을 그리시도록 부탁하라! 네 마음을 계시의 책으로 만들고 하느님께 네 안에 스스로를 묘사하시도록 부탁하라! 그가 네게 너의 것을 주시리라고 믿으라. 용기를 내어 마음을 열고, 하느님 앞에서 잠잠히 신뢰하라. 용기를 내어 하느님의 은혜를 기대하라!

은혜를 대처하기

우리가 깨달을 때 하느님은 빙긋이 미소 지으실 것이다. 비웃는 미소가 아니라, 아이의 발견을 기뻐하는 아버지 같은 미소 말이다. 그러나 우리가 말하고 가르치는 모든 진리의 배후에서 하느님의 미소를 보게 되리라는 말은 아니다. 완고함은 유치하다. 은혜를 지탱하는 것은 우리가 동의하는 교리가 아니라 우리가 살면서 맺는 관계다. 믿음의 삶을 신학적으로 혹은 신앙고백적으로 올바른 교리로 대치할 수는 없다. 그래서 나는 영적인 교리체계를 우상화하지 않는다. 교리를 우상화하면 교리가 곧 신이 되어버린다. 그 신은 쓰러지지 않게끔 내 생각에 붙들어 매어야 하는 굉장히 불안정한 신이다. '올바른 교리'가 우리를 의롭게 만든다면, 교리 자체가 은혜를 거스르게 될 것이다. 거기서는 슬그머니 다시금 '바른 것'을 믿는 행위로 의롭게 되는 형국이 될 테고, 올바른 믿음이 가장 중요한 '선행'이 될 테니 말이다. 거기서는 믿음은 올바른 신앙고백으로 변질되고, 마음은 무시될 것이다. 갑자기 특정한 것을 '믿어야 하기' 때문이다.

마음은 지성과는 다르게 깨닫는다. 마음은 일들에 대해 생각함으로써가 아니라, 일들 속으로 들어감으로써 깨닫는다. 마음은 관계 안에서 살면서만 깨닫는다. 하느님을 마음으로 알지 못하고는, 하느님에 대해 아무것도 알지 못한다. 그러므로 '생각하는' 믿음에 '기도하는' 믿음, '행동하는' 믿음, '경축하는' 믿음이 더해져야 한다. 교리만 알고, 신비와 윤리, 의식(리추얼)에 대해 아무것도 알지 못하는 사람의 신앙은 빠르게 막다른 길에 다다를 것이다. 결국 그의 믿음은 하느님을 교리적으로 진부하게 만들고 말 것이다.

네가 어디에 있느냐?

하느님은 묻는 분이다. 사람들은 확신 있는 믿음을 원하지만,

믿음은 만들어낼 수 없다. 나는 하느님이 내게 던지는 물음에 대답하는 것 이상을 할 필요가 없다. (그리고 사람은 삶의 모든 시간에 자신이 어떤 질문에 마주하고 있는지를 알아야 한다.) 하느님은 묻는 분이다. 하느님이 인간에게 "네가 어디에 있느냐?"(〈창세기〉 3:9)라고 물으시는 건 무슨 뜻일까? 찾는 인간이 지금 어디에 있는지 알지 못하시는 걸까? 마르틴 부버는 자신의 책에서 이렇게 말한다. "모든 시간에 하느님은 모든 인간을 부르신다. 네가 네 세상에서 어디에 있는가? 네게 주어진 햇수와 날수가 그렇게 많이 지나갔다. 그동안 너는 네 세계에서 얼마나 많이 나아갔느냐?"[8]

하느님 앞에 설 용기 없이 어떻게 믿음에 이를 수 있을까? "네가 어디에 있느냐?"라는 말은 너는 너—네게 맡겨진 자—로부터 지금까지 무엇을 만들었느냐는 것이다. 우리가 하느님을 찾을 수 있을까 하는 질문은 하느님이 우리 마음을 만지시게끔 우리가 마음을 내어드릴 수 있는가, 아니면 삶에 대한 책임을 회피하려고 하는가를 묻는다. 하느님 앞에 서지 않고 스스로 숨으려 할수록, 우리는 잘못된 언행에 더 깊숙이 얽혀 들어갈 것이다. 하느님을 만난다는 것은 숨어 있던 곳을 떠나 오래전에 깨달은 것에 스스로 마주 서는 것이다. 하느님을 찾는다는 것은 그로써 스스로 앞에서—스스로의 도피 앞에서—일단 침묵하고 "네가 어디에 있느냐?"

8 다음을 보라. Martin Buber, *Der Weg des Menschen nach der chassidischen Lehre*, München 2006, S. 7(초판 1948).

라는 질문에 자신의 삶으로 답하는 것이다. 최소한 이것이 하느님 앞에서 우리의 책임일 것이다. "네가 어디에 있느냐?"라는 하느님의 질문에 정직한 마음에서 우러나오는 대답을 해야 한다. "내가 여기 있습니다! 당신이 옳습니다!"

그렇게 우리는 숨어 있던 곳을 떠나 드디어 길을 나선다. 도교에서 이야기하는 "길이 곧 목표"라는 말은 유명한 동시에 많이 오해되는 말이다. 도교는 결코 목적지를 모르는 '길'을 길이라 일컫지 않을 것이다. 목적 없는 길은 잘못된 길이다. 자기애적인 목적 없음에 빠져 자기가 좋을 대로만 움직이는 것으로는 충분하지 않다. 그런 삶에서 우리는 질문에 대답하지 못하고, 삶을 거짓된 것으로 만든다. 그런 삶에서 유일한 움직임은 자기를 중심으로 빙빙 도는 것뿐이다. 하느님의 은혜는 우리가 소명을 받아들이고, 그에 맞는 길을 걷기 시작할 때 비로소 작용할 것이다. 우리가 걸어야 할 길의 첫걸음은 오래전부터 아는 것을 다시 상기하는 것인지도 모른다. 그리하여 모든 길은 자신의 진실성에서 시작된다. 진실함을 저버리고, 내적인 지식을 거슬러 살수록, 하느님에 대한 부정직함이 우리를 마비시킬 것이다. 그러면 우리는 소명이 무엇인지 전혀 의식하지 못하게 될 것이다. 이런 상황에서는 징계가 소명에 이를 수 있는 유일한 은혜일 수도 있다. 자기중심적으로 빙글빙글 도는 자아를 궤도에서 벗어나게끔 하기 위해, 일어서서 자신의 길을 보도록, 목표가 우리 자신이 아닌 소명의 길을 가도록 말이다.

"너는 어디에 있느냐?" 성서에 나오는 하느님의 이 첫 질문은 또 다른 의미가 있다. 세상의 시작에 하느님이 말씀하시면, 일이 일어났다. 그리고 이제 인간을 통해 뭔가가 일어났고—이 내용은 〈창세기〉의 인간 타락 이야기에 담겨 있다— 아담은 그것을 깨닫고 두려워 숨었다. 그때 하느님 편에도 뭔가가 일어났다. 그전에 하느님은 단지 "…이 있어라" "…이 생겨라"라는 말만 하셨다. 그런데 이제 하느님은 '묻기' 시작하신다. 따라서 두 가지가 동시에 일어난다. 인간이 하느님을 거스를 수 있게 된 동시에 하느님이 인간에게 묻기 시작하는 것이다. 인간 존재에 대해 묻고, 그가 한 것과 하지 않은 것을 캐묻는다. 그리고 보라. 질문을 통해 비로소 인간은 숨었던 자리를 떠난다! 하느님의 묻는 음성은 인간을 이끌어내고, 인간은 하느님 앞의 자리로 나아간다. 그리고 대화에 이른다. 이것은 외적인 대화일 뿐 아니라, 오히려 내적인 대화다. 이제 성장이 시작된다. 말과 대답, 로고스와 디아로고스. 지시와 복종만이 있었던 곳에 첫 번째 질문이 온다!

이제 본능적 존재를 뛰어넘어 세상에 새로운 것이 있게 된다. 전에 세상은 굉장히 단순했다. 하느님이 말씀하시면, 일이 일어났다. '말씀하시는' 신과 '그 말을 따르는' 피조물로 이루어졌다. 그러나 이제—질문을 통해!—로고스가 대화를 시작하며, 이 순간에 아담은 숨은 곳을 떠나 다른 사람으로서 나아온다. 물론 두려워하기는 하지만, 명령을 받는 종으로서가 아니라, 하느님께 대답하는 인간으로서 나아온다. 우리를 인간으로 만드는 것은 대화의 능력이다. 그것은 내적 언어이며, 당신의 삶이 로고스(의미)에게 줄 수 있는 대답이다. 우리는 숨은 곳을 떠나, 인간으로서 서야 할 책임이 있다. 이런 의미에서 우리는 "네가 어디 있느냐?"라는 질문을 들어야 할 것이다.

그것은 막 언급한 길과 관계가 있다. 길은 내적 대화를 통해 시작되기 때문이다. 내적 대화는 우리를 하느님 앞에 바로 세운다. 내면의 삶이 '바로 세워지고', 외적인 삶도 '바르게' 된다. 내적인 삶과 외적인 삶은 서로 뗄 수가 없다. 당신은 대답할 자격이 있는 사람이다! 일어나라! 직립 보행은 외적인 표지다. 똑바른 사람이 되어라! 질문이 당신이 그렇게 될 수 있도록 도울 것이다.

"이제 나는 억지로 선을 행해야 하는 것이 아니라, 선을 행하고 싶어 한다." 그렇게 인간이 바로 서면 율법이 은혜로 바뀐다. 의식의 소명은 하느님과의 대화에 있다. 숨은 곳을 떠나 은혜로 나아간다는 것은 하느님의 질문과 일치된 가운데 산다는 것을 의미한다. 우리는 할 수 있다. 그러나 꼭 할 필요는 없다. 우리는 은혜를 거부할 가능성을 가지고 있다. 그것은 하느님이 내게 질문하는 것을 알려고 하지 않고 스스로 숨겠다는 뜻이다. 하느님을 피해 자기중심적으로 살겠다는 뜻이다. 그런 삶은 내가 처음에 말한 바이올린들처럼 거칠고 편협하다. 그런 바이올린은 전혀 공간을 지니지도, 공간을 펼치지도 않은 채, 스스로를 꽁꽁 닫는다. 그런 바이올린은 대화를 거부하고 질문을 들으려 하지 않는 인간과 같다. 숨은 곳을 떠나지 않기에 은혜로 나아오지 못하는 사람들 말이다.

은혜의 모범들

나는 여러 해 전 가브리엘 바인라이히를 알게 되었다. 그는 음향학, 소리연구 분야의 저명한 학자다. 처음 그와 만난 것은 국제 음향학회에서였다. 그때 그는 내 발표에 뒤이은 토론에서 굳이 다른 말을 덧붙일 필요가 없을 정도로 쟁점을 상당히 섬세하게 논증했다. 그 뒤에도 드물게 얼굴을 볼 기회가 있었다. 대부분은 짧았지만 밀도 높은 만남이었다. 몇 년 전 미시간주 앤 아버의 한 카페에서 음향학적 계획에 대해 대화할 기회가 있었는데, 그때 그에게 신앙적인 이야기도 물어보았다. 그러자 그는 자신의 삶과 몇몇 경험에 관한 이야기를 해주었다.

그는 독일이 폴란드를 침공한 뒤 1941년에 다행스럽게 미국으로 망명할 수 있었고, 이후 수십 년간 미시간 대학교에서 저명한 물리학 교수로 재직하면서 뒤늦게 신학을 공부하고 목사가 되었다. 이후 앤 아버에서 주중에는 대학에서 강의하고, 일요일에는 영국 성공회교회에서 설교했다. 목회활동에는 여러 가지 잔일이 많았지만, 그럼에도 그는 교수직을 수행하는 동시에 오랫동안 자원봉사로 목사직을 감당했다.[9] 가브리엘 바인라이히는 은혜를 말뿐 아니라, 삶으로도 구현했다. 여기에 잠시 그가 했던 말을 인용

9 가브리엘 바인라이히의 매력적인 자서전도 참조하라. Gabriel Weinreich, *Confessions of a Jewish Priest*, Cleveland 2005.

하고 싶다. 1999년 미국 음향학회 창립 75주년 기념 축사 마지막을 장식했던 말이다. 음향학 분야는 방대하니, 그는 여러 이야기를 할 수 있었을 것이다. 하지만 그는 오하이오에서 열린 기념식에서 바이올린 소리의 현상에 대해 연설하고, 다음과 같은 말로 끝마쳤다.

> 악기를 연구하는 일은 정말 특별한 매력이 있습니다. 수백 년(때로는 수천 년)을 내려오며 '시행착오'를 거친 끝에 정말 천재성이 돋보이는 악기를 제작할 수 있게 되었습니다. 이런 악기의 신비롭고 독특한 특성에 조금이나마 논리적 이해를 더하고, 그로써 인류가 시대를 뛰어넘어 직관과 인내심, 하느님의 은혜로 어떤 작품을 개발할 수 있었는지를 경외심을 가지고 알아가는 것은 정말 뿌듯한 일이 아닐 수 없습니다.

바인라이히는 오늘날에도 우리를 매혹하고 감동시키는 지난 몇백 년간의 작품들을 회고한다. 순간순간 감사에 눈이 열리면, 우리는 이 세상에서—예술에서, 연구에서, 일에서, 봉사에서—인간 안에 살아 있는 은혜의 표현들에 둘러싸여 있음을 깨달을 수 있다. 주변에서 좋은 것을 보는 눈이 있는 사람은 행복하다. 좋은 것을 깨닫는 건 성격의 문제다. 행복해하는 성격은 감사의 능력을 갖고 있다고나 할까? 너무 비탄에 익숙해 있으면, 우리가 얼마나 숨 막히는 은혜로 둘러싸여 있으며, 우리의 삶이 앞서간 사람들과 시대 덕분에 누릴 수 있게 된 것들 덕분에 얼마나 감동받고 살아갈 힘을 얻는지 깨닫지 못한다. 세대를 넘어 전해진 작품과 지혜, 지식, 문화뿐 아니라, 우리 자신이 받은 은혜를 보태어 소박하게나마 후세대에 전해주게 된 작품, 지혜, 지식, 문화에 대해서도 감사해야 한다.

자기 자신만 생각하지 않고 다수를 생각하는 사람들이 많을 때 그 나라의 정치는 잘 이루어진다. 믿음으로 말미암아 다수를 위하는 사람들이 많아진다면, 믿음은 정말 최상의 의미에서 정치적이라 할 수 있으며, 후손에게 물려줄 것을 결정하는 힘이 될 것이다. 우리는 후손에게 은혜를 물려줄 수도, 죄를 물려줄 수도 있다. 그렇다. 은혜를 이야기하면 죄라는 개념도 어쩔 수 없이 따라온다. 은혜가 우리의 마음을 넓히고 소명인 일들을 가능하게 하는 것처럼, 죄는 인간이 길을 이탈하고, 목표를 그르치도록 만든다.[10]

어마어마한 은총이 구현된 두 작품을 앞서 소개한 바 있다. 바로 안토니오 스트라디바리의 1712년산 바이올린과 1720년에 작곡된 요한 제바스티안 바흐의 '샤콘느'다. '샤콘느'를 다룰 용기가 있는 바이올리니스트는 이 작품에서 한 인간이 받은 은혜, 그 모

10 그러므로 하느님이 죄를 용납하지 않으시는 것 역시 하느님 은혜의 본질이다. 하느님은 생명을 일깨우기 위해 죄를 용납하지 않으신다. 성서는 하느님이 죄를 금하시는 방식을 '하느님의 분노'라 부른다. (죄에 대한 성서의 개념에 대해서는 5장의 주 12도 참조하라.)

든 고통에도 불구하고 표현한 은혜 앞에 머리를 조아리는 것이 무엇인지 알 것이다. 상황을 그냥 이야기하는 것으로는 충분하지 않다. 자신의 표현을 선사해야 한다.

11장

바이올린 칠의 비밀

공동체의 조화로운 다양성

"향 제조공들이 하듯이 잘 섞어서 거룩한 성별聖別 기름을 만들어라."

〈출애굽기〉 30:25

◐

바이올린을 만드는 과정에서 가장 근사한 작업 중 하나는 바로 칠이다. 칠 작업을 통해 목재는 광학적 아름다움을 얻는다. 빛나는 옷을 입는다. 초벌 칠의 굴절률은 진정한 기적을 일으킬 수 있다. 가문비나무의 헛물관이 깊숙이 들여다보이고, 표면이 3차원처럼 보인다. 좋은 칠은 자신이 전면에 드러나지 않고, 나무를 살린다. 바이올린 칠의 비밀은 위대한 영적 아름다움을 비유적으로 설명한다.

바니시 레서피

고급 도료의 수많은 성분은 전통적 레서피를 통해 전해온다. 그리하여 오늘날 바이올린 마이스터의 작업장마다 으레 레서피들이 있다. 재료의 풍부함과 아름다움은 압도적이다.

매스틱검. 먼저 섬세한 매스틱검이라는 수지가 있다. 매스틱검은—호박, 다마르, 산다락과 더불어—바이올린에 칠하는 유성 바니시를 제조하는 데 가장 중요한 수지 중 하나다. 매스틱검은 지중해 지방에서 자라는 유향나무Pistacia lentiscus의 수지다. 끈끈한 작은 구슬(눈물) 모양으로 흐르는 수지를 나무에서 직접 채취한다. 매스틱검은 부드럽고 따뜻한 느낌의 탄력 있는 수지로, 바니시를 만들 때 다른 수지들과 섞여 유화제 역할을 한다. 고대에 이미 매스틱검은 (의료용으로도) 중요한 역할을 했다. 무엇보다 광택을 더할 목적으로 덧바르는 용도로 활용되어왔다. 천연고무 성분이 높기에 동양에서는 하렘에서 여자들이 씹는 껌으로도 애용되었다. 알싸하고 근사한 아로마가 있고, 고무 성분이 오래오래 씹어도 향미를 잃지 않게끔 해준다.[1]

〈창세기〉에도 매스틱검이 등장한다. 요셉의 이야기에 보면 형제들이 요셉을 이스마엘인 상인들에게 팔아넘기는 장면이 나온다. 그런데 그 구절에 나오는 향고무가 바로 매스틱검이다. "이스마엘인들이 낙타 여러 마리에 귀중한 수지인 유향과 향고무와 몰약을 싣고 이집트로 내려가는 길이었다."(〈창세기〉 37:25) 세월이

1 매스틱검이라는 이름은 이런 특성에서 유래했다. 마스티하인masticheín은 그리스어로 '씹다'라는 뜻으로, 동양에서 즐겨 씹던 수지임을 나타낸다.

흘러 야곱의 아들들이 기근이 심해 양식을 사러 두 번째로 이집트로 갈 때도 이 수지 이름이 나온다. 족장인 야곱은 아들들에게 자기 땅의 귀중한 소산들을 예물로 가져가라고 딸려 보낸다. "굳이 그래야 한다면, 내 아들 베냐민을 데리고 가라. 하지만 이 땅의 귀한 소산들을 가져가서 그 이집트 사람에게 예물로 드려라. 곧 꿀 조금과 향고무과 몰약과 유향나무 열매와 감복숭아를 가져가라."(〈창세기〉 43:11)

알로에. 백합과에 속하는 알로에 식물의 도톰한 잎 속에 든 즙에서 얻어지는 또 다른 수지는 바로 갈색이 도는 알로에다. 귀한 알로에 소코트리나Aloe socotrina는 잔지바르 해안과 마다가스카르에서 채취되어, 불그레한 빛이 도는 투명하고 얇은 층으로 시중에 유통되었다. 성서에서 알로에는 침향으로 불리는데, 나오는 곳마다 다른 수지들과 함께 언급된다. 다윗의 〈시편〉에는 이렇게 되어 있다.

> 하느님 곧 왕의 하느님이 즐거움의 기름을 왕에게 부어 왕의 동료보다 뛰어나게 하셨습니다. 왕의 옷은 몰약과 알로에 침향과 계피 향이 나며 상아궁에서 흘러나오는 현악 소리가 왕을 즐겁게 합니다.
> 당신의 사랑을 받는 여인들 중에는 제왕의 딸들이 끼어 있으며, 왕비는 오빌의 황금으로 단장하고 왕의 오른쪽에 서 있습니다.
> (〈시편〉 45:8~9)

솔로몬의 〈아가〉에도 비슷하게 감각적인 구절이 있다.

> 내 누이, 내 신부여, 그대는 닫힌 정원이요, 덮은 우물이요, 봉한 샘이로구나
> 네게서 나는 것은 석류나무와 각종 아름다운 과수와 고벨화와 나도풀과
> 나도와 번홍화와 창포와 계수와 각종 유향목과 몰약과 침향과 모든 귀한 향품이요
> 그대는 정원의 샘, 생수가 솟는 우물, 레바논에서부터 흐르는 시내로구나
> (〈아가〉 4:12~15)

〈요한복음〉의 마지막에 아리마대 요셉이 등장한다. 그는 이전에 밤에 예수를 찾아갔던 니고데모와 함께 십자가에서 예수의 시체를 가져온다. 니고데모는 "몰약과 침향 섞은 것을 백 리트라쯤 가지고 왔다. 그들은 예수의 시체를 가져다가 유대인의 장례법대로 그 향품과 함께 세마포로 쌌다."(〈요한복음〉 19:38~40)

성서에서 알로에는 늘 몰약Myrrh와 함께 등장한다. 바이올린을 칠할 때 나는 알로에를 단독으로 사용하지 않는다. 햇빛을 받으면 색이 변하기 때문이다.

몰약. 아라비아 반도에서 자라는 감람나무 유액으로, 껍질에 상

처를 내면 흘러나온다. 처음엔 기름과 같은 형태였다가, 나중엔 굳어 적갈색 몰약이 된다. 몰약은 톡 쏘는 발삼향이 나며, 자극적인 쓴맛을 낸다. 수천 년 전부터 주로 의학적으로 사용되어왔다. 내과적으로는 가슴통증과 목통증에, 외과적으로는 잇몸병과 화농성 상처에 효능이 있다. 무엇보다 바이올린 제작에서 주정 바니시는 몰약을 주요 수지로 사용했다.

성서에서 몰약은 특별한 역할을 한다. 몰약은 동방박사들이 유대인의 왕으로 나신 예수에게 가져온 귀한 세 가지 선물 중 하나다.(〈마태복음〉 2:11 참조)

호박. 호박 수지는 나무에서 분비되는 수지 중 가장 딱딱한 수지의 하나로 적갈색이 나는 화석 수지다.[2] 화석 수지 중에서 호박과 경도가 비슷한 것은 코펄copal뿐이다. 바이올린 바니시에 호박을 사용하려면 그전에 호박을 약 290도의 도가니에서 녹여야 한다. 이렇게 녹은 호박을 (아직 뜨거운 상태에서) 데운 아마인유에 용해한다. 호박 바니시는 15세기부터 사용되어왔다. 호박은 견고하고 투명해서 바이올린에 칠할 유성 바니시의 재료로 안성맞춤이다. "천천히 마르고, 외부 공기의 영향을 최소화해준다."[3]

2 호박은 독일어로 베른슈타인Bernstein인데, 이것은 중세 저지독일어에서 타오르다, 불타다를 뜻하는 베르넨bernen에서 유래했다.

3 Jakob August Otto, *Ueber den Bau der Bogeninstrumente, und über die Arbeiten der vorzüglichsten Instrumentenmacher*, Jena 1828.

기린혈dragon's blood. 꼭두서니 뿌리 안료가 더 예쁜 색이 나도록 나는 바니시에 동남아시아산 유독성 노란색 갬보지 수지 외에 기린혈 수지도 소량 사용한다. "불그레하기도 하고 파르스름하기도 한 것이, 갈라진 나무에서 삐져나오는"[4] 이 수지는 그 색깔 때문에 중세에 '용의 피'로 여겨졌다. 기린혈은 동남아시아의 용혈수 열매에서 분비된다. 방울방울 구슬 형태를 이룬 양질의 기린혈은 금딱지를 붙여 품질 표시를 한다.

아마인유. 아마인유는 기원전 3000년 전부터 목재 물품을 위한 투명 코팅용으로 효과를 증명해왔다. 내가 악기 제작에 활용하는 바니시는 아마인유를 베이스로 하며, 16세기에 이미 통용되던 레서피에 근거한다. 이런 바니시가 음향학적 특성 면에서 내가 실험을 통해 연구한 현대의 바니시들을 능가한다는 것은 정말 근사하다.

벤조인benzoin. 불그레한 혹은 노르스름한 벤조인(안식향) 수지는 환상적인 아로마를 가지고 있다. 이것만으로도 이 수지를 광택 작업에 활용할 이유가 충분하다. 벤조인은 표면에 비단 같은 광택을 선사하며 부패 방지 효과도 발휘한다. 바이올린 제작에서도 유

4 Jean Felix Watin, *Der Staffirmaler oder die Kunst anzustreichen, zu vergolden und zu lackieren, wie solche bey Gebäuden, Meublen, Galanteriewagen, Kutschen usw. auf die beste, leichteste und einfachste Art anzuwenden ist.*, Leipzig 1774, S. 192.

감없는 능력을 발휘한다. 벤조인은 바니시에서 탁함을 걷어간다. 물을 흡수하는 곳에서 특히나 그런 효과를 낸다. 헝겊에 몇 방울 떨어뜨려 광택을 내는 작업을 하면 몇 방울만으로도 새로운 빛이 난다. 내가 바이올린 광택 작업에 사용하는 벤조인 수지는 인도네시아의 수마트라와 태국산이다.

그 밖에도 다마르 수지 혹은 산다락 수지 등 20여 가지 수지를 소개할 수 있겠지만, 그럴 필요는 없을 듯하다. 지금까지 소개한 것만으로도 영적 관점을 이해하는 데 부족함이 없을 테니 말이다. 모든 좋은 바이올린 바니시 레서피에서 중요한 점은 재료 중 어느 것도 단독으로 사용되지 않는다는 것이다. 고독한 천재적 특성보다는 함께 협력하는 것이 중요하다. 함께하는 것, 즉 혼합하는 레서피에 진정한 천재성이 있다! 인류 문화사에서 최고 오래된 바니시 레서피 중 하나를 〈출애굽기〉에서 발견할 수 있다. 〈출애굽기〉에는 아카시아나무로 만든 제단에 바를 향기름 레서피가 나온다. 제단에 사용되는 모든 도구도 그 향기름으로 처리되어야 한다. 〈출애굽기〉는 당시의 바니시 만드는 기술을 자세히 들여다보게 해준다. 혼합 비율뿐 아니라 재료도 쓰여 있다. 바이올린 장인으로서 나는 그것이 전형적인 걸쭉한 유성 바니시임을 어렵지 않게 알아볼 수 있다. 하지만 그것은 후대의(13세기부터 일반적으로 통용되던) 휘발성 바니시처럼 호두기름과 아마인유를 기본으로 하지 않고 올리브유를 사용한다.

주께서 모세에게 말씀하셨다. 너는 제일 좋은 향료를 이렇게 구해 들여라. 나무에서 나와 엉긴 몰약을 오백 세겔, 향기 좋은 육계향을 그 절반인 이백오십 세겔, 향기 좋은 창포 줄기를 이백오십 세겔, 들계피를 성소 세겔로 오백 세겔, 그리고 올리브기름 한 힌을 마련하여라. 그것들을 향 제조공들이 하듯이 잘 섞어서 거룩한 성별 기름을 만들어라. 이것이 성별하는 기름이다. 만남의 장막과 증거궤에 이 기름을 발라 거룩하게 하여라.

(〈출애굽기〉 30:24 이하)

많은 레서피는—여기서 인용한 가장 오래된 레서피도 그렇듯이—명확한 원칙을 따른다. 옛 바니시 제조 장인 바틴Jean Felix Watin은 18세기에 이렇게 썼다. "예술가의 진정한 비밀은 그가 시도하는 모든 것을 가능한 한 단순하게 하는 것이다."[5] 동시에 옛 레서피들은 조화로운 세계관을 바탕으로 했다. 세계관의 상징성이 종종 방식에 반영되었다. 성분의 비율을 행성과 비례하여 정했던 방식에서 이를 엿볼 수 있다.[6]

호두기름은 1세기부터, 아마인유는 7세기부터 바니시 용도로 사용되었다. 13세기부터는 호박과 산다락도 이런 기름들에 용해

5 같은 책.

6 다음을 참조하라 Eszter Fontana, Friedemann Hellwig, Klaus Martius, *Historische Lacke und Beizen*, Nürnberg: Germanisches Nationalmuseum, 1992, S. 12.

되어 바니시 재료로 널리 활용되었다. 16세기 중반에는 휘발성 유성 바니시가 나왔다.[7] 중세의 몇몇 원고 외에도 16세기부터 화법, 연금술, 의학, 칠 기술에 대한 방대한 레서피가 전해 내려왔으며, 18세기 초반부터는 건조 시간이 짧다는 이유로 (음향학적으로는 좋지 않은!) 주정 바니시가 일반화되었다.[8]

몇몇 중요한 유성 바니시 레서피들은 이탈리아의 예수회 신부 R. P. 보난니Bonanni에게서 유래한다.[9] 그의 레서피 N4(1713년 로마)에 따르면 베네치아 송진(테르펜틴)과 호박은 계속 저어주면서, 중합 아마인유에서 용해한다. 이런 바니시는 오늘날에도 바이올린 제작에 여전히 사용되고 있다. 1707년 요하네스 쿤켈Johannes Kunckel은 '하얀 (베네치아) 바이올린 바니시' 제조법을 자세하게 서술했다.[10]

이런 바니시 레서피는 오늘날에는 생소하다. 많은 레서피에서 바니시를 구리 주전자에 담아 석탄불 위에서 데울 때 세 번 이상 저으면 안 된다고 지시한 것을 읽으면 미소가 지어진다. 휘젓는

7 가령 마르시아나 필사본(1550)은 송진과 매스틱검을 나프타에 녹이는 방법을 기술했다.

8 바틴은 1722년 저작에서 산다락 수지를 알코올에 용해하는 것에 대해 기술했다.

9 Le R. P. Bonanni, *Traité des vernis*, 1713.

10 Johannes Kunckel, Der Neu-aufgerichteten und Vergrösserten In Sechs Bücher oder Theilen verfasten curieusen Kunst- und Werckschul, sehr verlangter nunmehr erfolgter Anderer Theil, darinnen (…). Nürnberg 1707, 1. Buch, S. 93, Nr. 82. 다음에서 인용. Eszter Fontana, Friedemann Hellwig, Klaus Martius, *Historische Lacke und Beizen*, Nürnberg: Germanisches Nationalmuseum, 1992, S. 30.

도구의 종류도 자세히 묘사되어 있다. 하지만 바로 이런 방식을 통해 특정한 온도 조건이 조성되며, 이런 용해 과정이 많은 수지의 역학적 특성을 상당 부분 좌우한다는 걸 발견하면, 금방 겸허해질 수밖에 없다. 베네치아 송진도 그렇다. 낙엽송에서 채취하는 이런 고급 향유는 120도에서 녹이면 끈끈하게 남는다. 140도에서 녹인 다음 식히면 단단하면서도 휘어질 수 있고, 160도에서 녹이면 딱딱해서 부러질 수 있고 깨질 수도 있다. 너무 고온으로 녹이면, 사용할 수가 없다. 이 수지는 유성 바니시가 부드럽게 잘 발리도록 하는 유화제로 작용해야 하기 때문이다.

나는 안료를 만들 때는 특별히 주의한다. 안료는 바니시에 색깔을 부여한다. 색이 선명하면서도 투명도가 높은 안료를 만드는 건 쉽지 않다. 이 두 가지 특성은 원래 모순적이다. 하지만 바로 이것이 바이올린의 겉모습을 매력적으로 만든다. 바니시는 결코 나무의 무늬를 덮어서는 안 된다. 무늬가 깊은 곳으로부터 빛나야 한다. 하지만 다른 한편으로 색의 유희가 없는 밋밋한 바니시여서는 안 된다. 안료의 굴절률은 바이올린을 어떤 각도에서 관찰하느냐, 빛이 어떤 각도로 들어오느냐에 따라 색이 다르게 보이게 한다. 이런 색의 유희는 (유감스럽게도 요즘 보통 그렇게 하듯이) 단색의 아닐린 염료를 바니시에 섞는 것만으로는 생겨나지 않는다. 이렇게 하는 것은 좋은 안료를 만드는 노력을 하지 않음으로써 매력적인 광학적 유희를 포기하는 것이다. 빛의 조건에 따라 바이올린은 밝은 황금색으로 보였다가, 다시금 불그레하게 보인다. 이 모든 것은 안료가 성공적일 때만 가능하다.

지금까지 나는 이 모든 특성을 충족시키는 시판 안료를 발견하지 못했다. 그래서 (몇몇 동료들처럼) 나 역시 안료를 전부 손수 만들어 사용한다. 안료를 만드는 데는 시간이 많이 걸린다. 기본 재료로는 꼭두서니 뿌리를 활용한다. 꼭두서니 뿌리에서 추출되는 안료는 동양에서는 붉은색 바니시 제조에 가장 오래전부터 활용되어온 물질로, 고대부터 직물 염색에 사용되었다. 착색제로는 탄산칼륨과 명반이 활용된다. 색조는 추가되는 여러 가지 화학 염salt을 통해 뉘앙스가 달라진다. 황산철을 첨가하면 갈색이 도는 안료가 나오고, 황산알루미늄을 첨가하면 깊이가 느껴지는 붉은색을 얻을 수 있으며, 황화아연을 통해서는 빛나는 황금오렌지색에 가까워진다. 이는 수백 년 전부터 알려져 있던 사실이다. 그럼에도 안료 덩어리를 작은 절구에 넣어 곱게 갈려고 하면, 어떤 안료가 만들어질지 매번 흥분된다.

안료가 충분히 곱게 갈렸는지는 마지막에 귀로 점검할 수 있다. 적절히 곱게 갈린 경우, 혼합된 안료를 유리 막자로 유리판에 바르면 치이익 하는 밝은 소리가 점점 또렷이 들린다. 이런 소리가 나야 안료가 충분히 빻아진 것이다. 고운 정도는 나중에 바니시의 투명도와 광도에 지대한 영향을 미친다! 처음의 거친 소리가 나중에 이런 치이익거림으로 바뀌어야 안료의 고운 정도가 적절한 수준에 도달한 것이다. 이어서 나는 르네상스 시대 옛 장인들이 구사했던 기술로 안료를 바른다. 전색제와 더불어 특수한 붓이 필요하다. 잘 해내려면 많은 연습이 필요한 기술이다. 지난 몇 년간 나는 역사적으로 활용되어온 여러 바니시를 공방에서 직접 만들어 그것이 목재에 미치는 음향학적 영향을 테스트해보았다. 흠 없이 제작된 바이올린은 마지막으로 좋은 칠을 통해 고상한 소리에 도달할 수 있다는 것을 나는 일찌감치 깨달았다. 한편으로 아무리 잘 만들어진 바이올린이라도 칠이 좋지 않은 경우 회복이 불가능할 정도로 소리가 망가진다. 멘토인 헬무트 A. 뮐러의 독려로 나는 좁은 음향목 막대를 만들기 시작했다. 독자적으로 개발한 측정 도구로, 휨bending과 관련한 고유 진동의 공명 피크를 연구하기 위해서다. 우선은 칠하지 않은 상태에서 진동을 측정하고, 이어 각각의 바니시를 칠한 뒤 측정한다.[11] 처음에는 다섯 개에서 일곱 개의 샘플 재료와 레서피만으로 실험해볼 작정이었지만, 자세히 살피다 보니 고려해야 할 것이 한두 가지가 아니었다! 바니시가 침투한 깊이의 영향, 바니시층 두께의 영향, 다양한 레서피 등 그냥 무시해버리기에는 너무나 매력적인 요인이 많았다. 그리하여 결국 갖가지 방식과 레서피를 적용한 약 300개의 음향목 막대가 탄생했고, 그렇게 나는 12년 넘게 칠이 목재에 미치는 음향학적 영향을 연구했다. 단기적으로 도달할 수 있는 결과뿐 아니라,

11 이런 측정은 진동의 특성과 그로 인한 울림의 원인에 대해 설명해준다. 전문적인 자세한 내용은 다음을 참조하라. Martin Schleske, On the Acoustical Properties of Violin Varnish, *Journal Catgut Acoustical Society* Vol. 3, No. 6, (Series II), November 1998.

소리 전개에 미치는 장기적인 영향을 알아보기 위한 것이었다.

기름 부음

바이올린 칠의 비밀에서 비유를 볼 수 있다. 자연의 신비를 보며 즐거워하고, 삶에서 경험하는 일들에 경탄하는 것은 우리를 하느님께로 인도하는 힘이 있다.

바이올린 칠의 비유를 어디에서 볼까? 성령강림절 찬가인 '오소서 창조주 성령이여Veni Creator Spiritus'는 두 번째 절에서 성령을 "거룩한 정신력의 기름 부음"으로 말한다. 마르틴 루터는 이를 "우리에게 주어지는 영적인 성유"로 번역했다(1524). 앙겔루스 실레시우스Angelus Silesius는"마음의 청량제, 은혜의 태양"이라고 번역했고(1668), 하인리히 보네Heinrich Bone는 "정신의 기름 부음, 지고의 선"이라고 번역했다(1847).

'오소서 창조주 성령이여'는 기독교 역사상 가장 위대한 찬가 중 하나다. 성령강림의 경험은 성령을 통한 마음의 기름 부음에 대해 이야기한다. 앞에서 살펴보았듯이 구약에서는 "향 제조공들이 하듯이" 향기름을 만들어 제단에 바르라고 되어 있다. 그런데 이제 성령을 통해 다른 종류의 기름 부음이 나온다. 이것은 우리가 경험해야 하고, 우리의 삶에 영향을 미치는 기름 부음이다.

성령강림절 찬가는 성령이 우리 삶에 기름을 붓고, 거룩하고 새롭게 하며, 해방하고, 세우고, 삶에 전적으로 스며들 수 있음을 이야기한다. 이것은 있어도 좋고 없어도 괜찮은 추가적인 (아마도 은사와 관련한) 기독교적 삶의 가능성 이야기가 아니라, 그리스도교의 고유한 본질 이야기다! 그리스도는 "기름 부음을 받은 자"라고 불린다. 우리 역시 기름 부음을 받아야 한다. 그것이 우리를 그리스도 가까이 데려갈 것이기 때문이다. 그리스도는 "나 있는 곳에, 나를 섬기는 자도 있으리라"(〈요한복음〉 12:26)라고 말씀할 뿐 아니라, "나를 섬기는 자도 나와 같이 성령으로 기름 부음을 받으리라. 그러므로 높은 곳으로부터 이런 능력을 힘입을 때를 기다리라. 너희에게 성령을 보내주겠다"고 말씀하신다.

좋은 바니시 레서피의 지혜처럼 읽히는 성서 말씀들이 있다. 그것들은 우리의 마음을 채워야 하는 거룩한 영적 요소들의 다양함을 보여준다. 이사야 선지자는 하느님의 기름 부음을 받은 자에 대해 이렇게 이야기한다. "그 위에 주님의 영이 머무르리니, 지혜와 슬기의 영, 경륜과 용맹의 영, 주를 알고 경외하게 하는 영이다. 그가 주님을 경외하는 것으로 즐거움을 삼을 것이며…."(〈이사야〉 11:2 이하)

성령을 알아갈수록, 우리는 믿음으로 그를 부를 것이다. 하느님은 말씀하신다. "네 영의 손을 내밀라. 네 믿음을!" 우리의 믿음은 이렇게 외칠 수 있다. 오소서 평화의 영이여, 분주하고 번잡스러운 내 마음에 임하소서! 오소서 지혜의 영이여, 어리석은 내 마음에 임하소서! 오소서 은혜의 영이여, 편협하고 좁은 내 마음에 임하소서! 오소서 믿음의 영이여, 자신과 하느님을 의심하는 내 마음에 임하소서! 오소서 소망의 영이여, 걱정하고 낙심하는 내 마음에 임하소서! 오소서 의연한 영이여, 불안하고 주눅 든 내 마음에 임하소서! 오소서 경외의 영이여, 뒤엉키고 휩쓸린 내 마음에 임하소서! 오소서 하느님의 영이여, 당신 지고의 위로자여! 하느님은 우리 마음의 정직한 부르짖음에 대해 이렇게 말씀하실 것이다. "내가 목마른 자에게 물을, 메마른 땅에 시냇물을 부어주리라. 너희 자녀들에게 나의 영을, 너의 후손들에게 나의 복을 부어주리라."(〈이사야〉 44:3)

〈디모데후서〉도 성령을 일종의 거룩한 향유로 묘사한다. "하느님께서는 우리에게 두려움의 영을 주신 것이 아니라, 힘과 사랑과 절제의 영을 주셨다."(1:7) 여기서도 거룩한 바니시 레서피는 두 가지 수지와 하나의 기름과 같다. 힘, 사랑, 절제의 영 말이다.

성서가 소개하는 은혜의 선물 리스트는 때로 바니시 레서피처럼 읽힌다. 그 도료 안에서 각각의 수지는 독특함과 고유의 재능을 발휘한다. 그러므로 우리는 각 사람을 이렇듯 독특한 선물을 받은 자로서 더 존중하고 이해해야 한다. 성령은 그가 각 사람에게 나누어 준 것을 '다른' 사람들의 믿음과 사랑 가운데 작용하도록 하기 때문이다. 서로 믿지 않고 존중하지 않으면 우리는 도료 속에서 녹지 않는 고독한 성분으로 남을 것이다. '하느님의' 공동체에도 수지, 기름, 안료처럼 도료의 모든 성분이 주어진다고 할 수 있을 것이다. 하지만 이 모든 것을 서로 결합시키기 위해 모든 유성 바니시에 필요한 열과 지혜는 '우리에게' 요구되는 사랑이다. 하느님이 우리에게 뭔가를 맡긴 것은 우리 안의 인간적인 것을 영적인 것으로 '대치하려' 함이 아니다. 칠은 나무를 대신하지 않고, 나무를 살린다. 사도 바울은 은사 목록에서 이렇게 쓴다.

> 은사는 여러 가지지만, 성령은 같은 성령입니다. 직분은 여러 가지지만, 주님은 같은 주님입니다. 활동은 여러 가지지만, 모든 사람 안에서 모든 활동을 일으키시는 분은 같은 하느님입니다. 각 사람에게 성령을 나타내심은 공동의 유익을 위함입니다. 그리하여 어떤 이에게는 성령을 통하여 지혜의 말씀을, 어떤 이에게는 같은 성령을 따라 지식의 말씀을 주십니다. 어떤 이에게는 같은 성령으로 믿음을, 어떤 이에게는 한 성령으로 병 고치는 은사를, 어떤 이에게는 기적을 일으키는 은사를, 어떤 이에게는 예언의 은사를, 어떤 이에게는 영을 식별하는 은사를, 어떤 이에게는 여러 방언을 말하는 은사를, 어떤 이에게는 방언을 통역하는 은사를 주십니다. 같은 한 성령이 이 모든 일을 행하여, 자신의 뜻대로 각 사람에게 나누어 주십니다.
> (〈고린도전서〉 12:4~11)

공동체

이 구절은 우리로 하여금 이제 한 걸음 더 나아가게 한다. 채워져야 하는 그릇이 각자의 마음일 뿐 아니라, 서로 모여서 이루는 믿음의 공동체의 마음임이 분명하기 때문이다. 〈에베소서〉는 "우리는 성령 안에서 하느님의 거처"(2:22)라고 말한다. 구약에서는 성소에 기름을 바르라고 되어 있다. "그것들을 향 제조공들이 하듯이 잘 섞어서 거룩한 성별 기름을 만들어라. 그리고 그것을 성소에 바르라."(참조 〈출애굽기〉 30:25) 성령 충만은 하느님과 나 사이의 사적이며 굉장히 내밀한 일이고, 개인적·은사적으로 경험하는 일이라고 믿는다면, 본질을 알아차리지 못한 것이다. 개인에게 주어지는 은사의 의미는 "너는 성소에 기름을 바르기 위한, 딱딱한 수지 혹은 연한 수지, 혹은 기름이야, 혹은 안료야"라고 하는 것이다. 모두가 다른 특성을 가졌지만, 공동체가 레서피의 지혜에 맞게 거룩한 것을 경험하도록 우리는 다른 사람과 연합해야 한다.

구약의 아카시아나무 목재가 몰약, 계피, 창포, 올리브기름으로 이루어진 거룩한 향기름으로 칠해지듯이, 신약에 등장하는 성전은 우리가 은사 혹은 은혜의 선물이라 부르는 것들로 채워지고 스며들어야 한다. 그리하여 우리의 영적 공동체 내의 각 사람 속에서 역사하는 성령의 다양한 활동이 합쳐져야 한다. 그러므로 성령이 나와 어떤 방식으로 협력하고자 하는가를 물어야 한다. 어떤 걱정이 성령을 통해 돌봄으로 변해야 하는가? 어떤 재능이 성령을 통해 과제가 되어야 하는가? 어떤 열정이 성령을 통해 권능이 되어야 하는가? 어떤 믿음이 성령의 기름 부음을 통해 축복이 되어야 하는가? 우리는 아무것도 억지로 만들어낼 필요가 없다. 오소서 성령이여, 라는 단순한 기도로 충분하다.

성령이 아주 다양한 모습으로 활동한다 해도, 그 다양성을 아우르는 특징이 있다. 하느님이 주시는 선물들을 하나로 묶는 공동의 특징은 사랑이다! 사랑이 바로 '하느님의 속성'이고, 하느님은 우리를 사랑으로 인도한다. 지적으로는 간단하게 들리는 말이지만 어마어마한 메시지가 아닐 수 없다. 하느님의 영은 '우리를 채우는' 동시에 우리를 자유롭게 한다. 그는 그 자신의 속성으로 우리를 채운다. 바로 사랑이다. 이것이 우리를 자기애에서 해방시키는 성령의 방식이다. 이런 일은 우리가 억지로 이기주의에서 벗어나려고 몸부림침으로써가 아니라, 하느님의 영이 하느님 사랑의 아름다움으로 우리를 채우면서 가능하게 된다. 사도 바울은 "우리에게 주신 성령을 통해 하느님의 사랑이 우리 마음에 부어졌다"(〈로마서〉 5:5)고 말한다. 이런 경험을 우리는 구할 수 있다. 질문은 "우리가 변화될 수 있을까?"가 아니라 "내가 그것을 구할 준비가 되어 있는가?"이다. 종종 일상의 분주함 가운데 잠시 멈추고 고요한 시간을 냄으로써, 새로이 호흡할 수 있고, 성령의 임재에 스스로를 내맡길 수 있다. 단순한 간구가 필요하다. 오소서, 성령이여!

예수는 말씀하신다. “너희 중에 어느 아버지가 아들이 생선을 달라 하는데 생선 대신에 뱀을 주겠느냐? 또는 달걀을 달라고 하는데 전갈을 주겠느냐? 너희가 악해도 자녀에게는 좋은 것을 줄 줄 알거든, 하물며 하늘에 계신 아버지께서야 그에게 구하는 자에게 성령을 얼마나 더 잘 주시겠느냐”(〈누가복음〉 11:11~13)

소명의 울림

바이올린 칠은 소리의 특성에 많은 영향을 미친다. 바니시 성분들이 나무에 스며들면, 섬유의 감쇠damping를 변화시키고 민감하게 만들어 진동하는 현의 소리를 받아들일 수 있게 한다. 좋은 코팅은 나뭇결의 내적 마찰을 줄여준다. 그렇게 하여 바이올린은 몸통 안에서는 진동에너지를 적게 소모하는 대신, 소리의 형태로 더 많은 에너지를 주변에 내어줄 수 있다.

이런 과정은 우리의 소명을 상징한다. 바니시가 나뭇결 사이로 스며들듯이 성령이 우리 사이를 채울 때 우리는 우리 안에 생겨나는 겸손과 경외심을 통해 ‘내적 마찰’에 에너지를 소모하지 않고, 주변에 에너지, 즉 우리의 울림을 허여할 수 있다. 그렇게 우리의 재능은 우리 자신이 아닌, 우리의 소명에 사용될 수 있다.

삽질할 때 흙이 삽의 움직임을 멈추게 하는 것처럼, 연주를 할 때는 주변 공기가 바이올린의 진동에너지에 제동을 건다. 그러나 이렇게 제지를 당함으로써 악기는 자신의 소명을 채울 수 있다. 이렇게 해서만 바이올린 주변 공기가 음파로 전환되기 때문이다. 흙이 삽에서 힘을 앗아가는 것처럼, 공기가 바이올린에서 에너지를 앗아가는 것처럼, 우리 역시 우리의 소명에 우리의 힘과 에너지를 전달한다.

소명의 삶을 사는 데는 힘과 에너지가 든다. 우리의 과제가 에너지를 요구하고, 우리를 둘러싼 세계가 우리의 힘을 뺀다. 하지만 이것이 바로 우리 마음의 울림을 주변에 전달하는 과정이다. 그런 울림을 통해 우리 내면의 소리가 들리게 된다. 이 세상에서 힘을 소비하지 않는 사람은 소명의 삶을 살지 못하고 있다고 할 수 있다.

바이올린에 초벌 칠을 하고, 애벌 칠을 하고, 섬유에 스며들게 하듯이, 나는 성령의 활동도 기대하려 한다. 성령은 내적 마찰을 줄이고, 마음이 더 힘을 얻도록 한다. 마음이 소명의 삶으로 뻗어 나가게 한다. 이런 일이 일어날 때, 질문은 우리가 어떤 힘을 가지고 있는가뿐 아니라, 우리가 어떤 힘을 받는가이기도 하다. 사도 바울은 이런 경험으로부터 이렇게 이야기한다. "우리는 낙심하지 않을 것입니다. 우리의 겉사람은 쇠락하나 속사람은 날마다 새로워질 것입니다."(〈고린도후서〉 4:16) 그리하여 나는 나 스스로를 통해서가 아니라, 나의 소명을 통해서 힘을 잃어버리고자 한다.

기본 은사들

좋은 바이올린 도료의 특성을 정확히 관찰하면, 좋은 레서피의 공통 특성을 네 가지로 압축할 수 있다. 바로 경수지(딱딱한 수지), 연수지(부드러운 수지), 기름, 안료이다.

이 네 가지를 합치는 것은 기발한 방법이다. 이 네 가지가 좋은 조합을 가능하게 하기 때문이다. 네 가지 기본 재료 중 한 가지만 빠져도 곧장 표시가 난다.

'경수지'가 없으면 도료는 표면과 잘 결합하지만 저항력이 결여된다. 그래서 주변의 역학적·기후적 영향에 버티지 못하고 칠이 마모된다.

'연수지'가 없으면 바니시가 거칠어진다. 딱딱하고, 갈라질 위험이 있다. 결합력이 없다. 경수지만 있으면 금이 가고 제각각 분리되어 칠이 벗겨진다.

'기름'을 넣지 않은 도료는 다양성을 포기하는 것이다. 다양한 것을 받아들이고 서로 결합시키는 재료가 없는 것이다.

'안료'가 부족한 바니시는 유용하고 좋기는 하지만, 매력적이지 않다. 빛의 굴절도, 아름다움도 없기 때문이다. 모든 것이 실용적이고 유용하지만, 내적인 공간감이나 깊이가 없다.

공동체가 은사를 살려 책임을 다하고자 할 때도 좋은 바이올린 도료 레서피처럼 네 가지 특성이 어우러지는 듯하다. 은사도 도료처럼 서로 다른 네 요소로 구성된다.

안료. 안료와 같은 사람들은 드러나는 기능을 담당하는 것은 아니다. 이들이 어떤 유익을 주는지는 명백히 드러나지 않는다. 하지만 이들이 없으면 공동체의 아름다움이 결여된다. 그러면 공동체는 그저 일하기 위한 모임, 즉 목적지향적 단체가 되어버린다. 빛의 굴절도, 색깔도, 광채도 없다. 모든 것은 그저 목적지향적이고, 유용하고, 효율적일 따름이다. 거기서는 아무것도 잘못될 것이 없지만, 많은 것이 적절하지 않다. 안료 같은 사람들은 다른 사람들을 대접하고, 본질상 사람들을 끌어당긴다. 그들에게는 환대와 따뜻함의 은사가 있다. 안료 같은 사람들은—그 유익이 곧장 드러나는 다른 사람들보다 더—존중해야 마땅하다. 물론 바이올린 도료는 안료 없이도 같은 방식으로 작용한다. 하지만 그러면 바이올린은 얼마나 궁색하고 삭막해질까!

캐리어 오일carrier oil. 캐리어 오일 같은 사람들이 빠지면, 서로 다른 것을 결합하고 다양성을 어우러지게 하는 사람들이 없는 것이다. 수지가 경성일수록 서로 섞이기가 힘들다. 부딪치고 싸운다. 모두가 자신의 주장을 펼치지만, 공동의 것을 세우는 성분이 없다. 교회에 한 친구가 있는데, 언뜻 보기에 그는 모임에서 별로 하는 일이 없어 보인다. 하지만 그가 빠지면 우리는 각자의 허영심과 민감함으로 서로 더 많이 부딪친다. 그가 있으면 많은 것을 품어주는 다정한 공간이 생겨난다. 오일은 영적으로 통합하는 능력이 있다. 오일 없이는 서로 연합하지 못하고 각자가 도드라지는 성분의 모음으로 남을 것이다.

경수지. 경수지 같은 사람들은 내용, 진리, 확신, 관념을 상징한다. 그들은 교리를 옹호한다. 경수지는 바이올린 도료 재료 중 유일하게 도가니에서 미리 녹여주어야만 도료 안에 용해될 수 있는 성분이다. 그렇게 해야 공동체에 함께 어우러질 수 있다. 호박은 미리 그렇게 녹여서 바니시의 구성성분으로 삼는다. 호박은 흔들리지 않는 확고부동함과 든든함의 은사가 있다. 이런 사람들은 방향을 제시한다. 그들이 없으면 공동체는 저항력이 없어서, 거친 환경과 위기의 시기를 버텨내지 못한다. 그러므로 경수지는 필수불가결한 성분이다. 그들은 내부를 소란스럽게 하고 외부로부터 적대시되며, 종종 연수지의 나긋나긋함과 매력이 부족하다.

하지만 경수지 같은 사람들이 정화를 거치면 교회와 공동체에 들어가 예언자적인 힘을 펼칠 수 있다. 〈이사야〉에 그들의 특성을 보여주는 구절이 있다. 그들은 이사야가 말한 것을 경험했다. "주 하느님이 내 귀를 열어주시니 나는 거역하거나 뒤로 물러나지 않았다. 매질하는 자들에게 내 등을, 수염을 잡아 뜯는 자들에게 내 뺨을 맡겼고. 모욕과 침 뱉음을 당하여도 내 얼굴을 가리지 않았다. 그러나 주 하느님이 나를 도와주시니, 나는 부끄러움을 당하지 않는다. 그래서 나는 내 얼굴을 차돌처럼 단단하게 만들었다.

내가 수치를 당하지 않을 줄 알기 때문이다."(〈이사야〉 50:5~7)

이런 경수지 같은 사람들은 도가니를 경험해야 한다. 그것 없이는 공동체 전체의 거룩함에 도움이 되지 않기 때문이다. 나 역시 나의 귀중한 호박 조각들을 도기로 된 도가니에서 녹인다. 호박에서 다음 구절을 상기한다. "도가니가 은을, 용광로가 금을 연단하는 것처럼, 여호와는 마음을 연단하신다."(〈잠언〉 17:3)

화석 수지는 도가니에서 녹지 않고는 아무런 쓰임도 받지 못한다. 도가니 안에 들어가서야 비로소 불쾌하거나 위험한 딱딱함이 귀중하고 복된 견고함으로 바뀐다. 이것은 고난의 도가니이자, 예배의 도가니이기도 할 것이다. 예배가 인간의 거칠고 딱딱한 것을 부드럽게 바꾸어주니까 말이다. 경수지를 특별하게 다루는 것은 그들이 정신적으로 광신주의와 가깝기 때문이다. 수지가 경성일수록, 스스로를 녹이는 겸손도 커야 한다. 거기서 신기한 것은 호박이 녹은 뒤에도 단단함을 잃지 않는다는 것이다. 하지만 녹여야 오일에 용해될 수 있다. 도가니가 없으면 경수지는 다른 수지들과 결합될 수 없을 것이다. 그들은 전체 도료 안에서 용해되지 않는 이물질이 되지 않고, 도료에 귀중한 견고함과 거룩한 저항력을 주어야 한다.

연수지. 연수지와 중간 경도 수지는 모두의 유익이 되는 중요성과 은사를 가지고 있다. 그것은 다음과 같다.

- 매스틱검 같은 사람들은 마음을 부드럽게 만드는 은사가 있다. 그들은 찬양을 통해 공동체가 빛나게 한다.
- 몰약 같은 사람들은 고통, 질병, 상처 치유에 도움이 된다. 그들은 사람들에게 손을 얹고 축복하는 힘을 가지고 있다. 하느님은 다음 구절에서처럼 그들을 통해 활동한다. "내가 그들의 길을 보았다. 나는 그들의 병을 고쳐주고, 그들을 인도하며, 그들에게 위로로 갚아주겠다. 또 그들 가운데 슬퍼하는 자들에게 입술의 열매를 맺게 하겠다. 그들의 병을 고쳐주겠다." (〈이사야〉 57:18 이하)
- 알로에 수지 같은 사람들은 외따로 활동하는 경우가 드물다. 그들은 대화에 강하다. 그들은 공동체에 힘입어, 공동체를 위해 산다. 그들은 공동체를 세운다. 그들에겐 도움의 은사가 있고, 실제적인 사안들에서 능력을 발휘한다. "내가 의로움으로 그를 일으켰으니 그의 모든 길을 곧게 하겠다. 그가 내 도성을 재건할 것이다."(〈이사야〉 45:13) "하느님이 땅을 만드시고, 그 위에 살 수 있게끔 하셨다."(〈이사야〉 45:18)
- 연질 코펄 같은 사람들은 영적 명확성과 내적인 방향을 책임진다. 이들에게는 빠르게 문제를 해결하는 것이 아니라, 깊이 있는 이해가 중요하다. 이 수지는 천천히 마르기 때문이다. 그들은 피상적인 실용주의를 좋아하지 않는다. 연구와 질문이 그들의 기도다. "주의 법도들을 사모함으로 내 영혼이 쇠약합니다."(〈시편〉 119:20) 하느님은 그들을 통해 자신의 말씀

을 가르쳐주신다. "나는 주 너의 하느님이다. 네게 유익하도록 너를 가르치는 이다."(〈이사야〉 48:17)

- 베네치아 송진 같은 사람들은 공동체가 각자의 다름과 의견 차이로 인해 갈라지고, 거칠어지고, 유연성이 없어지는 것을 막는다. 그들 없이는 자기가 더 잘 안다고 생각하는 마음과 자만심 때문에 균열이 생긴다.
- 경질 코펄 같은 사람들이 있다. 그들은 변함없는 믿음으로 공동체의 믿음을 북돋우며, 위기에도 흔들리지 않고 든든히 남는다. 그들을 통해 하느님은 말씀하신다. "믿음을 지키는 의로운 백성이 들어가게 성문을 열어라! 심성이 한결같은 사람에게 주께서 평화를 베푸시니, 그가 주를 신뢰하기 때문이다."(〈이사야〉 26:2 이하)
- 벤조인 수지 같은 사람들이 있다. 그들의 들음과 그들의 말은 탁한 것을 다시금 맑아지게 한다. "제자의 혀를 가지고 지친 자를 적절한 때에 격려하는 것"(〈이사야〉 50:4)이 그들의 은사다. 그렇게 벤조인에 주어지는 것처럼 새로운 광채가 생겨난다.[12]

12 그 밖에도 바니시에 사용되는 수지와 오일을 20여 가지는 더 열거할 수 있다. "제각기 자신의 특성을 지닌 것들이다". 성서 역시 여러 은사를 기술한다. 나의 설명은 유형을 분류하기 위한 것이 아니고, 영적 공동체에 약속된 은사의 아름다움과 다양성을 보여주기 위한 것이다.

강과 물

바이올린 도료의 모든 성분은 각각의 중요성을 가지고 있다. 하지만 각자의 의미는 자신만의 생각을 고집하는 아집을 통해서가 아니라, 다른 성분들과 결합하는 가운데 펼쳐진다. 바이올린 도료는 다양성의 조화를 보여주는 비유다. 좋은 바이올린 도료를 얻는 유일한 가능성은 서로 다른 성분들을 적절한 비율과 온도로 섞는 것이다.

라니에로 칸탈라메사Raniero Cantalamessa 신부는 내가 바이올린 마이스터로서 칠에 대해 이야기한 것과 비슷하게 교회에 대해 이야기했다. 그는 이렇게 말한다. "서로 다름은 하나 됨을 해치거나 제한하는 것이 아니라, 그것[교회의 하나 됨]을 실현하는 유일한 방식이다."[13]

우리에게 맡겨진 세계의 손상되기 쉬운 섬유는 신성한 도료로 칠해져야 한다. 땅에 생명을 주는 물이 강을 통해 흐르는 것처럼, 생명수도 외적 구조 없이는 흐를 수 없다. 복음의 생수는 교회라는 강을 필요로 한다. 교회는 교인들이 모인 외적 구조일 뿐 아니라 생수를 나르는 매체가 되도록 부름받았다. 외적 조직이 될 뿐 아니라, 동시에 은사적 유기체가 되도록 부름받았다. 강바닥이 튼

13 Raniero Cantalamessa, *Die Kirche lieben. Meditationen zum Epheserbrief*, Freiburg 2005, S. 38.

튼하다고 해서 그 강이 꼭 많은 물을 흘려보내는 것은 아니다. 교회가 내적인 생명을 가지고 있는지는 외적인 '직분'이 아니라, '은사'와 '사역'을 통해 나타난다(직분, 은사, 사역의 '삼화음' 참조, 〈고린도전서〉 12:4절 이하).

바이올린 도료의 비유는 직분에 대해 이야기하지 않는다. 은사와 사역에 대해서는 바울의 글에 기초하여(〈갈라디아서〉 3:28) 남자냐 여자냐, 성직자냐 평신도냐가 중요하지 않다. 모두가 하느님의 한 백성이기 때문이다. 외적 조직이 내부에서 영적으로 능력 있는 유기체가 되어 생명을 펼치고 생수로서 전달되는 일은 영적인 자아(그에게 위탁된 은사들 안에서!)와 영적인 우리(그에게 위탁된 성사 안에서!)가 상호 존중에 이를 때만 가능하다. 칸탈라메사 신부는 말한다 "'성사聖事'라는 개념은 모두에게 공통적으로 선사되는 선물이고, '은사'라는 개념은 개개인에게 특별한 방식으로 주어지는 선물이다. (…) 성사는 개개인을 거룩하게 하기 위해 교회 전체에 주어지며, 은사는 교회 전체를 거룩하게 하기 위해 개개인에게 주어진다."[14]

강바닥이 부단히 물에 의해 패이지만, 동시에 물이 강바닥으로 말미암아 흐를 수 있는 것처럼, 은사의 생수와 성사의 강바닥은 서로에게 위탁되어 있다. 강은 물을 데려간다. 성사는 행하지만

14 같은 책.

개개인의 은사는 허용하지 않는다면, 그것은 강바닥이 메마른 것과 마찬가지다. 개인이 은사를 발휘하지 않으면 교회는 메말라버린다. 강은 부름받은 일을 할 수가 없다. 그러므로 은사와 성사는 우리가 사랑하고 그 가운데 살아야 하는 조화로운 대립을 이룬다.

바이올린 도료의 비밀은 각각의 성분(은사)을 영화롭게 하는 것이 아니라, 그 배합에 있다. 그러므로 〈출애굽기〉는 성분을 다 열거한 뒤 "그것들을 향 제조공들이 하듯이 잘 섞어서 거룩한 성별 기름을 만들어라. 그리고 그것을 성소에 바르라"고 한다.

물론 이런 비유로 각각의 힘과 은사에 대해 세세히 이야기할 수는 없지만, 바이올린 도료의 비유를 통해 확실히 볼 수 있는 것은 바로 어떤 수지도, 오일도, 안료도 자신을 위해 존재하지 않는다는 것이다. 중요한 것은 각 성분을 적절한 양, 적절한 온도에서 서로 결합시키는 좋은 레서피다. 따뜻한 온도는 사랑을 상징한다. 그러므로 우리는 '다른 사람의 은사를 더 귀하게' 여겨야 한다. 은사가 적절히 발휘되지 못하도록 시시콜콜 따지고 드는 태도는 두려움과 권력욕에서 나온다. 우리는 독선과 아집뿐 아니라 (종종 그보다 더한) 두려움으로 인해 서로에게 상처를 준다. 사랑한다는 것은 때로는 두려움을 딛고 자신의 힘을 제한하는 것을 의미한다. 은사는 그 민감하고 스러지기 쉬운 특성상 북돋움과 신뢰를 필요로 하기 때문이다.

하느님은 우리에게 모든 은사를 주시며, 하늘의 선물을 넘치도록 부어주실 것이다. 하지만 한 가지는 대신 해주지 않을 것이다. 우리 가운데 있는 은총의 선물과 능력을 깨닫고, 환영하고, 발휘할 여지를 허락하고, 실수를 용납하고, 더 계발하고, 그것에 소망을 두는 것은 우리 몫이다. 한마디로 말해 은사를 보호하고 사랑하는 것은 우리에게 달렸다. 그래서 나는 하느님이 내게 무엇을 주시고자 하는가 하는 지독히 자기중심적인 질문에 머물지 않으려 한다. 우리는 하느님이 내게 뭘 주시려 하는지에 시선을 고정시킨다. 그러나 하느님은 때로 이렇게 말씀하실 것이다. "내가 네 주변 사람들에게 어떤 선물을 주었는지 깨닫는 건 네 몫이다. 너는 네 사랑을 통해 내가 그들에게 준 선물을 이끌어내어라."

12장

내적인 불

성령을 힘입어 사는 삶

"당신 얼굴의 빛을 우리에게 비추어주소서!"

〈시편〉 4:6

◐

성령의 본질과 활동에 대해서는 이전 장들에서 좀 이야기한 바 있다. 이제 나는 우리가 성령 충만하여, 성령을 힘입어 어떻게 성숙할 수 있는지 묻고 싶다. 이런 일에서 사람들은 멋진 경험을 하고 심오한 책을 썼다.[1] 하지만 나는 여기서도 다시금 바이올린의 제작과정을 비유로 이를 살펴보려 한다.

보상

악기에 현을 장착하기 전 마지막 작업은 바로 칠에 광택을 내는 작업이다. 이것은 정말 멋진 작업 중 하나다. 충만한 시간이다. 잠잠히 오른손 아래서 내가 만든 바이올린의 형태를 느낄 수 있다. 그간의 모든 작업에 대한 보상이다. 나는 이 작업을 정확히 소개해보려 한다. 이 작업과정에서 서로 맞물리는 세 가지가 내게는 성령 충만한 삶의 비유처럼 보이기 때문이다. 성령 충만한 삶 역시 세 가지가 합쳐져서 공동의 목표에 이른다.

칠의 층은 여러 성분으로 구성된다. 초벌 칠, 구멍을 메우는 재료, 안료, 유성 바니시로 이루어진다. 나는 바니시를 열 다섯 층으로 바른다. 붓, 헝겊, 부분적으로는 맨손을 사용한다. 맨손을 사용할 때 접촉은 더 직접적이다. 칠이 햇빛에 마르고 나면, 광택 작업에 들어갈 수 있다. 이 작업은 문외한이 상상하는 그런 작업이 아니다. 칠이 마른 바이올린을 그냥 문질러서는 안 된다. 이 작업은 오히려 층들을 깊이 마사지하는 것에 가깝다. 그럴 때라야 칠이 내적인 '불'을 갖게 된다.

이런 작업을 준비하는 데 몇 분이 소요된다. 여기서 중요한 도구는 단순한 리넨 천이다. 리넨 천은 낡은 것이라야 한다. 그래야 부드럽고 실이 균질하기 때문이다. 매듭이 진 부분이나 거친 실이 천의 부드러움을 방해해서는 안 된다. 천을 두 겹으로 접어 각이 잡히게 한 뒤, 알코올에 담갔다가 꺼내 광택 오일을 한 방울 떨어뜨린다. 그런 다음 유분이 섬유 전체에 고르게 스며들도록, 리넨 천을 매끈하고 먼지가 없는 바닥 위에 놓고 작은 양탄자처럼 또

1 내가 아는 성령에 관한 가장 심오하고 아름다운 저서 중 하나는 라니에로 칸탈라메사의 다음 책이다. Raniero Cantalamessa, *Komm, Schöpfer Geist – Betrachtungen zum Hymnus Veni Creator Spiritus*, Freiburg 1999/2007.

르르 말아주기를 사방으로 한다. 천을 말아준 다음 다시 매끈하게 펴서는 다른 방향으로 말아주는 과정을 몇 번 반복하면 천 준비가 끝난 것이다.

이런 준비 작업은 중요하다. 광택 작업은 위험성이 없지 않기 때문이다. 조심하지 않으면 갓 칠한 표면이 망가질 위험이 있다. 하지만 광택 작업이 잘되면 환희가 차오른다. 칠이 내적인 불을 갖게 되는 것이다! 목재의 표면에 갑자기 3차원 입체감이 생긴다. 하지만 광택 작업은 훈련이 필요하다. 문지르는 작업이 너무 느리거나, 천에 유분이 너무 많거나, 압력이 너무 세면, 표면이 손상된다. 리넨 천을 바른 자세로 잡아야 한다. 접힐 때 각을 이루는 부분이 엄지와 검지 사이에 오게 잡고, 뒤쪽 끝을 중지와 약지 사이에 끼운다. 그리고 칠한 표면에 천을 대기 전에, 표면 위에서 몇 번 원을 그려준다. 올바른 운동과 속도를 손에 익히기 위해서다. 그런 다음 천을 악기에 대고는 굴곡에 맞게 원과 8자 모양을 그리면서 광택 작업을 해준다. 천이 촉촉한 동안에는 결코 작업을 중단해서는 안 된다.

좋은 광택 작업은 신비로운 기술이다. 세 가지 특성이 통일을 이루어야 하기 때문이다. 천의 젖은 정도, 천과 칠 사이의 접촉 압력 강도, 운동의 빠르기. 이 세 요소 중 하나라도 어긋나면, 그 부분의 칠이 손상된다. 너무 축축한 천은 칠을 마사지하는 대신 칠이 벗겨지게 만들며, 천이 너무 건조하면 광택 작업이 제대로 되지 않아 헛일이 된다. 움직이는 속도가 너무 느리면 천이 칠에 달라붙고, 움직임이 너무 빠르면 칠이 제대로 마사지되지 않는다. 압력이 너무 강하면 움직임이 느릴 때와 같은 현상이 일어나고, 압력이 너무 약하면 표면만 스치다 만다. 그러면 작업을 마친 뒤 표면에는 약간 광이 나지만, 칠에 깊이 있는 광택감이 생기지는 않는다. 처음에 천이 축축할수록, 압력이 세지지 않도록 조심해야 한다. 작업이 막바지로 다다라서야 비로소 압력을 높일 수 있다. 어떻게 칠을 상하게 하지 않으면서 문지를지가 느껴진다. 저항에서 그것을 감지할 수 있다. 모든 것이 서로 잘 맞아야 한다. (나는 처음부터 광택 작업을 좋아했다. 예전에 내 선생님은 자신의 악기 광택 작업을 내게 맡기곤 했다. 내가 광택 작업을 잘한다는 인상을 받았기 때문이리라.) 중요한 것은 손 아래에서 저항을 느끼는 것이다. 이제 칠은 깊숙한 곳에서부터 아름답게 빛나게 된다. 특히 이탈리아 베네치아의 옛 마이스터인 도메니코 몬타그나나의 칠은 정말 매혹적이다. 그의 악기는 칠의 깊이가 하루의 시간에 따라(즉 빛의 변화에 따라) 다르게 보인다. 어떤 때는 꿀처럼 황금빛으로 보이기도 하고, 어떤 때는 검붉은 빛을 띠기도 한다. 어떤 부분에서는 마치 나무 속에 작은 오렌지빛 램프를 켜놓은 것처럼 보인다. 칠은 깊은 곳으로부터 순수하고 아름답게 빛난다. 그렇게 칠이 악기의 가치를 더 높인다. 광택 작업에 쓰는 천에 늘 주의를 기울여야 한다. 자주 사용할수록 천은 더 좋아진다. 며칠간 사용하지 않을 때도 그냥 바싹 마르게 방치해서는 안 된다. 그래서 나는 통에 천을 넣고 뚜껑을 닫아 밀폐해둔다. 그러면 천은 부드러운 상태를 유지한다.

광택 작업이 막바지에 이르러 악기의 표면이 '불'을 얻는 순간은 경이롭다. 물이 가득 찬 물컵을 통해 나무 깊숙이를 들여다보는 듯한 기분이 된다. 표면은 그냥 표면이기를 중단하고, 광학적으로 3차원이 된다. 깊숙이 들여다보면, 가문비나무의 위쪽 헛물관이 투명하게 보이고, 빛은 나무의 바닥으로부터 반사되어 나온다. 빛이 몇 주에 걸쳐 제조하고 곱게 빻은 안료들과 만나 굴절되고 부서진다. 그렇게 광택 작업을 통해 광학적 매력이 완전히 살아나고, 모든 노력과 수고는 그 순간에 보상받는다. 이제 비로소 어엿하게 빛나는 악기가 된다.

왼손에 악기를 오른손에 광택을 내는 천을 들고 있으면, 마음에 기도가 차오른다. '바이올린 제작자의 손에 안긴 이 바이올린처럼, 너도 하느님의 손에 고요히 안겨 있으면 좋겠다. 네가 이 악기에 광택과 깊이를 주면서 느끼는 그 열정을 잃지 않는다면 좋겠다! 한 인간이 성령을 통해 내적인 불을 얻을 때 하느님 안에 생겨나는 기쁨을 네가 조금이라도 맛볼 수 있다면 얼마나 좋을까!'

칠은 나무에 깊이를 주고, 빛나게 한다. 칠은 나무를 광학적으로 덮지 않고, 순결함과 내적인 빛 안에서 살아나게 한다. 이것은 하느님과의 만남에서 생겨나는 내면생활에 대한 비유다. 나는 이 작업에서 중요한 세 가지를 이미 소개했다.

- 광택 작업에 사용하는 천의 습도. 이것은 '은혜의 순결함'을

상징한다.

- 천과 악기의 진정한 만남. 이것은 '믿음의 동의'를 상징한다.
- 천의 움직임. 이것은 '일상의 연습'을 상징한다.

이 세 가지가 적절히 조화를 이룰 때만 목표가 이루어진다. 성령 충만한 삶에도 이와 비슷하게 세 가지가 함께 작용한다. 이들 역시 서로 조화를 이루어야 한다.

은혜의 순결함

바이올린은 빛의 굴절에서 새로운 특성을 얻는다. 마치 나무 깊숙이에서 불이 생겨나는 것 같다. 하느님도 우리의 삶에 내적인 불을 주고자 한다. 이 불은 성령이다.

유대인의 초막절에 예루살렘 성전에 선 예수는 이렇게 외친다. "나를 믿는 사람은 성경 말씀대로 그 속으로부터 생수의 강이 흘러나올 것이다"(〈요한복음〉 7:38) 복음사가인 요한은 이런 예수의 말을 이렇게 해석한다. "이는 예수를 믿는 자들이 받게 될 성령을 가리켜 하신 말씀이었다."

〈요한복음〉에는 예수가 말씀했다는 표현은 80번이 넘게 나오지만 "예수가 외쳤다"는 표현은 단 세 번밖에 나오지 않는다. 예수는 이 순간에 그냥 정보를 전해주는 것이 아니라, 거룩한 생명을 전해주기 위해 외친다.

〈누가복음〉에서 예수는 이렇게 말씀하신다. “너희 중에 어느 아버지가 아들이 생선을 달라 하는데 생선 대신에 뱀을 주겠느냐? 또는 달걀을 달라고 하는데 전갈을 주겠느냐? 너희가 악해도 자녀들에게는 좋은 것을 줄 줄 알거든, 하물며 하늘에 계신 아버지께서야 그에게 구하는 자에게 성령을 얼마나 더 잘 주시겠느냐”(〈누가복음〉 11:11~13)

복음서의 이 두 구절은 성령을 어떻게 받을 수 있는가 하는 물음에 굉장히 단순한 대답을 제시한다. 바로 예수에 대한 믿음으로, 그리고 하느님께 간구함으로 받는다는 것이다. 이 두 가지에 대해 나는 잠시 숙고하고 싶다.

간구. 나는 자신의 바람을 말하는 것, 즉 간구하는 기도가 바람직한 기도일까 자문하곤 했다. 간구가 어떻게 알맞은 기도의 형식이란 말인가? 하느님은 내가 필요로 하는 것을 이미 아시지 않는가? 내가 하느님을 납득시키거나 설득해야 한단 말인가? 하느님은 그것을 필요로 하시는가? 간구는 결국 믿음이 결여된 의미 없는 나불거림이 아닌가? 내게 무엇이 좋고 무엇이 필요한지 하느님은 다 아신다는 믿음이 부족한 사람의 넋두리가 아닌가? 예수 그리스도 역시 “기도할 때 이방인처럼 중언부언하지 말라. 그들은 말을 많이 하여야 들으실 줄로 생각한다. 그러므로 그들을 본받지 말라. 너희 아버지는 너희가 구하기 전에 너희에게 필요한 것을 이미 아신다"(마태복음 6:7~8)라고 가르치지 않았는가 말이다.

하지만 그것이 전부는 아니다. 그리스도는 하느님께 믿음으로 구해야 한다고 가르쳤다. 구하는 것에는 정신적인 힘이 있기 때문이다. 간구는 하느님에게 필요한 것이 아니라, 우리 자신에게 필요한 것이다. 간구는 굉장한 솔직함을 동반한다. 간구하는 것은 마음 문을 꽁꽁 잠그는 태도, 자기도취적인 태도와 결별하는 것이다. 간구는 자신의 힘만으로는 충분하지 않음을 인정하는 것이다. 스스로 할 수 있는 것에만 맡겨두지 않겠다는 자세를 표현한다. 자신의 곤궁과 필요를 인정하고, 스스로 받을 수 있는 자가 되는 것이다. 간구하는 것은 우리를 변화시킨다. 하느님이 원하신다면 우리에게 그분의 영을 주시겠지, 라고 말하는 것은 맞지 않는다. 〈야고보서〉는 "너희가 구하지 않기 때문에 받지 못한다"(4:2)고 말하기 때문이다.

스스로 겸손하고 지혜롭다고 여기는 어떤 사람이 늙은 수도자에게 가서 사람은 하느님께 뭔가를 구할 필요가 없다고 말했다. 자족할 줄 알아야 한다고 말이다. 그러자 그 수도자는 씩 웃으며 이렇게 말했다. "나 역시 아주 겸손하게 하느님께 아무것도 구하지 않았습니다. 그랬더니 하느님은 큰 은혜를 베푸시어 내게 아무것도 주지 않으셨지요!"

예수에 대한 믿음. 하느님께 성령을 청할 때, 우리가 잘한 일들을 들먹이는 것은 아무 의미가 없다! 하느님은 돈으로 매수할 수 있는 분이 아니기 때문이다. 성령을 받는 것은 순전한 은총이다. 은총은 부어지는 것이지, 만들어내거나 공로로 받는 것이 아니다. 성령은 그저 선물로 받는 것이다. 그것은 우리를 빛나게 하는 빛이다.

성령을 받기 위해 무엇이 필요할까? 첫 제자들은 도덕, 덕, 혹은 전례를 통해서 이룰 수 있는 것을 훨씬 뛰어넘는 내적 순결이 필요하다는 경험을 했다. 필요한 순결함은 순결한 하느님 사랑으로부터 주어졌다. 이것은 고문받고 죽어가면서도 마지막 힘을 다해 "아버지, 저들을 용서해주십시오. 저들은 자신들이 하는 것을 알지 못합니다"라고 말하는 사랑이다.

하느님의 순결한 사랑에 대한 믿음이 우리의 마음을 깨끗하게 하여 성령을 받을 수 있게 한다. 다른 모든 것은 너무 약하다. 사랑은 믿을 수밖에 없는 것이다. 사랑의 상태로 옮겨가는 것은 화해를 의미한다. 이것은 일들을 새롭게 보게 하고, 세상을 깊이 조명하게 한다. 그리하여 이제 내면의 불이 생겨나며, 그곳에서 새로운 일이 일어난다. 이제 비단 "하느님이 우리를 사랑하시기" 때문이 아니라 "하느님의 사랑이 우리에게 주신 성령을 통해 우리 마음에 부어졌기"(〈로마서〉 5:5) 때문이다.

성령을 받은 첫 사람들은 자신들이 덕이 있어서 그런 일이 일어난 것이 아님을 알았다. 왜 그런 일이 일어났을까? 〈사도행전〉은 이런 경험에 대해 "하느님이 믿음으로 그들의 마음을 깨끗하게 하신 뒤 그들에게 성령을 주었다"(15:8~9)고 말한다.

마음의 깨끗함

예수는 인간의 마음을 하느님이 거하시는 내적인 성전으로 보았다. 예수는 이렇게 말했다. "마음이 깨끗한 자는 복이 있다. 그들이 하느님을 볼 것이기 때문이다."(〈마태복음〉 5:8) 모든 성전은 성전에 부합하는 깨끗함을 필요로 한다. 물론 마음의 깨끗함은 건물인 성전의 깨끗함과는 좀 달라야 한다. 〈요한복음〉은 마음의 깨끗함에 대한 질문에서 우리 영혼이 지침으로 삼을 만한 내적 이미지를 제시한다.

> 예수께서 자신의 때가 이른 줄을 알고, 식사 자리에서 일어나 겉옷을 벗고 수건을 가져다가 허리에 두르셨다. 그러고는 대야에 물을 떠서 제자들의 발을 씻어주시고 허리에 두른 수건으로 닦기 시작하셨다. 그렇게 하여 시몬 베드로 차례가 되자, 베드로가 말했다. 주여, 주께서 제 발을 씻으시려고요? 예수께서 대답했다. 내가 하는 일을 네가 지금은 알지 못하지만 나중에 깨닫게 될 거란다. 베드로가 말했다. 안 돼요. 제 발은 절대로 씻지 못하십니다. 그러자 예수께서 대답하셨다. 내가 너를 씻어주지 않으면 너는 나와 상관이 없다.
>
> (〈요한복음〉 13:1~8)

이 장면에서 성령의 속성이 드러난다. 예수는 성령 안에서 제자들의 발을 씻어주었기 때문이다. 이 장면을 그려볼 때 우리를 좋은 쪽으로 변화시킬 수 있는 유일한 힘은 사랑이라 할 것이다. 사랑은 그 겸손함 가운데 맞닿는 모든 것을 거룩하게 하는 하느님의 힘이다. 받는 자가 되지 못하면 거룩해질 수 없다. "나는 받는다. 고로 나는 존재한다." 발 씻김 장면이 이야기하는 것이 바로 이것이다. 이 사건은 내게 질문한다. 이런 식으로 하느님 앞에서 기꺼이 받는 자가 될 수 있겠는가?

하느님이 요구하는 거룩함은 내 힘으로 획득하는 것이 아니다. 우리에게 베풀어지는 것이다. 이런 거룩함은 자신의 안 좋은 면, 미심쩍은 행동을 알고도 예수가 다가오시도록 허락하는 이들의 정결함이다. 이것이 우리를 실존적 치유와 전 존재의 구원으로 인도한다. 나는 깨끗하게 되기 위해 눈을 감고 "예수여 제가 그 일을 허락합니다!"라고 마음 깊이 기도하는 순간을 필요로 한다. 예수가 "내가 그렇게 하지 않으면 너는 나와 상관이 없다"고 말씀하시기 때문이다.

달리 말하자면 성령은 거룩한 삶의 결과가 아니라, 전제다! 우리는 선행을 통해 성령을 받는 것이 아니다. 반대다. 성령이 도우실 때 선해질 수 있다. 나는 그것을 믿을 것이다. 하느님의 정의는 일들의 거꾸로 됨이다. 랍비 노이스너Jacob Neusner가 (《미슈나Mishnah》의 그 부분을 보면서[2]) 말한 대로가 '아니다'. 랍비 노이스너

2 《미슈나》(신히브리어에서 샤나shana는 '가르치다' 내지 '배우다'라는 뜻이다)는 유대교 랍비들의 구전을 집대성한 책이다.

는 "우리는 다양한 덕이라는 사닥다리를 거쳐 하늘로 올라간다"[3] 면서 "사려 깊음, 순전함, 정결, 거룩, 겸손, 죄에 대한 두려움, 경건"을 통해 결국 성령을 받기 때문이라고 했다. 그러나 나의 삶은 하느님에게로 올라감이 아니라 '아래로 내려온 자'와의 만남이다. 이것이 내 앞에 무릎을 꿇고 내 발을 씻어주시는 예수에 대한 믿음이다. 바로 이것이 하느님의 거룩함이자 겸손이다. 내가 정말로 나의 덕스러움을 의지하려 한다면, 그것은 마치 돼지저금통을 깨서 온 세계를 사겠다고 말하는 꼬마와 같을 것이다.

은총은 예수가 제자들의 발을 씻긴 대야의 물처럼 부어지는 것이다. 그것은 우리의 대단함으로 더 풍성해지는 것이 아니다. 나는 발 씻김을 받는다. 나는 그 일이 일어나도록 허락한다. 이것이 나의 복됨이다. 때로는 정말로 선행을 하는 것보다 은혜를 믿는 것이 더 어렵다. 선행에서 나는 여전히 나 자신을 바라본다. 그곳에서는 여전히 내가 중심이고 내 행위가 중심이다. 하지만 그저 사랑받을 때는 자신을 잊어버릴 수 있다. 그 상태는 엄청나게 치유적이다. 공로를 통해 벌어들여야 하는 사랑은 사랑이 아니라 보상이다. 사랑은 결코 벌어들일 수 없다. 그래서 사랑은 은혜의 정수다. 사랑은 플러스 점수를 모아서 획득할 수 없다. 그냥 선물받는 것이기 때문이다. 인간 사이의 사랑도 그럴진대, 하느님의 사

3 Jakob Neusner, *Ein Rabbi spricht mit Jesus*, Freiburg 2007, S. 122. 노이스너는 여기에서 〈소타Sota〉 9:14과 관련하여 성적 일탈에 대한 이야기를 한다.

랑은 얼마나 더 그렇겠는가! 그러므로 나는 발 씻김 장면을 내 안에 받아들이고자 연습해야 한다. 〈요한복음〉이 성만찬 대신 이 일을 기록하고 있는 것은 그럴 만한 이유가 있다고 하겠다. 나는 영으로 제자들과 나란히 앉아, 이제 내 차례라는 것을 알아야 한다. 예수는 제자들의 발을 씻기고, 허리에 두른 수건으로 씻은 발을 닦아주었다. 이런 연습이 내게 던지는 질문은 다음과 같다. "네가 허락할 수 있겠니?" 눈을 감고, 생생해질 때까지 이 장면을 자신 속에 받아들이는 것은 치유적인 일이다.

미텐발트에서 바이올린 제작학교 도제 시절에 경험했던 한 예배가 기억난다. 성찬식을 하는 중이었다. 내 옆에 지적 장애가 있는 청년이 서 있었는데, 성체를 받을 차례가 되자 그가 목사님을 쳐다보며 물었다. "이거 얼마예요?" (그는 말 그대로 그것이 궁금한 것이었다.) 목사님은 무심코 대답했다. "이미 값이 지불되었단다!" 목사님은 이어서 자신의 대답에 스스로 놀랐다. 즉흥적으로 대답하고 보니 그 말이 갖는 중의적인 의미[무료로 먹어도 된다는 의미와 예수께서 이미 십자가에서 돌아가심으로써 모든 값을 치러주셨다는 의미] 가 뒤늦게 떠올랐던 것이다.

하느님의 부르심에서 우리가 자신의 덕성으로 얻을 수 있는 것보다 더 중요한 것이 있다. 우리의 덕스러움이 거룩의 결과가 아니라 전제 조건이라면, 인간은 끊임없이 자신에게 온 신경을 곤두세워야 할 것이다. 사랑받는 자만이 자신이 얼마나 나아갔는지,

사람들이 자신을 어떻게 생각하는지 노심초사하지 않는다. 그는 사랑을 통해 만들어지고, 그렇게 소명은 형태를 띤다. 자신에게 온통 신경을 쏟지 않을수록, 우리가 부름받은 세상에 더 관심을 가지고 돌아보고 살필 수 있다.

우리의 도덕적 성숙과 덕성으로 성령을 살 수 있다면, 성령은 얼마나 값싼 것이겠는가. 우리는 하느님 앞에서 어떤 공로를 끌어다 대고자 하는가? "난 이제 드디어 충분히 거룩하고, 충분히 겸손하고, 충분히 배려해요. 이제 충분히 성숙하고, 충분히 깨끗해요. 충분히 도덕적이고, 충분히 참을성 있고, 충분히 사교적이에요. 충분히 영적이고, 충분히 믿음이 좋고, 충분히 확신이 있어요…" 우리는 그렇지도 않고, 그렇게 될 수도 없을 것이다! 우리의 자랑거리도, 우리가 숨기고 싶은 일들도 아무런 역할을 하지 못한다. 하느님께 대항하는 영혼의 가장 강력한 방벽—자기 의로움과 자책감—은 우리 안의 성령을 통해 극복되어야 한다. 우리가 내어놓을 것이 있거나, 뭔가를 이루었기 때문이 아니라, 〈요한복음〉이 발 씻긴 다음 날 증언하듯이, 우리를 위해 뭔가가 이루어졌기에 성령 충만할 수 있는 것이다. "예수께서 다 이루었다 말씀하신 뒤 고개를 떨구고 숨을 거두었다."(19:30)

이번 장의 영적인 생각은 하느님의 필연적인 고통을 이야기했던 7장 〈막힌 소리〉와 내적 연장선상에 있다. 나는 그곳에서 예수 안에 구현된 말은 "너를 위해"라고 말한 바 있다. 이런 로고스 안에서 세계가 창조되었고, 그 안에서 세계는 그 의미를 경험한다. 그러나 이제 제3의 것이 나타난다. 우리가 받아야 할 성령의 약속도 이런 "너를 위해" 맥락에서 이야기되는 것이다. 예수는 십자가 죽음 직전 제자들과의 마지막 대화에서 그런 어조로 말한다. "그러나 내가 진실을 말하는데, 내가 떠나가는 것이 너희에게 이롭다. 내가 떠나지 아니하면 보호자께서 너희에게로 오지 않으신다. 그러나 내가 가면 그를 너희에게 보내겠다."(〈요한복음〉 16:7) 원문에서 '보호자'라는 단어는 여러 개념이 합쳐진 말이다. 위로자, 교사, 거룩한 협조자, 내면의 예언자라는 뜻이 들어 있다. 이 모든 것이 보호자, 즉 보혜사 성령이다(〈요한복음〉 14:26 참조).

예수는 자신이 그러했던 것처럼 성령이 너희를 위해 스스로를 내어줄 거라고 말한다. "그분께서는 나를 영광스럽게 하실 것이기 때문"(〈요한복음〉 16:14 참조)이라고 말이다. 이런 내어줌의 모습은 발 씻김에서 드러난다. "내가 너를 씻어주지 않으면 너는 나와 상관이 없다." 하지만 그다음에 계명이 따라온다. "내가 너희의 발을 씻겼으니, 너희도 서로 발을 씻어주어야 한다."(〈요한복음〉 13:14) 주변 사람들도 우리를 통해 깨끗해지고 맑아지는 경험을 해야 한다는 것이다. 이 계명을 지킨다는 것은 우리가 서로 죄를 용서해주고, 용서받아야 한다는 말이다. 이 계명을 거스르는 것은 우리가 받고 함께 동참한 은혜를 거스르는 것이다. 우리가 여기서 서로 거부하는 것은 하느님에게 거부하는 것이다.

《미슈나》에서처럼 신약성서도 성령은 죄를 싫어한다고 말한다. 죄를 통해 성령을 "슬프게" 하고(〈에베소서〉 4:30), 성령을 "소멸시킬"(〈데살로니가전서〉 5:19) 수 있기 때문이다. 이것은 그동안 말한 것과 모순되지 않는다. 믿음의 교부들이 성령을 받으려면 깨끗해야 한다고 강조할 때, 이것을 선행으로 이해해서는 안 된다. 선행을 화폐처럼 저축해 성령을 받을 수는 없다. 여기서 깨끗함은 좀 다른 것이다. 이 깨끗함은 오히려 우리의 눈이 사랑에 열려서 사랑의 대상을 보는 마법 같은 것이다. 이 깨끗함은 우리의 마음에서 성령에 대해 둔감하고, 정열 없고, 무관심하게 만드는 흐린 베일을 걷어낸다. 그래서 깨끗함이 중요하다. 이것은 악을 싫어하는 것이며, 유익하고, 순수하고, 참되고, 정직하고, 진실된 것에 끌리는 힘이다. 하느님에 대한 동경이며, 하느님의 본질에서 연유하는 모든 것, 즉 긍휼, 자비, 인내, 친절, 신성, 진리, 정의에 대한 기쁨이다. 깨끗함이—우리가 그것을 증명함으로써—하느님을 구매할 수 있는 수단인 것처럼 오해해서는 안 된다. 하느님이 우리의 깨끗함을 필요로 하는 것이 아니라, 우리가 성령 안에서 살기 위해 깨끗함을 필요로 한다. 사랑받는 자가 다른 상태에서 사는 것처럼, 깨끗함 역시 그러하다. 깨끗함은 하느님에 대해 예민한 감수성을 지니게 만든다. 깨끗함은 우리의 눈을 열어준다. 나는 성 바실리우스Basilius의 다음 말[4]을 그렇게 이해한다.

4 4세기의 훌륭한 교부 중 한 사람.

죄로 말미암은 더러움에서 깨끗하게 되어, 닦인 그림이 옛 모습으로 돌아가듯 자연스러운 아름다움으로 돌아가면, 드디어 성령을 가까이할 수 있다. 내면을 관찰함으로써 영적 훈련을 하지 않고 그 영을 육신의 생각으로 가득한 수렁 속에 깊이 파묻은 육적인 인간은 눈을 들어 진리의 빛을 볼 수 없다. 그리하여 세상은, 즉 육신의 정욕[5]의 노예가 된 삶은 병든 눈이 태양빛을 받는 것만큼밖에 영의 은총을 받지 못한다.[6]

믿음의 동의

거룩한 모든 것에는 은혜가 스며들어 있다. 위대한 교부 한 사람이 "거룩한 영이 닿지 않은 것은 거룩하지 않다"[7]고 말한 것처럼 말이다.

그렇게 나는 바이올린 광택 작업으로 돌아간다. 두 번째 측면

5 성서에서 보통 육肉으로 번역된 고대 그리스어 사르크스sarx와 몸으로 번역된 소마soma는 같은 것이 아니다. 신약성서에서 이런 구분은 중요하다. 그렇지 않으면 우리가 신체를 적대시해야 할 것처럼 말씀을 잘못 해석할 수도 있기 때문이다. 성서에서 "육신의 삶"이라고 할 때 이것은 하느님에 대해 마음 문을 꽁꽁 걸어 잠근 전인적인(몸, 혼, 영을 아우른) 삶을 지칭한다. "육신의 생각은 하느님과 원수가 된다."(〈로마서〉 8:7)

6 다음에서 인용. Raniero Cantalamessa, *Komm, Schöpfer Geist*, Freiburg 2007, S. 284(초판 1999).

7 같은 책, S. 273.

은 접촉이다. 은혜가 천을 적시고, 모든 섬유에 이른다. 하지만 그런 다음 천은 또한 악기에 접촉해야 한다. 이것은 믿음을 상징한다. 믿음은 늘 접촉이다. 믿음 없이는 하늘과 땅은 서로 분리된 세계로 남는다. 서로 아무것도 줄 것이 없다. 하늘의 은총이 많다 해도, 믿음이 비로소 그것을 세상에 가져온다!

믿겠다는 결정에는 은혜가 선행된다. 광택을 내는 데 사용되는 천이 먼저 오일을 머금는 것처럼 말이다. 하지만 믿기로 결심하지 않으면 은혜는 헛것이 된다. 천이 악기에 접촉하지 않으면, 아무 일도 일어나지 않은 채 유분이 증발하듯, 은혜도 그냥 날아가버릴 수 있다. 그래서 바울도 이렇게 권면한다. "하느님의 은혜를 헛되이 받는 일이 없도록 하라."(〈고린도후서〉 6:1) "자신이 믿음 안에 살고 있는지 잘 살펴보라. 스스로 시험해보라!"(〈고린도후서〉 13:5)

하느님이 우리의 믿음을 포기하려고 했다면, 그는 자신으로 우리를 대신해야 했을 것이다. 많은 사람이 하느님에 대해 둔감하게 살아간다. 그러나 그런 믿음으로는 은총과 은총의 선물을 결코 누리지 못한다. 그것은 아름다운 바이올린을 선물로 받아 기뻐하며 곧장 유리 진열장에 넣어두지만, 연주할 생각은 하지 않는 바이올리니스트와 비슷하다. 믿음 없는 은총은 침묵한다. 믿음과 관련하여 아무것도 기대하지 않는 것 또한 죄다.

믿음은 아무것도 하지 않고 손놓고 있는 것이 아니다. 그런 상태의 바이올린은 유리 진열장 안에서 먼지가 쌓이는 형국이다. 그럴 때 바이올린은 광휘를 잃고, 섬유는 굳는다. 내 고객인 바이올리니스트 한 사람은 18세기 초에 이탈리아 장인이 만든 정말 귀한 바이올린을 연주한다. 그런데 이 바이올린은 전에 오랜 세월 연주되지 않은 채로 있었다. 전 주인이 단순히 투자 목적에서 그 바이올린을 소유하고 있었기 때문이다. 그러다 보니 내 고객이 처음에 그 바이올린을 넘겨받았을 때, 그 소리는 정말 억세고 거칠고 딱딱했다. 하지만 현재 그는 콘서트에서 그 바이올린을 연주하고 있다. 그의 말에 따르면 이 스트라디바리우스가 제대로 된 소리, 부드러운 소리를 되찾기까지 꼬박 9개월간 매일 소리를 내는 작업을 해주었다고 한다.[8]

오랫동안 연주되지 않은 바이올린은 그의 소리를 잃어버린다. 그런 바이올린을 다시 소생시키려면 매일 연주해주어야 한다. 이 점에서 그 바이올린은 새롭게 시작하는 믿음의 비유가 될 수 있다. 우리가 새롭게 믿음으로 살려고 할 때, 침묵, 기도, 경배, 사랑, 교제, 성서 읽기 등이 처음에는 아직 어려울 수 있다. 그러나 자유롭고 아름다운 소리를 곧바로 선물받지 못한다 해도, 믿음의 일들을 해나가는 것이 우리의 과제다. 이는 믿음을 매일 '연주하는' 것이다.

여러 종류의 음악이 있는 것처럼, 다양한 은혜를 발견해야 한

8 바이올리니스트들은 늘 연습에 사용하던 악기라도, 전날과 같은 소리가 나도록 바이올린을 '깨우는 데' 매일 30분 정도는 필요하다고 말한다.

다. 신앙 상담과 조언받는 경험은 믿음의 '연습곡'이라 할 수 있다. 성직자나 믿음의 선배를 가까이하면 감사와 회개로 나아가기가 쉽다. 의식적으로 감사와 회개라는 상반된 시각에서 자신의 삶을 돌아보는 일은 건강하다. 감사 없이는 삶이 어두워지고, 회개 없이는 삶이 미화된다. 여기서 감사의 힘은 직접적으로 드러난다. 그러나 회개의 의미는 무엇일까?

사도 바울은 "구원에 이르게 하는 회개"(〈고린도후서〉 7:10)를 이야기한다. 그것은 스스로를 괴롭히고 자학하는 걸 뜻하지 않는다. 회개는 은총을 깨닫는 데서 비롯되기 때문이다. 성령이 우리를 내적 깨달음으로 인도하는 일은 그리 파괴적으로 진행되지 않는다. 우리는 올바르게 행하기를 게을리했던 부분, 비겁했던 부분, 약속을 믿지 못했던 부분, 하루하루 주어지는 선물들을 소홀히 했던 부분을 깨닫게 될 것이다. 회개는 자신의 삶의 악기를 다시 일깨우는 힘이 있다! 성 바실리우스가 말한 그림이 깨끗이 닦여 아름다움을 되찾은 것처럼, 앞서 언급한 바이올린의 소리가 되살아난 것처럼, 새로워진 믿음의 울림도 그러하다.

《탈무드》에는 "참회하는 자가 선 자리에는 완전한 의인도 감히 설 수 없을 것이다"라는 말이 나온다. 깨닫고 돌이키는 자리는 인간이 나아갈 수 있는 가장 거룩한 장소다. 은혜의 장소다. 이런 의미에서 사도 바울은 말한다. "하느님의 인자하심이 그대를 회개로 인도하려 한다는 것을 알지 못합니까?"(〈로마서〉 2:4) 내가 오늘 참회한다면, 하느님의 은혜가 이미 오래전부터 내 마음에 작용한 터일 것이다. 회개의 자리에 서면 모든 것이 제대로 보인다. 회개의 장소는 감정이 앞서는 장소가 아니라, 분명하게 결정하는 장소다. 성서는 그것을 명백히 가르쳐준다. "너희는 스스로 씻어 깨끗하게 하여라. 내 눈앞에서 너희의 악한 행실을 버려라. 악행을 그치고 선행을 배워라. 정의를 추구하고 억압받는 자를 도와주어라. 고아의 억울함을 풀어주며, 과부를 두둔해주어라! 그리고 와서 시비를 가려보자. 너희의 죄가 주홍빛 같아도 눈처럼 희게 되고, 진홍같이 붉어도 양털처럼 희게 될 것이다." (〈이사야〉 1:16 이하)

회개하는 하루는 하늘에서는 천 날과 같을 것이다. 한 사람이 회개하는 은혜의 순간은 온 하늘이 기뻐하는 순간이다!(〈누가복음〉 15:7) 거기서는 거친 소리가 다시금 삶으로 일깨워진다. 나와 함께 이런 이야기를 나눈 랍비 바루흐Baruch ben Mordechai Kogan는 말했다. "네, 바로 이것이 회개를 우주에서 가장 강력한 힘으로 볼 수 있는 이유입니다. 그것은 인간의 의지에 맡겨져 있으니까요."[9]

인간이 하느님과 자신에 대해 지을 수 있는 가장 깊은 죄는 바로 죄의 용서를 받아들이기를 거부하는 것이다. 그것은 바로 회개와 용서의 열린 문을 통해 하느님의 사랑으로 돌이키기를 단호하게 거부하는 것이다. 용서의 가장 깊은 의미는 하느님이 나 자신에 대항하여 나를 방어해주신다는 것이다! 그는 나를—그리고 나를 통해 또한 다른 사람들을—파괴하는 것을 너끈히 물리칠 수

9 2009년 11월에 랍비 바루흐가 개인적으로 해준 이야기

있기 때문이다. 하지만 나는 무엇이 파괴적인지를 깨닫고 참회에서 그것을 호명해야 한다. 스스로를 냉철하게 돌아보는 모든 이는 하느님이 부드러움과 치유력으로 어떤 부분에 성령의 손가락을 대고자 하는지를 알아차리게 될 것이다. 하느님의 영이 만지는 것은, 거룩한 힘으로 바로잡아진다. 좋아진다. 하지만 우리의 믿음이 이에 동의해야 한다. 그것은 믿음의 '동의'이고, 하느님이 이것을 들으실 것이다.

예수의 이름으로 우리가 구원의 옷과 의로움의 외투를 입을 수 있는 것은 신비다. 우리의 삶이 이런 옷에 맞춤하지 않은데도 말이다. 그리고 이제 그 옷들은 우리의 삶의 방식과 정체성을 변화시킨다. 은혜는 믿음을 통해서만 마음에 주어지는 선물이다! 그것은 선물로 남는다. 하지만 믿음이 그것을 연다. 중요한 것은 내가 강한지 약한지가 아니고, 내가 은혜의 도구인가, 은혜의 작품인가 하는 것이다. 자신이 강한지 약한지를 계속해서 맥을 짚어보는 사람은 자기망각 능력이 없다. 자기망각은 신뢰하는 자의 존재방식이다. 믿는 자는 더 이상 자신만 바라보지 않는다. 그는 하느님을 빼고 생각하려는 마음이 없다. 하느님의 은총이 자신과 함께하는 것을 믿는다.

따라서 믿음은 우리가 살아갈 바탕이 되는 진리를 얻게 하는 영혼의 힘이다. 유분을 머금은 천이 악기와 접촉할 때 바이올린의 칠 속에 불이 생겨나는 것처럼, 그렇게 우리 삶에도 내적인 불이 타오른다. 유명한 찬양은 그것을 이런 가사로 표현한다.

당신의 불을 붙이소서, 주여, 내 마음에
밝게 타오르게 하소서, 사랑하는 구원자여
내 존재, 내가 가진 것, 당신 소유가 되리니
당신의 손에 나를 꼭 품으소서
생명의 샘, 기쁨의 샘
당신은 내 영혼의 어둠을 밝히시리니
당신은 내 기도를 들으시고, 모든 곤궁에서 도우시리니
예수, 나의 구원자, 나의 주 하느님[10]

일상의 연습

세 번째 측면이 있다. 그것은 바로 운동이다. 성령 안에서 살아가는 연습은 바이올린의 칠에 불을 일으키는 천의 움직임과 같다. 유분(은혜)이나 접촉(믿음)만으로는 성령 충만한 삶이 '살과 피'가 되는 데는 충분하지 않기 때문이다. 그러므로 당연하게 들릴지 모르겠지만, 우리에게는—그 모든 은총에도 불구하고—연습과 훈련이 필요하다! 즉 스스로를 좋은 쪽으로 바꿔나가고, 배우고, 연습하고, 올바로 행해야 한다. 성령만 받으면 삶의 일들이 저절로

10 베르타 슈미트엘러Berta Schmidt-Eller 작사, 나프탈리 츠바이 임버Naphtali Zwi Imber 작곡, 1880경.

손쉽게 해결되리라 생각하는 것은 은총을 믿는 것이 아니고, 마법을 믿는 것과 같다. 은혜는 저절로 되는 것을 의미하지 않는다. 은혜는 우리가 믿음, 소망, 사랑을 훈련할 때 효력을 미친다. 믿음을 굉장히 뜨겁게 과열시키면서 자신이 '래디컬'하다고 생각하기는 쉽다. 그러나 소탈하고 단순하게, 전혀 래디컬하지 않은 작은 걸음으로 삶을 변화시키는 것이 사실은 훨씬 '래디컬'하다. 이런 변화들만이 현실에서 실현되기 때문이다. 그런 믿음만이 일상적인 힘이 있다. 자신의 몫을 하지 않으면서 은혜를 바랄 수는 없다. 그것은 하느님과 공명하는 것이 무엇인지 알아차리지 못한 삶이다. 성령의 '역사'와 '힘'은 우리의 '들음'과 '행함'에서 반향을 찾는다. 은혜는 삶의 일을 대신 하고자 하지 않고, 삶의 일 가운데 효력을 미치고자 한다. 이것은 우리가 '뭔가를 진정으로 받아들여야지만' 변화가 일어난다는 의미일 수도 있다. 우리가 진심으로 받아들이는 것은 우리가 믿는 약속일 수 있다. 혹은 누군가의 진지한 권고, 우리가 좇는 기억, 우리가 받은 위로, 적절한 때 방향성을 제시해주는 새로운 시각, 잘되지 않는 일에서의 성실한 연습일 수 있다. 뭔가를 진심으로 받아들이고 삶을 변화시키는 사람만이 그가 움직일 수 있음을 보여준다.

물리학은 우리에게 하나의 힘이 두 가지로 작용한다는 것을 가르쳐주지 않는가? 힘은 어떤 물체를 움직일 수 있다. 그러나 물체가 움직이지 않으면, 힘은 그 물체를 구부러뜨릴 것이다. 움직이지 않는 사람을 하느님은 내버려두신다. 그렇지 않으면 하느님의 힘이 그를 구부리거나 부러뜨릴 수도 있기 때문이다. 깨달은 것을 행하고 명령받은 것을 연습할 때만 하느님의 힘을 작용하게 할 수 있다.

예배 중에 찬양하고 고요히 묵상하고 경배하는 시간에 우리 마음은 말랑말랑하고 움직이기 쉬운 상태가 된다. 찬미는 진흙을 반죽하는 토기장이 손과 같다. 말랑말랑해져 어떤 모양으로든 빚어질 수 있는 상태가 된 진흙은 좋은 그릇으로 탄생할 수 있다. 겸손한 마음은 형태를 빚을 수 있는 진흙과 같다.

우리는 종종 유리처럼 깨지기 쉽다. 길을 가다 위기가 닥치면 깨어진다. 우리는 종종 밀랍처럼 녹기 쉽다. 길을 가다 의심과 적대심의 열기를 만나면 녹아 흘러내린다. 그러나 하느님의 사랑이 우리 마음에 부어지면 우리는 말랑말랑한 동시에 단단해진다. 말랑말랑하지만 녹을 정도로 무르지는 않다. 단단하지만 깨질 정도로 딱딱하지 않다. 말랑말랑함과 단단함은 반대 성질이지만, 거룩한 가슴에서는 통일을 이룰 수 있다. 그러나 정화되지 못한 마음은 다른 사람들에 대해서는 딱딱하기만 하고, 자신에 대해서는 밀랍처럼 무르다.

세 가지 의미

바이올린 광택 작업에서 칠의 깨끗함과 깊음 가운데 생겨나는 놀라운 불을 눈으로 보면서 성령 충만한 삶에서도 내가 이야기한 세 가지, 즉 은혜와 믿음과 연습이 맞물려야 함을 알았다. 그렇게 해야만 비로소 하느님과 동행하는 삶에서 내적인 불이 생겨난다. 그리하여 나는 이 비유에서 광택 작업을 하면서 영적으로 깨달은 것을 적었다. 하지만 칠 자체도 세 가지 의미를 갖는다. 그것은 바이올린의 보호, 소리, 아름다움에 기여한다. 이에 대해 간략히 이야기하고 이 장을 맺으려 한다.

보호. 나무는 칠의 수지를 통해 역학적 마모, 땀, 날씨의 영향에 대해 효과적으로 보호된다.

성서가 묘사하는 성령의 '기름'도 그렇다. 그것은 일상의 악천후가 우리의 속사람에게 가해질 때 삶의 소망을 유지해주는 힘이다. 우리는 체념에 굴복해서는 안 된다! 성령은 그의 음성으로 우리를 고무하고, 우리는 그것을 들을 수 있다. 그는 우리를 일으키고, 우리의 모든 슬픔을 격려하고 위로하는 영이다.

소리. 나무의 섬유는 칠을 통해 음향학적으로 더 좋아진다. 여기서는 특히 나무에 스며드는 초벌 칠이 의미를 갖는다. 그것은 음파를 확산시키는 데 영향을 미친다. 세포의 밀도와 소리 감쇠에 영향을 미쳐서 울림을 더 좋게 만든다.

성서에 묘사된 성령의 '기름'도 그렇다. 성령은 우리의 소명을 강화하는 힘이다. 하느님의 영은 무엇이 우리에게 도움이 되는지를 가르쳐주고, 우리가 가는 길을 인도하기 때문이다. 성령은 하느님께 열린 마음마다 영감을 준다. 우리는 하느님께 질문할 용기를 가져야 한다. 우리는 왜 믿음의 이런 시도를 하지 않을까? 〈야고보서〉는 우리를 고무한다. "여러분 중에 누구든지 지혜가 부족하면, 하느님께 부탁해서 지혜를 청하십시오. 하느님은 후히 주시는 분입니다."(〈야고보서〉 1:5 참조)

아름다움. 안료는 칠에 빛나는 색채를 선사한다. 빛의 굴절률과 함께하는 이 유희가 악기를 비로소 아름답게 만든다. 안료는 순수한 아름다움 외에 다른 실용적 유용성은 없다. 좋은 바이올린 칠은 (특히나 광택 작업 이후에는) 또한 좋은 냄새가 나는데, 이것은 벤조인의 달곰쌉쌀한 향기다. 벤조인의 특별함은 광채를 머금고 있다는 것이다. 이 역시 아름다움에 속한다.

성서에 묘사된 성령의 '기름'도 그러하다. 성령은 우리의 속사람의 아름다움에 중요한 힘이다. 영은 우리를 하느님 사랑의 은혜로 인도하기 때문이다. 유용성이 끝나는 곳에서 사랑이 시작된다. 그리하여 바이올린의 칠은 지혜의 학교다. 삶에 아름다움을 선사하는 것은 유용하지 않은 듯 보이지만 실은 유용하기 때문이다. 이런 매력에 대해 풀베르트 슈테펜스키는 이렇게 이야기한다. "아름다움은 결코 무용지물이 아니다. 그것은 우리 영혼의 모양을 만든다."[11] 아름다움은 피상적인 유익으로부터 자유로운 가운데 그

11 Fulbert Steffensky, *Wo der Glaube wohnen kann*, Stuttgart 2008, S. 36.

의미를 실현한다. 이런 본질적 특징에서 아름다움은 언제나 하느님 사랑의 비유다.

12세기에 만들어진 성령강림절 찬송가인 '오소서 성령이여'는 성령을 구하는 멋진 노래다. 이 아름다운 기도를 여기에 옮겨보고 싶다.

오소서 성령이여
어두운 밤을 뚫고
이 세상에 빛을 비추소서
오소서 가난한 모든 이를 사랑하시는 분
오소서, 좋은 선물을 주시는 분
오소서, 모든 마음을 밝히시는 분

시간 속의 최고의 위로자,
마음과 감각을 흡족하게 하는 손님
힘들 때의 감미로운 청량제
분주할 때 당신, 안식을 선사하시고
무더위에 시원함을 불어넣으시며
슬플 때 위로를 선사하시네

오소서, 당신 지복의 빛이여

마음과 얼굴을 채우소서
영혼 깊은 곳까지 스미소서
당신의 살아 있는 바람 없이는
인간 속의 그 무엇도
거룩하거나 건강한 것 없으리

더러움은 씻으시고
메마름에 생기를 부으소서
질병으로 괴로운 곳에 치유를 주시며
차디찬 마음 덥히소서
굳은 마음 녹이시고
그르친 길 바로잡으소서

당신을 신뢰하고
당신 도움 의지하는 백성에게
당신의 선물을 베푸소서
구원의 완성을 보게 하시고
영원한 기쁨을 허락하소서

아멘 할렐루야

13장

연주회

나에게서 너에게로

"각각 은사를 받은 대로 서로 봉사하라."

〈베드로전서〉 4:10

내가 지난 장에 묘사한 바이올린 칠에 광택을 내는 작업은 바이올린을 만드는 마지막 단계에 해당한다. 울림기둥을 세우고, 줄받침을 조각하여 설치하고 나면, 드디어 현을 장착할 수 있다. 그리고 첫 소리를 들을 수 있다!

모든 것을 채우는 울림

20대 초, 바이올린 제작학교를 막 졸업했을 때, 친구 얀과 더불어 일주일간 툰 호숫가에 있는 랄리겐에서 열리는 영성 수련회에 참석한 적이 있다. (왜 가야 하는지 이유는 몰랐지만, 우리 교회의 나이 지긋한 부인이 내가 그곳에 가면 좋을 것 같다며 참석을 권하는 바람에 갔다.) 도착해보니 피정을 통해 내적으로 힘을 얻고 새로운 신앙

방향을 모색하기 위해 약 80명이 참석해 있었다. 서로 삶의 상황도, 직업도, 나이도 다 달랐기에 처음에는 낯설었다. 하지만 피정이 끝날 무렵에는 여러 명과 친해졌다. 마지막 날 저녁 개인별 발표 시간이 있었다. 뭐든지 나눌 것이 있으면 발표하면 되었다. 한 건축가는 피정 기간에 목탄으로 그린 그림을 보여주며, 그 그림이 자신이 지금 처한 위기를 어떻게 보여주는지를 이야기했다. 한 나이 든 부인은 오후에 쓴 자작시를 낭독했다. 무엇이 확신을 주었는지, 어떤 새로운 소망이 싹텄는지 등 여러 사람이 피정 기간에 경험한 것들을 나누었다. 아주 기운차고 진솔한 밤이었다. 얀과 내 차례가 되었다. 우리는 며칠 전 오후 수도원 도서관에서 요한 제바스티안 바흐의 피아노 악보를 발견해 연습해본 터였다. 피아노 대신 우리가 할 수 있는 것으로, 즉 얀은 기타로, 나는 바이올린으로 연주했다. 얀은 마음만은 이미 진정한 재즈 뮤지션이었기에, 연습하면서 우리는 두세 줄 정도 악보대로 진행하다가 악보와 무관하게 즉흥 연주로 나아가곤 했다. 이것이 잘된다면, 발표하는 밤에 바흐의 악보대로 연주하지 않고, 악보를 영감의 원천으로만 삼아 즉흥 연주를 할 수도 있겠다고 생각했다. 하지만 즉흥 연주를 하다가도 계속해서 바흐의 모티브로 돌아가곤 했다.

그날 저녁 나는 흥분해 있었다. 사실 그냥 악보대로 연주하는 것이 더 편할 터였다. 우리는 처음에는 악보에 가깝게 연주했다. 그러다 순간적으로 소리가 탄생했고, 나는 눈을 감고 기타의 매혹적인 화음에 맞추어 나의 멜로디를 연주했다. 그 순간 내 안에서 들리는 대로 말이다. 나는 얀이 다음 순간에 어떤 연주를 할지 흡사 미리 듣는 것 같은 경험을 했다. 그런 경험은 난생처음이었다. 그가 화음을 어떻게 끌고 나갈지, 이제 내가 이 화음에 어떤 리듬과 멜로디를 보탤지가 명확했다. 두 악기의 절대적인 하나 됨이었다. 고요한 부분과 격렬한 부분이 교대되는 가운데, 모든 것이 들음과 현재의 영감으로부터 탄생했다. 모두가 긴장한 채 주의 깊게 경청해주었고, 우리는 그런 청중의 친밀함에 깊이 파묻히다시피 연주했다. 얀은 원하는 대로 연주할 수 있었고, 나는 그것이 무엇인지 알았다. 이 모든 일이 일어나는 동안, 나는 사람들이 우리 연주에 귀를 기울이고 있다는 사실을 잊어버리기 시작했다. 그것은 더 이상 중요하지 않았다. 그것은 더 이상 사람들에게 보여주려는 연주가 아니고, 공동의 울림으로 충만한 생동감 있는 사건이었기 때문이다. 절대적인 현재였다. 나중에 돌아보면서야 연주를 하는 동안 내가 바이올린을 연주하고 있다는 사실조차 잊었음을 깨닫고 놀랐다. 소리는 저절로 탄생했고, 악기는 내 몸의 일부였다. 분리는 더 이상 없었다. 나는 바이올린 연주를 하고 있음에도 더 이상 그것에 몰두하지 않았고, 그냥 일어나는 것을 듣고, 그것이 일어나게 허락했다. 주의 깊게 들어주는 호의적인 청중 앞에서 친구와 함께 이런 식의 즉흥 연주를 한 것은 깊은 유대와 공동의 '이해'로 충만한 순간이었다.

얼마나 시간이 지났을까. 아마도 한참 시간이 흐른 뒤, 우리는 마치 잠에서 깨어난 듯한 상태가 되었고, 연주를 마무리하면서 나는 대체 우리가 얼마나 오래 연주를 계속한 것인지 어안이 벙벙했다. 또한 사람들이 대체 우리를 어떻게 생각할지 갑작스레 불안해졌다. 연주를 마치자 한동안 정적이 이어진 뒤 큰 박수가 터졌다. 다음 날 우리는 평소 말수가 적고, 칭찬을 한다 해도 상당히 절제된 표현을 하는 한 수사님의 피드백을 받았다. (수도원에서 정원을 담당하는 수사님이었는데 얀은 피정 기간 내내 그 수사님을 도와 일했다.) 그 수사님은 우리의 어젯밤 연주는 뭐라 형언하기가 힘들다며, 마치 천국에 있는 것 같은 느낌을 받았다고 했다. 연주를 들으면서 무엇인가가 일어났다고 했다. 그러면서 그는 우리에게 계속 이런 식의 음악을 하라고 했다.

하지만 유감스럽게도 그런 순간은 마음대로 재생되지 않는다. 그 주는 마음을 가다듬는 특별한 주간이었고, 그 밤은 공동체로 모여 신뢰를 경험하는 특별한 밤이었다. 우리는 당시 함께 악기를 연주하는 것이, 특히 그렇게 무방비 상태로 영감을 받아 공동 연주로 들어가는 것이 얼마나 만족감을 주는지를 경험했다. 내가 이 이야기를 한 것은 이 이야기가 '나'와 '우리'의 차이를 명확히 하기 위해 중요하다는 생각이 들어서다. 우리는 선택에 따라 그냥 고립된 나로서 살아갈 수도 있지만, 서로 영감을 나누는 우리로서 살아갈 수도 있다.

얼마 전에 아프리카 재즈 뮤지션의 인터뷰를 들으며 연주에 대한 그녀의 이야기에 깊이 공감한 적이 있다. 그녀는 이렇게 말했다. "즉흥 연주는 막 일어나는 것을 듣는 거예요. 음악에 나 자신을 내어주는 것이죠. 신뢰와 열려 있음을 느낄 때 그렇게 할 수 있어요. 그것은 또한 다른 사람들이 연주를 주도하도록 한 번씩 가만히 있어야 한다는 것을 의미합니다."

이것이 바로 핵심적인 생각이다! 내게서 네게로 가는 부르심의 비밀은 이것이다. '일어나는 것을 듣고, 나 자신을 내어주는 것.' 개인으로만 존재하고, 각자 자신을 위해 존재하는 것으로 충분하다고 믿는다면 오산이다. 공동체가 단지 개인의 모임 이상을 의미한다는 걸 한 번이라도 경험해본 사람들은 그 사실을 잘 알 것이다. 개개인의 모임은 기껏해야 집단이나 무리라고 부를 수 있을까. 공동체는 그것과는 비교할 수 없는 것이다. 공동체에서는 각 개인의 봉사하려는 자의식으로부터 생겨나는 공동의 울림이 중요하다. 그것은 무엇보다 서로에 대한 호기심와 기대에서 나오는 기쁨이다.[1]

1 유나이티드 재즈+록 앙상블—이 앙상블은 알베르트 망겔스도르프Albert Mangelsdorff, 볼프강 다우너Wolfgang Dauner, 바바라 톰슨Barbara Thompson 같은 음악가를 위시하여, 한 세기에 나올까 말까 한 구성을 선보이고 있다—은 이런 종류의 하나됨을 들을 수 있게 해주었다. 나는 뮌헨의 게르트너플라츠 극장에서 유나이티드 재즈+록 앙상블의 순회 연주 마지막 공연을 들을 수 있는 행운을 누렸는데, 행사 주재자는 이 앙상블의 특별한 점을 (비유적으로!) 다음과 같이 표현했다. "빅밴드가 이들처럼 즉흥 연주와 작곡 능력을 겸비한 경우는 정말 보기 힘들다. 이 앙상블은 또한 솔리스트와 솔리스트가 아닌 사람이 엄밀히 구분되어 있지 않다. 음악가들은 대화하듯 소리를 교환하는 가운데, 서로 열렬히 부응해준다. (…) 출신, 성향, 기질이 너무나 다른 열 명의 음악가가, 아무도 억지로 팀에 맞추지 않는데도, 함께 멋진 공동의 음악을 만들어낸다. 유나이티드재즈+록 앙상블이 음악적으로 여전히 명맥을 이어가고 있는 것은 모든 구성원이 음악적으로 서로 아주 잘 통하기 때문이 아니다. 오히려 반대로, 구

음악의 비유

연주회가 시작되기 전 관객으로 꽉 찬 콘서트홀에서 눈을 감아 보라. 이 순간을 나는 이제 음향학적 비유로 받아들일 수 있다. 그런 순간에 눈을 감고 들으면 많은 관객의 목소리가 독특한 웅성거림을 만들어낸다. 사람들이 그런 주파수의 버블을 가능케 한다는 것은 매력적이다. 하지만 그런 소리는 윤곽도 없고 작곡되지도 않은 것이다. 이윽고 오케스트라가 무대에 오르면 박수 소리에 이어 짧고 기대에 찬 정적이 따른다. 이제 소리가 난다! 아름다운 악기의 울림이다. 악기들의 소리는 작곡을 통해서 커다란 '너Du'로 합쳐진다. 그것이 차이를 빚는다. 이제 소리는 웅성거림이 아니다. 한 작품 안에서 여러 악기가 함께 소리를 내고, 작곡자의 생각이 들린다! 오케스트라는 각자 재능과 소리와 노력에 따라 전체에 봉사하는 '은사 공동체'의 비밀을 보여주는 강력하고 감각적인 비유다. 바울이 말한 바와 같이 은사 공동체에서는 모두가 재능과 목

성원들이 스타일에 구애받지 않고 자기 음악을 하기 때문이다. 이것은 일을 어렵게 하지만, 동시에 흥미롭게 한다. 보통의 밴드는 스타일의 차이를 용납하지 못하여 일찌감치 차이를 꺾어버린다. 유나이티드 재즈+록 앙상블의 경우는 스타일의 차이가 마찰열을 일으키고, 이것이 계속해서 실험을 가능하게 한다. (…) 감정적으로 들릴지도 모르지만 중요한 것은 결국 행복의 순간, 창조적으로 함께 흥겨워하는 상태, 다름을 용인하는 가운데 가장 아름다운 긴장이 생겨나는 경험이 아니겠는가. 바로 다름에도 불구하고 생겨나는 연대감이 중요하다." Grande Finale. The United Jazz+Rock Ensemble. Die Farewell Tournee 2002 콘서트 프로그램 중에서.

소리, 노력에 따라 전체에 봉사한다.[2]

젊은 시절 세르주 첼리비다케Sergiu Celibidache가 지휘하는 뮌헨 필하모닉 오케스트라의 리허설을 구경할 기회가 자주 있었다. 첼리비다케는 20세기의 위대한 지휘자 중 한 사람으로, 뮌헨 필하모닉 오케스트라를 세계적인 오케스트라로 성장시켰다. 당시 내가 젊은 바이올린 제작자로서 근무했던 음향기술연구소는 뮌헨 필의 음향 설비를 담당했는데, 천장에 거대한 투명 음향반사판을 설치했다. 홀 쪽으로 활짝 트인 무대에서 오케스트라의 서로 다른 악기 그룹들이 서로의 소리를 더 잘 듣도록 하기 위한 것이었다. 나는 두 명의 실내 음향 담당자와 더불어 음향반사판을 설치하는 위치에 따라 홀에 확산되는 소리가 변화하는 것을 경험했다. 그러면서 1층 앞쪽 관람석에 앉아 이 훌륭한 지휘자의 오케스트라 작업을 지켜볼 수 있었다. 첼리비다케는 계속해서 연주를 중단시키고는 곡을 해석했고, 음악가들이 서로의 소리를 듣도록 하는 데 신경을 썼다. 오케스트라는 은사 공동체와 비슷하다. 각각의 모든 악기 그룹이 고유한 소리를 가지고 있고, 소리를 낼 때와 쉬어야 할 때가 있다. 그러므로 서로의 소리를 잘 들어야 한다.

심포니 오케스트라의 하나 됨은 각자가 마음대로 연주할 권리를 포기하는 것에 기초한다. 이런 권리를 포기하지 않으면 우리는 오케스트라에서 한 파트를 맡지 못한다. 또한 신약성서에서 바실

2 무엇보다 〈고린도전서〉 12장을 보라.

레이아(하느님 나라)라고 불리는 하느님의 오케스트라에서도 자리를 맡지 못한다. 우리가 얼마나 연주를 잘하는가는 상관이 없다. 우리는 하느님의 심포니에 부름받았다. 마음 내키는 대로 할 권리를 포기하지 않으면 우리는 생명의 오케스트라에서 우리 자리를 잃어버리게 된다. 거기서는 하느님 말씀이 어떤 내용인지를 알고, 성령의 지휘봉을 보고, 내 몫의 연습을 하는 것이 중요하다. 어느 악기도 혼자서 연주하지 않기 때문이다. 심포니 연주자들의 이런 특성은 회심의 특성과 상통하는 듯하다. 심포니 연주자들은 이런 세 가지 내면의 진리(곡, 지휘봉, 소리)를 토대로 하느님의 뜻 안에서 사는 '은사적 봉사자들'의 비유다.

세르주 첼리비다케는 단원들이 서로 귀를 기울일 때만 좋은 오케스트라가 될 수 있다는 것을 알았기에 음향반사판을 요청했다. 콘트라베이스 파트가 제1바이올린 소리가 들리지 않는다고 불평했기 때문이었다.

심포니Symphonie, 즉 교향곡이라는 음악적 개념이 도입된 것은 16세기다. 교향곡은 전 오케스트라가 함께 연주하는 다악장 형식의 악곡을 말한다. 심포니라는 개념은 그리스어에서 '함께 어우러지는 울림'을 의미하는 '심포니아symphonía'에서 유래했다. 인간들의 '협연'은 신약성서의 친숙한 테마다. 〈마태복음〉은 "너희 중 둘이 하나가 되어 무언가를 구하면 하늘에 계신 아버지가 너희에게 주신다"(18:19)라고 한다. 여기서 '하나가 되다'는 말에 '심포니아'

의 동사형이 사용되었으니,[3] '심포니'는 성서의 언어로 '하나 됨'을 뜻한다.

하나 됨의 이유가 모두 정당하거나 좋은 것은 아니다. 그러나 하나 된 곳에서 놀라운 일들이 가능해진다는 건 분명하다!(참조 〈창세기〉 11:6) 예수는 제자공동체를 위해 기도하는 가운데, 제자들이 '똑같아지기를' 구하지 않고 "하나가 되기를" 구한다(〈요한복음〉 17:21). 똑같아지는 것은 예수가 말하는 일치와는 별 관계가 없다. 콘트라베이스는 바이올린과 똑같지 않다. 하지만 함께하는 작품에서 콘트라베이스는 바이올린과 하나가 된다. 하느님의 나라를 우리가 다른 사람 및 다른 공동체와 함께 어우러져 소리를 내는 음악회처럼 생각해야 할 것이다. 교향곡을 연주할 때와 같다. 모두가 자신의 목소리를 가지고 있고, 쉴 때와 연주할 때가 있다. 하지만 악기들이 하나가 될 때만 작곡자의 생각이 들리게 된다. 우

3 이와 같은 개념 내지 어근은 신약에서도 마찬가지로 '조화'(〈고린도후서〉 6:15), '어울림'(〈누가복음〉 5:36), '일치'(〈누가복음〉 15:25)의 의미로 사용된다. 친분이 있는 그리스 피아니스트 파블로스 하초풀로스Pavlos Hatzopoulos는 내 질문에 그리스어 심포네인symphoneín 동사의 어근을 확인해주면서 이렇게 덧붙였다. "이 동사는 다른 것과 '절대적으로 동일시하다', '한 음으로 울리다', '음악적 하모니에 기여하다'라는 의미에서 쓰인다. 명사 심포니아symphonía는 생각, 말, 행동에서 자신과 타인이 조화를 이루는 것을 의미한다."
신약에 등장하는 탕자의 비유에서 맏아들이 밭에 나갔다가 아버지 집으로 돌아오는 중에 '풍악 소리와 춤추는 소리'를 들었다고 말할 때도 이 개념을 사용한다. 아버지가 작은아들을 위해 "풍악을 울리고 춤을 추며"(〈누가복음〉 15:25) 잔치를 준비했던 것이다.

리가 하나가 될 때 좋은 연주회가 된다. 그것은 모두가 똑같은 음을 연주한다는 의미가 아니라 협연한다는 의미다. 이것이 은사 공동체의 특별한 점이다. 우리는 세상을 향해 넓게 열린 소명 속에서 서로 귀를 기울여야 한다. 그렇지 않으면 모든 것은 단지 웅성거림이며, 윤곽 없이 주파수가 오르락내리락하는 것에 불과하기 때문이다.

성서에서 "너희"라고 칭할 때 그것이 개인이라고 생각해서는 안 된다. 오히려 성서에서는 종종 공동체로서 너희를 말한다. 이것은 서로 더불어 살고 삶을 나누는 너희다. (악기 속의 공명처럼, 오케스트라 속의 악기처럼) 우리도 그 가운데서 우리의 자리, 음, 멜로디, 음색, 역할을 발견해야 하는 그런 너희다. 그렇게 성서는 단수가 아닌 복수의 의미로 너희라고 하는 것이다. '공동체로서의 너희는 하느님의 진정한 상대방이다.' 성서는 우리에게 이런 생각을 분명히 보여준다. 하늘의 시각에서 볼 때 공동체는 살아 있는 유기체다. 너다. 신약성서 중 공동생활에 가장 주안점을 두는 〈에베소서〉는 이렇게 말한다. "사랑 안에서 참된 것을 하여 모든 면에서 그분에게까지 자라야 합니다. 그분은 머리이신 그리스도입니다. 그에게서 온몸이 각 마디를 통하여 도움을 받음으로써 연결되고 결합되어 각 기관이 알맞게 기능을 하여 온몸을 자라게 하며 사랑 안에서 스스로를 세웁니다."(4:15 이하)

공명 프로필

바이올린을 통해 〈에베소서〉의 이런 생각에 좀 더 깊게 들어갈 수 있다. 하느님이 매 순간 하느님 나라에 자신의 소리를 주는 것처럼, 바이올린 제작자의 기술 역시 공명들이 올바르게 조화를 이루게끔 하여 악기의 소리를 만들어낸다. 헬름홀츠 공명이 너무 세면, 바이올린은 쿵쿵거리는 둔탁한 소리가 난다. 그러나 헬름홀츠 공명이 너무 약하면, 호흡이 결여된다. 몸통 공명이 너무 강하면 아둔한 소리가 나고, 너무 약하면 허약한 소리가 난다. 네이즐 nasal(비음) 영역의 공명이 너무 강하면 음색이 경박해지고, 너무 약하면 약간 맥 빠지고 답답한 소리가 난다. 브릴리언스brilliance(명도) 영역의 공명이 너무 강하면 날카롭고 새된 소리가 나며, 너무 약하면 소리가 먹먹하고 생기와 발산력이 없다. 따라서 공명들은 정도가 적절해야 하고, 서로 올바른 관계에 있어야 한다.

하나의 공명만으로는 아무것도 되지 않는다. 도드라지는 하나의 공명은 천박하고 불쾌하고 일차원적인 소리를 만든다. 공명들이 올바른 방식으로 전체에 기여하고 서로 봉사하는 곳에서만 좋은 소리가 생겨난다. 모든 인간의 자아는 마치 강한 공명과 같다. 모든 공명이 세 가지 특성, 즉 주파수, 진동 형태, 정점 폭peak width을 갖는 것처럼, 나는 인간의 자아도 세 가지가 어우러진 삼화음으로 본다. 즉 은사, 성격, 능력의 삼화음이 인간의 인격을 이룬다.[4] 이제 한 공명이 다른 공명과 관계를 맺음으로써만 울림에 기여할 수 있는 것처럼, 인간인 '나'도 공동체인 '너' 안에서만 부름을 실현할 수 있다. 강한 공명 한 가지만으로는 소리가 만들어지지 않는다. 영적 공동체의 비밀은 단순한 나(자아)로 존재하는 상태에서 돌이켜 타자들에게로 나아가는 것이다. 나는 공동체에 보탬이 되기 위해 내 성격을 손보고, 능력을 획득하고, 하느님께 은사를 구할 것이다. 내 존재의 이 삼화음으로 다른 사람들에게 봉사해야 하기 때문이다. "모두의 유익을 위해 성령이 각 사람 안에 나타나시는"(〈고린도전서〉 12:7) 것이기 때문이다.

바로 여기에서 앞서 말했던 페르소눔, '통하여 나는 소리'라는 개념이 훨씬 더 깊은 의미로 다가온다. 자아는 무엇보다 서로를 존중하기 위해 필요하다. 서로를 존중하려고 애쓰는 것은 하느님을 찾는 것이며, 서로를 존중하며 사는 것은 하느님을 발견하는 것이다. 선지서의 많은 말들이 이런 공동체로서의 '너'에 대해 이야기한다. 예레미야는 이렇게 말한다. "내가 너를 영원한 사랑으로 사랑했다. 그리하여 인자함으로 너를 이끌었다."(〈예레미야〉 31:3)[5] 이런 말을 그냥 개인적으로 자신과만 관계되는 것으로 읽으면 기분이 좋다. 그러나 그것은 여러모로 부적절하다. 너라는 말

4 나의 영적 스승으로 내 삶에 영향을 많이 미친 헬무트 니클라스Helmut Nicklas가 이 삼화음 이야기를 해주었다.

5 레오폴트 춘츠가 히브리어에서 번역한 구절을 참고했다. Leopold Zunz, *Die vierundzwanzig Bücher der Heiligen Schrift*, Basel 1995.

은 종종 그냥 순전히 개인적인 나가 아니라 공동체를 의미하기 때문이다.

인용한 구절 바로 전에 이런 표현이 나온다. "그 백성이 광야에서 은혜를 입었고, 이스라엘은 안식을 찾아 나섰을 때…" 공동체는 소명 가운데 살 때야 안식을 얻는다. 부르심, 소명을 떠나서는 내적 평화도 권능도 없다. 우리는 서로 더불어 살 때 삶의 위기를 받아들이고 극복할 수 있다. 우리는 곤궁 속에서 사랑하는 자가 되도록, 서로 존중하고 서로를 위해 있어주도록 부름받았다. 개인의 위기는 공동체에게는 늘 부르심이 된다.(〈고린도전서〉 12:26 참조) 여기서 우리는 하느님의 '너'로서 스스로를 입증할 수도 있고, 실패할 수도 있다.

공동체로 살고, 공동체에 봉사할 준비가 되어 있지 않다면, 우리 마음은 하느님을 거의 알 수 없을 것이다. 하느님은 우리에게 지금 위기에 빠진 이, 도움이 필요한 이를 보여주시며, 이제 나를 알 때가 되었다고 말씀하시기 때문이다. 그러나 네가 믿는 것을 통해서가 아니라, 너의 행동을 통해 나를 깨달을 때가 되었다고 말이다. 이것은 왕왕 선지자들이 일깨워주는 가장 불편한 하느님 인식이다. 성서에서 가장 도전적인 말은 선지자 예레미야가 일찍이 불의한 왕에 대해 한 말이 아닐까? "그[네 아버지]는 가난한 자와 궁핍한 자를 도와주었기에 형통했다. 이것이 나를 제대로 앎이 아니겠느냐? 주의 말씀이다."(〈예레미야〉 22:16) 때때로 우리의 행위가 우리에게 (그리고 하느님께) 우리가 진리 가운데 무엇을 믿는지를 보여주어야 한다. 여기서 '때때로'라는 말은 도그마의 문제가 아니라, 성숙의 문제다.

하느님이 너라고 지칭하실 때, 그것을 그냥 나 자신으로만 알아듣고, 자신이 속한 공동체를 생각하지 못한다면 하느님을 잘 알지 못하는 것이다. 스스로를 우선시해 첫 계명 앞에 이런 머리말을 붙이는 것이기 때문이다. "나는 나다. 나는 잘되어야 한다. 하느님이 그럴 수 있도록 돌보실 것이다. 나 자신이 행복한 만큼만 하느님의 평화를 믿을 수 있다. 나 자신이 사랑받고 있다고 느끼는 만큼만 하느님의 사랑을 말할 수 있다. 나는 나다. 하느님이 내게 봉사하신다."

우리의 믿음이 자신만 아는 개인적인 믿음에서 벗어나지 못하면, 내가 위기에 흔들리는 만큼 믿음이 위기에 빠지는 것도 놀랄 일이 아니다. 그것은 살얼음 같은 믿음이다. 그런 믿음은 살다가 자존심이 상하거나, 부정적인 상황이나 경험을 만나면 깨어진다. "삶이 너를 이렇게 대우하잖아! 봐, 네가 얼마나 불쌍하냐! 하느님이 정말로 선하신 분 맞아?"

자기를 중심으로 뱅글뱅글 돌면서—오직 자신의 안위와 자신의 영혼의 편안함만을 중요시하면서—공동체나 소명은 나 몰라라 한다면 미성숙할 뿐 아니라 문제가 있는 사람이라 할 것이다. 믿음이 오로지 내가 얼마나 잘 지내느냐에 달려 있다면, 그 믿음은 위기에 처하게 될 것이다. 그런 미성숙함에서는 주어진 상황이 내 하느님이 될 것이기 때문이다. "내가 잘 지내면, 하느님은 선하신 분이고 나는 복 받은 사람이야. 내가 못 지내면, 하느님은 계시지 않거나 내게 복을 주시지 않는 거야." 그러므로 우리의 위기는 공동체 차원에서 다루어져야 한다. 개인의 위기는 공동체에 시험이 된다. 그 가운데 비로소 공동체의 진실이 드러나고, 공동체는 (예레미야가 말한 의미에서) 자신이 '하느님을 진정으로 아는지'를 보여줄 수 있다.

우리는 소명의 삶을 사는 만큼만 하느님을 힘입어 사는 삶을 경험할 수 있다. 소명에 충실한 것과 진리를 경험하는 일은 분리될 수 없기 때문이다. 그리하여 우리는 장차 개인적인 '나'로서 하느님 앞에 서서 대답해야 할 뿐 아니라, 우리가 속한 공동체의 '너'로서 그분 앞에서 대답하고, 함께하는 삶의 아름다움을 보게 될 것이다. 그것은 공동의 열매일 것이다! 삶을 독자적인 것, 개인적인 것으로만 여기는 태도는 정말 편협하고 단순하다. 내가 하는 많은 좋은 일들을 다 내가 잘나서 할 수 있다고 생각하는가? 환경과 사람을 잘 만난 탓은 아닌가! 내가 가진 것 중 받지 않은 것이 무엇일까? 그렇다면 내가 누리는 것은 누구의 것일까? 나의 것일까, 다른 사람의 것일까? 이 비유가 말하는 바는 바로 이것이다. 연주는 '공동으로' 내는 울림이다! 우리는 좋든 나쁘든 삶의 아름다움과 불가해함 가운데 서로 긴밀히 연결되어 있다. 보이는 세계의 알록달록한 씨실들은 모든 것을 지탱하고 유지하는 보이지 않는 세계의 날실들과 촘촘히 엮여 있다.

초월적인 너

우리가 더불어 하느님 앞에서의 '너'로 존재한다는 것을 〈요한계시록〉의 일곱 교회에 보내는 서신을 보면 더 실감할 수 있다. 이 일곱 편지에서 그리스도는 각각 다르게 묘사된다. 각 교회의 특징도 서로 다르다. 모든 교회는 서로 다른 권고와 격려를 받고, 마지막에 서로 다른 약속을 받는다. 각 교회의 특성이 다르고, 각각 다른 말을 듣고, 서로 다른 것을 깨닫는다. 그러나 독특한 것은 편지들이 교회를 '너'로 본다는 것이다. 〈요한계시록〉의 편지들은 단순히 "에베소 교회 사람들에게 편지하라" 혹은 "서머나 교회 사람들에게 편지하라"라고 시작하지 않고, 대신에 "에베소 교회의 천사에게 편지하라" 혹은 "서머나 교회의 천사에게 편지하라"라고 되어 있다. 버가모, 두아디라, 사데, 빌라델비아, 라오디게아 교회도 마찬가지다. 늘 "그 교회의 천사에게 편지하라"고 한다.(참조 〈요한계시록〉 2~3장)

'천사'라는 독특한 지칭은 바로 '초월적인 너'를 표현한다. 각 교회는 하느님 앞에 초월적인 너로 존재하며, 그 안에서 인정받고 부름받고 보호받는다. 공동체는 단순히 각 개인의 총합이 아니다. 하느님 앞에서 각각 저마다의 특성과 본질 가운데 특유의 영적 태도가 생겨난다. 그리하여 가령 공동체 속의 각 사람은 마음이 겸손할 수 있지만, 그들 각각이 모여 이루는 공동체로서의 '너'는 집단적인 허영과 교만함으로 다른 공동체 위에 군림할 수도 있다.

이런 의미에서 서신은 공동체를 이루는 개개인의 삶과 믿음을 칭찬하거나 비판하지 않고, 공동의 울림을 내는 공동체로서의 '너' 안에서 지배적인 영을 칭찬하거나 비판한다. 그러나 이것이 더 이상 개개인에게 해당하는 말이 아니라고 해서 개개인의 책임이 면제되는 것은 아니다. 반대다. 오히려 개개인의 책임이 강화된다! 이제 하느님 앞에서 나 스스로만 책임지면 되는 것이 아니라, 다른 사람들과 더불어 '엮이고, 살아가는' 공동의 것도 책임져야 하기 때문이다.

언젠가는 우리가 공동체로서 하느님 앞에서 어떤 모습이었는지를 보게 될 것이다. 우리가 어떤 은혜를 경험했고, 어떤 일에 성실했는지, 어떤 진리를 사랑했고, 어떤 사랑을 살아냈는지, 어떤 어려움을 극복했는지를 보게 될 것이다. 이 모든 것이 공동체의 색깔이다. 개별적인 자아는 성서에서는 공명을 찾지 못한다. 개개인이 존엄과 품위가 없어서가 아니라, 그의 소명이 비로소 공동체로서 '너'에서 드러나기 때문이다.[6]

6 각 바이올린의 소리 특성이 앞에서 언급한 공명 영역을 통해 결정되므로, 소리를 위해 각 공명 영역(헬름홀츠 공명, 몸통 공명, 중간 공명, 비음 영역, 브릴리언스 영역)이 올바른 비율을 이루어야 하는 것처럼, 〈에베소서〉는 이와 비슷한 방식으로 공동체의 울림에 기여하는 '공명 영역'들에 대해 이야기한다. 〈에베소서〉는 "사도, 선지자, 복음 전하는 자, 목자, 교사"(4:11)에 대해 이야기한다. 이런 기본 은사에 따라 교회사적으로 늘 인상적인 운동, 공동체, 사역이 있어왔다. 하지만 한 가지 소리가 홀로 울리거나, 그 소리가 다른 공동체나 교파에 대해 지나치게 지배적이면—바이올린의 공명 프로필에서처럼—영적으로 진부한 울림이 나며, 하느님 나라는 그 능력과 아름다움을 잃어버린다.

믿음을 개인적으로 하느님과의 관계를 가꾸어나가는 것으로만 이해한다면 우리의 믿음은 가련하고 병들게 될 것이다. 결혼생활, 친구 관계, 교회, 회사, 사회, 나라… 내가 살아가는 이 모든 공동체가 하느님 앞에서의 '너'이다. 바이올린 장인이 소리의 공명을 만드는 것처럼, 이런 '너'도 사람들이 기뻐할 수 있는 모습이어야 한다. 직원들과 함께하는 나의 회사는 어떤 울림이 있을까? 정직함에서, 제공하는 서비스 혹은 상품에서 어떤 울림이 날까? 경쟁사와 함께하면서, 고객이나 거래처를 대하면서, 돈을 다루면서 어떤 소리를 낼까? 우리가 구성하는 '너'를 통해 어떤 목소리가 우리의 문화와 사회로 뻗어나가고 있을까? 이런 질문에서 일상의 찬양이 드러난다. 로저 수사는 이렇게 말한다. "예배에서 표현되는 그리스도에 대한 찬양은 그것이 보잘것없는 일에서도 지속되는 만큼만 유효하다."[7]

우리가 함께 이루어 살아가는 '너' 밖의 나는 공명은 있겠지만, 좋은 소리를 갖지 못할 것이다. 가족, 친구들, 교회, 회사, 사회. 우리는 늘 이 모든 것에로 돌이켜야 하지 않을까? 돌이키는 것은 그냥 자아로만 사는 것, 나 자신만 알고 사는 삶과 결별하는 것이다. 나는 비로소 '너' 안에서 윤곽을 얻는다. 순수한 자아의 개별적인 목소리가 아니라, '너' 안에서 비로소 울림을 발견할 수 있는 '은사적 목소리'가 중요하다. 60억 개의 개별적인 공명은 합쳐져봤자

7 테제 공동체 규칙.

특성 없는 웅성거림에 지나지 않는다. 그러나 매번 실현되어야 하는 소명은 작곡처럼 짜임새가 있는 것이다.

호흡하는 찬양

예배 중의 찬양은 하느님 앞에 있는 음악에 부어진 공동의 '너'의 표현이다. 나는 공동으로 찬양할 때 깊은 연대감을 맛보곤 한다. 이런 순간에 개인적인 계획이나 바람은 한구석으로 물러난다. 설교도, 경험을 나누는 것도, 일들을 상의하는 것도 중요하지 않다. 찬양시간에는 오직 공동의 찬양만이 드려지며, 함께 멈추고 함께 듣는 가운데 소리로 하나 된 믿음의 공동체가 더불어 하느님 앞에 선다. 이것은 공동의 호흡과 같다.

베를린 필하모닉 오케스트라 단원인 한 바이올리니스트는 자신의 직업에 대해 이렇게 말했다. "나는 전체 오케스트라가 음악과 함께 공동으로 호흡하기 시작하는 순간을 좋아해요."[8] 이 말은 앞서 말한 나의 믿음의 경험에 대한 비유를 상기시킨다. 성령이 공동체에 찬양을 선사할 때, 그것은 하느님과 더불어 호흡하는 듯한 경험이다.

8 Kotowa Machida, 1. Violine Berliner Philharmoniker. Konzertprogramm des Venus Ensembles, Gauting, 21. September 2007.

14장

조각 II

아름다움의 의미

"나는 네게 유익하도록 가르치고,

네 갈 길을 인도하는 네 주 하나님이다."

〈이사야〉 48:17

의식적으로 사는 모든 이는 삶의 원칙이라 할 만한 것을 정리해야 한다. 이런 원칙에 자신의 삶에 본질적이라고 여기는 생각들을 담아야 한다. 자신이 무엇을 추구하는지, 무엇을 중요하게 여기는지를 표현해야 한다. 꼭 자신만의 독자적인 원칙일 필요는 없다. 좋다고 생각되는 세간의 원칙을 차용해도 좋지만, 스스로 작성한 듯 가슴으로 동의하는 것이어야 한다. 원칙을 잊어버리거나 깨뜨리면, 삶의 아름다움은 가뭇없이 사라진다. 내게 아름답고 가치 있는 것들이 손상되기 때문이다.

아름다움은 그냥 아무렇게나 아름다운 것이 아니다. 아름다움은 특정한 규칙을 따른다. 이런 규칙이 어느 정도로 개별적인 문화의 영향을 받고, 어느 정도로 타고난 인간 본성에 의해 정해지는지는 명확하지 않다. 그러나 규칙 없는 아름다움이 없다는 건 명백한 사실이다. 나는 바이올린의 아름다움과 소리의 관점에서 이런 규칙 몇몇을 이미 소개했다. 내면의 것들에 대해 배우기 위해, 이런 외적인 규칙이 주어졌다. 우리는 삶의 아름다움에 공동 책임이 있다. 삶의 규칙에 대한 생각들로 그것을 살펴보자.

마르틴 루터는 16세기에 "모든 인간은 신학자다"[1]라고 했고, 요제프 보이스Joseph Beuys는 20세기에 "모든 인간은 예술가다"[2]라고 했다. 상이한 시대를 살았던 두 사람의 말은 일맥상통한다. 두 사람의 말은 모든 인간은 자신의 삶을 해석하고 형상화할 과제를 부여받았다는 의미가 아닐까? 해석하고 만들어낸 결과가 임시적인 것이라 해도, 이런 과제의 중요성을 떨어뜨리지 않는다. 해석하고 만들어나가는 것이 바로 인간 됨의 본질이다. 모든 인간은 삶의신학자와 예술가가 되어야 한다. 그렇게 삶의 작품이 탄생한다. 한 문화의 '종합예술작품'이다. 우리가 더불어 어떻게 살고자 하는가 하는 질문이 반영된 작품이다. 모든 문화에서 자연적인 본능을 뛰어넘어 어떻게 살 것인지를 다루는 삶의 규칙이 탄생했다는 데서 인간이 동물과 다른 특별한 점이 드러난다.

1 Omnes dicimur Theologi, WA 41, 11,9 – 13[Predigt zu Psalm 5 vom 17. Januar 1535]. 다음에서 인용, Oswald Bayer, *Martin Luthers Theologie*, Tübingen 2004, S. 15.
2 Joseph Beuys, *Jeder Mensch ein Künstler*, Frankfurt a. M., 1975.

제2의 본성

동시대의 조각가 토니 크래그Tony Cragg는 "솔직히 나와 조각 중에 누가 결정권을 갖는지 말하기 힘들다"고 했다. 그의 전시 '제2의 본성Second Nature'[3]은 인간의 문화가 인간의 두 번째 본성임을 이야기한다. 누가 결정권을 가질까? 한편에는 해석하고 만들어내는 문화의 힘이 있다. 다른 한편에는 충동과 욕구라는 본성의 힘이 있다. 이 힘들은 매력적으로 양립하면서 우리 안에서 서로 싸운다. 삶의 원칙은 영혼의 조각작품이다. 누가 결정권을 가질까, 나일까 조각일까? 나는 스스로를 단순한 본성에 내맡기고자 하지 않는다. 왜냐하면 그것은 퇴화를 의미할 것이기 때문이다. 그것은 내 삶의 신학자와 예술가가 되는 부르심을 망가뜨리는 일일 것이다.

철학자 조반니 피코 델라 미란돌라Giovanni Pico della Mirandola (1463~1494)는 이런 부르심에 대해 다음과 같이 말한다. "내가 너를 세상 가운데 둔 것은 네가 세상에 무엇이 있는지를 더 잘 깨달을 수 있도록 하기 위함이다. 내가 너를 천상의 존재로도 지상의 존재로도, 유한한 존재로도 불멸의 존재로도 만들지 않은 것은, 네가 자유롭고 주체적인 예술가처럼 스스로를 빚어 너 자신이 원하는 모습이 되게끔 하기 위함이다. 너는 저급하고 동물적인 상태로 퇴화할 수도 있고, 스스로 원한다면, 더 높은, 신적인 경지로 새

3 Staatliche Kunsthalle Karlsruhe, 2009.

롭게 될 수도 있다."[4]

본성은 그저 주어진 것이라 그에 대해 아무것도 할 것이 없다. 하지만 문화를 통해서는 스스로를 빚을 수 있고, 이런 면에서 할 수 있는 것이 아주 많다. 문화는 무엇이 우리 삶의 규칙이 되어야 할지를 묻는다. 우리는 무엇을 선택하고, 무엇을 들을까? 본성만 좇는 사람은 아무것도 선택하지 않을 것이다. 우리는 무엇을 어떤 모양으로 빚고자 하는가? 우리의 선택은 무엇인가? 루터와 보이스를 빌려 말하자면, 우리는 어떻게 해석하고 만들어내고자 하는가?

삶의 규칙은 일반적으로 통할 필요도, 최종적일 필요도 없다. 권위적인 주장도 아니고, 객관적인 자연법칙도 아니다. 그것은 증서다. 이런 증서는 규칙을 열거할 뿐 아니라, 우리가 그 규칙으로 경험하는 것에 대해 이야기한다. 그래서 위대하고 거룩한 문서들은 모두 법칙뿐 아니라 이야기를 담고 있다. 가령 《탈무드》는 두 가지 기본적으로 다른 층을 지니고 있다. 할라카Halacha와 학가다Haggada다. 할라카는 종교적 율법 텍스트이고, 학가다에서는 이야기, 사례, 전설 및 법칙에 대한 구체적인 묘사를 만날 수 있다.

복음서도 비슷하다. 우리는 복음서에서 여러 가지 삶의 규칙을

4 Giovanni Pico della Mirandola, Reden über die Würde des Menschen. 다음에서 인용. Raniero Cantalamessa, *Komm, Schöpfer Geist. Betrachtungen zum Hymnus Veni Creator Spiritus*, Freiburg, Basel, Wien 1999, S. 125.

발견한다. 하지만 더 나아가 삶의 이야기도 만난다. 이런 이야기에서 우리는 인간 본성과 문화 사이의 내적 투쟁을 느낀다. 우리도 삶에서 이런 다툼을 느껴야만 삶의 규칙을 자신의 것으로 만들 수 있을 것이다. 그것을 이해해야 하고, 내면에서 스스로 경험해야 한다. 거룩한 삶의 규칙을 알 뿐 아니라, 그것을 자기 삶의 이야기로 만드는 것이 바로 "천국에 들어가는 것"(〈마태복음〉 23:13)이 아닐까.

알렉산드리아

얼마 전에 삶의 규칙을 적어보았다. 알렉산드리아에서 카이로로 돌아오는 길이었다. 이 여행은 아름다움의 경험 그 자체였다. 알렉산드리아에 가게 된 것은 알렉산드리아 도서관장인 이스마일 세라겔딘Ismail Serageldin이 그곳 아트센터에서 소리와 악기 제작을 주제로 강연을 해달라며 초청했기 때문이었다. 압도적인 건축으로 위용을 자랑하는 알렉산드리아 도서관은 아랍 세계의 독보적이고 현대적인 문화시설 중 한 곳이다. 정말 빼어난 건물로 여러 나라와 다국적 기업들의 후원을 받아 건립되었다. 근무자만 2,000명이 넘는데, 이곳이 세계적으로 가장 대규모 문화시설일 뿐 아니라, 7개의 미술관과 8개의 연구소가 도서관에 부속되어 있기 때문이다. 그중 하나가 아트센터로, 그즈음 그곳에서 악기 제작의 역사, 미학, 비전을 주제로 행사가 열렸다.

무려 21개의 명예박사학위 소지자인 이스마일 세라겔딘은 수많은 이집트 작곡가, 음악가, 음악학자들을 이 심포지엄에 초대했다. 강연이 있을 때마다 청중은 눈을 반짝이며 아름다움과 소리에 대해 열정적으로 질문을 던졌다. 심포지엄의 한 오전 강의에서 나는 조음 가능성을 중심으로 여러 가지를 시연해 보였는데, 쉬는 시간이 되자 한 여성 음악학자가 내게 코니라 불리는 베트남 전통 현악기의 원리를 묘사한 사진들을 보여주었다. 코니는 특정한 음색을 만들어내기 위해 인간 구강의 공명 공간을 활용한다. 이 악기와의 만남은 내게 새로운 소리 공간으로 들어가는 문을 열어준 계기 중 하나가 되었다. 여기서 인간의 몸은 악기의 음과 연결된다. 점심식사를 하면서 우리는 아랍과 서구의 음계 차이에 대해 이야기를 나누었다. 하지만 아쉽게도 대화를 서둘러 마쳐야 했다. 주최 측에서 손님들에게 박물관과 미술관을 꼭 구경시켜주려고 했기 때문이다. 우리는 못내 아쉬웠고, 나중에 친절한 세라겔딘의 주도하에 '원탁'에 둘러앉아 음악적 열정을 계속해서 나눌 수 있었다.

이어 알렉산드리아 도서관 내의 박물관을 관람했는데, 정말 대단했다. 정규 오픈 시간이 아닌 때여서 고요하고 장엄한 공간에서 인류의 오래된 원고들, 거룩한 문서들, 태곳적 그림들을 감상할 수 있었다. 인류의 문화, 정신, 역사에 깊이 잠기는 시간이었다. 그 모든 것을 볼 수 있다는 것이 정말 자랑스러웠다.

저녁 음악회에서 나는 미술, 무용, 작곡, 음악—즉 그 모든 문화적 아름다움—이 종교적 근본주의에서 비롯된 차이를 정말 상쇄할 수 있음을 깨달았다. 모든 아픈 질문과 차이에도 불구하고 무엇이 우리를 인간으로 만드는지가 체감되었기 때문이다. 그것은 바로 가치와 아름다움을 표현하는 예술에 대한 사랑이 모든 인류에게 공통으로 내재해 있다는 사실이었다.

음악회가 끝나고 우리는 새로 창단된 알렉산드리아 실내악단과 합창단의 연습을 지켜보았다. 연습을 참관한 뒤 몇 시간이 지나 밤늦도록까지 오페라의 멜로디가 내 머릿속을 떠나지 않았다. 열다섯 살쯤 되어 보이는 아랍의 여학생 솔리스트는 지휘자 샤리프가 최근에 오케스트라와 합창단을 위해 작곡한 작품에 정말 빛나는 힘을 불어넣었다. 그 어린 성악가는 정말 놀라운 목소리를 가지고 있었다. 그 작품의 작곡가인 샤리프는 오후에는 심포지엄에 참가했고, 저녁에는 지휘하는 모습을 보여주었다. 오케스트라의 제1바이올리니스트는 내가 가장 최근에 완성한, 즉 나흘 전에 비로소 '세상 빛을 본' 바이올린을 즉흥적으로 시험연주해보기도 했다. 나는 그 악기를 알렉산드리아에 올 때 가져온 터였다. 그 과정에서 나는 매력적인 아랍 음계도 알게 되었다.

우리는 이런 행사에 직업적 관심사를 가지고 모였다가 친구가 되어 헤어졌다. 종교는 서로 다르지만, 모두 이후에도 연락하며 지낼 수 있기를, 앞으로도 우리가 하는 작업들과 우리에게 중요한 것들을 공유할 수 있기를 바랐다.

다음 날 시간 여유가 약간 있어서, 전통적인 방식으로 파피루스를 제조하는 공장을 견학했다. 그곳에서 파피루스를 만져보며 사각거림과 바스락거림, 아주 특별한 섬유결에 놀랐다. 앞판 공명 실험에 파피루스를 활용하면 좋을 것 같다는 생각이 들었다. 지난 몇 년간 나는 음악적으로 아주 매력적인 비선형성을 미세하게 증가시키기 위해 리넨 천, 탄소섬유, 양피지 조각들을 악기에 부착하는 실험을 해왔다. 이런 실험에 기초하여 몇몇 연주용 악기가 탄생했고, 현재 훌륭한 음악가들이 그 악기들을 가지고 솔로 연주를 하고 있다.

이제 마음속에서 파피루스를 가지고 진행할 음향실험이 생생하게 그려졌다. 바이올린 앞판의 파동의 배antinode[정상파에서 진폭의 시간적 변화가 가장 큰 곳으로, 위아래로 진동하는 진폭이 가장 크다]에 파피루스를 장착하면 어떤 미세한 영향이 느껴질까? 이것은 물론 계획한 일이 아니었다. 그러나 손가락 사이에서 느껴지는 신선하고 새로운 사각거림과 바스락거림을 그냥 무시하는 건 불가능했다. 그래서 나는 알렉산드리아의 파피루스 공장에서 파피루스 몇 뭉치를 구입했다. 사각거리는 파피루스와의 만남이 예기치 않았던 인도하심으로 느껴졌기 때문이다.

비브라토

이쯤에서 내가 다루는 소리의 측면을 조금 더 자세히 살펴보아야 할 것 같다. (너무 깊게 들어간다는 생각이 드는 독자는 이 부분을 건너뛰고 읽어도 좋다.) 여기서 '비브라토'란 바이올리니스트가 바이올린을 연주할 때 왼손의 반복적인 움직임을 통해 만들어내는 일반적인 부분음의 비브라토를 말하는 것이 아니다. 그것은 보통의 비브라토로, 예전부터 있던 현악기의 특징이다. 내가 연구하는 것은 바로 진폭에 따른 공명 주파수의 비브라토다. 따라서 음의 각 구성요소(부분음)의 주파수를 조절modulation하는 것이 아니라, (부분음에 중요한 영향을 미치는) '공명 자체의' 주파수를 조절하는 것이다. 이런 조절이 가능하다면 절대적으로 특별할 것이다. 인간의 목소리만이 그렇게 할 수 있으니까. 진동자oscillator(가령 진동하는 현)가 공진기resonator(가령 바이올린 몸통)와 '유희하는' 악기 중 그 어떤 악기도 오늘날까지 음악가가 활용할 수 있는 공명의 비브라토를 만들 수는 없었다. 이것이 가능해진다면 결과는 엄청날 것이다. 부분음들의 진폭 조절이 가능해질 테고, 연주자가 떨림을 만들어내지 않는 곳에서도 생동감이 느껴질 것이다. 공명 비브라토는 속귀를 자극하는 패턴을 조절할 수 있게 된다. 이것은 활의 역동성 자체로부터 탄생할 것이다. 바이올린 몸통은 이런 경우 포르티시모에 피아노와는 다르게 반응할 것이기 때문이다! 이런 악기의 소리는 정말로 활력이 느껴질 것이다. 정말 몸서리쳐질 정도로 선형적이고 흠 없는 악기에는 대개 결여된 새로운 활력 말이다. 오래된 악기의 아주 미세한 결함은 매력을 행사한다. 그것이—정말 작은, 그러나 들을 수 있는 정도로—진폭에 따라 반응하는 '살아 있는 소리를 내는' 몸통을 만들어준다. 이런 효과를 '비선형적 감쇠'라고 부른다.

하지만 세월의 성숙만으로는 충분하지 않다. 나는 젊은 악기의 힘과 적재력(힘을 실을 수 있는 특성)을 추구하는 동시에 나이 들어가는 악기의 공명 피크 부분에서 부드럽고 조절 가능한 진동을 추구한다. 작은 비밀을 발설하자면, 최근 몇 년간 실험해온 것은 이런 소리를 찾기 위한 노력이었다. 몇 년간 나는 섬유들(아마, 삼, 탄소, 양피지, 그리고 이제 파피루스)을 통해 비선형성을 만들고자 했다. 선형적인 것은 완벽하다. 그러나 말할 수 없이 지루하다. 결함이 없기에, 공명 비브라토에 필수적인, 그 매력적인 비선형성이 생겨나지 않는다. 음악가는 현으로 비브라토를 구사해야 한다. 그러나 바이올린 장인으로서 나는 공명이 비브라토되게 하는 몸통을 만들어야 한다. 아직 그런 몸통은 없다. 그런 몸통이 있다면 새로울 것이다. 바이올린 소리와 바이올리니스트의 기교가 합쳐져 아름답게 울릴 것이다. 그것은 새로운 특성이자 아름다움이 될 것이다!

삶의 원칙

카이로로 돌아가는 길. 나는 모든 만남과 좋은 경험을 통해 자극과 영감을 받은 채로 알렉산드리아에서 돌아오는 길에 '내 삶의 원칙'을 적었다. 그것은 '인도하심을 받을 것'이라는 첫 번째 단순한 문장으로부터 자연스럽게 생겨났다. 카이로로 오는 길에 이 첫 문장이 정말 내 안에서 소리로 들리는 듯한 느낌이었다. 아무 생각 없이 있다가 갑자기 첫 문장이 튀어나오더니 다른 문장이 뒤따랐다. 미리 심사숙고하거나 애써 지어낼 필요 없이 술술 적어 내려갔다. 그냥 잠시 받아적는 듯한 느낌이었다. 모든 사람은 자신의 원칙을 가지고 있을 것이다. 나는 내 삶의 원칙을 다음 열 가지로 정리해보았다.

1. 인도하심을 받을 것.
2. 나의 삶이 하느님께 드려지는 예배라는 사실을 명심할 것.
3. 욕심으로 이루고자 하는 일들을 내려놓을 것. 억지로 이루려 하는 것은 욕심일 뿐, 의미 있고 중요한 것들은 자연스럽게 온다.
4. 분명한 일을 행함에 게으르지 말 것
5. 스스로 똑똑하다고 여기지 말고, 하느님의 지혜에 경탄할 준비가 되어 있을 것
6. 하느님 앞에서 자신의 길을 책임질 것. 모든 것을 도덕적 잣

대로 판단하지 말 것. 자신과 이웃의 죄를 용서할 것.

7. 마음이 깨끗한 사람만이 하느님을 볼 수 있으므로 악감정을 멀리할 것. 경탄하는 것은 좋지만, 너무 흥분하지는 말 것. 지속적인 기도를 통해 영혼의 고요를 유지할 것.
8. 하느님의 신비와 친밀함을 경외할 것. 이웃의 연약함을 긍휼히 여길 것.
9. 걱정하는 대신 기도할 것. 걱정거리를 하느님 안에 내려놓을 것.
10. 떠벌리거나 거짓말하거나, 미움이나 날카로움이 묻어난 말로 다른 사람에게 상처를 주지 않도록 혀를 조심할 것. 좋지 않은 소리를 듣게 되면 그것을 계속 전달하지 말고, 하느님께 맡겨드릴 것.

삶의 원칙을 쓴다는 것은 어떤 의미일까? 내 생각에는 모두가 자기 삶의 원칙을 써보아야 한다. "모든 인간은 신학자다." "모든 인간은 예술가다." 정말 이렇게 된다는 건 어떤 의미일까? 상황에 휘둘리지 않고, 임의적으로 행동하지 않는 것은 용기다. 각자의 원칙은 객관적이지는 않지만, 임의적이지도 않다. 개인적이지만, 개인주의적이지 않다. 삶의 원칙은 더불어 사는 삶에서 입증되어야 한다. 나는 '너'에게서 내 삶의 원칙을 느낀다. 그곳에서 그 원칙은 마찰을 빚고, 비판되고, 확인되고, 강화되고, 보충되고, 폐기된다. 이것이 객관적인 진리의 문제일까?

진 리

나는 진리가 주권적이라고 믿는다. 진리는 주권적으로 전파된다. 진리의 메시지를 듣고자 하는 마음이 바로 성실 아닐까? 그러므로 본디오 빌라도가 예수께 던진 "진리가 무엇인가"(〈요한복음〉 18:38)라는 너무 커다란 질문보다 우리에게 더 적합한 질문은 바로 내가 하느님 안에서 깨달은 것을 삶으로 옮길 준비가 되어 있는가다.

내 삶이 깨달은 것에서 벗어났을 때 나는 돌이키고자 하는가? 아니면 나의 잘못과 게으름을 인간이라 어쩔 수 없는 것으로 치부하는가? 이것은 나는 어떤 사람인가 하는 질문이다. 참되고자, 성실하고자 하는 사람은 자신이 듣고 싶은 진리만 듣지 않고, 무엇보다 자신에게 반하는 진리도 무시하지 않는다. 자신에게 저항하는 진리도 회피하지 않는다. 사실 진리가 저항을 행사하지 않는다면, 무슨 가치가 있겠는가? 우리는 자신에 대한 저항을 필요로 한다! 우리의 행동이 삶의 원칙에 위배될 때, 우리가 약하고 부족한 인간이기에 필요한 저항을 삶의 원칙이 비로소 행사한다.

참된 사람은 이런 갈등 상황에서 자신을 합리화하지 않고 돌이킴을 선택한다. 돌이킴을 통해서만 자신이 진정으로 믿는 것이 무엇인지 보여줄 수 있다. 옳은 일을 하고자 하는 사람은 자신이 하느님의 뜻을 따르고 있는지, 자신의 뜻을 따르고 있는지를 알아차릴 것이다.(〈요한복음〉 7:17 참조)

하느님은 진리이다. 우리는 그를 소유할 수 없다. 진리는 우리의 성실을 존중하지만, 그것을 뛰어넘지 않는다. 이것이 그의 겸손이다. 진리의 주권성과 겸손을 믿기에 나는 저항을 느낌으로써 내가 어느 부분에서 돌이켜야 하는지, 어느 부분에서 내 행동을 변화시키고 캐물어야 하는지를 느낄 수 있을 거라고 믿는다. 그렇게 내가 가는 길에서 성숙해가야 한다고 확신한다. 모든 인간은—예술가와 신학자로서—진리에 대해 주체로 서야 한다. 진리가 객관적으로 계시되지 않는 것은 이런 주체를 존중하기 때문이다. 진리는 찾는 자, 사랑하는 자로 스스로를 입증해야 하는 인간을 포기하고 싶어 하지 않기 때문이다.

다음 날 아침, 여전히 알렉산드리아에서 받은 좋은 인상과 만남에 강하게 감동되어, 나는 나의 첫 번째 원칙(인도하심을 받을 것)이 나머지 아홉 가지 원칙에 의해 펼쳐질 것이라고 확신했다. 그 아홉 가지는 첫 번째 문장이 실현되도록 우리를 도와주는 내적인 조건들을 이야기한다.

삶이 경외감을 불러일으키는 신비로 다가오지 않는 사람에게는 삶의 원칙이 별달리 도움이 되지 않을 것이다. 경외심이 없다면, 우리는 어떤 진리에도 복종하지 않을 것이다. 그런 태만이 우리를 아프게 하지 않는 한 말이다. 그러므로 아픔은 우리에게 선을 그어주는 마지막 힘일 터이다. 문화가 할 수 없는 곳에서 우리의 본능이 생명을 보호하려 할 것이기 때문이다. 문화의 규칙과 아름다움은 인식의 신비로운 열매다. 그러나 우리가 손을 뻗어 생명나무의 열매를 따지 않는 것은 그 일을 원칙이 금할 뿐 아니라, 본능적 아픔이 금하기 때문이다. 본능적 아픔은 문화가 제지하지 못하는 곳에서 우리를 막는 타오르는 불칼이다.

연주해야 하는 악기가 주어지듯, 우리에겐 문화 안에서 삶의 원칙이 주어진다. 어떤 원칙을 내 것으로 삼을지 선택하는 것이 중요하다. 그 원칙이 우리를 지배하기 때문이 아니라 그것이 악기와 같기 때문이다. 우리는 자유로운 음악가로서 이런 악기에 봉사하며, 좋은 소리를 내기 위해 인토네이션, 음색, 역동성, 음향 방사 projection에 신경을 써야 한다. 음악가의 훌륭함은 곡을 이해하고 자신의 재능과 주어진 가능성으로 그 곡을 해석할 마음과 능력이 있는가에서 드러날 것이다. 삶의 음악가도 마찬가지다. 내게 아름답고 충만한 삶은 진리를 구현하는 것이다. 하지만 저절로 되지는 않는다. 진리 안에서 '연습'해야 한다. 이를 위해 삶의 원칙이 주어진다.

요구되는 음정을 무시하는 것은 개성이나 자유로움의 표현이 아니라, 무성의하고 부주의한 것이다. 원칙을 잊었거나 알고도 무시했을 때 엄격하게 대처하는 것이 진정 자신감 있는 사람이다. 이런 엄격함은 무자비함이 아니라 참회를 의미한다. 참회는 거룩한 힘이며 소명으로 나아가는 힘이다. 삶의 동력이 자신에게만 있어 자기 좋을 대로 살아가는 사람은 이런 힘을 알지 못한다.

알렉산드리아에서 충만한 날들을 보낸 뒤 카이로의 박물관 카페에 앉아 알렉산드리아에서 경험했던 일들과 풍요로웠던 만남, 음악에서의 공통적인 표현 형태에 대해 생각해보았다. 아주 우호적이고, 존경이 넘치고, 서로 영감을 주는 만남이었음을 상기하며, 나 역시 그곳에서 한 강연을 통해 좋은 소리를 추구하는 일에 대한 깊은 이해와 경험을 전달한 것 같아 뿌듯했다. 힘을 전해준 동시에 많은 힘을 얻고 왔다는 생각이 들었다. 우리는 아름다움을 주제로 함께했고, 그 안에서 서로 만났다.

종교적 진리, 세계관적인 진리에 대한 물음을 놓고서는 서로 만나기가 쉽지 않다. 그에 대한 의견 나눔은 거칠고 시끄러워지기 십상이다. 거기서는 엄청난 확신의 힘으로 서로 부딪치고, 서로의 마음에 생채기를 내고, 서로를 지배하려 하며, 날을 세워 자기주장을 한다. 겉으로 보기에는 진리에 대한 논쟁 같지만, 속을 보면 권력 싸움이다. 거기서 나는 하느님이 (다른 사람을 통해!) 내게 던지는 질문을 듣지 않고, 교리적으로 내 입장을 피력하는 데 정신을 쏟는다. 그것은 우위 다툼이며, 그 무기는 상대를 논쟁으로 눌러버리는 것이다. 하지만 진리와 아름다움은 보기보다 서로 많이 괴리된 것이 아닌 듯하다. 그러나 이를 알기 위해서는 신앙적 진리의 본질에 대한 더 깊은 영적 통찰이 필요할 것이다.

즉 믿음의 문제에서는 '올바른 증명'이 아니라, '진실된 보증'이 중요하다. 학문적으로 옳은 것이 정확한 증명을 요구한다면, 영적으로 참된 것은 믿을 만한 보증을 요구한다. 여기서는—인간의 생각만이 아니라—인간 스스로가 진리의 보증이 된다. '타당성'에 대해서는 '실험하고 연구하는 것' '숙고하고 증명하는 것'이 중요하다. 그러나 '진리'의 경우는 오히려 빌립이 나다나엘에게 말했듯이 "와서 보는 것"(〈요한복음〉 1:46)이 중요하다. 〈시편〉 구절을 빌리자면 "맛보아 아는 것"(34:8)이 중요하다. 나는 지식의 빵으로만 살지 않고, 영적인 확신으로 살고자 한다. 나는 '지식'을 습득하지만, 또한 나를 받쳐주는 '확신'을 경험한다. 나는 '이해하는' 인간인 동시에 '감화받는' 인간이기도 하다. 이 두 가지가 함께하지 않는다면 내 삶은 가련해질 것이다. 사랑받는다는 확신이 결여된 인간의 실존은 가련하다. 성서에서 진리의 가장 강력한 보증은 사랑이다. 사랑은 증명할 수 없지만, 사랑받는다는 확신이 사랑받는 자의 삶을 지탱해준다.

그러므로 타당성과 진리, 증명과 보증, 지식과 확신, 이 양쪽 속성을 명심하고, 양쪽 모두를 힘입어 살아가는 것이 중요하다. 사람이 깨달은 진리는 무엇보다 그 진리가 당사자와 (다른 사람을) '변화시키는' 것으로 나타난다. 하느님은 '증명될' 수 없다. '보증될' 따름이다. 지식적으로 하느님의 진리를 아는 것은 굉장히 미약한 수단이다. 진리는 인간의 삶 속에 '체화'된다. 진리를 보증하는 것은 변화된 인간이다! 〈요한복음〉의 구절을 빌리자면 "말씀이 육신이 되는 것이다."

열세 살에—처음에는 부모님의 강한 반대를 딛고—열정적인 신앙을 갖게 되고 얼마 뒤 어머니는 말씀하셨다. "이 믿음에 뭔가가 있는 것 같다. 네가 정말 노력하고 있는 게 느껴져. 네가 많이 변했어." 그러나 나는 힘들게 노력한다고 느끼지 않았다. 수고롭다거나 일로 느끼지 않고, 그저 예수와의 친밀함과 기쁨 가운데 살았다.

진리는 '무엇이 옳은가?'라는 당연하지만 피상적인 질문보다 더 깊은 층의 것이다. 진리는 '의로움', '지혜', '아름다움'을 통해 인간 스스로가 열어가는 것이다. 이 세 가지가 바로 충만하고 성공적인 삶의 토대다. 이집트 여행에서 참 좋았던 것은 함께 추구하고 함께 질문하는 것이었다. 의로움(즉 관계에서의 정의로움)의 문제에서 우리는 서로 봉사할 수 있다. 지혜에 관한 문제에서는 서로에게 영감을 줄 수 있으며, 아름다움에 대한 질문에서는 인간 됨의 가장 내밀한 가치에 서로 동참할 수 있다. 예술의 의미가 어디에 있을까? 우리는 예술을 통해 서로의 조형력을 들여다보고, 열정과 표현 형태를 공유한다. 서로를 놀라게 하고, 사랑하는 대상의 지평을 넓힌다. 그렇게 우리는 삶에서 자신을 지탱해주는 것들을 보여주고 증언한다. 그뿐 아니라 우리에게 결여된 것, 우리를 괴롭게 하는 것들을 보여주고 증언한다.

이집트에서의 여러 만남은 아주 소중했다. 우리는 소명과 아름다움을 둘러싼 질문을 통해 서로 아주 진실되고 열정적으로 만났다. 여기서 종교적인 것은 어떻게 될까? 아름다움에 대한 질문은 종교적으로는 의심스러운 것이 아닐까? 종교에 중요한 것은 그저 진리가 아닐까? 방금 진리는 보증할 수 있고 증언할 수 있지만 증명할 수는 없다고 했던 말과 앞서 잠깐 언급했던 진리는 우리에게 저항을 행사한다는 생각은 가깝다. 진리를 더 중요하게 생각할수록(마땅히 그래야 하지만) 그것은 편한 대로만 하려는 나에 대항하여 더 강한 저항력을 펼친다. 그래야만 내가 다른 사람들을 대하는 데 자비롭고, 열려 있고, 부드럽고, 곁을 줄 수 있을 것이기 때문이다. 그렇게 해서 우리는 변화된다. 그럴 때라야만 우리는 다른 사람을 환대하는 사람이 되어 삶의 가장 내밀하고 거룩한 공간, 하느님이 스스로를 증언하는 공간으로 함께 들어가게 될 것이다. 흔하지 않은 은혜의 순간에 그런 일이 일어나려면 우리의 내면이 얼마나 겸손하고, 말랑말랑해야 할까. 확신한다는 것은 진리의 증인이 된다는 것이다. 그러나 그것을 위해서는 진리가 일단 자신의 잘못된 부분들을 극복해야 한다. 그렇지 않고서는 모든 것은 한갓 주장일 따름이며, 그것은 나의 진리를 공유하지 않는 사람을 영적으로 참수하는 일이나 마찬가지가 될 것이다.

이런 생각을 끄적이며 알렉산드리아에서의 경험과 만남을 다시 한번 돌아본 뒤, 남은 카푸치노를 마시고는 바로 근처에 있는 이집트 박물관에 갔다. 그런데 그곳 로비에서 내가 방금 끄적인 내용의 강력한 시각적 공명을 만난 기분에 사로잡혔다. 정말 멋진 로비였다! 왕과 왕비의 거대한 조각상(제18왕조의 아멘호테프 3세 Amenhotep III 왕과 왕비 티Ti의 조각상)이 서 있었다. 이 조각상을 보니 진리의 본질적 특성을 보는 듯한 기분이 들었다. 다정함, 고요함,

강력함이 그것이었다. 각각의 개성은 온전한 전형 뒤로 물러났다. 우선 왕과 왕비는 같은 크기로 조각되었고, 두 번째로 왕비가 오른팔을 부드럽게 뒤로 돌려 왕을 뒤에서 지지해주듯 손을 왕의 허리춤에 대고 있었다. 이 두 가지는 모든 왕과 왕비 조각상의 전형이다. 왕비는 왕을 지지하고 힘을 실어준다!

그러자 자연스레 성령에 대한 히브리 개념이 떠올랐다(루아흐 하코데시Ruach HaKodesh는 문자 그대로는 '거룩한 바람, 숨, 영'이라는 뜻이다). 성령은 히브리어로 여성 명사다. 예수도 〈요한복음〉에서 진리의 영을 보혜사라 일컬으며, 성령에 대해 마초 같은 속성이 아니라 여성적인 속성을 부여했다. 뒷받침하고 지원해주는 성령. 그러므로 진리는 마초 같은 태도로 오지 않는다. 예수는 진리의 영을 독선적인 투사가 아니라, 인간을 일으켜 세우고 돕고 기운을 북돋우고 가르치고 인도하는 세심한 위로자로 이야기한다.

왕의 허리에 손을 얹어 든든하게 받치는 왕비 조각을 보니 신약의 서신서가 연상되었다. 〈에베소서〉는 "그런즉 굳게 서서, 진리를 허리에 두르라"(6:14)고 말한다. 왕비가 왕의 허리에 손을 얹은 모습은 감정이 허리에 있다고 여겼던 옛사람들의 생각을 상징적으로 보여주는 듯했다. 〈베드로전서〉도 "그러므로 마음의 허리를 동이라"(1:13)고 말한다.

우리는 감정에게 진리를 이야기할 수 있어야 한다. 자신의 상태를 느끼지만 감정에 휘둘리지 않는 데서 얼마만큼 성숙했는지가 드러난다. 그러므로 진리는 우리 삶의 가장 강력한 원동력이자 힘인 감정과 맞닿아야 한다. 감정적인 면에서도 진리가 우리를 돕고 북돋우고 가르쳐야 한다! 싸우기 좋아하고 종교적 논쟁을 일삼는 생각은 진리의 장소가 아니다. 우리의 생각은 느끼는 걸 배워야 하며, 우리의 감정은 듣는 걸 배워야 한다. 진리에 귀 기울이는 걸 배워야 한다. 그러고 나면 우리는 느낌을 믿지 않고, 믿는 것에 감정을 이입할 것이다. 그런 인간은 성숙할 뿐 아니라, 강하다!

그런 생각을 하면서 왕과 왕비의 거대한 조각상을 하염없이 바라보고 있을 때 한 이집트인 방문객이 조각상이 아름답다고 생각하느냐고 말을 걸었다. 그 질문에 화들짝 놀라 잠에서 깨어난 기분으로 나는 다른 작품 쪽으로 발걸음을 옮겼다. 그런 다음 다른 전시실로 들어가 작은 조각상들(19번 전시실, 유리진열장 256)을 보자 탄성이 절로 나왔다. "맙소사, 너무 아름답군!" 수천 년 전 누군가의 손에 의해 만들어진 그 조각상들이 말을 하고 있었다! 나는 여기서도 한 인간이 추구하고, 보호하고, 만든 아름다움을 통해 그 사람의 진리를 만났다. 이런 작은 상들은 우리 삶의 원칙과 같다. 우리 역시 삶의 원칙에 합당하게 살아가려고 노력하면 우리 삶은 비록 작아도 커다란 아름다움을 지니게 될 것이다.

이집트에서 돌아오니 카이로의 작곡가인 날라에게서 이미 이메일이 와 있었다. 그녀는 자신의 최근 작품들을 들을 수 있는 링크를 보내주었다. 내 감상을 묻고는 오늘은 내 새로운 악기들을 위한 곡을 쓰겠노라고 했다. 며칠 뒤에는 이스마일 세라겔딘의 편지를 받았다. 그는 방문해주어서 감사하다고 했다. 하지만 정작 선물받은 사람은 바로 나였다. 그렇게 많은 것을 보고, 배우고, 받았으니 말이다!

만남의 아름다움

아름다움을 말할 때 빼놓을 수 없는 것이 인간 사이의 만남에서 오는 아름다움이 아닐까 한다. 알렉산드리아 여행은 내게 사람들의 만남이 얼마나 아름다운지를 분명히 보여주었다. 이 여행에서 무엇을 느꼈느냐고, 혹은 이집트 사람들이 어땠느냐고 묻는다면, 나는 그들은 나와 똑같은 사람들이라고 말할 것이다! 아주 비슷하다고, 아주아주 비슷하다고! 동일한 필요, 동일한 열정, 동일한 걱정과 불안, 동일한 사랑과 필요를 지닌 사람들이라고 말이다. 또한 그들은 존엄과 존중을 중요시하는 사람들이다. 서로 존경과 존중을 느끼면 우정과 친밀함의 문은 자연스럽게 열린다. 다른 문화의 좋은 점과 배울 점을 보는 것은 중요하며, 그것은 내게 어려운 일이 아니다. 무엇을 배울 수 있을지, 그 문화를 통해 무엇을 새롭고 다르게 파악할 수 있을지를 보아야 한다. 무엇보다 그것을 알아차리는 것이 중요하다. 이방인의 눈에는 현지인들이 무심하게 지나쳐버리는 것들, 현지인의 눈에는 보이지 않는 것들이 더 부각되어 다가온다. 낯선 문화 속으로 가면 자연스럽게 영감을 받을 수 있다. 파피루스 공장에서 경험한 일도 그랬다. 그곳에서 나는 사각거리는 새로운 울림을 경험했다. 듣고 배우는 자로서의 깨어 있는 관심이 없는 곳에서는 교만 혹은 두려움의 혈전이 귀를 막아서, 낯설고 새로운 울림이 들리지 않는다. 하지만 만남의 아름다움이 있다. 그리고 만남의 아름다움을 가능하게 하는 것은 서로에 대한 존경이다.

맺음말

새로운 시작

열네 장에 걸쳐 바이올린 장인으로서 나의 작업에 대해 써나가면서 나는 도입에 소개했던 "삶에 대한 비유를 만들라"는 훈데르트바서의 권고에 답변하고자 애썼다. 비유는 보이는 것과 보이지 않는 것 사이의 대화다. 보고 듣는 것을 배울 때, 모든 창조적인 것은 비유로 다가온다. 〈요한1서〉의 말씀을 빌리자면 그것은 "우리가 들은 것이고, 본 것이고, 살펴보고 손으로 만져본 것이다. 바로 생명의 말씀이다."(1:1)

어느 날 "백성 중의 한 남자"가 위대한 유대 랍비를 찾아와 자신이 한 발로 서서 버티는 동안 자신에게 토라 전체를 요약해서 가르쳐달라고 부탁했다. 그러고는 한 발로 서서 기다렸다. 그러자 랍비가 말했다. "너는 네 이웃을 너 자신과 같이 사랑해야 한다. 이것이 온 율법이다. 다른 모든 것은 그에 대한 설명이다. 자, 이제 가서 배우라." 이 말을 한 랍비는 바로 기원전 1세기에 바빌로니아에서 태어난 힐렐이다.[1] 힐렐은 어릴 적 팔레스타인으로 이주해

1 힐렐은 그의 대답에서 토라의 중심적인 구절인 〈레위기〉 19:18을 인용했다.

매우 가난하게 살았다. 젊은 시절에는 중노동을 해서 먹고살았다. 그는 매일 1트로파이콘을 벌어 절반은 생계를 유지하는 데 쓰고 절반은 스마야와 압탈리온의 배움의 집 입장료로 썼다.[2] 이에 대해 다음과 같은 이야기가 전해진다.

> 힐렐은 공부하고자 했다. 하지만 배움의 집에 들어갈 입장료가 없을 때도 있었다. 돈이 없을 때는 지붕에 기어 올라가 토론을 들었다. 어느 겨울날에도 그는 입장료가 없어 지붕으로 올라갔고, 눈이 내리기 시작했지만 듣는 데 열중하다 보니 눈이 쌓이는 것도 알아채지 못했다. 다음 날 아침 강의실에 들어온 사람들은 강의실이 이상하게 어둡다고 생각했다. 그래서 유심히 살펴보니 얼어 죽다시피 한 남자가 굴뚝을 덮고 있는 게 아닌가. 사람들은 그를 끌어내려서 몸을 녹여주고 이후로는 입장료를 받지 않고 무료로 토론에 참가하게 해주었다. 흥미로운 것은 그날이 안식일이었는데, 학자들이 (원래는 안식일에 목욕이 금지되어 있었음에도) 물을 데워 그를 씻기고 다시금 기운을 차리게 하라고 했다는 사실이다.[3]

힐렐의 너그러움과 인내는 잘 알려져 있다. 그는 율법을 해석하기 위한 학교를 설립했고, 그의 해석은 오늘날까지 윤리에 중요

2 다음을 참조하라. Zadoq ben Ahron, *Talmud Lexikon*, Neu Isenburg 2006, S. 314.
3 차임 아이젠베르크 Chaim Eisenberg의 강연, 1985년 빈.

한 영향을 미쳤다.

삶에 요구되는 것을 알아차리는 건 우리에게 부여된 놀라운 존엄성이 아닐까? 권고받은 대로 행하고 실천할 때 비로소 우리의 삶은 아름다워질 것이다. 힐렐은 "자, 이제 가서 배우라!"라고 말했다. 이것이 교훈적으로 들리는가? 그러기를 바란다! 동화의 마지막에서뿐 아니라, 모든 삶의 마지막에 "그 이야기의 교훈이 뭐였어?"라고 물어야 하기 때문이다.

하느님의 진리가 내 삶 속에서 소명을 이룰 수 있게 해줄까? 내 믿음이 그것에 동의할 준비가 되어 있을까? 나의 사랑이 나 자신을 극복할 수 있을까? 그리고 현이 울리기를 그칠 때 음이 날개를 달고, 하느님 안에서 내 생명이 새롭게 울리기 시작할까? 마침내 나는 평생 내 위에 복으로 임했던 그 얼굴을 마주 볼 것이고, 그는 말씀하실 것이다. "나는 네가 그리스도 안에서 살고 지금도 그의 안에서 오는 것을 보았다. 자, 몸을 녹여라. 지난밤은 너무 추웠단다. 너는 그것을 눈치채지 못했지. 네 열정이 그것을 견뎠으니까. 이제 다시 기운을 차리거라. 나는 네 가난을 안단다. 입장료는 전액 지불되었어. 들어와서 거룩한 안식을 누려라. 너는 믿음과 사랑을 잃어버릴 이유가 충분했을 거야. 얼마나 많은 것을 이해하지 못하고, 어렵사리 이겨냈는지! 하지만 너는 시험을 견뎠고, 믿음을 잃지 않았어. 너는 내 사랑을 간직했고, 나의 영이 내게 머물러 있었단다. 성령은 너의 불신앙 때문에 놀랐지만, 너의 의심 때문에 놀라지는 않았지. 그는 너의 희망 없음을 걱정했지만, 너의 눈물로는 걱정하지 않았단다. 너의 사랑 없음으로 말미암아 물러갔지만, 너의 약함 때문에 물러가지는 않았지. 네 약함과 절망과 의심은 성령 안에서 간구로 변화되었지. 그리고 그런 간구에 나는 저항할 수 없었단다. 나는 네 삶의 울림을 들었어. 자, 이제 와서 보고, 쉬어라. 듣고 배워라. 내일이면 이미 네 소명이 새날을 맞이하게 될 테니."

감사의 말

몇 사람에게 깊은 감사의 말을 전하고 싶습니다.

바이올린 작업 중간중간 조각칼을 좀 내려놓고 연필과 공책을 붙잡으라고 오랫동안 부단히 권유하고 고무해준 친구 울리히 에거스(뒤넨호프 쿡스하펜 길공동체와 《아우프아트멘Aufatmen》지)에게 특별한 감사를 전합니다. 에거스와 함께하며 의견을 나누지 않았다면, 바이올린 제작자로서 책을 '조각'해보겠다는 생각을 지레 포기해버렸을지도 모릅니다. 훌륭한 디자인 작업을 해준 친구 미하엘 부트게라이트에게 진심 어린 감사를 전합니다. 도나타 벤더스에게도 특별한 감사를 전합니다. 그녀는 내 작업을 세심하게 파악하고, 정성스럽게 사진으로 남겨주었습니다! 이 책을 진행하는 데 많은 도움을 주고 격려를 아끼지 않은 쾨젤 출판사의 빈프리트 논호프, 그리고 조심스럽고 사려 깊게 원고 작업을 해준 쾨젤 출판사 편집부의 안드레아스 로데에게 감사를 전합니다.

마지막으로 내가 이 책 작업에 매여 바쁜 바람에 초래된 남편의 정신적 부재를 (유머러스하게, 때로는 짜증을 내며) 견뎌준 아내 클라우디아에게 감사합니다.

14성인 순례성당의 평면도

발타자르 노이만이 건축한 14성인 순례성당의 설계 스케치를 보면, 모든 타원형의 토대를 이루는 것은 각각의 사각형(각 A, B, C, D)이다. 사각형의 모서리는 오른쪽 왼쪽으로 연장될 수 있으며, 사각형의 네 각은 동시에 네 원(a, b, c, d)의 중점이기도 하다. 이 원들은 다시금 네 개의 활꼴을 이루고, 이로부터 드디어 타원형이 만들어진다. 여기에서 네 전환점(1, 2, 3, 4)이 생겨나고, 타원의 윤곽은 이 전환점을 거쳐 계속되지만, 곡선의 친숙한 패턴은 깨진다.

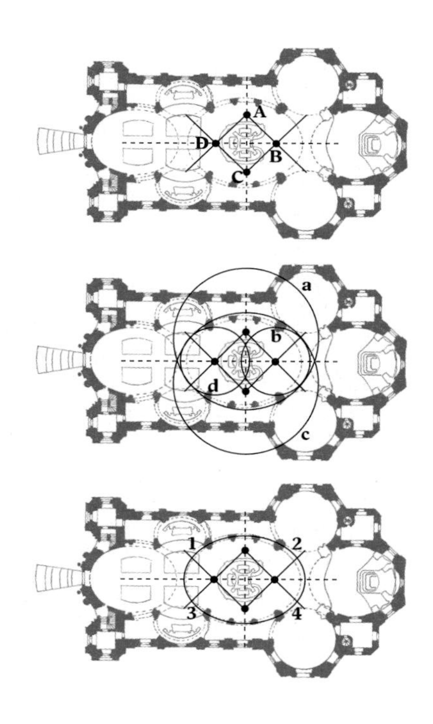

스크롤
줄감개
너트
지판
목
울림판
어퍼바우트
(Upper Bout)
C바우트
(C-Bout)
줄받침
f홀
로어바우트
(Lower Bout)
줄걸이판
턱받침

삶의 아름다운 의미를 찾아서
울림

초판 1쇄 발행 2022년 6월 25일

지은이 마틴 슐레스케
옮긴이 유영미
펴낸이 이혜경

펴낸곳 니케북스
출판등록 2014년 4월 7일 제300-2014-102호
주소 서울시 종로구 새문안로 92 광화문 오피시아 1717호
전화 (02) 735-9515~6
팩스 (02) 6499-9518
전자우편 nikebooks@naver.com
블로그 nikebooks.co.kr
페이스북 www.facebook.com/nikebooks
인스타그램 www.instagram.com/nike_books

ISBN 979-11-89722-55-5 (03850)